Das Buch

Francesca Standish, genannt »Chess«, wächst auf einer Plantage im reichen Virginia auf. Doch der amerikanische Bürgerkrieg macht dem unbeschwerten Leben ein gewaltsames Ende. Ganz allein versucht die junge Erbin, den verblassenden Glanz des Anwesens zu retten. In North Carolina träumt der Farmerssohn Nate Richardson davon, dem kargen Leben eines Tabakbauern zu entkommen. Besessen von seinem Ehrgeiz, in der Zigarettenfabrikation das große Geld zu machen, kommt er auf die Plantage der Standishs. Chess ist fasziniert von dem kraftvollen Aussehen und der Energie des jungen Fremden und bietet ihm einen Handel an: Sie gibt ihm das Patent für die Zigarettenmaschine, die ihr Großvater erfunden hat – wenn er sie heiratet.
Gemeinsam verdienen sie das erträumte Vermögen und nehmen teil am aufregenden, extravaganten Leben im Amerika des ausgehenden 19. Jahrhunderts, in den Schlössern der Vanderbilts, in den Salons des Adels und der Bohème in London. Und schließlich entdeckt Chess auch noch die Liebe.

Die Autorin

Alexandra Ripley wurde 1934 in Charleston, South Carolina, geboren. Nach Beendigung ihres Studiums arbeitete sie in verschiedenen Verlagen und Buchhandlungen. Nach den großen Erfolgen ihrer Südstaatenromane beauftragten die Erben Margaret Mitchells sie mit der Fortschreibung von *Vom Winde verweht.* Alexandra Ripley lebt mit ihrem Mann und zwei Töchtern in Virginia.
Im Wilhelm Heyne Verlag liegen von ihr bereits vor: *Charleston* (01/8339), *Auf Wiedersehen, Charleston* (01/8415), *New Orleans* (01/8839), *Morgenrot* (01/9423), *Scarlett* (01/8801).
Sowie: Margaret Mitchell, *Vom Winde verweht* (01/8601)

ALEXANDRA RIPLEY

VIRGINIA

Roman

Aus dem Amerikanischen
von Ulrike v. Sobbe

WILHELM HEYNE VERLAG
MÜNCHEN

HEYNE ALLGEMEINE REIHE
Nr. 01/10339

Titel der Originalausgabe
FROM FIELDS OF GOLD
erschienen 1994 beim Verlag Warner Books Inc., New York

Umwelthinweis:
Das Buch wurde auf
chlor- und säurefreiem Papier gedruckt.

Wilhelm Heyne Verlag GmbH & Co. KG, München
Printed in Germany 1997
Umschlaggestaltung: Atelier Ingrid Schütz, München,
unter Verwendung des Originalumschlags
von Lo Breier/Kai Eichenauer, Hamburg
Satz: Utesch, Hamburg
Druck und Bindung: Elsnerdruck, Berlin

ISBN: 3-453-12509-6

24. August 1875

1. Kapitel

Das Holz des alten Farmerwagens war schon vor langer Zeit zu einem fleckigen Grau verwittert. Der Wagen hatte hohe Seiten, vorne einen Brettersitz und vier große Räder mit rostigen Eisenfelgen. An den Speichen waren noch kleine Spuren roter Farbe zu erkennen. Es war ein robuster und nützlicher Bauernwagen, der keinen Anspruch auf Schönheit erhob, nur die kleinen roten Stellen verrieten einen lang vergangenen Ausbruch von Fröhlichkeit oder Optimismus. Er sah aus wie die meisten anderen Bauernwagen in Piedmont, im Herzen von North Carolina.

Und genauso sah auch das stämmige, kurzbeinige Pferd aus, das ihn zog. Nicht schön, aber kräftig und unverwüstlich.

Der Junge, der die Zügel hielt, war vermutlich für die roten Speichen verantwortlich. Sein gebräuntes Sommersprossengesicht hatte einen eifrigen, energischen Ausdruck, seine Augen erinnerten an das strahlende Blau eines Sommerhimmels an einem sonnigen Tag. Sie schienen die Welt direkt anzusehen, und was sie erblickten, schien ihnen zu gefallen.

Er hieß Nathaniel Richardson. Die meisten nannten ihn Nate. Er war achtzehn Jahre alt und trotz seiner Jugend das anerkannte Oberhaupt der Familie im Wagen.

Seine Mutter saß neben ihm auf dem Brettersitz; sein Bruder hockte auf der anderen Seite von ihr.

Mary Richardson sah deutlich älter aus als vierundvierzig. Das ging den meisten Bauersfrauen so: Ihr Leben bestand aus früher Heirat, Kinderkriegen und nie endender Arbeit. Mary war von kleiner Statur; ihre gebeugten Schultern machten sie noch kleiner und schoben zugleich ihr runzliges Gesicht auf aggressive Weise nach vorn. Doch an diesem Spätsommertag sah sie eher erwartungsvoll aus. Sie trug ihr Sonntagskleid aus schwarzem Wollstoff mit einem weißen Spitzenkragen und einen glänzenden schwarzen Strohhut mit einem breiten Band, das vorn über der Krempe eine Schleife hatte, ebenso wie unter ihrem spitzen Kinn, wo es zusammengebunden war. Von Zeit zu Zeit tätschelte ihre grobknochige Hand das Knie des dunkel gekleideten Jungen an ihrer Seite. Ihr älterer Sohn Gideon war ihr ganzer Stolz.

Doch Gideon bemerkte ihre zärtlichen Klapse nicht. Er war tief in Gedanken. Selbst das aufgeregte Geschnatter der Kinder hinter ihm vermochte ihn nicht zu stören.

Im Hinteren des Wagens, zwischen Kisten und Kästen, saß der Rest der Richardson-Familie. Nates und Gideons Onkel Joshua war ein düsterer, dünner Mann mit einem langen, schwarzgrau melierten Bart und einem Holzbein. Seine Frau Alva war fünfundzwanzig und um genauso viele Jahre jünger als Josh. Ihre Kinder sorgten für das Gekicher und Gekreische. Micah war acht, Susan vier; beide hatten sie das flachsblonde Haar ihrer Mutter und die blaßblauen Augen ihres Vaters.

Josh richtete seinen frostigen Blick auf seine Kinder, und ihr Lärmen erstarb.

Nate rief ihnen über die Schulter zu: »Nach dieser Anhöhe geht's nur noch abwärts. Wir sind fast da.«

»Jag unseren armen, alten Gaul nur nicht den Hügel hinunter«, warnte seine Mutter. »Ich möchte nicht in einem Trümmerhaufen auf dieser Straße enden.«

Nate lachte. »Keine Bange, Ma. Natchez hat nichts von einem Rennpferd in sich. Ich hoffe nur, daß er nicht stehenbleibt und einschläft.« Er beugte sich vor und sah zu seinem Bruder hinüber. »Genau wie Gideon.«

Seine Mutter bat ihn, leiser zu sein. »Dein Bruder denkt über die Rede nach, die er halten soll.«

Nate biß sich auf die Lippe, um sein Grinsen zu verbergen. Er kannte sie inzwischen auswendig. Gideon hatte seine Rede die ganze Woche geübt, auf einem Baumstumpf neben dem Schuppen.

Auf der Kuppe des Hügels hielt Nate das Pferd an. Eine sanfte Brise erfrischte sie und wehte schwache Musikklänge herauf. Sein rechter Fuß begann zu wippen.

Dann ruckte er wieder mit den Zügeln. »Auf geht's, Natchez. Die Richardson-Familie will zum Lagertreffen.«

Onkel Josh kümmerte sich um das Entladen des Wagens. Es gab viele freiwillige Helfer, und Nate war froh, ihnen alles zu überlassen. Im Lager würde er Freunde wiedertreffen, die er seit dem Vorjahr nicht mehr gesehen hatte.

Am Rande einer Gruppe von jungen Leuten, die vor der Musikertribrüne zusammenstanden, entdeckte er die drei Martin-Brüder.

»Hallo Billy ... Jim ... Matt«, rief er, »wie geht's?«

Nur einer von ihnen warf ihm einen Blick zu. »Hallo, Nate.« Jim winkte und wandte sich wieder ab.

Was war denn da so spannend? fragte sich Nate. Er trat heran und drängte sich zwischen Jim und Matt.

Auf einer Bank neben der Tribüne saß das schönste Mädchen der Welt.

Nate war achtzehn, kräftig, gesund – und voller Leidenschaft. Sein Körper reagierte sofort auf den Anblick des Mädchens – und auf die Gedanken, die dieser in ihm auslöste; er mußte sich abwenden und zu den nahestehenden Kiefern hinüberlaufen. Er hoffte nur, daß niemand die Ausbuchtung in seiner Hose gesehen hatte. Das war fast mehr, als ein Mann ertragen konnte, das heftige Eigenleben, das seine Geschlechtsorgane führten.

Schlag sie dir bloß aus dem Kopf, sagte er zu sich. Die bringt einem nur Ärger. Aber er konnte die buttergelben Locken, die ihr über die Schultern fielen, nicht so einfach vergessen, und auch nicht ihre großen, kornblumenblauen Augen und ihre prallen, hohen Brüste unter der strengen, hochgeschlossenen Bluse. Sie hatte eine winzige Taille; er würde wetten, daß er sie mit seinen beiden Händen umfassen konnte – um sie dann langsam und sacht nach oben gleiten zu lassen ...

Nate stöhnte laut auf.

Die Freuden eines Frauenkörpers waren ihm durchaus vertraut. Tatsächlich hatte er schon viele Frauen gehabt, und alle hatten ihm versichert, daß sie es genauso genossen wie er. Warum also machte ihm dies Mädchen derart zu schaffen? Noch dazu lautete sein oberster Grundsatz: Hände weg von unverheirateten Mädchen. Die wollten nur unter die Haube kommen, und mindestens ebenso dringend wollten ihre Väter sie verheiratet sehen. Er wußte, daß sie unverheiratet war; sie hatte diesen erwartungsvollen und zugleich unwissenden Blick. Wie gern hätte er ihr einiges beigebracht! Oh nein! Das war ja gerade die Falle.

Nate versuchte, an die anderen Frauen zu denken, die er kannte. Da war Julie in dem Laden an der Haw River Bridge. Sie war doch mindestens genauso hübsch? Oder Millie in dem Café an der Kreuzung, in Mebane, oder die andere Millie an der Straße nach Burlington. Und all die anderen.

Wie die meisten Familien auf dem Lagertreffen waren auch die Richardsons Tabakbauern. Nate ging allerdings bereits einen Schritt weiter. Für ihn war es mit der Ernte nicht getan. Er verkaufte seine Blätter nicht wie die anderen Männer auf dem Markt. Weshalb sollte er sie einer Firma geben, wo sie geschnitten und abgepackt wurden und die für jedes Päckchen soviel verlangte, wie sie für zwanzig Pfund Blätter bezahlt hatte?

Nun zerstießen seine Mutter und Tante Alva die Blätter, sortierten den zuvor behandelten Tabak und packten ihn in Beutel, die Nate selbst verkaufte. Sie hatten ihr eigenes kleines Etikett, genau wie große Firmen: »Richardson's Rich North Carolina Smoking Tobacco. Keiner ist ergiebiger.« Nate war sehr zufrieden, daß sich ihre Marke schon nach einer Saison so gut verkaufte.

Er war ziemlich nervös gewesen, als er sich im vergangenen Jahr erstmals auf den Weg gemacht hatte, die Satteltaschen voller kleiner Beutel. Aber dann war es gar nicht schwierig gewesen, den Ladenbesitzern ein paar – erstmal zur Probe – zu verkaufen. Alle führten ein Dutzend Sorten Rauchtabak, dazu Kautabak und Schnupftabak. Warum sollten sie nicht eine Marke mehr verkaufen? Von einem netten jungen Mann, der sie selber herstellte und keiner von diesen feinen Pinkeln war, die für die großen Marken wie Bull Durham oder Liggett & Myers auf Verkaufstournee gingen. Oft hatten sie ihn eingeladen, eine Pause einzulegen, um mit ihnen zu essen oder zu trinken oder einen Priem zu nehmen. Nate hatte immer eingewilligt, obwohl er den Geschmack von Tabak nach den vielen Jahren auf den Feldern nicht mehr mochte und seine Ma sicher einen Anfall bekommen hätte, wenn sie gewußt hätte, daß er Alkohol trank. Aber es war wichtig, neue Freundschaften zu schließen.

Das war leichter, als er gedacht hatte. Er hatte nicht lange gebraucht, um die Botschaften der Frauen mancher Ladenbesitzer zu begreifen. Sie waren meist deutlich jünger als ihre Männer.

Die hatten erstmal ihren Weg machen, ein Haus bauen und ihren Lebensunterhalt verdienen müssen, bevor sie ans Heiraten denken konnten, während ein Mädchen mit fünfzehn reif für Ehe und Mutterschaft war. Mit achtzehn oder neunzehn hatten die meisten dann auch schon ein paar Kinder – und sehnten sich nach etwas, das aufregender war als Putzen und Kochen und Babys und Hühner füttern. Eine halbe Stunde Spaß im Haus, während der Mann drüben im Laden war – das tat doch niemandem weh. Nate fand vielmehr, daß es das Leben aller lustiger machte. Welcher Ehemann hatte nicht lieber eine Frau, die lächelte und vor sich hinsummte, statt sich ständig über die eintönige Hausarbeit zu beklagen?

Was ihn anging, so lachte und sang er die ganze Zeit, wenn er unterwegs war. Egal ob unter sengender Sonne, bei Wind und Regen oder in eisiger Kälte, auf Straßen, wo sich einem der Mund mit Staub füllte oder man bis zum Stiefelrand im Schlamm watete – das alles gehörte für Nate zu dem Abenteuer dazu, denn eine Straße konnte ihn zu einem Ort führen, wo er noch nie gewesen war, wenn ihm der Sinn danach stand. Oder sie konnte ihn zu einem Ort bringen, von dem er wußte, daß er dort willkommen war.

Wohin der Weg ihn auch führte, er kam voran. Und genau das wollte er. Er würde kein Bauer bleiben. Er wollte etwas aus seinem Leben machen. Etwas Großes.

Und dabei würde er sich von keinem Mädchen ablenken lassen – selbst wenn es das schönste war, das ihm jemals begegnen sollte. Nate warf die Schultern zurück. Er hatte sich entschieden. Fortan würde er größere Versammlungen meiden. Dann würde er sie wahrscheinlich nie wiedersehen. Das Treffen hier dauerte drei Tage, und es gab genügend andere Dinge, mit denen er sich die Zeit vertreiben konnte. Dieses Jahr war zum Beispiel erstmals ein berühmter Prediger dabei. Dan Gaskins war angeblich in der Lage, seine Zuhörer die Flammen des Fegefeuers an ihren Absätzen spüren zu lassen. Vielleicht werde ich sogar fühlen, wie der Heilige Geist über mich kommt, dachte Nate. Vielleicht wird meine Seele errettet. Das würde Ma überglücklich machen. Und mich auch.

Aber selbst wenn es dieses Jahr wieder nicht klappen sollte, so schnell würde sie nicht aufgeben. Gideon würde auch predigen, und Nate wußte, daß sein Bruder gut sein würde.

Gideon war fünf Jahre fortgewesen und erst letzten Monat auf die Farm zurückgekehrt. Auf dem Trinity College war er einer der Besten, in der Kirchenklasse sogar Klassenerster gewesen. Danach hatte man ihn gebeten, in einer kleinen Kirche in Randolph County in der Nachbarschaft des College Gottesdienste abzuhalten. Er hatte auch schon ein paarmal gepredigt. Er sei ein aufgehender Stern in der Methodistenkirche, erzählte seine Mutter jedem, der es hören wollte. Er war berufen. Seit jeher hatte sie davon geträumt, und nun sollte es wahr werden, dank der Gnade Gottes. Nate war auf Gideon fast ebenso stolz wie seine Mutter. Er hatte seinen älteren Bruder immer bewundert, hatte sich gewünscht, genauso gut auszusehen und genauso sicher zu wissen, was er machen sollte.

Aber seitdem er »Richardson's Rich« verkaufte, fühlte er, daß er auf dem richtigen Weg war. Er war zwar nicht so großartig wie der von Gideon, aber Christus rief eben nicht jeden. Und obendrein gefiel Nate, was er tat.

Und er sang gern. Warum also stand er noch hier unter den Bäumen herum, wenn er sich die Musik des Nachmittag-Gottesdienstes anhören konnte. Während er loslief, kamen ihm schon die ersten Töne über die Lippen:

Rock of Ages, cleft for me …

Die Lieder, die er so gern hörte, sollten Nate ins Verderben führen. Am Abend lauschte er der besten Predigt, die er je gehört hatte.

Reverend Dan Gaskins war genauso, wie die Leute behauptet hatten. Einen Augenblick lang, als der Prediger mit blitzenden Augen und donnernder Stimme dastand, fühlte Nate, wie ihn die Last seiner Sünden niederdrückte und er auf die Stimme Gottes wartete, die ihn zur Rechenschaft und Erlösung rief. Doch nichts dergleichen geschah.

Plötzlich senkte der Reverend die Stimme, und in dem großen Zelt mit den Hunderten von Menschen wurde es ganz still. »Meine Brüder und Schwestern«, sagte Gaskins sanft, »ich möchte euch einen gesegneten Moment aus meinem Leben schildern, und ich weiß, daß ihr ihn euch in euren Herzen ausmalen werdet. Stellt euch also meine geliebte Ehefrau vor, wie sie unter Schmerzen – und die Mütter unter euch kennen diese glorreiche und entsetzliche Qual besser als ich – das wundersame Werk vollendet, eine neue Seele auf die Welt zu bringen. Nachdem sie unser Kind geboren hatte, rief sie mich zu sich, und ich erkannte, daß ihr zarter Körper zu schwach war, um zu überleben. Aber der Heilige Geist war in ihr, und ihr liebes Gesicht leuchtete vor Glückseligkeit, während ihr irdisches Dasein verlosch. Ich weinte und flehte sie an weiterzuleben, obwohl es Gottes Wille war, daß sie in ein besseres, ewiges Leben ohne Schmerzen einging.

Mit einer Handbewegung bat sie mich zu schweigen. Und obwohl mein leiderfülltes Herz protestierte, hielt ich inne. In der Stille vernahm ich ein Geräusch, so schwach, daß ich fast meinen Ohren nicht traute. Und dann hauchte mein geliebtes Weib seine letzten Worte. ›Ein Geschenk des Himmels‹, flüsterte sie.

Und dann sah ich das Wunder mit meinen eigenen Augen, das Wunder des Lebens inmitten des Todes, denn in eben diesem Augenblick rief meine kleine Tochter nach mir, deren Name Lily ist, weil sie am Ostersonntag geboren wurde, als die Schönheit der Lilien uns überall umgab.

Ich habe sie gebeten, euch heute zu begrüßen und Zeugnis abzulegen von der Liebe Gottes für euch alle. Hier ist sie und wartet darauf, euch dieses Geschenk zu machen. Ihr müßt nur eure Herzen für sie und ihn öffnen.«

Dan Gaskins trat beiseite – und aus dem Schatten hinter ihm löste sich eine Erscheinung voller Schönheit. Ein Seufzer der Bewunderung ging durch die Menge, und auf tränenüberströmten Gesichtern erschien plötzlich ein glückliches Lächeln.

Die kleine Gestalt war in ein einfaches weißes Faltenkleid mit langen Ärmeln gehüllt. Sie trug keinen Schmuck, doch Lilys lange blonde Locken betonten noch das Ebenmaß ihres Antlitzes. Ihre Haut war so klar wie Buttermilch, und ihre Augen strahlten wie Saphire.

»Sie sieht wie ein Engel aus«, flüsterte Gideon in Nates Ohr.

»Ja«, konnte der nur erwidern. Das Herz wurde ihm schwer,

und eine seltsame Erregung ergriff ihn, der er sich nicht erwehren konnte. Er spürte, wie er den Verstand verlor, doch er konnte nicht fliehen. Er war ein Gefangener der Liebe geworden.

Lily breitete die Arme aus, als wolle sie die ganze Gemeinde umfassen. Dann begann sie zu singen, und ihr Sopran war so rein und schön wie ihr Gesicht:

I love to tell the story
Of unseen things above
Of Jesus and his glory
Of Jesus and his love.
I love to tell the story
Because I know it's true.
It satisfies my longings
As nothing else can do.

I love to tell the story;
More wonderful it seems
Than all the golden fancies
Of all our golden dreams.
I love to tell the story;
It did so much for me.
And that is just the reason
I tell it now to thee.

Nate sank auf der Bank in sich zusammen. Wie konnte er nur wagen, daran zu denken, jemals mit diesem Engel sprechen? Aber er mußte sie kennenlernen, mit ihr reden, sie berühren, um festzustellen, ob es sie wirklich gab. Heute war Freitag; das Treffen dauerte noch zwei Tage. Es mußte einen Weg geben.

Am Samstag drängte er sich unter die Dutzende junger Männer, die Lily folgten, wo immer sie auftauchte. Sie war zu allen gleich freundlich, schenkte jedem ihr Lächeln, und jedem, der ein paar Worte an sie richtete, lauschte sie voller Aufmerksamkeit, wobei sich ihre vollen roten Lippen leicht öffneten. Der Anblick ihrer kleinen weißen Zähne und ihrer rosa Zunge machten Nate fast verrückt.

Doch er würde sich nicht wie die anderen zum Narren machen, die für sie Limonade holen wollten oder sich als Begleitung zum nächsten Liedersingen oder zur nächsten Gebetsstunde oder wozu auch immer anboten.

Sie nahm zwar die Limonade an und ließ sich auch begleiten, aber die ganze Verehrerschar war stets dabei, wenn sie einem auch nur die Hand auf den Arm legte.

Nate mußte mit ihr allein sein. Unbedingt. So hielt er sich abseits. Er war unfähig, ihr fernzubleiben, doch zu stolz, um sich wie die anderen aufzudrängen. Er hoffte nur, daß er nicht ein so bescheuertes Gesicht machte wie die anderen, die aussahen, als hätten sie mit der Schaufel eins zwischen die Augen gekriegt.

Aber er war sich durchaus nicht sicher.

Seine Mutter schalt ihn, als er sich am Samstagabend neben sie setzte. »Du kommst zu spät«, zürnte sie, »und das auch noch bei dem Gottesdienst mit deinem Bruder. Wo warst du denn? Ich habe dich den ganzen Tag nicht gesehen, und dabei hättest du so viele Dinge erledigen können.«

»Tut mir leid, Ma«, murmelte er, ohne ihr in die zornigen Augen zu sehen. Er beobachtete die Bühne und fragte sich, ob Lily wohl noch einmal singen würde.

Er versuchte, Reverend Gaskins Predigt zu folgen, doch er bekam kein einziges Wort mit. Gestern abend hatte sie unmittelbar danach gesungen.

Doch heute kam sie nicht. Statt dessen trat Gideon auf die Bühne, um eine Mahnrede zu halten. Das war eine alte Tradition in der Kirche. Nach der Predigt über einen Bibeltext folgte der Kommentar eines Laien, der die Botschaft der Predigt noch einmal aufnahm und im Sinne der Gemeinde interpretierte, um sie den Zuhörern auf eine Weise nahezubringen, die dem umherreisenden Prediger verwehrt war, weil er nicht zu ihnen gehörte.

Beim Anblick ihres großgewachsenen, gutaussehenden Sohnes da oben konnte Mary Richardson einen Seufzer der Zufriedenheit nicht unterdrücken. Da stand Gideon in seinem neuen schwarzen Anzug, mit dem makellos weißen Hemd und der perfekt gebundenen blauen Krawatte. Heute morgen hatte sie ihm noch eigenhändig die dunklen Haare geschnitten und danach aufmerksam zugesehen, wie er sich den hübschen Bart stutzte. Er sah wunderbar aus, wie es einem Gelehrten und Mann Gottes geziemte. Sie setzte sich bequem zurecht. Jetzt kam die Krönung ihres Lebens.

Sie spürte Nate neben sich, doch sie sah ihn nicht an. Sie wußte, was sie erblicken würde, und das gefiel ihr nicht. Sein Haar war mausbraun und immer struppig. Selbst mit der Schere konnte sie es nicht bändigen. Sein Gesicht war so mit Sommersprossen gesprenkelt wie ein Vogelei, und er war zu störrisch, sich einen ordentlichen Bart wachsen zu lassen, um damit wenigstens einige zu verbergen. Nie würde er so groß, so gutaussehend und so begabt wie Gideon sein. Daß er sich nicht vor harter Arbeit drückte und sich immer sehr sauber hielt, war das einzige, was in ihren Augen für ihn sprach. Er roch ständig nach Seife, und das zumindest war ja einigermaßen gottgefällig.

Gideon begann zu reden, und Panik erfaßte sie. Man konnte ihn nicht verstehen.

Doch nach ein paar Sätzen wurde seine Stimme kräftiger, bis sie schließlich mächtig über die aufmerksamen Gesichter vor ihm dahinrollte. Seine Mutter atmete auf.

Nate hörte die Stimme seines Bruders und war verblüfft. Er hatte nicht gewußt, daß Gideon so sprechen konnte. Die Worte spielten keine Rolle; Nate kannte sie ohnehin auswendig. Sein Blick wanderte durch die Reihen der Gläubigen, bis sie vorne an Lily hängenblieben, die mit emporgewandtem Gesicht seinem Bruder zuhörte. Vielleicht wußte sie nicht, daß er sein Bruder war; vielleicht hätte es sie beeindruckt; aber da sie die Tochter eines Reverend war, interessierte sie sich vielleicht nur für Prediger und nicht für deren Brüder. Nate fühlte sich, als hätte ihn eine Faust in die Brust getroffen.

Aber nein, er hatte keinen Grund, auf seinen Bruder eifersüchtig zu sein. Gideon war alt – immerhin schon fünfundzwanzig – und ging ganz in seiner Kirchenarbeit auf. Aus Mädchen machte er sich nichts, bereits seit seiner Zeit auf dem College nicht. Und er war hier auch nie um Lily herumscharwenzelt. Nate konnte jeden einzelnen beim Namen nennen, der ihr hier gefolgt war, wußte, was jeder zu ihr gesagt und was sie geantwortet hatte ...

Als er Gideon nach dem Gottesdienst beglückwünschte, tat er dies aus ganzem Herzen. Danach machte er sich davon, so daß die Mutter am Arm seines Bruders umherstolzieren und die Bewunderung aller entgegennehmen konnte.

Nate sah sich nach Lily um, aber sie war nirgends zu sehen. Er ging ins Bett. Seine alten Freunde zu treffen machte keinen Sinn, jetzt, da sie alle seine Feinde, seine Rivalen waren. Er konnte ihren Anblick nicht ertragen.

Am Sonntagmorgen war er so aufgeregt, daß er sich beim Rasieren schnitt.

Seine Tante Alva lachte leise, als sie ihn zum Frühstückszelt aufbrechen sah. »Komm her und laß dir das Kinn abwischen, du blutest ja immer noch. Armer Nate. So ein Häufchen Elend hab ich mein Lebtag noch nicht gesehen. Warum hast du dir nicht gleich die Kehle durchgeschnitten und es hinter dich gebracht?«

»Sieht man es so deutlich, Alva?«

»Ich fürchte ja, mein Lieber.« Ihre Stimme klang sanft, als sie ihn mit einer leichten Berührung säuberte. Nate hätte sie am liebsten geküßt, weil sie so nett war. Alva war der mitfühlendste Mensch, den er kannte, und er liebte sie. Sie war es gewesen, die ihn in die Geheimnisse zwischen Männern und Frauen eingeführt hatte, die ihm beigebracht hatte, wie man eine Frau und zugleich sich selbst glücklich macht. Sie war seine erste Liebe, als er gerade dreizehn war und noch nicht wußte, was er mit seinem Körper anfangen konnte.

Sie hatte ihn sogar gelehrt, daß die heftige Liebe, die er für sie empfand, nicht das war, wofür er es hielt. »Dafür bringe ich Onkel Josh um«, hatte er damals geschworen, als er die blauen Flekken in ihrem Gesicht entdeckt hatte. »Dann kannst du mich heiraten, und wir werden für immer zusammenbleiben und glücklich sein.«

Das würden sie nicht, hatte sie erwidert und ihm auch erklärt, weshalb. Ob es ihm nun gefiel oder nicht, er war noch ein Junge, und es war besser, wenn er noch eine Weile wartete und sich erst einmal umsah in der Welt, ehe er sich an eine Frau band. Außerdem würde er bald herausfinden, daß körperliche Liebe nicht alles im Leben war. Der Reiz des Neuen würde bald verblassen. »Dann kann es immer noch sehr angenehm sein, und ich werde dich immer gern in meinem Bett empfangen, weil ich dir schließlich beigebracht habe, wie ich es gerne mag – aber angenehm ist nicht gut genug. Es gibt noch viel mehr. Und du solltest dich nur mit dem Besten zufriedengeben. Du bist ein Mann, und die Welt hält für einen Mann Möglichkeiten bereit, die eine Frau niemals bekommt.«

Nate stritt mit ihr, versprach, daß er nie an eine andere denken, geschweige denn eine andere ansehen werde.

Aber natürlich behielt Alva recht. Mit ihren neunzehn war sie nur sechs Jahre älter als er, doch schon damals besaß sie weibliche Klugheit, wie Nate im Laufe der Zeit erkannte.

Wenige Tage nach jenem Gespräch mit Alva hatte Nates Vater das Haus verlassen. Kaum war Gideon am Trinity College angenommen worden, eröffnete Ezekiel Richardson seiner Familie, daß er fortgehen werde. »Ich brauche noch etwas Freiheit, bevor ich sterbe«, sagte er. »Du bist jetzt das Familienoberhaupt, Nate. Gideon könnte das nie sein, aber du kannst es.«

Danach gab es für Nate viel zuviel zu tun, um Zeit für Alva zu finden. Er hatte nicht einmal Zeit für sich selbst. Sein Onkel arbeitete zwar auch, aber mit seinem Holzbein und seiner Launenhaftigkeit konnte er kaum die Farm leiten. Zudem hatte die Hälfte des Landes Nates Vater gehört, und das war jetzt seines. Und es war nicht seine Art, Dinge, die ihm gehörten, anderen zu überlassen. Joshua fügte sich; auf Verantwortung war er nicht erpicht.

Die folgenden fünf Jahre waren wie im Fluge vergangen. Nate konnte sich bald kaum mehr an die Zeit erinnern, als er noch nicht Familienoberhaupt gewesen war. Er war jetzt ein erwachsener Mann. Zumindest glaubte er das – bis ihm Lily Gaskins das Gefühl gab, wieder ein tapsiger, dummer Junge zu sein.

»Ich weiß nicht, was ich machen soll, Alva. Heute ist der letzte Tag des Treffens, und ich werde verrückt, wenn wir morgen abreisen, und ich habe nicht mit Lily gesprochen und sie meinen Namen sagen hören.«

Alva hielt sein Kinn fest und sah ihm in die Augen. »Sie ist nicht irgendeine einsame Ehefrau. Das weißt du, Nate.«

Er erstarrte. Die Anspielung auf andere Frauen ärgerte ihn. »Ich weiß, was sie ist, Alva, und ich würde ihr nicht ein Härchen krümmen. Ich möchte, daß sie meine Frau wird.«

Alva wollte etwas erwidern, doch dann sah sie den Blick in

seinen Augen und ließ es. Statt dessen küßte sie ihn auf die Wange und gab sein Kinn frei. »Komm mit mir, Nate. Die jungen Mädchen kümmern sich um die Kleinen, während sich die Mütter zum Frühstück mit anschließender Gebetsstunde treffen. Zufällig hat Lily meine Susan bekommen. Ich nehme sie ihr wieder ab, und du kannst mit Lily einen Spaziergang machen.«

»Oh, Alva, ich ...«

»Sei still, und komm jetzt. Wenn du zuviel nachdenkst, bringst du gleich kein Wort heraus.«

Doch genauso kam es. Alva scheuchte die beiden so rasch davon, daß Nate kaum hallo sagen konnte, als er Lily vorgestellt wurde. Und als er neben ihr ging, wußte er erst recht nicht, was er sagen sollte. Ihre Nähe lähmte ihn. Sie kam ihm jetzt noch schöner vor, und sie duftete wie alle Blumen dieser Welt.

Er ging auf den Kiefernwald zu, wo man sie nicht sehen konnte.

Lily ging neben ihm, ohne ein Wort zu sagen.

Plötzlich legte sie ihm eine Hand auf den Arm. Nate stockte der Atem. »Ich weiß, wer Sie sind«, sagte sie. »Nathaniel Richardson.«

»Wirklich?« Ihm schwanden die Sinne.

Sie neigte den Kopf und sah ihn durch ihre Wimpern an. »Sie sind der Bursche, der mich am Freitag angestarrt hat und dann auf der Stelle davongelaufen ist. Also, das macht ein Mädchen nicht gerade glücklich. Bin ich denn wirklich ein so scheußlicher Anblick? Und jetzt rennen Sie schon wieder so schnell, daß ich kaum mitkomme.«

»Oh, nein«, rief er. »Nein«, fügte er leiser hinzu, »Miss Gaskins, Sie sind das schönste Mädchen der Welt. Ich weiß es, seit ich Sie das erste Mal gesehen habe.«

Sie lächelte. »Das ist schon besser. Nun lassen Sie uns unter die Bäume gehen, wo wir etwas Schatten bekommen.« Sie faßte ihn beim Ellbogen. Ihr Kopf reichte ihm gerade bis zur Schulter. Nate war bereit, sie vor der ganzen Welt zu beschützen. Er fragte sich, ob er ihr das erzählen sollte und ob sie vielleicht darüber lachen würde. Er würde sich umbringen, wenn sie es tat.

»Sie geben mir so ein Gefühl der Geborgenheit, Nathaniel – ich darf Sie doch so nennen, oder? ›Mr. Richardson‹ klingt so nach einem alten Mann. Sie müssen mich natürlich ›Lily‹ nennen, wenn ich ›Nathaniel‹ zu Ihnen sagen darf. Allerdings nicht vor anderen Leuten. Mein Vater würde Sie für unverschämt halten und Ihnen die Seele aus dem Leib prügeln.« Sie umfaßte seinen Arm. »Oh, ich liebe es, gegen Regeln zu verstoßen. Sie auch?« Als sie zu ihm emporsah, lag ihr Gesicht an seinem Arm.

Ihre geöffneten Lippen waren feucht und einladend, ihre Nähe betäubte ihn. Nate hatte völlig den Kopf verloren. Er griff in ihr volles Haar und barg ihren Hinterkopf in seiner Hand. Ein Parfümnebel stieg auf, und er atmete ihn tief ein. So fühlte man sich wohl, wenn man berauscht war. Alles war unwichtig – außer diesem schwindelerregenden Zauber. Er konnte nicht sagen, was er empfand, aber er konnte es ihr zeigen. Er zog sie an sich und küßte sie. Ihre Lippen waren weich, ihr Atem war süß, ihre Brüste preßten sich warm und fest an seinen Körper.

»Nein«, sagte Lily, und ihre Lippen sandten Feuerstürme durch seinen Leib. Doch das Wort schnitt wie ein Schwert durch die Flammen. Er war ein Schurke, wie konnte er ihr so etwas antun? Er riß sich los.

»Verzeihen Sie mir«, stammelte er. »Nein, das ist zuviel verlangt. Ich bin der Niedrigste der Niedrigen. Sie müssen mich verachten.« Er warf sich auf die Knie und beugte den Kopf. »Ich bin nicht wert, den Boden unter Ihren Füßen zu küssen. Aber ich liebe Sie so sehr. Das ist die einzige Entschuldigung, die ich habe. Ich liebe Sie so sehr, daß ich verrückt werde.«

Lily stieß ihn mit ihrem Schuh an. »Oh, stehen Sie auf, Nathaniel, Sie machen sich ganz schmutzig. Und obendrein machen Sie uns beide zu Narren.«

Er hob den Kopf und sah sie voller Scham mit Tränen in den Augen an. »Heißt das, Sie vergeben mir?«

»Nur, wenn Sie aufstehen.«

Nates Herz klopfte vor Freude; ihm klangen die Ohren. Er nahm den Saum ihres Kleides und küßte ihn. Lächelnd sah er wieder zu ihr auf. »Ich habe gehört, daß ein Mann das tut, wenn er eine Frau um die Ehe bittet«, sagte er. »Wann kann ich mit deinem Vater über die Heirat reden?«

Lily reichte ihm ihre Hand. »Steh auf, Nathaniel. Ich werde dich nicht heiraten, und das weißt du genau.«

Er übersah ihre Hand, als er auf die Füße kam. »Aber du mußt«, platzte er heraus. »Ich liebe dich, ich werde dich lieben, solange ich lebe.«

Ganz langsam schüttelte sie den Kopf. »Ich bin geschmeichelt, Nathaniel, wirklich, und ich danke dir. Aber wenn ich jeden Mann heiraten würde, der mir seine Liebe erklärt, dann würde das Zelt für die Hochzeiten nicht ausreichen. Außerdem werde ich deinen Bruder heiraten.«

»Gideon? Du bist Gideon versprochen? Davon hat er nie etwas erzählt.«

»Er weiß es noch nicht. Aber mein Vater meint, er sei genau der Richtige. Gideon hat eine große Zukunft vor sich. Die Kirchenoberen beobachten ihn schon seit einiger Zeit.«

Nate stolperte einen Schritt zurück. Er konnte nicht glauben, was er da hörte.

»Sieh mich nicht so an«, sagte Lily scharf. »Du führst dich plötzlich wie ein kleiner Junge auf. Sei vernünftig. Ich bin sechzehn, Nathaniel, und mein ganzes Leben mit meinem Daddy herumgereist. Eine Kirche nach der anderen, ein Lagertreffen nach dem anderen. Es wird höchste Zeit, daß ich heirate. Ich bin es sterbensleid, immer wieder bei anderen Leuten wohnen und mich hinterher auch noch dafür bedanken zu müssen. Und ich will nie wieder ein Zelt von innen sehen. Ich möchte ein Heim und einen Garten voller Blumen und einen Platz, wo ich meine Kleider aufhängen kann.«

»Ich kann dir ein Heim geben.«

»Was für ein Heim? Ein Bauernhaus, von dem die Farbe abgeblättert ist? Meilenweit niemand, mit dem man sich unterhalten kann, und der Höhepunkt des Jahres ist das Lagertreffen? Nein, danke. Ich will ein Pfarrhaus in einer netten Stadt mit richtigen Geschäften und Leuten, die besonders aufmerksam zu mir sind, weil ich die Frau des Pfarrers bin. Ich möchte mit einem hübschen Sonnenschirm spazierengehen und nach rechts und links grüßen und alle Leute mit Namen kennen.«

Darauf wußte er nichts zu antworten. »Aber ... Gideon ist nicht interessiert an einer Heirat«, sagte er schließlich verzweifelt.

Lilys Lippen verzogen sich zu einem geheimnisvollen Lächeln. »Ich werde sein Interesse schon wecken«, sagte sie. Sie trat einen Schritt auf Nate zu. »Jetzt darfst du mich noch einmal zum Abschied küssen. Und wenn du Gideon auch nur ein Wort erzählst, werde ich sagen, daß du lügst. Um die Wahrheit zu sagen, du gefällst mir deutlich besser als dein Bruder. Ich wünschte mir, du wärst der Richtige. Ich bin sicher, er küßt nicht halb so gut wie du. Es hat mir gefallen, als du mich geküßt hast, Nathaniel. Tu's noch einmal, dann müssen wir gehen.«

»Nein. Geh nicht.« Nates Hände umschlossen ihre Taille, wie er es sich erträumt hatte, und er hob sie hoch, um sie lang und heftig zu küssen. Er spürte, wie sie zitterte.

Als der Kuß vorüber war, hielt er sie weiter fest. »Heirate mich, Lily. Ich verspreche dir, eines Tages bin ich ein reicher Mann. Ich werde es zu was bringen.«

Er setzte sie auf die Erde. »Heirate mich«, bat er. Ihr Kuß hatte ihn völlig aus der Fassung gebracht. Er legte seine großen Hände um ihre Brüste. »Ich liebe dich«, stöhnte er. Seine Hände und sein übriger Körper schienen zu brennen. Lily stieß einen kleinen Schrei aus.

»Laß mich gehen. Du bist schrecklich.« Sie begann zu weinen.

Nate wich zurück. Scham und Schuld erfüllte ihn. Seine Hände führten offensichtlich ein Eigenleben. Sie hatten den Engel befleckt, und sie wollten mehr. Nate ballte sie zu Fäusten und drosch damit, so fest er konnte, auf den nächsten Baum ein. Wieder und wieder. Er spürte, daß Lily ihn am Arm zog, doch er beachtete sie nicht. Erst als er merkte, daß Blut über seine Hände rann, hielt er inne. Die Hände brauchte er zum Arbeiten. Er hörte, wie Lily davonlief.

Seiner Familie erzählte er, daß ein Hund ihn angefallen habe. Alva verband ihn.

Später am Tag eilte Gideon zu seiner Mutter und eröffnete ihr, daß Reverend Dan Gaskins mit ihm sprechen wolle: Ob Gideon Lust habe, eine Probezeit als Wanderprediger bei ihm zu beginnen. »Ich werde mit ihm überall hingehen, Ma, und ich werde von ihm lernen. Er wird mich führen, wo ich Hilfe brauche, Ma. Ich fühle mich so geehrt, daß ich kaum weiß, was ich tun soll.«

Nate schloß die Augen. Er wünschte, er wäre tot.

Fünf Jahre später: 24. August 1880

2. Kapitel

Chess sah in der Ferne einen Mann die staubige Straße entlang auf sie zukommen. Kein Zweifel, er war ein Fremder. Hier auf dem Lande kannte jeder jeden. Aber dies hier schien obendrein noch ein unangenehmer Fremder zu sein, der in der brütenden Hitze einen schwarzen Anzug und einen dunklen Stadthut trug. Sie neigte den Kopf, so daß die breite Krempe ihres Strohhutes die blendenden Strahlen der tiefstehenden Sonne abhielt. Sie fühlte sich besser, wenn sie jemanden sah, der noch mehr schwitzte als sie. Schweißperlen rannen ihren Nacken hinab.

Blinzelnd hob sie wieder den Kopf. Wer war bloß dieser Mann? Fremde kamen selten hierher, schon gar nicht zu Fuß. Selbst der ärmste Pächter hatte einen Karren und ein Maultier. Der Mann war jetzt schon ziemlich nahe. Sie konnte die Form seines Koffers erkennen, aber es war gar kein Koffer, sondern eine Arzttasche. Hatte der alte Dr. Murchison jemanden geholt, der ihm helfen sollte? Das wäre ein Segen. Er war so alt, daß Chess auf ihrer Plantage inzwischen fast alle allein verarztete. Eine Schnittwunde konnte sie so gut nähen wie er, wenn nicht gar besser, weil sie wenigstens sah, was sie tat, während Dr. Murchisons Augen wegen seines hohen Alters schon ganz milchig waren. Sie betete oft, daß er wenigstens wußte, was er in die Arzneien für die Kinder rührte.

Chess gab sich einen Ruck. Was trödelte sie hier eigentlich herum? Der Fremde ging sie nichts an, und außerdem war es schon spät. Die Reinigung der Quelle hatte länger gedauert als erwartet, obwohl sie die ganze Zeit im Schlamm gestanden und die Arbeiter angewiesen hatte, was sie tun sollten. Chess betrachtete ihren schmutzigen Overall und ihre Stiefel. Sie brauchte jetzt ein kühles Bad und eine Haarwäsche. Sie hatte ihre Locken zwar unter den Hut gesteckt, aber sie war sicher, daß sie auch ein paar Schlammspritzer abbekommen hatten.

Sie schlug mit den Zügeln auf das Hinterteil des Maultiers. Du bist genauso faul und nichtsnutzig wie alle anderen Viecher an diesem gottverlassenen Ort, dachte sie. Aber bring mich jetzt wenigstens nach Hause. Ich habe noch soviel zu erledigen. Das Maultier machte ein paar schnellere Schritte, dann fiel es wieder in seinen alten Trott. Chess beugte sich vor und verpaßte seinem Rücken einen ordentlichen Hieb mit einer einstmals eleganten, aber inzwischen abgewetzten Reitpeitsche. Der Wagen schwankte und holperte, als das erschreckte Tier plötzlich zu laufen anfing. Chess hob das Kinn, um die Luft auf ihrem erhitzten Gesicht zu spüren.

Jetzt sah sie, daß der fremde Doktor barfuß war. Er hatte die Schuhbänder zusammengeknotet und sich die Stiefel um den Hals gehängt. »Das muß ja ein feiner Arzt sein«, dachte Chess verächtlich, »wenn er sich nicht mal neue Sohlen leisten kann. Dann paßt er ja prima zu dem alten Murchison.« Sie zog an den Zügeln, damit das Maultier vor dem offenen, rostigen Tor langsamer wurde.

Als sie in die Einfahrt einbog, fing der Fremde an zu rennen. »He, Mister!« rief er. »Warten Sie bitte.«

Chess hielt an. Sie wandte sich auf dem Sitz um und blickte dem Fremden entgegen. Die Stiefel schlugen im Rhythmus seiner Schritte gegen seinen Oberkörper. Zu den Staubwölkchen, die bei jedem Aufschlag der Stiefel aufstiegen, paßten die kleinen Staubfontänen, die seine Füße aufwirbelten. Wieviel Energie er hatte. Er stammte ganz entschieden nicht aus diesem trostlosen Teil der Welt.

Als er den Wagen erreichte, war er nicht einmal außer Atem. »Sie sind die erste Menschenseele, die mir seit fast einer Stunde begegnet«, sagte er lächelnd. »Wo finde ich denn die Farm der Standishs? Bin ich schon dran vorbei?«

»Das hier ist Harefields«, erwiderte Chess und machte eine Geste mit der Peitsche. Zwei steinerne Hasen kauerten auf den Ziegelpfosten, die zu beiden Seiten der Einfahrt standen.

Während der Fremde die Pfosten betrachtete, nahm Chess den Neuankömmling in Augenschein. Er war glattrasiert und unterschied sich damit von den meisten Männern, die sie kannte und die stolz auf ihre Bärte waren. Es gab ihm das Aussehen eines Jungen. Aber er war durchaus kein Junge. Er hatte breite Schultern, und seine muskulösen Arme sprengten fast die Nähte seiner staubigen Jacke. Staub bedeckte auch sein sonnengebräuntes Gesicht und klebte in seinen dunklen Augenbrauen. Sein Hemd hatte keinen Kragen, und der obere Knopf stand offen. Chess konnte seinen kräftigen, schmutzigen Hals sehen und die feuchte, staubfreie Stelle, die der Schweiß an seiner Kehle gebildet hatte.

Mit einem Grinsen wandte er sich ihr zu. »Ja, man hat mir gesagt, ich solle auf zwei Hasen achten. Wie weit ist's bis zum Haus? Kann ich mit Ihnen fahren?« Ohne eine Antwort abzuwarten, warf er seine Tasche auf den Wagen neben die schlammbedeckten Schaufeln, trat auf eine Speiche, um den Sitz zu erreichen und hockte sich neben Chess.

Sie war so verblüfft über seine lässige, unbekümmerte Art, daß es ihr für einen Augenblick die Sprache verschlug.

Ganz anders der Fremde. »Ein langer Weg von Richmond hierher bei diesem heißen und trockenen Wetter«, bemerkte er. Ächzend reckte er sich, und dann verschwand sein Lächeln. »Jesses«, flüsterte er, »Sie sind ja gar kein Mister.« Das Grinsen kehrte zurück. »Tut mir leid, Ma'am. Aus der Entfernung ...« Höflich zog er den Hut, und dann setzte er ihn wieder auf, wobei er ihn weiter zurückschob. Chess starrte auf den roten Rand, den das Hutband auf seiner Stirn hinterlassen hatte. Geschah ihm recht. »Mister« – also wirklich!

»Wie heißen Sie, und was wollen Sie?« fragte sie.

»Mein Name ist Nate. Nathaniel Richardson. Und ich bin den ganzen Weg von Alamance County in North Carolina gekommen, um Mr. Augustus Standish zu treffen.« Seine Ankündigung klang so, als erwarte er dafür ihren Beifall, dachte Chess, oder als nehme er an, sie wüßte nicht, daß North Carolina der südliche Nachbarstaat von Virginia war, wo sie lebte. Für wie dumm hielt er sie eigentlich? Und warum zeigte er ihr bei seinem breiten Grinsen so aufdringlich seine großen weißen Zähne?

»Ich vermute, Sie halten mich für den dümmsten Kerl auf Erden, Ma'am«, fuhr Nate fort, »daß ich Sie mit einem Mann verwechselt habe.« Er schüttelte langsam den Kopf und machte ein reuiges Gesicht. »Meine Ma sagt, ich springe immer los, ohne zu wissen, wo ich lande.«

Aber in diesem Overall sah sie wirklich wie ein Mann aus,

dachte er bei sich. Selbst aus der Nähe noch, mit der flachen Brust und dem harten Kinn, das nur ein wenig zu klein war. Wenn da nicht die lange helle Haarflechte gewesen wäre, die unter ihrem Hut herausfiel, hätte er sie immer noch für einen hageren, kränklichen Mann gehalten, mit diesen hohlen Wangen und der langen, messerscharfen Nase. Sie sah wirklich sehr blaß aus.

Offensichtlich war sie sauer, aber nur sie konnte ihm ein paar Auskünfte geben. Also mußte er zusehen, wie er sich aus dem Schlamassel wieder herausredete.

Er schlug sich vor die Brust. »Bin so froh, daß Sie's mir nicht übelnehmen. Und Sie werden sehen, ich kann auch durchaus höflich sein.« Er lächelte wieder, um ihr ebenfalls ein Lächeln zu entlocken.

Aber Chess stand der Sinn schon lange nicht mehr nach Fröhlichkeit. »Bis zum Haus sind's drei Meilen«, sagte sie, »und außerdem sind Sie ja schon aufgestiegen.« Sie schnalzte und zog an den Zügeln. Nates Lächeln verging. Steif wie ein Brett saß sie neben ihm und sah starr geradeaus. Er blickte von einer Seite zur anderen und überlegte, wie er weitermachen sollte. Das Land war gut bestellt, die Felder brauchten allerdings bald Regen. In einiger Entfernung standen hier und da ein paar verwitterte Hütten. Er entdeckte spielende Kinder und eine Frau, die Wäsche von der Leine nahm. Aber wo waren die Männer?

Er fragte seine Begleiterin.

»Sind alle bei der Quelle gewesen und haben das Bachbett freigelegt«, antwortete Chess. »Jetzt wird's genug Wasser geben, um die Maisernte zu retten, selbst wenn es nicht regnen sollte.« Nate warf einen Blick auf ihre schmutzigen Stiefel. Nun wurde ihm manches klar. Sie mußte die Männerarbeit erledigen, weil sie keinen Ehemann hatte. Eigentlich hätte sie wenigstens einen Bruder haben sollen, aber im Krieg gegen die Yankees waren so viele Männer gefallen, daß jetzt die Frauen die ganze Arbeit machen mußten. Armes Ding. Kein Wunder, daß sie so mürrisch war.

Er streckte die Beine aus. Es war gut, nicht mehr laufen zu müssen und dem Ziel so nahe zu sein. Endlich. Erwartungsvoll beugte er sich vor.

Er ahnte nicht, welche Wirkung er auf seine Nachbarin hatte.

Chess fühlte sich beengt. Doch es war nicht so sehr sein Körper, der sie bedrängte – er war schließlich nicht sehr groß. Es war vielmehr die Vitalität, die von ihm ausging; diese Energie, die er ausstrahlte, diese Hitze. Diese Mischung aus Schweiß, Staub und Kampfer, die er bei jeder kleinen Bewegung verströmte, mit der er den Wagen voranzutreiben schien. Seine Stimme klang voller, sein Lächeln war breiter, seine blauen Augen strahlten heller, als sie es von anderen Männern kannte. Er irritierte sie.

Die Welt, in der sie lebte, war durchaus nicht so leer und trostlos, wie Chess dachte; Land und Leute waren nur müde. Dabei war Tidewater Virginia immer ein hübscher, beschaulicher Fleck Erde an den weiten Wassern des James River gewesen. Eine großzügige Region voller Reichtum und Schönheit, in der man die Gastfreundschaft hochhielt und wo gefeiert, getanzt und gejagt wurde, wo man sich duellierte und Sklaven auf leisen Sohlen einem jeden Wunsch erfüllten.

Doch im Krieg war dieses Leben abrupt und blutig zu Ende gegangen. Fünfzehn Jahre waren seither vergangen, aber die Wunden waren noch nicht geheilt. Nichts war an die Stelle der alten, eleganten Welt getreten, an die sich alle noch so gut erinnerten. Trauer lag über dem Land, und Hoffnungslosigkeit lähmte die Schritte der Überlebenden. Es war eine Welt der Vergeblichkeit und der Vergangenheit, aber keine Welt der Gegenwart.

Doch dieser barfüßige Doktor war sehr wohl ein Mann der Gegenwart. Er stammte nicht von hier; das bewies schon sein schlechtsitzender, schäbiger Anzug. Jemand aus ihrer Gegend hätte sich auch nie so dreist benommen und sich längst von ihren knappen Antworten und ihrem Schweigen einschüchtern lassen. Sie war noch nie einem Mann wie ihm begegnet. Er war ungehobelt, ein einfacher Bursche, aber es war ihm egal. Er war mit sich im reinen. Inmitten dieser erstorbenen Gegend verströmte er Wärme und Vitalität. Das verunsicherte sie. Und es rührte etwas in ihr auf, das verkümmert war, aber dennoch leben wollte.

»Ja, Ma'am«, sagte er nun, »es gibt nichts Besseres als Regen, um einen Menschen wieder aufzurichten. In Amalance County waren wir letzten Monat alle ziemlich verzweifelt. Dann fing es schließlich an zu regnen, und die Welt war plötzlich wie neu.« Nate wartete auf eine Antwort, doch es kam keine.

»Der Mais hier sieht sehr ordentlich aus«, fuhr er fort, »ein bißchen Wasser, und es gibt eine gute Ernte. War sicher richtig, den Wasserlauf der Quelle wieder in Ordnung zu bringen.«

Chess nickte schweigend.

Nate blickte nach vorn. Die staubigen, trockenen Wagenspuren schienen endlos, aber ihm war klar, daß er nicht mehr viel Zeit hatte. Er wandte sich ihr wieder zu. »Hören Sie«, sagte er mit einem gezwungenen Lachen. »Es tut mir leid, wenn ich Sie erzürnt habe. Das meine ich ernst. Ich wäre Ihnen sehr dankbar, wenn Sie's vergessen könnten und mir helfen würden. Ich habe diesen Mr. Standish noch nie gesehen, nur ein paar Gerüchte über ihn gehört. Sie könnten mir sagen, welche stimmen und welche falsch sind. Ich möchte bei ihm nicht gleich wieder ins Fettnäpfchen treten.«

Chess wandte sich ihm zu. Nate sah, daß ihr Gesicht noch blasser als vorher war. Selbst ihre Augen waren blaß. Die dunklen Ringe, die sie umgaben, ließen ihr Grau noch heller erscheinen. Er konnte sich nicht erinnern, jemals graue Augen gesehen zu haben. Sie waren so klar, daß er wie durch Wasser durch sie hindurchblicken konnte. Doch er konnte nicht erkennen, was dahinter lag. Er hatte keine Ahnung, was im Kopf dieser stillen, blassen Frau vorging.

»Was wollen Sie wissen?« fragte sie.

Immerhin sprach sie jetzt mit ihm. Nate neigte den Kopf vertraulich zu ihr hinüber. »Ist der alte Standish wirklich so schlau, wie man sagt? Ich habe gehört, daß er aus einem Haufen Drähte und Räder eine Winde bauen kann, die einen Eimer fast wie von selbst aus einem Brunnen holt. Oder daß er daraus eine Uhr zusammensetzt, die man nur einmal im Jahr aufziehen muß. Oder einen Apparat baut, der Erbsen pflanzt, Erbsen pflückt, Erbsen schält und sie sogar kocht.« Vor lauter Aufregung war seine Stimme immer lauter geworden, seine Wangen glühten.

Er schlug die großen Hände zusammen. Chess erschrak, doch er bemerkte es nicht. »Einige Leute haben mir erzählt, daß dieser alte Mann jedes Problem lösen kann. Daß er alle möglichen Dinge erfindet, daß er eine Art Zauberer ist. Stimmt das?« Sein Gesicht glänzte erwartungsvoll, die Hände hatte er zusammengepreßt.

Chess konnte die Energie spüren, die in ihm pulsierte, und die Kraft, mit der er sie ihm Zaum hielt. Sie sah auf seine Hände, dann blickte sie rasch weg.

»Er ist ein Erfinder, das stimmt schon«, erwiderte sie, »aber kein Zauberer. Er hat zwei Jahre damit zugebracht, eine Regenmaschine zu bauen, und Sie sehen ja, was daraus geworden ist.« Damit wollte sie ihn eigentlich ein wenig beruhigen.

Nate schüttelte heftig den Kopf. »Verstehen Sie denn nicht«, schrie er fast. »Bei niemandem klappt es gleich beim ersten Mal oder jedes Mal. Aber wenn es zwei- oder dreimal hinhaut – oder auch nur ein einziges Mal –, das reicht schon für das Leben eines Mannes. Etwas zu machen, was keiner vorher geschafft hat, sich ein Ding auszudenken, das es nie zuvor gegeben hat...« Er brach ab, unfähig, seinen Gefühlen Ausdruck zu geben.

Chess vergaß ihre Beklemmung. »Was wollen Sie erfinden, Mr. Richardson?« Ihre Neugier war stärker.

»Das liegt mir nicht«, erwiderte er. »Ich bin ein Macher, kein Denker. Aber ich würde gerne ... ach, nichts. Ich muß mit dem alten Standish über eine Maschine sprechen, von der ich gehört habe. Meinen Sie, er wird mitmachen? Ich weiß, daß er ein verrücktes Huhn ist. Die ganze Familie ist verrückt, aber das wissen Sie besser als ich. Sie kennen sie vermutlich alle ziemlich gut.«

Chess nickte. »Halten Sie sich fest«, sagte sie. »Wir sind gleich da, und das Maultier fängt immer an zu rennen, wenn es seinen Stall riecht.«

Nate bekam noch gerade rechtzeitig eine Seite des Wagens zu fassen.

»Danke für die Warnung«, lachte er, als er im Hof wieder festen Boden unter den Füßen hatte. »Kann ich mich unter der Pumpe waschen, bevor ich nach dem alten Mann sehe? Ich habe Seife dabei.«

»Da drüben«, wies ihm Chess die Richtung.

Während sie das Maultier ausschirrte und es striegelte, warf sie verstohlene Blicke zum Brunnen hinüber. Ihr stockte der Atem, als Nate sein Hemd auszog, es auf den Boden warf und kräftig die Pumpe bewegte. Er beugte sich vor und hielt Kopf und Schultern unter den Wasserstrahl. Sein Oberkörper war erschreckend weiß im Vergleich zu dem sonnengebräunten Gesicht und den Armen. Seine Haut schimmerte unter dem Wasser wie nasse Seide; der Anblick des Seifenschaums ließ Chess aufseufzen. Heftig riß sie sich die Handschuhe von den Fingern. Was war bloß los mit ihr? Sie wollte diesen breiten Rücken berühren, die Muskeln unter ihren Handflächen spüren. Sie wollte noch einmal den Geruch dieses Mannes einsaugen, ehe er ihn ganz weggewaschen hatte, und dann wollte sie den Geschmack der Seife auf seiner Haut mit ihren Lippen aufnehmen. Aber das durfte nicht sein; sie war schockiert. »Du solltest dich schämen«, wies sie sich zurecht. »Sieh ihn nicht an, und denk nicht an solche Dinge.«

Doch sie konnte den Blick nicht von ihm wenden. Chess hatte noch nie den nackten Rücken eines Mannes gesehen, war noch nie in die Versuchung geraten, ihre geheimen Phantasien mit einem realen Wesen zu verbinden. Sie war jetzt dreißig Jahre alt und noch nie umarmt, noch nie geküßt worden, und ihr ganzes Wissen über das, was zwischen Männern und Frauen passieren konnte, stammte aus Büchern. Sie war unvorbereitet auf die Begierden, die sie jetzt plötzlich verwirrten und bestürzten. Bei Alexandre Dumas oder Sir Walter Scott war davon nie die Rede gewesen.

Schwäche überkam sie, als Nate sich umdrehte und sie die dichten feuchtglänzenden Haare auf seiner Brust sah. Sie mußte sich abwenden.

Als er sich wenig später die Schuhe zuband, wirkte sie zumindest äußerlich wieder ruhig. Sie führte ihn zu dem »Erfinder-Schuppen«, wobei sie sah, wie sein langer Schatten ihre Schultern streifte und sich dann über den Pfad vor ihr legte. Sie konnte seine Seife und die Stärke in dem Hemd riechen, das er aus seiner Arzttasche genommen hatte.

Sie klopfte kurz an der Schuppentür und öffnete sie. »Caesar, ich bin's, Chess. Hier ist jemand, der dich sprechen will.«

Der Mann, der zur Tür kam, hatte spärliches weißes Haar und einen krummen Rücken. Aber sein faltiges Gesicht strahlte von jugendlichem Glanz. »Ich bin ganz nahe dran«, sagte er, »ich weiß, daß ich's fast geschafft habe. Noch ein paar Änderungen ... das Schwungrad muß komplett neugemacht werden, aber das spielt keine Rolle ...« Er blickte über ihre Schulter. »Wer ist das?«

»Ich bin Nathaniel Richardson, Sir, aus North Carolina.« Chess wandte sich zu Nate um. Er wirkte merkwürdig steif, wie eine Wachsfigur. Sie lächelte ihm kurz zu. »Das ›verrückte alte Huhn‹ ist mein Großvater, Mr. Richardson. Augustus Standish.«

Nate wich einen Schritt zurück. Dann kam er wieder zu sich. Aus seiner Kehle löste sich ein tiefes polterndes Lachen. Er legte seine Hände auf Chess' Schultern und schob sie beiseite. »Mr. Standish, Sir, es ist mir eine große Ehre, Sie kennenzulernen. Ich bin gekommen, um mit Ihnen über James Bonsack zu reden.«

»Jimmy? Feiner Junge. Gute Familie, ich habe seinen Vater und Großvater gekannt. Treten Sie näher, junger Mann, und erzählen Sie, was Sie auf dem Herzen haben.«

Nate schloß die Tür hinter sich.

Chess war sich fast sicher, daß er ihr zugezwinkert hatte. Und auf ihren Schultern spürte sie noch den Druck seiner Hände. Sie rannte zurück ins Haus.

3. Kapitel

Die Farm lag bereits im sommerlichen Zwielicht, als Mr. Standish und Nate aus der Werkstatt kamen. Nate warf mit dem erfahrenen Auge des Bauern einen Blick auf den Himmel und schätzte, daß es kurz vor sieben war. Er würde sich jetzt bald ein Ruheplätzchen unter den Bäumen an der Straße suchen und sich dann beim Morgengrauen auf den Rückweg nach Richmond machen. Vielleicht gab es ja ein paar Wagen, und einer nahm ihn mit in die Stadt, so daß er nicht wie heute die ganze Strecke laufen mußte.

»Sieht so aus, als seien Sie nicht ganz bei Trost«, erwiderte der alte Mann jedoch, als Nate sich von ihm verabschieden wollte. »Sie kriegen was zu essen und ein Bett hier bei uns.«

»Danke, Sir«, erwiderte Nate. Sein leerer Magen hatte sich schon seit Stunden immer wieder gemeldet, aber bis dahin hatte er nicht weiter darauf geachtet. Mr. Standishs Entwürfe und die Unterhaltung mit ihm waren einfach zu faszinierend gewesen. Selbst seine bittere Enttäuschung hatte er für eine Weile vergessen können. Aber nun hatte er wieder einen herben Geschmack im Mund und spürte den Hunger. Doch er mußte den Anschein von Fröhlichkeit erwecken. Dabei hätte er sich lieber irgendwo verkrochen und den Mond angeheult.

Beinahe hätte es geklappt – und nun hatte er doch verloren. Es war schlimmer, als er es sich je vorgestellt hatte. Die Maschine, die James Bonsack erfunden hatte, schien wirklich eine Revolution für die Tabakproduktion zu bedeuten; Nate hatte seit Monaten davon gehört. Auch von den Problemen, daß sie vielleicht doch nicht funktionieren würde. Aber noch aufregender waren die Gerüchte über einen verrückten alten Mann in der Nähe von Richmond gewesen, der eine noch bessere Maschine ersonnen habe. Und das, bevor Bonsack ein Patent angemeldet hatte. Niemand wußte etwas Genaues; es hörte sich alles sehr vage an. Aber wenn die Gerüchte stimmten und er den alten Mann finden und an dessen Patent herankommen konnte, dann hatte er endlich die große Chance, nach der er die vergangenen fünf Jahre gesucht hatte.

Mach dir keine Hoffnungen, hatte er sich immer wieder gesagt. Wahrscheinlich gibt es gar keine Maschine, jedenfalls keine, die besser als Bonsacks ist. Vielleicht gab es nicht einmal einen verrückten alten Kerl namens Standish in der Nähe von Richmond. Wenn etwas zu schön klingt, um wahr zu sein, dann ist es meist auch nicht wahr.

Aber seine Träume ließen ihn nicht los. Noch als er sich von Richmond aus auf den stundenlangen Weg gemacht hatte, überlegte er unentwegt, wie er die Maschine des alten Mannes am besten nutzen und wie er ihm das Patent abschwatzen konnte.

Mr. Standish hatte ihn ein ums andere Mal verblüfft. Das erste Mal, als er ihn so herzlich begrüßt hatte. Ein Mann von einer kleinen Farm mitten in North Carolina konnte nicht damit rechnen, so von einem alten Herrn behandelt zu werden, dessen Ländereien so groß waren, daß die Einfahrt drei Meilen vom Haus entfernt lag.

Dann hatte sich der Alte auch noch für Nates Ideen und seine Geschichte und seine Zukunftspläne interessiert. Nate hatte mit Mr. Standish geredet, wie er es noch nie zuvor mit einem Menschen getan hatte. Er hatte ihm Dinge anvertraut, für die er sich früher lieber hätte die Zunge abschneiden lassen.

»Ich glaube, ich kenne Sie jetzt«, hatte Standish anschließend gesagt, »und Sie gefallen mir, Nate Richardson. Ich freue mich, Ihnen zu zeigen, weswegen Sie gekommen sind.«

Dann hatte er aus einem Regal vorsichtig einen Kasten genommen und ein kunstvolles, etwa sechzig Zentimeter breites und ebenso hohes Holzmodell herausgeholt. Das glattpolierte Kiefernholz schimmerte wie altes Gold. Winzige Zahnräder griffen ineinander, über zierliche Rollen liefen schmale Ketten, kleine Gummiriemen und Stoffringe schnurrten lautlos, als er ein Rad in Gang setzte. Es war ein richtiges Kunstwerk.

Es war mehr, als Nate erwartet hatte.

»Jimmy Bonsack?« sagte Mr. Standish mit einem breiten Lächeln. »Oh ja, ich habe mich oft mit Jimmy unterhalten. Ich kenne ihn, seit er noch ein Lätzchen trug. Ein aufgeweckter Bursche, schon damals. Hatte immer gute Ideen, und das habe ich ihm auch gesagt. Aber ich habe ihm nicht alles gesagt, was ich weiß.« Der alte Mann zwinkerte. »Wie die Köchin, die wir mal hatten. Die gab auch ihre Rezepte gern weiter, aber ein oder zwei Sachen ließ sie immer weg, eine Prise Pfeffer oder so was. Und genau das machte den Unterschied bei einer Soße aus.«

»Hat er das Modell gesehen?« fragte Nate. Er wäre gern der einzige gewesen.

»Natürlich. Ich bin ein eitler alter Mann; ich mache gern Eindruck. Gott sei Dank sitzt mein Rheuma in den Knien und nicht in den Fingern. Ich halte mich für den besten Schnitzer seit Grinling Gibbons.«

Der Name sagte Nate nichts, aber er konnte Standishs Stolz verstehen. »Das sind Sie ganz bestimmt«, sagte er aufrichtig. »Darf ich's mal anfassen?«

»Tut mir leid, mein Sohn, aber das muß ich ablehnen. Es ist zwar ziemlich robust, aber die Ketten und das ganze Zeugs – eine Heidenarbeit, das alles wieder hinzukriegen. Und sie könnten verrutschen, wenn man sie berührt.«

Nate war enttäuscht. Zu gerne hätte er über das glatte Holz gestrichen, an den winzigen Rädern gedreht. Aber schließlich war er nicht zum Spielen hergekommen. Er atmete tief ein. »Ich verstehe nichts von Patenten; aber ich glaube, Sie müßten das Modell an eine Behörde schicken.«

»Oh nein, die sind froh, wenn man's nicht tut. Dann müßten sie nämlich ihr Gehirn benutzen und überprüfen, wie's funktioniert. Thomas Jefferson hätte das in einer Minute geschafft, und eine Minute später hätte er's noch verbessert. Der Mann war der geborene Erfinder, zu schade, daß er seine Zeit damit vergeudet hat, Präsident zu sein ... Also das Patentamt. Die wollen lieber Zeichnungen haben, die Idioten. Nicht daß sie die besser verstünden, aber die können sie besser wegpacken. Das ist der Hauptgrund, weshalb ich mich mit denen nicht mehr abgebe. Sie haben mir gesagt, meine Modelle nähmen zu viel Platz weg, ich solle ihnen nur die Papierunterlagen schicken.«

Nate schnappte drei Worte aus Mr. Standishs Philippika auf. »Daß Sie sich mit denen nicht mehr abgeben, sagten Sie. Heißt das, daß Sie nie ein Patent bekommen haben?«

»Nein, verdammt noch mal!«

Nate war wie vom Donner gerührt. Er mochte gar nicht darüber nachdenken, so geschockt war er über die Worte des Alten, und Augustus Standish redete auch noch weiter, während er eine andere Kiste aus dem Regal zog. »Bei diesem hier gab es ein besonders kniffliges Problem zu lösen, mit dem vermutlich sogar Archimedes seine Schwierigkeiten gehabt hätte. Der Hebel hier hatte nicht genug Spielraum, die ganze Ladung hochzuheben. Was konnte ich tun? Ich habe mindestens zwanzig, dreißig Varianten ausprobiert und wollte schon fast aufgeben, als mir plötzlich aus heiterem Himmel ...« Nate beugte sich vor, um das Modell zu begutachten. Er war hingerissen.

Am Schluß standen über zwanzig Kisten auf dem Boden, ehe Mr. Standish bewußt wurde, wie spät es geworden war.

Auf einem Pfad, der durch ein Bambusdickicht führte, gingen sie zum Haus. Nate blieb stehen, als der Weg auf eine Lichtung führte und er das Gebäude vor sich sah. In der zunehmenden Dunkelheit war es kaum zu erkennen; ein mächtiger Schatten mit acht gewaltigen weißen Säulen, die höher waren als die Bäume daheim auf seiner Farm. Sie standen vor der großen Veranda, und dahinter fiel aus hohen Fenstern diffuses Licht. Das Ganze erinnerte Nate an das State Capital Building in Raleigh, das er ein paarmal gesehen, aber nie zu betreten gewagt hatte.

»Kommen Sie«, sagte Augustus Standish.

Er führte Nate durch eine Tür an der Seite des Hauses und eine enge, steile Treppe hinauf. »Meine Schwiegertochter macht mir immer eine schreckliche Szene, wenn ich zu spät zum Essen komme«, sagte er, »also müssen wir uns beeilen.« Man würde sich dazu auch stets umziehen, verriet er Nate weiter, darauf legte seine Schwiegertochter ebenfalls großen Wert. Der Anzug eines seiner Enkel würde Nate wohl passen.

Die Ärmel und die Hosenbeine waren zu lang. Mit Nadeln schuf Mr. Standish Abhilfe und versorgte seinen Gast auch noch mit einem Hemd und den dazugehörigen Manschettenknöpfen. Nur bei den Schuhen konnte er ihm nicht helfen. »Behalten Sie Ihre Stiefel unterm Tisch«, riet er, »dann wird es schon gehen.« Nate wollte ihm nur zu gerne glauben, aber er kam sich vor wie ein herausgeputzter Tanzbär auf dem Jahrmarkt. Allerdings sah

Mr. Standish auch ziemlich albern aus, dachte er, obwohl dem seine Sachen sehr wohl paßten. Außerdem lag ein Duft in der Luft, der Nate das Wasser im Munde zusammenlaufen ließ, und er mußte endlich etwas in den Magen bekommen.

Das Essen wurde zu einem Ereignis, das Nate nie vergessen sollte.

Der Tisch kam ihm so lang wie sein Haus vor, und der Raum schien so riesig, daß seine Wände nur als dunkle Schatten zu erahnen waren. Die Tafel wurde von zwei Dutzend Kerzen – Nate zählte sie – in glänzenden großen Haltern fast taghell erleuchtet. Aber am meisten strahlte das Halsband der Lady am anderen Ende des Tisches. Sie war die Schwiegertochter, die den Alten so nervös machte. Aber sie sah gar nicht wie eine Frau aus, die Anfälle bekam und zu schreien begann, wenn man zu spät kam. Sie war schön, mit blaßblonden Haaren, die in Locken auf ihrem Kopf aufgetürmt waren, von denen eine vor ihrem rechten Ohr herabfiel, fast bis auf ihre nackte Schulter. Nate hatte noch nie an einer bekleideten Frau so viel nackte Haut gesehen. Ihr tiefrotes Kleid hatte große gebauschte Ärmel, die aussahen, als hätten sie das Kleid heruntergezogen, um ihre Schultern und ein Gutteil ihres Busens freizulegen. Eines außerordentlich schönen Busens übrigens. Er wölbte sich sanft über der roten Spitze, die den Stoff einfaßte. Um ihren Hals gab es noch mehr Rot, aber das stammte von Rubinen, wie Nate annahm. Es mußten Rubine sein, und jeder einzelne war von Diamanten umgeben. Nate fragte sich, was das Ganze wohl wert war. Sicher genug, um davon eine Fabrik oder Mühle zu bauen, und ihm fiel ein, mit welch hochgespannten Erwartungen er hierher gekommen war, und er hätte am liebsten wie ein Kind geheult.

Das kommt nur daher, daß ich hungrig bin, sagte er sich. Wie lange sie hier wohl sitzen mußten, bis etwas zu essen auf den Tisch kam?

»Mr. Richardson.«

»Ja, Ma'am.« Nate wandte seine Aufmerksamkeit der schimmernden Lady zu.

»Reiten Sie?«

»Wann immer ich kann, Ma'am.« Er spürte noch immer die Hitze der Straße von Richmond an seinen Füßen.

Mrs. Standish lächelte. Sie hatte ein hübsches Lächeln, ihr ganzes Gesicht leuchtete davon. »Vortrefflich. Sie müssen bis zur nächsten Jagd bleiben. Natürlich können Sie sich eins von unseren Pferden aussuchen. Mein ältester Sohn richtet die Fuchsjagden aus, und er wird dafür sorgen, daß es Ihnen bei uns gefällt.«

Nate hatte keine Ahnung, wovon sie sprach. Er fragte sich, wo dieser Sohn wohl steckte? Am Tisch saßen außer ihm und dem Alten nur die stille Frau, die er für einen Mann gehalten hatte, und die Lady in Rot.

»Meine Tochter«, fuhr sie jetzt fort, »macht sich überhaupt nichts aus der Jagd. Ein Jammer, finden Sie nicht auch? Ich sage ihr immer wieder, daß sie einen Fehler macht. Reiten ist wirklich etwas Feines.« Sie machte ein neckisches Gesicht und sah die schweigsame Frau neben dem Alten an.

War das ihre Tochter? Eigentlich sah es eher anders herum aus. Die Tochter war verdrossen und in sich gekehrt und dünn wie ein Bindfaden; selbst ihr Haar wirkte eher mütterlich-grau als silbern. Vielleicht lag es nur daran, daß sie es im Nacken zu einem strengen Knoten zusammengebunden hatte, aber Nate zweifelte daran. Zumal auch ihre Haut grau war, und obendrein trug sie noch ein graues Kleid. Der Overall hatte ihr entschieden besser gestanden.

Ein älterer Mann in Schwarz trat an den Tisch. Auch er trug einen Anzug und dazu weiße Handschuhe. Er hielt ein silbernes Tablett, auf dem silberne Schüsseln standen. Nate atmete dankbar auf. Endlich Essen. Nein, doch noch nicht, stellte er fest. Ungläubig verfolgte er das nun anhebende Ritual.

Um die Dinge ein wenig hinauszuzögern, wurden die Schüsseln nicht einfach auf die Tafel gestellt. Das Tablett landete vielmehr bei Mrs. Standish, und die füllte mit einem Löffel aus jeder Schüssel etwas, das Nate nicht erkennen konnte, auf ihren Teller. Dann ging der Schwarze zur Tochter, die sich ebenfalls bediente. Danach ließ er den alten Mann weiter hungrig sitzen, um erst einmal um den halben Tisch herum mit dem Tablett Nate anzusteuern. Was für eine Zeitverschwendung, dachte der, er hätte schon längst mit dem Essen fertig sein können.

Gott sei Dank gab es nichts Ausgefallenes, aber dafür gab es reichlich. Zu einem ordentlichen Haufen Löffelbrot nahm er dicke Bohnen und einen Eintopf, vermutlich von einem Kaninchen. Dann begann er zu essen.

»Mein Leibgericht, Catherine«, sagte Mr. Standish, »ich mag zu gerne Eintopf. Die einzige Art, wie meine alten Zähne noch mit Wildbret fertigwerden.« Er lächelte seiner Enkelin zu. Sie erwiderte es, und für einen Augenblick ähnelte sie ihrer Mutter.

»Ich habe immer etwas gemischte Gefühle bei Wildbret«, bemerkte Mrs. Standish. »Die Tiere sind doch wirklich sehr schöne Kreaturen. Aber ich mag den Geschmack. Ich sage mir einfach, daß dies hier eines von gräßlichen Biestern ist, die immer die Lilien im Garten abfressen, trotz der hohen Mauer.«

»Vielleicht geben die Lilien ihrem Fleisch einen besonderen Geschmack«, entgegnete die stille Frau. »Dann kann man den Verlust der Blumen fast verschmerzen.«

»Francesca, du kommst manchmal wirklich auf die merkwürdigsten Gedanken. Ich kann mir nichts Herrlicheres als Blumen vorstellen.« Inmitten der Kerzenständer stand eine große blaue Schale. Sie war gefüllt mit Feldblumen und Efeuranken.

Nate konzentrierte sich auf seinen Teller, während sich die drei Standishs unterhielten. Sie aßen langsam, weil sie so viel redeten. Er nahm noch einmal, als das Tablett wieder bei ihm landete, und auch damit war er fertig, als die anderen noch nicht einmal die Hälfte ihrer ersten Portion verzehrt hatten.

Ein voller Magen machte ihn geselliger. Er verfolgte die Konversation und lächelte jedem der Redenden beifällig zu. Mrs. Standish sprach fast unentwegt und nahm nur kleine Bissen zu sich. Nate wurde nicht besonders schlau aus dem, was sie sagte, aber die anderen schienen sie völlig zu verstehen. Hin und wieder blickte Nate zu den dunklen Schatten des Raumes hinüber, als müßten aus denen ihr Gatte und die Söhne treten, von denen sie sprach. Aber niemand erschien. Er hoffte, sie wären verreist und kämen nicht nur einfach zu spät. Er hatte keine Lust, die Lady zornig zu erleben. Wenn schon der alte Mann sich vor ihr fürchtete, dann würde sie ihn vermutlich völlig aus der Fassung bringen. Schon jetzt machte sie ihn irgendwie nervös.

Plötzlich stand sie auf; Mr. Standish und die Tochter taten es ihr nach. Hastig erhob auch Nate sich.

»Wir überlassen die Herren nun ihrem Brandy und ihren Zigarren.« Sie hielt Nate eine mit Ringen überladene Hand hin. »Guten Abend, Mr. Richardson. Wir freuen uns über Ihren Besuch.«

Auch Nate streckte seine Hand aus. Was sollte das bedeuten? Mrs. Standishs Fingerspitzen berührten kurz die seinen, dann zog sie ihre Hand zurück. Als sie davonging, bemerkte er, daß sie einen altmodischen Reifrock trug – wie ihre Tochter, die ihr folgte.

»Setzen Sie sich, Mr. Richardson«, sagte der alte Mann, als die Tür sich geschlossen hatte. »Ich fürchte, ich hätte Sie nicht nur mit einem Anzug auf dieses Essen vorbereiten sollen. Wollen Sie einen Whiskey?«

»Nein, Sir. Vielen Dank.«

»Also ich kann einen gebrauchen. Oder zwei. Catherine war heute abend besonders anstrengend. Schon als ich das rote Kleid sah, wußte ich, daß es Schwierigkeiten geben würde. Es ist ein Gefahrenzeichen, wie eine rote Flagge.« Aus dem Dunkel erschien der schwarze Diener mit einer Karaffe und zwei Gläsern. Schweigend nahm er die Teller vom Tisch. »Danke, Marcus«, sagte Mr. Standish. »Haben Sie Ihre eigene Karaffe?«

»Ja, Sir. Neben dem Bett.« Der Schwarze gluckste, als er mit dem Tablett davonging. »Ich werde sehr gut schlafen.«

Mr. Standish kam auf drei statt zwei Whiskeys, während er Nate »die nötigen Erklärungen« gab.

»Ich hatte nur ein Kind«, begann er, »einen Sohn. Aus irgendeinem Grund, den keiner wußte, wurden wir nie mit einem zweiten gesegnet. Aber Frank genügte uns auch. Er war ein kräftiger Junge, und er wuchs zu einem stattlichen Mann heran. Er machte uns große Freude.

Seine Mutter starb an einer Rippenfellentzündung, als er noch auf der Universität war. Vielleicht war es besser so; Catherine hätte ihr das Herz gebrochen. Die Hochzeit kam völlig überstürzt und fand irgendwo in der Fremde statt. Ich habe erst davon erfahren, als schon alles vorbei war. Frank war auf seiner Grand Tour durch Europa, als er sie kennenlernte. Er war gerade dreiundzwanzig. Ich vermute, das ist ungefähr Ihr Alter.« Der alte Mann erwartete keine Antwort; er starrte in sein Glas.

»Es war Liebe auf den ersten Blick, behauptete er, eine Art Wahnsinn. Frank hatte völlig den Verstand verloren. Nach weniger als einer Woche heiratete er sie. Der Bürgermeister einer kleinen Stadt in der Schweiz vollzog die Zeremonie.«

Nate dachte an Lily. Glücklicher Frank. Gideon und Lily waren nun schon fast vier Jahre verheiratet, und er spürte immer noch den Schmerz, würde ihn vermutlich ewig spüren.

»Es spielte keine Rolle, daß Catherine eine Abenteuerin mit dunkler Vergangenheit war. Sie war Frank eine liebende Ehefrau, ihren Kindern eine gute Mutter, eine vorzügliche Hausfrau und eine exzellente Gastgeberin. Die Gesellschaften auf Harefields waren berühmt, und vom Weihnachtsball sprach man immer noch, wenn schon der nächste vor der Tür stand. Und was das Wichtigste war, Frank hörte nie auf, sie zu lieben, und sie machte ihn glücklich.

Natürlich gab es auch Probleme. Wer hätte je von einem Leben ohne Schwierigkeiten gehört?« Die Karaffe stieß an den Rand des Glases. »Nach der Geburt des ersten Kindes weinte Catherine ununterbrochen. Das passiere bei jungen Müttern öfter, sagte der Arzt. Aber als bald darauf der zweite Junge kam, hatte sie eine Nervenattacke, die Monate dauerte. Gott sei Dank fand der Doktor ein Beruhigungsmittel, das sie schließlich kurierte. Sie war immer leicht erregbar; die Arznei war ihre Rettung. Ned und Charles waren immer brave Söhne, aber Jungen machen Krach und klettern auf Bäume und fallen herunter und brechen sich Arme und Beine und tun überhaupt nicht immer das, was man ihnen sagt. Catherines Nerven wurden arg strapaziert.

Als ihre Söhne sieben und acht waren, fuhr Frank mit Catherine wieder nach Europa. Eine zweite Hochzeitsreise, wie er behauptete. Aber ich habe mich immer gefragt, ob er in Wirklichkeit nicht den Jungen mehr Freiheit geben wollte, ohne die Hätschelei ihrer Mutter. Sie hatten einen guten Hauslehrer, einen jungen Burschen, der klug und stark war. Er ließ den Jungen keine Frechheit durchgehen, aber er erdrückte sie auch nicht. Was immer Frank auch mit der Reise bezweckt hatte, sie wirkte jedenfalls Wunder. Als er und Catherine zwei Jahre später zurückkehrten, war Ned zehn und Charles neun, und manierlichere kleine Jungen werden Sie nie zu Gesicht bekommen. Sie hatten jetzt überdies eine kleine Schwester, die in Venedig geboren worden war, und sie schwärmten vom ersten Tag an für sie. Genau wie ich, und ich tue es bis heute.

Catherine hatte ihr den Namen Francesca gegeben, aber ich habe sie von Anfang an Chess genannt. Ich habe nichts für fremdländischen Schnickschnack übrig. Wir haben sie alle Chess genannt, und irgendwie paßte das zu ihr. Nur Catherine blieb bei Francesca, sie fand das romantisch.

Wie auch immer, sie betete das Baby an. Sie habe immer ein kleines Mädchen haben wollen, sagte sie, zum Anziehen. Und sie waren denn auch ein Anblick, die beiden in ihren hübschen Rüschenkleidern und mit den silbern schimmernden Haaren. Die Jungen waren dunkel wie Frank, aber Chess kam nach ihrer Mutter. Und sie war das glücklichste Kind auf Erden, ständig lachte oder sang sie, und manchmal tat sie auch beides gleichzeitig. Und klug war sie. Als sie gerade mal fünf war, brachte ich ihr Schach bei. Sie liebte das Spiel, aber eigentlich liebte sie alles – Hunde, Katzen, Pferde, Vögel, Blumen, Bäume, sogar die Wolken am Himmel. Und sie liebte auch alle Menschen, sogar die Gouvernante, die sonst keiner mochte. Mit Chess war sie wie verwandelt. Den ganzen Tag ertönte Gelächter aus dem Unterrichtszimmer.

Mit dem Krieg fand das Lachen ein Ende. Die Jungen hatten gerade die Universität beendet, als sie mit ihrem Vater wie die drei Musketiere davonzogen. Charles fiel bei Wilderness, Ned in Gettysburg.

Catherine konnte nicht begreifen, daß sie tot waren. Selbst als sie überführt und in der Familiengruft beigesetzt worden waren, wartete sie weiter auf Briefe von ihnen und beklagte sich über ihre Gedankenlosigkeit, daß sie es nicht für nötig hielten, ihr zu schreiben.

Sie beklagte sich sogar bei dem Yankee-Offizier, der mit seinen Soldaten hier einrückte. Sie behauptete, die Yankees würden die Post abfangen.

Einigen Farmen am Fluß wurde damals ziemlich übel mitgespielt, aber Harefields blieb fast unberührt davon. Catherine lud die Offiziere zum Essen ein und bezauberte sie alle. So achteten sie darauf, daß ihre Männer sich benahmen. Außer den Kühen,

Schweinen und Pferden haben wir fast nichts verloren. Bis zu dem Tag, an dem wir alles verloren.

Frank wurde viermal verwundet, doch nie ernsthaft. Bei der Belagerung von Petersburg wurde er zwar zum Invaliden, doch durch Malaria und die Ruhr, nicht durch eine Kugel. Er kam nach Hause, um sich zu erholen, und dann wollte er sich wieder General Lees Truppen anschließen. Je verzweifelter die Lage wurde, desto heftiger glaubte Frank an die Sache der Südstaaten.

Er war schon fast wieder gesund, als uns die Nachricht erreichte, daß Lee sich Grant und seinen Yankees bei Appomattox ergeben habe. Ich habe damals reichlich geflucht, doch Frank sagte kein Wort. Statt dessen putzte er seine Stiefel und bürstete seine Uniform aus. Sogar die Knöpfe polierte er. Dann ging er zum Friedhof, wo seine Söhne, die ihr junges Leben für die Sache der Konföderierten geopfert hatten, begraben lagen. Dort steckte er sich die Pistole in den Mund.

Sein Kopf war nur noch eine blutige Masse. An seinem Siegelring mit dem Wappen der Standishs haben wir ihn erkannt.

Die arme Chess, sie hat ihn gefunden. Noch Wochen später ist sie nachts schreiend aufgewacht.

Aber Catherine vergoß keine einzige Träne. Sie verschloß sich der Realität, wie sie es schon beim Tod der Jungen getan hatte. Der ganze Krieg hat für sie nicht stattgefunden. Für sie ist immer noch 1860, die Söhne sind in der Schule, und ihr Mann muß jede Minute nach Hause kommen. Und wir alle spielen das Spiel mit. Es macht sie glücklich. Wahrscheinlich ist sie der einzig wirklich glückliche Mensch in ganz Virginia.«

Augustus Standish schob seinen Stuhl zurück. »Mr. Richardson, ich danke Ihnen für Ihre Höflichkeit und die Geduld, die Sie für das Geschwätz eines alten Mannes aufgebracht haben. Aber ich fürchte, ich muß Sie noch weiter belästigen. Ich glaube, ich bin ziemlich betrunken. Ich wäre dankbar, wenn ich mich beim Hinaufgehen auf Ihren Arm stützen dürfte.«

Nate sprang auf. »Es ist mir eine Ehre, Sir.«

Als er im Bett lag, wünschte er sich, er hätte mit dem Alten ein Glas getrunken. Vielleicht hätte es ihm geholfen einzuschlafen. Er war zwar müde, aber nicht so wie sonst. Er hätte zurück nach

Richmond gehen sollen; dann hätte ihn sicher die wohlbekannte Müdigkeit überfallen. Doch jetzt war er nur erschöpft von den zu vielen neuen Gedanken, den zu vielen Dingen, die in so kurzer Zeit auf ihn eingestürmt waren.

Er hatte die Pflanzer-Aristokraten immer gehaßt. Sein Onkel Josh hatte ein Bein verloren dafür, daß sie ihre Sklaven behalten konnten. Von seinen Leuten hatte keiner jemals Sklaven gehabt. Die Sache der Südstaaten war nicht ihre Sache.

Aber Augustus Standish konnte er nicht hassen. Fast liebte er den alten Mann, auch wenn der zu störrisch gewesen war, sich das Patent zu besorgen, das Nate soviel bedeutete. Sein Sohn und seine beiden Enkel waren tot, aber dennoch machte der alte Mann weiter, kümmerte sich weiter um seine Farm – die zwar eigentlich den Namen Plantage verdiente, aber eben einfach eine Farm mit ein paar Hektar mehr war – und sorgte für seine Frauen und beschützte sie vor der Welt. Er mußte an die achtzig sein. Wie schaffte er das? Jeden Abend beim Essen Mrs. Standish zuzuhören hätte schon gereicht, um Nate verrückt zu machen. Er hätte es nicht ausgehalten.

Er hatte gehört, der Landadel sei degeneriert – Mr. Standish bestimmt nicht. Und wenn man es recht bedachte, Chess auch nicht. Sie mußte mit am Tisch sitzen, und die Lady war ihre Mutter. Nate dachte an seine eigene Mutter und atmete auf. Sie war rechthaberisch, frömmelnd und zänkisch, aber sie war nicht durchgedreht.

Er beschloß, auf dem Rückweg ein Geschenk für sie zu besorgen. Es würde ihr nicht gefallen, und sie würde ihm einen Vortrag über törichte Geldverschwendung halten, aber er würde ein gutes Gefühl dabei haben.

Im Morgengrauen würde er aufbrechen. Er wollte von hier weg.

»Mr. Richardson …« Chess erwischte Nate, als er gerade aus der Tür schleichen wollte. »In der Küche steht ein Frühstück für Sie.«

»Vielen Dank, Ma'am, aber ich glaube, ich mache mich auf den Weg, bevor es wieder so heiß wird.«

»Gut. Aber kommen Sie trotzdem mit. Sie müssen nichts essen, wenn Sie nicht wollen. Ich möchte Ihnen nur einen geschäftlichen Vorschlag machen. Es dauert nicht lange.« Sie trug wieder grau, diesmal ein Kattunkleid. Auf ihren Wangen sah er rote Flecken, die sich deutlich von ihrer blassen Haut abhoben.

Er hatte keine andere Wahl. Er mußte ihr folgen.

In der gefliesten Küche hielt sich Chess an der Lehne eines Stuhls fest, der neben dem großen Tisch in der Mitte des Raumes stand. Er wackelte ein bißchen auf dem unebenen Boden.

»Vielleicht sollten Sie sich setzen«, meinte sie, »aber Sie müssen nicht, wenn Sie nicht wollen.« Ihre Stimme klang nervös.

»Nein, danke«, entgegnete Nate.

»Bitte. Was ich zu sagen habe, ist einfach und kurz. Nachdem Sie zu Bett gegangen waren, habe ich mit meinem Großvater gesprochen, und ich weiß, was Sie von uns … von ihm wollen. Ich habe es, Mr. Richardson. Das Patent. Ich habe immer wieder Anträge und Zeichnungen hingeschickt, weil ich dachte, vielleicht ist ja eines darunter, bei dem es sich lohnt. Und das ist ja wohl bei diesem der Fall.«

Nate stieß einen Schrei aus. Er konnte sein Glück nicht fassen.

»Allerdings«, sagte er schließlich. »Was verlangen Sie dafür? Ich habe nicht viel Bargeld, aber wir könnten einen Ratenplan aufstellen. Ich habe einen guten Leumund, ich könnte auch Bürgen besorgen.«

Die Knöchel ihrer Hand leuchteten weiß auf der Stuhllehne. »Ich möchte, daß Sie mich heiraten, Mr. Richardson, und mich mitnehmen nach Alamance County in North Carolina. Ich möchte einen Mann und Kinder haben. Das ist mein Preis.«

4. Kapitel

Sie wurden noch am selben Morgen in der kleinen Episkopal-Kirche an der Straße nach Richmond getraut. Der Pastor war ein alter Mann, fast so betagt wie Augustus Standish. Vorsichtig hielt er den Kelch in seinen geschwollenen Händen, als er ihnen das Abendmahl reichte. Über altertümlichen Insignien schmückte das Gefäß ein Hasenkopf. Der erste Standish in Amerika hatte es 1697 gestiftet.

Augustus Standish führte seine Enkelin zum Altar. Die schmächtige Frau des Pastors war ihr zweiter Trauzeuge. Chess trug ein schlechtsitzendes blaues Baumwollkleid. Die unbeholfene Drapierung der Rüschen verriet selbst Nates ungeübten Augen, daß es sich um ein selbst geändertes älteres Modell handelte. Eine einreihige Kette mit kleinen Perlen lag um ihren Hals. In den Händen hielt sie einen Strauß mit Feldblumen, und ihren Kopf bedeckte ein Schleier aus feiner, alter Spitze. Das Kinn hatte sie energisch vorgeschoben, aber ihre Lippen zitterten. Nate beantwortete die Fragen des Pfarrers automatisch. Er war noch völlig verwirrt.

Sie kehrten zur Plantage zurück, wie sie gekommen waren, in einem flüchtig abgestaubten schwarzen Landauer mit roten rissigen Ledersitzen. Ein Maultier zog ihn. Irgendwie hatte sich die Nachricht von der Hochzeit herumgesprochen: Als das bizarre Gefährt wieder durch die rostigen Eingangstore einbog, war der ganze furchige Weg mit Blumen bestreut. Dunkelhäutige Männer, Frauen und Kinder standen auf beiden Seiten. Beim Anblick der Kutsche begannen sie zu jubeln.

»Gott segne Sie, Miss Chess!« riefen sie.

Chess fing an zu weinen.

»Steh auf, Kind«, sagte ihr Großvater. »Sie sollen dich noch einmal sehen.« Seine Stimme bebte.

Chess erhob sich, suchte mit ihrer Hand Halt an seiner Schulter. Sie winkte und lächelte unter Tränen und nannte jeden beim Namen.

»Auf Wiedersehen, Julia ... danke, Pheemie ... Gott segne dich, Perseus ... paß auf dein Baby auf, Paula ... Justice ... Delphi ... Sukie ... James ... Jason ... Zanty ... Agamemnon ...«

»Die Klassiker haben mir immer viel bedeutet«, murmelte Mr. Standish zu Nate. »Den meisten habe ich selbst ihre Namen gegeben. Den Kindern natürlich nicht. Die sind erst nach der Befreiung geboren.«

»Auf Wiedersehen, auf Wiedersehen, auf Wiedersehen ...« Chess ließ ihren Tränen jetzt freien Lauf.

Augustus Standish trocknete ihre Tränen mit einem Taschentuch, nachdem sie aus der Kutsche gestiegen waren. »Ave atque vale, Caesar«, sagte sie.

»Bist du dir ganz sicher, Chess?«

Sie hob das Kinn. »Ja, ganz sicher«, erwiderte sie. Aber sie blickte furchtsam drein und schluckte. »Mein Sonnenhut ist bei den anderen Sachen, hilf mir bitte bei dem Schleier und leg ihn sehr vorsichtig weg.«

»Das tue ich«, versprach ihr Großvater.

Nate betrachtete sorgenvoll das Kanu. Es war bereits mit dem großen Koffer von Chess beladen, seiner Arzttasche und der Kiste mit dem Maschinenmodell, dessentwegen er hierhergekommen war. Für ihn war kaum noch Platz, geschweige denn für Chess. Seine Frau. Der Gedanke erschreckte ihn fast noch mehr als das zerbrechliche Gefährt. Er hielt sich an dem wackligen Anleger fest und lauschte Mr. Standishs Anweisungen, während er ins Boot stieg und sich setzte. Das Wasser des Flusses schwappte gefährlich am Bordrand hoch, als sein Gewicht zu dem der Fracht hinzukam. Er hatte noch nie in einem Kanu gesessen, und es gefiel ihm überhaupt nicht. Als Chess zustieg, schloß er die Augen. Gleich würden sie kentern und untergehen.

»Gut«, hörte er sie hinter sich sagen, »wir haben genau die Flut erwischt.« Sie saß bereits an Bord, ohne daß es geschaukelt hatte. Wie gut, daß sie so dünn war. Er öffnete seine Augen gerade noch rechtzeitig, um zu sehen, wie Mr. Standish ihnen von dem kleinen sandigen Uferstück unter den herabhängenden Baumzweigen zuwinkte. Unmerklich glitt das Kanu in die Strömung, die sie nun rasch davontrug.

Nate winkte zurück. Gleich fing das Boot bedenklich zu schaukeln an. Er griff nach dem Rand seines Sitzes.

»Verhalt dich ruhig, und mach keine plötzlichen Bewegungen«, hörte er seine Frau von hinten rufen. »Ich bin schon zigmal auf dem Fluß gewesen. Hab keine Angst. In ein paar Minuten hast du dich dran gewöhnt.« Mit ihren behandschuhten Händen hielt sie das Paddel, um den Kurs zu dirigieren. Mehr war nicht nötig, aber sie korrigierte die Fahrt regelmäßig. Sie war froh, daß sie auf etwas zu achten hatte und nicht ständig an das wilde Spiel denken mußte, auf das sie sich eingelassen hatte.

Ihr Großvater hatte ihr gesagt, daß Nate »gesund« sei. Er hatte die Heirat befürwortet. Sorgenvoll zwar – er hätte es lieber gesehen, wenn sie einen Gentleman geehelicht hätte –, aber ohne Zögern. »Du mußt endlich dein eigenes Leben führen, meine kleine, liebe Chess.«

Das war mehr, als Chess erwartet hatte, als sie ihm von ihrem Plan erzählte. Vielleicht, dachte sie, hatte er nicht damit gerechnet, daß sie Erfolg haben würde. Sie hatte selbst nicht daran geglaubt.

Doch es hatte geklappt. Und was würde nun aus ihr werden? Sie betrachtete Nates Rücken und seinen gräßlichen Hut. Sie hätte gern seinen Kopf gesehen. Wenn ich schon den Rest meines Lebens mit diesem Mann zubringe, dachte sie, habe ich wenigstens das Recht zu erfahren, ob er irgendwo einen Wirbel in seinen Haaren hat. Bei diesen offensichtlich unsinnigen Gedanken war ihr gleichzeitig zum Weinen und zum Lachen zumute. Wo war ihr Realitätssinn, den sie sich so hart erworben hatte? Den brauchte sie jetzt. Immerhin hatte sie sich einen Ehemann gekauft. Sie war verheiratet – kaum zu glauben – mit einem Mann, der jünger als sie war. Aber er war ihre einzige Chance gewesen.

Sie fragte sich, ob er sie wohl haßte. Sie täte es, wenn sie an seiner Stelle wäre. Sie hatte das Patent wie eine Pistole benutzt, die sie ihm an die Stirn hielt.

Aber schließlich hatte er eingewilligt – also konnte er sie doch eigentlich nicht hassen. Jedenfalls nicht sehr. Und mit ein bißchen Glück könnte er sogar lernen, sie zu lieben. Sie würde nicht nörgeln, wie die meisten Ehefrauen, und sie würde bis zur Erschöpfung arbeiten. Gott wußte, wie sie schuften konnte.

Und sie konnte noch mehr, all die Dinge, die eine junge Lady in den Tagen vor dem Krieg beigebracht bekommen hatte. Sie konnte ganz gut Klavier spielen und Menuett tanzen, einigermaßen sticken, ein Landschaftsaquarell malen, Latein lesen und Französisch sprechen, im Damensattel reiten und sogar Hindernisse nehmen, wenn sie nicht zu hoch waren …

Mißmutig stieß sie das Paddel ins Wasser. Oh ja, all diese sogenannten Fertigkeiten würde sie in North Carolina dringend benötigen. Er war ja nicht mal ein Doktor, sondern nur ein kleiner Bauer, hatte ihr Großvater gesagt.

Er aß mit dem Löffel – wie konnte sie nur einen Mann heiraten, der noch nicht einmal mit Messer und Gabel umzugehen wußte? Vielleicht sollte sie auf der Stelle umkehren.

Aber dann erwarteten sie wieder diese endlose Plackerei und der ewige Selbstbetrug, daß die Welt sich nicht geändert habe, obwohl sie doch völlig aus den Fugen geraten war. Und sie dabei zur Seite geschleudert worden war.

Nein, das war unvorstellbar. Sie hatte es schon richtig gemacht. Ihr Gatte war ein guter, »gesunder« Mann. Er war weder unaufrichtig noch brutal. Sie würde ihn besser kennenlernen und vielleicht sogar mögen. Liebe war etwas, das in Büchern vorkam, nicht im Alltag. Zuneigung war dauerhafter.

Nates breiter Rücken sah in dem schwarzen Jackett so groß und hart wie eine Mauer aus. Was für ein herrliches Gefühl, jemanden um sich zu haben, der so stark war und bereit, Verantwortung zu tragen. Damit zur Abwechslung einmal nicht sie dran war.

Plötzlich überfiel sie eine Erinnerung. Derselbe Rücken, nackt und glänzend unter Wasser und Seife. Ja! Ja, sie wollte wissen, wie es war, Mann und Frau zu sein. Sie wollte umarmt werden und geküßt und … was auch immer. Sie mußte das endlich erfahren, unbedingt. Und er kannte sich da bestimmt aus. Männer wußten solche Dinge, und eigentlich war er ja gar kein Junge; er sah nur so jung aus, weil er keinen Backenbart hatte.

Nate rieb sich das Kinn. Er hatte sich die Rasierklinge des alten Mannes geborgt, und sie war nicht besonders gut gewesen. Aber wahrscheinlich war auch er nicht besonders gut gewesen. Seine

Hand hatte so gezittert, daß er sich immer noch darüber wunderte, sich nicht die Kehle durchgeschnitten zu haben. Vielleicht hätte er es tun sollen. Was für ein Wahnsinn, eine alte Jungfer zu heiraten. Eine graue alte Jungfer.

Und obendrein war sie auch noch eine Lady. Auf dem Hof würde sie ungefähr so nützlich sein wie eine Kuh ohne Euter. Was übrigens, wenn man sie genauer ansah, der Wirklichkeit ziemlich nahekam.

Aber nun hatte er das Patent. Das durfte er nicht vergessen. Das war es, was er haben wollte und was er brauchte.

Eine Frau brauchte er nicht, aber die hatte er nun mal. Er konnte sogar ihren Wunsch nach Kindern verstehen. Da war irgendwas in allen Frauen, daß sie Babys haben wollten. Er würde ihr alle Kinder machen, die sie bekommen wollte. Er mußte dabei nur die Augen schließen und an bestimmte Dinge denken – den Rest erledigte die Natur.

Wenn sie nur eine einfache Frau statt einer Lady wäre. Mit so einer kannte er sich nicht aus, er hatte nie zuvor eine kennengelernt.

Nate unterschied sich in nichts von den anderen Männern seiner Zeit. Er machte einen Riesenunterschied zwischen normalen Frauen und jenen seltenen Wesen, die als Ladies bekannt waren. Ein Unterschied, der auch von den Frauen selbst gemacht wurde.

Was die Ladies anging, so wurden sie von den Männern des Südens gleichsam auf ein Podest gehoben; sie galten als zerbrechlich, kostbar und mußten vor der brutalen Wirklichkeit beschützt werden, wozu auch eine lose Sprache und das Wissen um die Schattenseiten des Lebens gehörten. Sie mußten angebetet und behütet und geführt werden, denn sie hatten keine Ahnung von der Welt und ihren Abgründen.

Wie Chess – was für ein Name übrigens, keine vernünftige Frau hieß so, dachte Nate. Sie hatte ihr ganzes Leben auf der Plantage zugebracht, mit schwarzen Dienern, die für sie arbeiteten und Blumen auf ihren Weg streuten. Sie war es gewöhnt, bedient zu werden und ihr Essen aus silbernen Schüsseln serviert zu bekommen. Den Männeroverall hatte sie vermutlich nur zum Spaß getragen. Kein Wunder, daß sie im Wagen so seltsam gewesen war. Vermutlich hatte sie sich vor dem Fremden geschämt. Armes Ding. Er durfte sie nie daran erinnern.

Seine Mundwinkel zuckten. Es war komisch gewesen. Aber er würde nie ein Wort darüber verlieren.

Auch nicht über ihre bedauernswerte Mutter. Wahrscheinlich durfte er gar nichts über sie wissen. Und von ihrem Vater mußte er ebenfalls schweigen.

Plötzlich gab es eine ganze Menge Dinge, die er vermeiden mußte. Worüber konnte man denn überhaupt noch mit ihr reden? Es sollte etwas Lustiges sein. Er grübelte eine Zeitlang ...

»Im Oktober ist in Raleigh die staatliche Messe, eine ganze Woche Jahrmarkt«, sagte er über die Schulter. »Es ist dann nicht mehr so heiß, und die Parade ist wirklich sehenswert.«

»Wie schön«, antwortete sie. »Das würde ich sehr gerne sehen. Ich war noch nie auf einem Jahrmarkt.« Nate konnte sich nicht umdrehen und ihr Gesicht sehen, aber die steife Höflichkeit in ihrer Stimme entging ihm nicht.

Er wußte nicht, was er noch sagen sollte. Was hatte er einer Lady wie ihr schon zu bieten? Ein Haus mit drei Zimmern und einen Haufen Tabak. Sie würde den Handel, den sie eingegangen war, bald bereuen. Als erstes mußte er das Patent auf seinen Namen umschreiben lassen.

»Da vorne liegt Richmond«, sagte Chess. »Man kann schon den Rauch von den Fabrikschornsteinen sehen.«

»Wirklich? Zu Fuß habe ich fast einen halben Tag für die Entfernung gebraucht. Wie lange sind wir jetzt in diesem Boot?«

»Fast eine Stunde. Wir haben schon noch ein Stück vor uns. Den Rauch sieht man lange vor der Stadt.«

»Klingt einleuchtend.«

»Ja, das finde ich auch.« Sie räusperte sich, um den Kloß aus der Kehle zu bekommen. »Die Straße, auf der du gekommen bist, ist beinahe dreißig Meilen lang, aber auf dem Fluß sind es von Harefields nach Richmond nicht mal zwölf. Und gleich werden es auch viel mehr Boote sein. Der ganze Fabrikverkehr ...« Sie verstummte.

»Weißt du, es ist gar nicht so einfach, mit jemandem zu reden, wenn man sein Gesicht nicht sieht«, kam Nate ihr zu Hilfe.

»Aber das können wir ja später nachholen. Du hattest recht mit dem Kanu. Ich habe mich wirklich schnell daran gewöhnt. Ich glaube, der Rest der Reise wird mir gut gefallen.«

»Fein«, stimmte sie zu. Sie fand, daß er sich sehr taktvoll benahm. Er war nett, und sie fing schon an, ihn zu mögen.

Chess steuerte durch ein Labyrinth von Schiffen auf einen kleinen Liegeplatz am Fuße der Shockoe-Helling zu. Sie hatte ihren Großvater viele Male hierher gebracht. Dank der hohen Flut mußte sie sich nicht strecken, um das Kanu festzumachen. Es war ein gutes Gefühl, wieder festen Boden unter die Füße zu bekommen.

»Gib mir das Gepäck rauf«, sagte sie zu Nate, »ich stelle es aufs Dock.«

Er reichte ihren Koffer hoch, dann seine Tasche. »Und mit diesem hier sei bitte besonders vorsichtig.« Der Kasten mit dem Modell war nicht sehr schwer, aber ziemlich groß.

»Ich hab's«, sagte Chess, »du kannst loslassen ... Paß auf.«

Aber es war schon zu spät. Nate stürzte in den Fluß und sein Hut schaukelte auf den Wellen.

Als er prustend wieder auftauchte, zogen ihn drei grinsende Hafenarbeiter an Land. Inzwischen waren ein paar Leute zusammengelaufen, und es herrschte allgemeines Gelächter. Nate tat ihr leid, und sie verstand sehr gut, daß sein Gesicht vor Zorn rot anlief.

Doch dann überfiel auch sie ein unbezähmbarer Drang zu lachen. Sein Anzug lief ein. Fasziniert beobachtete sie, wie der billige Stoff sich zusammenzog. Sie konnte genau verfolgen, wie die Hosenschläge langsam seine Waden, die Ärmel seine Arme hochrutschten.

Nate kratzte sich am Handgelenk. Dann betrachtete er den Ärmel. Er stampfte erst mit dem einen, dann mit dem anderen Fuß auf, beugte sich vor und inspizierte seine Socken. Chess merkte, wie sie den Atem anhielt. Die Leute zeigten inzwischen auf ihn und riefen sich gegenseitig zu: »Nun sieh dir das an ...«

Nate richtete sich auf. Er zog die Schultern hoch, so daß der feuchte Stoff fast gerissen wäre. Dann grinste er in die Runde. »Na, wie findet ihr das?« rief er. »Ich wollte schon immer größer werden, und endlich ist's passiert.« Er warf den Kopf zurück und fing aus vollem Hals an zu lachen.

Nun konnte auch Chess nicht mehr an sich halten. Sie fühlte sich mit einem Mal wunderbar. Es war Jahre her, daß sie zuletzt über etwas gelacht hatte.

In genau diesem Moment verliebte sie sich in Nate Richardson, ihren Ehemann, schenkte sie ihm ihr ganzes leidenschaftliches Herz, bedingungslos und rückhaltlos.

Die Leute sahen sie an. Nicht nur Nate in seinem schrumpelnden Anzug, sondern auch Chess. Ihr Lachen war einmalig. Es zog alle Aufmerksamkeit auf sich. Es begann in ihrer Brust, und dann schien es aus ihrer Kehle herauszusprudeln wie Champagner aus einer zu schnell geöffneten Flasche. Die reine Freude lag in ihrem Lachen, und noch ein Ton schwang darin mit, es war wie ein befreites Jubeln über das Glück, das sie tief in ihrem Herzen über ihr Lachen empfand. Es war ganz außergewöhnlich. Man konnte meinen, sie sei von schierer Lebenslust erfüllt.

Nate war völlig verblüfft über ihre plötzliche Verwandlung. Sie kam ihm immer noch viel zu dünn und zu blaß vor; ihr schlechtsitzendes Kleid machte sie noch magerer, als sie ohnehin schon war. Ihr Haar war immer noch leblos und fahl.

Aber ihr helles Lachen enthüllte hübsche, ebenmäßige Zähne, und ihre grauen Augen wurden dunkler und begannen zu funkeln.

Sie sieht lebendig aus, dachte Nate, und nicht mehr wie eine Tote mit offenen Augen.

Er wußte nicht, wie nahe er der Wahrheit kam. Zum ersten Mal in ihrem Leben fühlte sich Chess auf wunderbare Weise wie ein Wesen aus Fleisch und Blut.

Das also meinten die Dichter, wenn sie von Liebe schrieben. Warum sagten sie nicht einfach, daß dann alle Farben strahlender waren, daß der rauhe Schrei der Seemöwe wie Musik klang, daß jeder Pflasterstein wie eine riesige, kostbare, schwarze Perle aussah, jedes Blatt an jedem Baum seine eigene unvergleichliche Schönheit hatte und man den unbändigen Drang zu tanzen verspürte, daß die Welt ein Ort voll grenzenloser Glücksmöglichkeiten war, weil Nate Richardson darauf wohnte und sie lustig und gut fand.

5. Kapitel

Chess empfand mit einem Mal ein ganz neues Vertrauen zu Nate. Ihr war zwar fast schwindlig vor Zuneigung, aber da sie nicht wußte, wie sehr ihr das anzumerken war, fühlte sie sich sicher. Und außerdem gab es etwas, wobei sie ihm helfen konnte. »Du mußt aus diesen Kleidern raus, bevor sie dich erwürgen«, sagte sie leise. »Komm mit. Ein Freund meines Vaters hat in dem Gebäude dort ein Büro. Da kannst du dich trocknen. Ich werde einen der Angestellten bitten, auf das Gepäck aufzupassen.«

Nate nahm die Kiste mit dem Modell. »Die behalte ich bei mir. Gehen wir.«

Allen and Ginter stand in großen Lettern an der Hauswand. Nates Augen leuchteten. Das war die größte Zigarettenfirma des Südens. Die hatte er schon immer gern aufsuchen wollen. Er folgte Chess ins Innere.

Ein Mann in grauem Anzug erschrak bei Nates Anblick und sah dann erstaunt Chess an. »Miss Standish?«

»Guten Morgen, Mr. Grogan. Wir möchten zu Major Ginter.«

Nate betrachtete seine Frau mit neuerwachtem Interesse. Sie war kühl wie Marmor, fixierte einen Mann, den er zumindest für wichtig hielt, und verlangte, einen der größten Männer der Tabakbranche zu sehen.

»Er ist nicht da, Miss Standish. Er ist mit seiner Familie in Saratoga.«

»Ach, herrje! Ich habe das Rennen vergessen. Nun, schließen Sie wenigstens sein Büro für uns auf, Mr. Grogan, und besorgen Sie uns bitte etwas heißen Kaffee.«

Zu Nates großer Verblüffung tat Grogan, wie ihm geheißen, während Chess weitere Anordnungen gab. Eine Stunde später fühlte sich Nate warm und trocken und in die beste Konfektionsgarderobe gehüllt, die Richmond zu bieten hatte.

Und außerdem war er bei *Allen and Ginter*. »Ich würde gern die Fabrikanlagen sehen, wenn ich schon mal hier bin« sagte er zu seiner Frau.

Sie lächelte, und er wunderte sich erneut, wie sehr sich ihr Gesicht dabei verwandelte. »Mr. Grogan wird sich schwer wundern, wenn er heute abend nach Hause geht«, sagte sie. »Ich werde ihn bitten, dir eine Führung erster Klasse zu geben. Großvater hat mir ein bißchen über dich erzählt. Du spionierst herum, nicht wahr?«

Er gab es zu.

»Ganz schön lustig. Laß dir in Ruhe alles zeigen. Major Ginter war im Regiment meines Vaters. Ich nenne ihn sogar ›Onkel Lewis‹, obwohl er gar nicht mein Onkel ist. Er kennt mich seit meiner Geburt.«

Ihr Gesicht wurde ernst. »Bevor ich Mr. Grogan rufe, möchte ich ein paar Sachen klarstellen. Ich habe dir gesagt, daß ich Kinder will, und das stimmt. Aber heute ist mir noch etwas klargeworden. Ich kann dir eine wirkliche Hilfe sein, Nathan. Ich wünschte, ich wüßte genug, um dich beim Spionieren zu unterstützen. Du hattest einen Grund, mich zu heiraten – das Patent. Ich möchte nicht, daß du glaubst, einen schlechten Handel gemacht zu haben. Ich möchte, daß wir Partner sind. Ich kann Bücher führen und Geschäftsbriefe schreiben und Leute wie Mr. Grogan herumkommandieren. Ich kann eine ganze Menge, wenn du mich läßt.«

Nate konnte sein Glück kaum fassen. Er reichte ihr die Hand. »Abgemacht. Schlag ein, Partner.« Das war eine Verabredung, mit der er viel besser umgehen konnte als mit der Ehe. Als Junge hatte er die Schule gehaßt, und wenn er irgend etwas am Geschäftsleben haßte, dann waren es Akten. Aber wenn er jetzt die Verhandlungen führte und sie die Bücher, dann konnten sie es weit bringen. Eigentlich waren sie schon auf dem Weg.

Chess genoß das Gefühl seiner großen, warmen, schwieligen Hand um die ihre. Aber sie gestattete ihren Fingern nicht, sie zu umklammern. Solange er keinen Verdacht schöpfte, konnte sie in ihn so verliebt sein, wie sie wollte.

Die Erleichterung auf seinem Gesicht war ihr nicht entgangen. Er war froh, aus ihrer Ehe ein Geschäft zu machen. Sie würde sich damit zufriedengeben. Nein, mehr: Es würde sie glücklich machen, wenn sie ihm bei dem helfen konnte, was er sich vorgenommen hatte. Das würde ihr genügen, sagte sie sich, und frisch verliebt, wie sie war, glaubte sie es auch.

Die Zeit, während der Nate sich in der Fabrik umsah, kam Chess wie eine Ewigkeit vor. Und es dauerte tatsächlich ziemlich lange. Als sie *Allen and Ginter* schließlich verließen, brachte Mr. Grogan sie in seinem Einspänner zum Bahnhof, damit sie den Zug nach Süden nicht verpaßten.

Im Bahnhof fragte sie Nate nach seinen Entdeckungen, doch mit einem Stirnrunzeln schüttelte er den Kopf und bat sie, über Geschäftliches nur mit ihm zu reden, wenn sie allein und an einem privaten Ort waren. Sie sah die Menschen, die, mit ihren eigenen Geschäften befaßt, an ihnen vorbeihasteten, und hielt seine übertriebene Vorsicht für töricht. Aber inzwischen mußten sie sich auch eilen, ihren Zug zu erreichen, und sie bohrte deshalb nicht weiter. Seit ihrer Kindheit war sie nicht mehr Zug gefahren, und sie freute sich auf die bevorstehende Reise.

Die Fahrt verlief ganz anders als in ihrer Erinnerung. Das Abteil war erstickend eng, das Roßhaar der Polster stach ihr durchs Kleid in den Rücken. Aber am schlimmsten war, daß sie genau dort saßen, wo die heiße Asche aus dem Schornstein durchs Fenster flog, das von den anderen Reisenden regelmäßig geöffnet und geschlossen wurde. Es war zum Verrücktwerden, und daß ständig jemand seinen Tabaksaft in oder neben die Spucknäpfe des Wagens rotzte, machte die Sache auch nicht besser. Der Geruch verursachte ihr Übelkeit.

»Ich hasse Tabak«, murmelte Nate.

»Aber ich denke, du verdienst dein Geld damit.«

Er lächelte. »Ich verdiene gern Geld, und Tabak ist das einzige, wovon ich was verstehe.«

In Weldon, einer Kleinstadt mit einem hübschen alten Klinkerbahnhof, stiegen sie aus. Chess schnappte nach frischer Luft. Sie fühlte sich, als habe man sie für eine halbe Ewigkeit in einem Winkel der Hölle eingeschlossen. Dabei hatte die Fahrt von Richmond gerade gut drei Stunden gedauert. Es war achtzehn Minuten vor sieben am Abend ihres Hochzeitstages.

»Bist du ... sind wir hier zu Hause?« fragte sie Nate.

»Wir haben gerade erst die Grenze von Virginia überquert und noch einen langen Weg vor uns. Ich denke, wir sollten zum Hotel gehen und uns ausruhen. Der Zug nach Raleigh geht erst um zehn, und du siehst erschöpft aus.«

»Und wann fährt morgen ein Zug nach Raleigh?«

»Viertel vor vier.«

Chess sah den großen Backsteinbau, zwei Häuserblocks entfernt.

HOTEL.

Das Schild war riesig.

Panik stieg in ihr auf. So hatte sie sich ihre Hochzeitsnacht nicht vorgestellt. Sie hatte öfter von einer Trauung geträumt und versucht, sich auszumalen, was danach kam. Das war immer sehr romantisch gewesen: Sie hatte in parfümiertem Wasser gebadet, und ihr Haar war frisch und glänzend und duftete ebenfalls nach Parfüm.

Aber nie war es so wie jetzt gewesen. Nie war sie in ihrem Traum müde und schmutzig und verschwitzt von einer Zugfahrt gewesen.

Es ging nicht. So konnte sie nicht mit einem Mann ins Hotel gehen, nicht einmal mit diesem, den sie liebte.

»Zehn Uhr?« fragte sie. »Das ist doch gar nicht so lange. Ich denke, wir sollten heute noch weiterfahren. Meinst du nicht auch? Schließlich sind wir noch fast am Anfang unserer Reise, und ich finde, wir sollten versuchen, so weit wie möglich zu kommen.«

Nate hatte noch nie in seinem Leben so viel Angst und Panik in einer Stimme gehört. Das Problem war ihm sofort klar. Ladies verabscheuten so etwas schrecklich Animalisches wie Sex. Das war nun mal so. Er freute sich auch nicht gerade auf die Hochzeitsnacht, aber zumindest sah er nichts Furchtbares darin. Fast hätte er ihr beruhigend auf die Schulter geklopft, aber dann fiel ihm ein, daß sie das womöglich noch mehr entsetzen könnte.

»Wenn du nicht zu erschöpft bist, ist das eine gute Idee. Ich besorge rasch die Fahrkarten, und dann sollten wir aber etwas essen.«

»Oh ja«, stimmte Chess zu. »Ich sterbe vor Hunger.« Nun, da der Vollzug der Ehe erstmal aufgeschoben war, stellte sie fest, daß ihr wirklich der Magen knurrte.

Sie aßen mit kräftigem Appetit im Speisesaal des jetzt harmlosen Hotels, wobei sie sich unbeholfen über ihre Gerichte unterhielten. Danach spazierten sie ein wenig herum, allerdings recht langsam, weil Nate darauf bestand, immer das Modell mit sich herumzuschleppen. Die Hauptstraße von Weldon war nur drei Häuserblocks lang. Sie schlenderten auf beiden Seiten drei-, viermal auf und ab. »Das reicht mir«, sagte Nate. »Laß uns im Bahnhof warten.«

Dort gab es keine Bänke; auf dem Kiesvorplatz stand nur ein leerer Gepäckwagen. Der Warteraum war abgeschlossen, also stellte Nate erst seine Kiste auf das hohe Gefährt, dann half er seiner Frau hinauf. Schließlich schwang er sich selbst empor, und da saßen sie nun, Seite an Seite, aber nicht zu nahe, und baumelten mit den Beinen.

Langsam dämmerte es. Auf der Hauptstraße gingen die Laternen an. Aber der Bahnhof blieb dunkel, bis der Zug kam. Sie hätten ganz allein auf der Welt sein können. Es gab keinen Grund, sich in dem schwächer werdenden Licht anzusehen. Der Abend war sanft und warm und angenehm. »Jetzt erzähl mir von der Fabrik«, bat Chess leise. Sie fühlte sich schläfrig.

Nathan betrachtete die Schatten, die sie umgaben. »Rede nur nicht lauter. Ich kann zwar keine Menschenseele sehen, aber man weiß nie ...« Mit unterdrückter, vertraulicher Stimme erzählte er ihr nun von den Entdeckungen, die er gemacht hatte. Er war in einer Reihe riesiger Räume gewesen, wo an endlos langen Tischen Frauen saßen und mit flinken Fingern Tabak auf Papierrechtecke legten, sie rollten, verklebten und sie anschließend je nach Sorte in Pappschachteln steckten, die sie auf Tabletts stapelten. Männer mit Handkarren luden die Tabletts auf und fuhren sie davon. Er hatte gewußt, daß es so funktionierte, aber er hatte es noch nie mit eigenen Augen gesehen. Vor allem hatte er sich nicht vorstellen können, wie viele Zigaretten in zehn Minuten fertig wurden. Kein Wunder, daß *Allen and Ginter* die größte Zigarettenfabrik Amerikas war.

Chess war verwirrt. Warum tat er so geheimnisvoll? Das konnte sich doch jeder ansehen, der wollte, sagte sie zu Nate. Major Ginter war sehr stolz auf seine Mädchen.

Nate hätte fast die Geduld verloren, aber dennoch sprach er leise weiter. Nein, das war ja auch nicht alles gewesen. Er hatte herausfinden wollen – und das war ihm gelungen –, wie viele Menschen in welcher Zeit wie viele Zigaretten herstellen konnten. Welches Papier und welchen Klebstoff sie benutzten. Er hatte sich nicht nur in den Verarbeitungsräumen umgesehen, er war auch in den Annahme- und Versandabteilungen gewesen, und er hatte die Namen der Zulieferfirmen herausgefunden und sie sich gemerkt.

»Du weißt, was für ein Modell ich hier bei mir habe, nicht wahr?«

»Nicht wahr, *Chess*!« Sie spürte, wie er verlegen wurde.

»Was?«

»Ich habe einen Namen. Ich denke, du solltest ihn benutzen. Ich werde dich jedenfalls ›Nathan‹ nennen. Es würde sich zwar gehören, ›Mr. Richardson‹ zu sagen, aber ich mag Vornamen lieber. Es ist leichter, und außerdem kann ich so deinen Vater anreden.« Sie merkte, wie spitz sich ihre Stimme anhörte. Was war schiefgelaufen? Für ein oder zwei Minuten waren sie sich so nahe gewesen, und nun ging plötzlich das Gezerre los. Sie wollte aufhören damit, aber sie konnte nicht.

Seine Antwort kam fast schnarrend. »Ich habe keinen Vater, und du interessierst dich überhaupt nicht für das, was wichtig ist.«

»Es tut mir leid, Nathan. Von jetzt an werde ich aufpassen.« Ihrer Stimme war anzumerken, wie sie sich beherrschte. »Aber ich weiß alles über das Modell. Onkel Lewis hat Großvater gebeten, es zu entwickeln. Die Maschine stellt Zigaretten her. Sie hat einen Fülltrichter für Tabak und Spindeln für eine Papierrolle und eine Preßvorrichtung und am Ende ein Messer. Das Papier wird auf einer Spur unter dem Tabak durchgezogen, der in einer langen Linie darauf fällt. Dann greifen all die Zahnräder und Hebel ineinander, um das Papier zu rollen, und durch ein Rohr kommt es schließlich unter eine Art Guillotine, deren Messer den Strang auf Zigarettenlänge zerschneidet. Großvater war sehr zufrieden damit. Er behauptete, mit dem Ding fühle er sich wie Robespierre. Aber als es fertig war, hat er es Onkel Lewis nicht geschickt.«

»Warum nicht? Meinst du, es funktioniert gar nicht?« Nate griff nach ihrem Arm und schüttelte ihn. »Funktioniert es nicht?« Er schrie jetzt fast.

»Natürlich geht es. Und hör auf, so an meinem Arm zu zerren.

Aber Großvater meinte, es würde all die Zigarettenmädchen ersetzen, und das wollte er nicht. Es sind alles nette Mädchen, weißt du, und sie kommen alle aus Familien, die das Geld dringend brauchen. Und Onkel Lewis behandelt sie sehr ordentlich. Sie haben Schlafräume, bekommen gut zu essen und Freizeit, damit sie ihre Angehörigen besuchen können. Was würde aus ihnen werden?

Onkel Lewis war übrigens nicht besonders ärgerlich. Er hat eh keine hohe Meinung von Zigaretten aus der Maschine. Sie wären auch zu billig. Niemand würde sie kaufen. Handgerollte gelten als besser. Großvater allerdings meint, daß Zigaretten ohnehin nichts taugen, ob handgerollt oder nicht. Sie unterscheiden sich kaum von Kautabak. Das einzige, was sich zu rauchen lohnt, sind Zigarren.«

Nate hatte ganz weiche Knie bekommen. »Erschrick mich nie wieder so«, sagte er. »Dein ›Onkel Lewis‹ mit seiner Fabrik und dein Großvater mit seinen vielen Hektar Land irren sich beide.« Sein Stimme klang kalt und ärgerlich, aber er sprach wieder leise. »Und ich Hinterwäldler aus dem tiefsten North Carolina werde es beweisen. Ich werde tausendmal soviel Zigaretten wie dein feiner ›Onkel‹ herstellen und ein Vermögen dabei verdienen. Ich kann nur zu Gott beten, daß mir keiner zuvorkommt. Also, Chess, das ist das große Geheimnis, das du nicht für wert hältst, geheimzuhalten. Ich will dir was sagen. Dieser Bonsack-Bursche hat eine ähnliche Maschine. Die Leute reden schon darüber, und irgend jemand wird sie eines Tages einsetzen. Vielleicht schon bald. Ich muß schneller sein. Wer zuerst kommt, gewinnt. Wenn jemand aus dem Tabakgeschäft mein Modell sieht oder von meinen Absichten erfährt, wird er seine eigenen Pläne beschleunigen. Es gibt keine Gentlemen mehr in unserer Branche. Die großen Fische fressen die kleinen, bis nur noch einer übrigbleibt, und das wird der stärkste und rücksichtsloseste sein. Der will ich sein.« Nate vibrierte vor Erregung. Das Dunkel, das sie umgab, war heiß und geheimnisvoll.

Chess hatte noch nie so unverhüllte Machtgier erlebt. In Nates Stimme trat sie unverbrämt zutage. Er kam ihr irgendwie unwirklich vor, übernatürlich in seiner wilden Entschlossenheit. Ohne daß er es sagte, wußte sie, daß er alles und jeden aus dem Weg räumen würde, um sein Ziel zu erreichen. Auch sie. Sie war entsetzt – und fasziniert zugleich.

Er war kein Junge, er war ein Mann. Er würde sich nie mit dem einfachen Leben zufriedengeben, er würde kämpfen und sich nehmen, was er haben wollte. Keine Trübsal, kein Wehklagen um eine verlorene Sache. Dafür war Nathaniel Richardson viel zu lebendig und viel zu stark.

Oh, sie hatte so recht gehabt mit ihrem Instinkt, sich in sein Leben und an seine Seite zu drängen. Chess sah die Gaslaternen in der Straße und wünschte sich verzweifelt, sie wären in das Hotel gegangen. Insgeheim beschimpfte sie sich wegen ihrer Feigheit. Wie konnte sie ihm sagen, was sie wollte? Es ging nicht, ihr fehlten die Worte.

Aber vielleicht konnte sie sagen, was sie fühlte, so daß er es verstand.

»Du wirst der Sieger sein, Nathan.« Sie griff nach seiner Hand. »Ich weiß es.« Obwohl sie gedämpft sprach, schwang in ihrer Stimme eine Leidenschaft, die es mit seiner aufnehmen konnte.

Nates Finger umschlossen ihre. Er hatte nie an sich gezweifelt, aber er hatte nie jemanden gekannt, der an ihn glaubte. Bis jetzt. »Unser Geheimnis?« fragte er mit heiserer Stimme.

»Unser Geheimnis«, bestätigte Chess. Seine Hand war fest und warm. Sie konnte die Hitze durch das dünne Leder ihres Handschuhs spüren, und sie wünschte sich, sie könnte seine Hand mit bloßer Haut fühlen. »Erzähl mir alles«, forderte sie ihn auf. »Warum sollen es Zigaretten sein? Und woher wußtest du von meinem Großvater?«

Nate war glücklich, eine Gelegenheit zum Reden zu haben. In letzter Zeit war alles so schnell gegangen, daß er seinen Triumph gar nicht richtig hatte genießen können. Er hatte die Zigarettenmaschine, hatte das Unmögliche geschafft, und nun würde er auch all die übrigen Unmöglichkeiten überwinden.

»Also, es ist so ...«, begann er.

Zigaretten gehörte die Zukunft, da war er ganz sicher. Schön, die meisten Männer griffen noch zum Kautabak, aber viele hatten bereits damit begonnen, sich statt dessen Zigaretten zu drehen. Das wußte er von Ladenbesitzern, denen er seinen Tabak verkaufte. Sie saßen alle in Alamance County, dem Hauptanbaugebiet des leichten Virginia-Tabaks, und das Tabakgeschäft brachte ihnen Geld, also achteten sie genau darauf, wie es sich entwickelte. Immer und überall wurde über Tabak gesprochen. Wie gut die Ernte war und wie schlecht das Wetter, wie hoch oder niedrig die Preise auf den Auktionen waren, auf denen die Farmer ihre Blätter verkauften, anstatt sie selber zu verarbeiten.

Im Norden hatten Zigaretten den Priemtabak schon fast verdrängt. Und die fertige Zigarette war bereits dabei, der selbstgedrehten den Rang abzulaufen. Man sah es ja an der Größe von Major Ginters Fabriken. Der Vorarbeiter hatte ihm erzählt, daß sie im Vorjahr fast 50 Millionen Stück hergestellt und verkauft hatten – 50 Millionen! Und im Norden wurden noch etwa zehnmal so viele von anderen Firmen abgesetzt. Sie konnten sie gar nicht schnell genug produzieren, um die Nachfrage zu befriedigen.

Und warum nicht? Weil es nicht genügend geübte Fachkräfte gab.

Eine Maschine dagegen, die konnte die Arbeit von einem Dutzend Mädchen tun, wenn nicht mehr. Und das Tag und Nacht, ohne müde zu werden, wie es den Menschen passierte. Ihr »Onkel Lewis« hatte vielleicht erzählt, daß die Leute keine Maschinengerollten haben wollten, aber er war trotzdem kein Narr. Er hatte eine gewaltige Belohnung für denjenigen ausgelobt, der diese Maschine entwickelte – vermutlich, nachdem ihr Großvater ihm gesagt hatte, er könne es nicht.

Wie hoch die Prämie sei, wollte Chess wissen.

75000 Dollar.

Die Summe nahm ihr den Atem. Wenn sie das gewußt hätte ... Sie hatte das Gefühl, Augustus Standish ermorden zu wollen. Wegen seiner hehren Grundsätze hatten sie darben müssen, während sie das Leben von Königen hätten führen können. Trotz der ganzen Plackerei, tagaus, tagein, warf die Plantage im Jahr höchstens zwischen 300 und 500 Dollar ab. Und die gingen drauf für Augustus Standishs Diener und das Mädchen ihrer Mutter, die Arztrechnungen und das Beruhigungsmittel. Dabei hätten sie sich einen Koch und weitere Bedienstete leisten können; sie hätten das Dach reparieren lassen können, statt den zweiten

Stock nicht mehr zu bewohnen; sie hätten sogar das Haus streichen lassen können ...

Aber dann wäre Nate nie die Straße von Richmond heraufgekommen. In ihrem Herzen bat Chess ihren Großvater um Vergebung, daß sie so böse über ihn gedacht hatte. Was erzählte Nate da gerade? Sie durfte sich nicht so ablenken lassen, denn sie wollte keines seiner Worte verpassen.

Er sprach wieder über Bonsack. Chess konzentrierte sich und versuchte, sich an die Wortfetzen zu erinnern, die während ihrer Unaufmerksamkeit an ihrem Ohr vorbeigeglitten waren. Er stammte aus Roanoke, Virginia, genau, und Nate hatte ihn bei einer Auktion kennengelernt.

»Und dabei fiel der Name deines Großvaters« fuhr Nate fort. »Ich hörte, wie dieser Bonsack vor einem Freund damit prahlte, daß er bestimmt den Preis gewinnen würde – er bastelte schon vier Jahre an seiner Maschine herum, und sie funktionierte schon fast einwandfrei, und seine einzige Sorge war nur, daß der alte Mr. Standish genauso weit sein könnte.

Da beschloß ich, diesen Mr. Standish zu finden. Wenn ich seine Maschine bekam, bevor Bonsack fertig war ...«

»Wie hättest du das angestellt?«

Nates leises Lachen erfüllte die Dunkelheit, die sie umgab. »Ich hätte versucht, sie ihm abzuschwatzen, oder ihm angeboten, gemeinsam in das Geschäft einzusteigen.«

»Und der Preis?«

Nate ballte die Hand zur Faust und drückte dabei ihre Finger, bis sie schmerzten. »Was ist schon ein einmaliger Haufen Geld, wenn *Allen and Ginter* dafür die Maschine nicht bekommt? Ich denke in größeren Maßstäben – oh mein Gott, ich breche dir ja die Finger. Entschuldige, Chess.« Er gab ihre Hand frei.

»Aber es hat überhaupt nicht weh getan«, log sie und ließ ihre Hand in seiner. »Erzähl mir vom Tabak.«

»Es gibt nichts Mühsameres, als Tabak anzubauen«, sagte er. »Die Bauern nennen ihn die Dreizehn-Monats-Pflanze, weil es ständig Arbeit mit ihm gibt. Ein schreckliches Zeug. Sondert diese Art Teer ab, die an Haut und Klamotten und in den Haaren klebt. Wenn du mal mit Tabak zu tun gehabt hast, fühlst du dich nie wieder ganz sauber.

Aber der Anbau lohnt. Tabak bringt auf einem Hektar mehr Geld als alle anderen Pflanzen auf fünfzig. Wenn du die grünen Blätter erst mal in der Trockenscheune hast, kannst du zusehen, wie sie sich golden färben. So ein Zeugs ist das – es wird zu Gold.«

Chess fand, daß sich das wie eine hübsche alte Sage anhörte. Genau richtig für Nathan. Einige Minuten saß sie still da, fühlte seine Nähe, ihre Hände, die ineinanderlagen, dachte an ihr gemeinsames Geheimnis. Das also war das Glück – die intensive Wahrnehmung von allem, was einen umgab: die sanfte Dunkelheit, die Feuchtigkeit in der Luft, Nathans Atem. Glück war, bei ihm zu sein, ihn zu lieben. Liebe. Wie merkwürdig und wunderbar sie war.

Sie wandte den Kopf, um ihn anzusehen, aber in der Finsternis konnte sie nur den vagen Umriß seines Gesichts erkennen. Sie wollte seine Stimme hören, zum Beweis, daß er wirklich da war.

»Was wird nun mit Großvaters Maschine geschehen, Nathan? Wie geht das Geheimnis weiter?«

Seltsam, wunderte er sich, sie mußte seine Gedanken lesen können. »Ich habe mir schon überlegt«, antwortete er, »wie schnell ich jetzt loslegen kann. Wenn ich mehr Geld hätte, würde ich morgen eine Fabrik bauen. Aber weil ich keins habe, muß das Geheimnis noch ein bißchen ein Geheimnis bleiben, während ich weiterarbeite. Als erstes muß ich einen Platz für die Fabrik finden und Energie für die Maschine bereitstellen. Ja, ich glaube, das ist der Weg.«

Während er sprach, wurde seine Stimme immer leiser. Chess ahnte, daß er jetzt laut vor sich hindachte und sie gar nicht mehr wahrnahm, nicht einmal ihre ineinander verschlungenen Hände. Ein kühler Schauder der Enttäuschung überlief sie. Sie wollte Teil seiner Pläne, seiner Träume sein.

Aber selbst dies hier war mehr, als sie je zu hoffen gewagt hatte. Sie war bei ihm, auch wenn er sich ihrer nicht bewußt war. Und sie war ein wichtiger Teil seines Plans. Ihr gehörte das Patent. Es band sie aneinander. Ohne sie konnte er seinen Traum nicht verwirklichen.

»Sie muß in der Nähe von Durham stehen«, murmelte Nate. »Da gibt es eine Eisenbahn für den Versand und Auktionen und

Großhändler für den Tabaknachschub. Aber sie darf auch nicht zu nahe dran sein. Ich möchte nicht ständig den Atem von Blackwell oder Duke im Nacken spüren. Die denken auch ständig über Zigaretten nach, und noch bin ich nicht stark genug, den Kampf mit ihnen aufzunehmen ...«

Plötzlich wandte er sich zu Chess um.

»Es wird klappen, Chess. Es wird eine Weile dauern, aber es wird klappen. Glaubst du mir?«

»Ich glaube dir«, entgegnete sie. Sie hatte keine Ahnung, was er im einzelnen vorhatte, aber sie wußte, er würde es schaffen.

Nate gluckste vor sich hin. »Ich bin so angefüllt mit Zukunft, daß ich mir wie ein Ballon vorkomme. Vermutlich platze ich, wenn ich nicht ein bißchen herauslasse. Aber ich hatte nie jemandem, dem ich etwas davon erzählen konnte. Ich schätze, du bist schon fast taub von meinem Gefasel.«

»Ich höre dir gerne zu. Red weiter.«

»Ich habe mich leergeschwatzt.«

»Noch ein bißchen. Bitte. Erzähl mir von deiner Familie. Hast du Geschwister? Lebt deine Mutter noch, oder ist sie schon gestorben, wie dein Vater?« Chess wollte ihn fragen, ob seine Leute sie wohl mögen würden. Sie hatte beschlossen, sie auf jeden Fall zu mögen.

Sie spürte, wie Nate mit den Schultern zuckte. »Mein Vater ist nicht tot, soviel ich weiß. Er ist nur vor zehn Jahren oder so verschwunden, als ich alt genug war, mich um alles zu kümmern. Ma ist gut in Form. Sie hat die Farm prima im Griff. Mein Onkel, er heißt Joshua Richardson und wird Josh genannt, lebt mit seiner Frau und den Kindern auch noch dort, aber in seinem eigenen Haus.«

»Wie viele Kinder?«

»Drei. Micah ist dreizehn und schon fast erwachsen. Susan, sie ist mein Liebling, ist fast zehn. Und Sally, das Baby, wird zwei, im Herbst.«

»Und wie heißt ihre Mutter?«

»Alva. Sie wird dir gefallen. Eine der freundlichsten Frauen, die Gott je geschaffen hat.« Er hielt inne und atmete tief ein. »Von Ma kann man das nicht sagen. Man muß sich an sie gewöhnen.«

Chess spürte, wie ihr das Herz schwer wurde.

Nate sprach rasch weiter, wobei er fast über seine Worte stolperte. »Sie ist eine gute Frau und eine gläubige Christin. Sie hat nur ein bißchen ihren eigenen Kopf, und sie liebt keine Überraschungen. Kümmer dich einfach nicht um sie, wenn sie mal spitz wird. Das meiste meint sie nicht so.«

Das wird ja immer schlimmer, dachte Chess. Hoffentlich hilft mir seine Tante. Oder vielleicht ... »Hast du Schwestern, Nate?«

»Eine. Sie heißt Mary, wie Ma.«

Chess lächelte in der Dunkelheit, doch ihre Freude dauerte nicht lange. »Sie hat einen Mann aus Orange County geheiratet«, erklärte Nate, »und sie sind den ganzen Weg nach Oregon gezogen, um sich dort niederzulassen. Nach einem Jahr oder so haben wir erfahren, daß sie heil angekommen sind.

Ich bin der einzige, der noch zu Hause ist. Mein Bruder Gideon ist so eine Art Vortragsreisender.«

»Und was ist das?«

»Ein Prediger. Er reist umher in dem Bezirk, den sie ihm anvertraut haben, und predigt in all den Orten, die zu klein sind, um einen eigenen Pfarrer zu haben. Er ist sehr gut; er kann dir das Gefühl geben, schon fast im Fegefeuer zu schmoren. Im Augenblick ist er in Georgia, unten im Südwesten.«

»Welcher Kirche gehört ihr an?«

»Den Methodisten natürlich. In North Carolina sind alle Methodisten, jedenfalls in unserem Teil von North Carolina ...« Nates Worte verklangen, und er drückte sanft ihre Hand. »Tja, Chess, das ist das Problem. Ma ist eine wirklich gottesfürchtige Frau, sie kennt die Bibel vorwärts und rückwärts. Aber sie ist der Meinung, daß nur Methodisten anständige Christen sind. Alle anderen sind entweder Heiden oder Papisten.«

Chess versuchte ein Lachen. »Dann bin ich in ihren Augen wohl eine Papistin.«

Nates Lachen klang zuversichtlicher. »Immer noch besser als eine Heidin. Ich bin froh, daß es dir nichts ausmacht.«

»Natürlich nicht.« Sie war dankbar für die Dunkelheit. »Erzähl mir mehr über Gideon. Ist er verheiratet?«

»Ja.« Nate unterdrückte den Schmerz, der ihn immer noch quälte. Warum mußte sie ihn das fragen? Ihn an Lily erinnern, die Frau seines Bruders, und an das Gebot, das er im Kopf fast ständig brach, weil er sie für sich haben wollte. Lieber Gott, er war verheiratet mit einer alten Frau, während Gideon jedesmal, wenn er von einer Reise heimkehrte, Lily im Bett hatte. Seine Augen brannten vor bitterer Feindschaft. Er haßte diese Frau, und er haßte seinen Bruder, und am meisten haßte er sich selber und seine Schwäche.

»Ja«, wiederholte er, »Gideon hat die Tochter eines Reverend geheiratet. Wir haben ganz schön viel Kirche in der Familie.«

Chess konnte seine Qual hören. Sie glaubte, ihn zu verstehen. Seine Mutter zog den anderen Sohn vor und ließ es Nathan spüren. Sie schien eine schreckliche Frau zu sein. Wenn wir nur in Weldon bleiben könnten, dachte sie plötzlich, und nie nach Alamance County, wo immer das lag, fahren müßten, damit ihr diese Mutter erspart blieb. Ich würde sie ihm ersetzen, ich würde ihn so sehr lieben, daß er nie mehr traurig sein würde.

Wie zum Hohn pfiff in der Ferne ein Zug.

»Das wird der Zug nach Raleigh sein«, sagte Nate. Er war froh, daß etwas passierte, das ihn von seinen Gedanken ablenkte. »Warte, ich, helfe dir herunter.«

Zwei Männer kamen schimpfend von der Hauptstraße her angerannt. »Ich habe dir gesagt, du sollst auf die Zeit achten«, schrien sie sich gegenseitig an.

Die Gaslampen des Bahnhofs leuchteten auf, alle Türen wurden geöffnet, und der Fahrkartenschalter war bereits besetzt, als draußen die Lokomotive fauchend und zischend zum Halten kam.

Der Wagen, den Nate und Chess bestiegen, war nur halbvoll. Auf den Sitzen hatten sich Passagiere zum Schlafen niedergelegt. Es herrschte Schummerlicht, und einige Fenster waren geöffnet, um die frische Nachtluft hereinzulassen.

»Mach es dir bequem, so gut es geht«, sagte Nate. »Hier hast du ein Kissen für deinen Kopf.« Er zog seine Jacke aus und faltete sie zusammen.

»Das brauche ich gar nicht, Nate. Ich bin nicht müde.«

»Sei jetzt still, und schlaf ein bißchen. Wir haben noch einen langen Weg vor uns.« Nate knäulte das Jackett zu einem dicken Bündel. Sein Gesicht zeigte kein Bedauern, daß er sein bestes Kleidungsstück so zerknüllte, und ihm war auch nicht der

Schrecken anzusehen, der ihn beim Anblick ihres blassen, hageren Gesichts überkommen hatte. Während ihres Gesprächs vorhin hatte er vergessen, wie unscheinbar sie doch aussah.

Sie betrachtete ihn so sorgenvoll, daß Mitleid in ihm aufstieg. Grinsend klopfte er sich auf die Weste.

»Wem bin ich eigentlich etwas schuldig für diese Sachen?« fragte er. »Und wieviel? Ich habe mich gar nicht darum gekümmert, und wahrscheinlich wird's mir gleich leid tun, daß ich jetzt daran denke.«

Chess erwiderte sein Lächeln. Sie legte den Kopf auf seine Jacke. »Ein Hochzeitsgeschenk von Onkel Lewis«, kicherte sie. »Ich habe ihm die Rechnung mit einem kleinen Dankschreiben dagelassen. Gott sei Dank weiß er nicht, daß du ihn in die Pleite treiben willst.« Sekunden später war sie eingeschlafen. Die Nacht zuvor hatte sie kein Auge zugetan.

Nate saß in dem schummerigen Eisenbahnwagen und lächelte vor sich hin. Sie überraschte ihn immer aufs neue. Das gefiel ihm. Und wenn sie lächelte wie eben, sah sie gar nicht so alt aus.

Der Zug erreichte Raleigh pünktlich um ein Uhr morgens. Obwohl sie geschlafen hatte, war Chess völlig übermüdet. Sie stolperte hinter Nate her zu dem Bahnsteig, wo sie ihren nächsten Zug nehmen mußten. Er kam in Hillsborough um kurz nach drei an. Zum ersten Mal in seinem Leben gab Nate Geld für eine Droschke aus, obwohl das Hotel nur wenige Häuserblocks entfernt lag.

Nachdem er Chess auf eine Bank in der großen Empfangshalle gesetzt hatte, brachte er erst die Modellkiste, danach ihr Gepäck aufs Zimmer. Dann legte er einen Arm um sie und half ihr die Treppe hinauf.

»Wo hast du dein Nachthemd hingepackt?« fragte er oben. Chess stolperte auf ihr Gepäck zu und zog ein paar Sachen heraus. Sie nahm eines von den Nachtgewändern ihrer Mutter. Die schwere Seide war glatt und wäre ihr fast aus der Hand gerutscht.

»Brauchst du Hilfe bei deinen Korsettbändern?« fragte Nate.

Chess schüttelte den Kopf. Auch das Korsett hatte ihrer Mutter gehört. Der spitzenbesetzte Rücken war, so weit es ging, zusammengezogen worden, aber das Wäschestück hing immer noch lose an ihrem dünnen Körper. Die Haken vorne waren leicht zu lösen. Nate drehte sich um, damit sie sich beide ausziehen konnten. Er schlüpfte aus seinen Sachen und hängte seinen neuen Anzug und sein neues Hemd sorgfältig auf. Dann wusch er sich. Als er die Schüssel geleert und wieder mit Wasser gefüllt hatte, wandte er sich Chess zu, um ihr ein Handtuch zu geben.

Sie war bereits im Bett und schlief. »Gut«, seufzte Nate. Er breitete das saubere Tuch über den Krug, damit das Wasser frisch blieb. Dann stieg er ebenfalls ins Bett. »Chess, du solltest jetzt aufwachen. Es wird jetzt weh tun, und es wird dich mehr erschrecken, wenn du's im Schlaf erlebst und nicht weißt, warum es weh tut.«

Seine Worte drangen langsam in ihr Bewußtsein, und sie öffnete die Augen. Sein Gesicht war ganz nahe. Sie lächelte. Sie hatte ihn gerne nahe bei sich.

»Leg deine Arme um meinen Hals, Liebling, und halt dich fest. Ich werde ganz schnell machen.«

Sie tat wie ihr befohlen. Jetzt schob er ihr Nachthemd hoch und spreizte ihre Beine. Sie fühlte sein Gewicht auf ihr und einen heißen, stechenden Schmerz. Sie schrie auf.

»Pst, Liebling, pst. Es ist schon vorbei. Du hast jetzt einen Ehemann. Nun schlaf weiter.« Der Schmerz war vorüber, und sie folgte seinem Rat. Nate starrte in der Dunkelheit vor sich hin, bis die Müdigkeit seine Sorgen besiegte und auch er einschlummerte.

Am nächsten Morgen schlief sie lange. Nachdem Nate sein Frühstück beendet hatte, brachte er ihr eine Tasse mit sahnigem Kaffee. Er weckte sie auf und drückte ihr den Kaffee in die Hand. Chess rieb sich den Schlaf aus den Augen. »Danke«, sagte sie. Eigentlich wollte sie ihm sagen, daß von ihm geweckt zu werden, sie glücklicher als je zuvor gemacht hatte, aber sie war zu schüchtern.

»Kannst du dich erinnern, was letzte Nacht passiert ist, Chess?«

Sie blickte in ihre Tasse und nickte.

»Nun, ich wollte dir nur sagen, daß das schlimmste vorbei ist. Von jetzt an ist es einfacher. Trink deinen Kaffee, und dann zieh dich an. Wir sollten unterwegs sein, bevor es zu heiß ist. Ich besorge uns eine Kutsche. Ich bin bald zurück.«

Zwinkernd sah sie zu, wie er die Tür hinter sich schloß. Nie wieder würde sie wie früher aufwachen. Sie kämpfte mit den Tränen.

»Worüber weinst du?« schalt sie sich, während sie ihr Nachthemd zusammenlegte. »Was hast du denn erwartet?«

Ihr Koffer war ziemlich durcheinandergeraten. Chess richtete die paar Dinge, die sie von zu Hause mitgenommen hatte. Ein Schlafrock aus verblichener blauer Wolle, drei Musselinblusen, zwei Halbröcke, ein Kattunkleid, ein dunkelbrauner Rock mit einer weißen Leinenbluse, Handschuhe, Strümpfe, ein Paisley-Schal, Schuhe, ein Kamm mit silbernem Rücken, Kleider- und Haarbürste ... ihre Tränen fielen auf die Bücher, die sie so sorgfältig aus den Regalen in Harefields ausgesucht hatte: Tennysons *Königsidyllen*, *Die drei Musketiere* von Alexandre Dumas, Elizabeth Brownings *Sonette aus dem Portugiesischen*. Daneben lag ihr Gebetbuch. Ihre Initialen waren in mittlerweile vergilbten Goldbuchstaben auf den Umschlag graviert, und ihr Vater hatte hineingeschrieben:

»Meiner innigst geliebten Tochter Francesca Augusta zu ihrer Konfirmation«.

Chess wünschte sich inständig, daß auch Nates Mutter sich inzwischen wie sein Vater davongemacht hätte.

Sie begann, sich zu waschen, und trocknete ihr Gesicht. Zwischen den Beinen war sie etwas wund. Mit dem Geheimnis der Ehe hatte es nicht viel auf sich, entschied sie.

Aber immerhin war sie verheiratet, nachdem sie die Hoffnung schon längst aufgegeben hatte. Mit Nathan, den sie liebte. Was spielte es da schon für eine Rolle, daß die sexuelle Vereinigung keine überirdische, überwältigende Angelegenheit war. Die Liebe war's auf jeden Fall. Chess merkte, wie ihr wieder schwindlig wurde und ihr Herz schneller pochte.

Rasch zog sie sich an, und auch mit dem Gepäck war sie in wenigen Sekunden fertig. Nathan mußte jetzt bald zurückkehren, und sie sehnte sich nach ihm mehr als je nach irgend etwas anderem in ihrem Leben.

6. Kapitel

»Die Kutsche, die ich gefunden habe, ist nichts Besonderes«, warnte Nate seine Frau, als sie die Treppe herunterkam.

Er war ein Meister der Untertreibung. Die »Kutsche« war ein alter Karren, der sich gefährlich nach rechts neigte, gezogen von einer alten Schindmähre, die einen ziemlich lahmen Eindruck machte.

Chess war das egal. Hauptsache, sie saßen zusammen auf dem durchgebogenen Brettersitz. Sie kicherte wie ein kleines Mädchen.

»Ich finde es wunderbar«, sagte sie. »Das sieht nach einem Abenteuer aus.«

Nate lachte. »Du weißt erst die Hälfte. Das Pferd ist auf einem Auge blind.«

»Hoffentlich ist es das linke. Das würde die Sache wieder ins Gleichgewicht bringen.«

Er grinste immer noch, als er zurück ins Hotel ging, um ihre Rechnung zu bezahlen und das Gepäck zu holen. Das mußte er ihr lassen, sie beklagte sich nicht. Eigentlich war sie sogar eine angenehme Gesellschaft. Und irgendwie gefiel es ihm auch erstaunlich gut, mit jemandem zusammenzusein, mit dem man ein Geheimnis teilte. Was ihr Alter und ihr Aussehen anging, so gab es an jeder Straßenecke Attraktivere, und viele davon waren äußerst gefällig. Sollten die Leute ruhig hinter seinem Rücken lachen, das machte ihm nichts aus. Er mußte sich um wichtigere Dinge kümmern.

Hillsborough war eine hübsche alte Stadt mit schattigen Straßen, die von mächtigen Bäumen gesäumt wurden. In der Sonne traf einen die spätsommerliche Hitze wie die Faust eines Riesen. Dabei war es noch nicht einmal acht Uhr.

»Ich habe aus dem Hotel ein paar Schinkenbiskuits und eine Gallone Wasser mitgenommen«, sagte Nate. »Sie sind da in dem Leinensack unter dem Sitz. Du hast kein Frühstück gehabt, also hau rein. Ich werde nachher etwas Wasser trinken.«

Zu ihrer Verblüffung war sie wirklich hungrig. Auch beim Essen am Abend zuvor war sie hungrig gewesen. Mit Nathan zusammenzusein wirkte Wunder; es mußte Jahre her sein, daß ihr nach Essen zumute war. Sie war immer zu müde gewesen, um sich aus den Mahlzeiten etwas zu machen.

Oder vielleicht war sie einfach nur unglücklich gewesen, und mit dem neuen Glück war auch ihr Appetit wieder erwacht. Der Schinken schmeckte saftig, und die Biskuits waren mit Honigbutter bestrichen.

»Sie sind wunderbar, Nathan. Möchtest du nicht auch welche?«

Er schüttelte den Kopf. »Ich habe heute morgen schon ein halbes Dutzend gehabt.« Mein Gott, diese Frau konnte aber wirklich was verdrücken. Kaum vorstellbar, daß ein Körper so viel aufnahm und dennoch so dünn blieb.

Das Pferd setzte seinen Weg langsam, fast widerstrebend fort, doch Nate unternahm keinen Versuch, seine Gangart zu beschleunigen. Es hätte vermutlich nichts genutzt, und außerdem hatte er es nicht eilig, seine Familie wiederzusehen.

»Erzähl mir von der Fabrik, Nathan.«

Verwundert sah er sie an.

»Du hast letzte Nacht zu dir selbst darüber gesprochen. Als wir am Bahnhof warteten«, fügte sie rasch hinzu.

Nate grinste. »Eine schlechte Angewohnheit von mir.«

»Bestimmt – für einen Mann mit einem Geheimnis. Aber reg dich nicht auf, außer mir hat dich keiner gehört. Erzähl mir davon. Ich hab ein Recht darauf; ich bin dein Partner.« Sie mußte ihre Zunge hüten. Fast hätte sie »deine Frau« gesagt.

Nate nickte lächelnd. »Okay, ich stell's mir so vor. Die Maschine braucht Energie, um zu laufen, und das Geschäft braucht Geld, um in Gang zu kommen. Um beides zu kriegen, werde ich eine Mühle bauen. Ich habe ein bißchen Geld gespart – nicht viel, aber es müßte reichen. Ich suche mir ein Stück Land an einem schnellfließenden Bach und stelle dort eine Wassermühle auf. Tagsüber mahle ich für die Leute ihr Korn – gegen Bezahlung – und nachts, wenn keiner sieht, was ich da mache, treibt das Mühlrad die Maschine an. Zum Schlafen kann ich irgendwo eine Matratze hinlegen.«

Ganz vertieft in seine Pläne ließ er die Zügel schleifen. Das Pferd blieb stehen.

»Wir brauchen eine Feuerstelle zum Kochen«, sagte Chess, ergriff die Zügel und zog daran.

Nate nahm sie ihr wieder ab und ließ sie auf den Rücken des Pferdes klatschen. Aber es hatte seinen alten Trott schon wieder aufgenommen.

»Red keinen Blödsinn«, sagte er. »Das ist kein Leben für dich. Zu Anfang wird es ziemlich hart sein. Du bleibst auf der Farm. Wenn ich anfange, Geld zu verdienen, baue ich uns ein Haus.«

Chess hätte vor Kummer am liebsten geheult. Doch statt dessen sagte sie ganz ruhig: »Nein.«

»Wie meinst du das?«

»Ich meine – nein, ich lasse mich nicht ausschließen. So läuft das nicht. Ein Mensch allein kann keine Mühle in Gang halten, und man braucht zwei Leute, um die Zigarettenmaschine zu bedienen. Außerdem muß jeder irgendwann mal schlafen.«

An Nates Kiefer zuckte ein Muskel. Chess konnte den Blick nicht davon abwenden. Die Schweißperlen aus den Augenbrauen rollten ihr in die Augenwinkel, wo das Salz zu brennen anfing.

Nates Kiefer entspannte sich. Sie hätte sich gerne die Augen gewischt, aber sie ließ es bleiben, damit er nicht glaubte, sie weinte.

»Du hast recht« sagte er. »Eigentlich wollte ich zwar einen Jungen zur Aushilfe anstellen, aber ich darf niemanden die Maschine sehen lassen. Ich werde ein paar Wände hochziehen und einen vernünftigen Raum einrichten, in dem wir wohnen können. Verstehst du was von Mühlen?«

»Nicht mehr als was ich gesehen habe, als ich mal in einer drin war. Und du?«

»Ein wenig. Es kann nicht so schwer sein. Der Müller in der Stadt, zu dem wir immer gehen, hat von Tuten und Blasen keine Ahnung.« Chess wartete.

»Ach ja, was ich noch sagen wollte«, fuhr Nate fort. »Ich habe seit vielen Jahren alles allein gemacht, und ich muß mich erst daran gewöhnen, einen Partner zu haben.«

Sie lehnte sich zurück. »Ich auch«, erwiderte sie. »Ich hätte nicht nach den Zügeln greifen sollen.«

Nate hob die Schultern. »Ich hab es gar nicht bemerkt.«

Grinsend wandte er ihr den Kopf zu. Er mußte über sich selbst lachen.

Chess fühlte sich, als schwebte sie über dem Kutschbock.

»Möchtest du etwas Wasser haben?«

»Aber ja, Ma'am, sehr gerne.«

Chess war erstaunt über die vielen Kutschen, Karren und Reiter auf der Straße. Nate grüßte alle, manche sogar mit Namen.

»Gibt es auch jemanden, den du nicht kennst?« fragte sie.

»Eine Menge. Aber ich grüße sie trotzdem. Eines Tages werde ich sie vermutlich sowieso kennenlernen. In diesem Winkel der Welt gibt es nicht allzu viele Menschen.«

»Auf dieser Straße schon.«

»Hier ist immer was los. Hillsborough ist die Kreisstadt von Orange County. Wann immer was Offizielles anliegt, findet es hier statt. Aber wir biegen bald nach Alamance ab; dann wird es ruhiger. Ich bin froh, wenn wir nicht mehr den ganzen Staub abkriegen.«

Chess trank etwas Wasser. Sie würde auch froh sein. Die Luft war voller Staub, der überallhin drang. Ihr dunkler Rock war bereits mit einem grauen Schleier bedeckt. Die ganze Gegend war schmutzig. Und von nirgendwoher kam die erfrischende Brise eines Flusses, um die sengende Hitze zu lindern.

Zum ersten Mal überkam sie schreckliches Heimweh. Sie war noch nie lange von zu Hause fortgewesen.

Sie setzte den Wasserkrug wieder an die Lippen und trank noch einmal. Dann gab sie Nate das Gefäß.

Um die Mittagszeit machten sie Rast und tränkten das Pferd an einem kleinen Fluß, der durch einen Kiefernhain lief. Chess und Nate benetzten ihre heißen Gesichter und Nacken, ehe sie mit den Händen das lauwarme Wasser schöpften, um es zu trinken.

Danach streckte sich Nate auf den weichen Kiefernnadeln aus, während Chess sich an einen Baum setzte und sich mit ihrem Hut Kühlung zufächelte.

»Die Hälfte haben wir ungefähr hinter uns«, sagte er. »Wenn wir ein ordentliches Pferd hätten, wären wir schon zu Hause.«

»Mir macht das nichts aus. Es ist viel zu heiß, um an Eile zu denken.«

Nates Atem ging gleichmäßiger und langsamer. Er war eingeschlafen.

Chess rutschte leise heran, bis sie an seiner Seite war. Dann sah sie ihn mit liebevollen Augen lange an, wie sie es sich vorher nie getraut hatte. Er war kein besonderer Anblick – ein gesunder, junger Mann mit der gebräunten Haut eines Bauern, von der sich die vielen Sommersprossen kaum abhoben. Seine strahlend blauen Augen waren geschlossen, so daß er ihr fast ein wenig fremd vorkam. Aber seine Wimpern waren dicht und lang; sie waren ihr zuvor gar nicht aufgefallen; jetzt wurden sie eingehend betrachtet. Danach bewunderte sie das kunstvolle Innere seiner Ohren, bis sie schließlich an den klaren Konturen seiner Lippen hängenblieb. Ihr Mund sehnte sich nach ihnen.

Scher dich lieber wieder an deinen Baum zurück, sagte sie zu sich selbst.

Nate wachte genauso leicht wieder auf, wie er eingeschlafen war. Durch die Zweige der Bäume blinzelte er in die Sonne. »Ich habe zu lange geschlafen«, sagte er. »Jetzt scheint uns die Sonne für den Rest des Wegs in die Augen.« Plötzlich schien er sich zum ersten Mal unwohl zu fühlen. Er räusperte sich.

»Ich werde mir ein bißchen da hinten im Wald die Füße vertreten, bevor wir weiterfahren.« Er machte eine Geste nach links. »Würdest du gerne ...« Er wies mit seiner Hand nach rechts.

»Ich bin spazierengegangen, als du geschlafen hast«, sagte Chess. Sie war gerade damit beschäftigt, ihre Handschuhe anzuziehen. Sie starrten vor Schmutz; aber sie hatte vorgesorgt. In ihrer Tasche steckte noch ein weiteres Paar. Kurz bevor sie die Farm erreichten, würde sie die frischen anziehen und damit Nathans Familie begrüßen.

Die Handschuhe waren aus weißem Ziegenleder, sie waren dünn und geschmeidig wie Seide. In ihrem Koffer lagen noch zehn weitere Paar.

Chess hatte schöne, schlanke und elegante Hände. Sie waren

das einzige, worauf sie stolz war. Sie wußte, daß sie gewöhnlich aussah, daß sie zu groß, zu dünn und zu alt war. Eine knochige, farblose Jungfer. Aber ihre Hände waren schön, und das tröstete sie ein wenig. Seit Jahren hatte sie aus den Schubladen ihrer Mutter Handschuhe genommen, um ihre Finger zu schützen, wenn sie arbeitete und im Dreck wühlen mußte. Die Handschuhe wurden nie vermißt. Ihre Mutter hatte Hunderte davon, und sie verließ nie das Haus.

»Fertig?« fragte Nate. »Ich schirre unser Rennpferd an, und du füllst den Krug wieder mit Wasser.«

Nate hielt die Kutsche an und sprang hinunter. »Ich mach das Tor auf, und wenn du durch bist, schließe ich es wieder. Fahr los, und warte dann auf mich.«

Chess versuchte, sich umzusehen, aber die tiefstehende Sonne schien ihr direkt in die Augen. Sie ergriff die Zügel, und mit einem ermutigenden Schnalzen setzte sie das Pferd in Gang.

Als Nate wieder auf den Sitz kletterte, gab sie ihm die Zügel zurück und legte die Hand über die Augen.

Danach beschäftigte sie sich mit dem Wechseln ihrer Handschuhe. Sie hatte keine Lust, einen zweiten Blick zu riskieren.

Die Farm der Richardsons bestand aus einer Ansammlung kleiner, verwitterter und windschiefer Holzhäuser, die sich um ein einziges großes Feld verteilten. Aus der staubigen grauen Erde ragten ein paar nackte Halme und Baumstümpfe, die offensichtlich abgestorben waren.

»Da sind wir«, sagte Nate.

»Und du meinst, ich soll deine dummen Streiche gutheißen, Nate Richardson?« Seine Mutter kreischte wie eine Schleiereule. »Du erzählst mir, du kannst nicht zum Lagertreffen kommen – wo dein Bruder immerhin der Hauptprediger ist, wie du dich vielleicht erinnerst –, weil du wegen deiner Tabakgeschäfte nach Virginia mußt, und dann kommst du zurück mit einem Anzug aus einem Laden, der Gott weiß was gekostet hat, und einer Frau, die ich noch nie gesehen habe und die angeblich deine Frau ist. Ich hätte nicht übel Lust, dich rauszuschmeißen und die Tür zu verrammeln.«

Die Heimkehr ließ sich nicht gut an.

Chess war entsetzt. Über diese kleinwüchsige Frau mit der lauten Stimme und dem runzligen, wütenden Gesicht, die sich wie eine Hexe aufführte. Über die Trostlosigkeit dieses Ortes, der nun ihr Zuhause sein sollte. Aber am meisten schockierten sie Nates Versuche, seine Mutter zu beruhigen – wo war der Mann, dessen Selbstbewußtsein und Energie sie so fasziniert hatten?

Sie merkte, daß sie zitterte, und ihre Schwäche erfüllte sie mit Verachtung. Warum sollte sie Angst haben. Sie war erwachsen, kein Kind mehr. Und sie war auch nicht irgend jemand. Sie war eine Standish, von der Harefields-Plantage.

Chess suchte Zuflucht bei allen Vorurteilen und Überheblichkeiten, die man ihr einst beigebracht hatte. Sie drückte das Rückgrat durch und sah mit eisigem Hochmut auf Mary Richardson herab, als sie sich an sie wandte.

»Wie alt bist du, Mädchen?« wollte Nates Mutter wissen.

»Dreißig.« Chess warf ihr die Antwort gleichsam vor die Füße.

Auf Mary Richardsons Gesicht erschien ein zufriedenes Lächeln. Nate war einen Augenblick lang völlig verblüfft. »Sieben Jahre«, höhnte seine Mutter dann. »Sieben Jahre älter.« Nate hatte gedacht, es wären noch mehr.

Seine Mutter wandte sich zu ihm um und stemmte die Hände in die Hüften. »Du bist schon immer ein Nichtsnutz gewesen, Junge.«

Chess kam ihm zu Hilfe. »Ihr Sohn ist ein Geschäftsmann«, sagte sie bestimmt. »Er hat mich geheiratet, um mit mir ein Partnerunternehmen aufzuziehen. Ich habe ihn aus demselben Grund geheiratet. Es hat nichts mit Ihnen zu tun, und niemand hat Sie um Ihre Meinung gefragt.«

Ihr Ton war voller Arroganz und Verachtung. Nates Mutter war wie vom Donner gerührt. In ihrer Welt hatten Mütter die uneingeschränkte Macht von Diktatoren. Niemand erlaubte sich Widerworte, schon gar nicht eine Schwiegertochter.

Nate legte einen Arm auf die Schulter seiner Mutter, um sie zu besänftigen. »Die Sache ist die, Ma«, erklärte er, »sie ist eine Lady aus Virginia.«

Seine Mutter gab sich durchaus nicht geschlagen. Sie schüttelte seinen Arm ab und wandte sich wieder Chess zu. »Bist du eine Christin?« Es klang wie ein Verhör.

»Ja.«

»Gehst du zum Gottesdienst.«

»Ja.«

Die alte Frau sprang sie fast an. »Und welche Kirche?«

»Episkopalkirche.«

»Hah!« Nates Mutter reckte das Kinn empor. Dann machte sie auf dem Absatz kehrt und marschierte zu einem Schaukelstuhl neben der offenen Tür und ließ sich dort wie eine Herrscherin nieder. »Gib mir den Topf mit Bohnen, Junge. Ich kann hier nicht mit dir und Chase rumtrödeln. Ich habe zu tun.«

»Sie heißt Chess, Ma. Nicht Chase.«

»Egal, es ist auf jeden Fall ein heidnischer Name.«

Chess schäumte. Aber dann sah Nate sie an, rollte mit den Augen und zwinkerte ihr zu, und plötzlich war alles wieder gut. Seine Mutter war einfach lächerlich.

Er stellte ihr den Topf mit Bohnen in den Schoß. »Ich geh mit Chess herum und zeige ihr alles, bevor es dunkel wird«, verkündete Nate. Er streckte die Hand aus, und sie beeilte sich, hinter ihm aus der Tür zu kommen.

»Ich muß erstmal das Pferd versorgen«, sagte er laut, bevor er Chess zuflüsterte: »Ich möchte das Maschinenmodell irgendwo verstecken, wo es keiner finden kann.«

Diese ersten Minuten gaben Chess einen Vorgeschmack auf ihr künftiges Leben auf der Farm. Nate war ihre Zuflucht und ihr Beschützer, aber ihre Lage blieb gräßlich und unerträglich. Jeden Abend bereitete Mary Richardson eine fade Mahlzeit zu, und danach ging Nate mit Chess zu einer stillen, bemoosten Lichtung an dem flachen Fluß, der sich durch den Kiefernwald hinter ihrem Haus schlängelte. Er schnitzte an abgestorbenen Ästen herum, baute kleine Wasserräder, und dann wateten sie in dem kühlen, erfrischenden Strom herum, um sie auszuprobieren. Sie sprachen über ihren Geheimplan für die Mühle, bis die Nachtigallen sie mit ihrem Gesang daran erinnerten, daß der Tag vorüber war und es Zeit wurde, schlafen zu gehen.

Die Hitze der langen Tage war zu ertragen, weil Chess sich auf den Abend freuen konnte. Aber ansonsten war ihr Leben einfach jämmerlich.

Am ersten Tag hatte sie noch gehofft, mit Nates Tante Alva Freundschaft schließen zu können. Alvas Tochter Susan hatte in der offenen Tür gesessen und mit ihrer kleinen Schwester Bakke-backe-Kuchen gespielt, und beide schienen sie auf Anhieb zu mögen. Aber Alva war anders. Sie beglückwünschte Nate und küßte Chess auf die Wange, doch ihre Augen blickten feindselig, und sie sagte kaum ein Wort.

Als Chess kurz darauf Alvas Mann Joshua und den Sohn Micah kennenlernte, sagten die beiden knapp hallo – um Nate sofort in ein Gespräch über eine Dachreparatur zu verwickeln. Sie hätte genauso gut unsichtbar sein können.

Nein, sie war nicht willkommen bei den Richardsons. Nathans Mutter sprach es aus: »Hier ist kein Platz für dich, Chess. Am besten, du gehst dahin zurück, wo du hergekommen bist.«

»Sie wissen, daß das nicht geht. Ich bin mit Ihrem Sohn verheiratet und ›euer Volk soll mein Volk sein‹. Sie kennen doch die Geschichte der Ruth, oder, Miss Mary?«

Mary Richardson brachte Chess' schlimmste Seiten zum Vorschein. Sie hatte rasch erkannt, daß es die alte Frau wütend machte, wenn sie aus der Bibel zitierte, denn das war eigentlich deren Lieblingswaffe. Und sie nannte Nates Mutter »Miss Mary«, um mit dieser traditionellen Anrede ihre eigene aristokratische Herkunft zu unterstreichen, denn auch Mary Richardson unterlag der alten Schwäche der Südstaatler, vornehme Abstammung zu bewundern. Das waren die einzigen Waffen, mit denen sie sich wehren konnte. Nate hielt sich tunlichst aus dem Kampf der beiden Frauen heraus. Er hatte genug mit dem Tabak zu tun, kam mittags nur zum Waschen und Essen nach Hause, und am Abend war es dasselbe.

Nach dem Abendessen ging er mit Chess zu ihrem Platz am Fluß, und ihre Wunden verheilten. Bis zum nächsten Tag.

Das Schlimmste an der ganzen Sache war: Mary Richardson hatte recht. Chess gehörte nicht hierher.

Daheim hatte sie sich um eine 10000 Hektar große Plantage gekümmert, aber sie wußte nicht, wie man mit einer 40-Hektar-

Farm umging. Sie hatte nie eine Kuh gemolken, Butter geschlagen, Hühner gefüttert oder ihnen den Hals umgedreht. Die meisten Lebensmittel in Harefields wurden von den Pächtern geliefert, die damit ihre Schulden beglichen. Chess wußte nur, wie man sie zubereitete, aber ihr Angebot zu kochen, wurde von Mary Richardson schroff abgelehnt.

»Ich werde nicht zulassen, daß Sie für mich und meinen Jungen Essen kochen. Wenn Sie das ebenso schlecht machen wie alles übrige, haben Sie uns in kurzer Zeit vergiftet.«

Sie hatte ständig etwas zu meckern. Sie gefiel sich offensichtlich in dieser Rolle, und in Chess' Augen wuchs sie sich allmählich zu einer unerträglichen, widerlichen Hexe aus.

Selbst wenn sie abends mit Nate zu Bett ging, glaubte sie noch das zornige Gemurmel seiner Mutter auf der anderen Seite der Wand zu hören, die ihre beiden Räume trennte. Sie war sicher, daß Mary Richardson ihrerseits das Quietschen des alten Eisenbettes mitbekam, und war dankbar, daß Nate seine ehelichen Pflichten so rasch erledigte. Danach rollte er von ihr herunter und schlief sofort ein. Sie tröstete sich dann damit, ihr Gesicht an seinen starken Rücken zu schmiegen und an ihr gemeinsames Geheimnis zu denken: die Mühle, wo sie eines Tages leben würden. Allein.

7. Kapitel

Ungefähr drei Wochen nach ihrer Ankunft auf der Farm machte Nate seine Ankündigung. Als er zum Essen kam, roch er stark nach Seife, doch statt sich wie sonst hinzusetzen und in sich hineinzuschlingen, blieb er stehen und ahmte mit der Hand vor dem Mund ein Trompetensignal nach.

»Josh und ich sind heute morgen mit dem Sortieren des Tabaks fertig geworden. Morgen fahre ich nach Danville mit ein paar hundert Pfund der schönsten, gelbsten Blätter, die ihr je gesehen habt. Sieh noch mal auf deine Wunschliste, Ma, und laß nichts weg. Wir müßten einen Spitzenpreis für diese Ernte kriegen.« Sein breites Grinsen ließ den Regen vergessen, der draußen beharrlich herunterrauschte.

»Wie lange werden wir dableiben, Nathan?« Chess' Lächeln stand seinem nicht nach. Oh, wie schön, von hier wegzukommen! Nate setzte sich. »Du bleibst hier«, sagte er. »Eine Tabakauktion ist nichts für eine Lady.«

Chess ergriff seinen Arm. »Bitte«, sagte sie. »Nathan. Bitte. Ich möchte so gern mitkommen.«

Mary Richardson stellte einen Teller Grünkohl mit Schweinenacken vor ihren Sohn. »Du hast doch gehört, Chase, du bist nicht eingeladen«, sagte sie. »Tu dir was auf den Teller, und iß endlich mal ordentlich, statt immer nur darin herumzupicken.«

»Nathan ... bitte ...«

»Also ... na gut. Ich schätze, du solltest mal sehen, was es mit Tabakbauern auf sich hat. Aber es ist keine Vergnügungsreise, weißt du – nur hin und so schnell wie möglich wieder zurück.«

Jetzt strahlte sie wieder. »Danke, Nathan«, sagte sie leise.

An jenem Nachmittag sollte sie dem Tabak zum ersten Mal ganz nahe kommen.

Nathan hatte ihr den Lagerschuppen bereits gezeigt, ein kleines Gebäude voller großer gelber Blätter. Sie hingen an dünnen Stöcken, die über langen Reihen von Pfählen lagen, die bis zur

Decke ragten. Es sah aus, als hätte man den ganzen Herbst zwischen vier Wände gepreßt; und es roch anders als alles, was sie bis dahin kennengelernt hatte: modrig und stechend süß. Chess wollte in die Mitte des Schuppens gehen, um sich ganz der betäubenden Exotik dieses Raums zu überlassen, aber Nate hielt sie kurz hinter der Tür fest. »Das ist unser zukünftiges Geld«, sagte er zu ihr. »Mach es nicht kaputt.« Die getrockneten goldenen Blätter waren sehr empfindlich.

Es war entsetzlich heiß hier drinnen. Auf dem Boden waren zehn Holzkohlenhaufen, die in der Dunkelheit wie riesige Raubtieraugen glühten. Durch die offene Tür kam ein Luftzug, der die Blätter zum Rascheln brachte. Chess konnte nur einen kurzen Blick auf alles werfen, dann machte Nate die Tür wieder zu. Sie war froh. Als die Tür aufgegangen war, hatte sie automatisch die Hände über den Kopf gehoben. Zu Hause war sie einst in den Schuppen eines Pächters gegangen und hatte dabei eine riesige Schar Fledermäuse aufgescheucht, die schlafend von der Decke hingen. Noch Monate später hatte sie nachts von ihrem wilden Geflatter geträumt.

Jetzt hielt sie zwei goldene Blätter in den Händen, die ihr stolzer Gatte ihr überreicht hatte. Sie streichelte sie mit den Fingern; die elastische Zähigkeit der dünnen, empfindlichen Dinger faszinierte sie. »Sie sind wie schönes gelbes Leder!« rief sie aus. »Ich wünschte, ich könnte aus ihnen Handschuhe machen.«

Nate schnaubte. »Das bezweifle ich«, sagte er. »Sieh mal den Teer an deinen Fingern.«

Er hatte recht. Ihre Hände waren ganz klebrig geworden; sie fühlten sich an, als würden sie an allem, was sie anfaßte, haftenbleiben. »Nimm mir die Blätter wieder ab«, bat sie. »Ich möchte mir die Hände waschen.«

»Warte damit bis zum Abend«, riet Nate ihr. »Wir werden den ganzen Nachmittag mit dem Zeugs zu tun haben.«

»Chase nicht.« Mary Richardson war von hinten an sie herangetreten, während sie sich unterhielten. »Sie kann auf Alvas Kleine aufpassen, damit sie uns nicht im Weg ist. Mit einem Baby kann selbst ein Trottel umgehen.«

Chess hielt eine sich windende Sally in den Armen und sah zu, was die anderen machten. Oh, wie gerne hätte sie bewiesen, daß Miss Mary sich irrte.

Josh, Alva, Mary und Susan saßen auf einer Bank in dem großen Raum, den sie die »Fabrik« nannten. Er befand sich neben dem Lagerschuppen, hatte aber einen eigenen Eingang, und sein Dach war viel niedriger. Drei Fenster an der Nordseite und die Tür standen offen, so daß es hell und angenehm kühl in der Hütte war. Der Regen hatte aufgehört und für frische, saubere Luft gesorgt. Man konnte fast glauben, daß es bald Herbst wurde, obwohl der September oft der heißeste Monat des Jahres im Süden war.

Die vier arbeiteten konzentriert. Sie beugten sich vor, nahmen fünf oder sechs Blätter von dem Tabakhaufen zu ihren Füßen und steckten sie zu einer sogenannten »Hand« zusammen. Chess beobachtete fasziniert die Geschicklichkeit ihrer Bewegungen. Sie richteten die Blätter, indem sie die Stengel gegen ihre Knie klopften, dann zogen sie rasch ein weiteres Blatt durch die gekrümmten Finger, um es zu glätten und zu falten. Schließlich – schneller, als sie folgen konnte – umwickelten sie die geordneten Stengel mit dem Extra-Blatt und steckten sein Ende in das Bündel der übrigen.

Miss Mary hatte wieder mal recht. Das konnte sie nicht. »Komm, Sally«, flüsterte sie dem Kind zu.

Außerhalb der »Fabrik« blieb sie lange genug stehen, um zu sehen, was Nate machte. Nach kurzer Zeit tauchten er und Micah mit einem langen Stock auf, an dem die »Hände« hingen. Sie steckten ihn vorsichtig in die ersten Nuten eines Gerüstes, das in dem großen Wagen stand, den sie neben die Tür gefahren hatten. Es gab Dutzende weiterer Nuten, die zu füllen waren.

»Wir setzen uns auf die Stufe dort, Sally, und ich les dir eine Geschichte vor. Hättest du dazu Lust?« Selbst wenn die Kleine nicht will, dachte Chess, ich täte es zu gerne. *Enid und Geraint* zu lesen kam ihr weit weniger exotisch vor, als mit Tabak umzugehen. Sie drückte Sally an sich, bis das Mädchen protestierte. Eines Tages, träumte Chess, würde sie ein eigenes Baby haben. Nathans Baby.

Es war noch dunkel, als sie nach Danville aufbrachen. Die Welt hatte sich zur Ruhe gelegt, und alles schlief. Der Himmel über ihnen schien schwarz und unendlich und mit Sternen übersät. Der Mond stand als schmale Sichel am Horizont. Die Straße schimmerte wie ein blaßsilbernes Band vor ihnen. Das Knarren des Geschirrs und der Räder gab in der stillen Nacht ein wohlvertrautes und beruhigendes Geräusch. Chess konnte Nathans Wärme neben sich spüren; sie vetrieb die Kühle der Finsternis.

Sie waren ganz allein hier, wie auf einer selbsterschaffenen Insel – wie damals vor dem Bahnhof in Weldon. In der Dunkelheit konnte sie ihn ohne Vorsicht lieben. Sie fühlte sich leicht und frei und mädchenhaft und fröhlich und sicher. Glück gluckerte in ihrer Kehle empor, und sie lachte ihr ganz eigenes Lachen. Nate hatte schon fast vergessen, wie es allen um sie herum ein gutes Gefühl gab. Auf der Farm hatte sie nicht viel zu lachen gehabt. Der Tabak war mit einer hellen Leinwand bedeckt, die über einen Rahmen gespannt war. »Wir müssen wie ein riesiger Geist aussehen«, meinte Chess. »Jeder Bauer, der noch auf ist, wird sich bei unserem Anblick halb zu Tode erschrecken.«

»Kann gut sein«, schmunzelte Nate, »aber nicht aus Angst vor einem Geist. Sondern weil er weiß, daß Nate Richardson einen ganzen Monat vor ihm mit seinem Tabak auf den Markt kommt.«

»Ist das ein Vorteil?«

»Mit einer Ladung wie unserer allemal. Die Käufer werden den Preis in ungeahnte Höhen steigern.« Nate war überschwenglich; er konnte nicht aufhören, von dem wunderbaren Tabak hinter ihm zu schwärmen. Er sprach so schnell, daß Chess seinen Worten kaum zu folgen vermochte.

»Die meisten Farmer haben ihre Ernte dieses Jahr verloren, bei der Dürre den ganzen Mai und Juni. Aber wir haben alle anderthalb Tage Wasser eimerweise aus dem Bach geschöpft. So sind die Pflanzen trotzdem groß und stark geworden. Und deshalb konnte unser Tabak auch den Regen im Juli überstehen, statt wie bei den anderen zu Boden gedrückt zu werden …« Ja, er hatte die Felder von den Nachbarn gesehen, ein trauriger Anblick. Seit Monaten hatten alle darüber geredet, daß es zu wenig gute Blätter geben würde, und das bedeutete, daß gute Ware einen Spitzenpreis erzielte. Aber seine Blätter waren nicht nur gut, sie waren ausgezeichnet. Fast ein Drittel hatte Deckblatt-Qualität, waren sogar *Lemon*-Deckblätter. Josh hatte das auch gesagt, und der verstand vermutlich mehr vom Trocknen und Sortieren als jeder andere in North Carolina. Er konnte einen zwar fast verrückt machen mit seinem beharrlichen Festhalten an den alten Methoden, aber wenn es ans Trocknen ging, waren die alten Methoden immer noch die besten, und Josh kannte sie wie niemand sonst ...

... Alles hängt von der Temperatur ab, verstehst du? Wie man den Schuppen auf genau 90 Grad Fahrenheit erwärmt, dann auf 110 und 130 und manchmal auch auf 140. Und davon wie lange man jede einzelne Stufe beibehält, wann man die Tür öffnet, um den Blättern wieder etwas Feuchtigkeit zu geben, wann die Feuer neue Holzkohle brauchen und wann man sie aufstochern muß, um sie abzukühlen. Die Leute wollten einem zwar weismachen, das laufe immer nach dem gleichen Schema ab, wie bei einer Wissenschaft, aber wenn das stimmte, warum waren dann *Lemon*-Deckblätter so selten? Nein, das grenzte schon an Zauberei, wenn Josh einem erzählte, was es mit dem Trocknen auf sich hatte.

»Warum nennt man sie *Lemon*-Deckblätter?« warf Chess rasch ein, als Nate kurz innehielt, um Atem zu holen. Erstaunt bemerkte sie, wie er einen Augenblick lang seinen rechten Arm um sie legte.

»Mein Gott, Chess, ich habe ja ganz vergessen, daß du nicht viel davon verstehst.« Seine Stimme war warm, wie die kurze Umarmung. Vor Wonne wurde ihr ganz schwindlig, und sie mußte sich konzentrieren, damit sie seinen Worten weiter folgen konnte.

Lemon bezeichnete die Farbe der Blätter, wenn sie hellgelb waren; es war die beste Farbe, dann folgten *Orange* und *Mahagoni*. Und Deckblätter waren die besten, sie wurden als »Decker« der Kautabak-Riegel benutzt. An jeder Pflanze wuchsen achtzehn Blätter, jedenfalls an denen, die er und Josh anbauten. Manche Farmer ließen auch vierundzwanzig wachsen oder noch mehr, und manche gaben sich schon mit zwölf zufrieden. Die unteren Blätter wurden vom Boden leicht sandig und waren auch spröder. Sie hießen Grumpen und waren nicht viel wert; ebenso die ganz oben, die man Obergut nannte. Die eigentliche Ernte bestand aus den Blättern im Mittelteil der Pflanze. Sie hatten das beste Aroma. Gewöhnlich wurden sie geschnitten – daher der Name Cutters –, um daraus Rauchtabak zu machen. Und am allerbesten waren die Blätter ganz in der Mitte, die Deckblätter. Ein Farmer konnte froh sein, wenn er an jeder Pflanze zwei hatte, denn sie mußten unversehrt sein, durften keine Risse haben und auch keine Löcher von Tabakraupen – die verdammten Biester waren mit einem Blatt schneller fertig als ein Mann mit einem Priem.

Wenn man dann noch die Tatsache einbezog, daß die meisten Blätter beim Trocknen orange oder mahagoni wurden, konnte man ungefähr ermessen, was eine Wagenladung mit *Lemon*-Deckblättern bedeutete.

Chess hatte den Eindruck, daß sie jetzt genug über Tabak erfahren hatte, aber das sagte sie Nate nicht. Sie rief sich lieber noch einmal die Umarmung in Erinnerung. Und weil sie ihn liebte, fand sie natürlich alles faszinierend, was mit seinem Leben zusammenhing, sogar seinen Bericht über die Ernte des Vorjahres und des Jahres davor und die Feinheiten der Samenhaltung und die Details seiner Diskussionen mit Josh über ein neues Heizsystem für den Trockenschuppen, von dem alle Welt redete.

»Wenn es neu ist, taugt es wahrscheinlich auch mehr, Chess. So ist die Zeit, in der wir leben. Jeden Tag kommen die Leute mit einer neuen Idee auf den Plan. Man spricht sogar davon, daß es auf der Staatsmesse dieses Jahr eine Demonstration über Elektrizität geben soll. Ich meine richtiges elektrisches Licht, nicht diesen Spielkram, bei dem es dir in der Handfläche kribbelt. Letztes Jahr habe ich an einem Telefon mit einem Freund gesprochen, der so weit weg war, daß ich ihn überhaupt nicht sehen konnte! Es geht; das elektrische Licht funktioniert auch. Die Welt verändert sich ständig. Jetzt gibt es schon Fleisch und Gemüse in Dosen, damit es nicht verdirbt und du alles zu jeder Jahreszeit haben kannst. Als nächstes kommen wahrscheinlich Milch und Butter dran, und wer weiß, was noch alles! Ich sage dir, Chess, ich finde es großartig, in solchen Zeiten zu leben.«

»Ja, das ist es.« Sie stimmte ihm aus vollem Herzen zu. Es war großartig zu leben, vor allem in dieser Minute, mit diesem Mann, den sie liebte. Ihrem Ehemann!

Ihr seidenes Nachthemd war in der Tasche zu ihren Füßen, und sie hatte sich die Haare gewaschen. Wenn der Tabak einen sehr guten Preis erzielte, würde sie Nathan bitten, ihr eine kleine Flasche Eau de Cologne zu kaufen. Sie würden in einem Hotel übernachten.

»Erzähl mir von Danville«, bat sie.

»Das ist eine richtige Stadt.« Nates Stimme klang aufgeregt. »Ich bin nirgendwo lieber als in Danville. Es sollte allerdings besser Tabak-Stadt heißen, denn genau das ist es. Dort wird mehr Tabak gekauft und verkauft als anderswo, sogar mehr als in Richmond. Ich kann kaum glauben, daß du Danville nicht kennst.« Er lachte. »Dabei kann ich mir vorstellen, daß es dir besonders gut gefällt. Es liegt jenseits der Staatsgrenze, in Virginia. Ich bring dich zurück in deine Heimat, Chess.«

Er begann zu singen. Sein Bariton war rein und stark. »Carry me back ...«

»... to old Virginny«, fiel Chess ein.

Sie kannten beide nur den ersten Vers, also wiederholten sie den immer aufs neue, und während sich ihre Stimmen vermischten, rumpelte der Wagen weiter die Straße entlang, und der Sonnenaufgang rötete allmählich den Himmel vor ihnen.

Um die Mittagszeit hielten sie an, um die Pferde zu tränken und etwas von dem Essen zu verzehren, das Chess eingepackt hatte. Die Sonne war heiß, und aus den tiefen Furchen der Straße wirbelte immer neuer Staub auf, der sich auf ihre Kleider und auf ihre Kehlen legte.

»Nur noch ein paar Stunden«, versprach Nate. »Du kannst sehen, daß wir schon ziemlich nahe dran sind.«

Rund um das Feld, wo sie Rast machten, erblickte Chess bunt angemalte Felsen. »Spitzenpreise für Tabak« oder »Faire Verträge bei Neal« stand darauf geschrieben. Solche Ankündigungen waren ihr schon während der letzten Meilen aufgefallen, sie prangten auf Felsen, Scheunenwänden, Hütten und sogar Häusern. »Das sind die Auktionshäuser«, erklärte Nate. »Sie kämpfen heftig um ihre Kunden. Ich gehe immer zum Big Star. Da kennen mich die Jungs.« Er stand auf und ging ungeduldig hin und her. »Bist du fertig?«

»Ganz und gar«, erwiderte sie. »Aber du mußt mir versprechen, daß wir noch einmal kurz anhalten. Ich möchte mich frischmachen, bevor wir in die Stadt kommen.«

»Gute Idee.« Er war schon dabei, eines der Pferde anzuschirren.

»Hier!« sagte Chess. »Halt hier an.« An einem Teich zu ihrer Linken blühten einige Gänseblümchen.

Als sie wenig später nach Danville kamen, schmückte ihren Strohhut ein kleiner Strauß. Sie hatte ihr staubiges blaues Kleid gegen eine frischgestärkte weiße Leinenbluse und einen dunklen Rock gewechselt, und sie trug saubere weiße Handschuhe.

»Du siehst wirklich hübsch aus«, sagte Nate mit einem anerkennenden Nicken.

Sie errötete. Es stand ihr gut.

Danville gefiel ihr. Es war eine alte Stadt am Fuße der Blue Ridge Mountains. Bislang hatte sie nur die flache Gegend ihrer Heimat gekannt; Berge waren eine neue Erfahrung für sie.

Dank des Tabaks hatte Danville nicht unter der Wirtschaftskrise gelitten, die nach dem Bürgerkrieg fast den ganzen Süden in Mitleidenschaft gezogen hatte. Nate fuhr die Hauptstraße entlang, vorbei an imposanten neuen Häusern, dann folgten ganze Straßenblöcke von Geschäften, in deren Schaufenstern sich verführerische Sachen stapelten, neben Schildern wie »Herzlich willkommen, Tabakfarmer!« Der unverwechselbare Duft von getrocknetem Tabak durchzog die kleine blühende Stadt.

Am besten gefiel Chess der breit dahinfließende Dan River. Auf der kopfsteingepflasterten Uferstraße überdeckte der Geruch des Süßwassers sogar den des Tabaks. Mit geschlossenen Augen atmete sie tief durch.

»Du siehst wie ein Jagdhund auf der Fährte aus«, bemerkte Nate, aber er meinte es nicht böse. Seine Stimme klang eher ungewohnt nervös.

Er lenkte die Pferde zu der überdachten Durchfahrt neben dem großen Klinkerbau des Big Star-Auktionshauses. Hier war der Geruch des Flusses nicht mehr wahrzunehmen; Chess öffnete die Augen.

Nate war blaß unter seiner Bräune. Da waren sie also, und bald würde er wissen, wie groß der Jackpot war, den er bestimmt gewinnen würde. Alles hing davon ab. Seine Ersparnisse der letzten Jahre reichten nicht aus für das, was er vorhatte. Die Ladung hinter ihm bestand aus *Lemon*-Deckblättern. Er war sicher. Josh hatte es gesagt, und der mußte es wissen. Aber Tatsache war, daß die wenigsten jemals solche *Lemon*-Deckblätter gesehen hatten. Sie waren das Höchste, der Traum jedes Tabakbauern.

Er hielt die Pferde an.

Angestellte des Auktionshauses umringten den Wagen, um ihm beim Entladen zu helfen. »Brauchen Sie Körbe?« schrie einer. »Zehn Cents pro Tag.«

»Her damit!« donnerte Nate. »Dieser Tabak darf den Dreck auf eurem Boden nicht berühren. Wartet, bis ihr ihn gesehen habt, Jungs.« Damit sprang er vom Sitz und fing an, die Leinwand loszubinden. Seine Hände zitterten.

Als sie die Schutzdecke hochhoben, verstummten die schwatzenden Männer. Es war der Tribut von Leuten, die ihr ganzes Leben lang mit getrocknetem Tabak umgegangen waren.

Nate grinste. Er steckte die Hände in die Taschen und lehnte sich stolz gegen das Wagenende. Das Zittern war vorüber. Mit einer nie gekannten Zufriedenheit verfolgte er das Entladen. Die Männer waren bekannt für ihre Schnelligkeit, aber bei seiner Ernte gingen sie so vorsichtig zu Werke, daß ihre Routinebewegungen so ungelenk wie die ersten Gehversuche eines Kindes wirkten. Die »Tabak-Hände« wurden kreisförmig in große flache Körbe gelegt, Stengel nach außen und eine Lage über der anderen. Als es geschafft war, betrachteten alle gemeinsam mit Nate in stummer Bewunderung die glänzenden Haufen.

»Sie sind Nate Richardson, stimmt's?« fragte ein Mann mit einem Stapel Pappkarten in der Hand.

»Der bin ich.«

»Das ist der Beleg für Ihren Wagen und Ihre Helfer.« Der Mann kritzelte etwas auf eine der numerierten Karten, riß sie in zwei Teile und gab Nate seine Empfangsbestätigung. Er wollte gerade die andere Hälfte an den Wagen heften, als er Chess erblickte und seine Hand in der Luft verharrte.

Seine Hand fuhr zum Hut. »N'Abend Ma'am«, sagte er.

»Guten Abend«, erwiderte sie. »Würden Sie Mr. Richardson bitte sagen, daß ich jetzt absteigen möchte?«

Nate eilte herbei, um ihr behilflich zu sein, obwohl er sie an diesem Tag schon viermal aus eigener Kraft hatte herabklettern sehen. Er sah den Schalk in ihren Augen aufblitzen, als er ihr die Hand entgegenstreckte, und lachte innerlich. Gut so. Sie wußte genau, wie man mit diesen Burschen umspringen mußte.

»Einem Paar mit einer Ladung *Lemon*-Deckblätter sollte man jede erdenkliche Höflichkeit entgegenbringen«, flüsterte sie in sein Ohr.

Der Mann mit den Karten sollte nie erfahren, weshalb Nate Richardson sich plötzlich ausschüttete vor Lachen.

Der Tabakgeruch in dem Auktionshaus nahm Chess fast den Atem. Der Raum war riesig, mit hohen Fenstern an zwei Seiten und gewaltigen Oberlichtern. Das Sonnenlicht fiel durch sie hindurch auf lange, enge Reihen mit Tabakhaufen, von denen viele nicht durch Körbe geschützt waren.

»Weniger als die Hälfte noch übrig«, sagte Nate.

»Ich habe nicht gewußt, daß es überhaupt so viel Tabak auf der ganzen Welt gibt«, flüsterte Chess. Sie kam sich sehr naiv vor.

»Bleib hier an der Wand stehen«, sagte Nate zu ihr. »Ich kümmere mich um das Wiegen und Auszeichnen, dann seh ich mich mal ein wenig um, und dann komme ich zurück.« Er schlenderte davon.

Chess starrte auf das Treiben vor ihr. Es waren jede Menge Männer hier, aber sie war die einzige Frau. In der Mitte des Raumes ging eine Gruppe von Männern an einer Reihe mit Tabakhaufen entlang. Einer von ihnen gab einen seltsamen Singsang von sich, den sie nicht verstehen konnte.

Nate tauchte wieder auf. »*Cutters* – die Blätter für Rauchtabak – bringen zwölfeinhalb«, berichtete er. »Letztes Jahr waren's vierzehn.« Er sah besorgt aus. Als er wieder davonging, schlenderte er nicht mehr.

Chess übte sich im Kopfrechnen. Um es einfacher zu machen, ging sie von zehn Cents pro Pfund aus, mal die rund vierhundert Pfund in ihrem Wagen, das wären etwas über vierzig Dollar. Viel Geld. Damit konnte man ein ganzes Haus ausstatten, bis hin zu dem besten Herd, den es gab. Oder sich wie eine Königin ausstaffieren. Der Rock, den sie anhatte, und die Bluse waren der extravaganteste Kauf, den sie sich in ihrem Leben geleistet hatte, und beides zusammen hatte weniger als einen Dollar gekostet. Sie wäre außer sich gewesen vor Freude, wenn eine der Ernten in Harefields zehn Cents pro Pfund gebracht hätte. Kein Wunder, daß die Leute Tabak anbauten. Diese komische Hütte auf der Farm war vollgestopft mit dem Zeug. Sie war mit einem reichen Mann verheiratet, ohne es zu ahnen. Wie schön!

»Was gibt's zu lachen?« Nate war zurück. Er wirkte gereizt und streitsüchtig.

Dann wurde seine Aufmerksamkeit vom Eintreffen seiner Körbe beansprucht, und Chess blieb eine Antwort erspart. Sie beobachtete, wie seine Ernte ausgebreitet wurde, daneben wurden fünf andere Haufen ohne Korb aufgeschichtet. Der Unterschied war frappierend: Neben Nates *Lemon*-Deckblättern schienen alle anderen Tabakblätter zu verblassen. Sie wirkten plötzlich stumpf und braun.

»Na, was sagst du dazu?« Nate strahlte übers ganze Gesicht. »So eine Pracht hat die Welt noch nicht gesehen!«

In der nächsten Stunde versammelte sich um Nates Körbe eine immer größer werdende Menschenmenge. Bärtige Farmer in verblichenen Overalls beugten sich vor und hockten sich nieder, um diese einzigartigen Blätter zu begutachten. Als ein Mann in dunklem Anzug und blankpolierten Schuhen auftauchte, wichen sie beiseite. Er machte bald darauf einem weiteren gutgekleideten Mann Platz, dieser einem dritten. Alle, Farmer und Geschäftsleute, wollten mit Nate reden. Chess beobachtete sie aus der Ferne. Nathan sah so glücklich aus. Und so hübsch, obwohl sie wußte, daß er in Wirklichkeit nicht hübsch war. Aber er war so viel netter als all die anderen, sogar die Geschäftsleute. Seine Jeans waren vom vielen Tragen abgewetzt, aber sie waren nicht ausgebeult. Und sein blaues Hemd war bis oben zugeknöpft, so daß man nicht wie bei vielen anderen Farmern das Unterhemd sah. Seine Augen wirkten heute noch blauer als je zuvor. Und vor allem sah er so sauber aus. Sein glattrasiertes, frisches Gesicht mit den kurzen Koteletten hob ihn deutlich von den anderen Männern ab. Es kam Chess so vor, als könne sie fast die Seife riechen, die er am Teich vor der Stadt benutzt hatte. Ihr Herz war schwer vor Liebe und zugleich leicht – vor lauter Freude darüber.

Allmählich verstand sie das Kauderwelsch des Auktionators etwas besser. Auf seinem raschen Gang durch die Reihen kam er Nates Körben immer näher. Er sang mehr, als daß er sprach, und wenn man genau hinhörte, merkte man, daß er Zahlen sang. »... ah, zehn, und zehneinviertel ... und einhalb, ich habe zehneinhalb ... und elf ... wer gibt mir einhalb, jawohl, elfeinhalb ... zwölf jetzt, letzte Chance, zwölfeinhalb, nein ... und *Zuschlag*, für Blackwell. Und was haben wir hier? Ed Whitbreads Tabak, 163 Pfund, und höre ich zehn, zehneinhalb, elf, und einhalb ...«

Das Auf und Ab seiner Stimme hatte etwas Faszinierendes, bis hin zu der kleinen Explosion: »Zuschlag«.

Von Zeit zu Zeit unterbrach er seinen Singsang und unterhielt sich mit den Bietenden, die ihm gegenüberstanden. »Also, Gentlemen, hier haben wir Charlie Hendersons Ernte. Sie kennen alle Charlie und erinnern sich, daß er in letzter Zeit Probleme gehabt hat, als sein Haus abbrannte und sein Jüngstes darin umkam. Ein halber Cent extra würde der Familie Henderson zu einem neuen Dach verhelfen, und Gottes Segen ist Ihnen sicher. Wir fangen mal bei elf an ... ah, elf, und einhalb, elfeinhalb ... und zwölf ...«

Bei einem anderen Stapel erinnerte er seine Zuhörer daran, daß der Tabak eines Farmers seit Jahren für seine Qualität bekannt war und daß sie sich deshalb die Blätter vor ihnen gar nicht anzusehen brauchten. Eine weitere Bemerkung galt Joe Wilson, der immer noch mit gebrochenen Beinen darniederlag, weshalb seine Söhne diesmal die ganze Ernte eingebracht hatten, obwohl selbst der älteste noch so glatthäutig wie ein Pfirsich war.

Chess wünschte sich, er würde damit aufhören, Geschichten zu erzählen, und mit seinem Singsang fortfahren. Außerdem wünschte sie sich, die Leute würden nicht länger an Nates Tabak herumfingern. Wenn er zur Auktion kam, war er völlig abgegriffen.

Oh, mach schnell weiter, drängte sie im stillen. Ich platze gleich vor Aufregung.

8. Kapitel

Der Auktionator war nur noch drei Bündel von Nates Tabakkörben entfernt. Vor Aufregung preßte Chess ihre Finger inzwischen so fest zusammen, daß ihre Handschuhe ganz naß vor Schweiß waren.

Nathan konnte sie nirgends entdecken. Er steckte irgendwo in der stummen Menge, die im Laufe der Auktion immer größer geworden war. Über hundert Männer fieberten mittlerweile der Versteigerung der *Lemon*-Deckblätter entgegen. In ganz Danville hatte sich offensichtlich die Kunde verbreitet, daß etwas Außergewöhnliches bevorstand.

»... *Zuschlag* ...«

»... *Zuschlag* ...«

»... *Zuschlag* ...«

Jetzt war es soweit. Chess hielt den Atem an.

»Also, Leute, nun kommen wir zu dem Augenblick, auf den wir alle gewartet haben ...«

Oh, *nein*. Kein Herumgerede. Mach deinen Singsang und verkaufe das Zeug. Sonst halte ich es nicht mehr aus.

»... Das hier sind vermutlich die besten Blätter, die Sie je in Ihrem Leben sehen werden. Es sind jedenfalls die besten, die mir in vielen Jahren unter die Augen gekommen sind. Nate Richardson ist der Pflanzer. Viele von Ihnen kennen Nate, und die anderen werden ihn bestimmt von nun an kennen. Aber ich wette, die meisten von Ihnen wissen nicht, daß Nate sich eine Braut genommen hat. Also, Herrschaften, ich bitte Sie, sich jetzt beim Bieten an Ihre eigenen Frauen zu erinnern und daran, was für eine ständige Freude sie doch in Ihrer aller Leben sind. Und wie teuer sie sind. Lassen Sie uns einen Spitzenpreis für Nate machen!«

Durch das allgemeine Gelächter konnte Chess hören, wie der Singsang begann: »... ah vierzehn, und einhalb, und fünfzehn, und einhalb, und ...«

Als es vorbei war, erfüllte ein gewaltiger Jubel den Raum.

Die *Lemon*-Deckblätter waren für den Rekordpreis von 40 Cents das Pfund verkauft worden.

Die Versteigerung wurde für fast eine halbe Stunde unterbrochen. Samuel Allen, der Inhaber des Auktionshauses, mußte alle Angestellten aus den Büros herholen, damit sie die Menge auseinanderbrachten und die Arbeit weitergehen konnte.

Er schwitzte heftig, als er mit Nate zu Chess herüberkam, um sie kennenzulernen. Den Hut hielt er in der Hand.

Als er ihren klaren Akzent hörte, verbeugte er sich. Sein Vater, sagte er, habe die Ehre gehabt, in der Konföderierten-Armee unter dem Kommando eines Gentleman von der Boxwood-Plantage zu dienen.

»Ah ja. Sie meinen Mr. Archibald McIntosh«, entgegnete Chess huldvoll. »Wenn ich das nächste Mal meiner Familie schreibe, werde ich sie bitten, Ihre Grüße zu übermitteln.«

Mr. Allen fuhr fort, er hoffe, Mr. und Mrs. Richardson würden ihm das Privileg einräumen, ihnen während ihres Aufenthalts in Danville eine Suite im Planters' Hotel zur Verfügung stellen zu dürfen. Es würde ihn mit großem Dank und großer Freude erfüllen.

Nathan willigte ein.

Allen nahm die kleinen Reisetaschen, die zu Chess' Füßen standen. Er bestand darauf, sie eigenhändig hinüber ins Büro zu tragen. Dort gab er sie einem Angestellten, der sie ins Hotel schaffen sollte. Anschließend überreichte er Nate stolz den Scheck über den Auktionserlös. »Nicht vergessen, Mr. Richardson, Big Star hat die kürzesten Wartezeiten in ganz Danville.«

Nate versicherte Allen, daß er daran denken werde.

Chess reichte ihm die Hand. Der Mann, der sie zweimal »Mrs. Richardson« genannt hatte, war ihr sehr sympathisch. Sie war noch nie zuvor so angeredet worden, und nun hatte es ihr außerordentlich gut gefallen.

Allen verabschiedete sich mit einer tiefen Verbeugung.

Als Nate und Chess die Hauptstraße entlanggingen, mußten sie immer wieder stehenbleiben, um Glückwünsche entgegenzunehmen. Sie fand kaum Gelegenheit, ihn um das Eau de Cologne zu bitten.

Aber sicher, antwortete er, er war jetzt schließlich ein reicher Mann. Sie konnte einen Viertelliter von dem Zeugs haben, wenn sie wollte. Aber erst einmal mußte er mit dem Scheck zur Bank. Er hatte Angst, die Tinte könnte verlaufen und die Zahlen verändern. Einhundertundzweiundsechzig Dollar und fünf Cent. Er hatte noch nie in seinem Leben eine so große Summe gesehen.

Der Hotelchef brachte sie persönlich zu ihren Zimmern. Es waren drei. Ein Wohnzimmer mit den neuesten eleganten Möbeln; ein Schlafzimmer mit einer seidenen Tagesdecke auf dem schweren Mahagoni-Bett; ein gefliestes Badezimmer mit einem Badeofen über der mahagoniverkleideten Wanne, für heißes Wasser. Er zeigte ihnen, wie man ihn benutzte, und erklärte auch, wie die Gaslampen an den Wänden funktionierten.

Als er schließlich gegangen war, stand Nate mit ausgebreiteten Armen im Wohnzimmer.

»Wer hat, der hat«, triumphierte er. Er sah Chess an, sie erwiderte seinen Blick, und dann fingen sie beide an zu lachen.

Jetzt waren sie erstmals seit der Auktion ungestört, und schon redeten sie drauflos, verglichen ihre Eindrücke, erinnerten sich gegenseitig daran, wer was gesagt oder getan und wer wie ausgesehen hatte.

»War es nicht unglaublich ... hast du mitgekriegt ... und dann hat Allen ... ich dachte, mich haut's um .... kannst du dir vorstellen, daß ...?« Gemeinsam durchlebten sie noch einmal jeden Augenblick der vergangenen Stunden, alles Bangen vorher und allen Jubel, als sie es geschafft hatten. Immer wieder.

Als sie sich heiser geredet hatten, gingen sie zum Essen hinunter. Sie waren kaum fertig mit der Suppe, als ein schmuck gekleideter junger Mann an ihren Tisch trat und sich als Reporter des *Richmond Dispatch* vorstellte. Er wollte von Nate wissen, wie er den Tabak, von dem jetzt alle sprachen, angebaut hatte.

»Du bist berühmt«, neckte Chess ihn, als sie wieder in ihrer Suite waren.

»Der Bursche ist nie in seinem Leben auf einer Farm gewesen. Hast du seine Schuhe gesehen? Gamaschen! Er wird alles, was ich ihm erzählt habe, durcheinanderbringen.«

Aber sie sah, daß es ihm gleichwohl gefiel, bekannt zu sein.

Auch ihr gefiel es. Der Reporter hatte versprochen, eine Zeitung nach Harefields zu schicken. Ihr Großvater würde sich sehr, sehr freuen.

Nicht so sehr wie sie allerdings. Kein Mensch auf der Welt konnte jemals so glücklich gewesen sein. Dieser Tag war besser als der schönste Traum, den sie je geträumt hatte. Von nun an würde sie ihn als ihren wirklichen Hochzeitstag betrachten. Genauso sollte alles sein. Wunderbar. Die luxuriöse Umgebung, die betäubende Erregung – und der Triumph, den dramatischsten Augenblick in Nates Leben mit ihm zu teilen.

Mrs. Richardson. Sie war Mrs. Nathan Richardson.

Es war spät, als sie zu Bett gingen. Die große Badewanne und das fließende heiße und kalte Wasser waren für sie beide eine neue, faszinierende Erfahrung. Nate war davon noch mehr begeistert als Chess. Er blieb über eine halbe Stunde im Badezimmer. Sie konnte hören, wie er immer aufs neue Wasser nachlaufen ließ. Als er schließlich, in eins der großen Hotelhandtücher gewickelt, wieder auftauchte, leuchtete seine Haut rosa. »Eines Tages habe ich auch so was«, versprach er. »Das ist ja besser als Telefon und elektrisches Licht zusammen.«

Als sie danach selbst im warmen Wasser lag, konnte Chess ihn verstehen. Sie hatte ihr Bad hemmungslos parfümiert, und jetzt stieg ihr der Duft süß in die Nase. Sie hätte für immer hierbleiben können. Aber Nate – ihr Mann – wartete auf sie. Und dies sollte ihre eigentliche Hochzeitsnacht sein.

Sie löste ihren Haarknoten, träufelte reichlich Cologne auf ihre Bürste und strich damit fünfzigmal durch ihre Haare, zehnmal öfter als sonst. Es fühlte sich weich an unter ihrer Hand, so wie das seidene Nachthemd auf ihrer Haut. Sie öffnete die Tür und ging barfuß und zaghaft zum Bett.

»Das Zeug riecht wirklich gut«, bemerkte Nathan. Er saß in einem Stuhl am Fenster.

»Es ist schön, wenn eine Lady einen reichen Gatten hat«, murmelte Chess. Sie stieg ins Bett.

»Weißt du, was am allerschönsten ist, Chess?«

»Nein, was denn?«

»Daß Dibrell meinen Tabak gekauft hat. Er vertritt *Liggett and*

Myers in Danville. Der Bursche, der ihn am längsten hochgetrieben hat, arbeitet für Dick Reynolds. An den hab ich früher verkauft. Aber Mr. Dibrell ist viel wählerischer, denn Liggett and Myers sind die größten und die besten. Jeder Laden in jeder Stadt führt sie. Meine *Lemon*-Deckblätter finden vielleicht den Weg bis nach Kalifornien. Wie findest du das?«

Und wie findest du mich? Aber das sagte sie nicht laut.

Nate erhob sich und fing an, die Lichter zu löschen. Der Mechanismus faszinierte ihn.

»Komm ins Bett, Nathan«, bat Chess und fügte rasch hinzu: »Es ist schon spät.«

Als er unter die Decke kam, schob er ihr seidenes Hemd hoch und legte sich auf sie. Sie legte die Arme um seinen Hals. Er fühlte sich warm an.

»So ist's recht, Liebes, halt dich einfach fest. Es wird nicht lange dauern.«

Sie öffnete die Beine, um ihn zu empfangen.

Dann war er in ihrem Körper, nah, so nah. Sie waren vereint, jeder ein Teil des anderen. Sie verspürte den Drang, die Beine um seine Hüfte zu schlingen, ihn noch tiefer in sich hineinzuziehen, völlig mit ihm zu verschmelzen.

Aber es war vorbei, und Nate rollte von ihr herunter. Nimm mich in die Arme, wollte sie aufschreien. So wie heute morgen. Küß mich. Ich möchte, daß du mich küßt. Liebe mich. Ich liebe dich.

Sie legte die Arme um ihre Brüste und kuschelte sich ein. Sie besaß schon soviel – war bei ihm, war Mrs. Richardson: Sie sollte sich damit zufriedengeben. Und das würde sie auch tun. Wenn sie mehr verlangte, würde sie ihn vertreiben. Er würde allen Respekt vor ihr verlieren, wenn er erführe, was sie dachte, was sie sich wünschte. Sie ekelte sich vor sich selber.

Schließlich schlief Chess ein.

9. Kapitel

Einkaufen machte Spaß. Zu den Päckchen für Alva kamen noch ein paar Süßigkeiten hinzu, ebenso wie zu denen von Miss Mary. »Man muß kein Kind sein, um solchen Naschkram zu mögen«, erklärte Nate und leckte sich die Lippen.

Als der Krämer das Weizenmehl abwog, verkündete er stolz, es handele sich um das frischeste und beste, das es überhaupt gebe. Er fahre höchstpersönlich jede Woche zur Mühle, um seine Vorräte wieder aufzufüllen. Nate und Chess sahen sich stumm und bedeutungsvoll an.

Nates Ruhm war noch nicht erloschen. Jeder wollte ihm die Hand schütteln, ihm Fragen stellen oder Geschichten von eigenen Anbauerfolgen erzählen. Das verlangsamte das Einkaufen ebensosehr wie die Bemühungen der Ladenbesitzer, ihnen stets das Teuerste aufzuschwatzen. Einige Händler rannten sogar auf die Straße, um sie hereinzukomplimentieren.

»Es ist dunkel, bevor wir zu Hause sind«, sagte Nate, als sie endlich wieder auf dem Heimweg waren.

»Das macht nichts.«

»Nein. Was für ein Tag!«

»Und was für ein Tabak.«

»Ja, nicht wahr.« Und sie begannen von neuem, von der Auktion zu schwärmen.

»Ich kann's kaum bis zur nächsten abwarten«, sagte Chess. »Für *Lemon*-Deckblätter wird's wohl vorerst nicht reichen, aber spannend ist es allemal. Und deine Blätter werden immer noch besser sein als die der anderen. Vielleicht lädt uns Mr. Allen sogar wieder ins Hotel ein. Wahrscheinlich nicht in eine Suite, aber die übrigen Zimmer sind sicher auch ganz hübsch.«

»Also, da mach dir mal keine Illusionen.« Nate setzte ihren Tagträumereien ein rasches Ende. Allens Auktionshaus kassierte von jedem Verkäufer vier Prozent Provision. Davon konnte er das Hotel leicht bezahlen. Aber da es ihm ohnehin gehörte, kostete es ihn fast nichts.

Auch Chess' andere Erwartungen machte Nate zunichte. Sie würden überhaupt nicht mehr nach Danville zurückkehren. »Den Rest der Blätter verkaufen wir nicht. Warum soll Blackwells oder Duke oder sonst jemand mit der Verarbeitung Geld verdienen. Das können wir auch selbst.«

Er beschrieb ihr das Verfahren. Wenn Josh und Micah die Blätter noch weiter getrocknet hatten, stellten die Frauen auf den Tischen im Schuppen die nötigen Geräte auf. Danach würde Susan am ersten Tisch die Blätter von den Stengeln abschneiden, um dann die Blätter mit einem Flegel zu dreschen. Am zweiten Tisch zermahlte Alva die Teile mit dem Stößel in einem großen Mörser zu Bröseln. Seine Mutter stand am dritten Tisch und preßte den Tabak durch ein Drahtsieb, bis er körnig war.

Am Abend nähten dann alle kleine Beutel und füllten den Tabak darin ab.

»Du meinst, *alle* Frauen?«

»Natürlich. Josh und Micah überwachen weiter die Trocknungstemperaturen, und außerdem muß gepflügt werden. Die Erde muß gewendet und gedüngt werden, bevor es kalt wird. Dann ist der Frost an der Reihe.«

Chess merkte, daß sie die Hände zu Fäusten geballt hatte. Sie sah es schon vor sich: Sie würde alles falsch machen in der »Fabrik«, und Miss Mary würde hundert bissige Kommentare abgeben. Nathan brauchte es ihr nicht zu sagen; sie wußte, daß die anderen seit Jahren mit dem Tabak umgingen und sich auskannten.

Aber Nathan sagte es ihr trotzdem. »Die Verarbeitung ist richtig hart«, erklärte er. »Wir haben noch über 5000 Pfund Tabak, und ich brauche jede Woche ein paar tausend Beutel zum Verkaufen. Ich beliefere vier Counties bis in den letzten Winkel.«

»Du bist die ganze Zeit weg?« Es war noch schlimmer, als sie vermutet hatte.

»Das ist mein Job – und er bringt gutes Geld. Du kannst es dir selbst ausrechnen. Allzuviel *Lemon*-Deckblätter gibt's nicht auf der Welt, und der Rest bringt nur 14 Cents das Pfund, wenn du Glück hast. Also verarbeitest du ein Pfund selbst und verteilst das auf acht Säckchen und verkaufst jedes für drei Cents an den Laden, der dafür fünf Cents nimmt – und machst so dein Geschäft.«

Er hatte ihre geballten Fäuste entdeckt. »Keine Bange, Chess, du bekommst auch gut zu tun. Alvas Baby wird schließlich immer größer.«

Nathans Stimme klang freundlich, aber seine sanfte Herablassung war mehr, als sie ertragen konnte, nachdem schon so viele ihrer Hoffnungen zerstört worden waren. Sie schlug sich mit einer Faust aufs Knie.

»Jetzt hörst du mir mal eine Minute zu, Nathan. Ich bin es leid, daß alle mich immer von oben herab anschauen, weil ich mein Leben nicht damit verbracht habe zu lernen, was es auf einer 40-Hektar-Tabakfarm so alles zu tun gibt.

Aber ich bin keine nutzlose Plantagenpflanze, die sich nicht zu helfen weiß. Du bist gerade mal einen Tag auf Harefields gewesen, für ein Abendessen und eine Hochzeit, und jetzt glaubst du, schon alles über mich zu wissen. Du hast dir überhaupt nicht die Mühe gemacht zu erfahren, wer ich wirklich bin. Nun, ich werde es dir erzählen und danke dir bereits jetzt für deine Aufmerksamkeit.

Ich habe den Laden dort geschmissen, die ganzen 10000 Hektar mit den 38 Farmerfamilien, und das ziemlich gut. Möchtest du wissen, wie? Mit diesen beiden Händen.« Mit ihren weißen Handschuhen fuchtelte sie vor seinem Gesicht herum.

»Was glaubst du, wer damals das Essen gekocht hat? Ich. Ich habe jeden Bissen in dem Haus gekocht. Ich bin jeden Tag vor Morgengrauen aufgestanden, um den Küchenherd in Gang zu bringen. Dann fing ich an, Frühstück zu machen, und dazwischen habe ich schon mal die Räume unten geputzt. Das Frühstück meiner Mutter kam auf ein Tablett, mein Großvater kriegte seins im Eßzimmer. Ich meins auch, denn Augustus Standish wünschte sich zu seinen Mahlzeiten immer anregende Unterhaltung. Aber das war erst der Anfang, denn das Personal wollte schließlich auch essen. Oh ja, wir hatten Diener. Zwei, um genau zu sein. Das Mädchen meiner Mutter und Marcus, den du gesehen hast. Er dient meinem Großvater, seit er ein Junge war. Marcus ist geduldig, er übernimmt sogar die Butlerdienste und serviert abends. Aber dann besteht er auch wieder auf seiner Würde. Er kümmert sich zwar um Großvaters Zimmer und seine Kleidung, aber sein Essen mußte ich ihm bereiten. Wie das von

Diana, Mutters Mädchen. Diana ist allerdings viel zu stolz, um mit Marcus in der Küche zu essen. Also mußte auch ihr Essen auf einem Tablett nach oben gebracht werden, dreimal am Tag.

Und an mir war es, die Tabletts wieder einzusammeln. Und die Abfalleimer. Und ich mußte das Geld zusammenkriegen, damit ich ihnen 52 Wochen im Jahr ihren Lohn auszahlen konnte.

Ich hatte nie Streit mit Marcus und Diana. Mutter und Großvater konnten sich ein Leben ohne Diener nicht vorstellen, und ich konnte die ganze Schauspielerei ohne die Diener nicht aufrechterhalten. Du hast meine Mutter gesehen. Sie wechselt viermal am Tag die Garderobe, und jedesmal wird ihre Frisur dabei neu gerichtet. In ihrem Kopf ist die Zeit vor dem Krieg stehengeblieben. Mein Vater und meine Brüder, glaubt sie, kommen morgen oder übermorgen zurück. Es gelang ihr sogar zu übersehen, daß ich inzwischen eine erwachsene Frau und kein kleines Mädchen mehr bin. Nur alte, ergebene Diener machen so was mit, egal wie hoch ihr Lohn ist. Mit denen habe ich nie Probleme gehabt, nur mit deiner ach so frommen und auch so hart arbeitenden Familie.«

Nate fuhr den Wagen an die Seite. »Dann erzähl mir auch den Rest. Hast du auch auf dem Feld gearbeitet?«

Chess schüttelte den Kopf. Sie war so aufgewühlt, daß sie eine Minute lang nicht sprechen konnte. Aber sie war nicht mehr zornig. Nathan hörte ihr zu; welch ein Segen. Nie hatte sie jemanden gehabt, dem sie erzählen konnte, wie ihr Leben wirklich aussah. Immer hatte sie sich verstellen müssen, selbst bei ihrem Großvater, und bei Fremden ohnehin. Die Fassade durfte nicht zerstört werden; alles war in Ordnung, alle waren glücklich.

Sie räusperte sich, um weitersprechen zu können. »Ich habe nicht die Arbeit der Bauern verrichtet, ich habe die Leitung und Planung übernommen. Jeden Tag habe ich jeden Hof besucht und mir die Sorgen der Leute angehört. Ich habe Samen gekauft und verteilt, ebenso den Dünger. Ich habe mich um die Maultiere und die Pflüge und das Werkzeug und die Wagen gekümmert und sie an die einzelnen Farmen ausgeliehen. Ich habe den Anbau des Korns überwacht und die Leute getriezt, damit sie Unkraut rupften oder düngten oder ausforsteten, oder was auch immer gerade anstand. War die Ernte eingebracht, mußte ich sie verkaufen. Dann habe ich ihre Anteile ausgerechnet und ihnen ihr Geld gegeben. Ich habe jeden Tag Buchhaltung gemacht, denn da gab es Summen, die sie uns schuldeten, und Abzüge für die Lebensmittel, die angerechnet werden mußten.

Dreimal die Woche gab ich den Kindern Unterricht. Bei Hochzeiten verlieh ich den Spitzenschal und besorgte Erfrischungen für das Fest.«

Nate war verblüfft. Er hatte den Schleier gesehen; er sah aus, als gehöre er einer Prinzessin. »Sie mußten doch nicht unbedingt die Spitzen deiner Mutter tragen.«

»Meiner Urgroßmutter, um genau zu sein.« Plötzlich lachte Chess. »Sei nicht zu erschrocken, Nathan, aber ich hatte immer das Gefühl, daß alle Leute auf Harefields eine große Familie sind, mitsamt uns in dem großen Haus. Und so ganz genau wußte man's ja auch nicht in den alten Tagen. Mein Vater und Großvater waren vermutlich für eine ganze Reihe Babies in den Sklavenquartieren verantwortlich. Inzwischen sind sie erwachsen, und einige von ihnen sind wahrscheinlich Pächter auf Harefields.«

Nate starrte mit offenem Mund vor sich hin. Eine Lady sollte nicht allzuviel von solchen Dingen wissen. Und wenn sie's denn schon wußte, sollte sie bestimmt nicht darüber reden.

»Oh, hör auf, Fliegen zu fangen, Nathan. Mach den Mund zu. Ein Kind ist das neugierigste Wesen auf Erden. Ich habe eine ganze Menge Sachen gehört, die nicht für meine Ohren bestimmt waren. Als ich klein war, gab es zwanzig Diener im Haus, und die haben sich die ganze Zeit unterhalten.«

Sein Gesichtsausdruck war sehenswert! Chess war froh, daß sie ihn schockiert hatte. Dann hörte er wenigstens genau zu. Sie fühlte sich jetzt viel besser, nachdem sie ihrem Herzen Luft gemacht hatte. Da sie sich nicht traute, ihm zu sagen, daß sie ihn liebte, half es zumindest, ihn anzuschreien, wenn sie sich über ihn ärgerte.

Dann fiel ihr Miss Mary ein, die ständig schlechter Laune war und es alle Leute spüren ließ. Nathan hatte schon eine Hexe als Mutter, er sollte nicht noch eine zur Frau haben.

»Es tut mir leid, daß ich dich so angekeift habe, Nathan. Es gibt keine Entschuldigung dafür, aber es tut mir wirklich leid.«

Er lächelte sie an. »Die Entschuldigung ist, daß ich Nachhilfe brauchte. Weißt du, was ich gelernt habe? Ich habe gelernt, daß du Sachen kannst, von denen ich nichts verstehe, wie Bücher führen oder Arbeiter einsetzen. Wenn wir ins Zigarettengeschäft eingestiegen sind, werden wir ein ideales Gespann sein. Der Tag, an dem ich dich getroffen habe, erweist sich langsam als der glücklichste meines Lebens.«

Chess lächelte dankbar zurück. Sie hatte nicht nur seine Worte gehört, sondern auch die aufrichtige Bewunderung in seinen Augen gesehen. Und den Respekt. Und den brauchte sie vielleicht noch mehr als seine Liebe.

Nate setzte den Wagen wieder in Gang. Während sie fuhren, erzählte er ihr mehr über das Leben auf einer Tabakfarm in den Herbstmonaten. »In ungefähr zwei Wochen fahren wir nach Pleasant Grove zum Erntedankfest. Ich glaube, es wird dir gefallen. Es ist nicht Danville, das nicht, aber es ist eine hübsche kleine Stadt. Wir holen unsere Post dort ab, lassen den Pferden die Hufe beschlagen und gehen zum Doktor und solche Sachen. Im Oktober kommt dann die Staatsmesse in Raleigh. Ich würde mir gern das elektrische Licht ansehen. Aber es könnte sein, daß ich's nicht schaffe. Während ich unseren Tabak verkaufe, werde ich mich nach dem richtigen Ort für unsere Mühle umsehen. Aber behalt' das bitte für dich. Ich möchte es den anderen erst sagen, wenn es Zeit für den Umzug ist.

In der ersten Novemberwoche will ich unbedingt wieder zu Hause sein. Dann ist bei unserem nächsten Nachbarn Schlachtzeit. Die alte Livvy Alderbrook züchtet Schweine, und die Ferkel verkauft sie. Alle treffen sich auf ihrem Schlachtfest. Da gibt's eine Grillgrube und fürs Fleisch ihre Spezialsoße, außerdem wird zum Tanz aufgespielt, und getrunken wird selbstgebrautes Bier. Die beste Feier weit und breit.«

Für Chess hörte sich das alles wunderbar an. In Harefields hatte es nichts dergleichen gegeben. Angesichts solcher Aussichten hatte sie fast nichts dagegen, auf die Farm und zu Miss Mary zurückzukehren. Außerdem würden sie und Nathan ohnehin bald ausziehen. Er mußte nur den richtigen Ort finden. Bei der Auktion hatte er genug Geld verdient, um Land zu kaufen und die Fabrik zu errichten. Wenn man das Geld vom Verkauf der Tabakbeutel noch hinzunahm, hatte er auch genug, um die Zigarettenmaschine zu bauen und ins Geschäft einzusteigen. Sie waren wirklich ihrem Ziel schon ein gutes Stück näher.

Sie hatte den Rest seiner Familie vergessen. Als sie auf den Hof kamen, versammelten sich alle, um die Besorgungen vom Wagen zu laden und ihren Anteil vom ersteigerten Geld zu bekommen.

Es war nur gerecht, sagte sich Chess. Josh mußte eigentlich die Hälfte erhalten. Er war derjenige, der sich so gut mit den Geheimnissen des Trocknens auskannte.

Auch als Nathan von seiner Hälfte den Anteil seiner Mutter abzog, konnte Chess das noch nachvollziehen. Er wohnte in ihrem Haus, und sie arbeitete im Schuppen mit, und außerdem war sie seine Mutter.

Aber dann sagte Mary Richardson: »Fein, Nate, wenn wir zum Fest fahren, schicke ich das mit einer Postanweisung an Gideon. Für das nächste Kind, das bald kommt, und für seine ganze Missionsarbeit.«

Das war nicht fair. Gideon hatte mit dem Tabak nichts zu tun. Und Nathan sah die alte Frau an, als habe sie ihm einen Stoß in die Rippen versetzt.

Chess hatte in Danville Schreibzeug und einige Umschläge gekauft. Als sie jetzt in den Wagen stieg, um zum Erntedankfest zu fahren, hatte sie einen Brief an ihren Großvater dabei. Er war voller Lügen über Nathans große, schöne Farm, sein hübsches Haus im Schatten der Bäume und seine nette Familie, die sie so herzlich aufgenommen hatte. Caesar wollte, daß sie fröhlich war.

Miss Mary war wirklich fröhlich, soweit sie das überhaupt sein konnte. Sie hatte Geld, das sie ihrem geliebten Ältesten schicken konnte, und vielleicht war ein Wanderprediger da, so daß es einen richtigen Gottesdienst gab und gesungen wurde. Im Jahr zuvor hatte es einen gegeben.

Auch Josh war beinahe liebenswürdig, obwohl Chess das für unmöglich gehalten hatte. Jetzt kam es ihr fast so vor, als verstekke sich ein kleines Lächeln in seinem langen, dicken alttestamentarischen Bart.

Micah und Susan fieberten vor Aufregung. Er prahlte damit, daß er all die anderen Jungen beim Ringen schlagen würde; seit dem letzten Jahr war er knapp acht Zentimeter gewachsen und bedeutend muskulöser geworden. Susan ratterte die Namen von einem Dutzend Mädchen herunter, die alle da sein würden, und zählte alle Sehenswürdigkeiten auf, die sie erwarteten. In einem der vergangenen Jahre hatte es sogar einen Affen mit einem roten Hut gegeben. Und die Parade war »überhaupt das Tollste in der ganzen Welt«.

Alva und Nathan stimmten ihr zu. In Pleasant Grove gab es eine Marschkapelle in leuchtendroten Uniformen und mit großen Baßtrommeln und einem Anführer, der durch die ganze Stadt radschlagen konnte.

Sie waren fast da, als sie das Schild sahen. »Guckt mal«, rief Nate. Auf eine Scheunenwand war ein riesiger schwarzer Bulle gemalt, und darunter stand in großen Buchstaben: »Echter Rauch-Tabak. Fragen Sie nach dem Bullen. North Carolinas Bester«.

»Das ist Blackwell«, erklärte er. »Sogar bis in dieses kleine Nest ist er vorgedrungen. Eine richtige Landplage. Überall taucht dieser Bulle mittlerweile auf, sogar an einigen der Läden, wo ich verkaufe. Sieht so aus, als wolle das Viech das ganze Geschäft an sich reißen. Das meiste haben sie eh schon.« Alle Vorfreude war aus seinem Gesicht verschwunden. Aber als sie um die nächste Kurve bogen, begann er zu lachen. Auf der Scheune vor ihnen war ein anderes Schild. »Pro Bono Publico«, stand da, »der Beste, und da kommt kein Bulle ran«. Nate grinste. »Old Wash Duke fängt an, Blackwell ganz schön Konkurrenz zu machen. Was wollen wir wetten, daß Buck dahintersteckt?«

»Sag nicht solche Sachen wie ›wetten‹«, unterbrach seine Mutter ihn. »Glücksspiel ist eine Sünde.«

Nate verzog das Gesicht und zwinkerte Chess zu. Sie verbarg ihr Lächeln. Jetzt war sie sicher, daß es ein schöner Tag werden würde.

Es war ein hinreißender Tag, dachte Chess benommen. All die angekündigten Attraktionen hatte es gegeben, und das war schon großartig genug gewesen. Und dann wurde ihr auf der Post auch noch ein Brief von ihrem Großvater ausgehändigt. Aber das Tollste waren die Leute gewesen. Natürlich hatten alle gewußt, wer sie war. Neuigkeiten verbreiteten sich rasch auf dem Lande. Man hatte ihre Handschuhe und Perlen angestarrt, aber nicht etwa feindselig, sondern eher neugierig. Jedermann – die Bauern ebenso wie die Leute aus der Stadt – war freundlich und entgegenkommend zu dem Neuankömmling aus Virginia gewesen. Ihr Kopf war angefüllt mit den Namen neuer Freunde.

Zuerst war da die Nachbarin, die Nathan »Ol' Livvy« nannte. Fast alle nannten Lavinia Alderbrook so, allerdings nicht in ihrer Gegenwart. Sie dachte nie darüber nach, wie alt sie war, sagte sie zu Chess, also weshalb sollten die anderen sie daran erinnern?

Sie sah uralt aus mit ihrem Gesicht und ihren Händen, die so braun und verschrumpelt wie getrocknete Äpfel waren. Aber ihr langer, hagerer Körper war noch geschmeidig und gerade, und ihr helles Lächeln war durch und durch echt. Ihre starken Zähne seien, so vermutete sie, das Ergebnis eines kräftigen Schlucks Selbstgebrautem, den sie morgens in ihren Kaffee kippte. Ihr »Süßstoff«, wie sie ihn nannte. »Aber vielleicht liegt's auch daran, daß ich nie geheiratet und Kinder gekriegt habe. Ich hab' nie welche gebraucht; aber ich habe über 120 zur Welt gebracht, nur hatten andere dabei die Wehen. « Ol' Livvy war eine hochgeschätzte Hebamme. Sie nahm Chess vom ersten Moment an unter ihre Fittiche. »Ich bin froh, daß Nate dich bekommen hat«, sagte sie nach einigen prüfenden Blicken. »Ich hab den Jungen immer gemocht, und er braucht eine starke Frau, die ihn liebt, wie er's verdient. Ein junges Mädchen könnte ihm nie eine gute Ehefrau sein; und sie käme auch gar nicht gegen Mary Richardson an. Wenn du ihr saures Gesicht gar nicht mehr ertragen kannst, dann komm zu mir, Chess. Ich wohne oben an dem Weg, der gleich hinter dem Bach beginnt; du kannst ihn nicht verfehlen. Es ist ein hübscher Spaziergang durch den Wald, knapp eine Meile.«

Ol' Livvy ignorierte ihr Alter, sie mochte Chess und konnte Nathans Mutter nicht ausstehen – kein Wunder, daß sie Chess besser gefiel als alle anderen.

Ich werde sie sehr bald besuchen, nahm sie sich vor. Sobald der Regen vorbei war. Bei Sonnenuntergang hatten sich plötzlich die Wolken am Himmel geöffnet und das großartige Schlußfeuerwerk buchstäblich ins Wasser fallen lassen. Es war ein kühler, gleichmäßiger Regen, kein Gewitter. Der Sommer war endgültig vorüber.

Es war aber auch höchste Zeit, fanden die meisten. Die Hitze hatte zu lange gedauert.

Keiner ahnte, daß der kalte Regen der Beginn des schlimmsten Winters seit Menschengedenken werden sollte.

Als Nate am nächsten Morgen sein Frühstück beendet hatte, ging er mit seiner Mutter hinüber in den Schuppen. Er kam allein zurück, in den Armen ein Paar alte Satteltaschen. »Wir haben genug für eine Ladung fertig. Ich reite noch heute zum Verkaufen los. Backst du mir ein paar von diesen guten Keksen, Chess? Ich krame derweil meinen Rasierer und Socken und das übrige zusammen.«

Sie hatte gewußt, daß er bald aufbrechen würde, aber nun, da es soweit war, kam es ihr doch zur Unzeit. Sie machte einen Teig, rollte ihn aus und stach die Kekse aus. Sie waren im Ofen, als Nate aus dem Schlafzimmer wieder auftauchte. Die Satteltaschen hingen über seiner Schulter. In einer Hand hielt er eine Pistole. Der scharfe und fettige Geruch von Waffenöl umgab ihn.

»Wofür brauchst du die denn? Ich wußte nicht einmal, daß du eine hast.«

»Sie ist in eine Kiste eingeschlossen, damit die Kleinen nicht drankommen. Ich brauch sie nur beim Verkaufen. Die Leute wissen, daß ein Händler Geld bei sich hat.«

Einen Augenblick lang sah Chess einen Hinterhalt an einer entlegenen Landstraße vor sich. »Natürlich«, sagte sie dann. Nathan machte diese Reisen seit Jahren; er mußte wissen, was er tat.

»Ich hoffe, du machst ein ganzes Blech voll«, sagte er nun. »Deine Kekse sind die besten, die ich je gegessen habe. Wie alles andere auch. Die Dinge haben sich wirklich zum Guten gewendet, seit du das Kochen übernommen hast.«

»Sag das nicht vor deiner Mutter. Sie wollte es nicht, nur weil sie im Schuppen zu tun hat, konnte sie nicht anders. Aber glücklich ist sie darüber nicht.«

»Also, ich ganz bestimmt.«

Chess öffnete die Ofentür und zog das Keksblech heraus. Sie

mochte Nathan nicht ansehen; sie hatte Angst, sie könne anfangen zu weinen oder so etwas Dummes tun, wie ihn zu bitten, vorsichtig zu sein. »Es gibt noch andere Arten, Gerichte zuzubereiten, außer sie mit einem Schlag Schweineschmalz für den Geschmack zu verbrutzeln«, verkündete sie statt dessen.

Nate lachte. In einer Woche oder zehn Tagen würde er zurück sein, meinte er. Wenn die Ladenbesitzer sich ein bißchen zierten, konnte es allerdings etwas länger dauern. Seine Stimme wurde leiser, als er auf sie zutrat. »Oder ich finde die Stelle für die Mühle. Das Geld für eine Anzahlung habe ich auf jeden Fall in einer Satteltasche.«

Chess beeilte sich, die Kekse einzuwickeln. Nun konnte sie es gar nicht mehr abwarten, daß er aufbrach.

Schon nach wenigen Tagen wünschte sie sich von ganzem Herzen, sie hätte ihn begleitet, und sei es zu Fuß. Noch nie in ihrem Leben hatte sie sich so allein gefühlt. Sicher, Harefields war auch einsam gelegen, aber doch nicht so sehr wie diese kleine Farm am Ende der Welt in North Carolina.

In Harefields hatte sie außerdem ihren Großvater gehabt; und die Pächterfamilien waren zumindest Menschen gewesen, mit denen man sprechen und um die man sich kümmern konnte. Sie war dort wichtig gewesen, hatte eine wichtige Arbeit erledigt.

Auf der Richardson-Farm war sie ein Niemand. Schlimmer noch, sie war eine ungeliebte und verachtete Außenseiterin. Die nichts Nützliches zu tun hatte.

Chess las ihre Bücher, immer wieder. Sie bereitete immer kompliziertere Mahlzeiten. Sie lernte eine Kuh melken und einem Huhn den Hals umdrehen. Sie weinte in ihr Kissen, aber sie weigerte sich, Mary Richardson den Triumph zu gönnen und sie etwas von ihrem Elend wissen zu lassen.

10. Kapitel

Die Hufe des Pferdes rutschten auf der dünnen Eisschicht, von der die Straße überzogen war. Die Vorderbeine landeten in einem Loch, und Eiswasser spritzte auf Nates Beine. Seine Stiefel waren schon völlig durchgeweicht.

Er bemerkte es kaum, naß und verfroren wie er war. Ein eiskalter Regen fiel vom Himmel und tropfte von den Nadeln der Kiefern, von der Krempe seines weichen Filzhutes. Wenn er sich nicht bald irgendwo aufwärmen konnte, würde er erfrieren. Er mußte eine Pause machen.

Nicht weit entfernt stand die verlassene Ruine eines Hauses. Er kannte es; jeder hier kannte das Haus der Mullins. Es galt als verhext. Die zehnköpfige Familie war eines Tages verschwunden. Niemand wußte, wie oder warum oder auch nur wann. Es war schon sehr lange her, damals, als Nates Vater noch klein gewesen war. Eine Zeitlang erzählte man sich, daß das Essen noch auf dem Tisch stehe und die Decken noch auf den Betten lägen und die Gewehre noch an den Haken über dem Kamin hingen. Aber als sich einmal ein Nachbar hineintraute, war nichts zu entdecken außer ein paar Mäusen, die an steinharten Brotkrusten knabberten. Später war von Lichtern in den Fenstern und seltsamen Geräuschen die Rede. Niemand ging jemals wieder hin, und allmählich eroberte der Wald das Grundstück zurück.

Nate zitterte vor Kälte. Und vielleicht auch aus Furcht vor Geistern. Aber er würde sterben, wenn er nicht irgendwo unterkriechen konnte. Er stieg vom Pferd und führte das Tier durch das Dickicht, das die Ruine umgab. Er war hungrig, entsetzlich durchgefroren und voller Angst. »Was soll der ganze Spuk«, hätte er wahrscheinlich gesagt, wenn er in normaler Verfassung gewesen wäre, und hätte nur darüber gelacht. Aber er war nicht in normaler Stimmung, er war zutiefst deprimiert.

Er hatte sich noch nie zuvor so schlecht gefühlt, nicht einmal, als sein Vater sich aus dem Staub gemacht hatte. Er war sicher gewesen, daß er seine Stelle einnehmen und fortan der Mann in der Familie sein konnte. Er glaubte, daß er alles schaffen konnte, was er sich vornahm, und zwar gut. Das hatte er immer geglaubt, und er hatte immer recht behalten.

Wann war ihm dieser Glaube an sich selbst abhanden gekommen? Und warum?

Nate konnte sehen, was vom Haus der Mullins übriggeblieben war. Das Dach war an einem Ende eingefallen, aber der andere Teil sah sicher aus, und der Schornstein stand noch fast ganz. Nate tätschelte den Hals seines Pferdes. »Komm, Natchez.« Wenn er Glück hatte, gab es für Mann und Tier noch genug Platz. Und Natchez' Wärme würde ihm sehr willkommen sein.

Er hatte mehr Glück, als er gehofft hatte. Unter dem eingestürzten Dach gab es trockenes Holz. Bald brannte im Herd ein großes Feuer, an dem er seine Sachen trocknen konnte. Nate nahm aus einer Satteltasche einen Laib Brot und einen Blechbecher, den er mit Regenwasser füllte. Natchez hatte er bereits mit Hafer aus der Tasche gefüttert. Dampf stieg jetzt über dem Rükken des Pferdes auf und wirbelte in dem schwachen Luftzug, den das Feuer verursachte, sacht empor.

Nachdem er gegessen hatte, streckte Nate sich auf dem Boden aus. Er legte sich den Sattel unter den Kopf und starrte in die Farben der lebensrettenden Flammen.

Nachdenken war nicht seine Sache. Er hatte immer zuviel zu tun gehabt, um sich zwischendurch zu überlegen, was er da eigentlich machte und wofür es gut war. Und er war auch nicht eitel genug, daß er Gefallen daran finden könnte, über sich nachzusinnen.

Aber er durfte jetzt nicht schlafen. Er mußte das Feuer, das ihm das Leben rettete, in Gang halten. Wenn er einschlief, war es vielleicht für immer. Es gab keinen anderen Weg, die Zeit totzuschlagen und wach zu bleiben, als seinen Kopf zu benutzen.

Vielleicht sollte er sich überlegen, wie er die schwere Hoffnungslosigkeit, die ihn befallen hatte, überwinden konnte. Sie erschreckte ihn mehr als alle möglichen Geister, die es in dieser Ruine geben mochte.

Aber es gelang ihm nicht herauszufinden, wo und wann sie über ihn gekommen war, und das machte das ganze Nachdenken nur noch schlimmer.

Lieber dachte er über seinen Plan nach. Er war der Mittelpunkt seines Lebens, schon seit langem. Vielleicht klappt es doch nicht, dachte er und vertiefte sich in das, was er die »Mißlichkeiten« nannte.

Das Patent. Er hatte das Patent für die Zigarettenmaschine. Es machte ihn zum glücklichsten Mann in Gottes Reich, oder? Daran wollte er jetzt denken, und das würde die Mißlichkeiten vertreiben.

Das Patent führte ihn in seinen Gedanken unvermeidlich zu Chess ... seiner Frau, obwohl er gar nicht hatte heiraten wollen. Eine Ehefrau, die älter als er war, noch älter aussah und ein Dorn im Fleisch seiner Mutter war und in seinem eigenen. Sie war zu eingebildet, mit ihren Handschuhen, ihrer erhobenen Nase, ihrem Virginia-Akzent. Sie war eine Last, die ihn zu Boden drückte.

Sie hatte kein Herz. Er hatte eingewilligt, ihr Kinder zu machen, und er tat seine Pflicht, aber weder ihm noch ihr bereitete es Vergnügen. Ihr mochte das recht sein – sie war eine Lady, und jedermann wußte, daß Ladies sich ohnehin nur dreinschickten. Aber ihm hatte Sex immer Spaß gemacht. Nein, mehr noch. Er liebte es, wenn man sich hingab und einander genoß. Und er mochte Frauen, mit ihrer Art, alles ganz anders zu sehen, anders zu denken und zu reden. Sie machten ihn glücklich, und er machte sie glücklich. Alles in allem hatte er ein glückliches Leben geführt.

Bis zu dieser Hochzeit. Warum konnte das Patent nicht irgendeinem normalen Landmädchen gehören? Oder wenn es denn schon eine Lady sein mußte, warum keine junge? Dann hätte er vielleicht die Gelegenheit gehabt, ihr ein paar Dinge beizubringen. Bei Chess würde er sich nie trauen, ihr so etwas Schmutziges wie Sexspiele vorzuschlagen.

Aber Vertrag war Vertrag, und den mußte ein Mann einhalten. Selbst Daddy hatte das getan. Er hatte es mit Ma ausgehalten, bis Nate groß genug war und ihn ersetzen konnte, ehe er seiner Wege ging. All die Jahre war er auf der Farm geblieben, hatte kein wirkliches Leben gehabt, sondern immer nur diesen Tabak.

Nate haßte den Tabak. Den süßlichen Geruch. Den klebrigen Teer, den die Pflanzen auf der Haut, in den Haaren und den

Klamotten hinterließen. Die ewige Plackerei mit dem Anbauen, Aufziehen, Ernten und Verkaufen. Und immer war man auf die Gnade des Wetters, des Mehltaus und der Raupen angewiesen.

Der einzige Ausweg war die eigene Produktion. Andere hatten es bereits geschafft. Aber es sah so aus, als käme er zu spät. Die Läden nahmen ihm seine Beutel nur noch ab, wenn er mit dem Preis einen Cent herunterging. Kein Bedarf, teilten sie ihm mit, es sei denn, er machte Reklame, wie der Bulle. Für Zigaretten galt vermutlich das gleiche, und dafür reichte sein Geld einfach nicht.

Wie konnte er jemals hoffen, die Großen – Blackwell oder *Allen and Ginter* – zu schlagen? »Onkel Lewis«. Wie war er eigentlich an eine Frau gekommen, die den bedeutendsten Tabak-Mann von ganz Virginia Onkel nannte? Selbst wenn sein Plan gelang, war das nicht seine Welt , würde es nie sein. Und wenn Chess das erwartete, würde sie eine mächtige Enttäuschung erleben.

Was erwartete sie überhaupt? Partnerschaft – sie hatte gesagt, sie sollten Partner sein. Wobei? Er würde nicht einmal das Land für die Mühle finden, wie er versprochen hatte, geschweige denn jemals Erfolg haben.

Immer weiter kreisten seine Gedanken und zogen ihn immer tiefer in einen Strudel wütender Hoffnungslosigkeit. Zwischendurch versorgte er das heruntergebrannte Feuer, obwohl die Vorstellung, zu schlafen und nicht mehr aufzuwachen, gelegentlich eine gefährliche Versuchung bedeutete.

Als die Risse in den Wänden sich allmählich von Schwarz nach Grau verfärbten, sammelte er seine getrockneten Sachen auf. Aber er konnte sie nicht anziehen, ohne sich vorher zu waschen, und so stapfte er, nur mit seinen Stiefeln bekleidet, nach draußen, um etwas Eis zu finden, das er schmelzen konnte. Die Kälte nahm ihm fast den Atem. Aber wenigstens hatte der Regen aufgehört, und auch der Wind hatte sich gelegt.

Irgendwo plätscherte Wasser. Er mußte kein Eis schmelzen. Nate schlitterte über den gefrorenen Boden zu einem schnellfließenden Bach hinterm Haus. Das schwarze Wasser war so kalt, daß seine Haut schmerzte, aber er spritzte es sich übers Gesicht und den ganzen Körper. Wenn er sich nicht wusch, konnte er immer den verhaßten Tabakteer spüren, der ihn sein ganzes Leben begleitete.

Das Feuer loderte den Schornstein empor, als er das letzte Holzscheit hineinwarf. Die Wärme tat gut, ebenso die warme Wolle seiner Unterhose. Und die übrige Kleidung.

Aber vor allem hatte seine Lebensgeister das schwarze Wasser des Bachs geweckt. Seine Entschlossenheit und seine Hoffnungen waren zurückgekehrt. Seit Wochen hatte er gesucht, und genau in dem Moment, da er sich sein Scheitern eingestehen wollte, war er durch schieren Zufall ans Ziel seiner Wünsche gelangt. Das verfallene Anwesen, das keiner wollte, das reißende Wasser, das niemals gefror.

»Danke, Gott«, sagte er in einem einfachen, tief empfundenen Gebet.

Die Mißlichkeiten waren vorüber. Er sah seinen Weg jetzt deutlich vor sich. Er konnte den ersten Schritt unternehmen. Und danach – würde er tun, was immer zu tun war.

Er konnte es kaum abwarten, Chess davon zu berichten. Sie war die einzige, der er es erzählen konnte. Sie glaubte an seine Pläne. Sie war seine Partnerin.

11. Kapitel

»Hör auf zu strampeln, oder wir gehen überhaupt nicht«, sagte Chess streng zu Sally. Zumindest sollte es streng klingen. Die Zweijährige schien nicht besonders beeindruckt, aber sie wurde ruhiger. Sie wollte zu gerne mitkommen zu Livvy Alderbrook und mit den Ferkeln spielen. Es gab zehn, genau so viele, wie sie Finger hatte. Das hatte Chess ihr beigebracht. Sally hielt still und ließ Chess ihren Schal fest um sie beide wickeln.

Chess besuchte Ol' Livvy, wann immer das Wetter es erlaubte. Das war nicht oft der Fall, höchstens zweimal in der Woche, wenn sie Glück hatte. Es war ein leichter Spaziergang; Bäume schützten den Pfad vor zu heftigem Regen, so daß es auch keinen Schlamm oder tiefe Pfützen gab.

Livvy freute sich immer, sie zu sehen. Sie war eine gastfreundliche Frau und ihre Hütte ein gemütliches Plätzchen. Seine Wärme empfing es nicht nur von dem eisernen Herd, sondern auch von den leuchtenden Farben der gehäkelten Teppiche auf dem Fußboden und dem Patchwork-Quilt auf dem Bett. Und natürlich von Livvys Gegenwart. Chess fühlte sich jedesmal auf der Stelle besser, wenn sie über die Schwelle trat.

Zwei winzige schwarzweiße Ferkel schliefen in einem Korb beim Ofen. Sally tappte direkt darauf zu. »Woher hast du gewußt, daß wir kommen?« fragte Chess.

»Der Regen hat vor über einer Stunde nachgelassen«, antwortete die alte Frau und lächelte ihr berühmtes Lächeln. »Gib uns beiden etwas Kaffee.« Sie war mit dem Teppich zu beschäftigt, den sie gerade in Arbeit hatte.

Chess goß aus dem Topf auf dem Ofen zwei Tassen voll, fügte Sahne und Zucker hinzu und ein wenig von Livvys »Süßstoff«. Die vollen Tassen wärmten ihre Hände. Sie fühlte sich wirklich viel besser jetzt.

»Keine Nachricht von Nate?«

»Keine Nachricht.« Chess gab Livvy ihre Tasse, setzte sich und begann, ihren Kaffee zu schlürfen. Mehr mußte nicht gesagt werden. Livvy wußte auch so, wie entsetzlich besorgt sie war. Drei Wochen war Nate jetzt bereits fort; er hatte von einer, anderthalb gesprochen. Die alte Frau tröstete sie nicht mit törichten Worten; nichts würde Chess' Kummer lindern können als der Anblick eines wohlbehalten heimkehrenden Nate.

»Vielleicht solltest du mir das Häkeln beibringen«, sagte sie. »Immer nur kochen macht mich langsam verrückt. Auf der Plantage hatte ich soviel zu tun, daß ich nie zum Nachdenken kam. Ich kann mich nicht gut mit Däumchendrehen beschäftigen.«

Sally kam an Livvys Seite und zupfte sie am Ärmel. »Was ist, mein Liebling? Möchtest du deine Milch?«

»Schweine«, sagte Sally. In jedem ihrer kleinen Arme hatte sie ein Ferkel. Eins begann zu quieken. Sie kniete nieder und ließ sie quer über den Boden laufen, dann stand sie wieder auf und streckte der alten Frau ihre Patschhändchen hin, wobei sie erwartungsvoll acht Fingerchen hochhielt. »Mehr Schweine«, verlangte sie.

Ol' Livvy lachte. Mit der freien Hand faßte sie das Mädchen um die Hüfte und drückte es an sich. »Was bist du doch für ein raffiniertes kleines Fräulein! Dabei solltest du dich über das freuen, was du hast. Die alte Sau reißt mich in Stücke, wenn ich ihr alle Babys wegnehme. Wenn ihr nachher geht, bringen wir diese beiden zurück zu ihren Brüdern und Schwestern, und dann kannst du dir den ganzen Wurf ansehen. Einverstanden?«

Sally nickte zufrieden, dann lief sie los, um ihre zwei Ferkel wieder einzufangen.

»Siehst du, Chess. Das ist etwas, was du machen kannst, Alvas Mädchen unterrichten. Micah wird nicht viel davon halten, aber ich weiß, daß Susan sich mit Feuereifer aufs Lesen und Schreiben werfen wird. Sie ist ein sanftes Geschöpf und noch so dumm wie Stroh.«

»Aber Susan wird doch schon bald zehn, Livvy. Ist sie denn nie zur Schule gegangen?«

»Keine Spur. Josh hält nichts davon.«

Ungläubig sah Chess die alte Frau an. Was konnte jemand gegen das Lernen haben? Sie hatte angenommen, daß die Richardson-Kinder zumindest ein paar Jahre in die Schule gegangen waren. Sicher war der Hin- und Rückweg nach Pleasant

Grove ziemlich weit, aber so machten es doch alle Landkinder. Das wußte sie genau. Nate hatte ihr erzählt, wie er hinter seinem Bruder auf dem Rücken eines Ackergauls zur Schule geritten war. Livvy mußte sich irren. Konnte sich die alte Frau nicht mehr daran erinnern?

Livvy blickte finster drein. »Genau deswegen ist der alte Narr Josh ja dagegen. Für ihn ist die Schule daran schuld, daß sein Bruder es nicht mehr zu Hause ausgehalten hat. Er meint, Gideon habe seinen Vater vertrieben. Gideon mit seiner Schulbildung.«

Chess' Puls ging schneller. Endlich erfuhr sie vielleicht mehr über Gideon. Nathans Bruder war bis jetzt für sie ein spannendes Geheimnis geblieben. Miss Mary pries ihn zwar ständig in den höchsten Tönen, aber Nate sprach nie von ihm. Sie hatte ihn gebeten, ihr von ihm zu erzählen, aber er hatte entgegnet, es gebe nichts Besonderes zu berichten. Gideon war Pfarrer und seit fünf Jahren von Zuhause fort, und mehr gab es nicht zu sagen.

Die Art allerdings, wie er das erklärt hatte, weckte in ihr die Vermutung, daß es bestimmt noch eine ganze Menge zu sagen gab. Still und aufmerksam saß sie jetzt da. Livvy trank ihren Kaffee aus und nahm sich einen Rest Wolle. Sie wickelte ihn um ihre große, gebogene Nadel aus Knochen, dann steckte sie ihre linke Hand unter die Leinwand, die über einen Rahmen gespannt war. Chess wartete.

»Ich versuche mich gerade zu erinnern, in welchem Jahr es war«, fing Ol' Livvy an. Ihre Stimme klang klar und hatte etwas von einem Singsang an sich. Es war ihr Erzählton.

»Ezekiel und Mary haben 1846 geheiratet, also vor über dreißig Jahren. Sie war ein hübsches kleines Ding, gerade fünfzehn und richtig keck. Sie hieß Mary Oakes, kam aus der Nähe von Reidsville und hatte einen Cousin in Pleasant Grove besucht. Zeke war eine gute Partie. Er hatte eine Farm, und sein Bruder Josh half ihm bei der Arbeit. Ihre übrige Familie war gestorben, aber sie waren beide schon erwachsene Männer; Zeke so um die fünfundzwanzig und Josh fünf Jahre jünger. Josh war damals schon drei Jahre verheiratet – eine von diesen Liebesehen, bei denen der Schwiegerpapa mit dem Gewehr nachgeholfen hat. Er und Ellie hatten ein Kind, und ein zweites war unterwegs.

Bald darauf war auch Mary schwanger. Sie und Ellie kamen immer wieder vorsichtig den Weg zu mir hier herauf, um mir ihre Bäuche zu zeigen und mir Fragen über die Geburt zu stellen. Ellie wußte zwar darüber schon Bescheid, aber sie traute sich nicht, etwas zu sagen, um Mary nicht zu erschrecken. Ihre erste Schwangerschaft war ziemlich schwierig gewesen.

Die zweite war leichter, wie meistens. Das Kind kam in der Weihnachtszeit, ein hübsches Mädchen mit korngelbem Haar. Im Januar kriegte dann Mary ihres, einen Jungen, der schrie wie am Spieß. Zeke sagte, er habe noch nie außerhalb eines Methodistenzeltes einen solchen Lärm gehört.

Aber bloß deswegen benannte Mary den kleinen Burschen nicht John Wesley, nach dem berühmten Methodistenführer. Sie war ein frommes Mädchen aus einer Familie praktizierender Christen. Reidsville hatte eine eigene Kirche.

Im nächsten Jahr gebar sie einen weiteren Jungen, Charles Wesley. Auch Ellie kam noch einmal nieder, aber es war eine Totgeburt. Und in jenem Dezember ist sie dann selbst gestorben, direkt vor Weihnachten. Von dieser letzten Schwangerschaft hatte sie sich nicht wieder richtig erholt.

Mary kümmerte sich fortan auch um Ellies Kinder, und sie war ihnen allen eine liebevolle Mutter. Auch den neuen. Es kam noch ein Mädchen, Mary, dann Gideon und noch ein Mädchen, Lucinda.

Das Haus platzte fast aus den Nähten, mit den sieben Rangen. Zeke überlegte, ob er nicht anbauen sollte.

Aber dann kam alles ganz anders. Es gab eine Diphterie-Epidemie. Es war furchtbar: Gideon überlebte sie als einziger.«

Chess schluckte. Sie wußte, wie zart ein Kinderleben war; auch die Pächter auf Harefields hatten oft den Tod ihrer Nachkommen zu beklagen. Aber nie von sechs auf einmal.

Livvy fuhr fort. »Mary suchte Trost bei Gott. Und bei Gideon. Ständig hatte sie das Baby auf dem Arm. Ein Jahr später gebar sie wieder einen Jungen. Sie nannte ihn wieder John Wesley, wie den ersten, aber diesmal bedeutete der Name für sie noch mehr. Sie sagte, es sei ihr Dank an die Kirche, die ihr geholfen habe, die Tragödie zu überstehen.

Sie war immer noch jung, gerade mal einundzwanzig. Und

kräftig. So winzig sie war, auf den Feldern schaffte sie genauso viel wie Zeke und Josh. In den nächsten vier Jahren kamen noch einmal vier Kinder, und das Haus wurde wieder zu klein. Sechs hatte sie jetzt. Aber Gideon blieb immer ihr liebstes. Er war Gottes Geschenk an sie, behauptete sie.

Er war elf, als der Bürgerkrieg ausbrach. Nate, der Jüngste, war fünf. Josh und Zeke zogen natürlich ins Feld. Mary brachte die Ernte ein, die Nachbarn halfen ihr. Dann, gerade nach Silvester, hämmerte Nate weinend an meine Tür. Seine Geschwister waren alle krank, erzählte er mir, und seine Mutter hockte in einer Ecke, wiegte sich hin und her und betete in einem fort. Nate hustete so, daß er fast zu ersticken schien, und da wußte ich, daß er Keuchhusten hatte. Ich hob ihn hoch und rannte los. Meine Beine waren damals noch deutlich jünger.« Ol' Livvy suchte in ihrem Restebeutel nach rotem Garn.

»Wie viele sind gestorben?« fragte Chess flüsternd.

»Die Hälfte. Gideon fast auch, aber dann überlebte er doch. Mary sagte, es sei ein Wunder. Daß ihre kleine Mary und der andere Sohn auch noch da waren, bemerkte sie kaum. Die armen Dinger wurden völlig vernachlässigt, bis Josh im Sommer '65 aus dem Krieg zurückkam und Alva heiratete. Sie gab ihnen so viel Liebe, wie sie nur haben wollten – Alva war ein sanftes Mädchen, eben fünfzehn Jahre alt. Wenn im Krieg nicht so viele gefallen wären, hätte sie jemand viel besseren als Josh kriegen können. Er hatte eine Bauchwunde abbekommen, fast wäre auch er gestorben. Aber seitdem leidet er ständig unter Schmerzen; die Verwundung hat ihm alle Lebensfreude genommen. Und Alva wurde viel schneller alt als von der Natur vorgesehen.

Aber zum Trost blieben ihr die Kinder. Marys zwei und dann ihre eigenen.

Für Ezekiel Richardson gab es allerdings keinen Trost. Als er nach Hause zurückkehrte, hatte sich Mary in einen religiösen Wahn hineingesteigert. Und sie kümmerte sich nur noch um Gideon; er war ihr ein und alles. Ich habe mich immer gefragt, ob sie Gideon nicht auch verrückt gemacht hat mit ihrem ständigen Gerede, daß Gott ihn vor allen anderen auserwählt habe, um ihn vor der Diphtherie und dem Keuchhusten zu retten. Mit dreizehn erlebte er die Verzückung, wie es bei den Methodisten heißt. Wenn du aufrichtig glaubst, daß Jesus Christus für dich gestorben ist und daß er dich von deinen Sünden reinigen und dein Erretter sein wird, dann wird Christus in dein Herz eingehen, und du wirst die Verzückung erleben, eins mit Gott zu sein.

Es ist etwas, auf das man hoffen und um das man sich bemühen muß, aber den wenigsten wird es zuteil. Gideon schon. Oder zumindest glaubte er es. Oder er sagte, er glaube es. Mary jedenfalls glaubte ihm. Der Junge mußte eine ordentliche Ausbildung erhalten, damit er ein richtiger Prediger werden konnte. Von nun an nervte sie Zeke jeden Tag, er solle mehr Tabak anbauen, damit sie Gideons Zimmer im College und die Bücher und die feine Kleidung und alles übrige bezahlen konnte. Der Junge hat es schließlich ja auch geschafft, schön und gut. Aber dann hatte Zeke die Nase voll. Erst hat er sich halb totgearbeitet, damit seine Frau bekam, was sie wollte, dann gab er Nate, was ihm übriggeblieben war, nämlich die Hälfte der Farm, und dann verschwand er, um wenigstens noch ein bißchen Glück zu finden, bevor er starb.«

»Was ist aus ihm geworden?«

»Das weiß keiner. Aber ich bete, daß sein Wunsch in Erfüllung gegangen ist. Die kleine Mary hat es ihm übrigens gleichgetan. Sobald sie einen Mann gefunden hatte, verließ sie das Haus und zog weit weg.

Marys Frömmelei vergiftete die Stimmung zu Hause mehr und mehr. Ein Wunder, daß Nate so geworden ist, wie er ist. Er ist ein guter und großzügiger Mann. Das rechne ich Alva hoch an; sie hat ihn vor vielem bewahrt. Und ich bedaure Mary. Aber sie macht es einem schwer, sie zu lieben, egal, was in der Bibel steht. Sie schadet ihrem Glauben. Bei ihr heißt es immer nur ›du sollst‹ oder ›du sollst nicht‹. Ich mag sie nicht, und ich kenne sonst niemanden, von dem ich das sagen würde.«

Ol' Livvy lugte über ihre Schulter. »Da hast du einen hübschen Anblick«, sagte sie. Ihr Erzählton war verschwunden. Chess wandte sich um. Sally und die beiden Ferkel waren gemeinsam in dem Korb eingeschlafen.

»Du bringst das Kind jetzt besser nach Hause«, riet Livvy. »Es wird schon dunkel draußen.«

»Ich weiß. Du hast recht. Aber eins will ich noch von dir wissen. Wie ist Gideons Frau?«

»Lily ist schön wie ein Engel. Aber wie es in ihr aussieht, weiß ich nicht. Ihr Vater ist ein berühmter Seelenretter, sie müßte also eine gute Frau für einen Pfarrer sein. Ich habe sie nur zweimal gesehen, auf Lagertreffen. Sie singt auch wie ein Engel.« Die alte Frau lächelte Chess verschmitzt an. »Mir ist allerdings aufgefallen, daß sie nicht besonders erpicht darauf ist, Mary zu besuchen oder Gideon zu ihr zu schicken. Vielleicht steckt ja doch eine Frau in dem Engel.« Chess küßte Livvy auf die braunen, runzligen Wangen. »Danke«, sagte sie, »Du hast mich den ganzen Nachmittag von meiner Sorge um Nate abgelenkt.«

»Du kannst jederzeit wiederkommen.«

Sally schlief auf ihrem Arm, bis sie zu Hause waren. Chess war froh darüber; sie mußte über so vieles nachdenken.

Vor allem war sie ungerecht in ihrer Beurteilung von Nates Familie gewesen. Gegen deren tragische Vergangenheit erschienen ihre eigenen Kümmernisse unbedeutend. Sie mußte toleranter und freundlicher sein. Besonders zu Miss Mary. Sie konnte ihr allerdings nicht verzeihen, wie sie mit Nathan umgegangen war und wie sie ihn noch heute behandelte.

Am nächsten Tag, als Sally ihren Mittagsschlaf machte, ging Chess hinüber zum Schuppen, wo Alva und Susan mit Miss Mary arbeiteten. Sie hatte Sirup-Kekse gebacken; noch ganz warm und weich lagen sie in dem Korb, den sie bei sich trug. Sie wußte, daß Miss Mary gern ein wenig naschte.

Den Vorschlag, den sie sich ausgedacht hatte, brachte sie sehr geschickt vor. Statt nachher getrennt in zwei Häusern Beutel zu nähen, konnte man doch auch erst einmal bei Miss Mary gemeinsam das Abendessen einnehmen, das sie zubereiten würde. Josh und Micah natürlich auch. Anschließend blieb man einfach beisammen, konnte Beutel nähen und sie gleich füllen. Auf diese Weise brauchten Alva und Susan nicht selbst zu kochen, und obendrein bekam man mehr Beutel fertig.

Nach einem leckeren Wildbreteintopf – mit Komplimenten an Micah, den erfolgreichen Jäger – verlief das Nähen bei Mary umgänglich und entspannt. Chess brachte Sally zu Bett und kehrte aus ihrem Zimmer mit den *Königsidyllen* zurück.

»Statt es allein zu lesen, könnte ich es doch auch laut vorlesen«, schlug sie beiläufig vor. »Eine Geschichte vertreibt die Langeweile.«

Miss Mary protestierte. »Heidnische Geschichten. Nicht mit mir.«

Alva und Susan erklärten, sie würden gern eine Geschichte hören. Miss Mary stopfte sich Wattebäusche in die Ohren.

Nach einer Woche war Chess wieder völlig vertieft in die Saga von König Artus' Tafelrunde und ihrer Suche nach dem Heiligen Gral. Und wenn Alva die kleine Sally zu Bett brachte, blieb Susan immer noch eine Stunde länger, um selbst lesen zu lernen.

Chess war Ol' Livvy dankbar für ihren Ratschlag. Der Unterricht und das Vorlesen nahmen sie jeden Tag etliche Stunden in Anspruch.

Aber es gab auch viele einsame Stunden, und in denen wuchsen ihre Sorgen von Mal zu Mal. Es war bereits November und bitterkalt. Jeder draußen auf der Straße konnte erfrieren, wenn die Dunkelheit hereinbrach und die Temperaturen unter Null fielen.

Aber vielleicht war Nate auch schon von einem Räuber wegen seines Pferdes und der Satteltaschen ermordet worden.

12. Kapitel

»Chess, wo ist Ma?«

»Oh, Nathan. Gott sei Dank bist du heil zurück, ich habe mir solche Sorgen gemacht ...«

»Wo ist Ma, Chess?«

Sie wurde wütend. Über einen Monat war er fortgewesen, und sie war fast verrückt vor Angst geworden, und das war alles, was er zu sagen hatte? »Sie ist im Schuppen, wo soll sie denn sonst sein?«

»Gut! Ich muß dir soviel erzählen, daß ich fast platzen könnte. Fach das Feuer an, und mach etwas Kaffee. Ich bringe Natchez in den Stall, dann bin ich sofort wieder da.«

Chess mußte sich setzen. Ihre Knie wurden weich. Er lebte. Er war wirklich noch am Leben. Und schien sogar lebendiger als je zuvor. Sie hatte ihn noch nie so aufgeregt gesehen, selbst in Danville nicht. Und er wollte ihr alles erzählen. Weshalb war sie nur so ärgerlich geworden?

Er wollte Kaffee. Und ein größeres Feuer. Sie sprang auf. Wahrscheinlich hatte er auch einen gewaltigen Hunger. Es gab ein Ei; eine der Hennen hatte wohl vergessen, daß Winter war. Und sie konnte ihm ein paar dicke Brotscheiben abschneiden, so wie er sie gerne mochte. Und ein Knochen mit etwas Schinken war auch noch da. Bis er das alles aufgegessen hatte, konnte sie ein paar Pfannkuchen backen ...

Die Pfannkuchen verschmorten dann zwar in der Pfanne, aber das spielte keine Rolle. Nates Bedürfnis zu erzählen war größer als sein Hunger.

»... als ich mir zum siebten Mal einen Ort angesehen und festgestellt hatte, daß er nicht der richtige oder der Preis zu hoch war, wollte ich schon fast aufgeben und nach Hause kommen. Ich war restlos entmutigt. Dauernd regnete und stürmte es, und dann auch noch das Eis. Ich war drauf und dran zu erfrieren, wenn ich keinen Unterschlupf fand. Aber das einzige, was ich meilenweit entdecken konnte, war dieses verwunschene Haus – he, Chess, du glaubst doch nicht etwa an Geister, oder? Natürlich nicht, du mit deiner ganzen Erziehung. Also, ich hatte keine Wahl – entweder dieses verfallene Haus oder gar nichts, und so …«

Sie wollte ihre Arme um ihn schlingen, ihn halten, spüren, daß er wirklich zurück und froh war, wieder bei ihr zu sein. Aber sie drängte ihn weiterzureden. Denn das wollte er.

»… es ist perfekt. Und wegen der Gerüchte war es auch noch billig. Ich habe 100 Hektar gekauft. 30 auf der Hausseite, 70 jenseits des Baches. Da bauen wir unsere Mühle. An der Biegung sind die Ufer ziemlich steil, da ist eine Brücke kein Problem. Und die Straße führt direkt bis Durham. Nur fünf Meilen. Besser, als ich je zu hoffen gewagt habe. In Durham ist wirklich was los, der Ort ist in den vergangenen zehn Jahren um das Zehnfache gewachsen. Der Bulle ist da und die Dukes und die Eisenbahn. Einige sagen zwar, Winston wächst noch schneller, aber das liegt ganz im Westen, und wie ich die Sache sehe, sollten wir mitten im Tabakgürtel sein, nicht am Rand.

Als erstes bauen wir die Mühle, wie geplant. Rundherum ist keine so nahe, daß sie uns Ärger machen könnte. Mit dem Kornmahlen verdienen wir in der Anfangszeit das erste Geld. Aber die Hauptsache ist, daß uns das Mühlrad die Energie liefert, die wir für die Zigarettenmaschine brauchen.

Wenn der Verkauf läuft, bauen wir die Fabrik und stellen die Maschine da auf. Und dann kommen neue Maschinen hinzu …«

Um die Augen hatte er dunkle Ringe vor Erschöpfung. Plötzlich begann er zu weinen.

»Oh, Chess, jetzt können wir wirklich anfangen. Es geht los. Nein, es ist schon losgegangen. Ich weiß nicht, ob ich's für mich behalten kann. Am liebsten möchte ich es in die Welt hinausschreien.« Nate warf den Kopf zurück und formte mit seinen halberfrorenen Händen einen Trichter um den Mund.

»Achtung, Welt. Wir kommen«, heulte er los.

»Pssst … sei still!« Sie mußte so sehr lachen, daß sie fast kein Wort herausbrachte. Nate umfaßte ihre Taille. Bevor sie wußte, wie ihr geschah, hob er sie mit seinen starken Armen in die Luft. Dann wirbelte er sie herum. Als er sie schließlich wieder absetzte, drehte sich alles um sie.

»Jetzt weißt du, wie ich mich fühle. Besser, als wenn man berauscht ist. Bist du glücklich, Chess?«

»Oh, ja. Ja, Nathan.«

»Ich habe es gewußt. Ich bin mit dem armen, müden Pferd die ganze Nacht durchgeritten. Ich mußte nach Hause, mußte es jemandem erzählen, oder ich wäre geplatzt, in tausend Stücke zersprungen.«

Unvermittelt wurde sein Gesichtsausdruck ernst. »Es ist immer noch ein Geheimnis, Chess. Mehr denn je. Ma und Josh würden es nicht verstehen, bis in alle Ewigkeit nicht. Und ich möchte nicht, daß mir jemand einen Streich spielt. Nicht jetzt. Ich bin zu glücklich, den Plan noch scheitern zu erleben. Aber ich bin auch zu müde, um zu kämpfen.«

Seine Miene erhellte sich wieder. »Laß mich dir von diesem Anwalt in Hillsborough erzählen. Ich mußte mir einen nehmen, um herauszufinden, wie ich an das Land kam. Der Ort war völlig aufgegeben; es gab also niemanden, dem es gehörte.

Nun, dieser Mr. Clarence Montgomery nahm mich mit ins Kreisgerichtsgebäude. Nein, das stimmt nicht ganz. Erst nahm er mir fünf Dollar ab, dann nahm er mich mit. Es stellte sich heraus, daß dem Staat das Land gehört, der Staat davon aber nichts wußte. Da legte der gute alte Mr. Montgomery einen Finger an die Nase, siehst du, so …« Nate ahmte einen Erzverschwörer nach, »… und dann sagte er: ›Eine sehr interessante Situation, Mr. Richardson, auf die Sie da gestoßen sind …‹«, Nate ließ seine Stimme tief im Brustkorb rollen.

»Nun bin ich nicht so ein Trottel, daß ich nicht geahnt hätte, was auf mich zukam. Er wollte mich übers Ohr hauen und die Sache allein durchziehen.

Also fing ich an zu reden; richtig wie einer vom Lande, der nicht bis drei zählen kann. ›Meinen Sie, daß es wegen der Geister teurer werden kann? Ich möchte nicht gern für etwas bezahlen, das ich nicht mal sehen kann. Aber es gibt da sowieso nichts, nur einen Haufen Geräusche in der Nacht.‹

Er sah mich scharf an, um herauszufinden, ob ich ihn auf den Arm nahm.« Nates Augen wurden schmal.

»Aber ich blickte so einfältig wie möglich zurück. Die Geistergeschichte ließ ihn rasch anderen Sinnes werden. Er machte einen Stapel Papiere fertig, sauste durch vier Behörden und auch noch zum Gericht und erledigte den Termin beim Richter – alles an einem Tag. Ehe es dunkel wurde, war ich Besitzer von 100 Hektar des besten Landes, einschließlich fließenden Wassers, das niemand ›durch Dämme oder andere Hindernisse umlenken darf‹.

Und es hat mich insgesamt genauso viel gekostet, wie ich für eine Anzahlung veranschlagt hatte. Plus fünf Dollar.

50 Cents der Hektar, Chess, kannst du dir das vorstellen? Ein Traum wird wahr, für gerade mal 50 Cents ...« Nate brach ab, weil er die Schritte seiner Mutter hörte.

Mary Richardson schnüffelte herum, als sie durch die Tür trat. »Brennst du das Essen aus einem besonderen Grund an, Chase?«

»Ich bin wieder da, Ma.«

»War auch höchste Zeit. Alva und mir sind fast die Augen ausgefallen von dem vielen Nähen, damit du ordentlich Tabak zum Verkaufen hast, und du hast es nicht mal für nötig befunden, ihn abzuholen. Ich vermute, du bist statt dessen auf dieser heidnischen Staatsmesse gewesen.«

»Nein, Ma'am. Das Eis auf den Straßen hat mich aufgehalten.«

Chess hätte Nathans Mutter am liebsten die Pfanne, die sie in den Händen hielt, auf den Kopf geschlagen. »Nathan wollte sich gerade schlafen legen, Miss Mary«, sagte sie. »Ich habe versprochen, ihn zum Abendessen zu wecken.« Sie setzte ein süßliches Lächeln auf. »Es gibt Kartoffelgratin.«

Miss Mary ließ sich nicht besänftigen. Nicht eher, bis Nate mit der Post herausrückte, die er in Pleasant Grove abgeholt hatte. Darunter war ein Brief von ihrem Gideon.

Er und Lily wollten die Kinder bringen, damit sie Weihnachten auf der Farm verbringen konnten.

»Leg dich hin«, sagte Chess zu Nathan. Er sah grau vor Erschöpfung aus.

Zwei Tage später belud er das andere Pferd und brach wieder auf. Natchez war zu ausgelaugt, um noch einmal so eine harte Tour mitzumachen. Nate zog die Schultern hoch gegen die Kälte und führte das schwerbeladene Tier am Straßenrand entlang. Das tote Unkraut dort war zwar auch gefroren, aber es gab doch mehr Halt als das glatte Eis auf der Straße.

Die Nachricht seines Bruders war ein ziemlicher Schock für ihn gewesen. Er hatte gedacht, alle Briefe seien für Chess bestimmt. Der oberste war von Augustus Standish gewesen und der unterste auch. Es war ihm nicht eingefallen, den Rest auch durchzusehen.

Es hätte eh nichts genützt. Gideon würde ohnehin zu Weihnachten kommen. Mit Lily und den Kindern.

Nein. Er wollte nicht daran denken. Er wollte an seine 100 Hektar Land und die Mühle denken, die er dort bauen würde. Die Aussicht hatte ihn so glücklich gemacht. Ein paar Tage lang hatte er darüber sogar Lily völlig vergessen. Das mußte ihm wieder gelingen, unbedingt. Wenn er sich nur ganz konzentrierte … Nate schloß die Augen und versuchte verzweifelt, das Hochgefühl der vergangenen Tage zurückzuholen.

Das Pferd schwankte gefährlich und warf ihn fast um. Nate zog sacht an den Zügeln. »Ruhig, Missy, bleib eine Minute stehen und komm wieder zu Atem.« Er beugte sich vor, um den Hals des Tieres zu streicheln. »Brav, altes Mädchen, alles ist gut. Nichts passiert. Ich weiß, du hast dich erschreckt, aber nun ist es vorbei. Brauchst nicht mehr zu zittern. Ganz ruhig …«

Sie hatten gerade drei Meilen hinter sich, als es zu dunkeln anfing. Er verbrachte die Nacht auf der Farm eines Bauern, den er kannte, und schlief im warmen Stall neben den Kühen und Pferden. Kurz nach Mitternacht weckte ihn ein geflüstertes »Nate« auf. Er nahm die Frau des Farmers mit solcher Leidenschaft, daß sie beim Höhepunkt beide aufschrien. Sollte es ihr Mann doch hören – ihm war es egal. Eine Kugel würde nicht so schmerzen wie die Erinnerung an Lily.

Chess öffnete ihre Briefe erst, als Nate fort war. Sie wollte nicht eine Sekunde der Zeit mit ihm versäumen, nicht einmal für Nachrichten von daheim.

Während sie las, lächelte sie still vor sich hin. Augustus Standish war in seinen Briefen genauso amüsant wie in Wirklichkeit.

Scylla, die nun die ständige Köchin war, schrieb er, sei jetzt noch entschlossener, ihn umzubringen, als in jenen zwei Wochen, in denen sie schon einmal auf Harefields gearbeitet hatte, als Chess krank gewesen war. Jetzt ging sie allerdings subtiler vor, teilte Augustus Standish bewundernd mit. Sie mischte nicht mehr in alles braunen Zucker. Dessen Wirkung auf Steckrüben war ihm noch in denkwürdiger Erinnerung. Jetzt wurde statt dessen alles mit Honig versehen. Nicht etwa Kleehonig, der selbst einem gewöhnlichen Beefsteak einen ganz unverwechselbaren Geschmack verleihen konnte, nein – Scylla hatte die wahrhaft welterschütternde Entdeckung einer Bienensippe gemacht, die ihren Nektar aus einer Distelart sog. So weit fortgeschritten war die Kunst dieser Bienen, daß es ihnen gelang, ganze Stacheln der Gastdistel in ihren Honig zu integrieren, damit diese sich später in den Kehlen derjenigen niederließen, die den Honig zu sich nahmen. Der Effekt sei leider unbeschreibbar für eine Feder, der es derart an Vorstellungsvermögen fehlte wie seiner …

Was bist du doch für ein herrlicher alter Spinner, dachte Chess. Sie wußte, daß Scylla eine vorzügliche Köchin war. Zu Beginn ihrer eigenen Karriere am Herd hatte sie von ihr Unterricht erbeten, aber Scyllas Bratensoße war ihr nie so gut gelungen.

Der zweite Brief war prosaischer. Er kommentierte die schwärmerischen Berichte, die Chess ihrem Großvater geschickt hatte, mit einem knappen »Gut gemacht«. Gratulierte er ihr damit zur Wahl ihres Mannes – oder zu ihrer Kunst der Verstellung?

Sie legte die engbeschriebenen Seiten zu dem ersten Brief. Wie fern kam ihr jener wunderschöne, warme Tag beim Herbstfest jetzt schon vor. Und dabei war in Wirklichkeit erst gut ein Monat vergangen.

Was für ein seltsames Ding die Zeit doch war. Manchmal hatte sie das Gefühl, seit jeher auf der Farm zu sein. Dann wieder kam es ihr vor, als sei dies hier nur ein kurioser kurzer Aufenthalt auf einer Reise, die sie noch an einen ganz anderen, unbekannten Ort bringen sollte.

Das letztere gefällt mir besser, entschied Chess. Und es stimmt ja auch fast – außer daß sie das Ziel inzwischen kannte. Es lag in der Nähe von Durham – wo immer das sein mochte – an einem rauschenden Bach und würde bald von einer Mühle mit einer Zigarettenmaschine eingenommen werden.

Plötzlich überfiel sie die Sehnsucht nach Nathan. Sie wollte wieder die Arme um ihn legen. Wie schön die kurze Zeit mit ihm gewesen war. Es würde noch viele schöne Zeiten geben, da war sie sicher. Nur wegen seiner völligen Erschöpfung war er die letzten beiden Tage so in sich gekehrt und eigenbrötlerisch gewesen. Bitte, lieber Gott, laß ihn nicht wieder die ganze Nacht durchreiten. Laß ihn an einem warmen Ort Unterschlupf finden.

Im November kehrte Nate noch drei weitere Male zur Farm zurück. Auf Chess hatte seine Ankunft immer die gleiche Wirkung: Der wolkenverhangene Himmel wurde heller, das enge, schäbige Haus verwandelte sich in ein gemütliches Nest, in dem sie ihm voller Glück nahe war.

Aber die anfängliche Freude hielt nicht vor. Nathan war zerstreut, oft hörte er überhaupt nicht zu, wenn sie sprach. Und er aß fast nichts, obwohl sie sich trotz des winterlichen Mangels abmühte, alles möglichst appetitlich anzurichten.

»Du wirst genauso mäkelig wie Chase«, klagte seine Mutter. »Wenn du nicht aufpaßt, wirst du noch krank. Aber das hast du dann nur dir selbst zuzuschreiben.«

Davor fürchtete Chess sich am meisten, daß er krank werden könnte. Nathan war immer ein guter Esser gewesen, selbst wenn die Mahlzeiten nicht so einladend ausgesehen hatten wie jetzt bei ihr. Sie selbst hatte zwar auch wenig Appetit, aber das war normal. Sie konnte sich nicht daran erinnern, jemals besonders erpicht auf Essen gewesen zu sein. Bei ein paar Gelegenheiten, meistens mit Nathan, war es anders gewesen, aber im großen und ganzen scherte es sie wenig, ob sie etwas zu essen bekam oder nicht. Auf Harefields hatte sie oft ganze Mahlzeiten ausfallen lassen, es sei denn, sie saß mit ihrem Großvater zu Tisch.

Ihr machte das also nichts aus, doch ihm schon. Er brauchte Kraft für die lange, kalte Reise von Laden zu Laden. Während sie zusah, wie er das Pferd mit den großen Tabakpacken belud, tat ihr vor Kummer das Herz weh. Aber zum Abschied lächelte sie ihm dann wieder zu. Es war das einzige Geschenk, das sie ihm machen konnte.

Im Dezember konnte sie es nicht länger aushalten und begann, ihn anzuflehen. »Geh nicht wieder da raus, bitte! Es ist keine Schande, zu Hause zu bleiben. Es hat noch nie einen so kalten Winter gegeben, das sagt selbst Livvy Alderbrook. Sie hat dieses Jahr zum ersten Mal nicht einmal ihr Schwein grillen können.«

Sie schluchzte, als Nate dennoch wieder aufbrach. Er nahm eine Schaufel mit und führte Missy durch das dichte Schneetreiben, das am Morgen begonnen hatte.

Sie hatte Angst, ihn nie wiederzusehen.

Ol' Livvy schimpfte mit ihr. »Hat er nicht gesagt, daß er rechtzeitig zu Weihnachten wieder da ist? Dann ist er's auch. Nate Richardson ist nicht der Mann, der sein Wort bricht.«

»Aber wenn er nun in einen Schneesturm gerät? Er könnte erfrieren.«

»Nate Richardson ist zu störrisch, um zu sterben. Er wird hier sein, wenn er's gesagt hat.«

Nate stieg vom Pferd. Vor ihm blockierte wieder mal eine Schneewehe die Straße. Er hängte den Futtersack über den Kopf des Tieres, dann griff er zur Schaufel. Es machte ihm nichts aus, die Straße zu räumen. Eine strahlende Sonne wärmte seine Schultern, und die Arbeit hielt ihn auf. Er hatte es nicht eilig, zur Farm zu kommen. Gideon und Lily waren vermutlich schon da; in zwei Tagen war Weihnachten.

Er stach die Schaufel in den blendend weißen Schnee. Es gab keinen Ausweg, er mußte seinem Bruder gegenübertreten – und auch der Frau seines Bruders. Er wußte, daß er es schaffen konnte. Ein Mann fand entweder die Kraft zu tun, was er tun mußte, oder er war kein Mann.

Die Sache war nur, daß er sich nicht wie ein Mann vorkam. Er war wieder der Junge auf dem Lagertreffen, der gerade das schönste Mädchen der Welt gesehen hatte. Warum mußte diese Erinnerung so deutlich sein? Und – oh Gott! – warum konnten seine Hände immer noch ihre sanften Brüste und ihre winzige Taille spüren? Er stöhnte laut auf. Seine Lippen brannten, wie damals, als er sie geküßt hatte.

Wie konnte er mit ihr in einem Raum sein, ohne sie zu berühren, sie an sich zu ziehen, seine Hände über ihren Körper gleiten zu lassen? Sie war die Frau seines Bruders.

Wie konnte er Gideon in die Augen sehen, wo er sich doch an ihm versündigen wollte? Wie konnte er aufhören, seinen Bruder zu hassen, wenn der seinen Arm um Lilys Taille legte?

Nates Herz rief Gott zum Zeugen an, daß er diese Qualen, diese Gefühle nicht wollte. Aber er konnte sich nicht helfen.

Immer wieder stieß er die Schaufel in den Schnee; dann war der Weg frei. Nate nahm dem Pferd den Futtersack ab, band die Schaufel fest und führte Missy über die geräumte Stelle. Einen Augenblick lehnte er sich danach an die warme Flanke des Tieres, dann stieg er auf. Diesmal konnte er Gideon und Lily nicht aus dem Weg gehen. Es war ihm gelungen, ihre Hochzeit und ihre Besuche bei den Lagertreffen zu verpassen. Aber zu Weihnachten nicht daheim zu sein, dafür gab es keine Entschuldigung. Alle würden sich wundern. Und er würde es nicht ertragen, wenn irgend jemand erriet, wie ihm zumute war. Die Scham würde ihn umbringen.

Als Nate das Bauernhaus betrat, sah er den gebeugten Rücken eines Mannes, der vorm Feuer kauerte. Der Dampf, der von seinen gefrorenen Kleidern aufstieg, verwischte die Konturen seines Kopfes. Erst dachte Nate, es sei sein Bruder. Er zwang sich zu einem Lächeln. »Wie wär's, wenn du mir ein bißchen Hitze abgibst, Gideon?« sagte er.

Der Mann drehte sich um. Es war ein Fremder.

Beim Klang von Nates Stimme eilte Chess ins Zimmer.

»Willkommen daheim. Geh rüber ins Warme, Nathan, dann mache ich dich mit Jim Monroe bekannt. Und gib mir den nassen Mantel und den Hut, damit ich sie am Ofen trocknen kann. Sie auch, Mr. Monroe. Ohne die Sachen wird Ihnen schneller warm.«

Sie stand neben Nate. »Beeil dich«, sagte sie leise. »Deine Mutter liegt im Bett und will sich auf keinen Fall von mir trösten lassen. Mr. Monroe ist vor ein paar Minuten angekommen und hat uns mitgeteilt, daß Gideon wegen des schlechten Zustands der Straßen nicht kommen kann.

Ach, Nathan, es ist zu traurig. Deine Mutter hat die ganzen letzten Tage am Fenster gestanden und mit ihrem Atem immer wieder ein Guckloch in die vereisten Scheiben gehaucht. Nur um Ausschau nach Gideon zu halten.«

Chess erwähnte nicht, daß sie das gleiche getan hatte, um nach ihm Ausschau zu halten.

»Los jetzt, Nathan. Begrüße schnell unseren Gast, und dann kümmere dich um deine Mutter. Ich habe schon den Kaffeetopf aufgesetzt. Ich bringe dir dann welchen.«

Nate gehorchte ihr nur zu gern. Vor Erleichterung fühlte er sich so schwach, daß er sich unbedingt setzen mußte, und sei es auf die Bettkante seiner Mutter. Aber er durfte sich nicht anmerken lassen, wie sehr er Gott dankte, daß Gideon und seine Familie nicht kamen.

Jim Monroe blieb erst über Nacht, dann bis Weihnachten und schließlich bis in den Januar, um draußen bei den Arbeiten zu helfen. Er war ein Witwer in den Vierzigern, »ohne Kind und Kegel«, wie er sich ausdrückte, und er war froh, sich nützlich machen zu können im Austausch für Mrs. Nates ausgezeichnetes Essen und ein Strohlager am Feuer und die Geschichten, die sie so schön aus ihrem Buch vorlas.

Mittlerweile war der Tabak völlig verarbeitet und in die kleinen Säckchen gefüllt worden. Alva und Miss Mary widmeten sich jetzt ihrer Flickwäsche, anstatt weiter Beutel zu nähen. Chess las wieder aus den *Königsidyllen* vor, und Susan sah ihr über die Schulter, um neue Wörter zu lernen.

Nate hielt es nicht zu Hause. Jetzt, da Jim seine Arbeit übernommen hatte, konnte er die letzten zweitausend Beutel aufladen und auch die noch verkaufen.

»Ich geh auch zu unserem Mühlengrundstück«, verriet er Chess unter vier Augen. »Ich muß wissen, wie die Straße den Winter übersteht und ob es Eis auf dem Wasser gibt. Wenn jemand fragt, weshalb ich länger wegbleibe, sag einfach, daß es wohl an den schlechten Straßen liegt.«

»Das muß ich gar nicht. Jeder kann sehen, daß sie schlimmer sind denn je.« Eis- und Graupelregen hatten den dichten Schneefall des Dezembers inzwischen mit einer Eisschicht überzogen. Aber die Kälte war nicht mehr ganz so lähmend. Chess machte sich weniger Sorgen um Nate; und sie freute sich, daß Jim Monroe da war.

Auch Nate stellte voller Bewunderung fest, daß Jim ein toller Bursche war. Mary Richardson allerdings rügte ihn ständig, weil er immer wieder den Namen Gottes mißbrauchte. Jedesmal gelobte Jim Besserung, und jedesmal wurde er rückfällig. Chess fand das alles sehr unterhaltsam.

Jim war ein harter Arbeiter. Wann immer an den kurzen, rauhen Januartagen die Graupelschauer aufhörten, setzte er mit Josh und Micah die elende Plackerei fort, das Stück Land, auf dem die nächste Saat wachsen sollte, zu roden und abzubrennen. Die Bäume hatten sie bereits gefällt und zersägt. Nun mußten die Wurzeln ausgegraben werden, anschließend wurde der Boden geebnet, und dann kamen die Holzklötze auf Gleitkufen und wurden angezündet. Auf diese Weise wurden sowohl das Unkraut als auch die Insekten auf dem frisch geräumten Land vernichtet. Wenn es mehr Regen gab, mußte das Feuer anschließend wieder angefacht werden. War ein Stück Land abgebrannt, zogen die Männer die Kufen mit langen Eisenhaken zum nächsten Stück, während Micah Holz für das Feuer nachlegte.

Die Arbeit war fast getan, als Nate Ende Januar zurückkehrte. Er war guter Dinge. »Die Tage werden länger, die Straßen sind Schlammlöcher und haben nur noch eine dünne Eisschicht, und ich habe wahrhaftig etwas gesehen, das mich doch stark an ein Rotkehlchen erinnerte.« Er ging mit den anderen aufs Feld, und nach zwei Tagen war das Abbrennen des Saatlandes endgültig beendet. Es kamen noch zwei Tage mit Hacken und Harken, dann war die Erde locker und krumig und bereit.

Nate machte einen raschen Besuch in Livvy Alderbrooks Hütte. Er kehrte mit einem Krug ihres Selbstgebrauten zurück, den die Männer, einschließlich Micah, von Hand zu Hand gehen ließen. Das Ende der Arbeit mußte gefeiert werden.

Zögernd erwähnte Jim dabei, daß es nun wohl für ihn an der Zeit war, sich wieder aufzumachen. Es sei denn, setzte er hoffnungsvoll hinzu, Josh und Micah könnten eine verdammt gute Hand gebrauchen, die ihnen beim Säen und Pflügen in diesem gottverdammt harten Boden ihrer verfluchten Felder helfen würde. Er konnte den Gottseibeiuns aus jedem dreifach verfluchten Ackergaul herausprügeln, den der Allmächtige ihm schickte.

»Es könnte gar nicht besser laufen, Chess«, sagte Nate überschwenglich. »Jim ist ein Geschenk des Himmels. Jetzt kann ich sofort mit der Mühle anfangen. Ich muß zwar erst noch die Saat aufs Feld bringen, und dabei werden Josh und ich uns wohl in die Haare kriegen, weil ich von einem neuen Trick gehört habe, gegen den er sich mit Händen und Füßen wehren wird. Aber das dauert nur zwei Tage, und dann kann ich mich nach Orange County aufmachen.

Du solltest es dir ansehen, Chess. Ich habe zwei Tage und zwei Nächte dort zugebracht. Bin jeden Zentimeter abgegangen. 100 Hektar. Es gibt genug Bäume, um eine Stadt damit zu bauen. Und erst der Bach – wenn er um die Biegung kommt, macht er die allerliebsten Stromschnellen. Das Geräusch, das er dabei von sich gibt, klingt wie ein Lied.

Ich habe auch schon ein großes Steinvorkommen entdeckt. Wir werden ein Fundament bauen, das nicht mal ein ganzer Stamm Riesen verschieben könnte. Einen Vorratskeller wird's auch geben und sogar ein Eishaus, wenn wir wollen. Es juckt mich richtig in den Fingern, endlich anzufangen.

Und so werde ich's machen. Ich werde Ma sagen, daß Jim bei uns bleibt. Dann kommt das Saatland dran. Und dann mach ich gleich alles in einem Aufwasch, hol alle zusammen, und erzähle ihnen, was wir vorhaben.

Natürlich nicht den ganzen Plan. Die Zigaretten bleiben unser Geheimnis. Es reicht, wenn ich ihnen sage, daß ich Müller werde, weil ich die Landarbeit satt habe.« Sein grimmiges Gesicht zeigte, wie er das Geackere haßte.

Doch dann hellte sich seine Miene wieder auf, und er lächelte glücklich. »Ich ziehe hier weg, wie ich es immer vorhatte. Allmächtiger Gott, ist das wunderbar.«

»Du kannst diesen Jim Monroe gern anstellen, wenn du dir das in den Kopf gesetzt hast«, sagte Mary Richardson. Ihre Stimme klang schrill. »Aber ich werde nicht unter einem Dach mit einem Gotteslästerer wohnen. Wenn er bleibt, gehe ich. Er oder ich, du mußt dich entscheiden.«

13. Kapitel

Nathan stürmte aus dem Haus. Chess brauchte ihn nicht zu fragen, was passiert war. Miss Marys Gekeife war durch die Tür gedrungen, als bestünde diese aus dünnem Stoff.

Chess stellte sich ihm in den Weg. Er hob den Arm, um sie beiseite zu schieben, dann ließ er ihn mit sichtbarer Anstrengung wieder sinken. »Laß mich, Chess. Ich muß Jim Monroe rausschmeißen, damit er noch bei Tageslicht aufbrechen kann.«

»Auf fünf Minuten kommt es nun auch nicht mehr an. Komm, wir gehen in den Schuppen. Bitte, Nathan. Vielleicht fällt uns was ein, wenn wir gemeinsam nachdenken.«

Es dauerte dann doch deutlich länger als fünf Minuten, aber sie kamen auf einen Ausweg.

Es war Chess' Idee, um genau zu sein. Sie überzeugte Nathan, daß Jim nicht bleiben mußte, sondern daß sie und Susan gemeinsam seine Arbeit übernehmen konnten. Als Nate erst einmal zustimmte, daß es einen Versuch wert sei, ergab sich alles andere fast von selbst. Er würde Jim mit hinüber zu Livvy Alderbrook nehmen, wo er bleiben konnte, bis Nate aufbrach. Dann würde er Jim mitnehmen, damit er ihm beim Bau der Mühle helfen konnte. Chess würde jede Woche einmal nach Pleasant Grove reiten, um einen Brief zur Post zu bringen, in dem sie ihn wissen ließ, ob auf der Farm alles in Ordnung sei. Wenn Nate gebraucht würde, käme er zurück.

»Und du schickst mir auch einen Bericht. Du kannst ihn aufgeben, wenn du meinen abholst.« Sie ließ nicht locker, bis er einwilligte.

Er ließ sich nie anmerken, ob etwas im Busch war, dachte Chess. Nathan mußte sich einfach vorsehen. Seine Mutter hatte sich bei Jim Monroe wie eine Wahnsinnige angestellt. Wie würde sie erst reagieren, wenn Nate ihr eröffnete, daß er die Farm für immer verlassen werde? Und was war mit den anderen? Josh konnte bestimmt furchtbar zornig werden.

Aber Nate lächelte, ja, er lachte sogar über Sallys empörte Versuche, sich aus einem Laufgeschirr zu befreien, das sie an einen Baum fesselte, der in der Nähe des vorbereiteten Saatfeldes stand, aber nicht zu nahe.

Er hatte bereits mit dem Säen begonnen. Chess war fasziniert von den winzigen Tabaksamen; wie konnte ein so kleines Körnchen zu einer Pflanze heranwachsen, deren Blätter größer als eine Schüssel waren? »Ein Eßlöffel voll Samen sind 10000 Pflanzen«, hatte Susan ihr erzählt, stolz, daß sie ihrer Lehrerin auch mal etwas beibringen konnte.

Es gefiel Chess sehr, Nathans harmonischen Bewegungen beim Säen zuzusehen. Die Samen waren in einem Beutel mit Sand gemischt worden. Seine Hand griff in den Beutel und schwenkte anschließend im großen Bogen durch die Luft, während er das ganze Saatfeld entlangschritt, dann auf einer parallelen Bahn zurückkam, wendete, wieder das Feld mit gleichmäßigen Schritten abging, wendete, wieder zurückkam und dabei unablässig in den Beutel griff und die Samen auswarf. Es war ein schöner Anblick. Sie hätte gern applaudiert, als er mit seiner Route fertig war.

Josh hatte ebenfalls einen Beutel. Trotz seines Holzbeins vollführte er das gleiche, ebenmäßige Ritual, wobei er das Feld im rechten Winkel zu Nate abschritt.

Chess schloß sich den anderen an, die sich in einer Reihe am Rande des Feldes aufgestellt hatten. Langsam, ganz langsam setzten sie Seite an Seite ihre Füße vorsichtig auf die Erde, um dann Fuß für Fuß bis zum Ende des Feldes vorzurücken. Schritt um Schritt und Bahn um Bahn traten sie auf diese Weise den frischen Samen fest.

Nate lachte über Sally, die immer noch versuchte, sich aus dem Laufgeschirr zu befreien. Alle fielen in sein Lachen ein. Die eintönige Arbeit wurde dadurch ein bißchen aufgelockert.

Als sie fertig waren, zitterten Chess die Beine unter ihrem Kattunrock, und am liebsten hätte sie sich auf der Stelle hingesetzt, obwohl der Boden immer noch halbgefroren war. Sie sah Nate an, hoffte auf eine Anerkennung. Hatte sie nicht bewiesen, daß sie genauso gut wie Jim Monroe arbeiten konnte?

»Mach die arme Kleine los«, sagte er zu ihr, »und nimm sie mit ins Haus, wenn du Kaffee kochen gehst. Wir können ihn nach dem Düngen gebrauchen.« Josh und Alva trugen bereits heftig riechende Leinwandbeutel über der Schulter.

Chess kam mit Kaffeekanne, Tassen, Löffeln, Zucker und Sahne auf einem Blechtablett zurück. Sally kam hinter ihr her und trug einen Korb voller dick mit Butter bestrichener und gezuckerter Brotscheiben. Miss Mary, Alva, Susan, Josh und Nathan gingen über das Saatfeld und warfen im hohen Bogen trockenen Pferdedünger auf die Erde. Chess band das kleine Mädchen, das durch ein Stück süßes Brot abgelenkt war, wieder am Baum fest. Gott sei Dank war das Düngen an ihr vorübergegangen. Nicht daß der Gestank ihr etwas ausgemacht hätte. Auch in Harefields roch es oft so. Aber sie hätte Handschuhe tragen müssen, und die zu waschen, wäre eine üble Plage gewesen ...

Nein, so durfte sie nicht denken. Hatte sie nicht immer gern gearbeitet?

Sie rannte zum Haus, kam mit Handschuhen zurück. »Kann ich euch helfen?« rief sie den anderen zu.

»Du würdest doch nur alles falsch machen«, schrie Miss Mary zurück.

Niedergeschlagen setzte sich Chess neben Sally. »Wenn sie jetzt schon mit mir meckert, dann wird sie erst recht wütend sein, wenn sie hört, was Nathan und ich besprochen haben«, wandte sie sie sich an das kleine Mädchen, das sie verständnislos ansah.

»Hoffentlich hast du ein gutes Essen auf dem Feuer«, sagte Nate. Er hatte Sally auf den Knien, aß sein Brot und trank seinen Kaffee. Sie saßen alle zusammen im Kreis neben dem Saatfeld.

»Der heiße Kaffee kommt gerade recht, Chess«, sagte Alva mit einem seltenen Lächeln. Sie war viel freundlicher geworden, seit Chess Susan das Lesen beibrachte.

Susan rutschte noch näher an Chess heran. »Du backst am besten Brot«, wisperte sie. Sie verehrte Chess inzwischen grenzenlos. Chess gefiel es, noch nie hatte sie jemand bewundert.

Nathan mußte ganz nah an ihrem Ohr flüstern, damit Susan nicht mithören konnte. Auch das gefiel Chess. Sein Atem wärmte ihre Wange, seine Schulter berührte ihre. »Gib Josh eine besonders gute Portion«, bat er. »Nach dem Essen werden wir ein bißchen aneinandergeraten, und ich wäre froh, wenn er dann nicht ganz so streitsüchtig ist.«

»Warum essen wir nicht jetzt gleich?« Sie sah keinen Grund, leise zu sprechen. So wie alle das bißchen hinuntergeschlungen hatten, das sie mitgebracht hatte, mußten sie schrecklich hungrig sein.

»Weil wir noch nicht fertig sind.« Nate raffte sich auf. »Komm, Sally, zurück an deinen Baum«, sagte er.

Nun brauchte Chess ihre Handschuhe doch noch. Die ganze Familie, außer der schreienden Sally, breitete fußhoch getrocknetes Reisig über der Saat aus.

»Um Tiere abzuhalten«, erklärte Alva, als Chess sie nach dem Grund fragte. »Die Wälder sind voll von Füchsen, Rotwild, Waschbären und Beutelratten. Nachts gehen sie auf Futtersuche.«

Nachdem sie den dicken Eintopf, der seit dem Morgen vor sich hinkochte, aufgetischt hatte, erfuhr Chess, daß der Reisig noch einem weiteren Zweck diente.

»Es gibt einen neuen Trick, den ich in einer Zeitung in Durham gelesen habe«, bemerkte Nathan beiläufig. »Ich möchte ihn mal ausprobieren. Dazu legt man breite Musselinbahnen auf das Feld und macht sie am Reisig fest, damit sie nicht wegfliegen. Ich weiß nicht warum, aber in der Zeitung stand, das hält die Insekten noch besser ab.«

»Verdammter Unsinn«, entgegnete Josh sofort. »Nichts auf der Welt kann dich davor verschonen, ein Viertel der Saat dem Ungeziefer zu opfern. War immer so, wird immer so bleiben. Vielleicht hilft das Verspritzen von Kerosin ein bißchen. Aber sobald das erste grüne Gras wächst, sind auch die Insekten da.«

»Ich habe Tuch gekauft, und wir werden's ausprobieren.« Nate legte den Löffel hin.

»Das Zeug wird höchstens den Regen abhalten. Und dann geht nicht ein Viertel der Ernte drauf, sondern die ganze.« Josh ließ ebenfalls den Löffel fallen und zog ein Messer aus einer Tasche seines Overalls. Er kippte seinen Stuhl zurück, fingerte aus einer Hosentasche ein Stück Tabak, schnitt einen Priem ab und steckte ihn in den Mund. Während seine Kiefer zu mahlen begannen, schob er seinen Teller weg. Der Eintopf war noch nicht einmal zur Hälfte gegessen. Seine Augen waren die ganze Zeit auf Nate gerichtet.

»Sieht so aus ...«, fing Micah an. Josh hob eine Hand, und der Junge verstummte. Wie die Frauen saß er mit niedergeschlagenen Augen da und beendete stumm seine Mahlzeit. Chess konnte überhaupt nichts essen. Sie hätte gern aufgeblickt, aber die Spannung am Tisch verbot es.

Schließlich stieß Nate seinen Stuhl zurück. »Gehen wir«, sagte er. Chess sah ihn an, dann Susan, dann Alva. Beide starrten Nathan an. »Gehen wir, ich wasche später ab«, sagte sie, stand auf und lächelte Nate zu. Er ging zur Tür, und sie folgte ihm, wobei sie ihren Schal vom Haken nahm.

Die Tücher lagen noch vor Sonnenuntergang auf dem Feld. Alle faßten mit an, selbst Josh. Aber Chess wußte, daß es ihre Aufgabe sein würde, sich um die Tücher zu kümmern, wenn Nathan erst einmal fort war. Ob es vielleicht angebracht war, wenn er es ihnen heute erzählte? Sie konnte immer noch die Kraft spüren, die von ihm ausging, seine unbeugsame Entschlossenheit. Genau wie damals an ihrem ersten Abend auf dem Bahnhofsvorplatz in Weldon. Seine Willensstärke hatte sie schon damals fasziniert, und sie faszinierte sie nun fast noch mehr. Nichts und niemand konnte ihn von seinem Weg abbringen. Was für ein Leben lag vor ihnen!

»Du hast mir beim Essen wirklich sehr geholfen«, sagte Nate zu Chess, als sie am Abend zu Bett gingen.

Sie verspürte ein großes Glücksgefühl. Sie hatte sogar den Eindruck, daß er ihren Körper irgendwie anders als sonst nahm, obwohl ihre Vereinigung so kurz wie immer war. Als er bereits eingeschlafen war, lächelte sie in der Dunkelheit noch immer.

Er weckte sie vorm Morgengrauen. »Psst«, flüsterte er, »alles in Ordnung. Ich muß etwas erledigen, und ich möchte, daß du dabei bist. Zieh dich warm an, und schleich dich dann raus. Ich warte an der Tür.«

Sie gingen zum Schuppen. Das fahle Dämmerlicht hatte etwas Unheimliches, und die Kälte drang bis in die Knochen. Drinnen zündete Nate eine Kerosinlampe an und reichte sie Chess. Aus einer dunklen Ecke zerrte er eine uralte eisenbeschlagene Kiste in die Mitte des Raums.

»Dreh das Licht hoch«, bat er. Chess hörte das Geräusch eines Schlüssels in einem Schloß. Nate hob den schweren Deckel. Drinnen schimmerte Augustus Standishs polierter Holzkasten. Nate fuhr mit der Hand über seine Oberfläche. »Schön«, murmelte er.

Er atmete tief durch, hob den Kasten heraus und stellte ihn auf den Boden. »Zu wissen, daß er die ganze Zeit da war, und ihn nicht anschauen zu dürfen – ich fürchtete schon, ich hätte mir das Ganze nur eingebildet, und hier sei gar nichts. Als wäre alles nur ein Traum.« Er öffnete die Blechbeschläge, nahm den Deckel ab. Das Modell von Augustus Standishs Erfindung tauchte auf, Nate seufzte vor Freude so heftig, daß er mit seinem Atem eines der kleinen Zahnräder in Gang setzte und ein kleiner Holzhebel sich auf und ab bewegte. »Wunderbar!« hauchte er. »Einfach wunderbar.« Das Licht der Laterne spiegelte sich in seinen Augen und verschwamm jetzt in den Tränen, die vor Glück in ihm aufstiegen. Chess hielt den Atem an. Nie zuvor hatte sie so grenzenlose Freude gesehen. Für sie war dieses Modell nur eine der vielen Phantastereien ihres Großvaters, die sich in so etwas Ähnliches wie ein Spielzeug verwandelt hatten. Aber für Nathan war es etwas völlig anderes. Nun begriff sie erst recht, warum er es hier versteckt und darauf bestanden hatte, daß sie niemandem davon erzählen solle. Mit seinem Onkel konnte er nicht über Wunder reden. Josh begegnete allen seinen Ideen mit tiefem Mißtrauen; die anderen waren fast genauso. Sie glaubten nur an das, was sie kannten und was sie immer geglaubt hatten. Seine Visionen von der Zukunft, von Wundern, die darauf warteten, genutzt zu werden – sie hätten sie nicht verstanden, sondern sich nur darüber lustig gemacht oder sie zurückgewiesen.

»Ich werde für dich darauf aufpassen, Nathan«, sagte sie.

Ihre Stimme schreckte ihn auf; er war so weit fort von der kleinen Hütte gewesen. Nun kehrte er auf die Erde zurück. »Da ist noch etwas drin«, bemerkte er. Vorsichtig glitt seine Hand an dem Modell vorbei, um ein großes, flaches Walnußgehäuse hervorzuziehen. Als er es öffnete, hätte Chess fast aufgeschrien.

»Das gehört mir«, sagte sie. »Großvater hat es für mich gemacht. Halt die Lampe, Nathan, dann zeig ich es dir.«

Es war ein Schachspiel. Sie nahm die Figuren, eine nach der anderen, und drehte sie nach allen Seiten. »Da sieh, dem König hat er das Gesicht meines Vaters gegeben. Meine Mutter ist die Dame.« Tränen füllten ihre Augen. »Die Springer sind meine Brüder, und ich bin hier – im Turm – ein Burgmädchen an der Brüstung. Ich war zehn, als er es gemacht hat. Die Läufer sehen aus wie Mr. Bondurant, der Pastor in der Kirche, wenn du dich erinnerst, und die Bauern sind alle Hasen, weil unsere Plantage Harefields, Hasenfelder, heißt.

Ich habe nicht gewußt, daß er es mit eingepackt hat, und so habe ich ihm auch gar nicht gedankt. Was für ein lieber, aufmerksamer alter Caesar. Ich muß ihm sofort schreiben. Du kannst den Brief für mich aufgeben.« Das Modell hatte Chess völlig vergessen.

»Nun mal langsam«, sagte Nate. Er war jetzt wieder ganz sachlich. »Behalt dein Spielzeug draußen; ich schließe die Kiste wieder ab, und du mußt dafür sorgen, daß niemand, aber auch wirklich gar niemand, sie hier findet.« Vor Ärger zitterten ihm die Hände, und seine Finger gehorchten ihm nicht. Als er den Schlüssel fallen ließ, machte ihn seine Ungeschicklichkeit noch zorniger. Wie konnte Chess nur so kindisch sein! Ihre ganze Zukunft, alle Möglichkeiten und Risiken steckten in diesem Modell, und das einzige, was sie interessierte, war dieses komplizierte, alberne Spiel aus ihrer Kindheit. Mit ihrem belanglosen Geschwätz war sie in seinen Traum eingebrochen, gerade in dem Augenblick, da er ihn schon fast mit den Händen hätte greifen können. So lange hatte er gewartet, immer mit dem Gedanken an das Modell im Kopf, hatte gewartet und gewartet auf den Augenblick, da er es ansehen, berühren, seine Feinheiten bewundern und endlich den Triumph auskosten konnte, daß es ihm gehörte. Sie hatte die Situation zerstört. Sie hatte ihm die Freude verdorben, und einen heißen, blendenden Moment lang haßte er sie.

Aber Nate zügelte seinen Ärger; Gefühle störten nur bei dem, was er vorhatte. »Paß auf, wo ich den Schlüssel verstecke«, befahl er. »In der Kiste ist auch Geld, für den Notfall.« Er schloß den

Kasten und anschließend den Deckel der Truhe. Sein Traum konnte warten. Der Augenblick mußte perfekt sein, und das hatte Chess heute verpatzt.

Chess bemühte sich, das Versteck des Schlüssels zu behalten, aber sie war nicht bei der Sache. Sie war in eine Welt der Erinnerungen zurückgekehrt, eine Welt, in der ihre schönen Eltern König und Königin auf den großen Hausbällen waren, ihre schneidigen Brüder auf ihren Lieblingspferden ausritten und ein behütetes und verzogenes kleines Mädchen ihren ersten Unterricht erhielt, indem sie mit ihrem unerbittlich nachsichtigen Großvater ein uraltes Spiel spielte.

Heimweh senkte sich wie ein Bleigewicht in ihr Herz. Aber du hast Heimweh nach einer Zeit, die seit zwanzig Jahren vorüber ist, nicht nach der Plackerei auf einer heruntergekommenen Plantage mit ihren Pächtern, tröstete sie sich. Das Gestern bringt keiner zurück.

Heute ist heute, und ich bin bei dem Mann, den ich liebe, und es gibt ein Morgen, eine Million Möglichkeiten, an die ich denken kann. Sie lächelte Nathan zu. »Ich werde gut für dich darauf aufpassen«, versprach sie noch einmal.

Es war enttäuschend, daß er nicht reagierte. Wahrscheinlich dachte er an den Ärger, den seine Mutter machen würde.

Doch dann reagierte kaum jemand auf Nates Ankündigung, daß er sie verlassen wolle. Sie waren einfach alle zu verblüfft.

Kaum hatte er ihnen seinen Entschluß mitgeteilt, war er auch schon verschwunden. Zu Fuß, mit einem Sack auf dem Rücken. Josh und Micah brauchten die Pferde auf der Farm.

Chess brachte ihn zur Straße. Wenn niemand zusah, würde er sie vielleicht zum Abschied küssen.

Am Straßenrand wartete Jim Monroe auf Nate. Sie winkte ihnen hinterher, als sie davongingen.

Ein zartgrüner Schimmer lag auf den Haselnußbüschen neben der Straße. Der Winter war vorbei, egal, wie kalt es noch sein mochte.

14. Kapitel

Nate und Jim wanderten von der Farm nach Durham, ohne an dem Mühlplatz einen Halt einzulegen. Bevor sie sich an die Arbeit machen konnten, benötigten sie Werkzeug, ein Maultier und einen Wagen. Sie brauchten über eine Woche für die Strekke. Zum Glück war es nicht mehr so kalt, aber die zunehmende Wärme verwandelte die Straßen in glitschige Schlammpfade, in denen es immer wieder knietiefe Löcher gab. Anfangs ließen sie sich gerne von vorbeikommenden Gespannen mitnehmen, aber nachdem sie zum fünften Mal den steckengebliebenen Wagen eines Wohltäters wieder flottgemacht hatten, beschlossen sie, daß sie zu Fuß »verdammt noch mal leichter und zum Teufel noch mal auch schneller« vorankamen, wie Jim es ausdrückte.

Ein gewaltiges Gebrüll erschreckte Jim so sehr, daß er mit einem Sprung Schutz hinter den Bäumen am Rande der Straße suchte. Er glitt aus, und Nate mußte laut auflachen.

»Steh auf, Mann. Der Lärm sollte Musik in deinen Ohren sein. Das bedeutet nämlich, daß wir fast da sind.«

Als sie sich in die Stadt schleppten, zeigte er Jim die Geräuschsquelle. Der Bulle, das Markenzeichen von *Bull Durham*, war ein mächtiges schwarz glänzendes Untier mit leuchtend roten Nüstern und strahlend weißen Augäpfeln. Er war viereinhalb Meter hoch und sechs Meter lang und auf zusammengeschraubte Eisenplatten gemalt, die auf dem Dach des höchsten Gebäudes der kleinen Stadt angebracht waren, das der William T. Blackwell Tobacco Company gehörte. Jim war tief beeindruckt. Doch weniger von dem Bullen als von dem Gebäude. Er hatte noch nie etwas so Großartiges gesehen wie diesen fünfstöckigen Ziegelbau, der einen ganzen Straßenblock einnahm. Er stand auf einem 15 Hektar großen, umzäunten Grundstück mitten in der Stadt. Die Lage war angemessen. Die Blackwell Company war das Herz von Durhams Industrie, und ihr verdankte der Ort sein erstaunliches Wachstum.

Es war die größte Fabrik der Welt für die Herstellung von Rauchtabak. Was Nate und seine Familie in ihrem Schuppen machten, passierte hier viele Tausendmal, mit Maschinen, die von Lohnarbeitern bedient wurden, die den Tabak zerkleinerten, in kleine Säcke abfüllten, in Kisten für den Großhandel packten und alles zu den langen Laderampen beförderten, die an Bulls eigenem Eisenbahnanschluß standen. Auf der ganzen Welt kannte man, verkaufte man und rauchte man *Bull Durham*. Jeden Tag außer Sonntag verließen 25 000 Pfund davon diesen Mammutbau.

Fast 500 Fabrikarbeiter lebten ihr Leben nach dem mechanischen Dampf-Gebrüll des Bullen, das zum Arbeitsbeginn, zum Arbeitsende und zu Mittag ertönte. Der Lärm war noch zehn Meilen entfernt zu hören. Es war ein Symbol für den draufgängerischen Stolz der Bewohner von Durham. Innerhalb von zehn Jahren war aus einer schmutzigen Bahnstation mit gerade mal 258 Seelen und einer schäbigen Hauptstraße mit vier Saloons eine geschäftige Stadt mit fast 3000 Einwohnern, vielen Fabriken, Lagerhäusern, Mühlen, Läden und Kirchen geworden. Außerdem gab es prächtige Villen mit Türmchen, Kuppeldächern und ausgedehnten Veranden. Aus den vier Saloons waren sieben geworden, aber die hießen jetzt Bars. Die Straßen waren immer noch schmutzig.

Was hier passierte, war typisch für ganz Amerika. Geschäft bedeutete Fortschritt, und Fortschritt bedeutete Stolz, und die alten Küstenstädte verloren ihr Wirtschaftsmonopol. Battle Creek, Michigan, stellte Cornflakes her ... aus Ravenna in Ohio kam Hafermehl ... in Indianapolis, Indiana, fing ein junger Bürgerkriegsveteran namens Eli Lilly damit an, rezeptpflichtige Arzneien abzupacken ... Cleveland, Ohio, brachte fertige Farben in Dosen auf den Markt ... San Antonio, Texas, versuchte es mit Stacheldraht ... und in Minneapolis, Minnesota, wurden die steinernen Mühlräder in Charles Pillsburys Mühlen durch Stahlwalzen ersetzt, um die Mehlproduktion zu vervielfachen.

Überall gingen junge Männer Risiken ein, probierten neue Wege aus, entwickelten neue Verfahren, neue Produkte, neue Standpunkte. Die Zukunft war unendlich, barg unendliche Versprechen, und sie hatte bereits begonnen.

»Also, wenn das nicht Mr. *Lemon*-Deckblatt höchstpersönlich ist! Wie geht's dir, Nate?«

»Prima, Buck. Schön, dich zu sehen.«

Nate lächelte dem hochgewachsenen rothaarigen Mann zu, der am Tresen von Angier's Kaufhaus auf ihn zutrat. Zu jemandem aufsehen zu müssen, verrenkte ihm den Hals, und Buck Duke verunsicherte ihn. Sie trafen sich seit Jahren immer wieder mal. Buck verkaufte den Rauchtabak seiner Familie an dieselben Läden wie Nate. Schon früh hatte Nate in Buck einen gefährlichen Konkurrenten erkannt. Er arbeitete genauso hart, kannte sich mit Tabak genauso gut aus und war überall ein gerngesehener Kumpel. Und er war mindestens so ehrgeizig wie er selbst. Nate spürte das ganz deutlich. Er war sicher, daß Buck über ihn ähnlich dachte. Sie waren aus demselben Holz geschnitzt. Er mußte aufpassen. Buck war schlau, und er hatte ihn bereits überholt. Er arbeitete längst nicht mehr auf der Farm. Sein Vater, sein Bruder und er betrieben inzwischen eine ziemlich große Fabrik. Nicht so groß wie Blackwell natürlich, aber sie hatten es schon zu einem ansehnlichen Ziegelbau an der Hauptstraße gebracht, mit Maschinen und Arbeitern und einem Ausstoß, den Nate verdrossen auf 1000 Pfund pro Tag schätzte. Und Duke hatte angefangen, Reklame zu machen …

Es gab zwölf tabakverarbeitende Fabriken in Durham. Auch wenn Dukes nicht eine der größten war, sie war es, die Nate Sorgen machte. Wegen Duke.

»Wie lange bleibst du in Durham, Nate? Vielleicht können wir zusammen essen gehen … Ich schätze, du bist immer noch Abstinenzler.«

Gut, ich mache ihm also auch Sorgen, dachte Nate. Aber nein, ich möchte nicht, daß er mich genauer unter die Lupe nimmt. »Ich mache nur ein paar Besorgungen, dann geht's zurück. Und falls du es noch nicht gehört hast, ich mache Schluß mit dem Tabak. Ein Mann sollte aufhören, wenn er vorn liegt, und so was wie die *Lemon*-Deckblätter kriege ich nie mehr hin. Außerdem habe ich geheiratet, und meine Frau mag es nicht, wenn ich ständig unterwegs bin.«

Duke brüllte vor Lachen. Beide wußten, welche Versuchungen die Straße mit sich brachte.

»Ich habe ein Stück Land gekauft und bau da eine Mühle«, fuhr Nate fort. »Nur fünf Meilen von hier, also werde ich ziemlich oft in Durham sein. Meine Frau hat eine Schwäche fürs Stadtleben. Sie kommt aus der Nähe von Richmond.«

Es war gut möglich, daß Duke schon von Chess gehört hatte. Die Welt des Tabaks war klein, und die Leute redeten gern. Sollte Duke ruhig denken, daß er unterm Pantoffel stand. Es würde ihn beruhigen. Und seine Neugier stillen.

Die zwei Kontrahenten verabschiedeten sich so herzlich, wie sie sich begrüßt hatten. Nate war zufrieden mit seinem Täuschungsmanöver. Bis er eine Stunde später erfuhr, daß Buck die Zigarettenproduktion aufgenommen hatte.

»Jawoll, das ist die größte Neuigkeit, seit das Feuer die halbe Hauptstraße abgebrannt hat«, verkündete der Maultierverkäufer. Ungefähr hundert Juden aus New York sind gekommen. Alles Spezialisten. Und alle bleich wie ein Fischbauch. Man sieht, daß sie ihr ganzes Leben in irgendwelchen Fabriken verbracht haben. Sie bleiben nirgends lange, können nicht mal richtig Englisch ... Das hier ist ein schönes großes Tier, das zieht Ihren Wagen noch aus zehn Metern Schlamm raus ...«

Nate konnte sein Herz schlagen hören. Seine Zeit wurde knapp. Buck Duke würde sich nicht lange mit der Handrollerei aufhalten. Nicht, wenn die Bonsack-Maschine funktionierte und er sie bekommen konnte.

Nate zahlte mehr, als er wollte, für das Maultier. Zeit war jetzt wichtiger als Geld. Eine Stunde später waren er und Jim auf der Straße zu dem Mühlenplatz.

»Verdammt noch mal, Nate, du hast gesagt, wir könnten die Nacht in Durham bleiben. Ich hätte so gern noch einmal diesen schwarzen Teufelsstier mit seinem Höllengebrüll gehört.«

»Wenn der Wind richtig steht, hörst du ihn auch bei der Mühle. Wir haben ein gutes Stück Arbeit vor uns.«

15. Kapitel

Chess faltete Nates Brief sorgfältig zusammen, als könne sie die schlechte Nachricht damit ungeschehen machen. Ich hätte bei ihm sein sollen, dachte sie. Ihr war zum Weinen zumute. Er hätte nicht so einsam sein dürfen, ohne jemanden zum Reden. Nein, es war noch schlimmer; Jim war bei ihm, und er mußte so tun, als sei nichts geschehen.

Am liebsten wäre sie aufs Pferd gestiegen und zu Nathan geritten, nicht auf die Farm. Aber das ging nicht; sie mußte zurück.

Nicht daß die Dinge schlecht standen, das nicht. Wie sie Nathan in ihrem Brief geschrieben hatte, hatte sich die Aufregung über seinen Weggang schon nach wenigen Tagen gelegt, und jetzt lief eigentlich alles ganz normal. Sie hatte begonnen, abends ein neues Buch vorzulesen, *Die drei Musketiere*, und seine Mutter konzentrierte mit großer Freude ihren ganzen Zorn auf Kardinal Richelieu, diesen Papisten.

Tagsüber konnte man sehen, daß es Frühling wurde. Überall zeigten sich Knospen, und die Sonne vertrieb den Nachtfrost schon, bevor sie halb am Himmel stand.

Auf dem Saatfeld war allerdings noch kein Grün zu entdecken. Zusammen mit Alva und Susan nahm sie am Morgen die Tücher ab, und legte sie zurück, bevor die Sonne unterging und der Frost einsetzte.

Tauchte doch irgendwo ein kleiner grüner Fleck auf, pflügte Josh ihn unverzüglich unter. Chess fand es herrlich komisch, daß die Farmer den Tabak »Unkraut« nannten. Das bedeutete, daß sie ihr Unkraut vor dem anderen Unkraut schützen mußten.

Sie konnte nicht glauben, daß Nathan sich Sorgen machte, weil sie Jim Monroes Platz eingenommen hatte. Die Arbeit verdiente es kaum, so genannt zu werden. Jedenfalls nicht ihr wöchentlicher Ritt nach Pleasant Grove, um die Post zu erledigen. Sie genoß es, zu beobachten, wie die Wälder allmählich wieder zum Leben erwachten, und die schlammige Straße war kein Problem. Sie konnte ja am Rand reiten. In der kleinen Stadt traf sie meist jemanden, den sie kannte. Sie war gern in Gesellschaft. Sie ging auch fast jeden Tag hinauf zu Livvy Alderbrook.

Insgesamt gefiel ihr das Leben auf der Farm besser als je zuvor. Obwohl Nathan nicht da war.

Der März war nicht wie sonst, sondern kam sanft wie ein Lamm. Die Frostgefahr war endgültig vorüber. Chess und Alva falteten die Tücher auf dem Saatfeld zusammen und verstauten sie im Schuppen.

Dann holten sie mit Eimern Wasser aus dem Bach und schütteten es auf das Feld. Es fiel kein Regen. Alle faßten mit an, auch die Männer. Die vor ihnen liegenden Wochen waren die heikelste Periode im Tabakjahr.

Als der erste grüne Schimmer erschien, nahm Chess ihren Rohzucker und backte einen Kuchen, den sie mit Guß überzog.

Am nächsten Tag regnete es. Ein idealer Frühlingsregen, mild und gleichmäßig. Die Welt roch frisch und neu.

Sie begann, Susan das Schreiben beizubringen. Susan lernte so schnell, daß Chess argwöhnte, sie habe schon vorher heimlich damit angefangen. »Ich zeige dir noch etwas anderes«, sagte sie zu dem Mädchen. »Ein hübsches Spiel, mit Königen, Damen und Bauern.«

»Wie in den *Königsidyllen*?« fragte Susan verwundert. Als sie das Schachbrett sah, wusch sie sich erst sorgfältig die Hände, bevor sie die Figuren anfaßte. Sie betrachtete jede einzelne lange Zeit. »So etwas Schönes habe ich noch nie in meinem ganzen Leben gesehen«, sagte sie. »Heißt es nach dir, Chess, Schach? Es ist jedenfalls wie du.«

Chess umarmte das Mädchen. Sie hatte Susan inzwischen sehr in ihr Herz geschlossen. Und als Susan nur eine Stunde brauchte, um die Spielzüge zu lernen, war sie nicht überrascht. Sie wußte längst, wie intelligent Alvas Tochter war.

Aber als Susan sie drei Tage später schlug, war sie doch verblüfft. »Bei mir hat es viel länger gedauert, bis ich so gut spielen konnte«, gab sie zu. Sie freute sich darauf, möglichst oft mit der Kleinen ein Spiel zu machen. Ihr Kopf brauchte das Training.

Doch statt dessen war ihre körperliche Kraft gefragt. Im April waren die neuen Tabakpflanzen knapp zwanzig Zentimeter hoch. Es wurde Zeit, sie aus dem Saatfeld zu versetzen.

Die Plackerei begann.

Josh und Micah pflügten das Feld immer wieder, längs und quer zogen sie Furchen durch die Erde. Wo sich die Furchen trafen, bildete die lockere, sandige Erde einen kleinen Huckel, den sie »Hügel« nannten.

Während des zweiten Pflügens holten die Frauen Wasser aus dem Bach. Sie ließen die vollen Eimer neben dem Saatfeld stehen und brachten dann hölzerne Bretter aus dem Schuppen. Sie sahen merkwürdig aus, hatten hohe Zapfen an allen Ecken, über die locker eine Art Kattundach gespannt war. Die Sämlinge mußten vor der Sonne geschützt werden, wenn ihre Wurzeln ans Tageslicht kamen.

»Chess, laß es ganz sachte angehen«, sagte Alva freundlich. »Nimm einen Eimer, und gieß etwas Wasser in die Mitte von jedem Hügel.«

Chess unterdrückte ein Stöhnen. Vom vielen Eimertragen tat ihr bereits der Rücken weh. Aber denk dran, sagte sie sich, mit jedem Schritt, den du jetzt tust, wird der Eimer leichter. Entschlossen ging sie los. Nach zwanzig Hügeln war das Wasser alle. Sie blickte über das Feld. Es gab Hunderte von Hügeln, viele Hunderte.

Und als sie zum Saatfeld zurückging, sah sie auch Hunderte von Schößlingen.

Das Verpflanzen lief folgendermaßen ab: Ein Teil des Saatfeldes wurde reichlich begossen, dann nahm man die Sämlinge vorsichtig aus der Erde, wobei man besonders darauf achtete, die zarten weißen Wurzeln nicht abzubrechen. Dann kam die junge Pflanze auf ein Holzbrett. War das Brett voll, wurde es hinüber zu dem anderen Feld getragen, und neben jeden befeuchteten Hügel legte eine der Frauen einen Schößling. Eine zweite machte mit einem kurzen Steckholz ein Loch in die Mitte des Hügels und setzte die Pflanze hinein. Eine dritte schließlich drückte die Erde um die Wurzeln und den unteren Stengel fest.

Ehe der Tag zu Ende war, hatte Chess alle Schritte gelernt. Die Frauen wechselten sich dabei ab. Am Ende der Woche war sie schon fast so schnell wie Susan. Alva erledigte ihre Arbeit mit offensichtlich müheloser Geschwindigkeit und Präzision. Sie hatte das alles bereits gelernt, als sie jünger als Susan gewesen war.

Nachdem die Eimer ein weiteres Mal gefüllt worden waren, ging Miss Mary zurück ins Haus. Ihr Rücken machte das ständige Bücken nicht mehr mit. Außerdem mußte jemand kochen. »Chase hat dafür jetzt keine Zeit mehr.«

Die empfand mittlerweile nichts als ein einziges Gefühl von Steifheit und Schmerz. Als sie erfuhr, daß nicht alle Verpflanzungen »griffen«, daß kranke oder tote Schößlinge wieder herausgezogen und ersetzt werden mußten, verlor sie die Fassung. »Aber wir haben ja noch nicht mal alle reingesteckt«, jammerte sie.

»Sie brauchen jetzt ungefähr sechs oder sieben Wochen«, sagte Alva zu ihr. »Und wenn es nicht regnet, müssen wir sie gießen.«

Chess biß sich so hart auf die Lippe, daß sie blutete. Dann bückte sie sich und zog einen toten Sämling heraus. Sie mußte da durch. Und sie würde es schaffen; sie hatte es Nathan versprochen.

»Das Verpflanzen geht gut voran«, schrieb sie ihm. »Es ist herrlich, draußen in der Frühlingsluft zu sein.« Daß nur keine Tränen aufs Papier fielen. Die Schößlinge waren zu empfindlich, um sie mit Handschuhen anzufassen. Jetzt war ihre Haut gerötet und verdreckt, trotz mehrfachen Waschens. Der Teer von den Blättern der Pflanzen klebte einfach zu sehr.

Sie fragte sich, ob seine Briefe wohl auch so voller Lügen waren wie ihre. Das Steinfundament war bereits fertig, hatte er ihr mitgeteilt, und die Seitenwände wuchsen so rasch empor, wie die Sägemühle in Durham Bauholz herstellen konnte.

Lügen oder nicht, die wöchentlichen Briefe waren ihre Rettung. Sie gaben ihr die Kraft weiterzumachen. Zum Glück hatte sie sich mit Mrs. Henderson angefreundet, die von ihrem Wohnzimmer aus das Postamt führte. Sie erlaubte Chess, ihre Briefe am Sonntag zu bringen und abzuholen, wenn Miss Mary jegliche Arbeit auf der Farm verbot.

»Gott, das tut gut«, sagte Alva.

»Amen«, stimmte Chess zu. Sie nahm ihren staubigen Strohhut ab und hielt ihr verschwitztes Gesicht in den Regen. Heute würde man also nicht gießen müssen. Sie beugte sich wieder vor, um die Hügelerde rund um den Schößling festzuklopfen. Ihr Rücken war ihr mittlerweile fast egal, der ständige Schmerz war jetzt schon so vertraut, als hätte sie ihn seit jeher gehabt.

»Das ist die letzte aus dieser Partie«, sagte Alva und setzte eine Pflanze ein. »Susan, geh und bring uns etwas kaltes Wasser unter den Baum da.« Der Regen war stärker geworden. Er würde die neuen Verpflanzungen auswaschen. Chess wußte, daß sie die letzten erneut einpflanzen mußten; es war ihnen schon einmal passiert. Sie nahm es mit dumpfer Resignation hin, so wie sie inzwischen die ganze endlose Schinderei mit diesem »Unkraut« hinnahm.

Die ausladenden Äste des Kiefernbaums schützten sie vor dem Regen, und im Schatten war es kühl. Sie trank durstig. Der April war so heiß wie ein Sommermonat, wenn man ungeschützt draußen auf dem Feld arbeitete.

Trotz ihrer Müdigkeit sah sie hinüber zum Feld und merkte, daß sie der Anblick doch berührte. Pfeilgrade standen die grünen Reihen da, die frühesten Setzlinge waren bereits um das Doppelte gewachsen. Sie war stolz.

»Mama, kann ich ins Haus gehen und lesen, bis es zu regnen aufhört?« fragte Susan. Alva nickte, und das Mädchen hüpfte davon.

Auch daß sie Susans Lehrerin war, erfüllte Chess mit Stolz.

»Sie ist ein liebes Kind«, sagte sie zu Alva.

»Sieh dir ihre Beine an«, seufzte Alva. »Irgendwie ist es ungerecht, daß die Jungen nie müde werden. Meine fühlen sich wie Holzstümpfe an.« Sie zog die Stiefel aus, hob den Rock hoch und goß etwas Wasser über ihre geschwollenen Gelenke.

»Eine gute Idee«, sagte Chess und tat es ihr gleich. »Das fühlt sich wunderbar an.« Eine launische Brise tanzte mit dem Regen, und dankbar bemerkte Chess, wie sie den Schweiß an ihren Schläfen kühlte.

Auch für alles andere war sie dankbar und für Alvas Gesellschaft. Sie hatten sich inzwischen gut aneinander gewöhnt. Beim Arbeiten unterhielten sie sich gelegentlich, und manchmal erzählte Alva Geschichten von Nate und seiner Schwester, als sie noch klein gewesen waren. Über Gideon sprach sie nie. »Ach, der!« hatte sie nur geschnaubt, als Chess einmal nach ihm gefragt hatte. »Kaum hatte er beschlossen, Prediger zu werden, ließ seine Mutter ihn nicht mehr aufs Feld. Dann hat er nur noch die Bibel gelesen und studiert. Mamas Liebling. Um die anderen Gören mußte ich mich kümmern.«

Für Chess war Alva mittlerweile eine Freundin geworden. Obwohl es keine Vertrautheiten zwischen ihnen gab, verband sie doch die Arbeit und die gemeinsame Abneigung gegenüber Mary Richardson. Chess versuchte beharrlich, nett zu Nates Mutter zu sein, weil sie ihre tragische Vergangenheit kannte. Aber leiden konnte sie Miss Mary nicht.

Der ständige Regen fiel wie ein Vorhang um den Schirm, den die Äste des alten Baums bildeten. Chess und Alva waren wie abgeschnitten von dem Feld, der Arbeit, den anderen. Alva faßte sich ein Herz. »Kannst du ein Geheimnis für dich behalten, Chess?«

Chess mußte innerlich lächeln; Schweigen war so ungefähr das beste, was sie konnte. »Natürlich«, sagte sie.

Sie wollte Susan auf die Schule nach Pleasant Grove schicken, verriet Alva. Sally auch, wenn sie alt genug war. Es war ihr egal, was Josh dazu sagen würde, dieses eine Mal im Leben wollte sie sich gegen ihn durchsetzen. Ihre Mädchen sollten eine Ausbildung erhalten. Susan war eine ganz andere geworden, seit sie lesen konnte. Sie war immer vergnügt, und Alvas Herz zersprang fast vor Freude darüber.

Chess wußte nicht, was sie sagen sollte. Alva sah sie mit Augen voller Tränen an. Als sie sich dann abwandte und in den Regen hinaussah, fühlte sie sich besser. »Ich glaube, du tust das Richtige«, murmelte sie. Ob Alva das hören wollte?

»Schon merkwürdig, daß du es bist, die mir soviel Glück bringt«, sagte Alva. »Ich war kein bißchen froh, als du letzten Sommer auftauchtest. Ich dachte, das sei das Ende der einzigen Freude, die ich hatte – meine Beziehung zu Nate.

Er war gerade neun und ein richtig lieber Junge, als ich auf die Farm kam; und selbst wenn er mal was ausgefressen hatte, war es nie böse gemeint. Und komisch – manchmal brachte er mich so sehr zum Lachen, daß mir der Bauch weh tat. Wir waren wie Kinder, obwohl ich sechs Jahre älter bin als er. Seine Schwester

Mary benahm sich viel erwachsener, obwohl sie vier Jahre jünger war.

Wenn Josh da war, habe ich natürlich gespurt. Er ist mein Ehemann, und ich kenne meine Pflichten. Bei Josh gibt es nichts zu albern und zu lachen.

Nate war schon ein ziemlicher Anblick, als er in die Pubertät kam. Jetzt hat Micah gerade damit zu tun; ständig rutscht ihm die Stimme nach oben oder unten, und er kriegt einen Ständer, ohne daß er weiß, warum. Aber Nate hatte nie Probleme damit. Und als ich ihm gezeigt hatte, was es mit Mann und Frau auf sich hat, war er mir so dankbar, als hätte ich ihn zu einer Goldmine geführt. Und nachdem ich ihm beigebracht hatte, sowohl eine Frau als auch sich selber glücklich zu machen, hatte ich das Gefühl, auch auf Gold gestoßen zu sein. Manchmal waren wir zwei, drei Stunden draußen im Wald und haben es immer wieder getrieben. Er ist ein lieber Mann, so wie er ein lieber Junge war. Er hat mich immer ›Kleines‹ genannt.

Natürlich fing er bald an, wie ein räudiger Kater herumzustreunen. Aber er hat nie vergessen, mir meinen Teil zu geben. All die Jahre konnte ich mich immer auf seine Rückkehr freuen. Und als er dann mit einer Ehefrau kam, wußte ich, daß diese Zeit vorüber war. Jetzt ist nur noch Josh da, und der ist wie alle Ehemänner. Steckt ihn mir rein, wenn ihm danach ist, und anschließend schnarcht er im Schlaf.

Wie gesagt, zuerst hab ich dir übelgenommen, daß du mir Nate ausgespannt hast. Aber was du jetzt für Susan tust, zählt viel mehr. Für eine Mutter ist ein Kind immer wichtiger als sie selbst, oder sie ist keine richtige Mutter ... aber Chess ... was ist denn mit dir?«

Chess mußte würgen, aber in ihrem Magen war nichts, was sie erbrechen konnte. Es hörte sich gräßlich an.

»Hier, trink ein bißchen Wasser«, sagte Alva.

Chess schlug ihr die Kelle aus der Hand. Sie taumelte hoch und rannte in den Wald. Weg. Irgendwohin. Nur weg.

Als ihre Beine müde wurden, fiel sie hin. Der dicke Teppich aus Kiefernnadeln unter ihr war weich. Sie wußte nicht, wo sie war; sie hatte das Gefühl, eine ganze Zeit gelaufen zu sein. Aber jetzt war sie mit ihren Kräften am Ende. Die Gefühle von vorhin holten sie wieder ein; sie breitete die Arme aus und schrie, bis sie heiser war.

Chess hatte die meisten menschlichen Empfindungen bereits erlebt. Sie kannte Neid gut, Zorn nur zu gut, Verzweiflung, Glück, Stolz, Scham. Selbst die Liebe hatte sie inzwischen kennengelernt und voller Staunen ihre Macht erfahren. Aber niemand hatte sie auf das entsetzliche Wüten der Eifersucht vorbereitet.

Obwohl sie körperlich völlig erschöpft war, erfüllte die Eifersucht sie mit Hitze und gab ihr das trügerische Gefühl von Stärke. Sie kam sich wie ein Riese vor, und der wollte Alva zerschmettern, ihr die Arme aus den Gelenken reißen, ihr Gesicht zerstören, Dreck in ihren Mund, ihre Kehle, ihre Augen stopfen – um sie zum Schweigen zu bringen und ihre Erinnerungen auszulöschen.

Sie hatte gespürt, wie die Kraft durch ihre Adern rann, und sie war davongerannt. Sonst hätte sie Alva umgebracht.

Weil Nate sie geliebt hatte. »Glücklich gemacht hatte.« Während er mit mir wie ein Ehemann schläft. Wie Josh mit ihr.

Aber jetzt machte Nate sie nicht mehr »glücklich«. Chess klammerte sich an diesen begütigenden Gedanken. Seit wir verheiratet sind, hat er mit Alva nichts mehr gehabt. Nicht so was. Er ist seinem Ehegelübde treu.

»Ich will haben, was er ihr gegeben hat!« Sie schleuderte die Worte gegen den Regenhimmel.

Aber ich hab's nicht, gestand sie sich im stillen ein. Ich muß zufrieden sein mit dem, was ich bekomme. Es ist mehr, als ich erwartet habe.

Langsam setzte sie sich auf. Alles tat ihr weh.

Verblüfft bemerkte sie, daß sie keine Schuhe trug. Wahrscheinlich sah sie furchtbar aus. Das durfte nicht sein. Wie auch immer, keiner durfte jemals wissen, daß sie eifersüchtig war. Keiner durfte jemals vermuten, daß ihre Ehe nicht vollkommen war. Keiner durfte jemals, jemals Mitleid mit ihr empfinden. Das würde sie nicht ertragen.

Sie war eine Standish, und die Standishs trugen ihren Kopf immer hoch erhoben. Sie winselten nicht, sie taten sich nicht selbst leid.

Während sie Kiefernnadeln aus ihrem Haar zupfte und von ihrem Rock wischte, überlegte sie, was jetzt zu tun war. Sie hatte dahinten ein ziemliches Spektakel veranstaltet, erbrochen wie ein kranker Hund.

Wenn Alva nun auf den Gedanken kam, daß ihre Enthüllungen der Grund dafür waren?

Ich werde es auf Miss Marys fettiges Frühstück schieben, beschloß Chess. Alva weiß nicht, daß ich kaum einen Bissen angerührt habe. Ich werde sagen, daß ich weggerannt bin, weil mir übel wurde, und dann zu Livvys Hütte gegangen bin, um mir ihre Kräutermedizin zu holen. Alle wissen, daß ich immer Stunden bei ihr bleibe. Wie lange ich im Wald war, wird keinen interessieren. Es hört sich einleuchtend an.

Chess hatte ihre Lektion in der Kindheit gelernt. Das wichtigste im Leben war, immer das Gesicht zu wahren.

»Gute Güte, Kind, du siehst ja wie eine ersäufte Ratte aus. Komm rein und trockne dich ab.« Livvy Alderbrook zerrte die Quiltdecke von ihrem Bett und wickelte sie um Chess. »Es ist noch nicht warm genug, daß du so durchweichen könntest, ohne dir dabei eine Erkältung zu holen. Ich mach dir Kaffee, er ist in einer Minute fertig.«

Dankbar überließ sich Chess Livvys tröstlicher Gegenwart. Hier hatte sie eine wirkliche Freundin. Nicht wie Alva – nein, sie durfte gar nicht daran denken. Sie mußte sich die Medizin geben lassen, und dann zurück zur Farm gehen. Wenn der Regen aufhörte, blieb vielleicht noch genügend Zeit für die letzten Bretterladungen.

Plötzlich schien es ihr außerordentlich wichtig, die Verpflanzungen hinter sich zu bringen.

»Trink. Du mußt völlig erschöpft sein. Ich weiß, was für ein Elend diese Schößlinge sein können. Seid ihr bald fertig? Ich habe in letzter Zeit kein bißchen von Dir gesehen, und deine Gesellschaft fehlt mir. Ich wäre auch gern gekommen, aber ich weiß, daß keine Zeit für Geselligkeit bleibt, solange das Feld bepflanzt werden muß.«

Die Zuneigung der alten Frau wärmte Chess noch mehr als ihr Kaffee. »Ich habe dich auch vermißt«, stieß sie hervor.

Dann lachte sie. Sie hoffte, es klang nicht gekünstelt. »Aber ich bin hier, um verarztet zu werden, Livvy, nicht wegen des Vergnügens, dich zu sehen. Ich fürchte, Miss Marys Vorliebe für Schweineschmalz wird immer stärker. Heute morgen habe ich mir wohl den Magen verdorben.«

Livvy legte ihre knotige Hand auf Chess' Stirn. »Kein Fieber«, sagte sie, »vergiftet hat sie dich nicht. Nimm mal die Decke weg, damit ich deinen Bauch abtasten kann. Stell dich neben den Ofen, wo's warm ist.«

Chess gehorchte brav.

»Du hast nicht aufgeschrien, der Blinddarm ist also in Ordnung«, fuhr Livvy fort. »Ein Segen, denn Chirurgin bin ich nicht. Wann war deine letzte Monatsblutung?«

Chess war verwirrt. Über ihre Menstruation hatte nie jemand mit ihr gesprochen, und sie wußte nicht, daß sie alle vier Wochen eintreten sollte. Sie hatte auch viele Jahre so wenig gegessen, daß es keinen regelmäßigen Zyklus gab.

»Ich kann mich nicht erinnern«, sagte sie.

»Hab ich mir gedacht!« krähte die alte Frau. »Mary Richardson hat nichts mit deiner Übelkeit zu tun. Wenn ich mich nicht sehr irre, wirst du so Mitte Oktober ein Baby bekommen.« Sie zwinkerte Chess zu. »Du mußt Nate doch mit einem breiten Lächeln im Gesicht auf Reisen geschickt haben.«

Chess legte die Hände auf ihren flachen Bauch. Sie konnte nichts spüren.

»Bist du, sicher, Livvy?« Es war zu schön, um wahr zu sein.

»Bin ich nicht seit Anno Tobak Hebamme, schon lange, bevor du geboren wurdest? Wenn ich mich mit irgendwas wirklich auskenne, dann sind es Babys.« Chess konnte sie nur benommen anstarren. Livvy sagte ihr, was sie nun für sich tun mußte. Vor allem mußte sie essen, sie war viel zu dünn. Und sie mußte Milch trinken, viel Milch, einen Eimer voll jeden Tag, und bei jeder Mahlzeit ein geschlagenes Ei hineinrühren.

»Und geh nie mehr ohne Stiefel«, befahl Livvy. »Oder möchtest du, daß dein Kind mit einer Kopfflechte zur Welt kommt?«

Chess warf die Arme um ihre Freundin und brach in Tränen aus. »Ich bin so glücklich«, schluchzte sie an Livvys knochiger Schulter. »Ich bin so glücklich.«

»Erzähl es niemandem«, bat Chess zum Abschied. »Ich möchte, daß Nate es vor allen anderen erfährt.«

»Es wird ziemlich bald zu sehen sein.«

»Aber eine Weile wird's schon noch dauern, oder? Bis dahin ist es unser Geheimnis, Livvy! Ich mag Geheimnisse.«

16. Kapitel

Als Miss Marys gleichmäßiger Atem anzeigte, daß sie schlief, ging Chess leise zu dem Schrank mit der Butter und den Eiern. In einem Kochtopf rührte sie ihr »Babybräu« an, wie sie es nannte. Dann ging sie damit zu der Bank, die vor dem Haus stand. Die Nacht war klar, Mond und Sterne leuchteten hoch am Himmel. Ihre alte Wolldecke war gerade das Richtige in der kühlen Luft.

Morgen war Sonntag. Sie hatte schon an Nathan geschrieben, aber das Baby nicht erwähnt. Vielleicht hatte Livvy sich diesmal doch geirrt. Chess fühlte sich wie immer, und auch an ihrem Bauch konnte sie keine Veränderung feststellen. Sie glaubte nicht, daß sie schwanger war. Jedenfalls nicht von ganzem Herzen.

Sie trank ihr Bräu. Es dauerte einige Zeit, weil sie immer wieder würgen mußte. Nächstes Mal würde sie etwas Zucker hinzutun. Aber sie würde es weitertrinken, sie würde alles tun, was Livvy ihr gesagt hatte. Denn vielleicht hatte Livvy doch recht.

Chess sah hinauf zu der geheimnisvollen Schönheit des Himmels über ihr. »Danke«, wisperte sie.

Sie fragte sich, ob Nate wohl auch noch auf war und denselben Himmel wie sie betrachtete. Nein, das war romantische Narretei, mit solchem Unsinn wollte sie sich nicht von diesem besonderen Augenblick ablenken. Es genügte, hier zu sitzen – und vielleicht wuchs das Baby in ihr – und Nate von ganzem Herzen zu lieben.

Morgen würde sie seinen Brief holen, mit einem Bericht über die Fortschritte mit der Mühle. Selbst wenn sie nur um ein Brett weitergekommen waren, es wäre eine gute Nachricht. Die Zeit, da sie für immer zusammen sein würden, rückte mit jedem Tag näher.

Sie hatte auch gute Nachrichten. Der Regen hatte am Nachmittag aufgehört, in der weichen feuchten Erde ließ sich gut arbeiten, sie hatten die Verpflanzungen beendet.

Ihre Zeit an der Seite von Alva war vorbei.

»Wir nehmen den Wagen, Chase.« Miss Marys Wangen glühten vor Aufregung. »Während du mit Ol' Livvy Alderbrook Artigkeiten ausgetauscht hast, kam ein Bursche mit der Neuigkeit vorbei. In Pleasant Grove ist ein Wanderprediger eingetroffen. Heute finden Gottesdienste statt.«

Auch Chess spürte, wie ihr Herz vor Erwartung schneller schlug. Das bedeutete, daß sie einen ganzen Tag dortblieben, nicht so schnell wie möglich hin- und zurückfuhren. Sie würde Leute sehen ... Musik ... Leben ... Feiern.

Sie trug ihre Perlen und ihr bestes Kleid.

Mit drei Löffeln Zucker bekam sie das Ei und die Milch jetzt gut hinunter. Livvy habe ihr dieses Stärkungsmittel verschrieben, sagte Chess zu Nathans Mutter. »Sie meint, ich sei ein bißchen kränklich.«

Mary Richardson rümpfte die Nase. »Sie kümmert sich reichlich viel um die Sorgen anderer Leute.« Aber ihr Kommentar klang nicht gehässig; sie summte bereits ihr liebstes Kirchenlied.

Abends auf dem Heimweg sang die ganze Familie. Auch Chess stimmte aus vollem Hals ein. Sie mußte zugeben, daß die Lieder der Methodisten besser klangen als die der Episkopalkirche. Zu ihrer Überraschung war übrigens der Gottesdienst gar nicht so sehr anders gewesen. Das meiste war wie in dem Gebetbuch, das sie einst in der alten Kirche in der Nähe von Harefields benutzt hatte. Sie hatte nicht das geringste dagegen, daß ihr Kind als Methodist aufwuchs.

Wenn sie ein Kind bekam. Sie hatte heftig gebetet, daß Livvy recht behielt.

Fröhlich begleitete Micah auf der Mundharmonika ihren Gesang.

»Onward Christian soldiers ...
Stand up, stand up for Jesus, ye soldiers of the cross ...
Rock of ages, cleft for me ...
Amazing grace! how sweet the sound ... Abide with me ...
»O worship the king all-glorious above
And grateful sing his wonderful love;
Our Shield and our Defender, the Ancient of days
Pavilioned in splendor, and girded with praise.«

Die Mühle war fertig, schrieb Nathan ihr. Jetzt gingen er und Jim daran, das Mühlrad zu bauen.

Chess hob das dicke Blatt ein paar Zentimeter hoch, und dann bückte sie sich, um die Unterseite zu betrachten. Gott sei Dank, alles in Ordnung. Keine Raupe.

Sie haßte die Dinger. Sie waren länger als ihr längster Finger und dicker als ihr Daumen. Sie hatten einen Gliederkörper, und wenn sie sich bewegten, krümmte sich ihr Leib: Aber meistens waren sie reglos, verborgen unter dem Blatt, das sie gerade fraßen und dessen Unterseite genau so leuchtend grün war wie sie selbst. Mit winzigen, garstigen Füßen, vier an jedem Segment, krallten sie sich in das Blatt, und man mußte es festhalten und das Viech regelrecht abpulen, während es sich weiter anklammerte, und der klebrige Teer die Schweinerei noch schlimmer machte. Aber am ekligsten war es, wenn sich die Raupe anschließend um den Finger wickelte, als sei auch er ein Tabakblatt, und dort weiternagte. Man konnte richtig sehen, wie sich Hörner vorne an ihrem Kopf bewegten.

Die Tabakraupe war ein Monster, das aus irgendeiner grünen Hölle stammen mußte. Chess hatte aufgeschrien, als sie die erste zu Gesicht bekam.

Sie trampelte sie tot, wenn sie das Blatt davon befreit hatte. Voller Abscheu und Haß trat sie auf das Tier, bis aus dem anfangs knackenden Geräusch ein Gematsche wurde.

Auch Susan zerstampfte sie. Die anderen hielten die Raupe mit vier Fingern und schlitzten ihm mit dem Daumen den Bauch auf. Das ging schneller, aber Chess brachte es nicht über sich, so ein Biest mit der bloßen Hand anzufassen. Ihre Handschuhe waren zwar schwarz vor Teer, aber sie waren dennoch ein Schutz.

Sie hob das nächste Blatt. Da war eine. Ihre Kehle zog sich vor Ekel zusammen, und sie konnte kaum atmen. Ihre Finger griffen nach der Raupe und zogen an dem Leib des Tieres.

Vor ihr tat Susan das gleiche. Nacheinander untersuchten sie jedes Blatt. In der Reihe neben ihnen war Micah auf Raupenjagd. Er lag schon ein paar Meter vor ihnen.

Josh und Alva waren noch weiter vorne, harkten die Erde und rissen Unkraut heraus.

Sechs Tage die Woche waren die vier jetzt draußen auf dem Feld. An manchen Tagen nahm auch Chess eine Hacke. Das machte sie lieber, aber so ging es den anderen auch, und daher wurden die Pflichten im Wechsel verteilt. Jeder mußte mal an die Tabakraupen ran.

Es nahm kein Ende. Wenn sie mit den letzten beiden Reihen fertig waren, hatten Raupen und das Unkraut die ersten schon wieder zurückerobert. So würde es jetzt bis zur Ernte im August weitergehen.

Und es war erst Ende Mai.

Aber sie war jetzt sicher, daß sie ein Kind bekam. Ihr Bauch zeigte zwar noch keine Wölbung, aber ihre Brüste rundeten sich. Es gefiel ihr. Zeitlebens war sie flachbrüstig gewesen, hatte kaum frauliche Formen gehabt. Jetzt nahm sie in der Taille zu, und ihre Hüften bekamen Kurven. Vielleicht lag das alles auch nur an der Milch und den Eiern, aber sie glaubte lieber daran, daß sie schwanger war.

Nachts im Bett legte sie die Hände auf den Bauch. Livvy hatte gesagt, daß sie bald kleine Stöße fühlen würde. Aber dann schlief sie auf der Stelle ein, egal, wie sie sich mühte, wachzubleiben und irgendwelche Bewegungen zu spüren. Sobald es soweit war, würde sie es Nathan sofort schreiben.

Sie wäre die glücklichste Frau auf der Welt gewesen, wenn Gott nur nicht die Tabakraupe erschaffen hätte.

Anfang Juni wachte Chess mitten in der Nacht auf, weil sie unter ihren Händen eine rollende Bewegung, ein Aufbäumen verspürte.

Endlich, dachte sie triumphierend und lächelte in der Dunkelheit. Voller Wonne verfolgte sie, wie die Bewegungen eine halbe Stunde lang weitergingen. Weil sie nicht Bescheid wußte, erkannte sie die Wehen nicht. Daß etwas falsch lief, wurde ihr erst klar, als der messerscharfe Schmerz kam. Da fing sie an zu schreien.

Mary Richardson war ausnahmsweise freundlich zu ihr nach der Fehlgeburt. »Ich weiß, wie es ist, ein Kind zu verlieren«, sagte sie. »Schlaf jetzt, Chess. Wenn du schläfst, kannst du ein bißchen vergessen.«

Es war das einzige Mal, daß Miss Mary ihrer Schwiegertochter gegenüber so etwas wie Mitgefühl zeigte, daß sie ihre Feindseligkeit vergaß und sogar ihren Namen richtig aussprach.

Wenn Chess nicht vor Gram völlig betäubt gewesen wäre, hätte sie es bemerkt und darauf reagiert. Doch sie nahm nichts wahr. Zwischen ihr und der Welt war eine Mauer der Verzweiflung.

17. Kapitel

Das totgeborene Kind wurde am nächsten Tag beerdigt. Livvy Alderbrook stützte Chess von der einen Seite, Mary Richardson von der anderen. Josh hielt die Grabrede.

Chess konnte nicht zuhören. Sie starrte auf ihre staubigen Stiefel. Gedanken schossen ihr durch den Kopf: Ich muß mir endlich neue Schuhbänder kaufen ... die Wicken duften wirklich herrlich ... vielleicht sollte ich im Hause ein paar in einen Krug stellen ... Großvater denkt bestimmt, ich habe alle Manieren verloren, so lange habe ich ihm schon nicht mehr geschrieben ... da, wie dieser Eichelhäher mit seinen Flügeln schlägt ... was für ein Angeber ... es ist so heiß – ich würde meine Seele für so ein Vanille-Eis verkaufen, das es früher immer an meinen Geburtstagen gab ... es gibt wirklich keine Entschuldigung dafür, daß meine Stiefel so verrottet aussehen. Ich muß mir etwas von der Sattelseife nehmen ... was für Kräuter Livvy wohl in das Wasser tut, mit dem sie ihre Haare spült – sie riechen so frisch ... warum singen denn jetzt plötzlich alle? Ich kenne das Lied überhaupt nicht.

»O God, our help in ages past
Our hope for years to come ...«

Livvy zupfte Chess am Arm. Chess hob den Kopf. »Möchtest du deinem Sohn einen Namen geben? Josh meißelt ihn auf den Grabstein.«

»Was? Einen Namen? Ja, ich möchte ihn nach meinem Vater nennen. Francis Standish. Nein, einfach Frank. Alle haben ihn Frank genannt. Frank Standish. Er ist auch tot.«

Livvy sah Mary Richardson an. Beide dachten das gleiche. Etwas stimmte nicht; Chess hatte keine einzige Träne vergossen.

»Keiner von uns hat gewußt, daß sie schwanger war«, sagte Mary später zu Ol' Livvy. »Sie hätte es uns sagen sollen. Dann hätten wir schon eine Lösung gefunden, damit sie wenigstens in den heißesten Stunden des Tages nicht auf dem Feld hätte sein müssen.«

»Nate hat sie's auch nicht erzählt. Ich werde ihm einen Brief schreiben. Er sollte jetzt an der Seite seiner Frau sein. Wenn ihr Mann sie erstmal in den Arm genommen hat, wird sie auch weinen können.«

»Das ist keine normale Ehe, Livvy. Das ist mehr ein geschäftliches Abkommen.«

»Er hat ihr doch das Kind gemacht, oder? Das finde ich ziemlich normal.«

Niemand wollte Chess schon so früh wieder aufs Feld lassen, aber sie bestand darauf.

»Ich muß mich beschäftigen«, rief sie, »könnt ihr das nicht verstehen?«

Sie harkte gerade Unkraut, als der Wagen mit dem Maultier durchs Tor fuhr, aber sie machte sich nicht Mühe hochzuschauen. Sie war nicht neugierig. Sie war überhaupt nichts mehr. Das Nichts war viel besser als der Schmerz.

»Chess!« schrie Nate, während er auf sie zurannte. »Chess! Chess!« Er hob sie in die Luft. »Oh Chess, du solltest nicht hier draußen in der prallen Sonne sein.« Tränen liefen über sein Gesicht. »Oh Chess!« Er trug sie ins Haus, ohne die Begrüßungen seiner Familie zu erwidern. »Besuch Livvy, Ma«, sagte er nur, als er seine Mutter erblickte. »Und nimm Sally mit.« Nate setzte Chess auf einen Stuhl, hockte sich neben sie. Er hielt ihr Gesicht zwischen seinen Händen, und sein Blick suchte ihren. »Geteiltes Leid ist halbes Leid«, sagte er leise. »Er war unser beider Sohn. Laß uns gemeinsam um ihn trauern.«

Wieder stiegen ihm Tränen in die Augen. Er war Manns genug, ohne Scheu zu weinen.

»Nathan«, flüsterte Chess. Sie bebte, dann begann auch sie zu schluchzen. Er legte seine Arme um sie und hielt sie fest.

»Wonach siehst du, Mädchen?« Miss Mary war zurückgekehrt. Später würde Livvy noch herüberkommen, hatte sie gesagt, um Nate zu sehen und mit ihnen zu Abend zu essen. Nates Mutter putzte Gemüse und schälte Kartoffeln. Und betrachtete Chess, die regungslos in der offenen Tür stand und gar nicht bemerkte, wie Sally an ihrem Rock zupfte.

»Ich frage mich, was sie alle da draußen auf dem Feld machen«, erwiderte Chess. Sie sah Nathan, wie er gestikulierte und sich mit Josh und Micah und Alva unterhielt. In einiger Entfernung von ihnen hackte Susan Unkraut.

Alva lachte, vermutlich über irgend etwas, das Nathan gesagt hatte, und Chess zerriß es fast vor Eifersucht. Alva sah so viel jünger aus, wenn sie lachte, sie war fast hübsch. Sie hatte ihr Sonnentuch nach hinten geschoben, so daß es jetzt über ihren Rücken hing.

»Sally, hör auf, mich zu nerven. Laß mich in Ruhe«, rief Chess. Das Kind begann zu greinen.

»Ich halt es nicht aus, hier so eingesperrt zu sein«, sagte Chess. »Ich gehe raus.« Sie mußte wissen, was da vor sich ging.

Nathan kam ihr entgegen. »Du solltest drinnen bleiben«, meinte er.

Sie fühlte sich elend. Er war lieber bei Alva. Sie preßte die Hände zusammen, damit sie nicht nach seinem Arm griff. »Es ist nicht mehr heiß«, sagte sie. Sie haßte den bittenden Ton in ihrer Stimme.

»Ich möchte nicht, daß du noch irgend etwas mit dem Tabak zu schaffen hast«, entgegnete er ärgerlich. »Ich hasse das Zeugs und du hoffentlich auch.«

»Und weshalb stehst du dann da draußen mittendrin?« Warum verlor sie die Selbstbeherrschung, warum fing sie an zu streiten und konnte nicht einfach Ruhe geben? Hilflos spürte Chess, daß sie ein Opfer ihrer Gefühle war.

»Komm, Chess, sei vernünftig. Geh zurück ins Haus. Josh und ich haben eine Auseinandersetzung über das Kappen.«

»Was bedeutet das?« fragte Chess störrisch. Sie wollte mehr wissen, vor allem, weshalb Alva gelacht hatte. Aber sie konnte nur versuchen, ihn hier zu halten, damit er mit ihr und nicht mit Alva sprach, selbst wenn es ihn wütend machte.

»Allmächtiger, Chess!« Nate war aufs äußerste gereizt. Er streckte die Hand aus und riß die Spitze einer Tabakpflanze ab. Es gab ein scharfes Geräusch. Er legte ihr das blaßgrüne Pflanzenteil in die Hand. »Das ist die Spitze, kurz vor der Blüte, und die muß abgebrochen werden, damit die Blätter weiterwachsen. Das nennt man ›kappen‹. Ich denke, wir können noch eine Woche warten, Josh aber meint, zwei.«

»Aber ihr habt gelacht. Worüber?«

»Woher soll ich das wissen? Was ist los mit dir?«

Chess zerknüllte das Blatt in ihrer Hand. Es war klebrig. Sie mußte damit aufhören, sich zum Narren zu machen. »Ich war nur neugierig. Jetzt helfe ich deiner Mutter. Livvy Alderbrook kommt zum Abendessen.«

Sie fühlte sich weich in den Knien. Das darfst du nie, nie wieder machen, sagte sie zu sich, als sie langsam ins Haus zurückging. Du treibst ihn davon, noch bevor du dich bedankt hast, daß er gekommen ist. Das allein zählte. Er war gekommen, um sie zu trösten.

»Schön, daß du da bist, Livvy«, sagte Nate grinsend und hob die Tasse, um ihr zuzuprosten. Sie war halbgefüllt mit dem Selbstgebräuten, das sie mitgebracht hatte. Die andere Hälfte sorgte bereits in seinem Magen dafür, daß er sich ein bißchen benebelt fühlte. Miss Mary runzelte die Stirn. Sie mißbilligte alkoholische Getränke.

Livvy erwiderte sein Prosit. »Einen Schluck auf Richardsons Mühle«, verkündete sie. »Wann fängst du mit dem Rad an?« Nate hatte seit ihrer Ankunft reichlich angegeben.

»Bald«, behauptete er. Dann wandte er sich an Chess. »Kannst du morgen mit dem Packen fertig sein? Ich nehme derweil das Pferd und verabschiede mich in der Nachbarschaft. Übermorgen könnten wir aufbrechen.«

Die ganze Familie saß um Miss Marys Tisch. Chess widerstand dem Drang, zu Alva hinzublicken. »Ich werde fertig sein«, sagte sie.

Nathan zurrte eine Leinwandhülle über den Sitz seines Wagens. Er bedauerte, daß er Chess erlaubt hatte, auf der Farm zu arbeiten. Ich hätte nicht vergessen sollen, daß sie eine Lady ist, sagte er sich. Sie muß behütet werden.

Chess war überglücklich, daß sie jetzt auf dem Weg zu ihrem neuen Heim und in ihre Zukunft waren. Sie wollte die Einsamkeit und die knochenbrecherische Arbeit hinter sich lassen. Und den Tabakteer, der an allem und jedem klebte.

Vor allem aber wollte sie jene Ecke des Zimmers vergessen, wo eine Wiege hätte stehen sollen, und das Gefühl der Erwartung, das sie immer noch gelegentlich ergriff, wenn sie vergaß, daß kein kostbares Leben mehr in ihrem Schoß schlummerte.

Das Baby war so wirklich für sie, als hätte sie es bis zum Schluß ausgetragen und geboren und in ihren Armen gehalten. Sie sehnte sich nach dem nie Geschehenen, und es gab Zeiten, da glaubte sie, daß sie keine fünf Minuten länger so tun könne, als habe sie sich von dem Verlust erholt.

Frank. Jetzt tat es ihr leid, daß sie ihn nach ihrem Vater benannt hatte, denn es brachte die Erinnerung an seinen schrecklichen Tod zurück und an die Verlassenheit, die sie danach ergriffen hatte.

Sie würde nie ihre eigenen Kinder so verletzen. Chess trank weiter zweimal am Tag Livvys Baby-Bräu. Sie wollte gesund und stark sein und auch ihrem nächsten Baby die Kraft und Gesundheit geben, die es zum Leben brauchte.

Das war die Zukunft. Und sie konnte es gar nicht abwarten, ihr zu begegnen.

Aber ihr Verantwortungsbewußtsein, das sie schon früh entwickelt hatte, meldete sich. Sie hatte noch nie eine Aufgabe unerledigt zurückgelassen. Wie würde es mit Josh und den anderen weitergehen, fragte sie Nathan.

Er lachte. Oh, Josh würde endlich wieder alles so wie früher machen, meinte er. Und dadurch würde er bedeutend glücklicher sein. Es gab keine Arbeit im Schuppen mehr, denn fortan ging wieder der ganze Tabak zur Auktion. Und das Ungeziefer fraß wieder mindestens ein Viertel aller Schößlinge.

Mit dem Daumen wies er über die Schulter auf Augustus Standishs Modell. Es war dick in Baumwollbahnen eingewickelt. Josh würde das Tuch doch nicht benutzen, also hatte er es mitgenommen.

Sie mußte sich dennoch keine Sorgen machen. Josh war seit jeher ein guter Farmer gewesen. Und bei den Auktionen würde die Familie Geld genug verdienen, um davon gut leben zu können. Nathan hatte Josh seinen Anteil an der Farm übertragen.

Aber nur ein Narr konnte Wert darauf legen, auch noch den Rest der Saison mitzumachen. Wenn die Pflanzen gekappt waren, wuchsen sie unten kräftig nach. Dicke Ranken erschienen dort, wo die Blätter in den Stengel übergingen. Sie mußten von Hand abgezwickt werden. Sie wuchsen allerdings sofort nach und mußten wieder abgezwickt werden ... und wieder ... und wieder.

»Die Raupen werden auch immer schlimmer.«

»Ich *hasse* sie.«

Nate grinste. »Ich schätze, du warst ein Trampler, kein Schlitzer.«

Chess nickte.

»Als ich ein Junge war, mußte man ihren Kopf abbeißen, um zu beweisen, daß man ein Mann war.«

Chess stöhnte. Schon beim Gedanken daran wurde ihr schlecht.

Aber nicht lange. Es gab schönere Dinge, an die sie denken konnte. Die Mühle, die Maschine, Durham, eine richtige Stadt voller Menschen und Leben. Und da gab es auch ein Postamt, nur fünf Meilen auf einer guten Straße entfernt. Den lang überfälligen Brief an Augustus Standish hatte sie schon geschrieben. In Durham würde sie ihn endlich aufgeben können.

Sie konnte es kaum erwarten.

Vier Tage brauchten sie für die Fahrt. Unterwegs erfuhren sie, daß Präsident Garfield erschossen worden war. Er hatte gerade erst sein Amt angetreten.

Aber das war weit weg in Washington, D. C., passiert, sagte Nate. Für ihr Leben hatte es keine Bedeutung. Der mutmaßliche Attentäter war ein Mann, der auf einen Posten in der Regierung gehofft, ihn jedoch nicht bekommen hatte. Nathan war der Meinung, daß ein Mann, der sich auf Almosen verließ, eigentlich erschossen gehörte. Statt dessen hatte er nun auf einen anderen geschossen.

18. Kapitel

»Na, das ist aber mal ein verdammt netter Anblick für meine trüben Augen, Chess! Willkommen im Höllenloch – so nenne ich diese riesige elende Mühle, in der mich dieser Teufel von deinem Mann zu Tode schindet.« Jim Monroe half Chess vom Wagen herunter. Er behandelte sie wie Porzellan; er wußte von ihrer Fehlgeburt.

Chess hielt seine Hand fest. Sie war wirklich froh, sein vertrautes Grinsen zu sehen, und das wollte sie ihm auch zeigen. »Danke, Jim. Wie schön, dich wiederzusehen. Wir haben dich alle vermißt – außer Miss Mary.« Am liebsten hätte sie ihn umarmt, aber das schickte sich nicht. Außerdem war Jim ziemlich schüchtern.

Als sie sein Willkommensgeschenk für sie sah, umarmte sie ihn aber doch, so daß er rot anlief. Während Nate fort war, hatte Jim das Dach und die Wände des alten verwunschenen Hauses geflickt. Nate und er hatten zwar die ganze Zeit darin gelebt, sich aber nicht um die notwendigen Reparaturen gekümmert. Erst kam die Mühle. Doch nun sah auch das Haus ordentlich aus. Und aus dem Material, das er aus dem eingestürzten Teil gerettet hatte, war ein Stall geworden, in dem jetzt die Maultiere standen. Nate und ihn hatte es zwar nicht gestört, daß sie mit ihnen den Raum teilten, aber für Chess fand Jim das nicht angemessen.

Er hatte die restaurierte Hälfte auch saubergemacht. Der Boden war geputzt und glänzte. Neben der Feuerstelle stand ein aus Hölzern gezimmerter Lehnstuhl. »Warum legst du nicht die Füße hoch?« sagte er und machte eine einladende Geste.

»Jim! Das ist alles wunderschön«, log Chess. Das übrige Mobiliar bestand aus einer Behelfstischplatte, die auf Sägeböcken lag, zwei dreibeinigen Stühlen, an denen noch die Rinde haftete, und Strohhaufen mit Decken drauf zum Schlafen. Sie hatte viel Arbeit vor sich.

Aber als erstes wollte sie die Mühle sehen.

Es war ein eindrucksvoller Bau, und sie machte aus ihrer Bewunderung kein Hehl. Nate und Jim labten sich an ihrem Lob.

Das Fundament bestand aus schweren grauen und braunen Steinen. Das Mühlengebäude darüber war ein großes Rechteck aus neuem Holz, das sie aus den Kiefern hinter der Mühle geschlagen hatten. Die großen quadratischen Fenster hatten Läden, und vor der Eingangstür erstreckte sich eine Steinveranda mit großen Stufen zur Erde. Daneben ragte, mit dem unteren Teil im Bach, das mächtige Wasserrad auf. Mit majestätischer Schwerfälligkeit drehte es sich in den vorbeirauschenden Fluten und versprühte Wasser, das sich in seinen trogartigen Schaufeln fing, so daß im Sonnenlicht kleine Regenbogen aufleuchteten.

»Knapp 15 Meter hoch«, sagte Nate ohne jede Bescheidenheit, »und anschlußbereit an die Mühlsteine, sobald ich sie habe.«

»Kann nicht mehr lange dauern«, setzte Jim hinzu. »Seit drei Wochen ist kein verdammter Regen mehr gefallen. Noch eine mehr, und der Bach an der verdammten Straße ist nur noch ein elendes Pfützchen. Der blöde Hundesohn von einem Müller daneben wird sein letztes Hemd verlieren, und Nate kriegt seine dämlichen Mühlsteine fast umsonst.

Werd allerdings einen verdammten Schlitten bauen müssen, um sie rüberzuschaffen. Kein gottverfluchtes Wagenrad ist stark genug, um diese Mistdinger zu tragen.«

Mit einem Kopfschütteln bewunderte Chess Jims Wortgewalt. Und Nates Geschäftssinn. Und die breite, schwere Holzbrücke, über die Wagen, vollbeladen mit Korn, kommen konnten. Oder auch ein Schlitten mit einem riesigen Mühlstein aus Granit.

»Ihr beide habt das beste Abendessen verdient, das ich zubereiten kann. Wer von euch beiden schießt mir ein Stück Wildbret? Und der andere kann einen Eimer Wasser vom Bach holen und das Feuer im Haus anmachen.«

Am nächsten Tag machten sie in Durham Besorgungen. Chess rümpfte die Nase von dem Tabakgeruch, der die Stadt erfüllte, aber sie war entzückt über die hübschen Häuser mit ihren Gärten und den weißen Lattenzäunen. Die großen Häuser mit den Zäunen aus Schmiedeeisen beeindruckten sie überhaupt nicht. Gegen Harefields waren sie alle winzig. Beim Gebrüll des Bullen zur Mittagszeit hielt sie sich die Ohren zu. Als es vorbei war, klatschte sie Beifall. Durham gefiel ihr gut. Es war nicht wie Richmond; und eigentlich war es auch noch keine richtige Stadt. Aber in den ungepflasterten, staubigen Straßen pulsierte das Leben, und die hölzernen Bürgersteige waren voller Leute.

Am besten war, daß das größte Kaufhaus einen ebenso höflichen wie hilfsbereiten Eigentümer hatte und alles führte, was sie für das Geisterhaus brauchte. Sie nannte ihm ihren Namen.

Die wenigen Pakete stellte sie sorgfältig in den Wagen. Sie waren für sie so wertvoll wie Rubine, denn sie waren der Grundstock für ihr eigenes Heim.

Chess machte sich auch mit den Angestellten auf dem Postamt bekannt, wo sie ihren Brief für Augustus Standish aufgab. Sie versprachen, ein besonderes Augenmerk auf alle Post für Mr. oder Mrs. Richardson zu haben.

»Wir sind jetzt offizielle Anwohner, Nathan«, sagte sie beim Verlassen des Gebäudes. »Jetzt brauchen wir nur noch eine Kuh, ein paar Hühner und einen Hahn. Wenn wir zu Hause sind, säe ich den Samen aus, den wir gekauft haben.« Zu Hause. Sie liebte das Wort. »Wir werden unser eigenes Korn in der Mühle mahlen. Und du wirst das beste Weizenbrot essen, das du je bekommen hast.«

»Bis dahin werde ich ziemlichen Hunger haben. Ich hoffe, du hast ein bißchen Mehl gekauft, um uns fürs erste durchzubringen.«

Sie fuhren ohne Jim zur Mühle zurück. Er hatte sein Auge auf ein nettes Mädchen geworfen, wie Nate rücksichtsvoll erklärte. Er vergaß zu erwähnen, daß sie in einem Saloon, nein, in einer Bar arbeitete.

Drei Tage später tauchte Jim wieder auf. Chess goß ihm eine Tasse Kaffee ein und schüttete noch etwas von Livvy Alderbrooks Selbstgebräutem, ihrem Abschiedsgeschenk, hinzu. Während er trank, machte sie sich ihre Milch-Zucker-und-Ei-Mixtur.

Tag für Tag war der Himmel klar, und die Sonne strahlte. Bei Tagesanbruch ging Nate hinüber zu der anderen Mühle und spionierte den Wasserstand im Bach aus. »Schon wieder gesunken seit gestern«, verkündete er bei seiner Rückkehr mit einem diebischen Grinsen. Ihr eigener Bach schoß weiter rauschend und gurgelnd dahin.

Mitte Juli hielt er endlich die Zeit für gekommen, die Initiative zu ergreifen. An einem Vormittag ging er hinüber zur anderen Mühle. »Spann die Maultiere vor den Schlitten, Jim«, rief er, als er wiederkam.

Sie brauchten zwei Fuhren und noch zwei Männer, die sie für den Tag anheuerten, um die Mühlsteine herzuschleppen. Sie hatten einen Durchmesser von über 1 Meter 20 und waren 35 Zentimeter dick. Die Abenddämmerung ließ schon die Konturen verschwimmen, als es endlich geschafft war. »Gib den Jungs was von Livvys Süßstoff, Chess«, keuchte Nate. »Das gibt ihnen Schwung für den Heimweg. Ich muß noch einmal mit dem Wagen rüber. Ich habe ihm auch alle Fässer abgehandelt. Die können wir an die Leute verkaufen, die keine mitgebracht haben für ihr fertiges Mehl.«

Mit dem letzten verlöschenden Licht war er wieder da. Neben den Fässern hatte er auch noch einen schönen großen Kieferntisch mit solide gedrechselten Beinen auf dem Wagen.

Chess strich mit den Händen über seine glatte Oberfläche, dann senkte sie den Kopf und küßte ihn. »Keine Splitter mehr in der Suppe. Was für ein Segen.«

Am nächsten Morgen wusch sie sich die Haare, bügelte die Bluse, die sie am Abend zuvor gewaschen hatte, und zog sich sorgfältig an, um in der Mühle an die Arbeit zu gehen.

»Du wirst voller Mehl sein, weißt du das?« warnte Nate sie.

»Ist mir egal. Am ersten Tag im Geschäft möchte ich hübsch für dich aussehen. Sag mir bitte nochmal, wie alles ablaufen wird, Nathan.«

»Na schön. Der Bauer kommt mit seinen Kornsäcken angefahren. Jim hilft ihm beim Abladen. Ich gehe zu dem großen Fenster im Dachgeschoß und lasse an einem Seil den Haken herunter. Jim bindet einen Sack zu, hängt ihn an den Haken, und ich hol ihn mit dem Flaschenzug rauf. Wenn alle Säcke oben sind, geht Jim in die Mühle. Er legt den Hebel um, damit sich die Steine drehen, während ich das Korn in die Rutsche schütte. Wenn das

Mahlen vorbei ist, hält Jim die Steine an, und du schaufelst das Mehl in die Fässer, die der Bauer mitgebracht hat oder die wir ihm verkaufen.

Dann müssen wir nur noch das Mehl wiegen und dem Bauern das Geld abnehmen. Ganz einfach.«

»Ganz einfach«, stimmte Chess zu. Sie tanzte fast, als sie über die Brücke zur Mühle ging.

Als sie am Abend heimkehrten, waren ihre Füße schwer wie Blei. Niemand war gekommen, um sein Korn mahlen zu lassen. Nate, Jim und sie hatten nur wartend herumgestanden. Dann hatten sie den Mechanismus überprüft. Sie hatten die sauberen Mahlsteine gesäubert und den sauberen Boden. Dann hatten sie noch einmal den Mechanismus überprüft. Nathan nahm eine winzige Veränderung vor. Sie verbesserte, so behauptete er, das Ineinandergreifen der Zahnräder. Und danach machten sie einen weiteren Probelauf.

Der Tag war ungefähr hundert Stunden lang gewesen, dachte Chess bei sich.

Nach dem Abendessen sagte Jim, er gehe jetzt noch rüber nach Durham. Es sei noch stundenlang hell, und er wolle sich ein bißchen die Beine vertreten. Bei Sonnenaufgang sei er zurück, rechtzeitig zur Arbeit.

»Glaubst du, daß er wirklich pünktlich wieder da ist?« fragte Chess ihren Mann. »Das letzte Mal war er drei Tage weg.«

Nate beruhigte sie. »Jim ist ein guter Mann«, sagte er. Er trug die Modellkiste zum Tisch und wickelte sie aus.

Chess begann, die Teller abzuwaschen. Es ist ungerecht, haderte sie innerlich, es ist ungerecht. Er hat so hart gearbeitet, und er hat keine Schuld, daß es nun schiefläuft. Jetzt war er bestimmt furchtbar verzweifelt.

Als sie alles abgewaschen und weggeräumt hatte, ging sie zu ihrem Reisekoffer. Er ersetzte den fehlenden Schrank. Sie zog die Zeitung mit der Geschichte über seinen *Lemon*-Deckblätter-Triumph hervor. Das Papier fing schon an zu vergilben.

»Sieh mal, was ich hier beim Aufräumen gefunden habe«, sagte sie und ging zu Nate hinüber.

Er sah von dem Modell auf. Als er erkannte, was sie in der Hand hielt, lachte er. »Willst du damit andeuten, daß du dich wieder dem Tabakanbau widmen möchtest? Die Raupen müßten jetzt gerade ihre beste Zeit haben.«

Ihr Gesichtsausdruck gab ihm die Antwort.

»Ich hab's nicht so gemeint. Mach dir keine Sorgen um mich, Chess. Ein Tag beweist noch gar nichts, außer daß ich manchmal ein ziemlicher Narr sein kann. Als Jim und ich hier ankamen, bin ich zu jedem Bauernhaus im Umkreis gegangen und habe von der Mühle erzählt, und die Leute haben mir ihr Versprechen gegeben, daß sie zu uns kämen. Ich weiß nicht, warum um alles in der Welt ich geglaubt habe, das würde genügen. Du mußt die Leute immer wieder daran erinnern, wer du bist und was du zu bieten hast. Du mußt es ihnen in die Gurgel stopfen.

Wenn Jim morgen zurück ist, malen du und ich als erstes an jeden Felsen und jede Mauer entlang der Straße Hinweiszeichen. Falls zufällig doch jemand zum Mahlen kommt, wird Jim damit schon alleine fertig. Wenn Not am Mann ist, schafft man alles. Wirf das alte Stück Papier auf den Müll, Chess. Das ist vorbei. Ich beschäftige mich nur noch mit dem, was kommt.« Vorsichtig berührte Nate das Modell. Ein winziger Ganghebel bewegte sich auf und nieder. »Das ist das Werk eines Genies«, sagte er. »Wenn du dem alten Mann schreibst, teile es ihm mit.«

»Das muß ich nicht. Augustus Standish hat nie eine Minute daran gezweifelt, daß er ein Genie ist.«

»Fehlt dir dein Zuhause sehr?«

»Wie könnte es, Nathan? Hier ist mein Zuhause, genau hier.«

Nate sah sich um. »Es ist nicht so, wie du es gewohnt warst. Manchmal beschäftigt mich das schon.«

Chess gab ein unwilliges Geräusch von sich. »Paah! Sei nicht so blöde. Du kannst mir ein Haus wie das von Harefields bauen, wenn du der Zigarettenkönig von North Carolina bist.«

»North Carolina?« schnaubte Nate in gespieltem Zorn. Dann mußte er grinsen. »Du mußt in größeren Maßstäben denken, Chess. Amerika ist das mindeste.« Er streichelte wieder das Modell. »Und ich werde es auch schaffen.« Er machte keine Späße mehr.

»Ende der Woche werde ich Jim seinen Lohn auszahlen«, sagte er. »Wenn er bis dahin nicht schon gegangen ist.«

»Nathan, du kannst Jim nicht einfach rausschmeißen. Er ist dein Freund.«

Er sah sie an, als hätte sie in einer fremden Sprache gesprochen. »Was hat Freundschaft mit Geschäft zu tun?«

Danach wandte er seine Aufmerksamkeit wieder dem Modell zu. Chess beobachtete ihn eine Weile. Ich kenne ihn überhaupt nicht. Ich bin mit ihm verheiratet; ich liebe ihn. Aber innerlich ist er mir ein Fremder. Ich frage mich, wann der Tag kommt, an dem er aufhört, mich zu überraschen. Ich hoffe, nie.

»Ich habe beschlossen, in die Stadt zu ziehen«, sagte Jim, als er am Morgen eintrat. Chess war erleichtert.

»Ich werde dich vermissen«, sagte sie.

»Du mußt noch bis morgen warten«, fügte Nate hinzu. »Wir haben heute was zu erledigen, und ich brauche dich für die Mühle.«

»Morgen reicht mir«, sagte Jim entgegenkommend und lächelte sein schüchternes Lächeln. »Ich bin sicher, wir werden uns sehen, wenn du nach Durham kommst, Chess. Ich habe einen Posten in Mr. Angiers Kaufhaus bekommen.«

Und sie hatte sich Sorgen gemacht, weil Nate ihm kündigen wollte. Chess entschied, daß sie noch eine ganze Menge über das Geschäftsleben lernen mußte.

Wenn ein Wagen draußen in den Weg zur Brücke einbog, konnte man es im Haus hören, und dann kamen sie heraus, um ihn zur Mühle zu begleiten. Chess überfiel dabei jedesmal ein leichter Schwindel der Erleichterung. Nathans Ersparnisse gingen in einem bedrohlichen Tempo ihrem Ende zu.

Er jedoch wurde immer verdrießlicher, je mehr Kunden kamen. Die Arbeit, die er im Haus begonnen hatte, nahm ihn völlig in Anspruch.

Er baute die Zigarettenmaschine, formte jedes Stück mit Sorgfalt und Präzision. Augustus Standishs Erfindung sollte in vierfacher Vergrößerung noch einmal entstehen.

Chess sah ihm gerne bei der Arbeit zu, vor allem abends, wenn die Kerosinlampe sanfte Schatten auf sein Gesicht und seinen Hals malte. Seine Konzentration war so groß, daß er ihre Blicke gar nicht bemerkte. Dünne, blasse Späne wanden sich unter seinem Messer hervor und fielen leise wie kleine Sternschnuppen zu Boden. Das Holz roch süß und frisch. Kein Laut drang von außen herein, außer dem Zirpen der Grashüpfer und dem gelegentlichen heiseren Schrei einer Eule. Sie berauschte sich an ihrer Zweisamkeit wie an Champagner.

Morgens fegte sie die Späne zusammen und tat sie zu den anderen in einen Sack, den sie aus einer der Baumwollbahnen genäht hatte. Wenn Nathan mit der Maschine fertig war, konnten sie auf einer Matratze statt auf Stroh schlafen. Dann wollte sie ihm sagen, daß sie sich wieder ein Kind wünschte.

Im Gegensatz zu Nathan lief Chess den Wagen gern entgegen. Sie hatte Spaß an der Mühle. Die hohe Decke innen und die Fenster weit oben in der Wand machten den großen Raum luftig und hell. Und das Mahlen faszinierte sie: Beim Rumpeln der schweren, sich drehenden Steine vibrierte der hölzerne Fußboden unter ihren Füßen, und die Hülsen, die herausflogen, bildeten Muster, die sie an die Wellen auf dem Fluß bei Harefields erinnerten.

Das Mehl fühlte sich zwischen ihren Fingern wie Seide an. Überall, wo sie hinfaßte, hinterließ sie weiße Abdrücke. Sie liebte den hellen Anblick des eingestäubten Fußbodens am Abend; es war fast ein Jammer, ihn zu fegen und dann zu wischen. Aber sie war stolz auf den blitzblanken Eindruck, den er am nächsten Morgen machte, wenn sie dem ersten Kunden die Tür öffnete, und sie war sicher, daß dies einer der Gründe war, weshalb es von Woche zu Woche mehr zu tun gab. Sie erinnerte sich noch allzugut an den sauren Geruch in der Mühle bei Harefields. Sie hatte es gehaßt, dort hinzugehen.

Die meisten Farmer blieben draußen bei ihren Wagen stehen, aber einige fürchteten wohl, nicht alles Mehl aus ihrem Korn zu bekommen, und wollten beim Mahlen dabei sein. Chess genoß es, sich durch den Lärm der drehenden Steine hindurch laut zu unterhalten. Sie drängte die Bauern, doch beim nächsten Mal ihre Frauen mitzubringen. »Ich fange gerade erst an, Bekanntschaften zu machen«, schrie sie. »Ich möchte gern viele Freunde haben.«

An einem Oktobertag verfluchte sie sich allerdings im stillen dafür, daß sie so nett war. Der Bauer war ein großer dünner Mann mit bleichen Haaren und einer langen Nase, die in der Mitte einen eigentümlichen Knick hatte. Jemand anders mußte den Kampf gewonnen haben, dachte Chess, als sie ihn sah.

Als die Mahlsteine ihr Werk beendet hatten, ging er durch die verstreuten Hülsen auf sie zu und stand neben ihr, als sie sein Mehl in sein Faß schaufelte. »Ich bitte um Verzeihung, Mrs. Richardson, aber darf ich Sie fragen – kommen Sie aus Virginia? Ihr Akzent hört sich so an.«

Seine Worte und seine Stimme klangen gebildet, wie die eines Gentlemans und gar nicht wie die eines Bauern aus North Carolina. Chess sah ihn neugierig an. »Ich komme von Harefields«, erklärte sie. Sagte ihm das etwas?

Er verbeugte sich. »Darf ich mir die Freiheit nehmen, mich Ihnen vorzustellen, Ma'am? Mein Name ist Henry Horton, Sie kennen vielleicht meinen Cousin Horton Barton?«

»Natürlich. Ich fürchte, ich war das kleine Mädchen, das ihn an seinem sechsten Geburtstag in den Fluß geschubst hat. Wie geht es ihm? Hoffentlich gut?«

Chess war freudig erregt. Von ihm zu hören, war fast so gut, wie einen alten Freund zu treffen.

Henry Hortons Lachen klang wie eine Dampfpfeife, schrill, laut und erschreckend. Es hörte genauso unvermittelt auf, wie es begann, und das erschreckte einen aufs neue. »Wissen Sie«, sagte er, »daß er bis auf den heutigen Tag Angst vor Wasser hat?« Seine Augen blickten fröhlich. Chess argwöhnte, daß er seinen Cousin nicht besonders gut leiden konnte.

Sie hielt ihm eine mehlige Hand hin. »Angenehm, Mr. Horton. Ich bin schrecklich unhöflich gewesen. Ich hätte Ihnen gleich meinen Namen nennen sollen. Francesca Richardson, geborene Francesca Standish.«

»Ihr Diener, Mrs. Richardson.« Horton nahm ihre Hand und beugte sich darüber, ohne sie jedoch zu küssen. Alles war perfekt – *comme il faut.*

»Was für ein glücklicher Zufall das doch ist«, meinte er. »Ich bin sicher, meine Frau möchte Sie kennenlernen, wenn Ihnen das paßt. Wir haben eine Plantage in der Nähe. Ich hoffe, daß wir sehr bald dort das Vergnügen haben, Sie und Mr. Richardson zu begrüßen.«

Chess lächelte. »Das klingt wunderbar, Mr. Horton. Ich freue mich darauf.« Doch während sie das sagte, sank ihr der Mut. Für solch einen Besuch hatte sie nichts anzuziehen. Das beste hatte sie gerade an, und das war vom täglichen Waschen schon mürbe geworden. Sie wollte gerne Bekanntschaften in der Nachbarschaft machen, aber keine, mit denen sie sich nicht messen konnte.

Nate kam vom Dachboden herunter. »Da kommt ein neuer Wagen. Ich lade die Säcke ab und binde sie zu.«

Chess nahm den Besen, um die Mahlsteine für den nächsten Kunden sauberzufegen. Ich war eine Gans, daß ich mir Sorgen gemacht habe. In einer Million Jahre würde Nathan nicht die Arbeit an seiner Maschine unterbrechen, um gesellschaftliche Kontakte zu pflegen.

»Natürlich gehen wir hin, wenn wir eingeladen sind«, sagte Nate, als sie ihm von Henry Horton erzählte. »Ich habe von ihm gehört. Er hat über 3000 Hektar mit vielen Mais- und Weizenfeldern. Er könnte die Mühle allein in Schwung halten.

Land bedeutet auch Macht. Horton hat bestimmt eine Menge Freunde in der Staatsregierung. Vielleicht können wir eines Tages seine Hilfe gebrauchen.«

»Aber ich kann da nicht hingehen, Nathan. Ich habe kein angemessenes Kleid.«

»Wir kaufen eins in Durham. Nein, zwei. Hast du nicht gesagt, seine Frau käme hierher?« Nates Augen wanderten durch den Raum. »Das ist's, nicht wahr. Du möchtest nicht, daß sie sehen, wie wir leben. Klingt vernünftig. Schreib einen Brief, daß du zuviel zu tun hast. Ich bringe ihn hin.«

Chess wurde zornig. »Du verstehst überhaupt nichts, Nathan Richardson. Ich mache mir nicht das geringste daraus, die Hortons zu beeindrucken. Wenn seine Frau kommt, muß sie mich nehmen, wie ich bin, in meinem Haus. Aber wenn wir sie besuchen, dann muß ich für ihr Haus anständig angezogen sein. So gehört sich das.«

»Du würdest Sie hierher einladen?«

»Sicher.« Chess sah sich um. »Ich sollte mal wieder ausfegen. Alles ist voller Mehl.«

Nate schüttelte verwundert den Kopf. »Chess, du bist eine richtige Lady«, sagte er, »hochnäsig wie nur was, aber eine Lady durch und durch.«

Auch Edith Horton war eine richtige Lady. Sie gab nicht im geringsten zu erkennen, daß es irgendwie ungewöhnlich war, in nur einem Raum zu leben und Kaffee aus Blechbechern zu trinken. Sie erklärte Chess, daß sie ihr liebend gern ihren Rosengarten zeigen würde und fragte, ob die Richardsons denn zu einem Mittagessen kommen könnten, das sie am 18. Oktober gab. Wenn das schöne Wetter anhielt, konnte man die Tische vielleicht noch draußen in ihrem Garten aufstellen.

Chess sagte höflich zu. »Edith Horton ist eine wirkliche Lady«, erzählte sie Nathan später. »Sie hat mir fast zwei Wochen Zeit gegeben, etwas zum Anziehen zu finden, und die Einladung ist am Tag, denn wenn es irgend etwas gibt, was ich wirklich nicht brauche, dann ist es ein Abendkleid.«

Nate lachte. »Wie gut, daß ich es in meinem Geschäft nur mit Männern zu tun habe. Selbst der falscheste Hund ist noch aufrichtig, verglichen mit euch Ladies.«

»Sei still. Wann fahren wir nach Durham?«

19. Kapitel

Das Wetter war perfekt. Ein milder, warmer Spätsommertag. An vielen Büschen blühten die Rosen zum zweiten Mal, und eine gelegentliche Brise verbreitete ihren Duft. Chess wünschte sich, das Fest jetzt anhalten zu können, damit es für immer so bliebe.

Zum ersten Mal trug sie ein Kleid, das für sie gemacht und nicht aus der Garderobe ihrer Mutter für sie umgearbeitet worden war. Sie wußte, daß sie gut aussah, aber das war auch kein Wunder. Jim Monroe kannte den Namen einer Schneiderin, die bei Angier einkaufte und ihre Schnittbögen direkt aus Europa bezog. Miss Mackenzie hatte Chess Nachhilfe in Sachen Mode gegeben. Jetzt trug Chess auch zum ersten Mal ein eigenes Korsett, ebenfalls der letzte Schrei. Es war im langen, schmalen »Kürassier-Stil« gearbeitet, nach den Brustpanzern, die einst von den Soldaten getragen wurden. Es war ideal für große schlanke Frauen, weil es sie kleiner machte; untersetztere Frauen sahen darin allerdings lächerlich aus. Chess schwelgte in Vergleichen zwischen sich selber und den meisten anderen Damen bei diesem Essen.

Ihr grauweiß gestreiftes Kleid sah sehr vornehm aus – nicht zuletzt dank des schwarzen Samtbandes, das den weitausgeschnittenen V-förmigen Ausschnitt über dem plissierten Seidenmieder einfaßte. Hinten war der bauschige Rock mit feinen weißen Spitzen gerafft und wurde außerdem noch von einer großen tiefschwarzen Samtschleife geschmückt.

Auch Chess' Schuhe waren ganz nach der neuesten Mode: aus dünnem schwarzen Leder, mit hohen, schmalen Absätzen und einer seitlich verlaufenden Leiste von glänzenden schwarzen Knöpfen. Die weißen Knöpfe an ihren Handschuhen hatte sie gegen schwarze ausgetauscht.

Mit dem Paisley-Schal ihrer Großmutter und den geerbten Perlen kam sie sich wie eine Königin vor.

Und so wurde sie auch behandelt. Die Menschen hegten eine große Leidenschaft für die Geschichte des Südens und seine einstige Größe, eine Haltung, die aus den Landbesitzern Virginias eine Art Adel gemacht hatte. Chess verkörperte ihn, und so wurde sie von allen verehrt.

Sie hoffte, daß Nate es bemerkte und stolz auf seine Frau war. Sie war jedenfalls stolz auf ihn. Er sah sehr gut aus in seinem Anzug, den er in Richmond zum Hochzeitsgeschenk bekommen hatte, fand sie, und der Haarschnitt, den er sich vor zwei Tagen in Durham hatte machen lassen, stand ihm deutlich besser als sein üblicher, den er sich mit einem Jagdmesser selbst verpaßte. Er schien sich gut zu amüsieren; genau wie die drei Männer, mit denen er sich unterhielt und die sich immer wieder ausschütteten vor Lachen. Neben ihm sahen sie blaß und gewöhnlich aus.

Es wäre schön, wenn es zum Dessert Champagner gäbe. Für Nathan wäre es höchst angemessen. Denn – es waren nicht nur das Wetter, die Rosen und dieses Essen, die diesen Tag zu einem ganz besonderen machten. Eine Stunde nach Mitternacht war Nathan mit dem letzten Teil der Zigarettenmaschine fertig geworden. Wenn das nicht Anlaß genug für Champagner war!

Es gab tatsächlich Champagner. Und ein außergewöhnliches Mahl mit sieben Gängen. Noch ehe es vorbei war, spürte Chess ihr Kürassier-Korsett.

Auf dem Heimweg gestand sie es Nathan. Er kicherte fast eine Meile lang vor sich hin. Der Tag hatte ihm sehr gut gefallen. Nicht das feine Essen – er hatte nicht einmal die Hälfte der Sachen erkannt, die er sich in den Mund geschoben hatte. Aber er hatte drei Männer aus dem Parlament kennengelernt, die sich mit großem Interesse sein kleines Abenteuer beim Landkauf in Hillsborough angehört hatten. Und er hatte eine ganze Menge darüber erfahren, was so hinter den Kulissen der Geschäftswelt von Durham vor sich ging.

Er erzählte Chess am nächsten Tag davon, als er die beiden Männer ausgezahlt hatte, die an diesem Tag für ihn gearbeitet hatten. James Bonsack hatte seine Zigarettenmaschine noch einmal gebaut und ein Patent dafür erhalten, das sie als verbessert bezeichnete. Er hatte außerdem eine Firma gegründet, um die Maschine zu vermarkten.

»Das hätte er nicht getan, wenn sie nicht funktionierte, Chess.

Ich spüre seinen Atem in meinem Nacken. *Allen and Ginter* probieren sie bereits aus.«

Sie unterbrach ihn. »Ich schreibe noch heute abend an Großvater. Über Onkel Lewis kann er alles herausfinden.«

»Genau darum wollte ich dich gerade bitten. Also nehmen wir mal an, sie funktioniert. Was bedeutet das für uns? Wir brauchen mindestens noch vier Monate, um unsere in Gang zu setzen, und dann ist da noch das Problem, wo wir den Tabak herkriegen und wie wir die Zigaretten verkaufen.«

»Gibt es keine Auktionen in Durham? Nein, das war eine blöde Frage. Man würde dich erkennen. Was ist, wenn ...«

Sie redeten stundenlang, besprachen Lösungen, entwickelten Pläne, überschlugen Kosten und wahrscheinliche Einkommen aus der Mühle, entdeckten neue Schwierigkeiten und notierten, welche Informationen sie noch brauchten, ehe sie endgültige Entscheidungen treffen konnten.

Nathan teilte eine Ecke von dem großen Raum in der Mühle ab; er verbreiterte die Mauern und setzte eine dickere Tür ein, die einen eisernen Riegel mit Vorhängeschloß bekam. Den Schlüssel dazu trug er an einem Lederband unter seinem Hemd.

Das Modell stellte er auf einen Holzblock hinter der Tür, drumherum legte er die Einzelteile, die er geschnitzt hatte.

Chess schrieb Briefe, in denen sie sich nach Rollen von Zigarettenpapier erkundigte.

Jetzt mußte die Maschine zusammengebaut werden. Heimlich. Nachts. Während tagsüber die Mühle in Betrieb war. Erst wenn das geschafft war, wußten sie, ob das Ding lief. Das Modell funktionierte – ohne Papier und Tabak. Aber das Modell war eine Idee, keine Maschinerie.

»Nathan, so geht es nicht weiter. Du machst dich kaputt.« Um Chess' gerötete Augen lagen dunkle Ringe der Erschöpfung. Die Kerosinlampe in ihrer Hand schwankte. »Halt das Licht still, bitte. Wie soll ich hier sonst was erkennen?« Trotz der nächtlichen Kühle schwitzte er vor Anstrengung, ein Maschinenteil an die richtige Stelle zu bugsieren.

»Du sollst ja gar nicht«, erwiderte Chess scharf. Sie stellte die Lampe auf den Boden.

Der schwere Holztrichter fiel Nathan aus der Hand. »Ich könnte dich umbringen«, brüllte er.

»Du solltest mir lieber den Gefallen tun, für heute mit der Arbeit aufzuhören. Es wird schon fast hell, und wir haben noch nicht eine Minute geschlafen.«

Er seufzte tief; es klang wie ein Stöhnen. »Du hast ja recht. Ich fange an, Fehler zu machen. Laß uns zu Bett gehen. Aber halt die Lampe noch eine Minute, damit ich den Trichter irgendwo sicher abstellen kann ... Uff, er ist schwerer, als ich ihn in Erinnerung hatte. Vielleicht muß ich ihn etwas dünner machen.«

»Stell das elende Ding weg, und komm endlich.«

Das unablässige Arbeiten stellte sie beide auf die Probe. Daß sie Nacht für Nacht zu wenig Schlaf bekamen, war nicht das Hauptproblem. Sondern daß Nate praktisch jedes größere Einzelteil nachbearbeiten mußte, damit es richtig paßte. Seit sechs Wochen arbeitete er nun wie von Dämonen gehetzt, und die Maschine war immer noch nicht viel mehr als ein Gerüst. Nun war es schon Dezember, und daß er sie, wie geplant, vor dem Frühling fertig hatte, schien nahezu unmöglich.

In der Zwischenzeit priesen Schilder an den Felsen, Scheunen und Bäumen im ganzen Umkreis die Vorzüge von Dukes Zigaretten »Duke of Durham«. In der Stadt erzählte man sich, daß seine angereisten Arbeiter bereits mehr als neun Millionen Stück hergestellt hatten, und alle waren verkauft worden.

Die einzig gute Nachricht kam von Augustus Standish. Bonsacks Maschine gab so oft ihren Geist auf, daß *Allen and Ginter* sie schließlich abgelehnt hatten. Auf Dauer waren die Mädchen an den Tischen schneller.

Der alte Mann fügte noch ein paar Bemerkungen an, alle wie immer gewürzt mit seinem bissigen Humor.

»Du hast zweifellos von dem traurigen Mißgeschick gehört, das Jimmy Bonsacks erster Maschine widerfahren ist. Bei der Lieferung an Lewis Ginter wurde sie eines Nachts in Lynchburg, Virginia, auf dem Frachthof angestellt. Dort hat sie offensichtlich Feuer gefangen und ist zu Asche verbrannt.

Meine liebste Chess, hast du inzwischen eigentlich Hans Christian Andersen gelesen? Ich wäre sehr traurig, wenn sich meine

Enkelin zu einer solch trostlosen Figur wie Aschenputtel entwikkelte, statt zu einer so interessanten Heldin wie der Kleinen Meerjungfrau.«

Natham fragte sie, was Augustus Standish damit meinte.

»Er fragt sich, ob wir vielleicht Bonsacks Maschine verbrannt haben.« Chess sah Nate unvermittelt an. »Du würdest doch nicht ...«

»Wenn ich davon gewußt hätte, bestimmt. Aber ich bin noch nie auch nur in der Nähe von Lynchburg gewesen. Und es hat ja auch nichts genützt, oder? Bonsack hat einfach eine zweite gebaut.

Was schon deutlich mehr ist, als ich zuwege bringe. Ich bekomme nicht einmal die erste zusammen.«

Standish hatte noch unbescheiden geschrieben, daß sein Modell keine der Schwächen von Bonsacks Erfindung aufweise.

»Die Macken sind alle meine Schuld«, sagte Nate bitter. »Aber ich werde sie alle schlagen, und wenn es mich das Leben kostet.«

Am 11. Dezember arbeitete die Mühle mehr als je zuvor. Vielleicht lag es daran, daß es ein Sonntag war. Die Richardsons waren die einzigen, deren Mühle an diesem Ruhetag geöffnet war, ein Umstand, der ihnen viel Kritik eintrug, aber auch für reichlich Umsatz sorgte.

Chess spürte, daß ihr Lächeln immer mehr gefror, je weiter der Tag fortschritt. Sie war froh, daß die Sonne schon so früh unterging. Der Himmel rötete sich bereits, als sie dem letzten Wagen hinterherwinkte. Ihre Schläfen pochten vor Kopfweh; seit Sonnenaufgang hatte sie nichts gegessen. Brav trank sie jetzt ihre Ei-Mischung, aber zum Abendessen gab es nur Aufgewärmtes. Nathan bemerkte es gar nicht. Er arbeitete noch stundenlang weiter, als Chess längst zu Bett gegangen war. Als er sich endlich neben sie legte, war er schon eingeschlafen, bevor sein Kopf ins Kissen sank.

Eine halbe Stunde später setzte er sich plötzlich auf. Seine Bewegung weckte Chess, doch in der Dunkelheit konnte sie sein Gesicht nicht erkennen. Was war passiert? Mit der Hand hielt er ihr Mund und Nase zu. »Sei still«, flüsterte er ihr ins Ohr. Dann nahm er die Hand weg, und sie konnte wieder atmen.

Aus den leisen Geräuschen, die er jetzt machte, konnte sie schließen, daß er seine Jeans anzog und seinen Revolver hervorholte. Das andere Geräusch konnte sie nicht identifizieren – ein dumpfes Rumpeln, das von der Mühle herkam. Chess setzte die Füße auf den kalten Boden.

Bei Nathans Flüstern zuckte sie zusammen. Sie hatte nicht bemerkt, daß er zu ihr getreten war. »Hier ist die Knarre«, sagte er, und sie fühlte, wie er sie ihr in die Hand preßte. Das Metall der Trommel war so kalt, daß es sich anfangs heiß anfühlte. »Du hockst dich da hinter die Matratze und zielst die ganze Zeit auf die Tür. Wenn jemand reinkommt, pustest du ihm ein Loch in den Leib, egal wohin. Wenn ich es bin, ruf ich vorher deinen Namen. Dann schießt du nicht.«

Sie bemerkte, wie sie den Atem anhielt, als in der Dunkelheit plötzlich farbige Punkte vor ihren Augen tanzten. Sie atmete wieder ein, als sie die Schüsse hörte. Peng! Peng-peng! Peng! Peng!

Ihre Hände fühlten sich glitschig an. Wie konnte sie in dieser Kälte bloß so schwitzen? Ihr Körper schmerzte von der Anstrengung, in die dunkle Stille zu horchen.

Dann hörte sie Schritte auf der Brücke. Sie waren sehr leise. Chess wischte sich erst die eine, dann die andere Handfläche an ihrem Nachthemd ab und hob die Waffe: Ich verabscheue Revolver, sie tun meiner Schulter weh, wenn sie losgehen. Ein verrückter Wunsch zu kichern überkam sie.

»Chess!«

Fast hätte sie abgedrückt, so war sie zusammengezuckt.

Nate stürzte herein, warf etwas Anmachholz auf die grauen Kohlen in der Feuerstelle. Sofort loderten Flammen auf. Ein paarmal knackte es laut. Funken zerstoben, als er einen dickeren Scheit oben drauf legte.

»Wenn ich das nächste Mal mitten in der Nacht Leuten nachsteige, könntest du mich freundlichweise daran erinnern, meine Stiefel anzuziehen.« Er versuchte zu lächeln, doch das Licht des Feuers zeigte, daß ihm gar nicht nach Lachen zumute war.

»Was ist passiert? Bist du heil?«

»Nimm den Revolver runter…« Nate beugte sich vor, als habe er gräßliche Schmerzen.

»Du bist verletzt!« Sie ließ die Waffe auf die Matratze fallen und eilte zu ihm hin.

Mit einem Arm hielt er sie auf. »Es ist nichts. Ich habe ihnen keine Chance gegeben. Oh Gott…« Seine Worte waren ein Verzweiflungsschrei, eine Bitte um Vergebung. »Es waren zwei. Der eine hielt eine Bettdecke gegen die Tür vom Zigaretten-Raum, während der andere mit einer Axt das Schloß bearbeitete.

Sie haben mich gar nicht bemerkt, Chess. Ich habe ihnen in den Rücken geschossen.«

Er sah sie an, als wäre sie seine Anklägerin. Sein Gesicht war vor Scham verzerrt.

»Was sollte ich machen? Sie zum Duell fordern? Ich habe sie abgeknallt wie Wiesel oder Stinktiere, und das waren sie auch.«

Seine Augen waren verschleiert. »Das erste Mal, daß ich Menschen erschossen habe«, sagte er. Mächtige Schauer liefen durch seinen Körper. Chess legte die Arme um seine Schultern und drückte seinen Kopf an ihre Brust.

Sie empfand eine seltsame Ruhe und allumfassende Liebe für diesen Mann. Sie schloß die Augen und umfing ihn mit ihrer Friedlichkeit.

Als auch er ruhiger wurde, wischte er sich das Gesicht an ihrem Rock ab. »Verzeih mir«, murmelte er.

»Wofür, Nathan? Ich bin stolz auf dich. Daß du getan hast, was getan werden mußte, und daß du es verabscheust. Was machen wir mit ihnen?«

»Ich habe sie schon in den Bach geworfen. Die Strömung wird sie die halbe Strecke bis Raleigh treiben. Bei Tagesanbruch wische ich den Boden sauber.«

»Ich helfe dir.«

An Schlaf war jetzt nicht mehr zu denken. Chess machte Kaffee, und sie redeten miteinander. Das Merkwürdige war, woher wußte jemand von der Maschine? Denn dahinter waren sie hergewesen. Die Tageseinnahmen in der Kasse waren noch da. Sie hatte sie am Abend vorher vergessen, weil sie so müde war.

Die zweite Frage war: Wer hatte sie geschickt und warum? Um etwas zu stehlen? Oder um es zu zerstören?

Schließlich hatte Nate genug von Spekulationen. Sie würden es nie herausfinden; und wer immer die Männer, aus welchem Grund auch immer, geschickt hatte, würde ebenfalls nie erfahren, was mit ihnen passiert war. Entscheidend war, daß jemand von der Maschine wußte und sie für wichtig genug hielt, um nachts einen Anschlag auf sie zu verüben.

»Denk an Bonsack«, sagte Chess. »Seine wurde in Lynchburg verbrannt.«

»Du hast recht. Könnte sein, daß es derselbe war. Wie auch immer, wir müssen von jetzt an besonders vorsichtig sein. Und ich muß nach Durham fahren, um mich ein bißchen umzuhören.«

Nach gründlichem Schrubben und Verstreuen von Mehl war von den Blutspuren auf dem Boden nichts mehr zu sehen. Die Morde waren wie ausgelöscht.

Aber nachts im Schlaf kehrten Chess' Erinnerungen zurück, die sie längst glaubte, hinter sich gelassen zu haben. Sie war ein junges Mädchen in diesen Träumen, und es war Frühling, und um sie herum blühte alles. Die weißen Blüten der Hartriegelsträucher glitten in einer süß duftenden Brise zu Boden, wo sie von einer roten, klebrigen Masse leuchtend karmesin gefärbt wurden. In der Nähe lagen ein rotbefleckter grauer Hut und ein feuchter roter Mantel mit goldenen Punkten auf dem Rot, und an einer ausgestreckten Hand steckte an dem kleinsten der langen, schmalen Finger ein goldener Siegelring.

Der Alptraum vom Tode ihres Vaters suchte sie wieder heim. Nur gab es diesmal zwei Tote und soviel Blut, daß es den ganzen Fluß färbte, der ihre Leichen langsam davontrug, so daß nur der Geruch des Todes zurückblieb, in den sich der von blutbespritztem Mehl mischte.

Als sie erwachte, konnte sie sich, Gott sei Dank, nicht mehr an den Traum erinnern. Sie wußte nur, daß sie froh war, wach zu sein, obwohl sie sich durchaus nicht ausgeschlafen fühlte.

Er wolle einen Mann für die Arbeit in der Mühle einstellen, sagte Nate. Den größten, den er finden konnte, und möglichst brutal solle er aussehen. »Ich denke, er kann jeden Dienstag und Mittwoch für mich einspringen; das gibt mir Zeit, hier im Haus an den

Maschinenteilen zu arbeiten und zwischendurch nach Durham zu fahren.«

Die Mehrausgabe konnten sie sich leicht erlauben; die Mühle brachte gutes Geld, und sie sparten eifrig.

»Laß mich einen Blick auf ihn werfen, bevor du ihn einstellst«, bat Chess. »Ich muß schließlich mit ihm arbeiten. Und ich brauche auch einen Tag, wo du mit ihm arbeitest und ich daheim bleibe. Ich muß mich auch mal um andere Dinge kümmern. Das Haus verwandelt sich langsam in einen Schweinestall, und außerdem möchte ich etwas Unterhaltung haben. Ich habe eine ganze Menge Farmersfrauen in der Mühle kennengelernt, und vier Ladies von Edith Hortons Essen haben ihre Visitenkarten hinterlassen, als ich nicht zu Hause war.«

»Warum sind Sie nicht über die Brücke gegangen und in die Mühle gekommen?«

»Weil es ein gesellschaftlicher Besuch war, Nathan.«

»Wieder eine von deinen Anstandsregeln, was?«

»Zerbrich dir nicht den Kopf darüber. Such dir nur einen Nachmittag in der Woche mit dem Muskelmann in der Mühle aus und überlaß mir das Haus.

Ach, und bring mir etwas hübsches Briefpapier aus Durham mit. Ich muß den Leuten schreiben, wann ich zu Hause bin.«

Fortan nutzte Chess die Donnerstage, um die Frauen, die in der Nähe wohnten, zu besuchen. Nur die bitterste Kälte konnte sie davon abhalten, so sehr sehnte sie sich nach Freundinnen und nach einem normalen Leben. Allmählich verschwanden die Alpträume wieder.

Dienstags fuhr Nate nach Durham. Das Wochenblatt *Tobacco News* erschien am Montagnachmittag. Für die erste Frage, die mit dem nächtlichen Überfall zusammenhing, fand er schon bei seinem ersten Besuch die Antwort. Jack Burlington, der Postmeister, begrüßte ihn wie einen alten Freund. »Hallo, Nate. Sie sind so lange nicht gekommen, daß wir schon dachten, Sie seien nach Kalifornien gegangen, um Gold zu suchen.«

Burlingtons breites Gesicht war rot, und schon morgens um zehn roch er nach Alkohol und Kautabak. In seinen vorstehenden Augen stand die blanke Neugier.

Nate verbarg seine Abneigung und fiel in das Gelächter ein,

das der andere seinem Witz folgen ließ. Der Goldrausch in Kalifornien war schon seit über zwanzig Jahren vorbei, und nur der dümmste Grünschnabel glaubte noch etwas anderes. Gauner verkauften leichtgläubigen Farmern, die von den Auktionen Geld in den Taschen hatten, allerdings immer noch Anteile an nicht existierenden Goldminen. Nate registrierte die Beleidigung und nahm sich vor, sie nicht zu vergessen. Eines Tages, versprach er Jack Burlington im stillen, wirst du mich »Mr. Richardson« nennen und dabei den Hut abnehmen.

»Irgendwelche Post für mich gekommen?« fragte er, als sie genug gelacht hatten.

Ein ganzer Packen, entgegnete Burlington. Die Weihnachtsgrüße bedeuteten immer zusätzliche Postsäcke. Er packte ein Bündel Briefe auf den Tresen vor Nate. Obendrauf lag ein maschinengeschriebener Umschlag von der Ellansee Paper Company. »Haben Sie Verwandte, die Zigaretten herstellen?« fragte Burlington. »Blackwell kriegt eine ganze Menge Pakete von Ellansee, seit sie dort angefangen haben, diese albernen Papierröhren zu drehen.« Er zielte mit einem Saftstrahl auf den Spucknapf zu seinen Füßen. Richtige Männer hatten nur Verachtung für die Memmen übrig, die Zigaretten rauchten, sollte das bedeuten.

»Der Mann meiner Schwester«, sagte Nate. Selbst wenn Burlington ihm glaubte, was zweifelhaft war, die Lüge kam zu spät, um Vermutungen zu verhindern. Die Eindringlinge in der Mühle bewiesen es.

Zumindest hatte er erfahren, wie sie auf ihn aufmerksam geworden waren. Und außerdem, daß auch Blackwell – der Bulle – an die Zukunft der fertigen Zigarette glaubte. Die Zeit wurde wirklich knapp.

Er hatte ein Gefühl, als habe ihn eine eiserne Faust vor die Brust geschlagen. Aber davon war ihm nichts anzumerken, als er weitere kostbare Zeit verstreichen ließ, um sich mit dem Postmeister über die Höhen und Tiefen des Mühlengeschäfts zu unterhalten. Langwierige Gespräche gehörten bei allem dazu. Eile machte die Leute mißtrauisch, und sie fingen an zu klatschen.

Nate schob die Post ungelesen in die Hosentasche. Die Briefe konnten warten. Nicht hingegen das Gespräch mit Jim Monroe. Jim wußte Sachen, die in keiner Zeitung standen. Das

Kaufhaus, in dem er arbeitete, war ein idealer Ort, um Neuigkeiten aufzuschnappen. Die Bar, in der seine Dorena bediente, war sogar noch besser, und sie erzählte ihm alles, wenn sie im Bett lagen.

Jim hatte gehört, daß sowohl Blackwell als auch Buck Duke mit Bonsack verhandelten. Von zwei Männern, die merkwürdigerweise aus Durham verschwunden waren, erwähnte er nichts.

Wahrscheinlich würde Nate nie erfahren, wen er erschossen hatte.

Er aß mit Jim eine große Portion Schweinekoteletts und Rüben in der Dixie-Bar. Dorena brachte ihnen die vollen Teller, und Nate plauderte ein bißchen mit ihr: daß die Kälte Appetit machte, daß Weihnachten immer zu schnell kam, um sich richtig darauf vorzubereiten, und daß Jim sich jetzt wirklich immer schick anzog, seit er im Kaufhaus arbeitete.

»Eine nette Frau«, bemerkte Nate, als Dorena wieder ging.

»Du sagst es!« bestätigte Jim. Er beugte sich vor. »Sie hat eine Freundin, die verdammt daran interessiert ist, mal einen Freund von mir kennenzulernen. Heißt Julie. Auch ein verflucht nettes Mädel, hübsch und sauber.«

»Danke, nein, Jim. Das Komische ist, daß man die Frauen ganz vergißt, wenn man richtig hart arbeitet.«

»Zum Teufel nochmal, Nate, das ist aber mal so ziemlich das verdammt Traurigste, was ich in meinem elenden Leben je gehört habe.«

»Ich hab eine Frau, wie du weißt.«

Jim wurde rot. Chess ließ Jim immer erröten.

Er war nicht fair zu Chess, dachte Nate. Er hatte ihr ein Baby versprochen, aber seit fast sechs Monaten nichts dafür getan.

Nach dem Essen kaufte er ihr in Angiers Kaufhaus ein Geschenk. Es war eine Schachtel mit Weihnachtskarten in hellen Farben – laut Jim das verdammt Neueste, was es in diesem Jahr gab. »Leg eine in die Dose mit den Süßigkeiten«, sagte Nate, »die mit der Krippenszene.«

Später, in der Nacht, schob er ihr Nachthemd hoch. Chess öffnete die Beine, um ihn zu empfangen. »Leg deine Arme um mich, Kleines, erinnerst du dich?« murmelte Nate.

Chess stieß ihn von sich. »Nenn mich nicht ›Kleines‹«, schrie sie. »Nie wieder.« Sie hatte wieder Alvas träumerische Stimme im Ohr. »Ich hasse dieses Wort, Nathan.«

Er wußte nicht, warum sie so zornig war. Vielleicht hatte sie nach dem Verlust von Frank einfach nur Angst. »Möchtest du nicht wieder ein Baby haben, Chess?«

Sie hörte die Anteilnahme in seiner Stimme, sah sie in seinem vom Mond beschienenen Gesicht. »Doch. Aber nenn mich bei meinem Namen.«

»Chess. Halt dich an meinem Hals fest. Ich tu dir nicht weh, ich versprech's.«

Sie legte die Arme um ihn und schloß die Augen, um das kurze Gefühl, ihm nahe zu sein und ihn zu besitzen, intensiver zu erleben.

Zu Weihnachten bekam er von ihr eine fertige Matratze aus Holzspänen. Sie roch frisch und sauber; sie gehörte ihnen ganz allein, und Alva gab es nicht mehr.

20. KAPITEL

Bobby Fred Hamilton hieß der Bär von einem Mann, der jetzt in der Mühle mitarbeitete. Nate nannte ihn »Soldat«. Sein dichter grauer Bart ließ ihn noch größer und bedrohlicher aussehen. Nachdem er schon am ersten Tag erfahren hatte, daß Chess die Tochter eines Mannes war, der in Robert E. Lees Armee gekämpft hatte, wurde er ihr ergebener Diener.

Bobby Fred hatte unter Nathan Bedford Forrest gedient und bekam eine ganz belegte Stimme, wenn er über den Tod seines Generals Anno '77 sprach. Aber seine Stimme klang klar wie eine Trompete, wenn er noch einmal die gloriosen Kavallerie-Attakken gegen die verdammten Yankees – »Verzeihung, Ma'am« – in den Hügeln von Tennessee nachfocht. Chess saß stundenlang mit ihm in der fahlen Wintersonne auf den Steinstufen und hörte ihm zu. Es kamen nur wenige Wagen über die Brücke. Die Feiertagsbäckerei war vorbei, die Felder waren gefroren, auf den eisigen Straßen kamen die Pferde gefährlich ins Rutschen. Bobby Fred kam die drei Meilen von der Farm seines Cousins zu Fuß herüber. Sein Bart starrte vor Eis, wenn er zur Tür hereinkam.

Chess machte sich Sorgen um ihn; er war nicht mehr der Jüngste und hatte bei Vicksburg eine Brustverletzung davongetragen.

Bobby Fred wiederum sorgte sich um sie. Eine feine Lady, deren Vater zu Lees Offizieren gehört hatte, sollte kein Mehl schippen und den Boden schrubben.

Sie wurden rasch Freunde.

»Ich würde mein Leben für Mrs. Richardson geben, Nate«, erklärte der alte Soldat. Er weigerte sich, Chess mit Vornamen anzureden, aber Nates Vater hatte ja im Krieg nichts Bemerkenswertes vollbracht.

»Das glaube ich dir. Und es beruhigt mich.« Nate haßte es zwar, gutes Geld auszugeben, wenn es nichts zu tun gab, aber Hamilton stand im Ruf eines wilden Kämpfers und Meisterschützen. Das bedeutete eine Warnung an alle, die an Nates Eigentum wollten, schon deshalb war er sein Geld wert.

»Natürlich wird er alle vergraulen, die, wenn es taut, mit ihrem Korn zur Mühle kommen«, lachte Chess. »Ich sehe schon die Leute, wie sie die Rücken ihrer Pferde blutig peitschen, nur um von hier wegzukommen.«

»Egal. Dann stellen wir schon Zigaretten her.« Nates Stimme war voller Zuversicht.

Chess betete, daß er recht behielt. Er arbeitete immer besessener an seiner Maschine. In seinem Kopf und seinem Herzen war für nichts anderes mehr Platz.

Mitte Februar war er soweit, daß er sie ausprobieren konnte.

Es gab Probleme. Die Verbindung zum Wasserrad war ähnlich wie bei den Mühlsteinen und viel zu langsam.

Aber die Achsen liefen, die Zahnräder griffen sauber ineinander, die Rutsche unter dem Trichter öffnete und schloß sich, das Papierrad drehte sich, ohne Papier, und das Leinwandband rollte langsam unter der Bürste des leeren Klebstoffbehälters hindurch zu dem Messer, das auf seinem Block unentwegt die Luft zerhackte.

Chess und Nate starrten sich sprachlos an. Wenn ein Traum Wirklichkeit wird, ist ungläubiges Staunen die einzig mögliche Reaktion. Nur ganz kleine Kinder glauben, daß alles ganz natürlich zugeht.

»Und nun?« flüsterte sie.

Nate fuhr mit dem Wagen nach Richmond, um das »Zubehör« zu besorgen: Spezial-Klebstoff, mehrere Rollen Zigaretten- und Einwickelpapier und Kartons. Außerdem kaufte er in vier verschiedenen Läden kleinere Mengen geschnittenen Tabak, gab jedes Mal einen anderen Namen an und zahlte immer bar. Um die Fabrik von Allen and Ginter machte er einen großen Bogen. Es war unwahrscheinlich, daß ihn jemand erkannte, aber so kurz vor dem Ziel wollte er auf Nummer Sicher gehen. Auf der langen Rückfahrt zur Mühle schlief er im Wagen, den Revolver griffbereit. Es war das erste Mal, daß er sich mehrere Tage nicht wusch.

Chess lauschte mit einem Ohr Bobby Freds Kriegsgeschichten und beobachtete die Straße.

Nate kehrte nachts zurück, damit der Soldat nichts von der Ladung im Wagen sah. Bobby Fred hätte ihn beinahe erschossen; er hatte sich in den Bäumen versteckt, um Chess zu beschützen. »Danken Sie dem lieben Gott für den Mond«, sagte er zu Nate. »Ich helfe Ihnen beim Abladen.« Er gab sein Ehrenwort als »Soldat der Konföderierten«, niemandem zu erzählen, was er zu sehen bekam.

Nate machte sich dennoch Sorgen; Chess nicht.

Es gab immer noch eine Menge zu tun. Der Tabak mußte weiterverarbeitet, die Verbindung zum Wasserrad verbessert werden, und im Gerichtsgebäude von Hillsborough mußte die neue Firma angemeldet und registriert werden. »Wir nennen sie ›Standish Cigarette Company‹, nach deinem Großvater«, erklärte Nate. »Aber das kommt zuletzt, wenn wir die ersten Zigaretten produziert und verkauft haben. Wenn es erst einmal aktenkundig ist, stehen wir im Freien, und die Bussarde kreisen über unseren Köpfen.«

Am ersten April half der Soldat, 500 Pappkartons in den Wagen zu laden. Jeder Karton enthielt 100 Packungen mit je zehn Zigaretten.

»Der beste Tag, um sich zum Narren zu machen«, sagte Nate mit einem Lachen. Chess erkannte die Abenteuerlust in seinen Augen. Er liebte das Risiko und die Herausforderung. »Ich fahre geradewegs nach Durham«, hatte er entschieden. »Da sind der Bulle und Buck am stärksten. Ich schlage sie, bevor sie die Gelegenheit haben, mich zu schlagen.«

Der erste Wagen mit Korn rumpelte gerade über die Brücke, als er auf die Straße bog. Die Mühle bekam jeden Tag mehr zu tun, nachdem das warme Wetter eingesetzt hatte.

Zumindest habe ich genug Arbeit, dachte Chess dankbar. Das macht das Warten leichter.

Sie schaufelte gerade Mehl, als Nate schon wieder in der Tür stand. Ihre Hand zitterte. Er war noch nicht einmal einen halben Tag fortgewesen. Was war schiefgegangen?

»Alle weg!« schrie er. »Chess, sie sind alle verkauft, bis zur letzten stinkenden Röhre. Wir haben einen Anwalt, der sich um die Registrierung kümmert, ein Konto bei der Morehead's Bank und einen Wagen voll mit Tabak. Hut festhalten, die Rakete hebt ab!«

Erst jetzt bemerkte er, daß ein Kunde da war. Er kam von einer Nachbarfarm. »Alec«, sagte Nate laut, »laß mich deine Hand schütteln. Das Mahlen deines Korns geht heute auf Kosten des Hauses. Ich habe einen Mordsdusel und möchte, daß du was von meinem Glück abbekommst.«

»Ja also, vielen Dank, Nate.« Als Alec nach Hause kam, erzählte er seiner Frau, daß dieser Bursche Richardson völlig durchgedreht sei.

Der Verkauf war leicht zu erklären. Die Standish-Zigaretten waren deutlich billiger. Die handgerollten Marken von Duke, dem Bullen oder Allen and Ginter bekam der Einzelhändler für fünf Dollar pro tausend Stück. Nates Preis waren 3 Dollar 75.

»Ich hatte gerade die verdammten Steuermarken der Regierung gekauft und war zu Jim gegangen, damit er mir hilft, sie auf die Packungen zu kleben, da kam dieser Vertreter von deinem Onkel Lewis in Angiers Laden. Er hat die ganze Wagenladung gekauft. Er setzt sie jetzt unterwegs ab, und wahrscheinlich verscherbelt er die Marken und die Zigaretten getrennt, aber das geht mich nichts an. Ich habe meine Bescheinigung vom Steueramt, und damit bin ich sauber.

Jim ist natürlich stinksauer, weil er keine für den Laden abgekriegt hat. Ich hatte gehofft, er würde ein- oder zweitausend nehmen. Als er nun gar keine bekam, wollte er plötzlich 5000 haben.«

Nate rief nach Bobby Fred. »Komm runter, Soldat. Du wirst befördert.«

Er schlug dem großen Mann freundschaftlich auf den Rücken, als der das Ende der Leiter erreicht hatte. »Soldat, ich werde noch einen Mann einstellen. Der arbeitet für dich. Ab sofort bist du der Chef der Mühle. Mrs. Richardson und ich haben genug damit zu tun, eine Zigarettenfabrik aufzubauen.«

Ehe Chess irgendwelche Fragen stellen konnte, war er schon davon. Sie sah Bobby Fred an. Er zuckte mit den Schultern. Dann grinsten beide. Es machte Spaß, sich von diesem Wirbelwind mitreißen zu lassen.

Am nächsten Tag lief die Zigarettenmaschine immer, wenn kein Kunde für Mehl da war. Dann koppelte Nate die Mahlsteine von der Kraftübertragung ab und nutzte die Energie für seine Maschine.

Der geringe Ausstoß mißfiel ihm – gerade mal 5000 Zigaretten.

»Das reicht doch, um Jims Auftrag zu erfüllen, Nate. Und es hat fast keine Zeit in Anspruch genommen, wenn du das Umwechseln der Antriebsenergie nicht rechnest.«

»Aber verstehst du denn nicht? Wenn wir den ganzen Tag Zigaretten herstellen, kommen wir auf über 50000. Die bringen beim Verkauf fast 200 Dollar. Zieh 1 Dollar 75 für die Steuer ab, die Kosten für den Tabak und das Material, dann hast du immer noch 50 Dollar Gewinn am Tag. Jeden Tag, Chess. Bevor die Woche vorbei ist, haben wir mehr verdient, als wir für die *Lemon*-Deckblätter bekommen haben.«

»Ich möchte deine Seifenblase nicht zerstechen, Nathan, aber du weißt doch gar nicht sicher, daß du 50000 Zigaretten im Monat verkaufen kannst, geschweige denn am Tag. Aber wir wissen, daß wir mit dem Mehl fast 20 Dollar Gewinn im Monat machen. Das ist eine Menge Geld.«

»Habe ich gesagt, daß wir mit dem Mahlen aufhören? Ich sagte, wir bauen eine Fabrik, nur für Zigaretten. Wir haben über 400 Dollar auf der Bank, Lady. Damit könnten wir einen Palast bauen, wenn wir wollten.«

Chess' Knie gaben nach. Sie plumpste auf den Boden. 400 Dollar? Das mußte alles Geld der Welt sein. Dabei sollte sie eigentlich gar nicht so erstaunt sein; schließlich hatten sie und Nate vorher ja alles durchkalkuliert. Aber sie hatte immer nur pro Tausend gerechnet und nicht bedacht, daß es um eine halbe Million Zigaretten ging. Sie faßte sich wieder; und jetzt sprühte sie vor Energie. »Wir sollten eine Mannschaft einstellen, die das Wasserrad für die Fabrik baut«, sagte sie. »Du und Jim, ihr habt damals fast zwei Monate gebraucht. Außerdem sollte die Fabrik aus Ziegeln, nicht aus Holz bestehen. Ein Feuer wäre verheerend.«

In diesem Moment sah sie ihrem Mann sehr ähnlich – vor allem in ihrem Augenausdruck.

Drei Tage später ritt der Sheriff von Durham County mit zwei bewaffneten Stellvertretern auf ihr Grundstück. Während seine Männer Wache hielten, legte er Nate ein paar amtliche Papiere vor. Er wurde der Patentverletzung bezichtigt: Die Bonsack Company verklagte ihn auf 50 000 Dollar Schadensersatz.

Der Sheriff vernagelte die Tür zur Mühle und stellte einen Mann als Wache davor. »Die Anlage darf nicht betreten werden, bis der Rechtsstreit beigelegt ist«, verkündete er. »Der Apparat, den Sie da drin haben, ist Beweisstück im Prozeß.«

Der Soldat knurrte im besten Tennessee-Dialekt, daß er jetzt gerne hier mal eine Weile herumhängen würde. »Mir hat der Gedanke noch nie gefallen, daß der Fuchs auf den Hühnerstall aufpassen soll. Werde mal ein Auge auf diesen Bengel mit seinem Abzeichen haben.«

»Hüten Sie bloß Ihre Zunge, Mister«, sprudelte der Hilfssheriff hervor und sah Bobby Fred trotzig an. Doch nur für ein paar Sekunden, dann machte er sich schnell am Türgriff zu schaffen, um sich zu vergewissern, ob das Schloß verriegelt war.

Nate führte Chess ins Haus. »Hol das Patent raus«, drängte er, »wir müssen zu Pete Bingham, dem Anwalt in Durham, von dem ich dir erzählt habe. Los komm, ich traue dem Sheriff nicht. Er hat hier nichts zu suchen, wir gehören zu Orange County, nicht zu Durham County. Ich hab dir gesagt, daß die Bussarde über uns kreisen. Irgend jemand – oder vielleicht auch eine ganze Gruppe – in Durham ist richtig sauer auf uns.«

»In den Papieren steht, daß es Bonsack ist.«

»Jemand aus Durham hat ihn auf die Idee gebracht. Roanoke ist ein ganzes Stück weg. Pete dürfte das in kürzester Zeit geklärt haben. Die Maschine deines Großvaters war zuerst da, und damit ist die Sache erledigt.«

»Ich bin nicht so sicher. Laß mich mal eine Minute nachdenken …«

Bonsacks Maschine versagte immer wieder – soviel wußten sie aus Augustus Standishs Brief. Während seine eigene gut funktionierte. Also mußten sie verschieden sein. Sie hatten gute Aussichten, mit ihrem früheren Patent Bonsack zur Aufgabe zu zwingen. Aber war es nicht besser, die Konkurrenz mit der unvollkommenen Maschine werkeln zu lassen? Wenn sie vor Gericht zogen, war ihre Maschine Beweismittel; die Anwälte der anderen Seite konnten sie so oft und genau inspizieren, wie sie wollten, um zu sehen, weshalb sie besser lief als die von Bonsack.

»Würdest du nicht auch einen Ingenieur schicken, der sich als Anwalt ausgibt? Ich täte es jedenfalls. Er könnte nach Herzenslust Maß nehmen und Zeichnungen anfertigen.

Ich denke, wir sollten uns direkt an Bonsack wenden und zu einer Einigung kommen. Wir lassen ihn in Frieden, wenn er uns in Frieden läßt. Und die Anwälte bleiben außen vor.«

Nate bedachte, was sie gesagt hatte.

»Das macht ziemlich viel Sinn, Partner«, befand er schließlich. »Nur noch eins. Wir müssen dafür sorgen, daß der Sheriff sich nicht unserer Maschine bemächtigt oder jemanden reinbringt, der sie sich anschaut. Ich habe eine Idee ...«

Kurze Zeit darauf verließ Chess das Haus mit frisch gekochtem Kaffee. Der Duft war verführerisch. »Ihr beide habt mir so leid getan«, rief sie. Während sie Bobby Fred eine Tasse reichte, flüsterte sie ihm zu: »Sag, du willst keinen, und geh zu Nathan ans Wasserrad.«

Dann plauderte und trank sie Kaffee mit dem Hilfssheriff; und unterdes ließen sich Nate und der Soldat von den Schaufeln des mächtigen Rades zu einem Vorsprung an einem Fenster im Dachgeschoß tragen. Bobby Fred band sich das Ende eines Seils um den Bauch. Das andere Ende führte Nate durch die nicht angeschlossene Kraftverbindung und glitt barfuß daran hinunter, während der Soldat oben festhielt.

Chess lachte und schwatzte, bis sie heiser war – und auch dann hörte sie noch nicht auf. Nate baute derweil bis auf den Rahmen alles aus der Standish-Maschine aus und schickte die Einzelteile in Mehlfässern am Seil dem Soldaten hinauf.

Anschließend kletterte er wieder auf den Vorsprung und ließ sich auf dem Rad nach unten. Der Soldat ließ die Fässer zu ihm herab, machte das Seil los, warf es Nate in die Arme und fuhr ebenfalls nach unten. Dann versteckten sie die Fässer tief im Wald.

»Habe seit meinen Spähtrupps in der Armee nicht mehr so viel Spaß gehabt«, grummelte Bobby Fred aus seinem zernarbten Brustkorb heraus.

»Mr. Bonsack, ich glaube, Sie haben sich ein paarmal mit meinem Großvater unterhalten. Augustus Standish, von der Harefields Plantage.«

Chess fühlte sich sehr elegant in ihrem grauweiß gestreiften Kleid mit der Kürassier-Korsage und dem Strohhut, den Jim Monroe ihr auf Kredit gegeben hatte. Ihr Konto bei der Bank war gesperrt, weil es ebenfalls Beweismaterial in dem Rechtsstreit war.

Bonsacks Anwalt wollte etwas sagen, aber Nate riet ihm, den Mund zu halten. »Meine Frau spricht gerade, Mister. Und Sie wollen doch wohl nicht die Rede einer Lady unterbrechen, oder? Ich könnte das als Beleidigung betrachten.«

»Ich sehe an Ihrem Gesichtsausdruck, Mr. Bonsack«, fuhr Chess fort, »daß Sie ahnen, was ich sagen will. Aber Sie müssen nicht erschrecken ...«

In weniger als einer Stunde hatte man sich geeinigt.

Nate begleitete den Anwalt zum Telegrafenamt. »Ich möchte sichergehen, daß Sie die Hunde wirklich ein für alle Mal zurückpfeifen«, sagte er. In Wirklichkeit interessierten ihn vor allem die Namen der Hunde.

»Wie ich vermutet habe«, erzählte er Chess später, »es waren Buck und der Bulle. Gemeinsam mit deinem Onkel Lewis.«

Sie rang nach Luft. »Aber er weiß doch, daß wir verheiratet sind. Und er ist Großvaters Freund.«

»Ich hab's dir schon mal gesagt, Chess, im Geschäftsleben gibt es keinen Platz für Freundschaften. Angriff ist die beste Verteidigung, und den letzten beißen die Hunde.«

Als sie wieder in der Mühle waren, stellten er und der Soldat ein Dutzend Männer ein, die rund um die Uhr Wache hielten. Erst danach baute er die Maschine wieder zusammen, ersetzte das alte Vorhängeschloß und brachte noch zwei weitere Riegel samt Schlössern an.

»Jetzt können wir richtig ins Geschäft einsteigen«, verkündete er. Seine Augen leuchteten vor Erregung. »Wir werden diesen Schurken das Zittern beibringen. Bei uns haben sie's ja schon versucht.«

21. Kapitel

Chess machte sich Sorgen, daß vielleicht kein Wagen mit Korn mehr kam, weil die Hilfssheriffs, bis der Rechtsstreit beigelegt war, alle Farmer wieder weggeschickt hatten.

Doch statt dessen bildete sich jeden Tag von Sonnenaufgang bis Sonnenuntergang eine lange Schlange. Alle mußten warten, aber keinem schien es etwas auszumachen. Es herrschte beinahe Jahrmarktsstimmung.

»Ist das nicht nett, Nathan? Ich bin hundemüde, doch es ist mir egal. Alle wollen uns zeigen, daß sie uns unterstützen.«

Nate lachte über ihre Naivität. »Alle wollen die Gauner sehen, Chess. Viele haben ihre ganze Familie mitgebracht. Sie wissen zwar nicht, was wir verbrochen haben, aber da sie glauben, wir sind damit durchgekommen, sind wir in ihren Augen Helden. Die Leute auf dem Lande mögen keine Sheriffs; in ihren Augen mischt sich das Gesetz ungefragt in alle möglichen Dinge ein. Niemand mag das, schon gar nicht hier im Süden.«

Er war jetzt jeden Tag in Durham. Er hatte immer was zu erledigen: Er bestellte Ziegel für die Fabrik, gab allerdings an, sie seien für das Haus, das er bauen wolle. Und er lieferte Jim die 5000 Zigaretten und verteilte in anderen Läden und Bars Probepackungen. »Gratis, damit Sie auf den Geschmack kommen«, sagte er. »Rauchen Sie ein paar selbst, und bieten Sie den Rest Ihren Kunden an. Bei fünf Cent für eine Zehnerpackung haben Sie eineinviertel Cent Profit, wenn Sie später bestellen wollen.«

Aber vor allem wollte er gesehen werden, besonders von den Tabak-Leuten. Sie sollten ihn lachen sehen, sollten sehen, daß er stärker war, als sie geglaubt hatten, daß er der Sieger war.

Wichtig war ihm ferner, sich bei Eugene Morehead, dem Chef der Bank, zu entschuldigen für die »Unannehmlichkeiten, die der Irrtum sicher verursacht hat«.

Dafür nahm er auch Moreheads Entschuldigung für den Ärger und die Unannehmlichkeiten entgegen, die ihm widerfahren waren.

Als er aus der Bank kam, fühlte er sich wie ein Riese. Nate Richardson aus Alamance County ging in eine Bank und wurde vom Direktor höchstpersönlich empfangen. Das hatte er sich immer erträumt, und nun war es Wirklichkeit. Und das war erst der Anfang.

»Hey, Nate? Bist du es?«

Er drehte sich um und erblickte seinen Bruder Gideon. »Hallo!« sagte er voller Freude, »du siehst gut aus.«

Das stimmte. Gideon war schlank, muskulös und hatte eine gesunde Gesichtsfarbe. Er war gut gekleidet, in einen Anzug mit Weste und goldener Uhrkette. Er sah erfolgreich aus.

Wie ich, dachte Nate. Die Richardson-Jungen sind Sieger. Er klopfte Gideon auf den Rücken. Vielleicht konnten sie gemeinsam essen – oder gingen Prediger nicht an solche Orte wie die Dixie-Bar? Bevor er fragen konnte, gab ihm Gideon schon die Antwort.

»Ich muß meinen Zug kriegen«, sagte er. »Wenn ich gewußt hätte, daß du hier bist, hätte ich mich darauf eingerichtet. Aber es war schön, dich zu sehen. Hast du was von Ma und den anderen gehört? Ich war jetzt zwei Monate unterwegs, da habe ich ein bißchen den Kontakt verloren.«

Nate stotterte etwas, daß er auch sehr viel zu tun gehabt habe und Briefeschreiben noch nie seine Stärke gewesen sei.

»Geht mir ähnlich. Lily ist da besser. Sie schreibt Ma jeden Monat.«

Lily. Nate fühlte, wie ihm das Herz stockte. Er hatte sie tatsächlich vergessen können. Die Arbeit an der Zigarettenmaschine hatte sie aus seinem Bewußtsein verdrängt. Jetzt sah er wieder ihr goldenes Haar vor sich, in die tabakgeschwängerte Luft schien sich plötzlich der Duft ihrer Haut zu mischen. Er hatte eine ziemlich schmerzhafte Erektion in seinen schweren Jeans. Nate fürchtete, sein Ständer könne ihn verraten und seinem Bruder zeigen, daß er seine Frau begehrte. Am liebsten hätte er wild auf Gideon eingedroschen, weil Lily ihm gehörte.

»Der Zug wartet nicht«, sagte sein Bruder, »und in Raleigh muß ich noch umsteigen, also beeile ich mich besser. Gott segne dich, Nate.«

Nate sah Gideon davongehen. Dann machte er sich schweren Schrittes auf den Weg zur Dixie-Bar.

»Nate! Du bist die große Neuigkeit in der Stadt, aber ich schätze, das weißt du schon.« Jim's Dorena war parfümiert und angemalt und für jeden zu haben. Nates Phantasie wurde von Lilys frischer unschuldiger Schönheit gequält. Und von ihren runden Brüsten, ihrer winzigen Taille, ihrem vollen, sanften Mund.

»Wo ist deine Freundin Julie, Dorena? Ich möchte sie gern kennenlernen.«

Chess schenkte Edith Horton Kaffee ein. Es war Donnerstag, und sie war »daheim«, in ihrem zusammengeflickten Ein-Zimmer-Haus. Sie saß auf einem der Hocker, den Rock um sich herum ausgebreitet. Edith hatte den Stuhl bekommen.

»Sahne und Zucker?« fragte Chess.

»Nein, danke, ich trinke ihn schwarz. Ich hasse es, aber ich muß etwas abnehmen. Du bist gut dran, Chess. Du bist schlank wie eine Gerte.«

Edith wurde allmählich die Freundin, nach der sich Chess immer gesehnt hatte, eine, mit der sie von Frau zu Frau sprechen konnte. »Du hättest mich vor ein paar Jahren sehen sollen, Edith. Da war ich dünn wie ein Besenstiel. Ich habe literweise Milch getrunken und bin trotzdem so dürr geblieben, daß ich kaum einen Schatten warf. Ich mach mir nicht viel aus Essen ... Nur seit kurzem habe ich ständig Hunger. Weißt du, ob das damit zusammenhängt, daß man ein Baby bekommt?«

»Nein, Chess, wie aufregend! Wann ist es so weit?«

»Ich weiß nicht. Ich bin nicht einmal sicher, ob ich eins erwarte. Meine Blutungen sind immer sehr unregelmäßig gewesen.«

»Du mußt einen Arzt aufsuchen. Ich bin immer zu Arthur Mason in Raleigh gegangen. Er ist der beste in North Carolina. Ich schreibe ihm – nein, ich lasse Henry von Durham telegrafieren – nein, das ist zu öffentlich, es muß ja nicht gleich die ganze Welt wissen. Meine Güte, ich bin ja ganz aufgeregt. Ich schreibe ihm und frage, ob er noch praktiziert und wann er Sprechstunde hat und so weiter. Jessie, meine Jüngste, ist fast schon zwölf, weißt du. Ich habe den Kontakt zu Doktor Mason fast verloren. Jetzt sag mir mal, wie es morgens deinem Magen geht?«

Der Nachmittag verflog mit fröhlichen Gesprächen über Babys, Ediths Kinder, Doktor Mason und mögliche Namen für Jungen und Mädchen. Chess hatte sich noch nie in ihrem Leben so wohlgefühlt.

Außer wenn sie mit Nathan zusammen war. Aber das war eine ganz andere Sache. Er versprühte Energie, hatte etwas von Risiko und Abenteuer an sich. Er gab ihr das Gefühl, auf fast gefährliche Weise am Leben zu sein.

Mit Edith war alles friedfertig, bequem und leicht.

Ich bin wirklich eine glückliche Frau, dachte Chess. Ich kann beides haben.

Die Arbeit an der Zigarettenmaschine war laut, aber einfach. Nate füllte den Trichter, justierte die Spannung am Papierband und setzte den Mechanismus in Gang. Lärmend spuckte die Maschine nun eine Zigarette nach der anderen in einen Karton unter dem Hackmesser. Chess richtete sie aus, ersetzte den vollen Karton durch einen neuen, und so ging es immer weiter.

Wenn Nate die Maschine ausgestellt hatte, inspizierten sie die Zigaretten und sortierten beschädigte aus. Danach wurden je zehn Packungen in Papier eingeschlagen und in größere Kartons gestellt.

Als sie am Donnerstagabend die Pakete bündelten, sagte Chess zu Nate, daß sie vermutlich schwanger war.

»Großer Gott, Chess, dann solltest du nicht hier Zigaretten einpacken, du solltest dich hinsetzen. Geh rüber ins Haus, und ruhe dich aus. Ich kann das alleine fertigmachen, und dann komme ich nach.«

Sie war gerührt und amüsiert, wie alle Frauen. »Sei nicht albern«, meinte sie. »Ich sag dir schon, wenn ich müde werde.« Sie lachte ihm zu, und Nate wußte, daß alles in Ordnung war. So ging es ihm immer, wenn sie lachte.

Augusta Mary Richardson wurde am 10. Oktober 1882 geboren. In einem richtigen Federbett und einem ordentlichen Schlafzimmer im zweiten Stock eines hübschen Ziegelhauses mit den neuesten Annehmlichkeiten und einem weißen Lattenzaun drumherum. Dr. Arthur Mason jr. kam aus Raleigh zur Geburtshilfe. Mrs. Nathaniel Richardson sollte es an nichts fehlen.

Ihr Gatte war ein sehr erfolgreicher Mann.

Auf der Rückseite des Hauses stand in der Nähe des Baches ein weiterer Ziegelbau. Große Fenster bildeten auf drei Seiten ein breites Glasband unter dem Dach; davor waren Eisenstäbe angebracht. An der vierten Mauer befand sich ein riesiges hölzernes Wasserrad, größer als das bei der Mühle jenseits des Baches. »Richardsons Mühle« stand dort über der Tür.

Am Ziegelgebäude stand in großen schwarzen Buchstaben »The Standish Cigarette Company« und darunter in kleineren Lettern »N. Richardson, Eigentümer.«

Ein fensterloser Ziegelbau nicht weit von der Fabrik entfernt war fast vollendet. Sein Dachfirst war genauso hoch wie der mächtige Kohlenhaufen, der daneben lag. Wenn das Gebäude fertig war, sollte im Innern die Kohle verbrannt und Gas gewonnen werden. Das Haus und die Fabrik sollten mit Gas versorgt werden. Die Röhren zu dem Kupferboiler im großartigen Badezimmer des Hauses waren bereits gelegt. Es war mit Marmor ausgelegt, genau wie das damals im Planters Hotel von Danville.

Chess hatte mit Nate bis zwei Tage vor der Geburt an der Zigarettenmaschine gearbeitet. Dr. Mason jr. hatte sehr fortschrittliche Ideen. Er hatte sie auch ermutigt, Spaziergänge zu machen, und ihr verboten, ein Korsett zu tragen.

Sie fühlte sich hervorragend und sah besser aus als jemals zuvor in ihrem Leben.

Sie war immer noch keine Schönheit, das war nun mal ihr Schicksal. Sie war blaß, dabei galt ein rosiger Teint damals als besonders hübsch. Sie hatte bleiche Haare, die von ihrer hohen Stirn glatt nach hinten fielen, dabei waren Locken modern. Und ihre grauen Augen waren unter den schweren Lidern mit den langen Wimpern und den silbergoldenen Brauen kaum zu sehen. Hohe Wangenknochen ließen ihr Gesicht hohl aussehen, und ihr breiter Mund hatte ziemlich dünne Lippen. Aber ihre Haut schimmerte, ihr Fleisch war fest, und sie strahlte Gesundheit aus. Glück war eine natürliche Kosmetik.

Auch die Standish-Zigaretten waren ansehnlicher geworden. Auf dem Papier, in das sie eingewickelt waren, stand jetzt der Markenname *Castle*, und darunter war die Schachfigur eines Turms gezeichnet. Es folgte in winzigen Buchstaben der Name der Firma mit Krönchen über dem S von Standish und dem C von Company und schließlich die Adresse Durham, North Carolina. Die gleichen Schriftzüge zierten das Firmenpapier, Bestellbögen, Frachtpapiere und Schecks.

Messrs. M. E. McDowell & Co. in Philadelphia waren die Tabak-Großhändler, welche die Standish-Zigaretten vertrieben. Sie nahmen die ganze Produktion ab und erhöhten ständig ihre Bestellungen.

Im vergangenen halben Jahr war viel geschehen.

Und noch mehr sollte in dem kommenden halben Jahr passieren. Nate platzte geradezu vor Energie und Ideen. Chess hätte gerne eine kleine Pause eingelegt, das Erreichte genossen, aber das war gegen Nates Naturell, und so erwähnte sie es lieber nicht. Sie war jetzt über zwei Jahre seine Frau und glaubte, ihn zu kennen.

»Fahr nur zur Staatsmesse, Nathan«, sagte sie am Ende des Monats. »Du bist schon die letzten beiden Jahre nicht dagewesen, und es gibt keinen Grund, diese jetzt auch zu versäumen. Ich komme gut zurecht, auch mit Augusta. Bobby Fred und Bonnie werden sich um uns kümmern.«

Der Soldat wohnte jetzt in dem Ein-Zimmer-Haus, indem sie angefangen hatten. Und Bonnie, die Farmersfrau, die im Haushalt half, schlief in einem kleinen Zimmer, bis Dr. Mason jr. Chess erlaubte, wieder ihren normalen Tätigkeiten nachzugehen.

Sie hatte Schwierigkeiten mit der Geburt gehabt; allein die Wehen dauerten neunzehn Stunden. Aber alle Qualen waren vergessen, als sie das Baby in den Armen hielt. Ihr Verstand sagte ihr, daß Augusta ein ziemlich häßliches Baby war; ihr zartes Köpfchen hatte sich noch nicht von dem Druck und den Kräften erholt, die sie zur Welt gebracht hatten. Aber mit ihrem Herzen sah Chess nur Vollkommenheit, und sie war ergriffen von dem Wunder, das ihr zuteil geworden war. Außerdem war sie erneut dankbar für Dr. Masons moderne Ideen. Sein Vater hatte für Edith Hortons Kinder noch eine Amme bestellt. Chess hatte das Glück, Augusta an die Brust legen zu dürfen.

Raleigh erstrahlte von einem Ende zum anderen im Flaggenschmuck. In den Straßen um das Capitol drängten sich die Menschen und starrten hinauf zu der großen Kupferkuppel oder bewunderten die Auslagen der Geschäfte. Nate drängte sich vor zur Straßenecke. Er wollte einen guten Blick auf die Parade haben. Selbst wenn er hundert Jahre werden sollte, die Musik bei Paraden würde ihn immer noch faszinieren. Er fühlte richtig, wie es in seinen Gliedern zuckte, wenn die Kapelle näher kam, und er jubelte laut, wenn sie vorbeimarschierte. Sieben gab es diesmal, zwei mehr als bei seinem letzten Besuch.

Die Wagen bei den Umzügen waren auch prächtig, reichten aber an die Kapellen nicht heran. Blackwell hatte einen besonders eindrucksvollen, mit der Statue eines riesigen Bullen, der neben einer Pyramide aus Pappmaché und Palmen aus getrockneten Tabakblättern stand. Die Leute erzählten sich, daß Blackwells Vertreter auf eines dieser dreieckigen Dinger in Ägypten eine Reklame für *Bull Durham* gemalt hätten. Nate war bereit, es zu glauben. Er war stolz auf *Bull Durham*, wie alle in North Carolina. Jedenfalls solange sich Blackwell auf seinen Rauchtabak beschränkte und das Zigarettengeschäft nur am Rande mit betrieb.

Vielleicht ließ Nate eines Tages auch einen Wagen beim Umzug mitfahren. Chess würde dafür bestimmt gute Ideen haben. Sie war ja auch aus dem Stand auf das *Castle*-Markenzeichen gekommen. Ob sie wohl gerne einen großen Turm hätte, mit einem Mädchen, das oben seinen Kopf herausstreckte, wie bei der Schachfigur, die der alte Augustus für sie geschnitzt hatte?

Er war froh, daß sie endlich das Baby hatte, das sie so gerne haben wollte. Es machte sie glücklich, und das freute ihn. Sie hatte sich nie beklagt, in den schweren Jahren, die hinter ihnen lagen. Nun wollte er dafür sorgen, daß sie alles bekam, was sie wollte.

Vielleicht gab es in den Ausstellungszelten irgend etwas Neues, wie die Mangel, die er ihr für den Waschtag gekauft hatte, oder den automatischen Kartoffelschäler. Er wunderte sich immer wieder, was die Leute alles erfanden. Nach der Parade waren die Ausstellungszelte das beste an der Messe.

Nate schloß sich der Menge an, die mit dem Umzug zum Messegelände ging. Fast alle marschierten im Takt der Musik. Als die Kapelle »Dixie« spielte, erfüllte Protestgeschrei die Luft.

Nate prallte vor dem durchdringenden Krach an seinem linken Ohr zurück. Wütend sah er sich nach dem Urheber um und erblickte ein junges Mädchen. »Ich hätte nie gedacht, daß ein kleines Ding wie Sie einen so großen Lärm machen kann«, sagte er lächelnd. Sie war sehr hübsch.

Sie steckte ihre Hand in seine Armbeuge. Ihre dunklen Augen sahen ihn durch kastanienfarbene Locken hindurch an. »Das liegt daran, daß ich ein Rotschopf bin«, erklärte sie. »Wir sind naturgemäß etwas wilder als die meisten anderen Leute.«

»Dann werde ich Sie ›Red‹ nennen«, sagte Nate.

Hinter dem Stand, wo man eine handgemalte Vase gewinnen konnte, wenn man drei Ringe über sie warf, hob sie später für ihn die Röcke. Der Stand gehörte Reds Mann.

Danach verbrachte Nate einige Stunden in der Ausstellung »Elektrizität und Ihr Heim«. Es gab Bügeleisen zu sehen, einen Ventilator, Lampen, Kronleuchter, Toaster und einen Kupferkessel zum Wasserkochen. Er hatte die Leute schon von der Elektrizität reden hören, hatte darüber in der Zeitung gelesen, aber das hier traf ihn völlig unvorbereitet. Noch lange nach Einbruch der Dunkelheit unterhielt er sich mit der Mannschaft, die den Generator bediente.

»Du hättest das Licht sehen sollen, Chess. Heller als der Tag. Ich sage dir, es ist ein Weltwunder.« Nate konnte von nichts anderem sprechen. In New York wurden schon ganze Gebäude damit beleuchtet und in London gar ganze Straßen.

»Vielleicht solltest du mit dem Zug nach New York fahren und es dir ansehen.«

»Ich will es nicht sehen, ich will es haben. Und das werde ich auch, eines Tages. Die Fabrik könnte dann Tag und Nacht laufen.

Elektrizität könnte ein Dutzend, einhundert Maschinen antreiben, wenn der Markt das hergibt. Was hältst du davon, Chess, wenn wir erweitern?«

Sie lächelte. »Ich bin nicht überrascht.«

Nachdem sie das Baby am nächsten Morgen um sechs Uhr gestillt hatte, stieg sie aus dem Bett. Bonnie schimpfte mit ihr; der Doktor hatte gesagt, sie solle damit sechs bis sieben Wochen warten, und seit der Niederkunft waren erst drei vergangen.

»Ich werde ganz steif und starre blöde vor mich hin, wenn ich nicht wieder anfange, etwas zu erledigen, und dann wäre ich ja wohl eine schöne Mutter für Augusta, oder?« Chess zog ihren schäbigen alten Kittel an. Sie wollte mit Nathan sprechen, bevor er in die Fabrik, nach Durham oder wohin auch immer ging.

Sie redeten über eine Stunde miteinander, eifrig und lachend, beendeten die Sätze des anderen, genossen ihre gemeinsame Begeisterung. Dann beschlossen sie, jeden Cent, den sie hatten, in den Ausbau ihres Geschäfts und in ihrer beider Existenz in der Gemeinde von Durham zu stecken.

Nate und der Soldat würden von allen Einzelteilen der Standish-Maschine Gipskopien herstellen und damit zu verschiedenen, weit auseinanderliegenden Schmieden und Gießereien gehen, um dort die Teile für insgesamt fünf Zigarettenmaschinen aus Eisen fertigen zu lassen.

Während das passierte, mußten Unterkünfte für zukünftige Arbeiter errichtet werden und ein Laden, in dem sie einkaufen konnten. »Als erstes der Laden«, erklärte Nathan. »All die Farmer, die auf ihr Mehl warten, werden dort gern ein Stück Seil oder eine Dose Nägel oder einen Sack Dünger kaufen.«

»Oder eine Packung *Castles*«, fügte Chess hinzu. »Wir brauchen auch mehr Wagen, um die Zigaretten zur Eisenbahn zu kriegen, aber das kommt zuletzt. Inzwischen müssen wir die Ställe vergrößern und uns nach Fahrern, Packern und Stallburschen umsehen. Am besten nach Männern, die alles drei zugleich sind.

Aber zuerst brauche ich einen Einspänner. Wir können nicht mit einem großen Farmwagen am Sonntag in die Stadt zur Kirche fahren.« Um Augustas willen und weil Nathan nun einen Ruf als angesehener Geschäftsmann hatte, war es unvermeidlich, sich dem Zentrum der gesellschaftlichen und politischen Macht anzuschließen: der Gemeinde der Methodistischen Kirche Durham.

»Ich fühle mich auch besser jetzt. Früher bin ich mit Großvater jeden Sonntag in die Kirche gegangen, und es kommt mir unnatürlich vor, es nicht zu tun ... Ich muß natürlich ein paar Kleider dafür kaufen, aber das hatte ich ohnehin vor. Im Augenblick paßt mir nichts mehr. Und ich werde mich um Augustas Taufe kümmern. Edith hat schon gesagt, sie wäre sehr gern Patentante. Und wen nehmen wir als Patenonkel? Würdest du deinem Bruder schreiben und ihn fragen?«

»Nein.« Nathans Antwort kam schnell und knapp. Doch er beherrschte sich gleich wieder und erklärte, Gideon sei zu weit fort, und sein Aufenthalt hänge immer vom Gutdünken seiner Bischöfe ab. Er wolle lieber den Soldaten fragen.

»Großartig!« stimmte Chess zu. »Dann tu's gleich, Nathan. Wir müssen alles so rasch wie möglich in die Wege leiten. Es ist schon November, und im Winter kommt alles zum Erliegen.«

Wenn Chess sich etwas in den Kopf gesetzt hat, stellt man sich ihr besser nicht in den Weg«, sagte Nate zum Soldaten. »Ich reite jetzt in die Stadt und suche einen hübschen Einspänner. Und du gehst möglichst bald ins Haus und holst dir auch deine Befehle ab.«

»Und sehe mir mein Patenkind an«, grinste Bobby Fred. Seine Augen leuchteten verdächtig hell für einen alten Haudegen aus Forrests Kavallerie.

Auf dem Weg nach Durham gingen Nate unzählige Dinge durch den Kopf. Es gab so viel zu erledigen: mit Bauleuten reden, Gießereien finden, Jim Monroe fragen, ob er den neuen Laden übernehmen werde. Außerdem wollte er bei der Bank vorbeischauen und in dem Häuschen, in dem er seine Geliebte Julie untergebracht hatte. Diesmal würde er ihr einen Umschlag mit Geld und ein Eisenbahnticket geben. Es war ein Jammer, denn das Arrangement in der Stadt war sehr bequem für ihn. Aber Julie trank gern ein bißchen Whisky zuviel; und er konnte es nicht riskieren, daß sie eines Tages in der Kirche auftauchte und ihm vor den Leuten eine Szene machte.

Nun ja, es gab viele Frauen wie Red.

Zurück fuhr er in einer schwarzglänzenden Kutsche, nicht in einem Einspänner. Sie hatte vier Sitze, und ihr Lederdach konnte bei schönem Wetter zurückgeklappt werden.

Er zündete die glänzenden Öllampen aus Messing an, ehe er vor dem Haus vorfuhr. Sie waren das neueste Zubehör, und es wurde schon Abend.

Am Sonntag, den 19. November saßen in der letzten Reihe der Methodisten-Kirche von Durham Edith und Henry Horton, Bobby Fred Hamilton und Nathaniel und Francesca Richardson mit Augusta Mary Richardson, Alter: fünf Wochen und vier Tage. Der Sonntagsgottesdienst dauerte lange, mit vielen Liedern, die von der großen Gemeinde mit Inbrunst gesungen wurden. Miss Richardson schlief die eine Stunde und vierzig Minuten wie ein Engel.

Nach dem Gottesdienst lud Reverend Sanders die Versammelten zum Bleiben ein, um eine neue Familie in die Trinity Methodist Church aufzunehmen.

Viele blieben, darunter die ganze Familie Duke und ein Teilhaber von Blackwell, ein distinguierter silberhaariger Gentleman namens Jule Carr.

Nathan erzählte Chess später, daß er ihre Blicke wie Messerstiche im Rücken gespürt habe.

Nach der Taufe geleitete Reverend Sanders die kleine Augusta und die Erwachsenen zum Ausgang. Seine Frau eilte vom Vestibül herbei, um das Baby zu streicheln. Augusta erstarrte. Ihre Füßchen strampelten in dem langen Seidenröckchen ihres Taufkleides.

»Ach herrjeh«, flötete Mrs. Sanders. »Was für eine hübsche Nadelarbeit, Mrs. Richardson.« Sie betastete den Stoff. »Haben Sie das selbst gemacht?«

»Nein«, sagte Chess freundlich. »So feine Stiche habe ich nie gelernt.« Augusta krümmte sich und verzog das Gesicht. Gleich würde sie losschreien.

Edith Horton rettete die Situation. »Entschuldigen Sie die Unterbrechung, Mrs. Sanders, aber ich hätte Sie gern nach den Altarblumen gefragt. Wo kommen die herrlichen Chrysanthemen her?« Sie nahm die Frau des Pfarrers beim Arm und zog sie davon. Augusta machte kleine Fäuste, vor ihrem Mund erschien eine Blase, und dann beruhigte sie sich wieder.

Lächelnd wandte sich Chess den Gratulanten zu; neben ihr nahmen Nathan und Bobby Fred ebenfalls stolz die Glückwünsche entgegen. Irgendwo zu ihrer Rechten konnte Chess das Dampf-Pfeifen-Lachen von Henry Horton hören.

Es war ein schöner Tag, sonnig und frisch. Der allgegenwärtige

Tabakgeruch war süß und irgendwie herbstlich. Chess fühlte sich sehr glücklich. Hier gehörten sie hin, zu diesen netten, gastfreundlichen Menschen. Sie würde alles erreichen, was sie sich gewünscht hatte, und Augusta sollte das beste, bunteste und glücklichste Leben haben, das ein kleines Mädchen haben konnte.

Edith und Henry luden zum Mittagessen in ein Gasthaus ein, das für seinen guten Koch bekannt war, und Chess nutzte einen reservierten Raum, um Augusta zu stillen und umzuziehen. Dann fuhren alle zu dem Studio, das ein reisender Fotograf für eine Woche in Durham gemietet hatte.

Er machte ein Familienporträt: Chess sitzend mit dem Baby in den Armen, dahinter der Gatte.

Dann eine ähnliche Aufnahme – ohne Baby – von Edith und Henry.

Danach bestand Chess auf einem Foto von Bobby Fred mit Augusta.

Schließlich wurden noch Einzelporträts von Chess und Edith gemacht, für die *cartes de visite*, die sie sich anfertigen lassen wollten. Visitenkarten mit Bild waren jetzt – laut Miss Mackenzie, der Schneiderin – die allerletzte Mode in Durham.

Dasselbe galt für die großen, kunstvoll drapierten Turnüren ihrer Kleider.

»Turnüren sind wieder modern!« kreischte Miss Mackenzie selig ihren Kundinnen zu.

»Und sie sind größer denn je.« Chess hatte immer noch beträchtliche Schwierigkeiten mit dem Polster, das um ihre Taille geschnallt war. Das Gestell mit den Eisenbügeln war schwer, heikel ausbalanciert und drohte, sie ständig auf den Rücken zu ziehen. Immer wieder ertappte sie sich dabei, wie sie über die Schulter blickte, um zu prüfen, ob noch alles an seinem Platz war und die komplizierten, tressenbesetzten Falten aus braunem Samt nicht etwa verrutscht waren.

Ihre engsitzende, bortengeschmückte Samtjacke war dagegen kein Problem; und sie liebte die üppige Halskrause aus cremefarbener Spitze. Nathan hatte ihr eine halbmondförmige Brosche aus Filigrangold gekauft, die dem eher zurückhaltenden Kostüm genau den richtigen Schimmer verlieh.

Sie liebte den Luxus neuer Kleider, die Extravaganzen der Mode, die ungewohnten Annehmlichkeiten des Reichtums. Enge Korsetts und eiserne Gefängnisse waren dafür kein zu hoher Preis, fand sie.

22. Kapitel

Der Winter kam spät. Im November und Dezember überzog der nächtliche Frost den Boden zwar mit Rauhreif, aber die Tage waren sonnig und warm wie im Herbst. Chess nutzte die friedliche Zeit.

Augustas Stillzeiten banden sie zwar ans Haus, doch das machte ihr nichts. Sie gewöhnte sich an den Müßiggang, der eine ganz neue Erfahrung für sie war. Sie beobachtete, wie der Laden und die kleinen Häuser errichtet wurden, machte Listen mit den Dingen, die Jim Monroe in dem Laden führen sollte, und schrieb lange Briefe über Augusta und schickte sie mit Abzügen des Familienfotos an Miss Mary und ihren Großvater. Sie spielte mit ihrem Baby, badete es, zog es an und bürstete ihm das feine goldene Haar mit einer weichen Bürste mit Silberrücken.

Und sie leistete sich den größten Luxus: lesen. Sie bestellte Bücher, Magazine, Zeitungen und schwelgte in Worten. Das Wohnzimmer des hübschen kleinen Hauses füllte sich so rasch, daß sie sich von einem der Tischler Regale an die Wände des Gästezimmers machen ließ, die ihre Schätze aufnahmen. Bonnie kam immer noch jeden Morgen, um Staub zu wischen und zu fegen, aber sie blieb nicht mehr zum Schlafen.

Am Abend, nach dem Essen, konnte sie dank der Gaslampen bis in die Nacht hinein lesen. Manchmal studierte Nathan den *Scientific American* und das halbe Dutzend Zeitschriften, das sich mit dem Tabakgeschäft befaßte, während sich Chess über den Witz von Mark Twain amüsierte. Die einzigen Geräusche im Raum waren dann das Rascheln der umgewendeten Seiten, das gemächliche Blubbern der Lampen und das leise Wispern der Asche im Feuer. Manchmal legte Chess einen Finger ins Buch, um die Seite nicht zu verlieren, schloß die Augen und genoß ihr stilles Glück.

Am Sonntagmorgen, wenn sie und Nathan zur Kirche gingen, kümmerte sich der Soldat um das Baby. Auch das bedeutete für sie eine Art Glücksgefühl. Sie liebte die Musik, den Gesang, die

Geselligkeit nach dem Gottesdienst. Sie merkte sich Namen und Gesichter von Leuten, über die sie in der *Tobacco Plant* gelesen hatte, überlegte, welche sie näher kennenlernen wollte, welche Nathan nützlich sein könnten. Oder gefährlich.

Während der Heimfahrt verglichen sie ihre Eindrücke. Manchmal sangen sie, und immer sprachen sie über ihre Zukunft. Nate fieberte ihr entgegen.

Wenn erst die neuen Maschinen fertig waren ... die Häuser standen ... der Laden eröffnet werden konnte ...

Er hatte einen Jungen eingestellt, der jetzt an Chess' Stelle die Zigaretten sortierte und verpackte, und er lieferte mittlerweile 200 000 Stück die Woche, mit einem Profit von fast 200 Dollar. Ein Durchschnittsmensch wäre damit zufrieden gewesen. Aber Nate war nicht durchschnittlich. Er gab 250 Dollar aus, um zu expandieren.

Chess wußte das. Sie führte die Bücher. Ihr Bankkonto schmolz dahin wie Butter in der Pfanne.

Buck Duke besuchte sie am Mittwoch nach Weihnachten. Chess rupfte gerade ein Hühnchen fürs Abendessen und sang ein Kinderlied für Augusta, die in einem Korb auf einem Küchenstuhl lag. Er öffnete die Küchentür und sagte hallo. Chess war so überrascht, daß sie das Huhn fallenließ.

»Guten Abend.« Sie war ärgerlich.

»Ich habe angeklopft. Aber ich vermute, Sie haben mich nicht gehört, weil Sie gesungen haben. Darf ich hereinkommen?«

Sie zwang sich zu einem Lächeln. »Natürlich.«

Duke senkte den Kopf, um eintreten zu können. Er war sehr groß. Und sehr charmant. Er hob das Huhn auf, setzte sich und begann, Federn auszurupfen. »Ich bin Buck Duke.« Sein Lächeln wirkte merkwürdig vertraulich.

»Ja, ich weiß. Ich habe Sie in der Kirche gesehen. Sie können mir das Huhn zurückgeben, Mr. Duke.«

»Ich sollte es vielleicht weiterrupfen, während Sie Ihren Gatten holen. Ich würde ja selber gehen, aber ich vermute, er würde mich ungern in seiner Fabrik sehen.« Seine Augenwinkel kräuselten sich schalkhaft.

Er hatte recht. Chess nickte kurz. »Ich gehe schon.«

»Haben Sie was dagegen, wenn ich dem Baby vorsinge. Ich kann die Melodie allerdings nicht sehr gut halten.«

»Sie ist nicht sehr wählerisch. Nur zu.«

Buck hörte auf zu singen und erhob sich, als Nate und Chess zurückkamen. »Nette Famile, Nate«, sagte er leutselig. Das Hühnchen war fertig gerupft. »Ich wollte mit dir ein wenig übers Geschäft reden. Wo können wir hingehen?«

»Wir bleiben hier, Buck. Meine Frau ist meine Partnerin. Nimm dir einen Stuhl.«

Dukes Augenbrauen hoben sich. Er sah Chess prüfend und zugleich bewundernd an. Er setzte sich. Nate tat es ihm gleich. Auch Chess nahm sich einen Stuhl.

»Es geht vor allem um folgendes«, sagte Buck. »Ich habe gehört, daß du dich ein wenig übernommen hast. Ich bin gekommen, um entweder deine Maschine zu kaufen oder dein Partner zu werden; was dir lieber ist.« Er sprach langsam und ruhig. Doch hinter den Worten war seine Anspannung zu hören. Eine unausgesprochene Drohung lag in der Luft.

Nathan lehnte sich grinsend in seinem Stuhl zurück. »Das ist sehr fair von dir, Buck. Aber du solltest nicht so viel auf das Gerede geben. Die Leute kriegen manchmal Dinge durcheinander. Ich habe zum Beispiel gehört, daß deine Handroller aus New York Heimweh haben und drauf und dran sind, dich zu verlassen.«

Es war wie ein Schlagabtausch. Chess sah von Nathan zu Buck und zurück zu Nathan. Sie waren aus dem gleichen Holz. Hinter ihren selbstsicheren Mienen lag der Wille zum Sieg, koste es, was es wolle.

»Ich kann die Zahlen richtig hübsch aussehen lassen, Nate. Aber ich müßte auch nicht lange warten, bis dir die Schulden über den Kopf wachsen.«

»Da kannst du warten, bis die Hölle zufriert.«

Duke zuckte mit den Schultern. »Die Kälte ist eh überfällig«, erklärte er. »Müßte jetzt jeden Tag kommen.« Er schenkte Chess ein Lächeln und erhob sich. »War mir ein Vergnügen, Sie wiederzusehen, Mrs. Richardson. Bis demnächst, Nate.« Er ging hinaus.

Sie hörten die Hufe seines Pferds im Hof. Während sie leiser wurden, stützte Nate den Kopf in die Hände. »Vielleicht habe ich mich wirklich übernommen«, sagte er. »Ich mache mir Sorgen, Chess.«

Ihr stockte der Atem. »Sei nicht töricht, Nathan. Ich weiß, du wirst gewinnen.« Mit jedem Wort gewann ihre Stimme an Selbstvertrauen.

»Buck hat dieses Jahr neun Millionen Handgerollte verkauft.«

»Wir verkaufen nächstes Jahr zwanzig Millionen.«

Nathan sah auf und lachte leicht. »Du klingst sehr überzeugend, Partner.« Er stand auf und reckte sich. Dann pumpte er Wasser in den Ausguß und wusch sich die Hände. »Eines Tages bin ich diesen Teer los«, murmelte er, »je eher, desto besser.« Ein lässiges, rumpelndes Lachen stieg in ihm auf. »Mir tut nur leid, daß ich dem alten Buck nicht einen ordentlichen Schrecken eingejagt habe. Kaum hatte ich den Fuß auf den Küchenboden gesetzt, da hat mich mein Magen daran erinnert, wie hungrig ich bin. Und während unserer Auseinandersetzung mußte ich die ganze Zeit daran denken, ob es wohl bald was zu Essen geben würde.«

»18. Februar 1883«, schrieb Chess in ihr Geschäftsbuch. »Zwei eiserne Standishs beginnen zu laufen. Vier schwarze Familien in die kleinen Häuser eingezogen. Mit Jim Monroe und seiner Frau den Laden eröffnet. Zigarettenproduktion heute 100000. Wir sind über den Berg.«

Das Geschäftsbuch war fast voll, nur eine Seite fehlte noch. Sie beschloß, großzügig zu sein und gleich mehrere neue zu kaufen; je eins für die Mühle, die Standish-Fabrik, den Laden und die Mieten aus den Häusern. Aber dies würde wohl ihr Lieblingsbuch bleiben. Chess schlug die erste Seite auf.

17. Juli 1881 Mühle eröffnet
Kein Umsatz
18. Juli
Schilder gemalt

19. Juli
Einnahmen: 14 Cents
20. Juli
Einnahmen: 22 Cents

Sie lächelte. Eine lange Zeit war seither vergangen. Ihr Lächeln wurde breiter, während sie weiterblätterte und nachlas, wie sie Bobby Fred eingestellt, die erste Standish erprobt, den Firmennamen ausgewählt, das Haus gebaut, Augusta zur Welt gebracht und getauft hatten. Ganz sicher, dieses würde ihr liebstes Buch bleiben. Sie wollte es an einem sicheren Platz aufbewahren und Augusta geben, wenn sie erwachsen war.

Einen weiteren Wendepunkt nahm Chess nicht in ihre Aufzeichnungen auf: als Augusta entwöhnt worden war und Chess wieder den ganzen Tag das Haus verlassen konnte, wenn sie wollte. Bonnie freute sich über zusätzliche bezahlte Arbeitsstunden.

Die *cartes de visite* kamen aus ihrem Kasten, und Chess beobachtete mit großem Interesse das Wetter. An warmen Tagen fuhr sie mit der Kutsche zu dem halben Dutzend Plantagen in der Umgebung, um Besuche abzustatten. Da das Haus von Edith am nächsten lag, kam sie dort zuerst an, und oft begleitete die Freundin sie auf ihrer Runde. Zwischen den Frauen bestand eine enge Beziehung. Sie waren alle in den Dreißigern oder Vierzigern, sie alle erinnerten sich noch an die Zeit vor dem Bürgerkrieg, und sie alle arbeiteten hart daran, in den großen, allmählich verfallenden Häusern ihrer Familien etwas von dem Glanz der alten Tage zu bewahren.

Nur allzu oft versandeten die Gespräche in wehmütigen Geschichten über die »alten Zeiten«, die sich so glanzvoll und sorglos ausnahmen, verglichen mit den heutigen, in denen die Neureichen mit ihrem Geld alles an sich reißen wollten. Das war freilich ein heikles Thema. Nathan gehörte zu diesen Neureichen. Chess war stets ein wenig gekränkt, wenn das Thema zu eingehend diskutiert wurde. Hatte man eigentlich im eleganten Virginia überhaupt je etwas von North Carolina gehört?

Dennoch fühlte sie sich wohl in der Gesellschaft von Darcy Andrews und Louella Sims und Harriet Truelove und Beth Fielding. Edith Horton war und blieb aber natürlich ihre älteste und beste Freundin.

Die Plantagenbesitzer-Mentalität führte zum ersten großen Streit zwischen Chess und Nate.

Ausgelöst wurde er durch Jim Monroe. »Dorena hat die Räume oben verdammt schick eingerichtet«, prahlte er gegenüber Nate, als er ihn eines Tages vor dem neuen Laden traf. »Du hast noch nie in deinem verfluchten Leben so verdammt viele Meter Fransen gesehen. Warum packt ihr nicht das Baby ein und kommt heut abend zum Essen mal rüber?«

»Ich werde da nicht hingehen«, sagte Chess zu Nathan. »Wie konntest du nur zusagen? Es ist mir egal, ob Jim dir bei der Mühle geholfen hat oder ob er das alte Haus damals für mich hergerichtet hat. Es ist mir auch egal, ob er sich für den Rest seines Lebens die Augen ausheult, wenn wir nicht kommen. Diese Dorena ist einfach Abschaum. Sie schmiert sich Farbe ins Gesicht, und sie riecht nach billigem Parfüm.

Wenn wir hingehen, müssen wir sie auch zu uns einladen, und ich will diese billige Person nicht in meinem Haus haben.« Chess bebte vor Wut.

Nate wußte, daß er mit seiner Zusage einen Fehler gemacht, daß er erst geredet und dann nachgedacht hatte, aber nun war es einmal geschehen, und von einem Abendessen würde ja wohl die Welt nicht untergehen. Chess mußte keine Gegeneinladung machen. Er würde das Jim schon erklären.

»Und dich dabei wahrscheinlich für meine schlechten Manieren entschuldigen.«

»Das hatte ich eigentlich nicht vor, aber da du es jetzt erwähnst, werde ich es wohl tun. Nicht wegen Dorena. Du hast recht, sie ist keine Gesellschaft für eine Lady. Aber du gehst mit deiner Hochnäsigkeit zu weit, Chess. Ich habe mich für dich schon reichlich oft entschuldigen müssen.«

»*Du?* Hast dich für *mich* entschuldigen müssen? Und bei wem, wenn ich fragen darf?«

»Bei wem«, äffte er ihren Tonfall nach. »Bei den Pächtern. Wenn ich sehe, wie du dich in ihre Sachen einmischst und sie wie Kinder behandelst, schäme ich mich für dich.«

»Wie kannst du es wagen! Ich habe mich schon um schwarze Pächter gekümmert, als du noch barfuß hinter einem Muli über die Tabakfelder gelaufen bist. Was glaubst du, wer du bist, daß du dich für mich schämen müßtest?«

»Sprich bloß nicht so überheblich mit mir, Chess, und sieh bloß nicht so von oben auf mich herab, als wenn ich der letzte Dreck wäre. Du und deinesgleichen, ihr habt eure Zeit gehabt. Sie ist vorbei, seit über zwanzig Jahren, und nichts, was du oder Edith Horton oder eine deiner anderen Freundinnen anstellen, bringt sie wieder zurück.«

Die Wahrheit seiner Worte traf Chess wie ein Schlag. Ihre Augen füllten sich mit Tränen.

»Herr im Himmel!« brüllte Nate. »Ich gehe zu Jim. Ich halte dieses Geschrei hier nicht aus.«

Chess weinte weiter. Der Streit erschreckte sie.

Statt zu Jim zu gehen, stapfte Nate in den Wald. Ihre Tränen verstörten ihn tief. Außer damals, als ihr erstes Kind tot geboren war, konnte er sich nicht erinnern, sie je weinen gesehen zu haben; Tränen machten sie zu einer Fremden.

Was Dorena anging, so wußte Nate, daß er unrecht hatte. Was die Pächter anging, so war er sicher, daß er recht hatte.

Auch Chess glaubte, daß sie recht hatte.

Aber was die schwarzen Familien in den neuen Häusern betraf, so irrten sich beide. Die Pächter waren ehemalige Sklaven oder die Kinder einstiger Sklaven auf Fairlawn, der größten Plantage in Piedmont in North Carolina.

Chess, die im herrschaftlichen Plantagendenken erzogen worden war, fühlte sich für sie verantwortlich, denn sie betrachtete sie als Kinder.

Nate, im ländlichen Farmerleben aufgewachsen, erinnerte sich an befreite schwarze Farmer, die gegen dieselben Feinde wie er kämpften: das Wetter, die Insekten, die Raupen. Einige schafften es, andere nicht, genau wie bei den weißen Farmern. Schwarz oder weiß, die Sieger setzten sich durch, die Verlierer hatten das Nachsehen. Er respektierte die Gewinner und verschwendete keinen Gedanken an die Unterlegenen, und keinem von beiden schuldete er irgendwas. Die Arbeiter, die er eingestellt hatte, waren Pächter in Häusern, die ihm gehörten. Die Männer arbeiteten entweder hart, oder sie wurden gefeuert, sie bezahlten entweder ihre Miete, oder sie flogen raus.

Chess wollte, daß sie glücklich waren. An ihren Stolz dachte sie nicht.

Nate respektierte die Selbstachtung eines harten Arbeiters. Seine anderen Gefühle interessierten ihn nicht.

Die Pächter wiederum bildeten eine Einheit, denn sie hatten dieselben Erfahrungen und dieselbe Abstammung. Generationen von Sklaven hatten auf Fairlawn geheiratet, Kinder bekommen und gesehen, wie die wieder heirateten. Einige vermißten jetzt die Sicherheit von früher und begrüßten Chess' Fürsorge. Andere schätzten die Freiheit höher und lehnten ihren Beistand ab. Sie alle hatten im Kopf, daß Weiße sie versklavt hatten, andere Weiße ihnen die Freiheit versprochen hatten und wieder andere Weiße diese Freiheit in eine Fron schlechtbezahlter Jobs verwandelt hatten, die eine andere Form von Sklaverei war.

Sie nutzten jetzt die Fähigkeiten, die sie sich in den Jahren der Sklaverei angeeignet hatten. Sie verhielten sich gegenüber den weißen Männern und den weißen Frauen, wie man es von ihnen erwartete. Aber sie offenbarten sich nur untereinander, hüteten ihre Geheimnisse vor den Weißen. Den Weißen konnte man nicht trauen.

Nate und Chess hatten sich bitter über Menschen gestritten, von denen sie nichts wußten.

»Es tut mir leid«, sagte Chess, als Nate zurückkam. »Ich hätte all diese schrecklichen Dinge nicht sagen dürfen.«

»Mir tut's auch leid. Ich weiß, daß Dorena unmöglich ist.«

Die Pächter erwähnte keiner der beiden. Chess ging fortan seltener zu ihren Häusern, aber sie stellte ihre Besuche nicht ganz ein.

Nate kaufte seine Bauziegel ausschließlich bei einem schwarzen Händler namens Richard Fitzgerald, weil dessen Ziegel die besten waren. Wenn er mit Jim oder dem Soldaten über die schwarzen Arbeiter sprach, nannte er sie »Nigger«.

Als Augusta sechs Monate alt war, beschloß Chess, mit ihr nach

Harefields zu fahren. »Großvaters Schrift ist in den letzten Monaten furchtbar zittrig geworden, Nathan. Er bestreitet es zwar, aber ich fürchte, er verfällt immer mehr. Du weißt, wie alt er inzwischen ist. Ich glaube, es würde ihm viel bedeuten, seine Urgroßenkelin zu sehen, die nach ihm benannt ist.«

Sie sah trübsinnig drein. »Und wenn es dem Ende zugeht, muß ich mich darum kümmern, wie es mit meiner Mutter und der Plantage weitergeht. Ich weiß zwar nicht, was, aber irgend etwas muß geschehen. Vielleicht kann Mr. Perry mir einen Rat geben. Er ist seit Jahren Caesars Anwalt ... es sei denn, er ist tot oder hat sich zurückgezogen.« Sie seufzte. »Ich würde lieber hierbleiben.« Aber Nate meinte, sie habe recht, es sei wirklich an der Zeit hinzufahren, und sie solle das ganze jetzt hinter sich bringen. »Wir nehmen den Zug, und Bonnie Wilson kommt mit, damit sie dir mit dem Baby helfen kann. Ich freue mich, den alten Mann noch einmal zu sehen. Gott weiß, daß ich ihm Dank schulde. Außerdem würde ich gerne erfahren, was er sich in der Zwischenzeit noch ausgedacht hat.

Würdest du gern ein paar Tage in Richmond bleiben? Ich überlege, ob ich zu einem Großhändler dort wechsle, aber ich möchte gern mit ihm reden, bevor ich mich entscheide.«

»Das wäre großartig. Richmond ist eine richtige Stadt, nicht so ein Schlammloch wie Durham. Es gibt Bürgersteige und gepflasterte Straßen und hinreißende Geschäfte. Ich habe mir schon damals immer die Auslagen angesehen, hatte aber kein Geld, um etwas zu kaufen.«

»Jetzt sieht die Sache ein bißchen anders aus.«

»Ein bißchen! Wir sind stinkreich, Nathan, und du weißt es.«

»Nicht ›stinkreich‹, Chess, wenn du so was sagst, fängt meine Haut an zu jucken.«

»Es ist Tabak-Geld, Nathan.«

»Du bist einfach erbarmungslos, Chess. Ich werde ein paar Tabakraupen bestellen und sie dir in den Nacken setzen.«

Chess tat so, als würde sie zusammenzucken. »Ich ergebe mich, ich nehme alles zurück. Wir sind blitzsauber, brandneu und reich. *Nouveau riche.* Und es gefällt mir sehr.

Richmond wird bestimmt großartig.«

23. Kapitel

»Sieh mal, Augusta, hier sind deine Mutter und dein Vater getraut worden, in dieser hübschen kleinen Kirche.« Chess hob das Baby hoch, damit es aus dem Fenster der Kutsche gucken konnte. Nate hatte sich verausgabt und einen eleganten, dunkelgrünen geschlossenen Einspänner gemietet, der von einem würdevollen älteren Schwarzen in einem eleganten, dunkelgrünen Kutscherdress und einem hohen schwarzen Kastorhut gelenkt wurde.

»Und hier, mein Liebling, die großen Steinhasen. Wir sind daheim. Das ist Harefields.«

Sie hatte nicht erwartet, daß sie so fühlen würde. Daheim, das war ihr hübsches Ziegelhaus in Orange County, North Carolina. Aber als sich der Zug Richmond näherte und sie den Fluß riechen konnte, hatte sie in ihrem Herzen gespürt, wie Harefields nach ihr rief. Erinnerungen an ihre Kindheit stiegen in ihr auf, als die Welt noch schön und geordnet und sicher war: an eine Schaukel, die von einer Eiche hing und mit Glyzinien behängt war; an ihren kleinen, niedrigen Tisch auf dem großen Rasen, wo sie immer Tee getrunken hatte mit ihren französischen Puppen, die in Seide und Spitzen gehüllt waren und alle auf ihrem eigenen Stuhl saßen; an Bilderbücher mit herrlichen Geschichten, die sie in dem Korbstuhl auf der weiten Veranda las; an Musik, die aus dem Ballsaal strömte, und juwelengeschmückte Ladies, die von gutaussehenden Männern die Treppe hochbegleitet wurden, vorbei an jener Tür mit der Ritze, durch die sie hindurchspähte, obwohl sie eigentlich längst hätte schlafen sollen.

Die Glyzinien müßten jetzt eigentlich blühen, und der Fluß mußte Hochwasser haben, denn der Salzgeruch war stark. Ihr Herz klopfte und sehnte sich nach Hause.

Die Kutsche fuhr durchs Tor, und plötzlich tauchten Dutzende von Menschen auf dem Weg auf. Harefields Pächter. Sie kamen aus den Häusern und von den Feldern gelaufen, riefen ihren Namen, begrüßten sie in ihrer Heimat. Chess konnte nicht an ihnen vorbeifahren. Sie war überglücklich, sie zu sehen. »Halt!« rief sie. »Die Kutsche soll halten.« Sie setzte das Baby in Bonnies Schoß und hantierte an der Türklinke.

»Ich bin zu Hause«, rief sie aus und setzte zum ersten Mal wieder ihren Fuß auf den mit Unkraut überwachsenen Weg. »Scylla!« Sie entdeckte die Köchin. »Ich bin's, Miss Chess, und ich habe immer noch nicht gelernt, eine anständige Soße zu machen – was ist los? Was ist passiert?«

Alle weinten, und Scyllas Gesicht war tränenüberströmt. Sie legte ihre Arme um Chess. »Armes Kind«, schluchzte sie, »armes Waisenkind. Sie sind nicht mehr, der alte Mr. 'Gustus und Ihre Mama. Der Pastor wußte nicht, wie er Sie finden konnte; vor drei Tagen, Miss Chess, sind sie beerdigt worden.«

Chess klammerte sich an den kräftigen Körper der großen Frau. »Nein!« schrie sie. Ihr Ausruf ging unter in dem hohen Wehklagen der Frau, dem tiefen Stöhnen der Männer und dem atemlosen Geschluchze der Kinder. In der Kutsche begann jetzt Augusta zu jammern.

Feste Hände legten sich auf Chess' Schultern. »Erzählen Sie«, wandte sich Nathan an Scylla. »Was ist hier passiert? Ich bin Miss Chess' Mann.« Er zog sie in seine Arme.

Scylla schwankte hin und her. »Feuer«, stöhnte sie, »das Haus ... Nachts. Der Himmel war hell wie am Mittag.« Sie hob ihre Schürze vors Gesicht und weinte hinein.

Chess stieß Nate beiseite. »Ich muß es sehen.« Ihre Stimme klang hohl und leblos. Sie setzte den Fuß auf die Stufe der Kutsche. »Verdammt noch mal«, schrie sie den Kutscher an. »Geben Sie den Pferden die Peitsche, und fahren Sie mich zum Haus. Ich will es sehen.«

Nate ergriff sie am Ellbogen und warf sie auf den Sitz. Dann schwang er sich selbst auf den Kutschbock und nahm die Zügel. »Los geht's!« brüllte er. »Aus dem Weg!« Das Knallen der Peitsche klang wie ein Pistolenschuß.

Er hatte keine Ahnung gehabt, wie groß das Haus war. Die verbrannten Ruinen bedeckten einen Viertelhektar. Sechs rußgeschwärzte Schornsteine ragten wie Mahnmale empor. Graue

Aschewölkchen wirbelten darüber im Wind. Sie schienen einen gespenstischen Totentanz aufzuführen.

Chess war wie versteinert. Ihre Finger waren ineinander verschlungen, ihr Gesicht war so weiß wie ihre Handschuhe. Sie starrte auf die Reste ihrer Vergangenheit, und sie nahm weder die fliegende Asche noch das Weinen ihres Kindes oder die Anwesenheit ihres Mannes wahr.

Schließlich wandte sie sich zu ihm um. Ihre Augen trafen Nathans. »Ich habe es gesehen«, sagte sie langsam, »und ich muß es glauben. Ich werde es mir nie verzeihen, daß ich so lange mit meinem Besuch gewartet habe.

Fahr mich bitte nach Richmond, Nathan. Ich muß zu Mr. Perry.«

24. Kapitel

Die Ginters wollten, daß sie in ihrem Haus blieben. Mrs. Ginter bat Nate, Chess dazu zu bewegen, aber er meinte, daß ihm das wohl kaum gelingen würde.

Also stellte Lewis Ginter eine Etage in einem Hotel zur Verfügung, das ihm gehörte. Er wies das Personal an, alle nicht belegten Zimmer leer zu lassen und für die Suite der Richardsons einen Sonderdienst einzurichten.

Und seine Frau schickte ihre Schneiderin, damit Chess sich Trauerkleidung anfertigen lassen konnte. In Schachteln wurden schwarze Schleier geliefert, Handschuhe, Strümpfe, Schals, Taschentücher, ein Schlafrock, ein Mantel und ein Hut.

Während sich ihre schwarze Garderobe vervollständigte, trug Chess das blaßblaue Kleid, das sie sich für die Reise hatte machen lassen, sichtete Papiere und sprach mit Mr. Perry. Nate saß still daneben, während sie die Einzelheiten über das Ende von Harefields erfuhr.

Augustus Standish hatte die einzelnen Höfe in den Besitz der Pächter übertragen und sich dafür die Lieferung von Lebensmitteln zusichern lassen. Von Scylla hatte er sich Kochdienste bis zu seinem Tode ausbedungen.

In seinem Testament hatte er ferner bestimmt, daß seine Schwiegertochter nach seinem Tod in das Konföderiertenheim für Witwen und Waisen in Richmond kommen solle.

Das Haus auf Harefields hatte er, samt der zehn Hektar Boden, die es umgaben, seiner Enkelin Francesca Standish Richardson vermacht.

Weder 1881 noch 1882 war die Vermögenssteuer bezahlt worden.

»Von mir aus kann der Staat alles haben«, sagte Chess. Nathan wollte sie schon darauf hinweisen, daß die Summe unbedeutend war und er sie gerne bezahlen wolle, doch sie kam ihm zuvor. »Für mich ist hier nichts übriggeblieben.«

Sie sah sich Fotos von Grabsteinen an und entschied sich für einfache Granitblöcke mit Inschriften in Antiquabuchstaben. »Ich weiß die Geburtsdaten von Marcus und Diana nicht«, sagte sie. »Die ihres Todes müssen genügen. Ich möchte ihre Gräber verlegen. Sie sollen bei der Familie ruhen.«

»Die Rubine deiner Mutter könnten das Feuer überstanden haben«, bemerkte Nate. »Man könnte sie neu fassen.«

Chess schüttelte den Kopf. »Imitate«, sagte sie. »Die echten wurden schon in den Sechzigern verkauft. Sie hat es nie erfahren.«

Dann gab sie dem Anwalt einen merkwürdigen Auftrag. »Ich möchte Bäume rund um die Grabstelle gepflanzt haben. Edelkastanien. Nicht unsere heimische Sorte, Mr. Perry. Sie müssen echte Edelkastanien finden. Es stimmt doch, daß die Grabstelle unberührt bleiben muß, egal, wem sie gehört?«

»Das stimmt. Aber diese Bäume ...«

»Keine Diskussion, Mr. Perry. Erhöhen Sie Ihr Honorar, damit es der Schwierigkeit dieser Aufgabe angemessen ist.«

Den Grund erfuhr Nate spät am nächsten Abend. Augusta erwachte aus einem Traum und rief nach ihrer Mama. Chess ging zu ihr, Nate kam hinterher, für alle Fälle.

Unbemerkt stand er im Schatten des Zimmers, während Chess mit dem Baby auf dem Arm im Mondlicht saß, das durch das hohe Fenster fiel.

Sie beruhigte das verstörte Kind, indem sie ihm sanft übers Haar strich und leise mit ihm sprach. »Sch, sch, kleiner Liebling, du brauchst keine Angst zu haben, Deine Mama ist bei dir.

Was bist du nur für ein hübscher Engel, dein Haar schimmert so silbern wie das Mondlicht. Deine Großmutter hatte genau solches Haar. Manchmal durfte ich mit ihren Elfenbeinbürsten hindurchgehen. Es floß über ihren Rücken bis auf die Bank, auf der sie saß. Es sah wie Seide aus, und wenn ich es bürstete, konnte ich fühlen, wie weich es war.

Deine Großmutter liebte es, wenn ihr Haar gebürstet wurde. Und ich liebte es, die Bürste zu nehmen. Dann schloß sie die Augen und erzählte mir wunderschöne Geschichten aus den Zeiten, als sie und mein Vater jung gewesen und mit einem großen Schiff nach Europa gefahren waren. Sie tanzten in Paris auf den

Bürgersteigen, als die Kastanien blühten, und im Palast des Königs in London, als die Rosen die Luft mit ihrem süßen Duft erfüllten, und in den Ruinen von Rom, als die Magnolienblüten wie Monde an den dunklen Zweigen hingen.

Sie hat mich verlassen, als ich sie brauchte, Augusta. Sie ging, um in ihren Geschichten leben, und ließ mich ganz allein. Aber ich werde dich nie verlassen, niemals. Ich werde dich für alle Zeiten lieben und auf dich aufpassen. Du wirst nie allein sein und dich fürchten müssen.

Ich habe sie so geliebt, und nun ist sie fort. Es ist so traurig, so traurig ...«

Bis zu diesem Augenblick hatte Chess nicht um Harefields weinen können. Aber als sie jetzt mit ihrem kleinen Mädchen sprach, flossen Tränen über ihre Wangen. Ihr bleiches Gesicht glänzte wie Silber im blassen Licht des Mondes.

Nate ging leise davon und überließ sie ihrem ganz eigenen Kummer.

»Ich stecke in ziemlichen Schwierigkeiten, Chess. Wirst du mir helfen?«

Sie mühte sich, Interesse zu zeigen. Doch als Nate ihr sein Problem schilderte, war sie plötzlich Feuer und Flamme.

Nate hatte fast den ganzen Tag in Besprechungen mit Jos. Barker & Sons, Großhändler für Tabakprodukte, zugebracht. Barker wollten *Castle*-Zigaretten übernehmen, aber nur, wenn Nate für seine Zigaretten intensiver Werbung machte.

»Das entscheidet darüber, ob man groß wird oder untergeht«, sagte er. »Niedrige Preise fördern sicher den Verkauf, aber das allein genügt nicht mehr. Wer deine Zigaretten raucht, soll nur diese wollen und keine anderen. Die Konkurrenz weiß das.«

Nate gab Chess den Stapel Papiere, den Barker ihm gegeben hatte. »Der Bulle brüllt lauter denn je, seit Blackwell die Firma an Jule Carr verkauft hat. Sie stopfen jetzt in jede 5-Cent-Pakkung Tabak ein Päckchen Papier, damit sich jeder seine Zigarette sofort selber drehen kann. Und sie machen Werbung von einem Ende der Welt zum andern.«

Chess überflog die Zeitungsberichte aus ganz Amerika: Die riesigen, dreißig Meter hohen Reklameflächen mit dem Bullen sorgten in New Orleans und Mexiko ebenso für Schlagzeilen wie in Seattle und San Francisco, Boston und Quebec. Und der Bulle stampfte und starrte von halbseitigen Anzeigen in Magazinen und Tageszeitungen.

»Sie müssen ein Vermögen dafür ausgeben«, sagte sie bewundernd.

»Und die Verkäufe bringen das Doppelte wieder herein. Wir müssen auf diesen Zug springen, Chess. Die anderen Jungs klettern schon übereinander, um mitzufahren. Sieh dir die Meute an – *Liggett & Myers* haben eine ganze Seite in dieser Chikagoer Zeitung belegt; Major Ginters *Richmond Gems* kannst du in der *Saturday Evening Post* bewundern.

Wir müssen loslegen; kannst du dich darum kümmern? Du bist auf den Namen *Castle* und das Bild und alles übrige gekommen. Das ist doch deine Spezialität.«

In Chess' Kopf arbeitete es bereits. »Ich brauche Hilfe; ich weiß nicht, welche Städte Tageszeitungen haben, und es gibt bestimmt 100 Zeitschriften – wenn nicht noch mehr. Wie aufregend! Natürlich mach ich's. Ich versuche es zumindest.«

»Mehr kann man nicht verlangen. Ich werde Barker mitteilen, daß wir einsteigen, und ihn bitten, jemanden zu finden, der sich in dem Gewerbe auskennt.«

Chess las die Zeitungsausschnitte noch einmal durch. Langsamer diesmal. Ein leichte Röte überflog ihre Wangen. Die Tragödie von Harefields trat allmählich in den Hintergrund.

»Guten Morgen, Mrs. Richardson. Ich bin Doctor Fitzgerald.« Verwundert sah Chess zu dem sehr großen und sehr dünnen jungen Mann auf, der in der Tür stand.

»Ich fürchte, Sie sind auf der falschen Etage, Doktor. Wir erfreuen uns, Gott sei Dank, alle bester Gesundheit.«

Er lachte vor Vergnügen. »Da sehen Sie, Mrs. Richardson, welche Macht Wörter haben können. Ich bin der Werbefachmann, den Sie brauchen, kein Arzt. Doctor ist mein Vorname, bei der Taufe wurde er anerkannt; aber Sie haben natürlich angenommen, es sei eine Berufsbezeichnung. Manche Leute behelligen mich auf der Stelle mit ihrem Hexenschuß. Darf ich hereinkommen? Wir haben eine Menge Arbeit vor uns.«

Chess war von seinem Redefluß und seiner Selbstsicherheit so überwältigt, daß sie vor ihm zurückwich. Für eine andere Reaktion blieb ihr gar keine Zeit.

Sie hatte soeben das Geheimnis erfolgreicher Produktwerbung kennengelernt. Wobei in diesem Fall Doctor Fitzgerald sowohl der Werber als auch das Produkt war.

»Ich habe unten Bescheid gesagt, daß sie uns Kaffee und Kekse heraufschicken«, sagte er. »Während wir das zu uns nehmen, erzähle ich Ihnen alles über mich, und Sie erzählen mir alles über Ihre *Standish Cigarette Company*. Wo setzen wir uns hin? Dieses entzückende Wohnzimmer wäre ganz wunderbar. Bitte ...« Er wies auf einen Stuhl. »Machen Sie sich's bequem.«

»Ich habe mich einfach hingesetzt«, berichtete Chess später Nathan, »mir blieb gar nichts anderes übrig. Ich war völlig fasziniert. Als der Kaffee und die Kekse kamen, habe ich über die Eier und den Schinken und die Würste, die auch auf dem Tablett waren, kein Wort verloren.

Nathan, du würdest deinen Augen nicht trauen, wenn du gesehen hättest, wie dieser Mann ißt. Ich könnte schwören, daß er weder kaut noch schluckt. Das Essen verschwindet einfach in seinem Mund, während er immerzu weiterredet.

Er stammt aus Highland County, Virginia, oben aus den Bergen. Und er ist der siebente Sohn eines siebenten Sohns, und darum haben sie ihn Doctor genannt. Man glaubt, daß der siebte Sohn eines siebten Sohns besondere Kräfte hat, so etwas wie das zweite Gesicht. Und besondere Kräfte hat er tatsächlich. Er könnte die Mauern von Jericho in Grund und Boden reden, eine Trompete bräuchte er gar nicht.

Nur gelegentlich habe ich ein Wort einfließen lassen können. Ich habe ihn nach seiner Qualifikation, nach seiner Erfahrung und seiner Ausbildung gefragt. Daraufhin hat er mir ein Loblied auf sich selbst gesungen, das mindestens ein paar hundert Verse lang war.

Es stellte sich schließlich heraus, daß er an der University of Virginia klassische Philologie studiert hat, woraufhin ich ein paar Bedenken äußerte. Aber als er mir – mit kühler Miene – erzählte, daß man ihn am Kartentisch beim Schummeln erwischt und von der Uni verwiesen habe, wußte ich, daß er genau der Richtige für unsere Reklame ist.«

Chess lachte, und das geheimnisvolle Gurren in ihrem aufwallenden Lachen verriet Nate, daß alles seine Ordnung hatte. Schon deswegen hätte er diesen Doctor engagiert. Er hatte Chess wieder zum Lachen gebracht.

»Ich habe ihm gesagt, er soll morgen vormittag wiederkommen, um dich kennenzulernen«, fuhr sie kichernd fort. »Schlaf dich heute nacht richtig aus. Du wirst deine Kräfte morgen brauchen können.«

»Puuuh«, sagte Bobby Fred. »Dieser Doctor ist mehr, als ein Mann vertragen kann.«

Chess lachte. »Deswegen habe ich ihn ja zu dir geschickt. Er wollte schon nach oben ins Gästezimmer gehen, als mir diese Idee kam. Aber keine Bange, es ist nur für kurze Zeit. Morgen fährt er los, um alle großen Zigarettenhändler zu besuchen, und wenn er zurückkommt, ist sein eigenes Haus fertig.«

Das Geräusch von Wagen, von Sägen und Hämmern und Äxten war inzwischen wieder von Sonnenaufgang bis Sonnenuntergang zu hören. Nate expandierte nach drei Seiten gleichzeitig.

Flußabwärts entstand die Standish-Zigarettenfabrik Nummer zwei; flußaufwärts war die Richardson-Sägemühle halbfertig, und hinter der alten Mühle fällten zehn Männer Bäume, um Platz für eine neue Straße zu schaffen, die vom Ende der Brücke ausgehen sollte.

Und wieder kam nur halb soviel Geld herein, wie ausgegeben wurde. »So ist dein Daddy nun mal, Schätzchen«, sagte Chess zu Augusta. »Aber früher, als du glaubst, ist alles wieder im Lot ... für eine kleine Weile.«

Sie war dankbar, daß zumindest die Holzbrücke so blieb, wie sie war. Eine Zeitlang hatte sie befürchtet, daß Nate noch größere Pläne haben könne, denn voller Begeisterung hatte er ihr von der Errichtung einer neuen Brücke in einer New Yorker Gegend namens Brooklyn erzählt.

Vor einer Woche war er sogar in den Zug gestiegen, um sie sich anzusehen. Chess wußte nicht, wann er zurück sein würde. Sie konnte nur hoffen, daß die Staatsmesse ihn zurücklockte. Sie freute sich jedenfalls darauf hinzufahren. Im Vergleich zu Doctor Fitzgerald war die Messe sicher eher ruhig.

Die Leute bei Jos. Barker waren bestimmt froh, daß sie ihn losgeworden waren, als sie ihn ins Hotel geschickt hatten. Inzwischen hatte er bereits Regale mit Zeitschriften und Zeitungen gefüllt, an denen Zettel mit Anzeigenpreisen und Erscheinungsdaten hingen. Sie nahmen das halbe Wohnzimmer ein, solange das neue Fabrikgebäude nicht fertig war. Dort sollte Doctor ein Büro bekommen.

Genau wie Nathan, obwohl der in seinem Zimmer vermutlich wenig Zeit verbringen würde. Er war lieber draußen unterwegs, um überall nach dem Rechten zu sehen.

Und neue Pläne auszuhecken. Als sie ihn fragte, weshalb er eine Sägemühle brauchte, antwortete er ihr, als ob sie ein Dummkopf sei.

»Um Bauholz herzustellen, was sonst? Die Häuser der zehn Arbeiter kosten jedes über 500 Dollar, und fast die Hälfte davon ging für Bauholz drauf. Wenn ich mein eigenes Holz habe, kann ich doppelt soviele Häuser bauen.«

Chess beschloß, lieber nicht zu fragen, für wen die zukünftigen Häuser sein sollten. Doctor brauchte sicher eins, aber wer sonst noch?

Sie fand es heraus, als es wieder Weihnachten wurde. Nate fuhr mit ihr und Augusta über die neue Straße zu einem glänzend weißen Haus, das wie jener kunstvoll dekorierte Kuchen aussah, den sie in einer Bäckerei in Richmond gesehen hatte.

Es hatte drei Etagen, einen großen runden Turm, der noch ein Stockwerk höher ragte, und ein Dachgeschoß mit Mansardenfenstern, die von Spitzbögen gekrönt wurden. Alles war mit spitzenartiger Laubsägearbeit überzogen, sogar die große Schaukel auf der geräumigen Veranda und die Blumenkästen unter den Fenstern.

»Nathan, das ist ja riesig! Und so hübsch. Warum hast du mir nichts davon erzählt? Wir hätten hier Weihnachten feiern können. Diese Türen sehen sicher wunderbar aus, wenn man sie mit Kränzen aus Stechpalmen schmückt, und ich wette, daß es drinnen Platz für einen großen Baum gibt. Komm, laß uns hineingehen.«

»Noch nicht. Ich meine, ja, ich möchte schon hören, was du davon hältst. Aber die bleiverglasten Fenster sind noch nicht da, und deshalb ist es kalt und zugig drinnen ...«

Chess hob die Augenbrauen. »Da gibt es doch noch etwas, oder?«

»Jetzt, da du es sagst – ich wollte elektrisches Licht legen lassen, aber wir können das Kraftwerk erst nächsten Sommer bauen. Der Dynamo muß in New York gebaut und per Zug hierher gebracht werden.«

»Ich verstehe.« Sie fing an zu lachen. »Bitte, versprich mir, daß sie uns nicht auch die Brooklyn-Brücke schicken. Zutrauen würde ich's dir.«

Nate lächelte. »Ich habe gehört, daß irgendwelche Gauner sie an Deppen verkaufen, aber ich bin ihnen entgangen. Diesmal.«

Das unvollendete Haus war das Lieblingsthema auf der Weihnachtsfeier, zu der Chess und Nate einluden. Sie machten ein Fest im alten Ziegelbau, zu dem jeder kommen konnte. Den ganzen Nachmittag drängten sich Menschen im Eßzimmer und im Salon. Es war ein Kommen und Gehen – die Plantagen-Familien fanden sich ebenso ein wie die Farmer-Familien, die Kunden in der Mühle und im Laden waren, die Arbeiter, die in den Miethäuschen wohnten, waren gekommen und sogar Dorena und Jim. Einer der Fabrikwagen war für den Anlaß extra mit Bänken versehen worden, und Bobby Fred und Doctor wechselten sich ab, die Gäste darin zu dem neuen Haus zu fahren. An den Türen hingen Kränze, und von dem kunstvoll verzierten Geländer der breiten Treppe innen hingen künstliche Eiszapfen.

Beim Abschied gratulierten alle Chess und bedankten sich bei ihr. Nate war mit Augusta und irgendwelchen Toffees beschäftigt, so daß er nur aus dem Eßzimmer winken konnte.

Dorena faßte Chess am Arm und zog sie durch die Tür auf die Veranda. Sie hatte von dem Punsch getrunken, der eigentlich für die Männer gedacht war, erkannte Chess. Sie versuchte, sich zu befreien.

Jim packte Dorena. »Verdammt noch mal, Dorena, steh gerade«, knurrte er zwischen den Zähnen. »Tut mir leid, Chess.«

Dorena schüttelte Chess' Arm. »Jim hat mir gesagt, ich soll mich bei Ihnen für die Einladung bedanken. Aber ich habe ihm gesagt, daß ich nicht auf einer Stufe mit Niggern stehen will.«

Chess zuckte bei dem häßlichen Wort zusammen. »Ich bedaure, daß Sie so denken, Mrs. Monroe. Aber die Gastlichkeit meiner Familie an Feiertagen galt immer allen Pächtern.« Es ging niemanden etwas an, wie kläglich diese Gastlichkeit auf Harefields gewesen war und wie wenige Freunde es neben den Pächtern gegeben hatte.

»Ganz schön hochmütig«, höhnte Dorena. »›Gastlichkeit‹, ja? Das ist es, was Sie zu bieten haben? Kein Wunder, daß Ihr Gatte es sich mit Julie anderswo gemütlich macht.«

»Zum Teufel, Frau, halt's Maul«, zischte Jim und schlug ihr ins Gesicht. »Sie ist betrunken, Chess. Sie weiß nicht, was sie quasselt.«

Dorena stieß den Kopf vor. Ihr dicker Lippenstift war von Jims Hand verschmiert worden. »Und ob ich das weiß«, fauchte sie. »Dieses Miststück hat dafür gesorgt, daß Nate das liebe kleine Mädchen aus der Stadt geschickt hat. Und jetzt stirbt Julie an Schwindsucht. Wenn sie in der Dixie-Bar hätte bleiben können, ginge es ihr heute noch gut.«

»Lassen Sie meinen Arm los, oder ich bringe Sie um«, sagte Chess. Ihre Stimme war ruhig und kalt vor Verachtung. Dorena stolperte zurück. Jim drängte sie die Stufen hinunter auf die Straße.

Chess suchte Halt an einem Verandapfeiler. Ich kann nicht mehr atmen, dachte sie, mein Korsett ist zu eng geschnürt, mir ist nicht gut. Ihr Kopf weigerte sich zu akzeptieren, was sie gehört hatte. Aber ihr Körper reagierte. Saures, heißes Essen stieg in ihr hoch, sie mußte sich erbrechen. Sie konnte sich gerade noch über das Geländer lehnen, damit sie sich nicht beschmutzte.

Sie zog ein Taschentuch hervor, wischte sich den Mund ab und ging zurück ins Haus. Es waren immer noch Gäste da. Sie zwang sich zu einem Lächeln.

»Mama«, jauchzte Augusta. Chess konnte das glückliche Gesicht ihres Kindes nicht ertragen. Nicht, solange es auf dem Schoß seines Vaters saß.

Aber ich habe Gäste, sagte sie sich, ich muß lächeln und mit ihnen plaudern, und wenn es mich umbringt. Ach, wenn es das doch täte!

25. Kapitel

Chess hatte vergessen, wie groß und heftig der Schmerz gewesen war. Aber jetzt, da es sie fast zerriß vor Gram, erinnerte sie sich wieder. Hörte wieder Alvas sanfte Stimme, ihre grausamen, beiläufigen Worte, »er machte mich glücklich«, und spürte wieder die Qualen, die sie hervorgerufen hatten. Sie legte die Hände um die Kehle, um dieses Würgen zu beenden, das ihr den Atem nahm und ihre ganzen Eingeweide verkrampfte. Ihr ganzer Körper war gelähmt vor Pein. Die eisernen Klauen der Eifersucht hatten sie gepackt und hielten sie in ihrem entsetzlichen Griff.

Und diesmal war es viel schlimmer als damals, schlimmer, als sie je befürchtet hatte. Chess dachte an Julie, diese Hure; oh ja, sie war eine Hure. Chess wußte, was für ein Etablissement die Dixie-Bar war. Dorena war der Beweis dafür.

Und von dieser Nutte war sie kritisiert worden! Wie unwürdig! Eine solche Frau dürfte es gar nicht wagen, mit ihr zu reden, nicht einmal guten Morgen zu ihr sagen.

Und wie konnte sich Nathan nur mit solch einer Person abgeben? Machte er sie auch »glücklich«? Oh lieber Gott, was ist an mir so falsch, daß er zu einer Hure geht? Reicht es denn nicht, daß wir jede Nacht versuchen, ein neues Baby zu machen? Ich hasse sie, und ich hoffe, daß sie die Schwindsucht hat, hoffe zu Gott, daß sie an ihrem Blut erstickt, wie ich an meinem Atem und meinem Schmerz. Nathans Verrat. Nathan hat mich betrogen.

Ein Flammenpfeil durchbohrte ihr Herz. Mit dem, was sie über Nate und Alva wußte, hatte Chess sich einigermaßen abgefunden. Es war vor ihrer Hochzeit gewesen, bevor er ihr Mann wurde. Aber dies war tausend-, nein, millionenmal schlimmer.

Sie sah sich im Raum nach den Gästen um. Oh, warum konnten sie nicht nach Hause gehen? Merkten sie denn gar nichts, spürten nicht, daß sie alle Qualen der Hölle erlitt?

Nein, es war schon besser, daß sie nichts wußten. Sie hatte schließlich immer noch ihren Stolz. Der mußte sie jetzt aufrecht halten.

Chess lächelte, plauderte, füllte Punschgläser nach, lächelte ... und lächelte ...

Sie hielt durch, bis alle Gäste gegangen waren. Und auch noch, bis Augusta gefüttert, gebadet und zu Bett gebracht war, ihre Geschichte vorgelesen bekommen und ihren Gute-Nacht-Kuß erhalten hatte.

Danach ging sie langsam die Treppe hinunter, wobei sie sich eng am Geländer hielt. Der Schmerz war unerträglich, und dennoch mußte sie ihn aushalten.

»Ein schönes Fest, Chess«, sagte Nate. »Allen gingen die Augen über, als sie das neue Haus sahen, hast du es bemerkt?«

»Oh ja, ich hab's gesehen.« Plötzlich war sie ruhig und kalt. So mußte sich der Tod anfühlen, dachte sie. »Hast du für Julie auch ein Haus gebaut, Nathan, oder hast du ihr nur eins gekauft?«

Er sah sie mit einem schiefen Grinsen an. »Wovon in aller Welt redest du da?«

Zorn zerstörte ihre Ruhe und ihre Kälte. »Jetzt lüg nicht auch noch, Nathan, bitte! Du bist ein Ehebrecher, das reicht schon. Setz nicht noch eine Lüge obendrauf.«

Nate zuckte mit den Schultern. Sein Grinsen war verschwunden. »Dorena, vermute ich mal. Wir werden sie und Jim nicht mehr einladen; du hast recht damit gehabt. Es tut mir leid.«

»Es tut dir *leid?* Das ist alles, was du zu sagen hast? Und du meinst, damit ist alles wieder gut?

Nathan, ›es tut mir leid‹ reicht, wenn man einen Teller zerbrochen hat oder zu spät zum Essen kommt. Für das, was du getan hast, reicht es nicht.«

»Allmächtiger, Chess, worüber regst du dich so furchtbar auf? Du bist kein Kind, du weißt, daß Männer Bedürfnisse haben, körperliche Bedürfnisse, meine ich, von denen Ladies nichts wissen. Alle Männer sind so, nicht bloß ich. Du hast mir selbst von deinem Vater und seinen Sklavenfrauen erzählt. Ich verstehe nicht, warum du jetzt so zornig bist.« Er war genervt, aber noch nicht wütend. Er nahm an, daß er gerade mit der unlogischen, unverständlichen Seite aller Frauen konfrontiert wurde. Da blieb einem Mann nichts anderes übrig, als ruhig zu bleiben und zu warten, bis der Sturm vorüber war. Er bedauerte, daß Dorena Chess aus der Fassung gebracht hatte; und deshalb bedauerte er auch, daß Jim Dorena geheiratet hatte. Es hatte von Anfang an Probleme gegeben. Aber das war nicht sein – Nates – Fehler. Er weigerte sich, Schuldgefühle zu haben, weil er ein Mann war.

Chess ergriff ein schrecklicher Kummer. Er war schwer, oh, so schwer, und gleichzeitig verspürte sie eine große Müdigkeit. Aber dafür war zumindest diese Verkrampfung vorbei. Gram war an ihre Stelle getreten. Was konnte sie noch sagen? Daß auch ihr Vater unrecht gehabt hatte; daß ihre Mutter so wie sie jetzt gelitten haben mußte; daß sie blind gewesen sein mußte, weil sie nichts bemerkt hatte – nichts davon würde irgend etwas ändern. Nathan war ihre Mutter ebenso egal wie sie selbst.

Sie versuchte dennoch, Verständnis bei ihm zu finden. »Du bist nicht mein Vater, Nathan, du bist mein Mann, und du hast mich verletzt.«

Nun wurde er wütend. »Ich habe niemals irgend etwas getan, um dich zu verletzen, Chess. Wie kannst du so etwas sagen? Was ich mit dieser Frau mache, hat nicht das geringste mit dir zu tun. Du bist meine Frau. Ich akzeptiere dich so, wie ein Mann seine Frau akzeptieren sollte. Und darüber hinaus respektiere und bewundere ich dich, was die wenigsten Männer tun. Du und ich, wir sind gleichberechtigte Partner, nicht bloß verheiratet.

Und jetzt habe ich genug von diesem Gezeter. Ich gehe rüber in die Fabrik und sehe dort nach dem Rechten. Und wenn ich zurückkomme, hoffe ich, daß du wieder vernünftig bist.«

Chess sank auf ein Sofa. Akzeptieren ... respektieren ... bewundern ... Aber kein Wort von Liebe. Nun, das hatte sie doch immer gewußt, warum tat es ihr dann jetzt so weh? Sie hatte sich etwas vorgemacht, hatte geglaubt, weil sie so glücklich miteinander waren, würde er sie inzwischen lieben. Sie waren doch glücklich, oder? Nathan doch auch, oder nur sie?

Sie erinnerte sich an ihr gemeinsames Lachen, ihre Neckereien, ihre Pläne, das Abenteuer ihres gemeinsamen Lebens, an die stillen Leseabende im Salon. Es gab keinen Zweifel: Nathan war glücklich. Er liebte sie eben nur nicht.

Er hatte sie nie geliebt, und dennoch war sie glücklich gewesen. Jetzt mußte sie Alva und Julie vergessen und mit ihrem Leben weitermachen. Sie konnte wieder glücklich sein. Sie mußte sich nur darum bemühen.

In der Nacht hatte sie einen Traum: Ihr Vater knüpfte seine Uniformjacke und seine Reithosen auf. Eine nackte Frau lag auf einer Couch und streckte die Arme nach ihm aus. Mit geöffneten Lippen lächelte sie ihm verführerisch zu. Doch als er sich niederbeugte, um sie zu umarmen, schrie sie. Sein Hut saß auf der blutüberströmten formlosen Masse seines Kopfes.

Chess erwachte, in ihrer Kehle steckte ein Schrei. Der Krampf war wieder da, und sie riß die Knie vor die Brust, um den Druck zu mildern.

Damit weckte sie Nathan auf. »Was ist?« murmelte er.

»Ein Krampf«, sagte sie mit erstickter Stimme. Das Sprechen tat ihr weh.

Er setzte sich im Bett auf. »Die Decke ist weggerutscht, du hast dich verkühlt.« Er zog das Oberbett hoch und legte es ihr um die Schultern. »Jetzt schlaf weiter.«

Er nickte sofort wieder ein. Chess ließ ihre Hand auf seinem Rücken und versuchte, wie er tief, langsam und gleichmäßig zu atmen, bis sie schließlich auch eingeschlafen war.

Am nächsten Morgen fühlte sie sich steif und unbehaglich. An ihren Traum erinnerte sie sich nicht, wohl aber an ihren Vorsatz: Sie wollte wieder glücklich sein.

Es liegt an mir, dachte sie. Ich bin nicht nur töricht, ich bin auch schwach gewesen. Nur ein schlapper Tropf bemaß sein Leben und sich selbst danach, wie oft ihn jemand anlächelte, mit ihm redete oder mit ihm zufrieden war. Ich habe mir viel zuviel Sorgen darüber gemacht, ob Nathan mich respektiert. Warum sollte er? Oder sonst jemand? Wenn ich mich selbst nicht respektiere. Und das tue ich nicht, wenn ich mich wie ein Köter aufführe, der um Beachtung bettelt wie um Krumen am Tisch.

Ich habe so viel bekommen. Alles, was ich wollte, und noch mehr. Ich habe mich nach einem Mann gesehnt und nach einem Baby und einem eigenen Zuhause, und ich habe alles drei. Und obendrein sind wir noch reich, obwohl ich mir das nie gewünscht habe. Seit ich vierzehn war, bin ich ohne Reichtümer ausgekommen. Nun kann ich mir alles leisten. Für mein Baby, für mich, für mein Haus. Romantik gibt's in Büchern, nicht im richtigen Leben. Ich habe zuviel Zeit damit verschwendet, mir etwas Unmögliches zu erträumen. Was ich habe, ist mehr als genug.

Nathan und ich sind Partner; wir arbeiten zusammen an unserem Geschäft und unserem guten Leben. Das ist mehr, als die meisten Frauen je haben. Die meisten müssen gehorchen, tun, was ihr Mann ihnen sagt, und dafür sorgen, daß das Essen rechtzeitig auf dem Tisch steht.

Worüber in aller Welt kann ich mich eigentlich beklagen? Ich sollte mich schämen. Aber damit ist jetzt Schluß, auf der Stelle. Ich kann meine Zeit besser nutzen.

Edith Horton war hocherfreut, mit Chess für zehn Tage nach Raleigh zu fahren. Sie besorgte sogar eine Kutsche mitsamt Fahrer; Chess kümmerte sich um die Bewirtung. Im übrigen war sie damit beschäftigt, das neue Haus einzurichten, und bestellte bei den teuersten Geschäften der Hauptstadt alle möglichen Muster- und Ansichtsbücher.

Sie kaufte sämtliche Ziervasen, Schalen, Etageren und auch allen Nippes, den sie finden konnte. Für jedes Fenster wählte sie eigene Vorhänge und Gardinen aus; sie orderte Teppiche, Polstermöbel, goldgerahmte Spiegel, echte Ölgemälde mit schroffen Landschaften, Blumenvasen und Früchteschalen.

Beraten und ermuntert von Edith, bestellte sie auch komplette Porzellan-Service in vier verschiedenen Mustern. Und schweres 24teiliges Silberbesteck, mitsamt Vorlegebesteck, für Pickles, Oliven, Sardinen, Käse, Soßen, Suppen, Punsch, Kuchen, Sandwiches und noch etliches mehr. Dazu zehn Dutzend Leinentücher, Kissenbezüge, Tischwäsche, Servietten, Handtücher.

»Wird Nathan nicht schäumen vor Wut?« fragte Edith.

»Nicht ein bißchen«, erwiderte Chess.« Er ist so mit seinem Elektrizitätswerk beschäftigt, daß er gar nichts bemerken wird. Ich möchte das Haus komplett eingerichtet haben, wenn der Strom angeschlossen wird. Dann brauchen wir nur noch einzuziehen.«

Edith zog ein Gesicht. »Henry entgeht nicht mal, wenn neue Kerzen in den Haltern stecken. Er will immer genau wissen, wieviel ich ausgegeben habe. Du kannst dich wirklich glücklich schätzen, Chess.«

»Ich weiß, und ich bin dankbar dafür.« Und glücklich, fügte sie im stillen hinzu. Reich zu sein ist sehr, sehr angenehm.

Fünf Standish-Maschinen produzierten mittlerweile eine Viertelmillion Zigaretten am Tag, und das sechs Tage die Woche. Die Mühle lief von Sonnenaufgang bis Sonnenuntergang, ebenfalls an sechs Tagen in der Woche, und für einige Kunden sogar sonntags. Der Laden war bis acht geöffnet und ging so gut, daß Jim bereits einen Jungen als Aushilfe hatte einstellen müssen.

Die Dollars rollten so schnell herein, wie sie ausgegeben werden konnten.

Es war wunderbar, in dieser Zeit in Amerika am Geschäftsleben teilzunehmen. Handel und Wandel trieben das Land mit Höchstgeschwindigkeit voran. In alle Richtungen wurden Eisenbahnlinien gebaut, und bald durchzogen sie den ganzen Kontinent. In den Patentämtern stapelten sich die neuen Erfindungen, und jede Woche kamen neue Produkte heraus, um das Leben einfacher, eleganter, unterhaltsamer zu machen. Fabriken wurden errichtet, und wo einst nur die Kreuzung zweier Landstraßen gewesen war, entstanden neue Städte. Überall machten junge Männer gewaltige Vermögen. Nate Richardson war nur einer unter Tausenden.

Das Geld sorgte für Fortschritt. An Geld war nirgends Mangel. Man mußte nur entschlossen und hart genug arbeiten, um in kürzester Zeit seinen Teil davon zu bekommen. Aus aller Welt kamen jetzt die Leute nach Amerika, wo die Straßen mit Gold gepflastert schienen.

Das Land wuchs und gedieh. Die Einwohnerzahl nahm ebenso zu wie der Wohlstand, die Möglichkeiten. Und das alles verdankte Amerika seiner blühenden Wirtschaft. Der Geschäftsmann war der neue Aristokrat, die Vanderbilts waren die neuen Monarchen. Noch vor einer Generation hatte ein Vanderbilt auf einer Insel bei New York Gemüse angebaut. Vergangenes Jahr hatten sein Sohn und dessen Frau ein Fest gegeben, das 250000 Dollar kostete.

Es war spannend, zu leben im Amerika von 1884.

26. Kapitel

Am 30. April stellte Buck Duke in seiner Fabrik an der Pratt Street in Durham eine Bonsack-Zigarettenmaschine auf. Für die nächsten sechs Jahre sollte Duke zum allesentscheidenden Faktor im Leben von Nate und Chess werden.

Dennoch ging das Leben natürlich weiter, während sie mit Duke kämpften. Es war arbeitsam und aufregend und voller Abwechslung. Kurz nachdem die Bonsack-Maschine stand, war Nate mit seinem Elektrizitätswerk fertig, und den ganzen Sommer über kamen Menschen aus der Nachbarschaft, um das Licht aus den Fenstern der Fabrik, der Mühle und des Ladens scheinen zu sehen. Es war wie Karneval; an rasch errichteten Ständen gab es Barbecue, Schinkenbrötchen, Kuchen, Obst und Gemüse, Eier und jede Menge Selbstgemachtes. Wunderheiler in grell bemalten Wagen verkauften allerlei Elixiere; Geiger und Jongleure ließen für ihre Künste den Hut herumreichen.

Chess und Nate wurden das begehrteste Paar bei allen größeren gesellschaftlichen Ereignissen in Durham. Jede Woche gab es in hell erleuchteten Häusern glanzvolle Feste. Nathan wurde eingeladen, dem Commonwealth Club beizutreten, in dem sich die einflußreichsten Geschäftsleute von Durham zusammenfanden. Chess wurde Mitglied in der Literaturgesellschaft von Durham. Sie hatten ihr eigenes Schließfach im Clubhaus am Rennparcours des Blackwell Parks.

In ihrem eigenen Ort gab es jetzt einen Textilien- und einen Eisenwarenladen und eine Schmiede mitsamt Mietställen. Andere Geschäftsleute vereinbarten mit Nate, Gebäude mit Elektrizität zu bauen oder von ihm zu mieten. Er vergrößerte die Sägemühle.

Bald darauf baute er eine Baumwollspinnerei. Zwei Jahre später eröffnete er eine Bank, die unter anderem auch Hypotheken und Geschäftsdarlehen anbot. Durch den Wald hinter der Mühle wurden neue Straßen angelegt. Die breiteste erhielt den Namen Richardson Avenue.

Als die Einwohnerschaft sich den Tausend näherte und ein Postamt eingerichtet worden war, erhielt das Städtchen den Namen Standish, North Carolina. Inzwischen gab es auch eine zweite Standish-Cigarette-Company-Fabrik und ein Bürogebäude für die Angestellten der Fabriken und der Mühlen. Dazu kamen Lagerhäuser, Geschäfte, Garagen und Ställe für Pferde und Wagen. Und ein noch größeres Elektrizitätswerk.

Chess teilte die Zeit nach Augustas Fortschritten ein. Die Stadt konnte von alleine größer werden. Als Augusta vier war, entdeckte sie, wie herrlich es war, vor Bobby Fred auf einem Pferd zu sitzen und den Rebellenruf auszustoßen, während er gegen Yankees, die sich als Unkrautgestrüpp getarnt hatten, eine Kavallerieattacke ritt. Er nannte sie »Gussie«, und das kleine Mädchen betrachtete dies fortan als seinen Vornamen. Nathan fand, er passe zu ihr, und schließlich gab auch Chess nach.

Gussie brachte alle gängigen Kinderkrankheiten hinter sich und trug auch die übliche Menge an Beulen, blauen Flecken, aufgeschrammten Ellbogen und Knien davon. Chess war froh, als sich ein Arzt in Standish niederließ.

Nathan holte seine Familie aus Alamance County nach Standish. So bekam Gussie eine Großmutter und zwei Cousinen, von denen die eine nur vier Jahre älter als sie war.

Als sie in die Schule in Durham kam, war Sally dort bereits in der fünften Klasse und half ihr, sich zurechtzufinden, und Susan fungierte als Nachhilfelehrerin in Lesen und Schreiben. Chess freute sich sehr, Susan wieder in ihrer Nähe zu haben. Sie hatte das nette junge Mädchen seit ihrem Weggang von der Farm vermißt, und jetzt war sie stolz auf die ruhige junge Frau, zu der Susan herangewachsen war.

Chess hatte sich immer ein Töchterchen wie eine Puppe mit Locken und gerüschten Seidenkleidern erträumt. Jetzt vergötterte sie den unbekümmerten, eigensinnigen und sommersprossigen Wildfang mit den dicken, zerzausten Silberzöpfen, zu dem sich ihre Gussie entwickelt hatte. Nate ging es ebenso. Er kaufte ihr eine Ziege und einen Karren und brachte der Fünfjährigen bei, wie man damit fuhr, und als zwei Jahre später die ersten Fahrräder auftauchten, kaufte er ihr und sich selbst auf der Stelle welche und lernte mit ihr gemeinsam nach vielen Stürzen, wie man damit vorwärtskam.

Bei allen, die sie kannten, galten die Richardsons als eine Familie, die ein gütiges Geschick mit allem beschenkt hatte, was man sich nur wünschen konnte.

Doch in Wirklichkeit kämpften sie hinter den geschlossenen Türen ihres modernen, luxuriösen Hauses ums Überleben in einer Welt, die kein Erbarmen kannte.

»Die Bonsack funktioniert nicht«, frohlockte Nate, als Buck Duke die Maschine aufstellte. »*Allen and Ginter* haben's versucht und sind damit gescheitert. Der alte Buck hat sich die Brooklyn-Brücke aufschwatzen lassen. Wissen Sie, was für einen Handel er gemacht hat? Er vermietet die Maschine und den Mechaniker, der sie bedient. Jetzt bezahlt Buck Miete und Gehalt für einen Haufen Schrott.«

Doctor Fitzgerald zog eine Grimasse. »Das ändert nichts an dem, was ich sage. Duke produziert und verkauft 200 000 handgerollte Zigaretten am Tag. Verkauft sie. Das ist der Punkt. Sein Verkäufer ist ein Bursche namens Small. Aber Small, Klein, heißt er, und groß ist das Spiel, das er spielt. Der Mann ist ein Genie, und ich weiß, wovon ich rede. Ich bin schließlich selber eins.«

Small hatte gerade angefangen, mit frivol-erotischen Motiven Zigarettenwerbung zu machen. Bei einer Verkaufsfahrt hatte er in Atlanta mitbekommen, wie sich die Stadt über eine freche französische Farce in einem kleinen Theater aufregte, dessen Star, eine tiefdekolletierte Madame Rhea, täglich für neuen Klatsch sorgte. Small überredete sie, das Theaterplakat mit ihrem Bild benutzen zu dürfen. Er vervielfältigte es – und drückte ihr dabei auf den Postern eine Packung *Duke of Durham*-Zigaretten in die Hand. Jeder Tabakladen in Atlanta rückte das Plakat ins Fenster, und in der Zeitung erschien ein halbseitiges Inserat. Anständige Leute waren empört; aber die Kunden fingen an, ausdrücklich nach *Duke of Durham* zu fragen.

»Es muß noch mehr Schauspielerinnen geben«, sagte Nate. »Wie finden wir eine, Doctor?«

»Nein«, warf Chess ein. »Wenn wir Duke alles nachmachen,

bleiben wir immer nur zweiter Sieger. Wir müssen anders sein. Besser.«

»Zum Bespiel ... wie?« fragte Fitzgerald.

»Das weiß ich auch nicht«, gab Chess zu.

Die drei besprachen das Problem fast eine Woche lang. Schließlich fand Nate die Lösung. »Hervorragend!« trompetete er, »das ist es. Die Männer, die Fabrikgefertigte statt Handgerollter rauchen, sind überwiegend Stadtleute. Und die meisten Leute in der Stadt sind von einer Farm gekommen. Wie ich. Und Buck. Sie möchten gern schick sein, aber sie fürchten immer noch, daß ihnen Stroh in den Haaren hängt. Wir werden ihnen beibringen, daß sie, wenn sie Standish-Zigaretten rauchen, von allen für vornehme Herren gehalten werden.«

Doctor war sofort begeistert von der Idee.

Nathan grinste. »Machen Sie das mit Chess aus, Doctor. Die versteht was davon. Die ist eine Lady.«

Chess verschlug ihnen beiden den Atem. »Aber ein bißchen Sex muß schon dabei sein«, sann sie laut vor sich hin. Nate und Doctor waren schockiert. Eine Lady sollte dieses Wort gar nicht kennen, geschweige denn, aussprechen.

Das erste Plakat für Standish-Zigaretten zeigte eine Zeichnung, einen ungehobelten Mann in eleganter Abendkleidung, aber ohne Hut auf dem dicken, unpomadisierten Haar. Er stand auf den Stufen der Vanderbilt-Villa, ein Gebäude, das alle Amerikaner aus den Zeitungen und Zeitschriften kannten. Die gutgebaute Frau mit den bloßen Schultern an seiner Seite blickte bewundernd zu ihm auf. In der ausgestreckten Hand, die in einem langen weißen Handschuh steckte, hielt sie eine Pakkung *Castles*.

»Vergessen Sie Ihre Standishs nicht«, hieß es darunter. »Ich liebe Männer, die *Castle* rauchen.«

Das Plakat war höher und breiter als jene, die Duke überall im Land aufhängen ließ. Andere Zigarettenhersteller rissen die Poster von Duke, Kinney oder Allan and Ginter bereits ab, um ihre eigenen anzubringen. Nate war nicht der einzige, der zurückschlug. Seine Werbung wurde oft einfach nur über das geklebt, was schon dahing.

»Standish« stand später auch an seiner Jacht und an dem schicken Einspänner, der bei Pferderennen auftauchte und in dem stets ein ansehnliches weibliches Wesen saß. Mit der Zeit symbolisierte der Name den amerikanischen Traum vom erfolgreichen Geschäftsmann. Kleine Jungen wurden Standish getauft, die Helden romantischer Romane hießen Standish, Mädchen bezeichneten einen attraktiven Junggesellen als einen »Standish«.

Aber die Werbeplakate waren nur ein kleiner Teil aus Dukes Waffenarsenal.

Ein halbes Jahr, nachdem die Bonsack-Maschine aufgestellt worden war, zog Buck Duke nach New York.

»Wir haben ihn in die Flucht geschlagen«, frohlockte Chess.

»Sei nicht närrisch«, bremste Nathan sie. »So schnell gibt Buck nicht auf. Er ist dahin gegangen, wo das Geld ist. All die großen Jungs sitzen an der Wall Street. Und Buck will dazugehören.«

In der folgenden Woche gab es im Commonwealth Club Neuigkeiten. Die Bonsack produzierte 100000 Zigaretten am Tag. Wo immer die Probleme gelegen haben mochten, sie waren gelöst.

Und Duke hatte in New York sowohl ein Büro als auch eine Fabrik eröffnet, um so den Markt im Norden und Westen abzudecken. Und für Durham und New York waren bereits weitere Bonsack-Maschinen bestellt worden.

Die Zigaretten, die damit hergestellt wurden, erhielten den Namen *Cross Cuts*. Ein koloriertes Bild der ebenso berühmten wie sinnlichen Schauspielerin Lilian Russell zierte die Pappkarte, die in jeder Packung lag.

»Wir brauchen unsere eigenen Verkaufstruppen«, sagte Doctor. »Der Großhändler kann sich nicht um das Notwendige kümmern, und es reicht auch nicht, daß ich weiter wie bisher in irgendeine Stadt fahre, um da für einen Tag ein paar Plakatkleber zu engagieren.«

»Dann brauchen wir mehr Geld«, sagte Nate. »Verkäufer müssen bezahlt werden.«

»Wir bringen eine neue Marke heraus, zu fünf Cents die Pakkung, wie alle anderen auch. Die *Castles* bleiben bei vier Cents.«

»Mehr Maschinen müssen her«, waren sich alle einig.

Knight-Zigaretten steckten in einer Pappschachtel statt in Packpapier. Die dazugehörige Schachfigur, der Springer, war unter den Namenszug gedruckt. Und die Venus von Milo war auf das Innere des Deckels gedruckt, damit ihre Nacktheit empfindsamere Seelen nicht schockierte.

Nate warf den Angestellten raus, den er in der Nacht dabei erwischte, wie er die Verkaufszahlen und die Kundenlisten abschrieb.

Chess warf das Mädchen raus, das von Gussie beim Lauschen an der Bibliothekstür ertappt wurde. Anschließend belehrte sie ihre Tochter darüber, daß es ungezogen sei, andere zu verpetzen, wenn man eigentlich im Bett liegen und schlafen sollte.

Doctor gab zögernd die Besuche bei einer allzu neugierigen jungen Frau auf, deren Gesellschaft er immer sehr genossen hatte, wenn er auf seinen Reisen nach St. Louis gekommen war.

Keiner von ihnen war überrascht. Das Tabakgewerbe war seit jeher ein fruchtbarer Boden für Betrügereien, Spionage, Preismanipulationen, unlautere Wiegemethoden – und alle schmutzigen Tricks, die dem menschlichen Erfindungsgeist einfielen. Nate hatte zwei Informanten in Buck Dukes Fabriken, eine Frau spionierte bei *Allen and Ginter*, andere in den Büros von Kinney, Goodwin und W. S. Kimball. In regelmäßigen Abständen kamen Berichte, die innerhalb von 24 Stunden bezahlt wurden. Es war ein ganz normaler Teil des Geschäfts.

Woche für Woche und Monat für Monat und Jahr für Jahr zog sich der Krieg hin. Eine weitere Fabrik wurde errichtet, um noch mehr Standish-Maschinen aufzunehmen. Nate eröffnete seine eigene Druckerei, um Plakate und Karten schneller und in größeren Mengen herzustellen.

Duke stellte immer neue Bonsack-Maschinen auf.

Nate baute weitere Standish-Maschinen.

Mehr Bonsacks … mehr Standishs … mehr … mehr … mehr.

Duke brachte seine *Cameo*-Zigaretten heraus, ebenfalls in einer Pappschachtel. Dann fing er an, den größeren Händlern besondere Rabatte einzuräumen. Die Standish-Bestellungen gingen zurück.

Doctor gab ebenfalls Rabatte, die er in Gold auszahlte. Die Bestellungen zogen kräftig an.

Die Zigarettenverkäufe in den USA stiegen in einem schwindelerregenden Tempo. Die ersten der kleineren Hersteller konnten nicht mehr mithalten und machten zu.

Duke legte ein Bonus-Programm auf. Einzelhändler, die 1000 Packungen *Cross Cut* orderten, bekamen einen hölzernen Klappstuhl.

»Das Mistding hat mich an einer Stelle gezwickt, die ich in Gegenwart einer Lady nicht zu erwähnen wage«, stöhnte Doctor.

Die Standish-Stühle bekamen gepolsterte Sitze.

Duke legte seinen Zigarettenpackungen Coupons bei. In den Geschäften bekamen die Kunden Hefte, in die sie die Coupons einkleben konnten. Hatte man mehrere Hefte zusammen, gab es besondere Prämien: einen extrem haltbaren Klappstuhl, eine Kaminuhr, eine Taschenuhr oder – für 500 Hefte – sogar eine Standuhr.

Standish zog gleich und bot Porzellanservice, kristallene Tafelaufsätze und handbemalte Waschschüsseln samt Krug an. »Sollen die Frauen und Mütter doch ihre Männer zum Rauchen ermutigen«, kicherte Chess. »Jetzt schicken sie die armen Teufel dafür noch vor die Tür, egal, wie schlecht das Wetter ist.«

Sie genoß den Kampf der Ideen, den sie führten. Obwohl die Kassenbücher inzwischen von ausgebildeten Buchhaltern geführt wurden, weil das Geschäft zu groß geworden war, überflog sie immer wieder gerne die Zahlenkolonnen und bewunderte das Ausmaß der Umsätze, die Nate und sie erreicht hatten. Die Kosten, die der Krieg gegen Duke verschlang, waren erschrekkend, aber sie hatte Spaß daran, immer neue Strategien zu entwickeln. Doctor und sie machten das inzwischen fast allein, denn Nate war mit einem neuen Plan beschäftigt. Er wollte eine Bahnlinie zwischen Standish und Durham bauen, um den Vertrieb zu beschleunigen.

»Und um damit zu spielen«, neckte Chess ihn.

Er gab es zu, und dabei grinste er wie ein kleiner Junge, daß Chess fast das Herz geschmolzen wäre. Manchmal fragte sie sich, weshalb er immer noch eine so große Wirkung auf sie hatte. Sie entschied, daß es für Liebe keine Rechtfertigung gab. Nathan behandelte sie mehr wie einen Mann, wie einen Freund denn wie eine Frau. Außer im Bett – und warum, warum nur war sie nicht längst wieder schwanger? Er liebte sie nicht, er mochte sie. Er küßte sie nicht, hatte es nie getan. Also weshalb liebte sie ihn immer noch? Es machte keinen Sinn, aber so war es nun mal.

Niemand hatte vorausgesehen, was mit den Zigarettenkarten passierte. Sie wurden fast so etwas wie »der Schwanz, der mit dem Hund wedelt«. Die Leute fingen an, eine bestimmte Marke zu kaufen, weil sie die Karte aus der Packung haben wollten.

Standish begann damit zur selben Zeit wie Buck Duke. Dessen Lillian Russell konterte Chess mit Sarah Bernhardt – als Camille, eine berühmte Prostituierte, wie Chess erläuterte, die sich zu Tode hustete, weil ihre Kleider vorne so tief ausgeschnitten waren.

Allen and Ginter folgten mit einem Floradora-Mädchen.

Aber dann wechselte *Castle* zu Eleanore Duse, nachdem Chess ein Porträt der jungen Schauspielerin in *Harper's Bazaar* gesehen hatte.

Damit kam das Rennen erst richtig in Gang. Duke schob Lilly Langtry und Madame Rhea sowie sieben weitere Schauspielerinnen nach und kam damit auf einen Zehner-Satz. Alle zusammenzubekommen, wurde zu einem richtigen Sport.

Doctor war untröstlich. Er hätte als erster auf die Idee kommen müssen, jammerte er mitleiderregend.

»Hören Sie auf damit«, befahl Chess schroff. »Bei dem Lärm kann man ja nicht nachdenken. Es gibt einfach nicht genug berühmte Schauspielerinnen, und irgendeine halbangezogene Schlampe ohne Talent kommt nicht in Frage. Wir müssen etwas anderes ausprobieren. Wenn es auf das Sammeln ankommt, dann sollte es auch mit anderen Dingen gehen, von denen es mindestens zehn verschiedene gibt. Mehr wären noch besser. Und alle, die unsere Serie zusammenhaben, bekommen von uns ein Album. Das können die Geschäfte ihnen geben.«

Ein Wirbelsturm aus Karten überzog alsbald das Land. Die Präsidenten der Vereinigten Staaten; die Könige und Königinnen von England; große Komponisten; berühmte Flüsse; Kutschen, Pferde, Hunde, Vögel – alle Zigarettenfirmen versuchten verzweifelt, Schritt zu halten.

Doctor war allerdings felsenfest davon überzeugt, der gesamten Konkurrenz den Rang abgelaufen zu haben, als Jack the Ripper die Schlagzeilen der Zeitungen füllte und *Castle Cigarettes* stolz die Serie »Große Mörder der Geschichte« mit Brutus und Julius Cäsar präsentierte.

Kurz danach stattete Buck Duke Nate wieder einen Besuch ab.

Er tauchte bei ihm zu Hause auf, nicht im Büro. Wie das letzte Mal. Und wieder beglückwünschte er Chess zu ihrer bezaubernden Tochter, so wie er es damals getan hatte, als Augusta noch ein Baby in einem Korb gewesen war.

Aber alles übrige war anders. Duke trug einen extravagant geschnittenen Anzug, der ganz nach Großstadt aussah, und die damals noch unterdrückte Kraft, die Chess gespürt hatte, trat nun offen zutage.

»Ich habe einen Mann geschickt, um Nate zu holen«, erklärte er. »Ich habe ihm etwas mitzuteilen, das er sich besser gut überlegen sollte.«

»Hol den Soldaten, Augusta«, sagte Chess. »Er macht mit dir einen Ritt auf dem Pony. Kommen Sie in die Bibliothek, Mr. Duke. Mein Mann und ich regeln dort alles Geschäftliche.«

Sie bot Buck Duke keinen Kaffee an.

Duke blieb stehen, bis Nate erschien. Dann trat er vor und streckte den Arm aus, um seine Hand zu schütteln.

Als ob ihm unser Haus gehörte, dachte Chess empört. Während sie die Begrüßung der beiden Männer beobachtete, kam ihr der Gedanke, was für eine interessante Sache die Zivilisation doch war. Eigentlich wäre es viel natürlicher gewesen, wenn die zwei da unverzüglich aufeinander eingedroschen hätten. Vielleicht war das Verbot von Duellen doch nicht ein so großer Fortschritt, wie alle behaupteten.

»Möchtest du dich setzen, Buck?« Das war eine Klarstellung der Besitzverhältnisse und zugleich eine Warnung an Duke, daß er als Eindringling und nicht als geladener Gast betrachtet wurde. Nate nahm seinen Lieblingsstuhl. Chess setzte sich in einen, der ein wenig seitwärts dahinter stand. Für Duke blieb nur die glatte, harte, roßhaarüberzogene Sitzbank. Er ignorierte die Unbequemlichkeit. Er war von einer geradezu unverschämten Gelassenheit.

»Ich muß dir zu diesen ›Große Mörder‹-Karten gratulieren, Nate«, sagte er. »Deine *Castles* haben sich ein paar Wochen lang doppelt so gut wie meine *Cross Cuts* verkauft. Dein Freund Doctor hat meine Jungs ganz schön ins Schwitzen gebracht.«

Nate wartete, ohne ein Wort zu sagen.

»Aber ich schätze, die Sache mit den Sammelkarten hat sich totgelaufen«, fuhr Buck fort. »Sie kostet uns alle einfach zuviel Geld, das wir besser anlegen könnten.«

Und wer hat damit angefangen, du Heuchler? dachte Chess.

»Ich habe damit begonnen«, sagte Buck, »um die Leute auf meine Marken aufmerksam zu machen und um die kleinen Krauter auszumerzen. Jetzt sind nur noch sechs da, die eine Rolle spielen, du und ich, wir sind die Neureichen. Während sie noch über uns lachten, haben wir mit Kinney und Goodwin und Kimball gleichgezogen. Zwei Jungs aus dem Süden haben den New Yorkern gezeigt, weshalb wir fast doch den Krieg gewonnen hätten, den unsere Väter geführt haben. Wir haben es sogar denen ganz oben gezeigt, *Allen and Ginter*.«

Nate unterbrach ihn. »Ich möchte nicht, daß du abschweifst, während du dir so auf die Schulter klopfst, Buck. Warum kommst du nicht zur Sache?«

Duke lächelte. »Du bist mir tatsächlich auf die Schliche gekommen. Stimmt, ich wollte dich erst ein bißchen weichklopfen. Hab vergessen, daß du ja auch auf der Straße verkauft hast.«

Vorsicht, Nathan, warnte Chess ihren Mann im stillen. Er geht dir um den Bart.

Buck verlagerte das Gewicht ein wenig, beugte sich leicht vor und hörte auf zu lächeln. »Ich bin dabei, alle zusammenzubringen. Keine Übernahme, nur eine Vereinigung, damit wir damit aufhören können, uns für teures Geld die Kehlen durchzuschneiden. Wir sechs zusammen haben das Tabakgeschäft in der Tasche. Wir können die Preise festsetzen, können Zigaretten vermarkten und Tabak kaufen, wie wir wollen. Und wir können allmählich wieder mit den Prämien aufhören und die Kunden wieder daran gewöhnen, das zu tun, was sie eigentlich tun sollen, nämlich unsere Zigaretten kaufen und rauchen, und damit hat sich's.«

»Das klingt nach einem klugen Schachzug«, sagte Nate und nickte zustimmend. »Und wer wird an der Spitze dieser Vereinigung stehen«?

»Alle bekommen Anteile, im Verhältnis zu ihren Aktiva und ihren Verkaufszahlen.«

Nate grinste. »Sehr schlau«, sagte er. »Ich bewundere dich, Buck, wirklich. Und wie sieht die Kehrseite der Medaille aus? Womit drohst du, wenn die Leute nicht mitmachen wollen?«

»Ich brauche nicht zu drohen. Sie wissen, was für sie auf dem Spiel steht. Sie werden untergehen. Kinney mußte schon die Fabrik in Baltimore schließen, weil der Verkauf nicht die Kosten deckt. Jetzt haben sie nur noch die Fabrik in New York. Vor fünf Jahren waren sie noch die größten im Lande.«

Nate erhob sich. »Alsooo«, er zog das Wort absichtlich in die Länge. »Buck, ich habe weder die Absicht, mich anzuschließen, noch werde ich untergehen. Ich wette, du hast Besseres zu tun, als auf mein Ableben zu warten. Wenn du die anderen alle zusammenhast, dann bist du mit denen doch erstmal eine Weile gut beschäftigt.

Und ich hatte auch gerade gut zu tun, als dein Junge angelaufen kam und mir sagte, du hättest was Wichtiges mitzuteilen. Ich gehe jetzt wieder zurück an meine Arbeit und wünsche dir noch einen guten Tag.«

Nate streckte die Hand aus. Buck Duke stand auf, schüttelte sie, nickte Chess zu und wandte sich halb zur Tür. »Wenn ein Mann eine Linie in den Staub zieht und mich herausfordert, sie zu übertreten, dann sehe ich mich gezwungen, ihm den Gefallen zu tun«, sagte er. Ihre Blicke trafen sich.

»Ich bin genau wie du, Buck. Nur sind meine Kosten pro Tausend knapp halb so hoch wie deine. Ich habe also noch eine ganze Menge Spielraum.«

»Sieh dich vor, Nate.« Duke ging hinaus.

Es blieb völlig still in dem Raum, bis er auch die Haustür hinter sich geschlossen hatte.

»Kann er es schaffen?« fragte Chess dann.

»Mich unterkriegen?« Nate hob die Schultern. »Da bin ich ziemlich sicher. Aber er weiß es nicht. Und er würde eine ganze Menge Zeit dafür brauchen. Bloß ist das einzige, was Duke offenbar nicht hat, Zeit. Er schlägt gern hart zu und gewinnt gern schnell. Aber wie ich ihm schon sagte, er kann mit seiner Zeit was Besseres anfangen. Wir befinden uns in einer Abseitsposition, nicht in einer Abschußposition.« Seine Augen tanzten.

»Ich glaube, du fühlst dich ziemlich gut, Nathaniel Richardson!«

»Darauf kannst du dein Leben verwetten! Bei dem ganzen Schattenboxen in den letzten Jahren hatte ich fast vergessen, was für ein Spaß so ein direkter Schlagabtausch doch sein kann. Verleiht einem Tag die richtige Würze!«

Die American Tobacco Company wurde am 31. Januar 1890 offiziell gegründet. Sie unterlag den unternehmerfreundlichen Gesetzen des Bundesstaates New Jersey; ihr Präsident war James Buchanan Duke.

Die Standish Cigarette Company brachte unverzüglich eine neue Marke heraus. Ihr besonderes Merkmal war eine größere Packung, in der auch ein Streichholzbrief steckte. Die Schachtel war mit schwarzen und weißen Quadraten bedruckt, auf denen in leuchtend roten Buchstaben der Name *Check* stand. Wenn die Kunden zehn leere Schachteln zusammenhatten, bekamen sie gratis ein Schachspiel und dazu noch ein Lehrbuch.

27. Kapitel

Chess hielt die Schere bereit, bis die Kapelle ihr Stück mit einem gewaltigen Paukenschlag beendete. Dann zerschnitt sie das breite rote Band, wieder ertönte ein Paukenschlag, und der Bahnhof Standish der S&D-Eisenbahn war offiziell eröffnet.

Das kleine Gebäude war besonders hübsch geraten, eine Art achteckiger geschlossener Aussichtsturm mit Pagodendach und einem tief herabreichenden, reichverzierten Überhang. Blumenkästen mit leuchtenden Pergolen schmückten die Ecken, und zu beiden Seiten der Eingangstür standen eiserne Bänke. Chess hatte beim Entwurf mitgearbeitet, und sie freute sich über das Ergebnis, aber zugleich empfand sie eine merkwürdige Traurigkeit, wie der Bau da, so hübsch und modern, an der Stelle stand, wo sich einst das verwunschene Haus befunden hatte.

Was war nicht alles geschehen, seit sie und Nathan sich damals in dem einen Raum eingerichtet hatten. Tausend Jahre schienen inzwischen vergangen zu sein, doch in Wirklichkeit waren es nicht einmal zehn. Doctor war wieder fort. Ein neues Unternehmen, das sich »Werbe-Agentur« nannte, hatte ihn für sich gewonnen. Auch Jim Monroe war gegangen, und Bobby Fred merkte man an, daß er allmählich alt wurde. Das galt übrigens auch für die Mühle, die demnächst durch eine neue ersetzt werden mußte.

Ich frage mich, dachte Chess plötzlich, seit wann ich unter den Farmersfrauen keine Freundinnen mehr habe. In das verwunschene Haus sind sie oft für einen Kaffee gekommen, während ihr Korn gemahlen wurde. Auch in das Ziegelhaus noch, aber da bin ich mir schon nicht mehr sicher.

Sie lächelte. Wenn ich's recht bedenke, kann ich mich nicht einmal daran erinnern, wann ich selbst das letzte Mal in meiner Küche Kaffee getrunken habe. Sie wandte sich mit ihrem Lächeln dem Fotografen zu. Die Durhamer Tageszeitung wollte einen großen Bericht über Nathans Eisenbahn bringen und den Sonderwagen, den er für sich hatte bauen lassen.

Nathans Spielzeuge! Na schön, nun hatte er seine Eisenbahn und die Marschkapelle, die er immer haben wollte, und das Telegrafenamt, das letzte Woche in der Post eröffnet worden war. Als nächstes kamen bestimmt Telefone dran. Wenn er sich etwas in den Kopf gesetzt hatte, war es zwecklos, sich ihm in den Weg zu stellen.

Der Fotograf tauchte aus dem schwarzen Vorhang auf, unter dem er gesteckt hatte. »Vielen Dank, Mrs. Richardson.«

»Ich danke Ihnen. Ich hoffe, Sie sind nachher beim Picknick dabei.«

»Danke sehr, Ma'am.«

Jetzt konnte sich Chess wieder der Feier anschließen. Immer noch lächelnd, wandte sie sich um und forderte die Leute auf, näherzutreten und sie zu begrüßen.

Während Standish gewachsen war, hatte sie so etwas wie den Status einer Grande Dame der Stadt bekommen. Alle waren sehr ehrerbietig und auch ein wenig eingeschüchtert von der Frau des Industriellen, dem die Stadt soviel verdankte. Chess kam sich dadurch sehr alt vor.

Aber in einem anderen, unbekannteren Teil ihres Herzens gefiel es ihr auch. Schon als Kind hatte man ihr beigebracht, daß sie durch ihre Geburt etwas Besonderes war, etwas Besseres als die anderen Menschen – außer jenen, die wie sie aus alten Großgrundbesitzer-Familien stammten. Die Bewunderung und der Neid der weniger Privilegierten erschienen ihr als etwas völlig Natürliches, und sie reagierte darauf, wie sie es gelernt hatte: huldvoll und ein wenig distanziert.

Jetzt nahm sie die Hilfe des Bankdirektors an, um in den grüngestrichenen Zweisitzer mit den goldenen S & D-Initalien an der Seite zu steigen. Die goldenen Fransen an seinem Dach schaukelten munter hin und her, als sie in den Richardson Park fuhr, um dort Nathan und die Familie zum Picknick zu treffen. Hinter ihr spielte die Kapelle einen lärmenden Marsch, zu dem sie die Menge ebenfalls vom Bahnhof in den Park führte. Später am Nachmittag sollte es noch ein Konzert geben, so wie jeden Sonntag und Donnerstag von April bis Oktober. Es war sehr erfreulich, in Standish zu leben. Die Richardson Avenue, die breite Hauptstraße jenseits der Brücke, war gepflastert, und die Ziegelbürgersteige erhielten im Sommer Schatten von den Sonnensegeln, die die Geschäfte auf beiden Seiten der Straße herunterließen. Zur Grundschule gehörte eine große Wiese zum Spielen, Kirchen für eine weiße Baptistengemeinde und eine größere schwarze waren fast fertig, und erst vor zwei Wochen hatten die Erdarbeiten für eine Methodistenkirche begonnen.

Chess wünschte sich im stillen, daß die Methodistenkirche nicht gebaut würde. Mit dem Zug war es jetzt einfach, sonntags nach Durham zu fahren, und alle ihre Freunde dort gingen in die Trinity-Kirche. Aber sie mußten nun vermutlich zur Gemeinde in Standish übertreten. Gussie würde das allerdings nichts ausmachen. Ihre beste Freundin, Ellie Wilson, wohnte in Standish und würde dann mit ihr in die Sonntagsschule gehen ... Was, um Himmels willen, dachte sich Nathan denn dabei? Er ließ Gussie die Schweine in der Grillgrube mit Fett begießen! Sollte sie in die glühenden Kohlen fallen?

Chess drückte die Zügel dem Nächstbesten in die Hand und sprang von der Kutsche, um ihr Kind zu retten.

»Natürlich war sie wütend, Edith«, erzählte Chess ihrer besten Freundin. »Gussie kann es nicht leiden, wenn man sie vorm Tod bewahrt, du weißt doch, wie sie ist.«

»Nun ja, sie ist noch am Leben, also hat sie vielleicht nicht ganz unrecht mit ihrem Standpunkt.«

»Ich hasse es, wenn du so vernünftig bist. Du solltest eigentlich meiner Meinung sein.«

»Aber dann hätten wir ziemlich langweilige Unterhaltungen, oder?«

»Möchtest du lieber mit mir über die Stammbäume von Pferden reden?«

»Bewahre! Chess, wie kannst du eine arme, hilflose Person wie mich nur so verletzen?« Seit vier Jahren, als er den größten Teil seiner Besitzungen an Nate verkauft hatte, beschäftigte sich Ediths Mann Henry mit der Aufzucht von Rennpferden. Er ging völlig in dieser Beschäftigung auf. Für andere, von Pferdeliebhabern abgesehen, war er allerdings dadurch ein großer Langweiler geworden, und Edith beklagte sich bei Chess ständig über ihn.

Chess konterte meistens mit Nates neuester Leidenschaft.

Die Eisenbahnzeit war besonders anstrengend gewesen. Nate kannte die Namen, die Länge und die größeren Bahnhöfe von jeder der mehreren hundert Bahnlinien in Amerika, vermutete Chess. Und für jede einzelne hatte Gussie von ihm eine Modellbau-Lokomotive bekommen. Die beiden verbrachten Stunden damit, die Spielzeuge mit Höchstgeschwindigkeit über die Veranda zu schieben und dabei allerlei Fahrgeräusche von sich zu geben.

»Können wir in Eurem Sonderwagen zu den Rennen fahren?« fragte Edith. »Ich möchte mich zu gerne auf dem Bett herumwälzen.«

Chess lachte. »Die Fahrt dauert doch nur 15 Minuten, Edith. Acht Kilometer Schienen sind nicht gerade die Northern Pacific Linie.«

»Trotzdem, näher werde ich dem Orient-Express nie kommen. Wann steigt Nate denn mal mit dir in einen der großen Fernzüge? Nach Florida, Kalifornien oder Saratoga? Henry erzählt in letzter Zeit ständig von Saratoga.«

»Das macht bestimmt Spaß. Ich kann mich vage erinnern, wie meine Eltern über Saratoga sprachen. Ich werde es mal Nathan gegenüber erwähnen und sehen, was passiert.«

»Aber kein Sonderwagen nach Durham, wie?«

»Vielleicht doch. Geht ein Pferd von Henry an den Start?«

»Wer weiß! Ich frage lieber nicht. Sonst erzählt er mir wieder alles bis zurück zu dem Ur-Paar, mit dem Adam und Eva aus dem Paradies geflohen sind.«

Wie sich herausstellte, fuhren die Hortons und Richardsons mit dem Sonderwagen erst am Ende des Sommers zu den letzten Rennen im Blackwell Park. Und obwohl Edith sich nicht auf dem großen Bett am Ende des Wagens lümmelte, genoß sie die Fahrt doch sehr, weil sie die ganze Zeit auf einem der samtüberzogenen Drehstühle im Salon herumwirbeln konnte.

Sie amüsierten sich wie immer großartig auf dem Rennplatz. Das festlich geschmückte Clubhaus war voller Menschen.

Doch vor dem letzten Rennen gab es eine Ansage. Der kommende Lauf sei ein ganz besonderer, hieß es, denn es sei der allerletzte. Der Park und der Rennplatz seien von dem allseits bekannten und allseits beliebten Förderer des Fortschritts und der Künste, Mr. Julian Shakespeare Carr, der höchst verdienstvollen Einrichtung des Trinity College übereignet worden. Nun hätten alle das Vergnügen, einigen Worten von Mr. Carr zu lauschen …

»Der alte Jule kann einem Maultier das Hinterbein abquasseln«, murrte Nate. »Ich mach mal einen Spaziergang.« Er stand auf und ging davon.

Chess und die Hortons bemerkten sein Weggehen gar nicht. Der Rennplatz machte zu! Damit war es mit Henrys Zuchtprogramm vorbei.

Sie ziehen nach Saratoga, dachte Chess, und was stelle ich ohne Edith an? Sie ist die einzige wirkliche Freundin, die ich hier gefunden habe. So eine werde ich nicht noch einmal bekommen.

»Henry«, sagte Edith, »hast du mir nicht erzählt, im letzten Rennen gebe es einen krassen Außenseiter. Setz eine Wette auf ihn für mich und für Chess auch.« Ihre ruhige Stimme klang ein bißchen übermütig, wie es sich für eine Lady gehörte, die ihr Glück herausforderte. Sie hörte sich nicht wie eine Frau an, deren Welt gerade zusammengebrochen war. Ladies ließen sich in der Öffentlichkeit nicht so gehen.

Chess legte Edith die Hand auf den Arm und drückte ihn leicht; eine Anerkennung für die Selbstbeherrschung ihrer Freundin.

Nach den Rennen gingen die beiden Ehepaare noch ein wenig im Park spazieren, wie es an Renntagen üblich war. Edith und Chess hielten ihre Sonnenschirme fest in der Hand, nickten und grüßten Bekannte, lächelten und plauderten und waren mit allen einer Meinung, daß ein College das intellektuelle Ansehen Durhams ganz beträchtlich steigern würde.

Nate zog Henry schließlich in eine stille Ecke hinter dem Clubhaus, um mit ihm einen Schluck aus der Flasche zu nehmen, die er bei seinem Alleingang gekauft hatte.

Als sie in dem Sonderwagen nach Standish zurückfuhren, gab es keinen Grund mehr, die Form zu wahren. Edith legte den Kopf an Chess' Schulter und weinte; Henry konzentrierte sich darauf, betrunken zu werden.

»Nun seht euch das an«, sagte Nate nach fünf Minuten allgemeiner Trübsal. »Meine Frau und meine Nachbarn besitzen nicht einmal die Freundlichkeit, mir zu meinem Glück zu gratulieren. Ich habe mir das Gehirn zermartert, wie ich die S&D-Eisenbahnlinie profitabel mache, und nun habe ich die Lösung. Ich kaufe noch einen Waggon. Die zwei, die ich schon habe, werden einfach nicht ausreichen, um all die Leute aus Durham zu dem Rennplatz zu bringen, den ich bauen werde.«

Henrys brausendes Lachen ließ die anderen drei fast taub werden.

Chess warf einen verstohlenen Blick auf ihren Mann. Seine Argumentation war so löchrig wie Gussies Strümpfe, wenn sie drei Tage in den Bäumen herumgeklettert war. Aber er schaute völlig unschuldig drein.

Als sie später am Abend allein waren, sagte sie ihm, wie dankbar sie ihm sei für seine Großzügigkeit gegenüber Henry und Edith.

»Nicht im geringsten«, protestierte er. »Ich bin Geschäftsmann, kein Wohltäter. Du bringst die Leute aus Durham hier raus, zeigst ihnen, wie kurz die Fahrt ist, und dann ziehen sie schneller hinaus ins Grüne, als du bis zehn zählen kannst. Und dann hören sie auch nicht mehr dreimal am Tag das Gebrüll von Jule Carrs Bullen; aber ich verkaufe Tag und Nacht Grundstücke und Hypotheken und Bauholz.«

Das klang einleuchtend. Dennoch machte Chess sich ihre eigenen Gedanken.

Nathan zog seine Uhr auf, schloß den Deckel und ließ sie in seine Westentasche gleiten. Dann streifte er sein Jackett über.

»Du siehst sehr elegant aus«, sagte Chess. »Wo willst du denn in deinem neuen Anzug hin?«

»Vielleicht gehe ich doch wieder zu diesem neuen Schneider in Raleigh. Ich mag den Schnitt seiner Jacken. Aber jetzt bin ich auf dem Weg zu Ma. Wenn sie das mit den Pferderennen hört, geht sie unter die Decke. Ich bring es am besten gleich hinter mich.«

»Viel Glück.«

»So viel Glück gibt's auf der ganzen Welt nicht.«

Chess schmunzelte. Armer Nathan. Miss Mary war nicht sanfter geworden, obwohl ihr Sohn ihr nicht nur ein hübsches Haus und eine Haushälterin, sondern auch eine Kutsche, ein Pferd und einen Fahrer zur Verfügung gestellt hatte. Sie war immer noch genauso zänkisch wie einst, als sie in dem dunklen, engen verfallenden Bauernhaus in Alamance County gerackert hatte.

Aber Chess hatte nicht viel mit ihr zu tun. Außer daß Miss Mary sich darüber aufregte, wie ihre Schwiegertochter Gussie »herumtoben« ließ, hatte sie Chess nicht viel zu sagen. Sie konzentrierte ihre ganze Aufmerksamkeit auf Nathans Schandtaten und Extravaganzen.

Wie zum Beispiel Miss Marys Haus und ihr Gesinde. Eine ziemliche Übertreibung, wie Chess fand. Aber das konnte sie Nathan nicht sagen. Er war immer noch so sehr der brave, respektvolle Du-sollst-deine-Mutter-ehren-Sohn, daß Chess ihn manchmal am liebsten getreten hätte.

Aber sie hatte eigentlich kaum Grund, sich über ihre angeheirateten Verwandten zu beklagen. Sonntags ging die ganze Familie in Durham in die Kirche, und hinterher aßen sie gemeinsam in Mrs. Mattie Browns Pension, wo es ländliche Küche gab, die ganz nach Miss Marys Geschmack war. Den Rest der Woche sahen sie sich kaum. Alva hatte ebenso rasch Freunde gefunden wie Sally und Susan. Josh und Micah kümmerten sich um die Farmer, die auf Nates Land Tabak für seine Zigaretten anbauten.

In Chess' Leben spielte das alles keine Rolle mehr. Ihre Eifersucht auf Alva kam ihr inzwischen wie die törichte Überreaktion eines unerfahrenen Mädchens vor. Ihre Position als Nathans Frau war längst unangreifbar. Chess war ziemlich sicher, daß es eine andere Frau oder auch mehrere in Nathans Leben gab. Vermutlich in Raleigh, wo er sich oft aufhielt, um mit Politikern die eine oder andere Sache zu besprechen.

Sie weigerte sich, darüber nachzudenken. Es hatte nichts mit ihr zu tun.

Lieber konzentrierte sie sich auf das, was sie ihr »kleines Geheimnis« nannte. Es machte sie unglaublich glücklich. Sie war ein wenig niedergeschlagen gewesen, nachdem die aufregenden Scharmützel des Kriegs gegen Duke vorbei waren. Danach hatte sie wenig zu tun gehabt. Aber diese Tage waren inzwischen auch vorüber.

Keine Melancholie mehr. Kein Gefühl der Nutzlosigkeit. Alles war jetzt in Ordnung. Nein, noch besser: Alles war wunderbar.

Chess fuhr mit dem Zug nach Durham und von dort aus weiter nach Raleigh. Sie war allein, was sich für eine Lady nicht unbedingt schickte, aber das war ihr egal. Sie befand sich auf einer besonderen Mission, von der niemand wissen durfte. Nicht einmal Nathan; jedenfalls jetzt noch nicht.

Sie war auf dem Weg zu Dr. Arthur Mason jr. Nach all den langen Jahren voller Enttäuschung erwartete sie wieder ein Baby.

Chess lächelte ihrem Spiegelbild in der verrußten Fensterscheibe zu und blickte dann rasch weg. Du liebe Güte, eigentlich war sie schon viel zu alt, um noch einmal Mutter zu werden. Gussie würde »entsetzt« sein. Das Wort führte sie jetzt ständig im Munde, und Chess wünschte schon, sie hätte es nie gelernt. Alles hatte ihre Tochter in den letzten Wochen »entsetzt«.

Es war ein herrlicher Tag. Am tiefblauen Himmel standen hohe kleine Wolken, die warme Luft wurde von einer Brise erfrischt. Chess beschloß, zu Fuß zu Dr. Masons Praxis zu gehen. Sie hatte ihm nicht geschrieben und um einen Termin gebeten, denn sein Antwortbrief hätte in dem Augenblick, in dem er im Postamt eingetroffen wäre, für Klatsch gesorgt. Aber er war jetzt bestimmt in seiner Sprechstunde. An einem so schönen Tag konnte einfach nichts schiefgehen.

Genau vor zwei Monaten hatte ihre Periode ausgesetzt. Das bedeutete, wenn ihre Rechnung stimmte, daß Gussie zu Ostern nächsten Jahres ein Brüderchen oder Schwesterchen bekam.

»Tut mir leid, Mrs. Richardson, aber Sie erwarten kein Baby.« Dr. Mason jr. war voller Mitgefühl. »Es ist immer am besten, die schlechte Nachricht schnell zu überbringen und dann zu sehen, wie man helfen kann.«

»Ich glaube Ihnen nicht. Seit zwei Monaten ist meine Blutung ausgeblieben. Früher einmal kam meine Periode zwar auch oft unregelmäßig, aber seit Augustas Geburt konnte ich den Kalender danach stellen.«

»Ist Ihnen irgendwie übel geworden ... haben Sie Krämpfe

gehabt ... Kopfweh ... Schlaflosigkeit ...« Er befragte sie zwanzig Minuten.

»Nein, Doktor, nein. Ich sage Ihnen, mir fehlt nichts. Ich bin einfach nur schwanger. Sie müssen sich irren. Vielleicht, wenn ich nächsten Monat wiederkomme ...«

Zum Schluß sagte Dr. Mason ihr, daß alle Anzeichen in eine Richtung wiesen: Sie kam in die Wechseljahre.

»Unmöglich. Ich bin im Juli 40 geworden. So früh kommen sie bei keiner Frau.«

Er erklärte ihr, daß es bei einigen doch passierte und sie eine dieser Frauen war. Chess wollte ihm nicht glauben, aber er klang sehr überzeugend. Am meisten überzeugte sie seine Anteilnahme.

»Ich lasse Sie jetzt für eine Weile in meiner Praxis allein, Mrs. Richardson. Manchmal sind die Heilmittel der alten Frauen immer noch die besten. Weinen Sie sich ruhig aus.« Er legte ein großes, frisch gewaschenes Taschentuch auf den Tisch neben ihr.

Sie konnte nicht weinen. Angesichts der schlechten Nachricht erschien es ihr zu frivol. Ihr Leben als Frau war vorbei, gerade mal zehn Jahre, nachdem es begonnen hatte. Gott sei Dank nur, daß niemand es wußte.

Sie hatte vorgehabt, mit Geschenken für Nathan und Gussie nach Hause zu fahren, um die gute Nachricht festlich zu begleiten, die sie ihnen mitteilen wollte. Die gab es jetzt nicht mehr; aber Geschenke konnte sie trotzdem kaufen. Und auch eins für sich. Sie brauchte etwas, um sich aufzuheitern.

28. Kapitel

Chess gab Nathan die Schuld. Wenn er nicht so oft fortgewesen wäre ... wenn er nicht immer so lang gearbeitet hätte, so daß er müde und sein Samen schwach war ... wenn er nicht mit so vielen anderen Frauen ins Bett gegangen wäre und sich an sie verschwendet hätte ... Aus den Tiefen ihrer Unwissenheit ersann Chess immer neue Gründe für die traurige Tatsache, die der Arzt ihr mitgeteilt hatte. Sie würde nie ein weiteres Baby haben.

Sie war zu alt.

Als sie nach Hause kam, fuhren Nathan und Gussie auf dem Rasen Rad. Nun würde er im nächsten Frühjahr überall braune Streifen haben, statt in grüner Frische neu zu sprießen. Das war Nathans Schuld. Alles, was falsch lief, war Nathans Schuld.

Sie rannte die Treppe zum Schlafzimmer hinauf und leerte die Schubladen ihres Schranks auf dem Bett aus. Dann folgten die Kleider, danach die Schuhe. Ich werde nicht weinen, versprach sie sich ein ums andere Mal.

»Allmächtiger, Chess, was machst du da? Frühjahrsputz im September?« Nate stand mit großen Augen in der Tür; ein Lächeln spielte um seine Lippen. Er war im Hemd, Jacke und Weste baumelten von seinem Zeigefinger über der Schulter. Er sah wie ein Junge aus. Es war einfach ungerecht.

»Ich ziehe mit meinen Sachen hinten ins Eckzimmer«, sagte sie. Stolz bemerkte sie, daß ihre Stimme sehr sachlich klang. »Ich war heute beim Arzt, und er hat mir gesagt, daß ich keine Kinder mehr bekommen werde. Und damit gibt es auch keinen Grund mehr, daß wir uns diesen Raum teilen.«

Nates Blick wurde düster. »Das verstehe ich nicht.«

»So war doch unsere Vereinbarung, nicht wahr? Du heiratest mich und schenkst mir Kinder, im Austausch für das Patent. Das hast du getan. Es gibt Gussie. Aber andere wird es nicht geben und also auch keinen Grund mehr, ein Bett zu teilen.«

Nate dachte an die warme Geborgenheit, gemeinsam einzuschlafen und aufzuwachen. Er hatte sich so daran gewöhnt, daß es ihm völlig vertraut erschien. Aber er hatte sich nie gefragt, wie Chess das empfand. Jetzt begriff er. Sie hatte es die ganzen Jahre nur erduldet, um Kinder zu haben. Wie konnte er nur so blöde sein, zu vergessen, daß sie eine Lady war.

»Warum läßt du das nicht die Mädchen machen?« sagte er. »Es sind ja Berge von Sachen.«

Es waren wirklich Berge von Kleidern. Und das meiste war, wie Chess feststellte, völlig aus der Mode. Wenn man den neuesten Magazinen glauben durfte, waren Polster völlig aus der Mode. In North Carolina schien das zwar bisher keiner bemerkt zu haben, aber was konnte man schon von dieser Hinterwäldlergegend erwarten, in der Durham als modern galt, nur weil es Straßenlaternen und hölzerne Gehsteige hatte. Immer noch mußte man durch Schlamm waten und in staubigen Straßen über Trittsteine balancieren, um sich nicht die Schuhe und die Rocksäume zu ruinieren.

Sie fuhr nach Richmond, wo die Straßen gepflastert und die Modegeschäfte fortschrittlicher waren, und verfiel in eine wahre Kauforgie, nach der sie völlig erschöpft und deprimiert war und mehr Sachen denn je hatte.

»Wofür hast du dich denn so herausgeputzt?« fragte Gussie neugierig.

»Das nennt man ein Nachmittagskleid«, antwortete Chess. »Und alle modebewußten Damen tragen so was zum Tee.«

Gussie bekam einen wilden Lachanfall. »Ein eigenes Kleid für eine Tasse Tee? Das ist das dümmste, was ich je gehört habe.« Sie hatte die beklagenswert kompromißlose Logik einer Achtjährigen.

Chess sah ihre Tochter bohrend an. Dann mußte sie gegen ihren Willen kichern. Nach wenigen Sekunden lachte sie genauso heftig wie Gussie.

»Komm her und gib mir einen Kuß, du schreckliches Gör«, sagte sie.

»Puuh«, schnaubte Gussie, die in den Spitzenkaskaden ihrer Mutter fast erstickt wäre.

Die Nachmittagskleider waren ein Mißgriff, gestand sich Chess ein. Dennoch widmete sie ihre überaus reichliche Freizeit weiter allerlei vermeintlichen Verbesserungen. Sie stellte hohe Vasen mit Pfauenfedern in die Ecken des vorderen Salons, auf den Tisch im Eßzimmer kam eine fast meterhohe Etagere mit Marmor-Früchten. Sie ersetzte das Mobiliar in ihrem neuen Schlafzimmer durch eine Rosenholz-Garnitur mit geschnitzten und vergoldeten Efeuranken. Den großen Ankleidetisch bedeckten ein neuer Satz Bürsten und Kämme, Tiegel und Maniküresachen, alles vergoldet und mit Efeublättern verziert.

Zu Neujahr überredete sie John Dike, seine Buchhandlung von Durham nach Standish zu verlegen. Die Stadt wuchs immer schneller, wie Nathan vorhergesehen hatte, und ein Buchhändler fand dort bestimmt sein Auskommen. Chess bewunderte James Dike, obwohl seine profunde Bildung sie auch einschüchterte; sie war jedenfalls gar nicht sicher, wie sie mit ihm zurechtkommen würde. Er war vor Jahren nach Durham gezogen, weil die harten Winter in Boston seiner schwachen Gesundheit nicht zuträglich waren. Er sah blaß und irgendwie matt aus. Chess mochte lieber vitale Männer – wie Nathan. Sie war traurig über die Distanz, die jetzt zwischen ihnen herrschte. Es gab zwar nichts Bestimmtes, woran sie die Veränderung bemerkte, aber sie wußte, daß es so war – ohne zu wissen, was sie dagegen tun konnte. Er war ständig beschäftigt, genau wie sie.

Dike war der inoffizielle Leiter der Literaturgesellschaft in Durham gewesen. Nun organisierte Chess eine ähnliche Gruppe in Standish. Bald trafen sich erst zehn, dann 14 und schließlich 20 Frauen in ihrem Salon, um über ein Buch zu sprechen, das sie alle gerade lasen. Die Serie von Trollopes Romanen über Politik und Gesellschaft in England versprach, sie für etliche Jahre gefangen zu halten.

Im Sommer wurde Nathans Rennplatz eröffnet. Diesmal schnitt Edith Horton das Band durch, denn Henry hatte die Anlage entworfen und war Präsident des Green-and-Gold-Clubs, dessen Mitglieder im Clubhaus wieder eigene Schließfächer hatten.

Monatelang herrschte nun reges Leben in Standish. Die Richardson Avenue wurde erweitert, den Wald durchzogen weitere Straßen, an denen große viktorianische Villen entstanden, neue Läden nahmen sich neuer Bedürfnisse der Bewohner an.

Zum Erntedankfest bekam Standish eine gewählte Stadtregierung, ein Gefängnis und eine Dramatische Gesellschaft, die in Chess' Doppelsalon gekürzte und entschärfte Versionen von Shakespeare-Stücken aufführte.

Die Eintrittskarten wurden öffentlich verkauft. Spätestens mit der Eisenbahn war Standish eine richtige Stadt geworden. Die Schienen verliefen zwischen der Straße und dem Bach hinter der alten Mühle zum Bahnhof, dann führten einzelne Gleise zu den Laderampen der Fabriken und anderen Mühlen. Die Pachthäuser, der erste Laden und einige Gebäude der allerersten Erweiterung lagen jenseits der Schienen.

Diesseits davon herrschte mittlerweile lebhaftes Treiben, und Chess galt als eine Art Bienenkönigin, die sich unablässig um alles kümmerte. Sie wollte sich beweisen, daß sie noch nicht alt und nutzlos war.

Die Weihnachtsfeier der Richardsons 1891 war das größte und aufwendigste gesellschaftliche Ereignis, das all die Gäste je erlebt hatten. Gussie und ihre beste Freundin Ellie waren hinterher tagelang grün im Gesicht, weil sie zu viele Süßigkeiten gegessen und zuviel Champagner gekostet hatten.

Nate schenkte Chess wunderbaren Schmuck mit Perlen und Kameen: Halsband, zwei Armreifen, Brosche, Ohranhänger und Haarspange. Chess tat so, als sei sie außer sich vor Überraschung, dabei hatte sie das ganze zusammen mit Edith ausgesucht. Aber ihre Überraschung war echt, als sie das Geschenk von James Dike näher in Augenschein nahm. Es war ein Abonnement für das *Strand Magazine*, eine englische Monatszeitschrift. Die Titelgeschichte handelte von einer Person namens Sherlock Holmes.

»In jeder Nummer wird eine Sherlock-Holmes-Geschichte abgedruckt«, versprach James. »Ein Freund hat mir erzählt, daß die Engländer ganz wild darauf sind.«

»Das kann ich verstehen«, sagte Chess. »Die Geschichte ist so raffiniert, daß sie sogar meinem Mann gefallen könnte, obwohl der sonst nur Artikel über Geschäfte oder Erfindungen liest.«

Chess hatte beschlossen, daß ihr James Dike doch sehr gut gefiel. Er war gar nicht so intellektuell. Sie freute sich auf einen langen Lesewinter.

»Chess, ich muß mit dir reden«, sagte Nate. Sie war gespannt. Wollte er sich über die Kosten für all die Feste beklagen ober über die vielen Leute, die ständig im Haus ein und aus gingen? Nun, nur zu. Es war auch ihr Haus, oder?

»Buck Duke hat großes Geschütz aufgefahren«, teilte er ihr mit.

Chess beeilte sich, die Türen zur Bibliothek zu schließen.

Zwei Jahre waren seit der Gründung der American Tobacco Company vergangen. In dieser Zeit hatten Informanten immer wieder über Uneinigkeiten und Streitigkeiten der Teilhaber berichtet, die Duke aber alle für sich entschieden hatte. Viele Angestellte waren entlassen worden, und nun gab es nur noch eine Verkaufsabteilung, eine Finanzabteilung und eine kaufmännische Verwaltung. Die Rabatte und Prämien waren immer weniger geworden und schließlich ganz verschwunden.

»Jetzt geht der Druck erst richtig los«, sagte Nate trocken. »Buck will den Groß- und Einzelhändlern ein Ultimatum stellen. Wenn sie irgendwelche Zigaretten verkaufen, die billiger sind als die Marken von American, kommen sie auf eine schwarze Liste und werden nicht mehr beliefert.«

»Das geht gegen *Castles*. Unseren Spitzenreiter.«

»Genau. Wir müssen uns überlegen, was wir tun können.«

Chess wußte, daß sie eigentlich aufgeregt, ja sogar bestürzt sein mußte. Ihr ganzes Lebenswerk war in Gefahr. Aber sie konnte nur daran denken, daß sie nun wieder vereint waren. Nathan brauchte sie. Die Partnerschaft bestand noch.

Sie sprachen bis spät in die Nacht miteinander.

Und am nächsten Tag. Und bis spät in die folgende Nacht. Eine neue Marke – nein. *Castles* waren ihr Bestseller. Den Preis von *Castles* erhöhen – nein. Die Leute wären empört, und das zu Recht.

Zum Schluß waren so viele Stunden vergangen und so viele Ideen besprochen worden, daß keiner mehr wußte, von wem die Lösung stammte. Für ihre Marke *Check* benutzten sie bereits eine übergroße Packung – die sollte jetzt auch *Castle* bekommen. Sie erhielt ein längeres Format, hieß aber weiter *Castle*. Und geworben wurde für sie mit dem Zusatz *King Size*, zugleich wurde der Preis auf fünf Cents angehoben, wie bei den American-Marken.

Die Änderungen an den Standish-Maschinen waren minimal. Nur für das Papier mußten sie einen neuen Hersteller finden, einen, den die Tabakbranche nicht kannte, sonst war ihre Antwort auf Dukes Drohung verraten, bevor die erste King Size unter der Guillotine lag.

»Hast du das gehört, Nathan?« kicherte Chess. »Der King und die Guillotine.« Sie begann, die Marseillaise zu summen.

Nate runzelte einen Augenblick die Stirn, dann begriff er den Scherz und begann zu lachen.

Endlich. Sie hatten so lange nicht miteinander gelacht. Chess spürte, wie sich unsichtbare Tränen in ihr Gelächter mischten. Und Nate war sehr glücklich, endlich wieder ihr geheimnisvolles Gegurgel zu hören.

Schließlich beschlossen sie, daß sie ihr eigenes Papier herstellen mußten. Aber es blieb keine Zeit, eine Fabrik zu bauen, und deshalb mußte Nate jemanden mit den nötigen Maschinen finden, die an ihre Bedürfnisse angepaßt werden konnten. Jemanden, der absolut nichts mit dem Tabakgeschäft zu tun hatte. »Ich werde nicht lange feilschen«, sagte Nate. »Ich werde sie kaufen.«

Sein Gesicht fing an zu leuchten. »Was sagst du dazu, Chess? Vielleicht eine Papiermühle. Standish könnte eine Zeitung gebrauchen.«

Sie liebte ihn so sehr, daß sie dachte, es müsse sie zerreißen.

Wie immer, wenn Nate etwas in Angriff nahm, ging es rasch und energisch, und am Ergebnis gab es keinen Zweifel. Am 1. Mai 1892 verkündeten Plakate und Zeitungen in ganz Amerika die Nachricht; auf Anzeigen mit Trompeten, von denen ein Banner herunterhing. Die Botschaft war auf dem Banner zu sehen: die neue überlange *Castle*-Packung. In den größeren Städten standen Musikanten in leuchtenden Uniformen und mit echten Trompeten samt Bannern auf den Straßen, und junge Mädchen verteilten Gratis-Packungen.

Doctor schickte ein Glückwunschtelegramm:

UNGLAUBLICHER ERFOLG STOP SOGAR OHNE MICH STOP GUT GEMACHT STOP BRAVO STOP ICH VERMISSE EUCH STOP DOCTOR

Chess schrieb ihm einen langen, liebevollen Brief, in den sie auch die erste Ausgabe des *Standish Courier* steckte. »Nur vier Seiten und nur einmal die Woche, aber Sie kennen ja Nathan«, kritzelte sie über die Schlagzeile der Titelgeschichte. »Kommen Sie zurück, und seien Sie unser James Gordon Bennett – nur besser, natürlich.«

MÄSTEN SIE EIN KALB STOP ANKOMME 2. JUNI STOP DOCTOR

Die erste Augabe des *Courier* unter der Leitung von Doctor trug die Titelzeile »Ein Streik, und ihr fliegt raus!« Dann folgte der komplette Text einer Rede, die Nate auf dem Rennplatz vor den versammelten Arbeitern seiner Standish-Fabriken gehalten hatte. Nathan hatte an dem Zaun vor der Rennbahn gestanden und die Ellenbogen auf das Geländer gelegt.

»Vor fünf oder sechs Jahren hatte ein Bursche namens Gompers die Idee, daß man, wenn man nur genug Männer auf einen Haufen zusammenbekäme, die Bosse schon dazu bringen würde, ihnen alles zu geben, was sie verlangten.

Er hätte besser Stompers, Stampfer, heißen sollen, denn genau das hatte er vor. Die Bosse zerstampfen. Aber nicht mit den Stiefeln – oh nein, das wäre ja ein Kampf, den alle von uns schon irgendwann einmal zu bestehen hatten. Mr. Stompers hat sich für seinen Kampf etwas ausgedacht, das er ›union‹ nennt, Gewerkschaft. Das funktioniert folgendermaßen. Ein paar Burschen, die nichts anderes zu tun haben, als Mr. Stompers' schmutzige Arbeit zu erledigen, gehen herum und erzählen Leuten, die Arbeit haben, übles Zeug. Wir tun uns zusammen, sagen sie, und weigern uns, unsere Arbeit zu machen, und dadurch kriegt der Boß soviel Angst, daß seine Fabrik ihre Aufträge nicht erledigen kann, daß er euch sowohl samstags als auch sonntags freigibt und eure Löhne verdoppelt und auch sonst alles genehmigt, was euch einfällt. Das nennt man einen Streik, Männer.

Wie gesagt, Mr. Stompers hat keinen Job, und seine Gefolgsleute haben auch keinen. Wißt Ihr, wie sie ihren Lebensunterhalt verdienen? Ich werd's euch sagen. Jedes Mitglied ihrer Gewerkschaften zahlt aus seiner Tasche Geld für das Vorrecht, zu diesen zu gehören und tun zu dürfen, was Mr. Stompers ihnen vorschreibt. Ratet mal, wo das Geld hingeht. Ich werde euch nicht bitten, in die Taschen zu greifen und mir was von eurem hartverdienten Geld zu geben. Eher würde ich euch raten, es auf irgendeinen lahmen Gaul zu setzen, wenn ihr das nächste Mal zum Rennen geht. Auf diese Weise kriege ich viel mehr, und ich nehme, soviel ich kriegen kann. Bis jetzt sind Mr. Stompers Jungs hier noch nicht aufgetaucht. In Kansas waren sie schon, in Illinois und New York und vor kurzem auch in Pennsylvania. Einer der Streikenden hat dort auf Mr. Frick, den Chef, geschossen. Hat ihn nicht umgebracht, aber besonders gut geht's Frick nicht. Ich möchte nicht, daß irgend jemand auf mich schießt, und ich will keinen Streik. Also rede ich zu euch, bevor die Stompers-Truppe anfängt, hier Süßholz zu raspeln. Eine Gewerkschaft ist eine richtig üble Idee. Zum einen müßt ihr Beiträge zahlen, statt das Geld am Samstag bei den Rennen ausgeben zu können. Zum andern ist Stompers per Gesetz verpflichtet, dem Boß einer Firma die Namen aller Männer mitzuteilen, die in seiner Gewerkschaft sind. An dem Tag, an dem ich so eine Liste kriege, fliegen alle, die da draufstehen, auf der Stelle raus. So einfach ist das. Es gibt einen Haufen Jungs auf den Farmen hier, die ihren Sieben-Tage-und-wenn-du-Glück-hast-bekommst-du-am-Ende-der Saison-Dein-Geld-Job nur zu gerne aufgeben, um euren zu übernehmen, mit einer Lohntüte jeden Samstag, egal ob Dürre herrscht oder früher Frost oder die Käfer eingefallen sind.

Ich hoffe, es wird nie so weit kommen. Dafür seid ihr Männer zu klug. Aber ich möchte auch nichts versäumen, und darum habe ich meine Karten auf den Tisch gelegt, bevor es vielleicht zu irgendeiner Art von Mißverständnis kommt. Das ist alles, was ich zu sagen habe. Wer damit Probleme hat, kann später zu mir kommen.«

»Nate, Sie werden noch genauso langatmig wie Jule Carr«, klagte Doctor. »Ich wollte eigentlich auf der ersten Seite eine große

Geschichte über den brillanten neuen Chefredakteur des *Courier* bringen, aber Sie haben allen Platz in Anspruch genommen.«

»Kommen Sie, Doctor. Eine mickrige Aufmacherseite hätte Ihnen eh nicht genügt, und das wissen Sie auch«, sagte Nate.

»Es ist schön, Sie wieder bei uns zu haben«, fügte Chess hinzu, »aber ich habe schlechte Nachrichten für Sie. Gussie hat beschlossen, Zeitungsredakteurin zu werden.«

»Sagen Sie, daß es nicht stimmt. Ich dachte, sie wollte Lokomotivführerin werden.«

»Sie sind nicht auf der Höhe der Zeit, Doctor. Die Jockey-Phase haben Sie auch verpaßt. Jetzt ist der Sensationsreporter dran. Gussie will einmal um die Welt in nur 50 Tagen – oder Präsidentin der Vereinigten Staaten werden. Kommt drauf an, in welcher Stimmung sie gerade ist.«

»Sie erschrecken mich zu Tode. Wo steckt sie denn gerade, die furchtlose Miss Richardson?«

»Bei ihrer Freundin Ellie. Die Wilsons haben oben in den Bergen ein Sommerhaus.«

»Vielleicht trifft sie George Vanderbilt und terrorisiert ihn derart, daß er sie heiratet.«

Alle hatten von der jüngsten und größten Vanderbilt-Extravaganz gehört. George, ein Junggeselle von dreißig Jahren, hatte sich im Westen von North Carolina ein paar tausend Hektar Land gekauft und wollte dort angeblich das größte Haus der Welt errichten.

»Der Himmel stehe dem armen George bei«, sagte Nathan. Aber im stillen war er davon überzeugt, daß nicht einmal ein Vanderbilt gut genug für Gussie war.

Als sie zu den Rennen und den Konzerten und den Feuerwerken am 4. Juli nach Hause kam, galten fast ihre ersten Worte George Vanderbilt.

Ihr Vater und ihre Mutter tauschten einen raschen Blick und brachen dann zu ihrer Verwunderung in Gelächter aus.

Empört stürmte sie die Treppe zu ihrem Zimmer hinauf.

»Ich gehe hinauf und beruhige sie«, sagte Chess. Bevor sie den Salon verließ, sah sie noch Nathans Gesichtsausdruck und lächelte. Gussie hatte von den riesigen Maschinen erzählt, die beim Vanderbilt-Bau fast über Nacht eine ganze Stadt errichteten – für die Arbeiter, die bei dem Vorhaben eingesetzt werden sollten.

Ich wette mal, daß Nathan sich übermorgen auf den Weg nach Asheville macht, dachte Chess.

Sie irrte sich um 24 Stunden. Nate fuhr schon am nächsten Morgen los.

Am Nachmittag saß Chess in einem Schaukelstuhl auf der Veranda und diskutierte mit Doctor, der vor ihr auf und abging und sich zierte, einen weiteren Artikel über die Shakespeare Dramatic Truppe zu bringen.

»Mama ...« Gussie stand auf den Verandastufen. Ein dünner Schweißfilm lag auf ihrem aschgrauen Gesicht.

Chess sprang auf. »Liebling ...«

Gussie stieß einen Schmerzensschrei aus und sank auf die Knie. Dann übergab sie sich so heftig, daß unverdaute Essensbrocken und eine übelriechende gelbgrüne Flüssigkeit in hohem Bogen auf der Erde landeten.

Chess stürzte auf sie zu und schrie dabei Doctor an: »Holen Sie Doktor Campbell. Schnell!«

29. Kapitel

Chess trug ihre Tochter nach oben ins Bett. Es war fast unmöglich, sie zu halten. Gussie war zehn, schwer, und außerdem durchzuckten sie Krämpfe, und sie mußte sich immer noch übergeben. »Tut mir leid«, keuchte sie, und dann begann das schreckliche Ringen nach Atem von neuem.

»Schsch, Kleines, schsch. Alles wird gut. Komm, beruhige dich, Liebling, Mama bringt alles wieder in Ordnung. Schsch, mein Engelchen, schsch ...«

Chess legte Gussie aufs Bett. Mit der Hand befühlte sie die Stirn des Kindes, ob es Fieber hatte. Aber Gussies Haut war kalt. Kalt wie der Tod.

»Mama ...« Chess schob ihre schreckliche Angst beiseite.

»Ja, mein Engel, Mama ist bei dir. Und Dr. Campbell kommt in einer Minute und gibt dir eine Medizin.«

Gussie schrie auf, umklammerte ihren Bauch und begann wieder zu spucken. Eine dünne dunkle Flüssigkeit kam aus ihrem Mund. Chess biß sich auf die Lippen. Sie mußte ruhig sein. Und stark, damit sie Gussie die Angst nehmen konnte. Oh, lieber Gott, was soll ich nur tun? Sie baden? Sie ist ausgekühlt, vielleicht wäre es genau das falsche für sie. Oder soll ich sie festhalten und wärmen? Chess legte die Arme um Gussie, aber sie wimmerte und stieß ihre Mutter schwach von sich, also ließ Chess sie wieder los.

Sie eilte zum Waschtisch und wrang ein Handtuch im Wasser aus. Gussies Mund war verklebt. Es konnte nichts schaden, sie zu säubern; der Geruch mußte sie ja noch kränker machen.

Gussie gab kleine Tiergeräusche von sich, als Chess ihr Gesicht wusch. Ihre Augen waren schreckgeweitet, zugleich blickte sie mitleiderregend dankbar drein. »Alles wird wieder gut, Kleines«, sagte Chess zu ihr. »Bald. Ich weiß, daß du dich jetzt furchtbar fühlst, aber bald wird es besser.« Bitte, lieber Gott, betete Chess im stillen.

Archy Campbell nahm drei Treppenstufen auf einmal. Er war

jung und fit und hatte ziemliche Angst vor dem, was ihn am Ende der Treppe erwartete.

Doctor blieb unten in der Halle und wies die Bediensteten an, die Veranda und den Teppichläufer zu reinigen und sich dann wieder ihrer üblichen Arbeit zuzuwenden. Dann rannte auch er die Treppe hoch. Der Geruch von Krankheit ließ ihn an der Tür innehalten. Er sah Chess, in ihrem beschmutzten und stinkenden Rock, ihr Gesicht grau vor Entsetzen, und zugleich versuchte sie ein ermutigendes, liebevolles Lächeln. Dr. Campbell beugte sich über das Kind im Bett.

»Tut es hier weh, Gussie? ... hier? ... hier? ... hier?« Wieder spuckte sie, ein rauhes, schmerzhaftes Geräusch kam aus ihrem Mund, und dann rann noch einmal etwas Flüssigkeit über ihr Kinn. Dr. Campbell betrachtete sie eingehend. »Hast du Durst, Gussie?«

Sie krächzte etwas Unverständliches.

»Wasser, in einem Löffel«, sagte der junge Arzt knapp zu Chess.

Ihre Hand zitterte so heftig, daß sie die andere zur Hilfe nehmen mußte, um den Löffel an Gussies Lippen zu setzen. Das kleine Mädchen sog gierig noch einen zweiten und dritten Löffel Wasser ein. Und plötzlich übergab es sich wieder.

»Mrs. Richardson«, sagte Dr. Campbell, »ich bitte Sie, mir warmes Wasser zu bringen. Ich möchte Gussie baden.«

»Das kann ich machen. Lassen Sie mich das machen.« Chess blickte auf und sah Doctor in der Tür stehen. »Sagen Sie dem Personal Bescheid.«

Der Himmel vergebe mir, dachte Doctor, aber ich bin froh, daß ich hier weg kann. Er hatte Gussies Gesicht gesehen. Ihre Haut war blau.

Unten war niemand zu erblicken. Wo waren die Bediensteten? Was sollte er machen? Doctor stand wie gelähmt vor Panik da. Dann hörte er aus dem hinteren Teil des Hauses eine rumpelnde Stimme und den Schritt schwerer Stiefel.

Der Soldat schob ihn beiseite und lief die Treppe hinauf. Doctor bemerkte, wie der alte Mann versuchte, in seinen alten, abgewetzten Tretern auf Zehenspitzen zu gehen. Aus irgendeinem Grund erlöste ihn dieser Anblick aus seiner Starre. Rasch ging er nach hinten in die Küche, um den Auftrag des Arztes zu erledigen.

Der junge Dr. Campbell suchte Chess zu trösten, aber seine Unsicherheit war zu spüren. »Sie hat alle Symptome, die wir kennen«, sagte er. »Ich bin fast sicher, daß es die Cholera ist. Dieser plötzliche Ausbruch, aber auch die Krankheit selbst dauert selten lange. 48 Stunden sind fast immer das Maximum ...«. Er brach zu abrupt ab, als daß Chess nicht gewußt hätte, was er sagen wollte. Zwei Tage bis zum Tod.

»Laßt den alten Soldaten rein, damit er sein Baby sehen kann.« Der große, dürre Mann schob Chess entschlossen zur Seite und kniete neben dem Bett nieder. »Hallo, kleiner Kamerad«, sagte er leise zu Gussie und nahm ihre schmale Hand. »Habe gehört, daß du Bauchgrimmen gekriegt hast. Der alte Nathan Bedford pflegte immer zu sagen, daß er lieber eine Tonne Kartätschenfeuer hinnehmen würde als Bauchweh.«

Er wandte den Blick zu Chess. Den jungen Arzt nahm er gar nicht zur Kenntnis. »Die Kleine hier hat die Cholera, Mrs. Richardson. Und jeden Augenblick kann sie die Scheißerei kriegen. Holen Sie mal einen Haufen Laken und Tücher. Ich habe schon oft in meinem Leben die Cholera gesehen. Wir beide bringen sie da durch.«

»Ah ja, Diarrhöe ist das zweite Symptom der ...«, plapperte Dr. Campbell los.

Mit einem Blick brachte Chess ihn zum Schweigen. »Haben Sie Opium mitgebracht?« Campbell langte nach seiner Ledertasche. »Geben Sie Mrs. Richardson eine Handvoll Pillen und ein paar Päckchen mit dem Pulver«, befahl der Soldat. »Und dann verduften Sie.« Seine Stimme war weich, als er Chess Anweisungen gab. »Sie müssen einen sauberen Rock anziehen, Mrs. Richardson. Damit Gussie etwas Hübsches zu sehen bekommt.« Dann widmete er seine ganze Aufmerksamkeit dem kleinen Mädchen. Er legte einen Arm um sie, damit er ihren Kopf und ihre Schultern aufrichten konnte, und mit der anderen Hand träufelte er in ihren schlaffen Mund einen Löffel Wasser nach dem anderen.

Chess war schon nach weniger als fünf Minuten zurück. Sie trug einen rosa Morgenmantel, den Gussie schon immer bewundert hatte. Darunter hatte sie nur noch ein Unterhemd und einen Halbrock. Das Korsett hatte sie abgelegt; sie brauchte Bewegungsfreiheit.

»Ich habe alles in mein Schlafzimmer gebracht, Bobby Fred. Das Bett dort ist höher, dann haben wir es einfacher.«

Der Soldat nickte zustimmend. Chess war jetzt ruhig und gesammelt, bereit zu kämpfen.

Gussie schrie wieder auf, ihr Körper krümmte sich im Krampf, und aus ihrem Darm kam ein übelriechender Sturzbach einer schwarzen Brühe mit irgendwelchen weichen Klumpen.

»Helfen Sie mir, sie auszuziehen«, sagte der Soldat, »dann tragen wir sie rüber.«

Sie hatte noch nie bemerkt, was für große Hände Bobby Fred besaß. Die zufällige Beobachtung war wie ein Gottesgeschenk, das sie von dem Elend vor ihren Augen ablenkte – der schlaffe, blasse Körper ihres Kindes und die Grimasse aus Angst und Schmerz, die sein totenbleiches Gesicht verzerrte.

»Du hast diesen Rock doch nie gemocht, Gussie, bist du nicht ganz froh, daß du nicht deinen schönen Overall angehabt hast, der dir so gefällt?« Ihre Stimme klang warm und sogar ein bißchen amüsiert. Jetzt, da der alte Soldat ihr zur Seite stand, fiel es ihr viel leichter, ihre Tochter zu trösten.

Chess hatte ein Dutzend Laken auf ihr Bett gelegt und sie jeweils zur Hälfte gefaltet, damit man sie besser wegziehen konnte, wenn sie schmutzig waren. Eine Stunde lang fiel Gussie immer wieder in Krämpfe und schied weiter eine dunkle, stinkende Flüssigkeit aus. Zehn Laken lagen schließlich auf einem Haufen im Flur, ehe der Körper des Kindes leer war. Der Soldat nahm Gussie immer wieder sanft in die Arme, während Chess sie badete und abtrocknete. Nasse und schmutzige Tücher wuchsen bald zu einem noch höheren Haufen.

Das Kind sah jetzt schlimmer als der Tod aus. Es schien fast verwest zu sein. Die Augen waren eingefallen und von wunder, pupurfarbener Haut umgeben. Die Knochen stachen klar und deutlich unter der kalten Haut hervor. Das Fleisch hatte alle

Flüssigkeit verloren und war zusammengefallen. Ein Puls war nicht zu fühlen. Nur ein rauhes, hohles, unregelmäßiges Atmen zeigte an, daß Gussie noch lebte.

Sie war zu schwach, um noch irgend etwas schlucken zu können. Chess mußte das restliche Opium zur Seite legen und zusehen, wie der ungedämpfte Schmerz ihr geliebtes kleines Mädchen wieder überfiel.

Gib mir den Schmerz, flehte sie zu Gott. Den könnte ich ertragen, aber das hier nicht.

»Zerreißen Sie eins der Handtücher«, sagte Bobby Fred zu ihr. »Ich drehe daraus einen Sauger, wie man es bei Babies macht.« Er drückte das feuchte, zusammengedrehte Ende des Tuchs mit seines schwieligen Fingern sanft in Gussies Mund und ließ dann einen Tropfen nach dem anderen in ihre Kehle rinnen.

Die vorübergehende Erleichterung ließ Gussies Augen zufallen. Warum war sie nur bei Bewußtsein? Warum ließ die Droge sie nicht einschlafen, verschaffte ihr keine Ruhepause? Chess rang vergebens die Hände. Sie hätte ihren Protest gern herausgeschrien. Sie öffnete die Hände wieder und strich ihrer Tochter über die Stirn. »Bald, Kleines«, flüsterte sie zärtlich, »bald geht es dir wieder viel besser. Du bist eine tapfere Gussie, tapferer als alle, alle anderen.«

»Sie müssen sich schon noch ein bißchen gedulden«, warf Bobby Fred ein. »Auch der kleine Kamerad hier kann nicht tapferer als General Nathan Bedford Forrest sein.«

Gussie versuchte zu lächeln. Chess fühlte, wie ihr Mut sank.

»Jetzt beruhigen sich die Dinge allmählich«, fuhr der Soldat gelassen fort. »Ein Senfpflaster wird sie warmhalten.«

»Ich bin gleich wieder da, Schatz«, sagte Chess. Sie beugte sich vor, küßte Gussies Stirn und wisperte ihr ins Ohr: »Du bist zehnmal tapferer als jeder alte General.«

Als Chess dann das gelbbestrichene Tuch auf Gussies Bauch legte, nahm ihr das Winseln des Kindes fast wieder den Atem. Bitte, lieber Gott, keine Schmerzen mehr, flehte sie zum Himmel. Ihre Tochter hatte sich genug gequält.

Eine Weile war nur der schrecklich schwache Atem des Kindes zu hören. Dann schlug Gussie die Augen auf und stöhnte. Ihr linkes Bein fing an zu zucken, dann schnellte es hoch.

»Ein Krampf«, sagte der Soldat. »Reiben Sie es.«

Bald war auch das andere Bein betroffen, und er mußte das Wassertröpfeln aufgeben, um die verzerrten Muskeln zu massieren. Gussies Gliedmaßen sahen winzig in seinen großen Händen aus. Sie waren knorrig und verschrammt und voller Schwielen von Jahrzehnten harter Arbeit. Aber sie kneteten die verspannten Muskeln mit einer sanften Bestimmheit, die Chess wie die Berührung eines Engels vorkam. Sie gab ihr Bestes, um es ihm gleichzutun.

Gussies Stöhnen klang wie das Wimmern eines kleinen Tiers. Nach ein paar Stunden war sie schließlich ganz still.

Sie ist tot. Chess hörte die Worte in ihrem Herzen. Gussies Bein war schlaff und kalt in ihren Händen, aber sie fuhr fort, es zu reiben, um wieder Wärme und Leben in die zarten Gliedmaßen zu bringen.

Bobby Fred legte ihr seine schwere Hand auf die Schulter. »Sie können jetzt aufhören«, sagte er.

»Nein! Nein, das tue ich nicht.«

Der Soldat umfaßte ihre Gelenke und zog ihre Hände fort. »Das ist jetzt nicht nötig. Sie schläft. Sie hat's überstanden. Gibt's irgendwo eine Decke, die wir über sie legen können?«

Chess wollte ihm nicht glauben. Sie entriß ihm ihre Hände, betastete Gussies kaltes Gesicht, die kraftlosen Arme und Beine. Dann bemerkte sie, wie sich die Brust des Kindes in langsamen, gleichmäßigen Atemzügen hob und senkte.

Sie wandte sich dem Soldaten zu. »Oh, Bobby Fred«, flüsterte sie. Sie schlang die Arme um seine Hüfte, barg ihren Kopf an seiner Brust, und dann weinte sie sich ihre Erleichterung und die Anspannung der letzten schlimmen Stunden in heftigen Schluchzern von der Seele. Er hielt die Zitternde fest.

Als sie sich wieder gefaßt hatte, blickte sie ihn aus tränenerfüllten, schimmernden Augen an. »Danke, alter Freund.«

Der Soldat lächelte. Er sah erschöpft aus, aber er hatte gesiegt.

»Decken Sie das Kind gut zu, und dann waschen Sie sich das Gesicht. Und danach übernehmen Sie das Wassertröpfeln, und ich seh mich mal nach einem Whiskey um.«

Nathan kam nach Hause, den Kopf voll Statistiken über die Ingenieurleistungen bei Asheville. Als er erfuhr, was sich inzwischen abgespielt hatte, war er tief betroffen. »Ich lasse Gussie nie wieder allein, nicht mal für eine Stunde«, verkündete er. Erschüttert sah er, wie schwach seine Tochter geworden war.

Chess lachte ihn aus. »Du hast vergessen, wie Gussie ist, wenn sie gesund ist. Der Tag wäre noch nicht halb vorbei, da hätte sie dich schon geschafft.« Chess hatte gut lachen. Gussie erholte sich von Stunde zu Stunde mehr.

Aber sie war immer noch sehr matt. Sie schlief fast unentwegt, und sie mußte mit Pudding und Milchgetränken, die Chess für sie zubereitete, gefüttert werden. Weil sie noch zu schwach war, um selbst lesen zu können, ließ sie sich vorlesen, und wenn sie Besuch bekam, ermüdete sie schnell. Es war, als ob die Krankheit ihr ein paar Jahre gestohlen habe. So hatte sie es am liebsten, wenn Chess ihr die Geschichten aus ihrer eigenen Kindheit wieder erzählte. Von Harefields konnte sie gar nicht genug hören.

»Mama, wie war das, als du ein kleines Mädchen warst?«

Chess setzte sich auf den niedrigen Stuhl neben ihrem Bett. »Als ich klein war«, begann sie, und Gussie machte es sich mit einem Seufzer der Erleichterung in ihren Kissen gemütlich, »lebte ich in einem großen weißen Haus bei einem schönen breiten Fluß.

Ich hatte eine Schaukel, an der eine Glyzinie hing ...«

»Wie an meiner«, warf Gussie ein.

»Genau. Und im Schatten des großen Baumes habe ich stundenlang geschaukelt. Und anschließend habe ich mit meinen Puppen auf dem Rasen Tee getrunken ...«

»Puppen, uh!« Für die hatte Gussie trotz ihrer Schwäche nicht viel übrig.

Chess lächelte. »Es gab kleine Sandwiches und Kekse. Die Vögel flogen vorbei und pickten an ihnen herum. Und dann habe ich mir eingebildet, meine Puppen hätten daran geknabbert.«

»Du warst ganz schön dumm.«

»Ich war sehr dumm. Und sehr glücklich. Manchmal ging ich nach oben in den Ballsaal, streckte die Arme aus und tanzte und wirbelte und schlitterte lachend auf dem gebohnerten Parkett herum. Und wenn niemand in der Nähe war, bin ich das Treppengeländer hinuntergerutscht, bis ganz nach unten.«

»Erzähl mir von der Treppe.«

»Es war eine sogenannte Freitreppe. Sie war nur auf einer Seite an der runden Mauer befestigt, und die andere Seite, die mit dem Geländer, sah aus, als würde sie in der Luft schweben, und ihre Bögen schwangen sich immer weiter in die Höhe, so daß man ganz schwindlig wurde, wenn man ihnen mit den Augen folgte.

Ganz, ganz oben gab es im Dach ein Fenster, das wie ein großes Ei aussah. Die Scheiben waren an den Seiten geschliffen, und wenn die Sonne hindurchschien, bildeten sich Regenbögen.«

Gussies Stimme klang schon ein wenig schläfrig. »Wie bei unseren bunten Blumenfenstern?«

»Nein, Liebling, das ist was anderes. Ich hatte keine Blumen auf den Fenstern wie hier. Ist eine davon deine Lieblingsblume?«

Gussie antwortete dann stets »Iris«, und Chess erzählte ihr darauf, daß Iris die Göttin des Regenbogens war. Aber heute nicht. Gussie war eingeschlafen.

Chess strich das strähnige Haar aus der blassen Stirn ihres Kindes. Dann küßte sie die entspannte und, Gott sei Dank, wieder warme kleine Hand. Lange Zeit betrachtete sie ihren größten Schatz auf Erden, ihr kleines Mädchen. Dann verließ sie behutsam das Zimmer. Draußen fiel ein sanfter Regen, und die Spitzenvorhänge an den Fenstern bewegten sich in einer sachten Brise. Alles war friedlich.

Langsam ging Chess das große, kunstvoll geschmückte Treppenhaus hinunter in den Salon. So viele Sachen, dachte sie ärgerlich bei sich, all diese Dinge. Man hat kaum noch Platz, sich umzudrehen, kein Wunder, daß es hier so heiß und stickig ist. Sie riß die Vorhänge, Gardinen und Jalousien beiseite und öffnete das schwere, bleiverglaste Fenster. Eine der dicken Seidentroddeln an den Vorhängen schlug ihr gegen die Schulter, und plötzlich erinnerte sie sich an die Diskussion, die sie seinerzeit mit dem Händler gehabt hatte, weil sie dieses ganz spezielle Grün hatte haben wollen und nicht das andere, das er in seinem Laden ihr anbot. Wieviel Zeit hatte sie damit verbracht, irgendwelchen

Dingen nachzujagen! Warum hatte sie nur gedacht, daß Dinge – und noch mehr Dinge – und dann noch mehr Dinge – so wichtig seien?

Nate kam herein. »Wie geht es ihr?«

»Gut. Sie schläft wieder. Das ist die beste Medizin für sie. Sie hat fast ihren ganzen Pudding aufgegessen.«

»Ich glaube, ich gehe nach oben und setze mich eine Weile an ihr Bett. Falls sie aufwacht und irgend etwas haben möchte.«

»Tu das«, entgegnete Chess. Sie gingen beide mehrfach am Tage zu ihrer Tochter, denn sie brauchten beide noch die Gewißheit, daß Gussie sie nicht verlassen hatte.

Nate sah zu, wie Gussie schlief, und tief im Innern spürte er, wie Furcht in ihm aufstieg. Zum ersten Male in seinem Leben wurde ihm bewußt, daß er verletzlich war. Er neigte nicht zur Nabelschau; die Feststellung, daß er zu tieferen Gefühlen fähig war, beunruhigte ihn zutiefst, und er versuchte, auf andere Gedanken zu kommen. Aber es gelang ihm nicht; seine Waffen waren nicht stark genug. Am liebsten hätte er Gussie gepackt und an sich gepreßt, um sie zu beschützen, seinen Körper zwischen sie und die Gefahren zu schieben, von denen er nun wußte, daß sie überall lauerten.

In Nates Familie hatte man sich nie berührt. Er hatte keine Umarmungen, keine Küsse gekannt, keine Zuneigung erfahren, bis sein Onkel Alva auf die Farm gebracht hatte. Das Bedürfnis, seine Tochter festzuhalten, verwirrte ihn. Ihre kindlichen Umarmungen und Küsse hatten ihn immer erfreut, aber sie waren ihm immer vorgekommen wie der Überfall eines Hündchens, das einem eifrig das Gesicht abschleckte. Jetzt begriff er allmählich, daß er seinem kleinen Mädchen Gaben verdankte, die viel mehr als seine Reichtümer wert waren.

Das Wort »Liebe« kam ihm dennoch nicht in den Sinn. Das war ein gewöhnliches Wort. Die Leute »liebten« Pfirsiche, Blumen, ein Lied. Was er empfand, hatte keinen Namen, oder jedenfalls kannte er ihn nicht. Worte waren ohnehin nicht seine Sache. Er wußte nur, daß er sich schwach und hilflos fühlte gegenüber den Mächten, die ihm fast die Tochter genommen hätten, und daß er, wenn sie noch einmal wiederkehrten, gern sein Leben gäbe, um ihres zu retten. Er hatte ihr sein Herz geschenkt.

Gegen seinen Willen streckte er den Finger aus und berührte ihre Hand. Im Schlaf schlangen sich Gussies Finger um seinen, wie sie es schon als winziges Baby gemacht hatte. Ein Lächeln erschien auf ihrem Gesicht.

Nate verschlug es den Atem. Schwere Tränen rannen langsam über seine Wangen.

30. Kapitel

Zwei Wochen später hatte sich Gussie mit der ganzen überwältigenden Kraft ihrer Jugend so weit erholt, daß sie wieder ein einziges Bündel lärmender Energie war. Chess und Nate blieb nichts anderes übrig, als sie gewähren zu lassen.

Und das gnädige Vergessen, das die Menschen so oft vor ihren Erinnerungen bewahrt, befreite sie allmählich auch aus den Klauen der Ängste, die sie befallen hatten.

Aber Chess mußte immer an die Geschichten denken, die Gussie hatte hören wollen, an ihre eigene glückliche Kindheit in Harefields. Das Haus erschien ihr wirklicher als damals, als sie darin gelebt hatte.

An einem späten Augusttag, als der erinnerungsschwere Geruch verbrennender Blätter durch die Straßen von Standish zog, machte sie sich auf die Suche nach Nathan. Er war gerade nach Hause gekommen, saß in einem Schaukelstuhl auf der Veranda und las Doctors Leitartikel, daß man alle Straßen der Stadt pflastern müsse.

»Hast du den *Courier* in der Hand gehabt?« fragte er Chess schmunzelnd. »Dieser alberne Kerl behauptet, glänzende Schuhe seien der Beweis für Zivilisation, und daher lebten wir noch in der Wildnis.«

Chess lächelte. Sie hatte es Doctor nie ganz verziehen, daß er damals bei Gussies Zusammenbruch davongelaufen war. Er hatte sich zwar hinterher entschuldigt und recht wortreich seine Scham über seine Schwäche bekannt, aber sie war ihm seitdem nicht mehr so zugetan wie früher.

»Es gibt etwas, das ich gerne tun möchte, Nathan.« Er faltete den *Courier* zusammen. »Ich möchte Harefields wieder aufbauen. Hier, damit wir darin leben. Es tut mir noch heute leid, daß Gussie es nie zu sehen bekommen hat.«

Nate begriff nicht ganz, was Chess dazu trieb, aber es reichte, daß sie es wußte. Am nächsten Tage spazierten sie durch das goldene und rote Laub des stillen Waldes hinter der Stadt und entschieden sich für einen Standort, der auf einem kleinen Hügel lag. Gussie begleitete sie, rannte vor ihnen her und kehrte zurück, um sie zur Eile anzutreiben. Sie konnte es kaum mehr erwarten. Sie wollte das Treppengeländer hinunterrutschen.

Auch für Nates Mutter gab es etwas, das sie tun wollte. Sie kündigte es am folgenden Sonntag beim Mittagessen an. Die gesamte Familie gehörte inzwischen zur Bethel Methodist Church in Standish. Die wöchentlichen Fahrten nach Durham mitsamt dem Essen in Mrs. Browns Pension waren vorbei, seit die Methodistenkirche in Standish ihre Tore geöffnet hatte.

Jetzt wurde sonntags bei Miss Mary zu Mittag gespeist, obwohl Nates Eßzimmer viel geräumiger war und er obendrein eine ständige Köchin hatte. »Sie ist eine alte Frau«, entgegnete Nate, als Chess gegen diese Abmachung protestierte. »Sie will eben, daß alles nach ihren Wünschen geht, und außerdem hat sie auf diese Weise etwas zu tun.«

Das verstand Chess; sie war auch gern beschäftigt und hatte auch gern das Gefühl, nützlich zu sein. Also zwang sie sich, Miss Marys fades und verkochtes Essen zu sich zu nehmen, und mit einer kleinen Bestechung konnte sie auch Gussie dazu bewegen. »Es dauert doch nur eine Stunde, und du bist deiner Großmutter diesen Respekt schuldig. Und wenn du dich gut benimmst, gibt's hinterher zu Hause Eis.«

Miss Mary ergriff das Wort, nachdem Josh den Tischsegen gesprochen hatte. »Ich muß dich etwas fragen, Nathan, weil ich es leid bin, auf etwas zu warten, was du eigentlich von dir aus tun müßtest.«

»Und das wäre, Ma?«

»Ich möchte, daß du der Kirche einen Turm schenkst. Es ist nicht recht, eine Kirche zu haben, die nicht zum Himmel weist.«

»Mary, Nate hat ihr bereits eine Orgel gestiftet«, sagte Alva.

Mary Richardson wischte die Bemerkung beiseite. »Du bist ein reicher Mann, Nate, und ein sündiger obendrein, mit deinen Pferderennen und deinem Saloon, der drüben an der Eisenbahn Whiskey ausschenkt. Du solltest deinen Gott auf Knien um Gnade bitten. Ich fürchte jedenfalls, du würdest für alle Ewigkeit in der Hölle schmoren, wenn du nicht deinen Bruder hättest, der für deine Seele um Erlösung betet.

Ich möchte, daß du diesen Turm bauen läßt, mit Glocken, um die Leute in die Kirche zu rufen, und ich möchte, daß du alles Nötige tust, damit Gideon hierher kommt und von unserer Kanzel predigt.«

Eigentlich wollte Nate tun, was er seit jeher getan hatte: die bitteren Worte seiner Mutter zum einen Ohr hinein- und zum anderen wieder hinausdringen lassen. Aber jetzt mußte er aufpassen.

Gideon. Und Lily. Alles schrie in ihm: »Nein!«

»Ich werde sehen, was ich tun kann, Ma«, erwiderte er beiläufig. »Hast du noch ein paar von diesen süßen Kartoffeln?«

Daß Chess den Plan seiner Mutter unterstützte, traf ihn unvorbereitet. Als sie wieder zu Hause waren, sprach sie so lange von Gussies Cousinen, die dann ganz in der Nähe wären, daß er sie schließlich fast angeschrien hätte. Gideon und Lily hatten zwei Töchter, Mary und Martha. Ihr Foto hatte einen Ehrenplatz auf Miss Marys Tisch im Salon, gleich neben der Bibel.

»Liebe Güte, Nathan, bist du denn gar nicht neugierig, deinen Bruder wiederzusehen? Wie lange ist das jetzt her?«

»Ich kann mich nicht erinnern. Vor vier oder fünf Jahren habe ich ihn kurz in Durham getroffen.« Lily hatte er vor siebzehn Jahren zuletzt gesehen.

Die Rechnerei ließ Nate innehalten. Er hatte die Jahre nie gezählt.

Chess fragte ihn, was plötzlich in ihn gefahren sei.

»Der Kirchturm«, antwortete er. »Ich hoffe, du kannst Gussie davon abhalten, ihn hochzuklettern.« Es machte ihm nichts aus, sie anzulügen; dafür war er viel zu unbeschwert. Warum hatte er sich eigentlich all die Jahre gefürchtet, ein sechzehnjähriges Mädchen wiederzusehen? Sie war doch inzwischen auch nicht mehr die Jüngste.

Chess schauderte. War es ein böses Omen, daß Nate Gussie und den Kirchturm im selben Atemzug erwähnt hatte?

Edith Horton konnte sich nicht für Chess' Plan erwärmen, Harefields neu zu errichten. »Warum in aller Welt große alte, zugige Räume nachbauen, wenn du ein neues Haus voller hübscher und gemütlicher Zimmer hast?« Das Plantagen-Haus der Hortons erwies sich dennoch als unschätzbare Hilfe. Wie auf Harefields bis zum Brand hatte sich auch dort seit dem Bürgerkrieg nichts verändert. Für irgendwelche Umbauten oder gar Verbesserungen hatte stets das Geld gefehlt. Seit dreißig Jahren blätterte die Farbe ab, Seide und Samt wurden dünner und verblichen, Schäden im Dach hatten fleckige Wände und verrottete Flure in den Obergeschossen nach sich gezogen. So viele Dinge erinnerten an Harefields, Chess erkannte Möbel und Moden wieder, die sie nur in Virginia vermutet hatte. Jetzt klärte Edith sie auf, wer Sheraton und Chippendale, Hepplewhite und die Gebrüder Adams gewesen waren.

In James Dikes Buchhandlung fand sie Nachschlagewerke über das 18. Jahrhundert und Palladio. Dike kannte außerdem einen Architekten in Boston, der sich auf »antike« Häuser spezialisiert hatte.

Chess war gerade dabei, ihm einen Brief zu schreiben, als Nate mit einem Besucher aus dem Büro herüberkam. »Das ist Dick Reynolds, Chess, und ich möchte, daß du bei unserem Gespräch dabei bist. Wir sollten in die Bibliothek gehen.«

Sie war fasziniert. Nate hatte ihr von Reynolds erzählt, und aus dem Klatsch und Tratsch von Frauen in Durham, deren Männer in der Tabakbranche arbeiteten, hatte sie noch mehr Interessantes erfahren. Richard Joshua Reynolds hatte, wie Nate und Buck Duke, im Tabakgeschäft ein Vermögen gemacht. Er hatte sich allerdings auf Kautabak, nicht auf Zigaretten, spezialisiert.

Mit vierundzwanzig hatte er eine winzige Fabrik eröffnet, in einem Raum darüber gewohnt, und innerhalb von acht Jahren hatte ihn harte Arbeit bis ganz nach oben gebracht.

Sein Erfolg hatte das Dorf Winston in eine kleine Stadt mit einer neuen Bahnlinie verwandelt. In ihrem Zentrum stand 1891 Reynolds' sechsstöckige Fabrik, die einen ganzen Straßenblock einnahm.

Und nun, 1892, hatte ihn Buck Dukes American Tobacco Company angegriffen. »Sie haben ihn irgendwie geschlagen, Nate. Ich wüßte gern von Ihnen, wie Sie das geschafft haben.«

Chess konnte den Blick nicht von ihm wenden. Dick Reynolds hatte einen merkwürdig schmalen buschigen Bart, der sich beim Sprechen ständig bewegte. Und dann die Geschichten, die man sich über ihn erzählte! Er war unverheiratet, hatte aber zahllose uneheliche Kinder. Sein Ruf als Frauenheld war berüchtigt; manchmal benannte er sogar neue Tabakmarken nach seinen Geliebten. Und am Pokertisch setzte er angeblich so hohe Summen, daß Spieler sogar aus New Orleans angereist kamen, um ihr Glück gegen ihn zu versuchen. Die meisten verloren.

»Wenn ich mich nicht irre, wart ihr Zigaretten-Burschen doch immer verrückt darauf, euer ganzes Geld in irgendwelche Werbung und alberne Klappstühle zu stecken. Ich hab mich immer auf Mundpropaganda verlassen. Aber jetzt hat es mich wohl erwischt. Ging letztes Jahr los, und ich hoffe, es ist noch nicht zu spät. Buck will mich erledigen, Nate. Im Februar hat er eine große Priemfabrik in Louisville gekauft und im April noch zwei in Baltimore. Jetzt senkt er die Preise unter die Herstellungskosten, und außerdem erzählt er den Großhändlern, sie bekämen keine Zigaretten mehr von ihm, wenn sie nicht seinen *Battle Ax*-Kautabak allen anderen vorzögen.«

Nate öffnete eine Whiskey-Flasche. »Sie müssen über Nacht bleiben, Dick. Wir haben eine Menge zu bereden. Und wie ich höre, sind Sie ein Mann, der einen Schluck vertragen kann. Bedienen Sie sich, Sie werden's brauchen können.«

»Ich schicke jemanden, um Doctor zu holen«, sagte Chess.

Am nächsten Tag brach Doctor mit Reynolds auf, um einen neuen Krieg gegen Buck Duke zu führen.

»Glaubst du, sie werden ihn gewinnen?« fragte Chess Nate.

»Ich weiß es nicht. Dick ist ein Kämpfertyp, und Doctor kann auch ganz schön hinlangen. Aber Buck ist Buck. Ich bin nur froh, daß er sich nun den Priemherstellern zugewandt hat. Endlich muß ich nicht mehr den ganzen Tag auf der Hut sein, ob mir einer im Nacken sitzt.«

Chess nickte. »Das bedeutet also, daß wir demnächst Telefone bekommen.«

Nate lachte. »Du kennst mich wirklich in- und auswendig, wie? Das Bell-Patent läuft am 3. März nächsten Jahres aus. Ich denke, wenn ich mich anstrenge, können wir am 4. März um null Uhr eins Uhr den Hörer abnehmen.«

Am 1. März machte Gussie unter den stolzen Blicken ihrer Eltern den ersten Spatenstich für das neue Harefields.

Am 4. März telefonierte sie mit ihrer Freundin Ellie Wilson.

Und am 7. lernte sie ihren Onkel und und ihre Tante und ihre Cousinen kennen. Sie war zu aufgeregt, um zu bemerken, daß ihr Vater bleich wie ein Geist aussah.

Als der S&D-Zug in den Bahnhof einfuhr, hüllte die zischende Qualmwolke Nates Sonderwagen fast völlig ein. Mit einem Willkommenslächeln versuchte er, die Familie seines Bruders zu entdecken.

Lily stand ganz in Weiß an der Tür. Im Bruchteil einer Sekunde war Nate wieder der ungelenke, scheue Junge von achtzehn Jahren.

»Hallo, Nathaniel«, sagte Lily und hielt ihm die Hand hin. »Möchtest du mir nicht beim Aussteigen helfen?«

31. Kapitel

»Sie ist so langweilig«, jammerte Gussie. »Muß ich wirklich rübergehen?«

»Ja, das mußt du, Liebling. Martha ist deine Cousine ersten Grades, und sie ist neu hier, und darum hat sie noch keine Freunde gefunden. Gib ihr eine Chance. Vielleicht ist sie nur schüchtern.«

»Aber ich wollte mit Bobby Fred Messerwerfen spielen. Ich hab's ihm versprochen.«

»Du meinst, er hat es dir versprochen, nachdem du endlos gequengelt hast. Ich war dabei, wenn du dich erinnerst. Aber vielleicht kannst du Martha ja Messerwerfen beibringen.«

»Ha! Die fängt doch schon an zu schreien und rennt weg, wenn sie eine Klinge sieht. Die sitzt am liebsten nur artig rum und spielt Halma und solches Zeug. Sie ist langweilig.«

Im stillen stimmte Chess ihr zu. Sie fand ihre neuen Verwandten auch ziemlich öde. Gideon war nur daran interessiert, neue Mitglieder für die Bethel-Gemeinde zu gewinnen, und Lily war so zuckersüß, daß es sie ganz kribbelig machte. Langweilig war genau das richtige Wort für die ganze Gesellschaft. Außer für die fünfzehnjährige Mary. Von ihr zu sagen, sie sei langweilig, war geradezu ein Kompliment. Sie war so still, daß sie fast mit dem Mobiliar verschmolz; sie war eigentlich überhaupt nicht da.

Aber Miss Mary war natürlich im siebten Himmel, daß sie ihren Lieblingssohn wieder unter ihrer Fuchtel hatte. So war wenigstens *sie* glücklich. Was Nathan anging, so tat er völlig unbeteiligt. Man konnte glauben, er wüßte gar nicht, daß sein Bruder in der Stadt war.

Nate war im Pfarrhaus und litt wie ein Hund. Lily saß neben ihm auf dem unbequemen Samtsofa im Salon. Ihre großen enzianblauen Augen schimmerten von nicht vergossenen Tränen. »Du mußt glauben, ich sei schrecklich, weil ich dir diese Notiz geschickt habe«, sagte sie mit zitternder Stimme.

»Nein. Überhaupt nicht. Worüber wolltest du mit mir sprechen?« Er schien eine geschwollene Zunge in seinem trockenen Mund zu haben. Lily anzusehen war unmöglich. Sie war so schön. Ihr goldenes Haar war unter einer weißen Spitzenkappe hochgesteckt, aber einige Locken fielen in ihren Nacken. Sie duftete nach Rosen.

»Ich bin so verzweifelt, daß du uns schneidest, Nathaniel. Chess und Gussie gehen bei uns aus und ein, aber du läßt dich nie blicken. Habe ich dich irgendwie erzürnt?«

Jetzt mußte er sie ansehen. Er sah, wonach sich sein Herz die ganzen Jahre verzehrt hatte. Für die winzigen Spuren, die die Zeit hinterlassen hatte, war er blind. Seine Handflächen schwitzten vor Verlangen, ihre milchweiße Haut zu berühren. Er haßte sich für den Drang, ihre Reinheit zu besudeln. Seine Kehle war zugeschnürt; er brachte keinen Ton heraus.

Lily legte ihre Hand auf seine. Ein elektrischer Schlag ließ seinen Arm zucken. »Versprich, daß du mir nicht gram bist, Nathaniel. Das würde mich noch unglücklicher machen, als ich es ohnehin schon bin.« Aus ihrem rechten Auge fiel eine einzige Träne. Nate sehnte sich danach, ihr Salz auf seiner Zunge zu spüren.

»Ich mag dich«, konnte er schließlich sagen. »Ich möchte nicht, daß du unglücklich bist.«

Lily gab ein kleines unterdrücktes Schluchzen von sich. Die Spitzenkrause über ihren vollen Brüsten bebte. »Es ist nicht deine Schuld, Nathan, es ist meine. Du hast es mir damals zu sagen versucht, aber ich wollte nicht auf dich hören. Ich hätte Gideon niemals heiraten dürfen. Ich hätte auf dich warten sollen. Du warst mein Favorit, erinnerst du dich daran, wie ich es dir gesagt habe?«

Sie hatte sich ihm zugewandt, ihr Blick suchte seinen. »Weißt du noch, was damals zwischen uns war? Ich habe es nie vergessen.« Ihre Finger lagen auf seinem Handgelenk, sie glitten unter die Manschette seines Hemdes, bis sie seinen pochenden Puls berührten.

»Ich muß immer an dich denken«, flüsterte sie, und ihr Körper drängte sich ihm entgegen. Ihre leicht geöffneten sanften, rosigen Lippen näherten sich seinem hungrigen Mund.

Nate verlor die Beherrschung. Er schlang die Arme um sie, preßte sie an sich, und ihre Lippen gruben sich ineinander. Er sog ihre Zunge in seinen Mund, sie berührte seine Zähne, seine Zunge glitt hin und her, und das ließ ihn vor Leidenschaft fast explodieren. Sein Mund suchte ihre Kehle. Er fühlte ihren starken Pulsschlag unter seinen Lippen. Ihre Arme schlossen sich um seine Schultern, ihre Finger zerfurchten seinen Nacken und krallten sich in seinem Haar fest.

»Das habe ich gewollt«, hauchte sie. »Ich habe nie gewußt, was ich wollte, aber das war es, du warst es. Ich habe immer … jeden Tag … ja, oh, ja, Nathaniel, das ist es, was ich will.«

Seine Hand fand ihre Brust, füllte sich mit Sanftheit. Ihre aufgerichtete Brustwarze drängte sich gegen den Stoff ihres Kleides.

Ein tiefes Stöhnen entrang sich Lilys Kehle. Ihre Finger lösten sich aus seinem Haar, um in Windeseile über ihr Mieder zu fahren und winzige Knöpfe zu öffnen. »Küß mich, Nathaniel. Hier.« Sie ließ das Mieder aufspringen, nahm ihre weißen Brüste in die Hände und bot sie ihm dar. Sein Mund schloß sich um eine große rote Brustwarze.

Ihr Mund war neben seinem Ohr. »Nie, ich habe nie gewußt … mich noch nie so gefühlt … noch nie so etwas getan. Oh, es ist wunderbar. Ich brenne, ich will, daß du mich verschlingst. Leck meine Brüste, Geliebter, sauge daran, tu mir weh, beiß mich und nimm mich. Denn ich gehöre dir, habe dir immer gehört.« Ihr heißer Atem drang in kleinen Explosionen in sein Ohr.

Seine Hände fanden ihre Taille, umspannten sie, glitten an ihr empor, um ihre Hände beiseite zu schieben und die sanften Hügel zu liebkosen, die ihn so lange Jahre in seinen Träumen gequält hatten.

Schließlich packte sie seinen Kopf, zerrte ihn von ihrer Brust, damit er sie ansah. »Willst du mich?« fragte sie heiser.

»Ja, Allmächtiger, ich will dich.«

Sie hielt weiter seinen Kopf und küßte ihn, neckte ihn mit ihrer Zunge. Seine Hände preßten und umkreisten ihre Brüste.

Lilys winzige Zähne nahmen seine Unterlippe, zogen daran, ließen wieder los. »Wir müssen uns irgendwo treffen, Nathaniel. Das ist Wahnsinn, was wir hier machen. Jeden Augenblick kann jemand kommen, und dann wäre ich ruiniert.«

Ihre Hände legten sich auf seine, drückten sie fester an sich. »Aber es ist mir egal«, wisperte sie. »Es ist mir egal, ob ich ruiniert bin. Ich habe so etwas noch nie erlebt. Ich kann es nicht aufgeben.«

Ihre Worte durchdrangen den roten Nebel in Nates Kopf; verschreckt wich er zurück. Er mußte Lily beschützen, obwohl er es vor Verlangen kaum noch aushielt. Mit unbeholfenen Fingern versuchte er, irgendwelche Knöpfe zu schließen. Sie atmete schwer, und immer wieder entglitt ihm ihr Mieder.

Nate sah sie flehend an. Ihre Augen waren halb geschlossen, zwischen ihren geschwollenen Lippen war ihre rosa Zunge zu sehen. Jetzt fuhr sie damit über ihren Mund. Er glänzte feucht. Nate wurde vor Lust fast schwindlig.

Er wandte den Blick ab und stolperte auf die Füße. »Ich muß gehen.« Es war das Schwerste, das er sich je vorgenommen hatte. Aber es mußte sein. Ihr zuliebe.

Lily schloß rasch ihr Mieder, erhob sich und trat auf ihn zu. »Gibt es irgendwo einen Ort, wo wir uns treffen können. Ich sterbe, wenn ich dich nicht wiedersehe.«

Nate griff sich an den Kopf, versuchte, einen klaren Gedanken zu fassen. »Im Clubhaus«, sagte er schließlich. »Außer an Renntagen ist es immer geschlossen.«

»Ich warte im Park auf dich. Am Musikpavillon.«

»Ja. Ja, das ist gut. Ich könnte dir die Stadt zeigen.«

»Morgen?«

»Ja.« Er war völlig zerrissen – er mußte gehen und haßte es zu gehen, er spürte ihre Nähe wie ein Brandzeichen und wagte doch nicht, sie anzusehen, um nicht auf der Stelle wieder über sie herzufallen.

Lily legte die Hände auf seine Schultern. »So zerzaust kannst du nicht nach draußen gehen.« Sie strich die Aufschläge seines Jacketts glatt, richtete seinen Schlips und seine Weste. Ihr Körper berührte dabei die Ausbuchtung seines schmerzend aufgerichteten Penis, und er spürte, wie sich eine heiße Ejakulation in seine Hose ergoß und dann an seinem Bein herunterrann.

Der Architekt für das neue Harefields hieß Lancelot O'Brien. Als James Dike ihr zum ersten Mal von ihm erzählte, hatte Chess erklärt, daß sie mit jemandem, der Lancelot heiße, nicht ins Geschäft kommen könne. Sie hatte dem armen Mann sogar ins Gesicht gelacht.

Aber als sie dann Fotografien von anderen klassizistischen Bauten sah, die er entworfen hatte, änderte sie ihre Meinung rasch. Jetzt trafen sie sich fast täglich, entweder in Durham, wo er sich im neuen Carolina Hotel ein Atelier eingerichtet hatte, oder im Gästezimmer des neuen Hauses. Chess hatte es erstmal in ein Harefields-Arbeitszimmer verwandelt, in dem nicht nur die Regale für ihre Nachschlagewerke standen, sondern auch zwei große Bibliothekstische und ein Zeichentisch für O'Brien.

Die Arbeit nahm sie total in Anspruch. Tag für Tag begutachtete sie Zeichnungen, die O'Brien nach ihren Beschreibungen von Harefields angefertigt hatte. Nachts träumte sie von dem Haus, wachte auf und machte sich Notizen über Einzelheiten aus ihrem Traum.

Erst nach einigen Wochen bemerkte sie, daß Nathan sich verändert hatte. Er sah ausgezehrt aus, und plötzlich erinnerte sie sich voller Schrecken an Gussie, als diese mit ihrer Cholera zusammengebrochen war.

»Mir fehlt nichts«, behauptete Nate widerspenstig.

In Wahrheit machte er die Hölle durch. Jedesmal wenn Gussie ihn rasch umarmte oder Chess ihm erzählte, wie glücklich sie über die Entwürfe für das neue Haus war, packten ihn Schuldgefühle und tiefe Scham.

Nate hatte sich über Treue nie den Kopf zerbrochen; vermutlich hätte er es für lächerlich gehalten, wenn er überhaupt einen Gedanken daran verschwendet hätte. Er hatte eine Geliebte in Raleigh und eine zweite in Georgetown, South Carolina, wo sich seine Papiermühle befand. Und zwischendurch nahm er auch die Einladungen von Frauen an, die er auf seinen Reisen traf. Aber sie alle kamen nie in die Nähe seines Hauses, ihre Existenz hatte nichts mit seinem Leben in Standish zu tun. Seine Affäre mit Lily dagegen würde, wenn sie entdeckt wurde, seine ganze Familie erschüttern und demütigen. Das durfte er ihnen nicht zumuten, wenn er nicht zum Schandfleck aller werden wollte.

Die Tabakbranche genoß in jenem Frühjahr die neueste Entwicklung im Leben von Buck Duke. Er war völlig den Reizen einer geschiedenen New Yorker Lebedame, Mrs. Lillian Fletcher McCredy, verfallen. Insider berichteten, daß er sogar wichtige Geschäftstreffen verließ, wenn L. M. anrief. Aus Buck, dem Eroberer, war Buck, der Sklave, geworden. Im Commonwealth Club wurde ein schlüpfriger Witz nach dem anderen über ihn gerissen.

Nate wußte, daß er nicht viel besser dran war. Lily beherrschte sein Leben, seine Gedanken, seine Träume. Er lebte nur noch für ihre heimlichen Rendezvous. Er war besessen von ihr.

Und in ihr weckte er ungeahnte Begierden. Sie schämte sich fast zuzugeben, daß ihr solche Dinge in den Sinn kamen. Aber wenn sie mit ihm zusammen war, wurde sie verrückt, weil sie ihn so wahnsinnig begehrte und ihm mit allen Fasern ihres Körpers gehören wollte. Und so drangen, auf ihr Geheiß, sein Penis, sein Finger, seine Zunge in jede Öffnung, jede Beuge, jeden Spalt ihres weißen, zarten Fleisches.

Er hatte mit vielen Frauen Sex gehabt. Sanften Sex, spielerischen Sex, wilden Sex. Eine Frau zu befriedigen verschaffte auch ihm Befriedigung. Aber nie war er mit einer Frau so umgegangen, wie Lily es von ihm erbat. Nie hatte er die Lust an Quälerei und Erniedrigung erfahren. Niemals hatte er das Tier losgelassen, das in den dunklen Tiefen seines Bewußtseins schlummerte.

Er verachtete sich dafür. Und er wollte mehr.

PANIK.

Schlagzeilen verkündeten es in riesigen Buchstaben von allen Zeitungen. Am 27. Juni war die Börse zusammengebrochen und hatte die Vermögen, die Tausende auf dem Papier besaßen, vernichtet.

»Was bedeutet das, Nathan?« fragte Chess. »In der New Yorker Zeitung steht, daß die Banken, Fabriken und Eisenbahnen in Gefahr sind. Wir auch?«

Nate schüttelte den Kopf. »Nur die Leute, die an die Papierwerte geglaubt haben, sind jetzt in Schwierigkeiten. Ich habe mein Geld immer in Steine und Maschinen gesteckt. Uns geht es gut. Vielleicht gibt es einen Run auf die Bank, weil die Leute ihr Geld gern in der Hand halten, wenn sie Angst haben müssen, es zu verlieren, aber ich habe den Jungs drüben schon gesagt, sie sollen alle mit einem freundlichen Lächeln ausbezahlen. Der Sturm ist bald vorüber, und dann bringen alle ihr Bargeld wieder zurück.«

»Soll ich die Arbeiten an Harefields einstellen?«

»Mach nur weiter, und bau dein Haus, Chess. Bau es größer, wenn du willst. Ich vermute, die Preise für Baumaterial werden bald ziemlich fallen.«

»Du bist wirklich sicher, daß es uns gutgeht?« Chess dachte, daß vielleicht Geldsorgen der Grund für Nathans ungesundes Aussehen waren.

Er grinste, und einen Augenblick sah er ganz wie der alte Nathan aus. »Wenn die Leute in Panik geraten, rauchen sie mehr denn je. Und wir werden reicher und reicher.«

Nates Vorhersagen bewahrheiteten sich allesamt. Es gab einen kurzen Run auf die Standish Bank, aber nach zwei Wochen war alles vorbei. Im ganzen Land schlossen allerdings über 600 Kreditinstitute, ohne daß die Kontoinhaber die geringsten Hoffnungen hatten, ihre Einlagen wiederzusehen. 74 Eisenbahnlinien gingen bankrott, darunter die riesige Union Pacific, die Reading und die Santa-Fé-Linie.

Noch ehe das Jahr vorbei war, mußten 15000 Unternehmen Konkurs anmelden.

Jede Woche berichteten die großen Tageszeitungen von dem Selbstmord eines weiteren prominenten Bürgers.

Chess beobachtete, wie Nathan immer dünner wurde und immer sorgenvoller dreinblickte. Eines Sonntagsnachmittags ging sie ins Büro und überprüfte die Bücher, ob dort die Ursache zu finden war, aber sie konnte nichts entdecken. Die doppelte Buchführung war kompliziert, und das ganze Zahlenwerk erschien ihr wie ein Labyrinth.

Nun wurde sie immer besorgter, obwohl Edith Horton ihr riet, sich nicht verrückt zu machen. Aufregen sollte sie sich erst, wenn Nate nicht mehr bedrückt aussah. »Sieh dir Henry an«, sagte sie. »Er hat zu wenig Grips, um sich Sorgen zu machen. Wenn er sich noch ein weiteres Fohlen kauft, bringe ich ihn um. Er hat sich nie die Mühe gemacht zu überlegen, ob die Leute, die früher genügend Geld für Rennpferde besaßen, immer noch genügend haben.«

Bobby Fred, dessen kluge Augen mehr als die anderer Menschen sahen, beruhigte Chess ebenfalls. Was sie jetzt nicht wußte, war vielleicht schon vorüber, ehe es sie verletzen konnte.

»Nathaniel, ich habe außer dir niemanden, an den ich mich wenden kann. Würdest du mir helfen? Ich versuche, jede Woche etwas von meinem Haushaltsgeld zu sparen, aber Gideon hat keine Ahnung, was ein Leben mit zwei heranwachsenden Kindern kostet. Martha möchte so gerne Klavierstunden haben, und ich weiß einfach nicht, wie ich das hinkriegen soll. Die Pfarrei hat nicht mal ein Klavier.«

Am nächsten Tag bekam Lily von Nate einen Umschlag. Darin steckten 1000 Dollar.

Sie legte sie in die abschließbare Schublade ihres zierlichen Schreibtisches. Ein Gemeindemitglied hatte bereits versprochen, den Pfarrerstöchtern ein Klavier zu schenken, und der Musiklehrer fühlte sich geehrt, ihnen Gratisunterricht zu erteilen. Aus Lilys hübschem Mund kam ein ärgerliches Fauchen, als sie in die Schublade blickte. Das Kontobuch der Bank in Savannah war nichts mehr wert; ihre 9127,40 Dollar waren verloren. Das Institut war geschlossen, die verstohlenen kleinen »Geschenke« all der vielen Männer in all den vielen Kirchen waren dahin.

Es spielte keine Rolle. Das Geld selbst war nie wichtig gewesen. Was hätte sie damit anfangen sollen? Die Frau eines Pfarrers wurde von den Frauen einer Gemeinde immer mit Argusaugen beobachtet. Jeder Hauch von Extravaganz oder Selbstgefälligkeit wäre sofort bemerkt worden. Das Geld war nur ein weiteres Machtmittel über die Narren, die es ihr gaben, ein Beweis dafür, daß sie alles taten, was sie von ihnen verlangte.

Bei Nate lagen die Dinge vielleicht etwas anders. Er hatte viel mehr Geld als die anderen, und er versuchte immer noch, sich im Zaum zu halten, sich ihrer Kontrolle zu erwehren. Was für ein Triumph würde es sein, wenn er seine Frau und und seinen Bruder erst offen betrog. Und wie würde es sie verletzen.

Lily nahm den Umschlag wieder aus der Schublade. Sie hatte beschlossen, ihn zurückzugeben und Nate von dem geschenkten

Klavier und den Gratis-Stunden zu erzählen. Dann mußte er denken, daß er sie mit ein paar Dollar nicht zufriedenstellen konnte. So leicht würde sie es ihm nicht machen.

Chess versuchte munter zu klingen. »Mr. O'Brien hat mir heute etwas ganz Außergewöhnliches erzählt, Nathan. Er sagt, daß Mr. Vanderbilt eine Maschinerie in sein Haus in Asheville einbaut, die es im Winter heizt und im Sommer kühlt. Hast du die gesehen, als du das letzte Mal da warst? Kannst du irgendwas darüber herausfinden? Sie würde Harefields noch perfekter als perfekt machen.«

Sie betrachtete die Stickerei auf ihrem Schoß. Sie konnte Nathan nicht ansehen. Chess war von Natur aus aufrichtig, und sie wußte, daß man es ihrem Gesicht ansah, wenn sie jetzt so tat, als wolle sie sein Interesse für etwas wecken. Früher war nie eine Woche vergangen, ohne daß sich Nate für ein neues Projekt begeistert hatte. Nie – bis zu diesen letzten Monaten.

»So eine Maschine kann ich mir nicht vorstellen«, sagte er. In seiner Stimme lag Neugier. Chess riskierte einen raschen Blick. Seine Stirn war leicht gerunzelt, seine Augen starrten ins Leere. Wie ein Kind kreuzte Chess die Finger, um Glück zu haben.

»Wenn ich fahre, dann am besten schon morgen«, murmelte er. »In den Bergen wird's bald schneien, wenn der erste Schnee nicht schon gefallen ist.« Er hoffte, daß es so war. Schnee bedeutete für ihn eine Art Reinheit, und das galt auch für die Luft in den Bergen. Sie drang durch die Haut, erweckte einen Menschen wieder zum Leben. Und dann diese Weite – Meile um Meile nur Berge, Wälder und ein endlos hoher Himmel, so weit das Auge reichte.

Freiheit lag in dieser kalten, klaren, sauberen Bergluft.

Chess führte Gussie in Harefields von einem Zimmer ins nächste. Es waren noch keine richtigen Zimmer, bislang gab es nur die hölzernen Rahmen für die Paneele, die später folgen sollten. »... und das ist das Morgenzimmer, weil es auf der Ostseite liegt und die aufgehende Sonne hereinläßt. An einem Tisch dort drüben werden wir frühstücken. Ein kleiner Tisch, gerade groß genug für uns, und nicht so ein großes Ding wie im Eßzimmer, mit den vielen Stühlen für Gäste ... und sieh mal hier, Gussie, das ist unser Wintergarten. Meine Mutter hatte Orangen- und Zitronenbäume, und darum gab es bei uns Orangen- und Zitronensaft, wann immer wir wollten. Und auch Blumen hatten wir den ganzen Winter über. Warte, wenn du erst die Jasminblüten riechst, und draußen ist alles vereist ... und durch diese Tür ...«

»Wann kommen denn die Treppen? Ich werde langsam zu alt für solchen Kinderkram wie Geländer runterzurutschen.«

Chess hob die Augenbrauen. »Du meinst, ein Mensch wird zu alt für so was? Ich werde sie runterrutschen, sobald sie da sind.«

»Mama, meinst du das ernst?«

»So wahr ich hier stehe.«

Gussie schlang die Arme um die Taille ihrer Mutter und drückte ihr fast die Luft ab. »Ich liebe dich, Mama.«

»Ich dich auch, Gussie«, keuchte Chess und hoffte sehr, daß sie sich auf der Treppe nicht den Hals brach. Warum hatte sie das eben nur gesagt? Wahrscheinlich, weil sie so glücklich war. Nathan war jetzt schon über eine Woche fort. Mr. Vanderbilts Maschine mußte wirklich seine Aufmerksamkeit gewonnen haben.

Lily knabberte an der rauhen Ecke eines Fingernagels. Es gefiel ihr überhaupt nicht, wie die Dinge sich entwickelten. Mehr als einmal hatte sie früher alle möglichen Ausreden ersonnen, um einen Mann so lange nicht zu sehen, daß er fast verrückt wurde und alles tat, was sie verlangte. Ihr war das nie widerfahren. Aber Nathan war eine größere Herausforderung, als sie erwartet hatte. Es mußte aufregend sein, ihn zu Kreuze kriechen zu lassen.

Nates Gesicht war vom ständigen Wind gerötet. Es ließ sein Lächeln noch mehr leuchten.

»Du hattest sicher schöne Tage«, sagte Chess.

»Famos ... Das sagt George Vanderbilt die ganze Zeit. ›Famos‹. Ein schräger Vogel, aber im Grunde ganz in Ordnung. Er weiß eine Menge über Maschinenbau. Die Wasserleitungsanlage, die er einbauen läßt ...«

Chess erfuhr eine ganze Menge neuer Dinge. Harefields sollte noch viel ausgeklügelter werden, als O'Brien es sich vorgestellt hatte. Und der hatte schon eine sehr ausgeprägte Vorstellungskraft.

Nathan atmete tief ein. »Ich habe da oben in den Bergen auch ein bißchen nachgedacht.«

Chess erkannte den Übermut in seiner Stimme. Er war offensichtlich sehr zufrieden mit sich. Sie sah es auch an seinen Augen. Sie erinnerten Chess daran, auf jeden Fall begeistert zu sein, egal, was nun kam. Es war so gut, ihn wieder zurückzuhaben, zu sehen, daß er wieder der alte war.

»Ich denke«, sagte Nate langsam, um die Spannung zu steigern, »daß du und ich und Gussie im nächsten Sommer eine kleine Reise machen sollten. Wie würde dir London gefallen?«

»London?« Chess war wie vom Donner gerührt. »*London!* Nathan Richardson, ich würde meine Seele verkaufen, um nach London zu fahren, und deine würde ich als Kleingeld noch dazugeben!«

32. Kapitel

Was Nate vorhatte, war ein ziemlich gewagter Plan, aber in seiner Logik ziemlich einfach. Er dachte so: Die englischen Tabakfirmen bezogen den meisten Tabak aus North Carolina und Virginia, dann stellten sie die Zigaretten in England her und verschifften anschließend den größten Teil in ihre Überseemärkte. Wenn sie sich mit ihm zusammentaten, konnten sie zwei kostspielige Schritte einsparen. Er baute seinen eigenen Tabak an, während ihre Vertreter bei den Auktionen mitbieten mußten. Und weiterverarbeitende Fabriken in der Nähe des Rohmaterials würden das Verpacken und Verschicken in eine entfernte Produktionsstätte unnötig machen. Das fertige Erzeugnis mußte immer noch über große Strecken versandt werden; aber die Eisenbahnen, die Amerika inzwischen von Küste zu Küste durchzogen, machten den Pazifik leicht erreichbar, und von da war es ein direkter Weg zu Englands riesigen Märkten in Fernost.

Dasselbe galt für die englischen Baumwollspinnereien, und auch mit denen wollte er reden. Aber der Tabak war das wichtigere Thema.

»Ich habe mich mit Buck Duke seit dem Tag herumschlagen müssen, an dem ich angefangen habe. Das macht einen Mann nicht gerade fröhlich. Nicht geschlagen zu werden reicht nicht. Ich will gewinnen. Wenn die Engländer und ich uns zusammentun, sieht die American Tobacco Company daneben wie ein Zwerg aus.«

»Glaubst du denn, du schaffst das, Nate? Es könnte doch sein, daß in London keiner überhaupt weiß, wo North Carolina liegt.«

»Dann muß ich es ihnen eben sagen. Die sind so daran gewöhnt, auf ihrer Insel zusammengepfercht zu leben, daß sie wahrscheinlich umfallen, wenn sie hören, wieviel Platz wir hier haben.«

Es gab noch eine Menge zu tun. Er mußte mehr Land kaufen – viel mehr Land: zum einen für den Tabak-, zum anderen für den Baumwollanbau, und er mußte ein paar Berechnungen anstellen. Wie hoch die Kosten der Engländer für die Herstellung ihrer Tabak- und Baumwollerzeugnisse waren, und wie hoch sie in seinem Plan ausfielen. Die gesetzlichen Bestimmungen mußten geprüft werden und ebenso die Handelsvereinbarungen zwischen den beiden Ländern ... Nathan war wie elektrisiert vor Aufregung.

Chess wiederum war verwirrt. London. Alles was sie gelesen hatte, die Geschichten ihrer Mutter, das Erbe ihrer Familie, alles hing mit England zusammen. In gewisser Weise war London ihr fast schon vertraut. Und jetzt würde sie es auch noch sehen! Die Straßen, durch die Shakespeare gegangen war – und Sherlock Holmes. Es war beinah zu aufregend, um es zu glauben.

Harefields sollte im Sommer fertig werden. Sie konnte also das tun, was ihre Vorfahren schon getan hatten: Alle Möbel waren aus England importiert worden, als das Haus 1780 gebaut worden war.

Für sie gab es vor der Abreise auch noch eine Menge zu tun: viele Studien treiben, Erinnerungen auffrischen, ihren Tagträumen nachhängen. Sie vergaß die kalte Tristesse hinter den schweren Vorhängen. In Gedanken war sie in ihrem großen, hohen Gesellschaftszimmer in Harefields, und eine Frühlingsbrise ließ die dünnen Gardinen an den Fenstern zur Veranda tanzen. Sanftes Licht wechselte mit sanften Schatten, und die Wände waren zartblau, wie die gesprenkelten Eier in einem Vogelnest. Ja, so würde es wieder sein. Ein leichtes Leben, erfüllt von Schönheit. Es sollte ihr Geschenk an Gussie werden – ein perfektes Leben für ein kleines Mädchen.

Wie immer waren die Weihnachtstage auch diesmal festlich und anstrengend zugleich. Gesellschaften in Durham, Gesellschaften in Standish, Gesellschaften zu Hause. Liedersingen und Eßkörbe für die Armen. Ein Krippenspiel in der Kirche. Geschenke unter dem Weihnachtsbaum. Geschenke, die verpackt und verschickt werden mußten. Essen, Essen und noch mehr Essen. Der Mitternachtsgottesdienst an Heiligabend und der Gottesdienst am 1. Weihnachtstag. Musik, Gesang, Chöre und die Kapelle, die durch die Richardson Avenue zog.

Zwei wichtige Ereignisse hoben sich von den anderen ab. Susan berichtete ihrer Familie errötend von ihrer Verlobung mit einem jungen Lehrer am neuen Trinity College, und Gussie ersetzte erbarmungslos Ellie Wilson durch eine neue beste Freundin. Barbara Beaufort war ein rothaariger Fratz und wie Gussie elf Jahre alt. Ihr Vater, Walter Beaufort, war vor kurzem nach Standish gezogen, um hier eine Versicherungsagentur zu eröffnen. Sowohl er als auch seine Frau Francis stammten aus angesehenen Familien in Wilmington, der alten Stadt in North Carolina, die einst ein wichtiger Atlantik-Hafen gewesen war. Walters Großvater war im ganzen Süden berühmt wegen seiner Heldentaten als Blockadebrecher während des Bürgerkriegs. Am Dreikönigsfest bat Nate Chess, der Freundschaft ein wenig Einhalt zu gebieten. »Wann immer ich dich aus dem Büro anrufen will, ist das Telefon besetzt«, beklagte er sich. »Und wann immer ich zu Hause bin, ist Barbara offensichtlich auch da. Ich habe nie geglaubt, daß Kichern einem so auf die Nerven gehen kann.«

»Frances sagt, daß Walter das gleiche Problem hat, Nathan. Gussie ist bei ihnen genauso oft wie Barbara bei uns.«

»Warum schwatzen sie dann noch die ganze Zeit am Telefon?«

»Das tun sie gar nicht. Ich höre sie jedenfalls nur unentwegt kichern.«

Nate wandte die Augen zum Himmel. »Der Herr schenke mir Geduld.«

Jetzt kicherte Chess. »Unser kleines Mädchen wird erwachsen, Nathan. Hast du das andere Familienmitglied der Beauforts in der Kirche gesehen? Ihren Sohn, in voller Uniform? Er studiert an der Militärakademie in Wilmington.«

»Diesen Spielzeugsoldaten mit den Messingknöpfen?«

»Genau den. Er heißt ›Beau‹. Und er ist schon ein ansehnlicher junger Mann, mit seinen dreizehn Jahren.«

Nate wurde wütend; Chess konnte das nicht ernst meinen. »Nicht unsere Gussie!« behauptete er.

Chess lächelte nur.

Nach Neujahr war Nate viel unterwegs, um die Informationen zu besorgen und die Landkäufe in die Wege zu leiten, die er für sein Vorhaben mit den Engländern brauchte.

Lily war darüber nicht sehr erfreut. Zwei Wochen, nachdem er aus den Bergen zurückgekommen war, begegnete sie ihm wie zufällig im Zug nach Durham. In der Stadt trafen sie sich dann in einem Hotelzimmer beim Bahnhof. Nathan war wieder fasziniert von ihr. Aber seine Arbeit nahm ihn noch mehr gefangen als ihre Reize. Es mißfiel ihr außerordentlich.

Eines Nachmittags klopfte sie an Gideons Studierzimmer und trat ein. »Ich habe so gute Nachrichten, Lieber, daß ich nicht warten konnte, bis du deine Arbeit beendet hast. Der Arzt sagt, daß ich keine Angst mehr haben muß, wenn ich noch ein Kind will. Möchtest du wieder mein Gatte sein, Liebster?«

Gideon erhob sich und eilte auf sie zu. Sie gingen sofort ins Schlafzimmer. Seit Jahren hatte er sich nach ihrem Körper verzehrt.

Lily ließ Gideon in den Genuß keiner der Praktiken kommen, mit denen sie Nate in ihren Bann gezogen hatte. Aber sie wußte, wie sie ihn glücklicher machen konnte, als er es nach seiner eigenen Meinung verdient hatte.

Noch am selben Tag hörte sie auf, die bittere Mixtur zu nehmen, deren Zusammensetzung ihr eine Frau in New Orleans verraten hatte. Und fast jeden Nachmittag verabredete sie sich nun mit Nate im Clubhaus.

Als sie von Nates und Chess' Englandreise erfuhr, wurde sie so wütend, daß sie sich ein Büschel Haare ausriß. Der stechende Schmerz verschaffte ihr für einen Augenblick Befriedigung.

Die Buchhandlung war leer, als Chess eintrat. James Dike eilte von hinten herbei, um sie zu begrüßen. »Ich habe gerade ein ziemlich schockierendes Buch zu Ende gelesen, das ich Ihnen eigentlich gar nicht empfehlen mag. Aber es ist so gut, daß ich es nicht für mich behalten will.«

Chess freute sich, daß ihr Freund so lebhaft war. Monatelang war er trüber Stimmung gewesen und hatte sogar eine Trauerbinde am Ärmel getragen, weil Sherlock Holmes in der Dezember-Ausgabe des *Strand Magazine* ums Leben gekommen war.

Die Macht der Literatur war das Lebenselixier in James Dikes Buchhändler-Existenz. Chess war begierig, seine neue Lieblingslektüre kennenzulernen.

Der Roman hieß *Das Bildnis des Dorian Gray*. Sie las ihn, las ihn noch einmal und versteckte ihn dann auf einem hohen Regal in ihrer Garderobe. Gussie wurde zwar erwachsen, aber für diese schreckliche, faszinierende Geschichte von Oscar Wilde war sie noch nicht alt genug.

Sie gab Gussie den Baedeker-Reiseführer über London, den James für sie bestellt hatte. Ihr eigenes Exemplar hatte sie ständig bei sich. Es starrte schon vor Lesezeichen. Sie wollte sich alles ansehen.

»Chess, meine Liebe, du bist drauf und dran, die langweiligste Frau in ganz Orange County zu werden«, sagte Edith eines Tages zu ihr. »Du weißt, daß ich dich herzlich liebe und mich aufrichtig mit dir über deine Reise freue, aber wenn noch einmal das Wort London über deine Lippen kommt, stopfe ich dir deinen Baedeker in den Hals.

Zur Abwechslung erzähl mir lieber etwas Spannendes. Wieviele Toiletten mit Spülung wird es genau in dem neuen Haus geben? Ich habe die feste Absicht, jedesmal, wenn die Natur sich meldet, mit Henrys schnellstem Pferd zu euch hinüberzureiten.«

Chess zog ein Gesicht. »Vier. Und ich werde alle Türen abschließen. Du bist eine schreckliche Person.

Und ich werde dich vermissen«, fügte sie hinzu.

Damit wandten sie sich wieder hocherfreut einer neuen Serie von angeregten Spekulationen über den jüngsten Skandal zu, der die Zeitungen Tag für Tag beherrschte. Mrs. Vanderbilt hatte Mr. Vanderbilt auf Scheidung verklagt.

Das war unglaublich. So etwas hatte man noch nie gehört. Die einzige Scheidung, von der sie je gelesen hatten, war die Heinrichs VIII. gewesen, und das hatte in den Schulbüchern gestanden und war lange her. Anständige Leute taten einfach nicht solche Dinge, sie ließen sich nicht scheiden.

»Natürlich ist Buck Dukes Geliebte geschieden«, bemerkte Chess. »Das weiß jeder.«

»Aber ist sie anständig?« höhnte Edith. Wie alle »anständigen Frauen« liebten sie und Chess es, Betrachtungen über »solche Frauen« anzustellen.

Im Fall der Vanderbilt-Scheidung bereitete es ihnen besonderes Vergnügen. War Mrs. Vanderbilt nicht diejenige, die den 250000-Dollar-Ball gegeben hatte? Oder war sie diejenige, auf deren Jacht es 70 Bedienstete gab? Oder jene, die das Eßgeschirr aus massivem Gold für 200 Personen besaß und dazu auch noch den Eßsaal mit einer Tafel, die lang genug war, daß alle Platz daran fanden?

»Ein Jammer, daß Nathan ein Mann ist«, seufzte Edith. »Da hat er sich nun die ganze Zeit mit diesem Vanderbilt in Asheville getroffen, und dann kommt er ohne jeden Klatsch nach Hause.«

Lancelot O'Brien beklagte ebenfalls, daß Nate soviel Zeit mit George Vanderbilt verbracht hatte. Die Änderungswünsche für Harefields bedeuteten eine ganze Menge Mehrarbeit.

Die letzten Anproben für Chess' und Gussies Londoner Garderobe waren am 4. April. Alles andere war bereits erledigt. Die Tickets für die Suite auf dem Dampfer der Cunard-Linie lagen ebenso in einem Safe in der Bank wie die Kreditbriefe. Chess hatte die Bestätigungen erhalten, daß auf dem Schiff eine Stewardess zu ihrer persönlichen Bedienung bereitstand und für ihren achttägigen Aufenthalt im Savoy-Hotel eine besonders erfahrene Bedienstete.

»Ich habe noch nie ein Mädchen für mich allein gehabt, und ich werde bestimmt keine engagieren, um sie mit nach London zu nehmen. Sie würde mir nur die ganze Zeit zwischen den Füßen herumlaufen«, verkündete Chess bestimmt. Sie packte auch lieber selbst. Dann wußte sie, wo alles war.

»Die meisten Schiffskisten verschwinden im Boden des Dampfers«, erklärte sie Gussie zum zehnten Mal. »Also achte darauf, daß dein Lieblingsrock wirklich in dem Koffer ist, der in die Kabine kommt. Ist das nicht aufregend? Jeden Abend ziehen wir uns um, wie Aschenputtel, das zum Ball geht.«

Gussie versuchte zu lächeln, aber ihr Mund verzog sich, und sie fing hemmungslos zu schluchzen an.

Chess erschrak. »Was ist passiert, Liebling? Bist du krank?«

Gussie legte den Kopf in den Schoß ihrer Mutter. »Ich möchte nicht nach London«, jammerte sie. »Ich möchte zu Hause bleiben. Bonnie kann sich um mich kümmern.«

Chess wollte es nicht glauben. »Nicht nach London? Aber warum, Gussie?« Sie fühlte die Stirn ihrer Tochter, ob sie Fieber hatte.

Unter Strömen von Tränen schüttete Gussie ihr wundes Herz aus. Sie machte sich nichts aus Bildern und Kirchen und Parks mit Mauern drum herum. Sie wußte, daß sie sich elend fühlen würde, wenn sie all die Dinge machen mußte, die in dem Führer standen.

Und sie wollte auch nicht die Schule einen Monat früher verlassen, dadurch könnte sie nicht den Puck in der Schulaufführung von Shakespeares *Mittsommernachtstraum* spielen.

Und sie wollte zusammen mit Sally bei Susans Hochzeit im Juni zweite Brautjungfer sein.

Und sie wollte mit Barbara und deren Mutter nach Wilmington fahren. Dort wollten sie alle zusammen im Haus der Großmutter an einem richtigen Strand wohnen und jeden Tag in den Wellen des Atlantiks baden.

»Ich vermute«, sagte Chess, »daß Beau auch da sein wird.« Gussies allzu heftiger Gefühlsausbruch kam ihr verdächtig vor.

»Ich habe keine Ahnung. Da ist der Ozean, und Krebse versuchen, dich in den Zeh zu beißen, aber statt dessen fängst du sie und tust sie in kochendes Wasser.«

So erwachsen ist sie also doch noch nicht, dachte Chess zärtlich. »Ich werde mit deinem Vater sprechen und hören, was er sagt, Gussie.«

Sie wußte schon, was Nate sagen würde. Er war auch schon erschreckt zurückgewichen, als sie die Monumente und Museen von London erwähnt hatte. Aber sie wollte nicht, daß Gussie den Eindruck bekam, sie müsse nur ordentlich losweinen, um ihren Willen durchzusetzen.

Gussie umarmte ihre Mutter heftig. »Oh, danke, Mama. Vielen, vielen Dank.«

Auch sie wußte, wie ihr Vater reagieren würde, dachte Chess. Ich werde es trotzdem so machen, wie ich gesagt habe.

Sie wartete bis nach dem Abendessen, um mit Nathan zu sprechen. An den Abenden, an denen sie keine Gäste hatten oder selbst eingeladen waren, saß Gussie mit ihnen am Tisch. Chess war sicher, daß sie einen weiteren Gefühlsausbruch nicht überstehen würde, und daher ignorierte sie die bedeutungsvollen Blicke ihrer Tochter, aß betont langsam und gab sich den Anschein äußerster Gelassenheit.

»Jetzt geh hinauf in dein Zimmer, Gussie«, sagte sie schließlich nach dem Nachtisch. »Ich möchte mit deinem Vater allein reden.«

Sie ging voran in die Bibliothek. Als sie mit Nate dort angekommen war, schloß sie die Tür hinter sich.

Nathan grinste. »Was ist los? Hast du dir einen besonders guten Plan gegen Buck Duke ausgedacht?«

»Ich möchte nur vermeiden, daß Gussie hereinplatzt. Setz dich, ich muß dir erzählen, was heute nachmittag passiert ist.«

Wie Chess erwartet hatte, waren Nates Sympathien ganz auf Seiten seiner Tochter. »Ich wäre selbst immer gern an den Ozean gefahren«, sagte er. »Vielleicht sollten wir das im nächsten Jahr machen.«

»Das ist noch nicht alles, Nathan. Lily hat heute nachmittag angerufen und mir geraten, mich von dir scheiden zu lassen. Sie behauptet, du seist schrecklich in sie verliebt. Ist das nicht albern?«

Chess hatte sich genau überlegt, wie sie ihre letzten Worte vorbringen würde, sogar die leicht amüsierte Art, in der sie sprechen wollte. Dann würde Nathan in Lachen ausbrechen. Albern sei genau der richtige Ausdruck, würde er sagen.

»Ich dreh ihr den Hals um!« erklärte er statt dessen. Sein Gesicht war aschgrau.

Chess erforschte im stillen ihr Inneres. Komisch, da war kein gebrochenes Herz. Da war überhaupt nichts. Nur eine schwarze Leere.

»Möchtest du dich scheiden lassen?« Das war ihre Stimme. Aber merkwürdigerweise hatte sie keine Verbindung zu ihr.

»Allmächtiger, nein, Chess! Tausendmal nein. Ich verdiene es, daß du dich von mir scheiden läßt, ich verdiene, daß mir das Schlimmste angetan wird, das man einem Mann antun kann. Aber ich möchte dich und Gussie nicht verlieren. Ihr beide seid mein Leben.«

Er starrte vor sich hin, als sähe er eine Erscheinung, ein Ungeheuer.

»Ich kann es nicht erklären. Ich verstehe es selbst nicht.« Er stolperte hoch, fiel vor Chess auf die Knie. Er suchte in ihrem Gesicht nach Vergebung, doch er fand nichts.

»Sie hält mich gefangen, und ich kann mich nicht befreien. Ich komme nicht los von ihr. Ich habe es versucht, Gott weiß, daß ich es versucht habe. Aber sie flüstert mir ins Ohr – Gott vergebe mir, Chess, für die Dinge, die sie sagt –, und ich bin verloren. Es ist die Hölle. Ich schmore im Fegefeuer, aber ich kann nicht aufhören.«

Seine Hände umklammerten ihre Knie, er barg den Kopf in ihrem Schoß. Sein Griff war schmerzhaft, und sein Zittern ließ Chess' ganzen Körper erbeben.

Wie die Tochter, so der Vater, dachte sie, beide heulen sich in meinem Schoß aus. Aber dieses Mal gebe ich nicht nach.

Sie sah Lilys spöttisches Gesicht vor sich, hörte ihr Lachen. Und die Worte: »Ich dachte, eine feine Lady wie du hätte zuviel Stolz, um an einem Mann zu hängen, der sie nicht will.«

Drei Wochen später brachte ihr Sonderwagen Mr. und Mrs. Richardson und 23 Gepäckstücke an das Cunard-Pier am Hudson River in New York.

»Wenn ich nur von ihr loskäme«, hatte Nathan gesagt, »würde ich wieder vernünftig werden. Ich weiß es. Als ich in den Bergen war, ging es mir gut. Hilf mir, Chess. Ich brauche deine Hilfe.«

»Ich werde es versuchen«, hatte Chess erwidert.

Aber jetzt kam erstmal London, und dann würde sie weitersehen. Die anderen Male – bei Alva und Julie – war sie so eifersüchtig gewesen, daß sie die Frauen gehaßt hatte. Aber diesmal hatte sie den Verdacht, daß es Nathan war, den sie haßte.

33. Kapitel

Die »Campania« bot das Neueste an Luxus: Mahagoni-Täfelung, Damastgardinen und Seidenpolster, Marmorsäulen, Kristallüster, Aubusson-Teppiche und goldgerahmte Spiegel von gewaltigen Ausmaßen, um die Großartigkeit ihrer Passagiere angemessen zu reflektieren.

Nate und Chess hatten eine Suite, zu der ein Wohnzimmer, ein kleineres Eßzimmer mit Seidentapeten, zwei Schlafzimmer und drei Kammern für Personal gehörten. Nate nahm das zweite Schlafzimmer, das eigentlich Gussies hätte sein sollen, und deponierte dort seine Kiste mit den Geschäftspapieren. Die Tür zu dem Raum war ständig abgeschlossen.

Chess war von der salzigen Luft ganz schwindlig; sie roch viel stärker als jene, die einst bei Hochwasser vom James River herübergedrungen war. Auch die opulente Einrichtung des Schiffs beeindruckte sie, aber am meisten verblüfften sie die Leute. Schon am ersten Abend kam sie im großen Speisesaal kaum zum Essen, so sehr war sie damit beschäftigt, rechts und links die elegant gekleideten und schmuckbehängten Damen mitsamt ihren jeweiligen Begleitern in den Abendanzügen zu beobachten. Ihre Mutter hatte ihr davon vor vielen, vielen Jahren erzählt. Alle sahen schön, attraktiv, glücklich und selbstsicher aus.

Sie befürchtete, daß sie dagegen unkultiviert und bieder aussah, obwohl ihr eisblaues Kleid ein Worth-Modell war, das sie in New York bei Lord and Taylor bestellt hatte. Es besaß diese famosen Ballonärmel, die gerade die allerneueste Mode waren, und der Spitzenkragen war reich mit Perlen und Straß bestickt. Dazu trug sie ein Diamant- und Saphirhalsband, ein Überraschungsgeschenk von Nathan. Ein Herr im Überrock von Tiffany & Co. hatte es am Tag vor der Abreise aufs Schiff gebracht. Dennoch wußte sie, daß ihr der Schick all dieser Frauen um sie herum fehlte. Ihre Kleider saßen irgendwie besser. Aber es spielte keine Rolle. Sie hatte ihr Vergnügen daran, sie zu betrachten.

Nathan war Nathan. Es fiel ihm gar nicht erst auf, daß die

übrigen Männer anders waren, daß die Fräcke an ihren Schultern besser saßen und daß sie jenes unbeschreibbare Etwas hatten, das selbst ihre Haare besser sitzen ließ. Er war wie immer nur er selbst, und damit war er völlig zufrieden. Das einzige, was ihn bekümmerte, war die Entfremdung zwischen ihm und Chess und sein Schuldgefühl.

»Von jetzt an wird alles anders«, versprach er ihr ernsthaft. »Ich bin ihr entflohen, und ich werde meinen Fehler wieder gutmachen. Ich möchte mich mit dir versöhnen.«

Chess wollte nicht an Lily oder Standish oder sonst irgend etwas denken, das hinter dem Kielwasser des Schiffes lag. Sie wollte nur den Zauber des Augenblicks genießen. »Wir haben das alles hinter uns gelassen, Nathan«, sagte sie. »Wir wollen es vergessen, so tun, als sei es nie geschehen. Ich möchte nicht, daß uns irgend etwas diese Reise verdirbt.«

Nate seufzte vor Erleichterung. Das war mehr, als er erwartet und, Gott weiß, verdient hatte, dachte er. Aber ihre Haltung überraschte ihn auch nicht besonders. Er war sicher, daß Chess Sex nicht viel bedeutete. Und deshalb, so folgerte er, war seine Leidenschaft für Lily gar nicht so wichtig. Vielleicht hätte er lieber den Mund halten und Chess überhaupt nicht davon erzählen sollen. Dann wäre jetzt alles in bester Ordnung. Aber wie die Dinge nun lagen, war er froh, Chess' Beispiel zu folgen und so zu tun, als sei nichts geschehen. Er gab sich ganz der Faszination des Neuen hin, das diese Seereise mit sich brachte. Für einen Moment konzentrierte er sich auf die kaum wahrnehmbare Bewegung des Schiffes und das Vibrieren der riesigen Maschinen tief in seinem Innern. Morgen wolle er den Technischen Offizier aufsuchen und sich alles von ihm zeigen lassen, verkündete er.

Der Wein schmeckte gut, befand er. Wenn sie zu Hause auch wie hier an Bord erst abends essen würden statt wie bisher mittags, konnten sie daheim ebenfalls Wein trinken.

»Ich frage mich, welche Trauben wir dafür brauchen.«

»Wir brauchen keine Reben. Wir können ihn in Flaschen bei dem Weinhändler in Richmond kaufen.« Chess dachte an die kühlen, feuchten Keller im alten Harefields. Als Kind war sie im Sommer immer dort hinuntergegangen, wenn es draußen zu heiß war. Wie hatte sie das vergessen können? Morgen mußte sie Lancelot O'Brien schreiben, er solle auch in dem neuen Harefields einen Weinkeller einbauen. Sie konnte den Brief zur Post geben, wenn sie in Liverpool an Land gingen.

Doch vorher geriet die »Campania« unglücklicherweise in schlechtes Wetter, und der Brief wurde nicht geschrieben. Chess wachte vor dem Morgengrauen auf und hatte das Gefühl, irgendwie vergiftet zu sein.

Für den Rest der Überfahrt war sie seekrank. Die Stewardess, die ihr zur Verfügung stand, versicherte Nate, daß seine Frau nicht sterben mußte und daß sie alles tun werde, um die Übelkeit so weit wie möglich zu lindern.

Er erforschte indessen alle technischen Wunder, die es auf dem Schiff zu entdecken gab, freundeté sich mit den Heizern, den Ingenieuren und dem Kapitän und allen männlichen Passagieren an, die nicht von Seekrankheit gequält wurden.

Chess war sehr blaß und unsicher auf den Beinen, als sie die »Campania« verließ. Sie hatte das Gefühl, daß selbst der langersehnte Erdboden unter ihren Schuhen noch schwankte und schlingerte. Erst im Zug nach London erholte sie sich einigermaßen. Das schaukelnde Abteil erinnerte sie allerdings immer wieder an die Kabine auf dem Schiff.

Genau wie das Kabriolett, das sie vom Bahnhof ins Hotel brachte. Als sie dann aber früh am nächsten Morgen aufwachte, waren ihr Appetit und ihre Reiselust zurückgekehrt. London! Endlich war sie da.

Das Savoy lag am Ufer der Themse. Als Chess die Vorhänge aufzog und das Fenster öffnete, sah sie, wie sich der rosa und goldene Morgenhimmel im Wasser spiegelte, vom Hafen wehte der Geruch von Öl und Kohlen und Fisch und Rauch und Gewürzen herüber, sie hörte, wie von Dutzenden großer und kleiner Schiffe Rufe hin und her schallten und sich dann von nah und fern das Geläut der Kirchenglocken in den Lärm mischte.

Begeistert breitete sie weit die Arme aus, dann riß sie sich schnell von dem überwältigenden Anblick los, um Toilette zu machen.

Der Ruf des einzigartigen Service des Savoy erwies sich als gerechtfertigt. Als Chess aus dem Badezimmer kam, stand das Mädchen bereits mit ihrem Morgenrock in den Händen da.

»Mein Name ist Ellis«, sagte sie mit einem kleinen Knicks. »Möchte Madam das Frühstück aufs Zimmer gebracht haben? Der Speiseraum ist ab sieben geöffnet.«

Die Bronzeuhr auf dem Kamin zeigte an, daß es zehn vor sechs war.

»Ja, bitte. Danke, Ellis.«

»Wenn Madam so freundlich wäre, hierher zu sehen ...« Ellis ging zu einer Art Trompete, die aus der Wand ragte. »Das hier ist ein Sprechrohr. Wann immer Madam etwas wünscht, muß sie nur in dieses Mundstück sprechen.«

»Bisher habe ich keine Wünsche, Ellis. Aber mein Mann wird sich dafür interessieren. Er ist im Wohnzimmer. Zeigen Sie ihm das Rohr dort.«

Das Frühstück war ungewohnt und wohlschmeckend. Es gab drei verschiedene Arten Fisch, alle in einer aromatischen, cremigen Soße. Und Fleisch, das wie Schinken aussah, aber Speck war, wie der Ober erläuterte. Die Rühreier waren mit etwas Undefinierbarem gewürzt und wurden in einer Butterteigtasche serviert, die einer geöffneten Blume ähnelte; daneben gab es weichgekochte Eier in schimmerndem Aspik, dekoriert mit echten Blütenblättern. Eine Art Beefsteak-Haschee war in einem Ring von püriertem Gemüse, so wundersam gewürzt, daß es nur durch seine grüne Farbe als Gemüse zu erkennen war. Und winzige geröstete Vögel saßen auf Toastbrot, das mit etwas bedeckt war, was wie in Schlagsahne verwandelte Pilze aussah. Chess hatte zwar großen Hunger, aber dennoch konnte sie nicht viel essen. Sie war zu aufgeregt. Jenseits der Hotelwände lag London, und sie wollte es endlich entdecken.

Alles war vorbereitet. Eine erfahrene Führerin war per Post von den International Lady Couriers engagiert worden, wie es der Baedeker empfohlen hatte. Aber sie sollte erst um neun eintreffen, und jetzt war es noch nicht einmal acht. Ungeduldig wanderte Chess zwischen den Fenstern des Wohnzimmers und des Schlafzimmers hin und her. Die Sonne schien, die Themse blinkte.

»Laß uns einen Spaziergang am Fluß machen, Nathan. Ich sehe dort drüben einen schönen, gepflasterten Weg.«

»Geh nur, wenn du möchtest. Ich muß mich hier um meine Geschäftspapiere kümmern.«

Chess schluckte eine ärgerliche Bemerkung hinunter. Nathan wußte sehr gut, daß eine Lady in einer Stadt nicht ohne Begleitung spazierenging. Sie waren hier nicht in Standish, North Carolina.

Aber die Versuchung war zu groß. Und wer sollte sie schließlich schon sehen? Sie kannte niemanden in London, und es war noch so früh, daß kaum jemand unterwegs sein würde. Sie versprach sich, den Rest der Zeit anständig zu sein. Aber dieses eine Mal ... Sie konnte es nicht erwarten.

Sie nahm ihren teuren, eleganten Hut aus der ledernen Reiseschachtel und setzte ihn auf. Der breite Rand war besetzt mit Reiherfedern und Seidenrosen; sie brauchte eine sehr lange Hutnadel, um das Arrangement festzustecken. Unsanft rückte Chess den Hut zurecht. Wie konnte Nathan nur gleich mit seinen Geschäftsdingen loslegen, wenn London darauf wartete, erobert zu werden?

Ihre Laune besserte sich, als sie die elfenbeinfarbenen Glacéhandschuhe glattstrich, die auf die Farbe ihres Ausgehkostüms abgestimmt waren. Selbst nach so vielen Jahren bereitete es ihr noch Freude, alle Handschuhe zu besitzen, die sie haben wollte. Obwohl ihre Hände trotz ihres Alters immer noch sehr schön waren. Man wäre nie auf den Gedanken gekommen, daß sie damit Raupen von Tabakblättern gezogen oder den Boden einer Mühle geschrubbt hatte. Ihre Mutter wäre sehr zufrieden mit ihr gewesen. Sie hatte immer viel Aufhebens davon gemacht, daß man eine Lady an ihren Händen erkennen könne.

Ihr Vater war auf seine Weise ähnlich gewesen. Er wollte sie immer erst in den Damensattel heben, wenn sie ihre Reithandschuhe übergestreift hatte.

Chess schüttelte den Kopf und ließ die Reiherfedern erzittern. Sie konnte sich später an ihre Eltern erinnern, wenn sie an den Plätzen war, von denen sie erzählt hatten. Jetzt war sie in London.

Sie sah auf ihre Uhr. Fast acht, sie beeilte sich besser. Der Fahrstuhl war ihr zu langsam, sie nahm die Treppe.

Die Gerüche und Geräusche des Flusses umfingen sie in dem Augenblick, als sie durch die Hoteltür ins Freie trat. Chess wandte sich rasch dem Wasser zu, mit jedem Schritt wurde sie schneller. Dafür hatte sie schließlich diese lange Reise gemacht. Für London. Für die Themse. Shakespeare, Dick Whittington, Richard Löwenherz – jeder von ihnen war vielleicht denselben Weg gegangen, den sie jetzt ging. Jeder von ihnen war bestimmt auf dem Fluß gefahren, hatte die gleiche frische, fischige Brise gespürt, die sie jetzt spürte und die ihre Hutfedern flattern ließ. Lächelnd reckte Chess ihr Gesicht dem Wind entgegen.

Ihre Augen folgten den eleganten Bögen der Waterloo-Brükke, bewunderten den dichten Verkehr auf ihren breiten Fahrbahnen. Aber auch direkt vor ihr drängten sich die Wagen. Sie beobachtete die Kutschen und Karren, die am Ufer entlangrollten. Als sie eine Lücke entdeckte, raffte sie ihre Röcke und lief hinüber zu dem Gehweg auf der anderen Seite.

Zu ihrer Rechten sah sie jetzt Cleopatra's Needle. Sie wußte alles über das Monument, hatte Stiche gesehen, Beschreibungen gelesen. Aber auf den Anblick war sie nicht vorbereitet. Es war so hoch, so elegant, so erstaunlich rosa. Sie legte den Kopf in den Nacken, und ihr Blick folgte der schlanken, sich langsam verjüngenden Kontur des Obelisken bis zu seiner Spitze. »Herrje«, sagte sie laut. Wie aufregend, daß man einfach hinübergehen und seine Hand an ein Denkmal legen konnte, dessen Alter keiner kannte, an einen Stein, der die Pharaonen, die Pyramiden und die Sphinx gesehen hatte. Und nun war er hier. Direkt vor ihr.

Wieder hob Chess ihren Rock und lief. Der Granit fühlte sich warm unter ihren Handfächen an. Sie zog die Handschuhe aus, tastete mit den Fingerspitzen über die eingemeißelten geheimnisvollen Symbole und konnte nicht glauben, daß sie – Francesca Standish Richardson – wirklich hier war, wirklich eine Botschaft aus längst versunkenen Jahrhunderten berührte. Sie war gewiß die glücklichste Frau auf der Welt.

Plötzlich verlor der warme Granit unter ihren Fingern seine Farbe. Sie blickte auf und sah, daß Wolken die Sonne verdunkelt hatten. Die frische Brise wurde kühl. All die Geschichten, die sie über das englische Wetter gehört hatte, mußten stimmen. Hoffentlich kam sie noch ins Hotel, bevor es zu regnen anfing. Ihre Handschuhe waren auf die Erde gefallen. Egal, sie ließ sie liegen, sie hatte noch genug andere.

Mit raschen Schritten ging sie zurück zum Savoy.

Als sie zum Eingang kam, wurde sie langsamer. Wahrscheinlich sah sie ganz zerzaust aus. Was würde der Chefportier in seiner Uniform von ihr denken? Die Engländer blickten ohnehin auf die Amerikaner herab; das war allgemein bekannt. Doch sie wollte die Geringschätzung des Hotelpersonals nicht noch herausfordern.

Aber – was ging ihr da bloß durch den Kopf? Sollten sie doch denken, was sie wollten. Sie war keine gewöhnliche Amerikanerin. Sie war Miss Standish aus Harefields. Mit hocherhobenem Haupt schritt sie wie eine Königin in die marmorne Empfangshalle.

»Standish!« sagte eine Männerstimme.

Chess wandte den Kopf. Wer kannte sie hier? Und warum redete er sie mit ihrem Mädchennamen an? Und auf so merkwürdige Weise. Sie betrachtete die Gesichter um sich herum. Es mußte jemand sein, den sie kannte, aber wer?

Plötzlich atmete sie heftig ein. Sie hatte einen Geist gesehen, den Geist ihres Vaters.

Dann gewann die Vernunft wieder die Oberhand. Sie glaubte nicht an Geister. Und niemand redete eine Lady nur mit dem Nachnamen an, ohne »Miss« oder »Mrs.« davor. Der Mann, den sie gesehen hatte, mußte ein ferner Verwandter, einer von den englischen Standishes sein. Sie wußte, daß es welche gab; ihre Eltern hatten auf ihrer Europareise das Stammhaus Harefields besucht.

Sie mußte ihn kennenlernen. Einen Cousin. Familie. Was für ein unglaubliches Glück. Chess rempelte den Mann vor ihr an, und ohne sich zu entschuldigen, drängelte sie sich an ihm vorbei, um dem Fremden zu folgen.

Sie war atemlos vor Aufregung, als sie ihn schließlich eingeholt hatte. Der Backenbart war ein wenig kürzer geschnitten, der Schnurrbart ein wenig voller, aber das Gesicht war das ihres Vaters. Er unterhielt sich lachend mit einem anderen Mann und neigte den Kopf, um zu verstehen, was der andere, kleinere zu ihm sagte. Dann ging er zu einer Tür, entfernte sich von Chess. Sie ergriff seinen Arm. Er wandte sich um.

Mit behandschuhten Fingern berührte er höflich seine Hutkrempe. »Sie wünschen mich zu sprechen, Madam?«

Erschrocken bemerkte Chess ihre bloße Hand auf seinem Ärmel. Sie zog sie hastig weg. Was machte sie hier eigentlich? Näherte sich einem Fremden auf diese Weise! Aber dennoch ... der Name ... und dann die gleiche schmale Nase ... sie mußte es wissen. Sie hatte schon Aufsehen genug erregt, nun konnte sie es auch zu Ende bringen.

»Sind Sie Mr. Standish?«

Er hob die dichten dunklen Augenbrauen, »Allerdings«, antwortete er und erwartete offensichtlich eine Erklärung für ihre Aufdringlichkeit.

»Standish von Harefields?« fuhr Chess verzweifelt fort. Sie hatte das Gefühl, daß alle sie anstarrten.

Der Mann schüttelte den Kopf. »Die Ehre habe ich nicht.«

Eine Welle der Scham überlief sie vom Kopf bis zu den Füßen. »Es tut mir leid«, stammelte sie. »Bitte entschuldigen Sie.« Dann lief sie davon und hastete die nächstbeste Treppe hoch.

»Was, in Gottes Namen, hatte das zu bedeuten?« fragte der Freund des Mannes.

»Ich habe nicht die geringste Ahnung«, erwiderte Standish.

»Mein lieber Freund, mit dieser Geschichte werde ich wochenlang zum Essen eingeladen. Standish hat endgültig seine Anziehungskraft verloren, werde ich erzählen. Statt ansehnlicher junger Schauspielerinnen belästigen ihn jetzt ältliche Amerikanerinnen. Das war doch wohl eine Amerikanerin, mit diesem beklagenswerten Akzent?«

Standish schmunzelte. »In der Tat. Aber das ist ja gar nicht das Komischste daran. Ist es dir nicht aufgefallen, Wembly? Die Frau wurde rot wie ein Schulmädchen. So etwas habe ich seit Jahrzehnten nicht mehr gesehen.«

»Du meinst, Schönheiten erröten nicht?«

»Sie lassen mich rot werden, Wembly. Gerade weil sie so schön sind.«

»Ich schäme mich so«, stöhnte Chess. »Wie konnte ich nur so etwas tun, Nathan? Ich muß von Sinnen gewesen sein. Ich habe mich noch nie in meinem Leben so gedemütigt gefühlt.«

Er tätschelte ihre Schulter und war froh, daß sie den Kopf gesenkt hielt und sein Gesicht nicht sehen konnte. Ein kleines Lächeln konnte er einfach nicht unterdrücken. Chess – vor all den Leuten. Die hochherrschaftliche Chess. Wie gerne hätte er das mitangesehen!

»Vergiß es, Chess. London ist eine riesige Stadt. Die größte der Welt, hast du mir das nicht erzählt? Du siehst diesen Burschen nie wieder. Und wenn du glaubst, daß jemand anders dich gesehen hat, brauchst du dich nur von diesem gräßlichen Hut zu trennen, und niemand wird dich mit der Lady von vorhin in Verbindung bringen. Sie können dein Gesicht durch all die Federn gar nicht gesehen haben.«

Chess blickte zu ihm auf und zwang sich zu einem Lächeln. »Ich wußte nicht, daß dir mein Hut nicht gefällt.«

»Er sieht aus wie ein Fuchs, der in einen Hühnerstall eingebrochen ist.«

Trotz ihrer Verlegenheit mußte sie lachen. »Oh, Nathan, jetzt fühle ich mich schon besser. Danke.«

»Ach geh, du tust dasselbe für mich ... Wann kommt eigentlich deine Ausgehdame?«

»Oh, mein Gott! Wie spät ist es? Ich muß mir das Gesicht waschen und mich fertig machen.« Sie sprang auf und hastete ins Badezimmer. Auf dem Weg dorthin warf sie ihren Pariser Hut in den Papierkorb.

Nate lächelte. Gott sei Dank. Chess lachte wieder! Es war viel zu viel Zeit vergangen, seit er das letzte Mal ihr geheimnisvolles, schnurrendes Katzenlachen gehört hatte. Aber jetzt wurde langsam alles wieder gut. Besser als gut. Er hatte das Gefühl, als sei ihm gerade ein riesiger Stein von den Schultern geglitten.

34. Kapitel

Alles an Miss Louisa Ferncliff war rund. Ihr Gesicht war ein Kreis mit runden rosa Wangen und makelloser Sahnehaut.

Sie hatte runde porzellanblaue Augen und darüber einen Pony aus kleinen, runden grauen Locken. Ihre Kappe in Form eines Topfes war schon seit einiger Zeit aus der Mode, ebenso wie das Hüftpolster, das in ihrem Rücken eine runde Beule bildete und von einer Schleife gekrönt wurde. Sie war stramm geschnürt, wirkte aber dennoch rundlich. Und sie war klein, reichte Chess nicht einmal bis zur Schulter.

Ein liebes, kleines, wonniges Geschöpf, dachte Chess, als Miss Ferncliff sich ihr vorstellte. Hoffentlich ist sie keine Plaudertasche. Wenn doch, muß ich sie daran erinnern, daß sie engagiert wurde, um zu tun, was ich möchte – ohne ständiges Geschnatter.

»Ich habe in meinen Führer gesehen«, sagte Chess, »und ich denke, wir sollten bei den Ursprüngen beginnen, mit St. Paul's Cathedral. Sie liegt nur einen hübschen Spaziergang entfernt.«

»Allerdings, Mrs. Richardson, und genau deswegen werden wir sie uns für einen späteren Zeitpunkt aufheben.« Miss Ferncliffs nette blaue Augen sahen zu Chess auf, und es waren die Augen eines Menschen, der es gewohnt war, daß man ihm gehorchte.

Chess atmete tief ein. Sie mußte gleich zu Beginn klarstellen, wer hier das Sagen hatte.

»Die Londoner Droschkenkutscher«, sagte Miss Ferncliff heiter, »drohen mit einem Streik. Die ganze Stadt spricht davon. Wenn sie ihre Ankündigung wahrmachen, wird es ausgesprochen schwierig werden, größere Entfernungen zurückzulegen. Wir werden uns daher unsere eigenen Routen zusammenstellen. Ich empfehle, mit dem Tower anzufangen. Es ist auch durchaus folgerichtig, dort zu beginnen: Er ist die weitaus älteste und geschichtsträchtigste Sehenswürdigkeit der Stadt. Die junge Königin Elisabeth wurde dort, wie Sie sich erinnern, gefangengehalten, ehe sie den Thron bestieg. Und die Enthauptungen sind natürlich auch interessant. Außerdem wird Ihnen sicher die Ausstellung der königlichen Juwelen gefallen.«

Nun ja! dachte Chess, sie plaudert zwar, aber ich würde es nicht Schnattern nennen. »Sie haben völlig recht, Miss Ferncliff«, sagte sie. »Fangen wir mit dem Tower an. Ich kann es gar nicht erwarten, ihn endlich zu sehen. In Amerika gibt es nicht viel, das sehr alt ist.«

Miss Ferncliff hatte ein hübsches Lächeln. Ihre Wangen sahen dann wie Äpfel aus.

Als sie sich gemütlich in einer zweirädrigen Droschke niedergelassen hatten, saß Miss Ferncliff ganz ruhig da. Chess dagegen blickte aufgeregt von einem Fenster zum anderen und war begeistert von allem, was sie sah. Die Straßen waren überfüllt von Fuhrwerken aller Art, auf den Bürgersteigen drängten sich Menschen aller Rassen, in den Schaufenstern der Geschäfte lockten Waren in allen Farben. Als die Kutsche anhielt, schwirrte ihr bereits der Kopf von den ganzen neuen Eindrücken.

Miss Ferncliff reichte dem Fahrer durchs offene Fenster ein paar Münzen. »Neben dem Eingang ist eine Teestube«, sagte sie. »Vielleicht sollten wir uns dort ein wenig erfrischen und ein bißchen miteinander bekannt machen, bevor wir in den Tower gehen.«

Chess nickte. »Sie sind sehr umsichtig, Miss Ferncliff. Und Sie haben offensichtlich viel Erfahrung. Das ist eine sehr gute Idee.«

Erstaunt stellte sie fest, daß sie hungrig war. Seit dem Frühstück war schon eine Weile vergangen. Während sie ein Stück Butterkuchen verzehrte, nippte Miss Ferncliff an ihrem Tee und erzählte ihre Geschichte.

Sie wisse, begann sie, daß es bei den Amerikanern nicht diese Förmlichkeit gab, mit der sich die Engländer auf Distanz hielten. Ihre amerikanische Kundschaft fühlte sich immer wohler, wenn sie alles über die Person wußte, mit der sie ihre Tage verbrachte.

Ihr Leben war immer interessant gewesen, sagte sie mit einem Lächeln. Sie war die Tochter eines Offiziers, eines Obersten bei den 4. Dragoon Guards. Er fiel während des Krimkriegs bei Balaclava.

»Lord Tennysons Gedicht machte die Leichte Brigade berühmt«, sagte Miss Ferncliff mit einem kleinen geringschätzigen Räuspern. »Mein Vater war einer der Offiziere in der Schweren Brigade. Keiner erinnert sich an sie. Aber sie haben die Russen zurückgeschlagen. Die Leichte Brigade dagegen ließ sich törichterweise hinmetzeln.«

Einer der jungen Leutnants unter dem Kommando ihres Vaters sollte Miss Ferncliffs Ehemann werden. Das Hochzeitsdatum war bereits festgesetzt, die Aussteuer beisammen. Aber auch er fiel auf der Krim. Niemand, so fuhr Miss Ferncliff in nüchternem Ton fort, konnte die Erinnerung an ihren Leutnant je ersetzen, und deshalb hatte sie nie geheiratet. Von dem Regiment ihres Vaters erhielt sie eine kleine Pension, so daß sie nie Not zu leiden brauchte.

Sie besuchte die Schule von Miss Florence Nightingale im St. Thomas Hospital und arbeitete dort viele Jahre als Krankenschwester. Eines Tages jedoch beschloß sie, daß sie zu alt war, um das Tempo mithalten zu können. Gelegentlich kümmerte sie sich immer noch um einzelne Damen oder Herren, die sich von einer Krankheit erholten, aber mehr Spaß machte es ihr, als Fremdenführerin zu arbeiten. Krankenzimmer waren immer gleich, aber die Besuche der Londoner Sehenswürdigkeiten waren immer anders.

Miss Ferncliff zählte ein paar Münzen ab, um ihre Rechnung zu bezahlen. Chess war froh, daß sie sich nicht mit dieser verwirrenden Währung der Engländer auseinandersetzen mußte. Das Honorar für Miss Ferncliffs Begleitung und ihre Auslagen wurden von der Coutts Bank aus Nathans Guthaben beglichen. Demütig folgte sie der bemerkenswerten Frau, die wieder die Führung übernahm. Unvorstellbar – Florence Nightingale!

»Also dann haben wir in einer sehr plüschigen Teestube zu Mittag gegessen, und dann bin ich ungefähr 300 Meilen durchs Britische Museum gewandert und hatte dabei Mühe, mit dieser netten, grauhaarigen, kleinen alten Dame Schritt zu halten. So müde wie jetzt bin ich zuletzt in dem Sommer gewesen, als ich beim Tabakanbau geholfen habe.«

Nate lachte. »Glaubst du, du kannst dich noch bis zur Konzerthalle schleppen?«

»Ich krieche, wenn es sein muß. Ich liebe London, und ich möchte nicht die geringste Kleinigkeit versäumen.«

Nate grinste hinter seiner Serviette. Chess war wie ein gieriges Kind. Zum ersten Mal in all ihren gemeinsamen Jahren kam er sich älter vor als sie.

Er konnte ihre Begeisterung verstehen, allerdings nicht die für die Museen und die Geschichten von einem Haufen toter Könige und Königinnen. Aber London selbst war natürlich einzigartig. Soviel ständigen Trubel hatte er vorher nie gesehen und auch nicht so viele technische Wunderwerke. Eine Eisenbahn nur für die Stadt, vollgestopft mit Leuten, die schneller von einem Ort zum anderen kamen, als ein Pferd laufen konnte. Und zum großen Teil fuhr sie unterirdisch, in Tunneln, die so hoch wie ein Gebäude waren. Die Zukunft hatte hier eindeutig schon begonnen.

Die Ingenieure im Hotel waren die klügsten Burschen, die er je getroffen hatte. Sie hatten ihm erzählt, was der Fortschritt noch alles Großartiges bringen würde, und ihm nebenher die erstaunlichen Erfindungen gezeigt, die sich bereits unter dem Erdgeschoß befanden. Wenn man sie so reden hörte, war offensichtlich gar nichts Besonderes an einem Generator, der die Ausmaße einer Scheune hatte, an der gewaltigen Maschine, die sämtliche Fahrstühle in Gang hielt, oder der Anlage, die jeden Tag ein paar hundert Pfund Eis herstellte – herstellte, wohlgemerkt, nicht nur aufbewahrte. Nathan kam das alles wie Zauberei vor, aber die Männer zuckten nur mit den Schultern. Für sie war das Schnee von gestern. Sie sprachen von dem schon bald bevorstehenden Tag, an dem man über den Ozean telefonieren konnte, und auch mit dem Fliegen würde es nicht mehr lange dauern.

Allmächtiger, es war schon herrlich, in solchen Zeiten zu leben.

Eine seiner Schiffsbekanntschaften hatte Nate erzählt, daß es bei Verhandlungen mit englischen Firmenchefs weniger auf Geschäftssinn denn auf eine perfekte Garderobe ankam. Also machte er sich am Mittwoch, den 2. Mai, auf den Weg zu einem Herrenschneider, den man ihm empfohlen hatte.

Auch Chess ging einkaufen, aber mit einer ganz anderen Einstellung. Sie konnte es kaum erwarten, sich den Verlockungen einer wirklichen Weltstadt hinzugeben. Diesmal schloß sich Miss Ferncliff ihr an. »Regent Street, am Piccadilly Place«, sagte sie zu dem Droschkenkutscher.

Chess war überwältigt. Für jeden daheim kaufte sie Geschenke, was nicht schwer war, aber als sie das Aufgebot von Stoffen und Einrichtungsgegenständen für Harefields sah, war sie erschüttert von der Überfülle. »Ich kann mich nicht entscheiden«, seufzte sie. »Ich habe überhaupt nichts Altes gesehen. Damit wollte ich eigentlich beginnen, mit Möbeln. Aber alles hier ist neu.«

»Meine liebe Mrs. Richardson, wir leben in einem Zeitalter des Fortschritts. Bald erreichen wir das 20. Jahrhundert. Niemand möchte zu Hause unpassende, altmodische Gegenstände haben.«

»Ich möchte Hepplewhite«, beharrte Chess störrisch, »und Chippendale. Sie haben ihre Möbel in London hergestellt. Dann muß es sie doch auch irgendwo hier geben.«

Miss Ferncliff versuchte, zustimmend dreinzublicken, aber ihre geschürzten Lippen verrieten sie. Sie war eine moderne Frau mit modernen Ansichten.

Chess hatte ein Einsehen mit ihr. »Morgen würde ich gern in die National Gallery gehen.«

Das erwies sich als glückliche Entscheidung. Der Donnerstag war regnerisch, und ein niedriger Himmel drückte den Rauch von Tausenden von Schornsteinen nieder, der auch im Sommer aus ihnen aufstieg. Die feuchte Luft war ätzend und dick; es war ideal, den Tag drinnen zu verbringen.

Am Eingang des massiven Gebäudes kaufte Chess einen Führer. Das Britische Museum kam ihr im Vergleich klein vor.

Sie ging hinein und verharrte auf der Stelle. Sie hätte es sich nie träumen lassen, daß es so etwas Riesiges, reich Geschmücktes, Schönes geben konnte. Marmorwände und Marmorsäulen in Grün, Rosa und Gelb. Treppen, so breit wie ein Haus und höher als der höchste Baum. Sie war völlig ergriffen. »Das da ist ein Gainsborough«, flötete Miss Ferncliff professionell, »und das da drüben ein Reaburn ... ein Lawrence ... ein Reynolds ...«

Chess hatte noch nie ein bedeutendes Bild gesehen. In Harefields hatten zwar alle möglichen ansehnlichen Familienporträts, Landschaften, Stiche von antiken Ruinen und mythologischen Szenen gehangen, aber nichts davon besaß irgendwelchen Rang. Jetzt sank ihr der Führer herab und blieb vergessen in ihrer Hand, während sie Miss Ferncliff von Saal zu Saal folgte und sich, ohne auf die Kommentare ihrer Führerin zu achten, einfach nur nach Herzenslust sattsah.

Italienische Meisterwerke rührten ihren Sinn mit zarten Madonnen, erregten ihre Neugier mit faszinierenden Gesichtern und brachten sie vor bauchigen Pferden in Rosa und Blau zum Lächeln.

»Das hier ist die flämische Sammlung«, sagte Miss Ferncliff, »die bei Fachleuten als der größte Schatz der ganzen Galerie gilt.«

Chess starrte auf die Wand vor ihr. Dann trat sie, wie von Zauberhand gezogen, immer näher an ein Bild mit einem Mann und einer Frau in einem Zimmer heran, das so voller Licht war, daß sie nach oben schaute, um zu sehen, wo es herkam – aber es war nur auf dem Gemälde. Das Licht in dem Museum war grau, Regen lief an den Fenstern herunter.

Miss Ferncliff ließ sich vernehmen. Chess wandte sich ihr zu, um zu sehen, was sie wollte. Aber die kleine, rosawangige Frau meinte nicht sie. »Lord Randall«, sagte sie noch einmal. »Guten Morgen.«

Nicht weit von Chess entfernt stand ein Mann und studierte ein Bild. Jetzt nahm er den Hut ab und drehte sich Miss Ferncliff zu.

Chess erstarrte. Das konnte nicht sein. Nein, es war zu schrecklich. Es war derselbe Mann, dem sie sich in der Empfangshalle des Savoy so aufgedrängt hatte.

»Wie ich mich freue, Sie zu sehen, Lord Randall«, sprudelte Miss Ferncliff hervor. »Wie geht es der lieben Lady Hermione? Sie erinnern sich doch, daß ich sie betreut habe, als sie sich von ihrer Grippe erholte.«

Lord Randall lächelte, und sein verschlossenes Gesicht sah nicht mehr ganz so abweisend aus. Chess trat behutsam ein paar Schritte zur Seite. Am Ende des Raumes gab es einen Gang.

»Miss ... Ferncliff; das stimmt doch? Sie sehen gut aus. Ich bin froh, Ihnen sagen zu können, daß es auch meiner Schwägerin gutgeht. Ihre Fürsorge ist ihr ausgezeichnet bekommen. Ich werde ihr erzählen, daß ich Sie getroffen habe. Ich bin sicher, daß ich mich noch einmal in ihrem Namen bei Ihnen bedanken darf.«

»Sie war eine großartige Patientin«, brachte Miss Ferncliff hervor. »Ich habe Sie angesprochen, weil ich glaube, daß ich in Begleitung einer Dame bin, die zu Ihrer Familie eine Beziehung hat. Mrs. Richardson hat mir erzählt, daß ihr Mädchenname Standish lautet und sie von einem Ort namens Harefields stammt.«

»Tatsächlich?« Lord Randall blickte zu Chess herüber. Sie hatte ihm den Rücken zugedreht.

Es gab kein Entrinnen. Chess wappnete sich innerlich für die Berührung auf ihrem Arm oder die Nennung ihres Namens. Wenn Gott gnädig war, dachte sie, würde sich jetzt der Fußboden öffnen und sie verschlingen.

Louisa Ferncliff klopfte ihr auf den Ellenbogen. »Darf ich Sie mit Lord Randall Standish bekanntmachen?«

Chess erwartete Spott auf dem Gesicht des Mannes. Aber es zeigte genau die richtige Mischung aus höflicher Neugier und freundlichem Desinteresse, die bei einer solchen Begegnung angebracht war. Vielleicht erinnerte er sich wirklich nicht.

Er verbeugte sich, als er ihr vorgestellt wurde, und murmelte bestätigend »Mrs. Richardson«. Er sah ihrem Vater sehr ähnlich. Seine Augen waren haselnußbraun, in dem stumpfen Licht sahen sie fast bronzen aus. Und sein Haar hatte die gleiche Neigung, sich bei feuchtem Wetter zu locken, weswegen ihre Mutter ihren Vater immer aufgezogen hatte. Ob der Mund der gleiche war, konnte sie nicht beurteilen. Lord Randalls Schnurrbart bedeckte seine Oberlippe. Und sein sorgfältig geschnittener Vollbart verbarg, ob sein Kiefer eckig war.

Sie bemerkte, daß sie ihn anstarrte und blickte verlegen zur Seite.

Mein Gott, dachte Standish, jetzt wird diese Frau schon wieder rot. Vielleicht war irgend etwas mit ihrem Kreislauf nicht in Ordnung. Dennoch mußte er ein Mindestmaß an Höflichkeit aufbringen.

»Es wäre mir eine Ehre, wenn ich Sie und Mr. Richardson besuchen dürfte«, sagte er. »Wo wohnen Sie in London?«

War das möglich? Erinnerte er sich wirklich nicht? Chess reichte ihm die Hand. »Das würde uns sehr gefallen«, sagte sie. »Wir sind im Savoy untergebracht.«

Standish nahm ihre Hand und beugte sich darüber. »Dann bis später.« Er nickte Miss Ferncliff zu und ging davon.

»Solch eine Eleganz«, sagte die einstige Krankenschwester. »Sein Bruder bleibt weit dahinter zurück. Aber natürlich erbt er den Titel und muß deswegen nicht auch noch elegant sein.«

Auf Chess' Drängen plauderte sie weiter über die Familie Standish, Randalls Bruder David, dessen Frau Hermione, ihre Kinder ... Die Feinheiten des englischen Adels kamen Chess so kompliziert vor, daß sie zweifelte, sie jemals zu begreifen. Lord Randall war jedenfalls der zweite Sohn von Edgar Standish, Marquess of Harefield, der mit Lord Harefield angeredet oder von seinen Freunden auch einfach nur Harefield genannt wurde. Randalls Bruder David Standish wiederum war Viscount Willbrook und wurde mit Lord Willbrook angeredet, während Freunde ihn einfach Willbrook nannten. Bis er das Erbe antrat. Dann wurde er zu Harefield und sein ältester Sohn zu Willbrook. Der jüngere Sohn des Marquess schließlich trug den Titel Lord Randall Standish. Von Fremden und Rangniedrigeren wurde er Lord Randall genannt, von Gleichrangigen und Freunden Standish.

»Nennt ihn auch jemand Randall?« fragte Chess verzweifelt. Die Taufe eines Kindes war in dieser Welt offensichtlich reine Zeitverschwendung.

Miss Ferncliff lächelte wie jemand, der sich in den innersten Geheimnissen einer Sippe auskennt. »Seine Familie nennt ihn so, und seine Geliebten. Er ist nicht verheiratet.« Ihre Stimme wurde zu einem Flüstern. »Man sagt, daß ihn seine engsten Freunde Mephisto nennen, wegen seiner Ähnlichkeit mit dem Teufel. Ich hoffe, das bezieht sich nur auf sein dunkles Haar und seinen spitzen Bart.«

Chess versucht, Nate all die Namen zu erklären, aber dabei verhedderte sie sich hoffnungslos. Sie erinnerte sich nur, daß sie ihren Cousin »Lord Randall« nennen sollten, wenn er zu Besuch kam.

Nathan lachte. »Ich werde ihn ›Teufel‹ nennen, und damit hat sich's... Keine Bange, ich tu's nicht. Zu schade, daß wir ihm nicht etwas von Ol'Livvys ›Süßstoff‹ anbieten können. Ma hat ihn immer ›Teufelsbräu‹ genannt. Alva hat mir erzählt, daß Livvys Beerdigung die längste und fröhlichste Feier war, die sie je erlebt hat. Sie hatte für diesen Anlaß ein Extra-Fäßchen reserviert.«

Pflichtschuldig stattete Lord Randall den Richardsons am folgenden Nachmittag einen Besuch ab. Er hatte schon vor langer Zeit gelernt, daß man solche Obliegenheiten am besten gleich hinter sich brachte; danach konnte man sie vergessen.

Artig lehnte er sowohl Chess' Einladung zum Tee wie auch Nates Angebot eines Gläschens ab. Die Regeln der Londoner Gesellschaft besagten, daß ein solcher Höflichkeitsbesuch nicht länger als eine Viertelstunde dauern durfte, wurden jedoch Erfrischungen gereicht, mußte der Besucher eine Dreiviertelstunde bleiben.

Nate faszinierte den Engländer. Standish hatte zwar etliche amerikanische Freunde und Bekannte, aber keiner von ihnen war im Geschäftsleben. Nate war für ihn eine neue Spezies.

Doch da Standish aus familiären Verpflichtungen gekommen war, wandte er sich vor allem Chess zu. Nach ihrem Treffen in der Galerie habe er sich daran erinnert, sagte er, welche Aufregung der Besuch ihrer Eltern einst in Harefield ausgelöst habe. »Mein Vater – allgemein bekannt als Standish of Harefield – hat mir später davon erzählt.«

Chess fühlte, wie sie erneut rot wurde. Also hatte er sich doch an die Szene unten im Hotel erinnert. Sie wäre am liebsten in ein anderes Zimmer gelaufen und hätte die Tür hinter sich abgeschlossen. Aber ihr Cousin lächelte ihr zu, als hätten sie ein gemeinsames hübsches Geheimnis. Das Lid seines rechten Auges zwinkerte ein wenig. Er dachte wohl, daß nichts Unangenehmes geschehen war. Vielleicht hatte er recht. Sie hoffte es. Es war jedenfalls sehr aufregend, Besuch von einem englischen Cousin zu haben. Und mit ihm über die Familie zu reden, ihre Familie, ihre Eltern.

»Ich war damals auf der Universität, darum habe ich sie nicht kennengelernt«, fuhr Lord Randall fort. »Aber mein Vater und mein Bruder haben sich beide hoffnungslos in Ihre Mutter verliebt, wurde mir hinterher berichtet.«

Chess lachte. Sie fühlte sich einfach zu wohl, um sich über das Mißgeschick am Morgen noch Sorgen zu machen. »Das klingt ganz nach Mutter«, sagte sie. »Als die Yankees seinerzeit Harefields plündern wollten, gelang es ihr, sie so zu bezaubern, daß sie uns in Frieden ließen.

Standish war hingerissen von Chess' schnurrendem, gurgelndem Gelächter. Es war anders als alles, was er je gehört hatte, und Neuheiten waren inzwischen zu einer Seltenheit in seinem Leben geworden. Er war zugleich ein Produkt und ein Gefangener seiner Herkunft, und obwohl er mehr Interessen und Aktivitäten entwickelte als die meisten seinesgleichen, kämpfte er wie sie ständig mit Langeweile.

»Mr. Richardson, ich habe meine Meinung über einen Drink geändert, falls Ihr Angebot noch gilt.«

»Vortrefflich.« Nate ging zu dem Sprechrohr. »Ich genieße es, dieses Ding zu benutzen. Einer der Ingenieure besorgt mir die Bauanleitung, damit ich so eine Anlage in unserem neuen Haus installieren kann. Was möchten Sie?«

»Whisky mit Soda, bitte.« Standish lächelte Chess zu. Er hätte sie gern noch einmal lachen gehört. »In der Familie erzählt man sich, daß Ihr erster Standish, als er in die damaligen Kolonien kam, seine Besitztümer Harefields statt Harefield nannte, weil sie doppelt so groß wie die seines Vaters waren. Stimmt das, Mrs. Richardson?«

Leider lächelte Chess nur, als sie den Kopf schüttelte. Es sei eine hübsche Geschichte, sagte sie, aber sie habe nie davon gehört.

Ob er jemals in Amerika gewesen sei, fragte sie.

Nein, antwortete Lord Randall, doch er freue sich schon jetzt, es eines Tages zu tun.

Ein Zimmerkellner kam mit dem Getränketablett. Standish ergab sich in die zusätzliche halbe Stunde, obwohl er inzwischen glaubte, daß er einen Fehler gemacht hatte. Die Virginia-Linie der Familie müsse ziemlich weit verbreitet sein, bemerkte er beiläufig, sogar eine Zigarettenmarke führe inzwischen diesen Namen.

»Aber das sind wir!« rief Chess aus. »Sagen Sie nur nicht, daß sie die hier bekommen. Hast du das gewußt, Nathan?«

Lord Randall war völlig überrascht. Er begann zu lachen. »Sie sind also der Grund für meine Probleme. Freunde in Amerika haben Kopien von diesen Anzeigen mit dem Burschen namens Standish an alle möglichen Leute in London geschickt, und seitdem erlauben sie sich jeden Spaß über mich. Seine Königliche Hoheit fragt mich ständig, warum ich so mit meinen Castles knausere, wenn ich doch so viele davon hätte.«

Chess betrachtete diesen perfekten englischen Gentleman vor sich und erinnerte sich an das gutgekleidete Rauhbein in den Anzeigen. Sie lachte. »Sie armer Kerl«, sagte sie und mußte wieder lachen. Sie konnte es einfach nicht unterdrücken, obwohl sie wußte, daß es unhöflich war.

Sie hatte keine Ahnung, daß sie Lord Randall Standish eine Freude machte. Er wünschte sich, sie würde nie aufhören zu lachen.

»Ich werde Ihnen ein paar Kartons *Castles* schicken lassen«, sagte Nate vergnügt. Er hatte rasch erkannt, welches Glück ihm da eben in den Schoß gefallen war. Chess' famoser Cousin konnte leicht zum Vorreiter für Standish-Zigaretten in England werden. Er war auf jeden Fall eine Trumpfkarte bei seinen Verhandlungen mit den heimischen Zigarettenherstellern. Wenn er noch heute einen Brief aufgab, war dieser in gut einer Woche in der Fabrik. Nach einer weiteren Woche konnten die Zigaretten in London sein.

Das Postamt war bis halb acht Uhr abends geöffnet. Wenn er den Cousin jetzt nur loswerden und den Brief schreiben könnte …

»Warum kommen Sie nicht heute abend wieder und essen mit uns, Lord Randall? Ich weiß, daß Chess noch eine Million Fragen über die restlichen Cousins an sie hat.«

Chess ersparte Standish die Ablehnung. »Es tut mir leid, aber das ist unmöglich. Wir gehen heute abend ins Theater.« Sie hätte Nathan am liebsten etwas an den Kopf geworfen.

Höflich erkundigte sich Standish, welches Stück sie sehen würden. »*Camille*«, antwortete sie. »Ich freue mich sehr darauf. Ich habe Dumas immer gemocht.«

»Sie dürfen sich glücklich schätzen. Nach allen Kritiken muß die Duse hervorragend sein. Die Karten sind ausverkauft.« Standish warf einen Blick auf seine Uhr und stellte das halbgeleerte Whiskyglas auf den Tisch neben ihm. Nichts war ihm unangenehmer als die Gegenwart eines Ehepaars, das kurz davor war, sich zu streiten. Er wollte sich verabschieden.

Doch er hatte nicht mit Nate gerechnet. Ohne zu wissen, wie ihm geschah, stellte Standish plötzlich fest, daß er anstelle ihres Mannes seine Cousine am Abend ins Theater begleiten würde. Um sieben sollte er sie abholen.

Nachdem Nate den Besucher zum Fahrstuhl gebracht hatte, kehrte er zu seiner zornigen Frau zurück. »Du kannst mir meine Fehler später vorhalten«, sagte er liebenswürdig. »Jetzt muß ich einen Brief schreiben.« Er erzählte Chess, was er mit Standish und den *Castle*-Zigaretten vorhatte.

Ihr war ebenfalls einiges durch den Kopf gegangen. Für den Augenblick schluckte Chess ihren Ärger hinunter. »Hast du eigentlich begriffen, Nathan, wer Standishs Freund ist. Seine Königliche Hoheit ist der Prince of Wales, Englands nächster König. Wir müssen folgendes machen ...«

Der Brief kam noch so rechtzeitig zur Post, daß er den nächsten Dampfer erreichte, der nach New York auslief. Er enthielt Anweisungen für den Versand von zwei Kisten und zwei weiteren mit Sonderpackungen von *Castle*-Zigaretten. »Eigens hergestellt für Seine Königliche Hoheit, den Prince of Wales« sollte auf den Packungen stehen, über dem Löwen und dem Einhorn. Und unter den königlichen Wappentieren sollte zu lesen sein: »Ein Geschenk von seinem Freund Standish«.

Die Engländer waren vernarrt in ihre Königliche Familie. Selbst wenn die Zigaretten nur bis zum Eingang ihrer Schlösser kamen, würde Nate von den Leuten, mit denen er Geschäfte machen wollte, mit offenen Armen empfangen werden.

Chess dankte Lord Randall, daß er sie in *Camille* begleitete. Sie entschuldigte sich jedoch nicht für das ungehobelte Benehmen ihres Gatten; das hätte die ohnehin heikle Situation noch peinlicher gemacht. Auf der kurzen Fahrt ins Theater unterhielten sie sich statt dessen in Standishs Kutsche über Vater und Sohn Dumas.

Als sie ankamen, zog das erwartungsvolle Gemurmel des Publikums Chess sofort in seinen Bann. Als der Vorhang aufging und das Stück begann, vergaß sie alles um sich herum. Sie hatte noch nie eine professionelle Inszenierung gesehen, nur immer Gussies Schulaufführungen und die Jahrmarktsstücke während der Staatsmesse. Sie war hingerissen.

Standish beobachtete mehr ihr Gesicht als die Bühne. Es lag etwas Bezauberndes in Chess' gespannter, spontaner Anteilnahme an dem Stück. Sie war ungekünstelt und unverbildet. In allem das Gegenstück zu seinem eigenen Leben.

Als der Vorhang fiel, wandte Chess ihm ihr tränenüberströmtes Gesicht zu und schenkte ihm ein strahlendes, bebendes, wäßriges Lächeln. »Wie wunderbar«, seufzte sie.

Wie kam es, daß diese eher unscheinbare Frau plötzlich so schön aussah? Und welche Überraschungen hatte sie noch zu bieten? Standish genoß die Situation außerordentlich.

Chess wischte sich die Augen mit einem Taschentuch und erhob sich … Während Lord Randall ihr den Schal über die Schultern legte, bemerkte er zwei Damen in der Loge gegenüber. Sie betrachteten Chess und ihn durch ihre Operngläser. Grüßend neigte er den Kopf, und sie senkten rasch ihre Gläser.

»Würden Sie gern eine Herzogin kennenlernen?« fragte er Chess. Er war sicher, daß die Herzogin sie gerne begrüßen würde. In der kleinen Welt der Londoner Gesellschaft war Klatsch die begehrteste Form der Unterhaltung. Es war ein Coup, wenn man als erster wußte, wem das neue Gesicht gehörte, das neben ihm im Theater aufgetaucht war.

»Ist sie nett?« fragte Chess. »Ich fühle mich gerade zu wohl, um darin von einer unangenehmen Person gestört zu werden.«

Eine weitere Überraschung. Allgemein wurde behauptet, daß alle Amerikaner Adelstitel verehrten.

»Sie sind eine bemerkenswerte Frau, Mrs. Richardson«, sagte er.

»Wir sind übrigens Cousins, Lord Randall. Nennen Sie mich doch ›Chess‹.«

»Ein bemerkenswerter Name. Spielen Sie auch Schach?«

»Er kommt von ›Francesca‹, und ich spiele Schach, aber mäßig.«

»Und würden Sie mich bitte ›Randall‹ nennen? Ich würde mich freuen, Sie zu einer Partie herausfordern zu dürfen.«

Standish nahm an, daß Chess sich mit den Feinheiten und Doppeldeutigkeiten eines subtilen Flirts auskannte. Liebesaffären für eine Saison waren in seinen Kreisen üblich.

Er mußte daher laut lachen, als Chess, nachdem sie ihn zu einem späten Abendessen in ihre Suite eingeladen hatte, in ihrem Schlafzimmer verschwand und bei ihrer Rückkehr kein Negligé trug – sondern einen Kasten mit einem außergewöhnlichen Schachspiel.

»Was ist daran so komisch?« fragte sie.

»Ich glaube, die Welt ist gerade verrückt geworden«, erwiderte er dunkel. »Wird Ihr Gatte beim Abendessen dabeisein?«

»Sicher nicht. Er schläft schon fest. Und vermutlich hat er in der Zeit, da wir fort waren, viermal gegessen. Er benutzt so gern das Sprechrohr. Ich hasse es, mir kommt es vor, als unterhielte man sich inmitten eines pfeifenden Orkans mit einem Geist. Würden Sie bitte die Bestellung aufgeben?«

»Und was hätten Sie gern?«

»Das ist mir gleich. Das Essen ist sehr gut hier – worüber lachen Sie nun schon wieder?«

»Der Chefkoch vom Savoy ist Auguste Escoffier; er ist der berühmteste Küchenmeister der Welt. Wenn er wüßte, daß jemand seine Kreationen als ›sehr gutes Essen‹ bezeichnet hat, würde er sich vermutlich mit einem seiner Messer die Kehle durchschneiden.«

Chess lachte. Nein, er hatte es sich nicht eingebildet – ihr ungezwungenes kehliges Gurren war wirklich einmalig auf der Welt. Sie zu verführen wäre ein höchst exquisites Unterfangen. Vielleicht würde sie auch dabei lachen.

Sie aßen Omeletts, die von einem teilnahmslosen, sorgfältig auf Diskretion bedachten Kellner in einer Silberpfanne über einer Spiritusflamme zubereitet wurden. Und sie tranken Champagner.

Es tue ihr leid, aber morgen könne sie nicht mit ihm zu Mittag essen, sagte Chess. Miss Ferncliff würde sie wie immer um neun zu einer weiteren Stadtbesichtigung abholen.

Standish war erstaunt über das Gefühl der Enttäuschung, das

ihn überkam. Aber er war zugleich erfreut. Allzu leichte Eroberungen waren auch die langweiligsten. Für Sonntag, wenn alle Museen geschlossen hatten, schlug er einen Ausflug nach Hampstead vor, und Chess nahm dankend an. Auch im Namen von Nathan.

Nach dem Abendessen spielten sie eine Partie Schach – und wieder ließ sie ihn nicht zum Zuge kommen. Diesmal war Lord Randall überhaupt nicht mehr erfreut. Wenn der Sonntag ebenfalls nicht nach seinem Gusto verlief, überließ er seine provinzielle Cousine ihrem Schicksal und widmete sich wieder einer Frau aus seinen Kreisen, die sich nach Regeln den Hof machen ließ, die er verstand.

35. Kapitel

Nachdem Standish gegangen war, saß Chess noch lange im Wohnzimmer. Sie war in fast jeder Beziehung noch naiver, als es den Anschein hatte. Trotz ihrer gierigen Lektüre hatte sie ihr bisheriges Dasein kaum auf die komplizierten Wechselfälle des Lebens vorbereitet.

Aber sie war nicht dumm. Als Standish den Wunsch äußerte, sie wiederzusehen, wurde sie durchaus hellhörig. Er hatte sie aus Höflichkeit besucht; soviel begriff sie. Anschließend hatte Nathan ihn überredet, sie ins Theater zu begleiten. Auch klar.

Warum aber lud er sie zum Mittagessen ein? Die Höflichkeit verlangte das nicht, auch nicht bei einer mehr oder weniger entfernten Cousine. Um so erstaunlicher, daß der ersten, abgelehnten noch eine zweite Einladung folgte.

Flirtete er etwa mit ihr? Das war absurd, sagte Chess sich. Sie war 43 Jahre alt, und nicht nur das – noch nie hatte ein Mann ihr den Hof gemacht. Sie war nicht die Art Frau, die Männer anzog, war es nie gewesen.

Warum also? Machte er sich gerne über ihre mangelnde Weltläufigkeit, ihr Unschuld-vom-Lande-Auftreten lustig? Er hatte ihr nicht das Gefühl gegeben, töricht und unwissend zu sein.

Im Gegenteil – sie hatte sich wohl mit ihm gefühlt. Außer gegen Ende des Abends, da war ihr auf eine ganz merkwürdige und fast schon aufregende Weise unbehaglich geworden. Sie hatte den Eindruck gehabt, er bewundere sie.

Nein, sei ehrlich, Chess. Du hattest das Gefühl, er begehrte dich. Und das war so aufregend gewesen.

Aber ein Mann wie er – was sollte er von einer wie ihr wollen?

Sie überlegte hin und her, ließ einzelne Augenblicke, Dialoge, Gesten Revue passieren – und wurde immer verwirrter.

Und war immer mehr versucht, mit dem Feuer zu spielen. Randall Standish war der eleganteste Mann, den sie je kennengelernt hatte, und sicher der bestaussehende. Wie schaffte er es nur, so einen schlanken Körper zu haben und zugleich derart muskulös zu wirken? Er war nicht mehr jung. An den Schläfen wurde er bereits grau, und um die Augen hatte er die ersten Falten.

Diese Tiger-Topas-Augen.

Chess erstickte das sachte gefährliche Prickeln, das durch ihre Adern kroch.

Mephisto nannten ihn seine Freunde. Das sollte ihr Warnung genug sein.

Aber angenommen, nur mal angenommen, obwohl es überhaupt keinen Sinn machte, er fand sie wirklich attraktiv?

Was war schon dabei, sich darüber zu freuen, daß man bewundert und begehrt wurde? Sie hatte das noch nie erlebt. Und ja, jetzt wollte sie es, war das ein Verbrechen? Nur einmal, für kurze Zeit, die Illusion haben, daß sich jemand nach ihr sehnte.

Ich weiß, daß es nicht stimmt, aber ich möchte zumindest das Gefühl haben.

Oh ja, das würde mir sehr gefallen. Und schließlich würde ja nichts geschehen.

Am Samstag führte Miss Ferncliff Chess festen Schrittes durch das Parlamentsgebäude, woran sich ein kleines Mittagessen und der Besuch von Westminster Abbey anschlossen. Chess hatte das Gefühl, sie müsse sich auf das Grab von Geoffrey Chaucer legen und um Gnade bitten. In der Nacht zuvor hatte sie sehr wenig geschlafen.

Sie war restlos erschöpft, als sie ins Savoy zurückkam. Ein Stöhnen war ihre Antwort auf Nathans »Willkommen daheim«. Zum ersten Mal in ihrem Erwachsenenleben machte sie ein Nachmittagsschläfchen.

Beim Abendessen erzählte Nate ihr von seinem erfolgreichen Treffen mit einem Bankier. »Ich werde morgen nach Manchester fahren. Im Laufe der nächsten Woche habe ich dort Besprechungen mit den Besitzern von vier großen Baumwollspinnereien.«

Chess fiel das Weinglas aus der Hand. Während drei Kellner die Spuren des Mißgeschicks beseitigten, versicherte Nate seiner Frau, daß sie sich um nichts Sorgen zu machen brauche. Es gab immer noch etliche Museen, die sie mit Miss Ferncliff besichtigen konnte, und außerdem hatte er heute nachmittag ihren

Cousin aufgesucht. Standish hatte erklärt, er würde sich bis zu Nates Rückkehr nur zu gern um Chess kümmern. »So kommst du immerhin noch in die Oper und in die Theaterstücke, die du sehen möchtest. Du wirst gar nicht merken, daß ich weg bin. Es ist ja auch nur für ein paar Wochen.«

Standish lenkte die Kutsche am Sonntag selbst. Es war ein kleiner leuchtendgrün gestrichener Einspänner mit einer roten Lederbank, die gerade genug Platz für zwei bot. Chess mußte ihre Füße auf den großen geflochtenen Eßkorb stellen, den er mitgebracht hatte.

»Es ist ein selten schöner und sonniger Tag«, verkündete Standish. »Wir werden ein Picknick machen.«

Als er den Korb öffnete, fing Chess zu lachen an. »Sie haben Essen für eine ganze Armee mitgenommen, Randall – was ist passiert?«

»Nicht das geringste.«

Die Luft war angenehm frisch und roch nach Harz. »Ich habe beschlossen, mich richtig sattzuessen«, sagte Chess. »Was können Sie mir denn am meisten von diesem Bankett empfehlen?«

Randall lächelte. »Probieren Sie alles. Das ist auch im Leben die beste Einstellung.«

Sie befolgte seinen Ratschlag. Die meisten Dinge im Korb kannte sie nicht. Es gab winzige Eier von einem Vogel, der laut Standish Goldregenpfeifer hieß, noch kleinere schwarze Eier von einem Fisch namens Stör, kalten Fasan und Krebsscheren, eine Mischung aus Fleisch und Kräutern, die in Brotkruste gebacken war ...

»Sie haben einen Krümel am Mund«, murmelte Standish, »ich mache ihn weg.« Noch ehe Chess reagieren konnte, berührten seine Lippen die ihren.

Er hatte weiche, warme Lippen. Auch sein Bart war zu ihrer Überraschung weich. Die gestutzten Haare hätten eigentlich pieksen müssen.

Vielleicht hatte sie das alles nur geträumt. Es war so schnell gegangen, der Kuß war so leicht gewesen.

Aber ihre Lippen fühlten sich an, als seien sie mit Feuer in

Berührung gekommen. Das Blut pulsierte in ihnen. Sie legte einen Finger auf den Mund.

»Sind Sie noch nie von einem Mann mit Bart geküßt worden?« erkundigte sich Standish leicht belustigt.

Chess sah ihn an. Sie war ein bißchen benommen. Das Sonnenlicht fiel durch die Blätter der Bäume und schien Standishs Kopf golden zu umrahmen. »Ich bin noch nie von einem Mann geküßt worden«, sagte sie. »Bis eben.«

Lord Randall war nach Lachen zumute, aber ihr Gesichtsausdruck verschloß ihm die Kehle. Das durfte nicht wahr sein, was sie da gesagt hatte. Aber er ahnte, daß es stimmte.

»Meine liebe Chess«, flüsterte er heiser. Es war vermutlich das erste Mal in seinem Leben, daß er nicht wußte, was er sagen sollte.

Jetzt lachte sie. Leise. Glücklich. »Lieber spät als gar nicht«, meinte sie. »Küßt du mich nochmal, Randall? Es hat mir sehr gut gefallen.«

Er kniete neben ihr, nahm ihr Gesicht in seine Hände und neigte den Kopf, um sie zu küssen. Behutsam, mit geschlossenen, nichts verlangenden Lippen. Er hatte sich auf den Reiz des Neuen gefreut, den eine Affäre mit dieser erstaunlichen Amerikanerin sicher mit sich brachte. Aber was jetzt geschah, war nicht einfach neu, es war etwas völlig Unbekanntes. Er fragte sich, ob er womöglich Furcht empfand.

»Danke«, sagte Chess.

Standish fuhr mit dem Zeigefinger über ihre Wange hinunter zum Kinn, um dann ihre Lippen zu umkreisen. Seine goldenen Augen beobachteten ihre Reaktion. Ihr Atem wurde schneller, ein Schleier legte sich über ihre grauen Augen, und ihre Lider sanken halb herab. Ihr Mund wartete auf seinen.

Er nahm seine Hände fort, hockte sich auf die Hacken. Er konnte sie haben; er wußte sehr gut, wie er das anstellen mußte. Was er nicht wußte: welche Wirkung das auf Chess haben würde. Oder auf ihn selber. »Du weißt, wo uns das hinführen wird, Chess.«

Ihre träumerischen Augen wurden nachdenklich. Nach einer Weile sagte sie: »Ich glaube nicht, Randall. Ich fand Sex nie sehr erfreulich. Ich möchte nicht mit dir ins Bett gehen.«

Standish warf den Kopf zurück und schrie fast vor Lachen. Würde diese Frau nie aufhören, ihn zu verblüffen? »Du bist in jeder Beziehung die bemerkenswerteste und reizendste Frau, die ich je gekannt habe«, sagte er zu ihr. Und ich werde deine Ansichten über die Freuden des Schlafzimmers ändern, versprach er ihr im stillen.

»Dann sag mir, was du jetzt möchtest«, bat er Chess.

»Ich möchte mehr Küsse. Und ich möchte London sehen, und zwar nicht nur die Baedeker-Seite. Du bist doch Londoner, zeigst du mir deine Stadt?

Standish erklärte sich bereit, ihr jeden Wunsch zu erfüllen.

Zuerst fuhr er mit ihr in den Hyde Park, wo er sich auf der ungepflasterten Straße an der Südseite der langen Reihe der anderen Kutschen anschloß. »Wir sind hier auf der ›Rotten Row‹«, sagte er. »Die Sozialisten machen großes Gewese um diesen Namen, wie du dir vorstellen kannst.« Er lüftete den Hut und verbeugte sich vor einer Dame, die im offenen Zweispänner an ihnen vorbeifuhr. Sie lächelte und drehte ihren Sonnenschirm. Eine weitere Verbeugung zur anderen Seite und noch eine, und so ging es die ganze überfüllte Straße weiter. Während er fuhr und grüßte, redete er mit ihr. »Früh am Morgen gibt es auf der Row nur Reiter – und ein paar Damen. Um die Mittagszeit fahren die Damen selbst aus, in Begleitung eines Dieners. Um fünf werden – wie jetzt – die Kutschen größer und die Kleider eleganter, und die Damen lassen sich jetzt kutschieren. Von einem Parkwächter kann man einen der grünen Stühle wie den da unter dem Baum mieten, wenn man sich das Schauspiel nur ansehen und nicht daran teilnehmen möchte.«

Aber wozu der ganze Aufwand, fragte Chess. Wer sich Bewegung verschaffen wollte, für den gab es doch Orte wie Hampstead Heath mit wunderbarer Luft und reichlich Platz.

»Um zu sehen und gesehen zu werden. Um die Gesellschaft an deine Existenz zu erinnern. Um sich aufzuspielen, zu flirten, das neue Pferd oder das neue Kostüm auszuführen. Um über etwas klatschen zu können. In hundert Unterhaltungen kommen wir heute abend vor, weil du keinen Kutscher hast und niemand dich kennt.

Das sind deine zukünftigen Londoner Freunde, Chess. Sie

werden mich fragen, wer du bist, und dann gehen die Besuche und Einladungen los.«

Hinterher wollte Chess Omnibus fahren. »Als ich das einmal Miss Ferncliff gegenüber erwähnte, wurde ich ziemlich schnippisch zurechtgewiesen«, sagte sie. »Aber schon vom ersten Tag an wollte ich da oben sitzen und auf den ganzen Verkehr hinunterschauen.« Die pferdegezogenen Busse waren rot, braun oder gelb, und eine Wendeltreppe führte auf das offene Oberdeck, auf dem Holzbänke standen. Sie waren das Transportmittel der arbeitenden Massen, und Lord Randall hatte noch nie einen Bus benutzt. Aber er hatte versprochen, Chess' Neugier zu befriedigen. Der Einspänner samt Pferd wurde in der Obhut eines Pförtners vom Savoy zurückgelassen, und Standish begleitete Chess zu einer Haltestelle am Strand.

Der Bus war fast voll, aber die Leute rutschten auf den Bänken zusammen, damit sie auf der rechten Seite des Oberdecks nebeneinander sitzen konnten. Eine Glocke erklang, und das Gefährt setzte sich in Bewegung.

»Macht das nicht Spaß?« fragte Chess. »Schau nur, wie weit man sehen kann. Ich finde den Verkehr und dieses Gedränge ziemlich spannend.«

Selbst am Sonntag war der Strand überfüllt von Wagen, Kutschen und Karren, zwischen denen Fußgänger ihr Leben riskierten. Es gab weitere Busse, sogar eine Ziegenherde wurde irgendwo hingetrieben, und Reiter suchten in der Mauer von Fahrzeugen nach Lücken, wo sie mit ihren Pferden ihren abenteuerlichen Zickzackkurs fortsetzen konnten. Das Ganze wirkte wie eine riesige Bühne, auf der mehrere Dramen zugleich aufgeführt wurden.

Standish hatte den Verkehr immer nur als ein Hindernis betrachtet. Aber er hatte auch noch nie zur selben Zeit im Verkehr gesteckt und sich zugleich darüber befunden. Bald war er ebenfalls fasziniert. War es das, fragte er sich, was »Spaß machte«? Er kannte die Bedeutung dieses Ausdrucks nicht.

Es herrschte Feiertagsstimmung unter den anderen Fahrgästen auf dem Oberdeck. Die Sonne schien an einem blauen Himmel, und einen ganzen Tag lang brauchte man nicht zu arbeiten. Ein Junge mit einer karierten Mütze zog eine Mundharmonika aus der Tasche und fing an, bekannte Lieder aus den Music Halls zu spielen. Seine Freunde und Freundinnen sangen fröhlich mit, bis der Schaffner erschien und sie aufforderte zu schweigen.

»Wie schade«, klagte Chess. »Sie haben niemandem etwas getan, und mir hat es sehr gefallen.«

»Weißt du was, Chess, ich glaube, du hast das Herz eines Bohémiens.«

»Was ist ein Bohémien?«

»Das zeige ich dir morgen.«

Standish hatte die Einladung zu einer Abendgesellschaft angenommen, und daher brachte er Chess nach der Busfahrt wieder ins Hotel. »Ich hole dich morgen um vier ab«, sagte er. »Wir können mit ein paar Freunden Tee trinken und vielleicht sogar mit ihnen zu Abend essen. Sie sind in diesen Dingen äußerst entspannt.« Sie reichte ihm die Hand, und er beugte sich darüber und küßte sie. Dann drehte er sie um und küßte die Handfläche. Ein dünner Blitzschlag zuckte ihren Arm empor; ihr stockte der Atem.

»Bis morgen«, sagte Lord Randall.

»Bis morgen«, echote Chess flüsternd.

»Standish, was hast du heute auf der Row getrieben? Ich war ziemlich erschrocken. Ich hatte schon befürchtet, du würdest dich noch weiteren Flausen hingeben und heute abend im Kleid erscheinen und Agathas Sitzordnung durcheinanderbringen.« Sein Gastgeber klopfte Lord Randall mit solcher Wucht auf den Rücken, daß er ins Wanken gekommen wäre, wenn er nicht darauf gefaßt gewesen wäre. Der Earl of Lepworth, auch als »Binks« bekannt, setzte bei den Begrüßungen seiner Freunde gern solche Akzente.

»Mephisto, wer war deine erstaunliche Begleitung?« Die Gräfin gab sich wenig Mühe, ihren Spott zu verbergen. Sie war bekannt für ihren Snobismus.

»Eine amerikanische Cousine, Agatha.«

»Oh … amerikanisch. Was kann man da erwarten? Eine solch perfekte Altjüngferlichkeit raubt einem fast den Atem.«

Standish mischte sich unauffällig unter die vielen anderen Gäste aus Londons adeliger Elite. Er blieb hier und da stehen, sprach mit diesem und jenem, bis zum Essen gerufen wurde.

Seine Tischdame war eine der Debütantinnen der Saison. Das überraschte ihn nicht: Ein gutaussehender Junggeselle von 50 Jahren mit einem ordentlichen Einkommen war immer noch ein guter Fang für jedes Mädchen, das nicht reich oder schön genug war, um auf einen Titelerben hoffen zu können.

Randall war nett zu dem übergewichtigen und nicht sehr gesprächigen jungen Mädchen. Einmal berührte sein Knie sogar das ihre, ob zufällig oder mit Absicht, das zu entscheiden, überließ er ihr. Es war leicht zu erraten, daß sie Pferde und die Jagd mochte: Ihre Schultern und Arme waren muskulös. Also plauderte er kenntnisreich über das Gelände und die Hunde auf den Landsitzen von Leuten, die entweder er oder ihre Eltern kannten. Beim dritten Gang hatte sich ihre Schüchternheit weitgehend gelegt. Standish hatte erreicht, wofür man ihn eingeladen hatte.

Bald darauf hob die Gräfin die Tafel auf, und er konnte sich auch mit seiner anderen Nachbarin unterhalten. Sie war eine alte Freundin. Erst zwei Saisons zuvor hatten sie sich an ihrer beider Witz und ihren Körpern vergnügt, und nun verbanden sie liebevolle Erinnerungen. Standish lächelte hocherfreut. »Clarissa, du sieht wirklich hinreißend aus. Wer ist der Glückliche?«

»Mein lieber Mephisto, du willst doch nicht etwa andeuten, daß dich irgend jemand angemessen ersetzen könnte?«

Es war eine normale Abendgesellschaft, besser als manche, weniger unterhaltsam als andere.

Vorhersehbar.

Die Straße hatte wenig Ähnlichkeit mit allen, die Chess bis dahin gesehen hatte. Die Häuser hatten Türen, die blau, rot und sogar lila angestrichen waren.

»Wie entzückend«, rief sie aus. »Alles sieht so anders aus.«

»Das genau macht die Bohème aus«, sagte Standish. »Anders bedeutet für den Künstler besser. Manchmal stimmt das sogar. Bist du nervös?«

»Sollte ich?«

Randall hob ihr Kinn und gab ihr einen seiner raschen, flüchtigen Küsse. »Du bist selber auch ziemlich anders, meine Liebe. Alle werden dich mögen.«

Die Droschke hielt, noch ehe Chess antworten konnte. Standish stieg aus und half dann ihr. Er hielt ihre Hand in seiner, während sie auf die offene schwarze Tür eines strahlendweißen Hauses zugingen.

Als sie eintraten, wandte sich ihnen ein großer, massiger Mann zu. Er trug ein weites graues Leinenjackett mit türkisfarbener Paspelierung. Sein fleischiges Gesicht sah traurig aus, dachte Chess. Aber als er Standish sah, löschte ein Lächeln seinen Kummer aus. »Mephisto, du bist genau das, was dieser entsetzlich sonnige Tag braucht. Wir sind alle schrecklich deprimiert über diesen Mangel an bedrohlichen Wolken ... Und wen haben wir da? Eine Teufelsschülerin, will ich doch hoffen.«

Standish zog Chess heran. »Mrs. Richardson, das ist Oscar Wilde.«

Oscar Wilde. Dieser furchtbare, hinreißende Autor von *Das Bildnis des Dorian Gray*. Chess war überwältigt. Unwillkürlich machte sie einen Knicks.

»Ich bin ein großer Bewunderer Ihrer Bücher, Mr. Wilde«, sagte sie.

Er packte ihre Schultern mit seinen riesigen, gepflegten Händen. »Hat Fisto Ihnen das beigebracht? Nein, ich sehe an Ihrem offenen Gesicht, daß er's nicht war. Ich schätze die Amerikaner sehr, aber selten habe ich einen mit einem solch exquisiten literarischen Urteilsvermögen getroffen. Meine liebe Lady, treten Sie noch einen Schritt näher, und lernen Sie meine beklagenswert minderwertigen Freunde kennen.«

Er legte einen Arm um sie und schob sie hinein in das phantastischste Erlebnis, das sie je haben sollte.

Der Raum war eine Orgie von Farben. Rotschimmernde Hölzer vibrierten vor narzissengelben Wänden, auf denen an blauen Seidenstricken leuchtende Bilder mit verschwommenen Malereien hingen. Die Decke war dunkelgrau und hatte ein vergoldetes maurisches Ornament.

Mindestens ein Dutzend Menschen waren in dem Raum. Die Namen konnte man sich nicht merken, so rasch stellte Wilde sie mitsamt einer kurz kommentierten Biographie vor. Die Männer waren alle weniger extravagant als Wilde gekleidet, aber auch weniger konventionell als Randall in seinem Gehrock und den engen grauen Hosen.

Zwei der Frauen trugen weite, fließende Gewänder aus gelbgrüner Seide, ihr offenes Haar fiel ihnen bis auf die Schultern. Ein hübsches Mädchen hatte sein kastanienbraunes Haar zu einem langen Zopf geflochten, der bis zur Taille reichte.

Alle redeten unablässig, allerdings keiner soviel wie Wilde. Liebevoll warfen sie sich Beleidigungen an den Kopf und zogen voller Eloquenz über Leute her, die Chess alle nicht kannte. Sie waren extrem schnell und extrem witzig. Chess lachte, bis sie Seitenstiche hatte.

Wilde wandte sich an Standish. »Du bist dir natürlich bewußt, daß man das Lachen deiner Cousine in einer mit Lapislazuli geschmückten Truhe einfangen und als unbezahlbaren Schatz verehren sollte.«

»Oscar, ich hätte es nicht besser ausdrücken können«, sagte Randall mit schmeichelnder Stimme.

»Du Teufel.« Sie lächelten sich zu. »Im Ernst, Randall, du begehst ein Verbrechen, wenn du ihr erlaubst, sich so beklagenswert schlecht zu kleiden. Pfirsichfarbene Rüschen. Es wird einem ganz übel.«

»Du empfiehlst gelblich-grün? Sie ist nicht einer von deinen ästhetischen Kleiderbügeln, Oscar.«

»Wie unfair, Fisto. Ich erkenne Einmaligkeit. Sie ist wie eine Figur von Piero della Francesca. Aber sie unterliegt einem gräßlichen Modediktat, wie diese grausige Frau, die in ihrer Zeitungskolumne vor den Reichen katzbuckelt. Geh mit ihr zu meinem Freund Luther Witsell. Als Maler ist er zwar gescheitert, aber mit Stoffen und Farben kennt er sich aus. Er wird sie verwandeln. Sie wäre gern schön; alle Frauen möchten das, wie du weißt.«

Standish wurde nachdenklich. »Ich glaube, ich hätte es lieber, wenn sie nicht schön würde«, sagte er. »Sie bringt mich jetzt schon um meine Ruhe.«

Oscar verzog den Mund. »Was bist du doch für ein erbärmlicher Lump«, höhnte er. »Dann werde ich selber Luther empfehlen.«

Bevor Standish reagieren konnte, ging Wilde mit großen Schritten davon, um einen neuen Besucher zu begrüßen. »George! Wie mutig von dir, dein Gesicht hier zu zeigen. Hat man es dir nicht erzählt? Jimmy Whistler ist für eine Woche von Paris herübergekommen.«

Chess konnte sich auf den folgenden ebenso lärmenden wie lustigen Wortwechsel keinen Reim machen. Standish erklärte es ihr, nachdem sie gegangen waren. George du Maurier war vor Jahren Kunststudent in Paris gewesen, wo er sich mit ein paar Kommilitonen, darunter auch einem Amerikaner namens Whistler, ein Atelier geteilt hatte. Später war er jahrelang ein erfolgreicher Karikaturist für ein satirisches Blatt mit dem Titel »Punch« gewesen, bis er beschloß, Romane zu schreiben und sie selbst zu illustrieren.

»Du kannst meine Andruckbögen von seinem Buch haben, vielleicht gefällt es dir. Es ist eine verrückte Geschichte, aber sie gibt dir ein vorzügliches Bild von der Jugend und der Kunstwelt in Paris vor 30 Jahren. Unglücklicherweise ist George aber Whistler dabei zu nahe getreten, vor allem mit einer sehr boshaften kleinen Zeichnung. Whistler hat das Erscheinen des Buches um mehr als ein Jahr verzögert, weil er den armen George auf Verleumdung verklagt hat. Jimmy ist ein Streithammel. Aber er ist auch ein Genie. Ich wußte nicht, daß er in London ist. Ich möchte, daß du ihn kennenlernst.«

»Sind wir deshalb gegangen? Du sagtest, wir blieben vielleicht zum Essen.«

Standish überlegte. War er wirklich dagegen, daß sie zu Oscars Schneiderfreund ging? Wie absurd! Was war nur los mit ihm?

»Ich genieße die Bohème lieber in kleinen Dosen«, erklärte er schließlich. »Wir essen bei mir.«

»Die Reste vom Picknick?«

»So könnte man sagen.«

Standish hatte sich entschieden. Er mußte Chess besitzen, ihren Körper und Geist erforschen; erst dann war er vermutlich in der Lage, diese beunruhigende Wirkung, die sie auf ihn ausübte, zu verstehen und in den Griff zu bekommen.

Aber Chess lehnte ab. Sie war müde und wollte ins Hotel.

Standish wurde bewußt, daß er ebenfalls müde war. Chess' Begeisterung zu teilen, war ziemlich anstrengend.

36. Kapitel

Chess war gar nicht müde. Sie war verängstigt. Die Bohème hatte sie auf merkwürdige Weise erregt und zugleich entspannt. Alles war zu intensiv und gleichzeitig zu locker gewesen. Sie hatte die allgemeine Verachtung der beengenden Gebote und Verbote der Gesellschaft ebenso aufgesogen wie die Verherrlichung der Freiheit und die Botschaft, daß man immer das tun solle, was man tun wolle. Solange man es mit Stil tat.

Sie hätte sich niemals träumen lassen, daß Randall zu diesen Leuten gehörte. Er war so förmlich in seiner Kleidung und seinen Manieren.

Außer wenn er sie küßte.

Sie war nicht mehr sicher, daß ihr beim Spiel mit dem Feuer nichts passieren konnte. Voller Schrecken stellte sie fest, wie sehr seine Hitze sie anzog.

Chess ließ sich ein leichtes Abendessen aufs Zimmer bringen, und dann las sie in ihrem Baedeker. Miss Ferncliff ging mit ihr morgen in die Museen in South Kensington, und sie wollte vorbereitet sein.

Aber ihre Gedanken wanderten zurück zu dem Tag, an dem Miss Ferncliff mit ihr in die National Gallery gegangen war. Und sie mit Randall bekannt gemacht hatte.

Morgen wollte er sie ins Theater begleiten, in ein Lustspiel. Er hatte ihr erzählt, wie gern er sie lachen hörte.

Sie konzentrierte sich auf ihr Buch.« ... Chorgestühl aus geschnitzter Eiche, aus dem Ulmer Münster von Jörg Syrlin. Um 1468 ...«

Morgen schien noch hundert Jahre entfernt zu sein. Eine lange Wartezeit.

Wie Lord Randall vorhergesagt hatte, waren etliche Visitenkarten abgegeben worden, während sie bei der Bohème gewesen war. Eine von der Gräfin von Lepworth, zwei vom Earl.

Miss Ferncliff war beeindruckt.

»Die Gräfin gibt ständig Gesellschaften. Sie werden dort jedermann treffen.«

Und sie war eine kundige Führerin. Die eine Karte der Gräfin bedeutete, daß sie Chess einen Besuch abstatten wollte. Und die zwei Karten des Earl bedeuteten, daß er sie und ihren Mann beehren wollte. Als Miss Ferncliff Chess' *cartes de visite* mit der Fotografie sah, war sie entsetzt. »Es spielt keine Rolle, ob sie in Amerika der letzte Schrei sind. In London braucht man entweder schlichte weiße oder elfenbeinfarbene, auf denen der Name in Kursivschrift steht. Alles andere ist unmöglich. Wir gehen auf der Stelle zu Southwoods. Bei denen bestellen die feinsten Leute.«

Chess stimmte bereitwillig zu. »Und bei unseren Einkäufen möchte ich in die Theobalds Road gehen. Ein Freund hat mir dort einen Schneider empfohlen.« Oscar Wildes Briefchen war vor dem Frühstück gekommen. Sie hatte ihn in ihren Schmuckkasten zu dem Diamanthalsband gelegt.

Luther Witsell war ein kleiner, drahtiger, lebhafter junger Mann mit lockigen Haaren, die einen unbestimmten Orangeton hatten. Miss Ferncliff fand ihn entsetzlich, und Chess fand ihn bezaubernd.

Sein Atelier war ein großes Dachgeschoß im fünften Stock. Es wirkte auf sie wie aus Tausendundeiner Nacht. Haufen und Ballen und Bahnen von Stoffen in allen erdenklichen Farben bedeckten lange Tische, sämtliche Stühle und einen Großteil des Bodens.

»Oscar hat mir von Ihnen erzählt«, sagte er munter. »Er hat Sie natürlich auf das perfekteste und sublimste völlig akkurat beschrieben. Ja, unbedingt. Pracht, Drama, Linie, immer Linie, Üppigkeit. Ich sehe Sie in Pflaume, in tiefstem Mitternachtsschwarz, in Granat – nur nicht so etwas Ordinäres wie Rubin ...«

Chess genoß jede Minute der drei Stunden, die Luther mit Maßnehmen, Skizzieren, Faltendrapieren und Farbenauswählen verbrachte. Als sie ging, hatte sie zwar keine genaue Vorstellung, was er jetzt für sie entwarf, aber sie war sicher, daß es nicht die geringste Ähnlichkeit mit ihrer ganzen übrigen Garderobe haben würde.

Miss Ferncliff verbreitete weiter empörte Abscheu, bis sie das

South Kensington Museum erreichten. Der grüngoldene Speisesaal dort war genauso dunkel und langweilig wie die Steak- und Nierenpastete.

Chess sammelte ihre Gedanken. »Ich möchte vor allem das Ulmer Chorgestühl sehen«, sagte sie. Miss Ferncliff war glücklich.

Nach dem Abenteuer in Luther Witsells Atelier sah Chess' hellblaues Abendkleid irgendwie blaß aus. Aber es stand ihr immer noch am besten. Ihre bloßen Schultern schimmerten wie Alabaster, und ihr Halsband funkelte genauso strahlend wie jene, die sie während der Aufführung von Camille gesehen hatte.

Ihr Mädchen Ellis frisierte ihr die Haare in modisch schweren Wellen, die zurückgekämmt wurden und in einem Knoten endeten. Die Lockenwickler waren eine Tortur, aber Chess wollte so gut wie nur irgendmöglich aussehen. Als Ellis noch rote Rosen in den Knoten steckte, fand Chess, daß ihre Wirkung vorzüglich war. Sie hielt den Kopf völlig still, bis ein Page kam und ihr mitteilte, daß Lord Randall im Foyer auf sie wartete.

Ellis rückte das seidene Abendcape auf ihren Schultern zurecht.

»Madam sieht hinreißend aus«, sagte sie.

»Danke, Ellis. Ich werde wohl sehr spät aus dem Theater zurückkommen, also essen Sie doch und legen sich hin, solange ich fort bin. Ich lasse Sie rufen, wenn ich mich auskleiden will.«

Das hatte sie ziemlich gut hingekriegt, dachte Chess. Unbedingt englisch, ganz im schicken Stil der Rotten Row. Zu Hause zog sie sich selber aus.

»War das Stück nicht wunderbar, Randall? Ich habe mich fast um den Verstand gelacht.«

»Ich weiß. Mir hat es auch gefallen.«

Die Atmosphäre in der Droschke war geschwängert von unausgesprochenen Gedanken. Standish nahm Chess' Hand, knüpfte langsam die Knöpfe an ihrem Handschuh auf und entblößte ihr Gelenk. Mit den Lippen berührte er ihren Puls. »Ich habe Hunger«, sagte er, »nach einem weiteren von Escoffiers After-Theater-Omeletts.«

Chess fühlte ihr Herz wie einen Vogel flattern, der seinem Käfig entkommen will.

»Ich ... ich weiß nicht.«

Standish schloß ihren Handschuh. »Doch, du weißt.« Er war ihr sehr nahe in der dunklen Kutsche. Chess konnte Sandelholz und gestärktes Leinen riechen.

Dann drang das helle Licht vom Eingang des Savoy in die Droschke, und sie konnte sein Gesicht erkennen. Er sah wie Mephistopheles aus, düster, selbstsicher, bedrohlich, faszinierend. Chess zitterte.

»Frierst du?« fragte Randall sanft. »Laß mich ...« Er zog den Abendumhang enger um ihren Hals. Seine Finger berührten ihren Nacken und ihre Ohrläppchen.

Als die Tür ihrer Suite hinter ihnen ins Schloß fiel, ließ Randall Hut und Handschuhe auf ein Tischchen fallen. Er stand hinter Chess und umfaßte ihre Schultern, um das Cape zu lösen. Als es heruntergleitt, küßte er ihren Hals. Sein Mund wanderte tiefer, über ihre linke Schulter hinüber zu ihrer rechten. Seine Hände lagen warm um ihre Taille.

»Dreh dich um, Liebling«, flüsterte er in ihr Ohr. Sein Atem war warm und feucht.

»Ich möchte deine Lippen küssen.«

Sie wandte sich in seinen Armen um und bot ihm ihren Mund. Seine Arme waren sehr stark.

Ein Dutzend Küsse später hielt Randall ihren Kopf, und seine Finger liebkosten ihre Haare, während sie Kämme und Nadeln herauszogen. Sie spürte, wie die schweren Strähnen auf ihre Schultern und ihren Rücken fielen.

»Wie schön«, murmelte Standish, »wie ein goldener Seidenvorhang. Laß nie wieder einen Lockenwickler daran.« Er küßte sie.

Sie hörte das Rascheln ihrer Röcke, als er sie aufhob und zum Bett trug.

»Nein«, wollte sie sagen, aber aus ihrer Kehle kam nur ein winziges, flehentliches Wimmern. Seine Hände schoben ihre Ärmel und ihr Mieder beiseite und fanden ihre Brüste. Chess schrie vor Verlangen auf. Ihr Rücken hob sich, damit seine Hände sie noch fester hielten.

»Liebste«, sagte Randall mit einem Lachen, »ich glaube, du bist ziemlich wollüstig. Ich verspreche dir, daß ich dich sehr glücklich mache.«

Chess versank, sie flog, ihre Haut führte ein Eigenleben, brannte und bebte, schrie und verlangte mehr von seinen Händen, seinen Lippen, seiner heißen Haut. Ihr Körper wandte und streckte sich, bot sich seinen Berührungen dar. Sie konnte nicht atmen; ihr Keuchen drang rauh in ihre Ohren.

Randall liebkoste sie, erregte sie, verzauberte sie, beherrschte sie und trieb sie in eine Ekstase, die alles Denken und Begreifen auslöschte.

Und dann begann er – langsam und sanft – von neuem, mit einem leichten Kuß auf ihre Lippen.

»Ich kann nicht«, hauchte Chess.

»Doch«, sagte Standish. »Mein herrlicher, ausschweifender Liebling, du wirst die Sterne hundertmal, nein tausendmal erreichen.«

Die Sterne interessierten sie nicht, nur das rauschende, rasende Wirbeln, das in einer leuchtendroten, wahnsinnigen Leidenschaft explodierte, konnte ihr Verlangen befriedigen.

Randall brachte ihr kaltes Wasser, hob ihren Kopf, führte das Glas an ihre zerbissenen Lippen. Sein Körper schimmerte schweißnaß, seine schwarzen Haare waren ein einziges Lockengewirr.

»Das habe ich nicht gewußt«, sagte sie schwach.

»Trink, Liebste. Und dann schlaf. Und dann lieben wir uns wieder.«

Bevor sie antworten konnte, umfing sie sanfte Dunkelheit, und sie war eingeschlafen.

Die Zeit des schwindelerregenden Leichtsinns begann. Chess fühlte sich, als habe sie das Geheimnis des Lebens entdeckt, den Grund dafür, weshalb sie zur Welt gekommen war. Um gehalten, berührt, geküßt, geliebt zu werden. Sie war auf atemberaubende Weise lebendig. Jede Farbe, jeder Geruch, jeder Windhauch, jeder Sonnenstrahl, jeder Regentropfen – alles war ein kleines Wunder, das in seiner Perfektion genossen werden mußte. All ihre Sinne waren bis zum Zerreißen gespannt. Und warteten immer wieder darauf, von Randall erforscht zu werden. Wenn sie gekonnt hätte, die 24 Stunden des Tages hätte sie zugebracht, ihn zu lieben. Das war allerdings unmöglich, aber dadurch wurden die Stunden ohne ihn nur noch schöner, weil sie die Vorfreude auf das steigerten, was sie erwartete, wenn sie wieder zusammen und allein waren.

Wenn sie zusammen, aber nicht allein waren, verband sie ihre Leidenschaft wie ein leuchtend blauer Strom, der so stark war, daß sie fast glaubten, er müsse sichtbar sein.

Sie gingen in den Zoo, und sie hatte das Gefühl, die Tiere drehten sich nach ihr um, weil sie ihre Erregung spürten. All diese Tiere! Chess war verzaubert. Die Fremdartigkeit der Pelikane und Kamele ließ sie auflachen. Die wilde Schönheit der Leoparden und Jaguare brachte sie zum Weinen. In einer entlegenen Ecke küßte Randall ihre Tränen fort, und dann überließen sie den Rest der Tiere ihrem Schicksal, um in seine Wohnung zu fahren und miteinander zu schlafen.

Er wohnte in den Albert Mansions, einem neuen Ziegelbau mit Etagenwohnungen, die so geräumig wie Häuser waren. Seine Räume machten einen ebenso intellektuellen wie heiteren Eindruck: An allen Wänden standen niedrige Bücherkisten, und darüber befanden sich alte Gemälde und archäologische Fundstücke.

Nur das Schlafzimmer sah anders aus. Es war dunkelblau gestrichen, und über Decke und Wände waren goldene und silberne Sterne verstreut. Das Bett war riesig; jeder seiner vier Pfosten hatte die Ausmaße eines Baumes und war mit den Schnitzfiguren römischer und griechischer Gottheiten verziert.

Ihre Sandalen hatten vergoldete Schnüre.

Sie lernte Randalls Bruder, der ebenfalls ihr Cousin war, und dessen Frau kennen und erfuhr – weil sie ja zur Familie gehörte – von ihnen, welche Qualen damit verbunden waren, jahrelang darauf zu warten, daß man endlich den Titel und die Ländereien erbte.

Auch James Whistler lernte sie kennen und erfuhr – weil sie ja auch Amerikanerin war –, welche Qualen damit verbunden waren, im Ausland zu leben und antiamerikanische Vorurteile ertragen zu müssen.

Oscar Wilde besuchte sie im Savoy in einem grünen Morgenmantel und machte sie berühmt.

Und sein Protegé Luther zog sie so raffiniert an, daß jede Frau, die sie traf, sie anflehte, ihr den Name ihres Schneiders zu verraten.

Sie eignete sich das Protokoll an, was es mit den Besuchen und den Visitenkarten auf sich hatte, und bald war sie fast jeden Nachmittag unterwegs zu Einladungen oder empfing selber Gäste. Und bald redete sie die Honoratioren, die Gräfinnen und die Ladies mit ihren Vornamen an.

Es war das Leben, das ihre Mutter geführt hatte, das Leben, das ihr eigentlich auch bestimmt gewesen war, hätte es den Bürgerkrieg nicht gegeben. Jetzt schwelgte Chess darin.

Abends gab es *Carmen* im Covent Garden oder Mr. & Mrs. Beehrbohm Tree und Mrs. Patrick Campbell im Theater oder Abendgesellschaften bei den Asquiths oder den Rothschilds.

Und es gab immer aufs neue Randalls Umarmungen. Abends oder mittags oder auch morgens, wenn er noch schwitzte von der Fechtstunde, mit der er jeden Tag begann.

Sie hatte jetzt genügend Zeit, sich ihrer Leidenschaft zu widmen. Am Tag, nachdem Randall sie zum ersten Mal besessen hatte, waren die Droschkenkutscher in den Ausstand getreten, und sie hatte Miss Ferncliff entlassen. Seither waren zwei Wochen vergangen, und sie fragte sich, weshalb sie jemals vorgehabt hatte, jede Attraktion aus dem Baedeker zu besichtigen. London war für die Liebe da und die Vergnügungen der jeweiligen Saison. Sie konnte sehen, daß alle so dachten. Jetzt, da sie kennengelernt hatte, welches Glück es war, auf einer Gesellschaft Randalls Blick aufzufangen und das Band zwischen ihnen zu spüren, bemerkte sie, daß es anderen Paaren im Raum ähnlich erging. Liebe hielt die Welt in Schwung, zumindest in London im Mai.

Sie kam zu spät. Randall wartete bereits unten. Aber sie mußte sich umziehen. Ihre neuen Freundinnen würden es als Eklat betrachten, wenn sie am Nachmittag noch das trug, was sie schon am Morgen angehabt hatte. Wenn sie Besuch empfing, mußte sie selbstverständlich auch die Garderobe wechseln, und später war dann ein Abendkleid dran.

Oder ihre nackte Haut. Ihr Atem ging schneller. Vielleicht war nach der Blumenschau Zeit für Liebe, bevor sie zum Tee zu Daisy Merton gingen. Sie hatten heute keine Abendeinladung. Das bedeutete, daß sie sich für Stunden und Stunden in den Armen liegen konnten.

Die Temple Gardens waren ohnehin schon wunderschön. Aber mit der Ausstellung der Königlichen Gartenbau-Gesellschaft, die auf Tischen vor den blütenübersäten Rosenbüschen präsentiert wurde, waren die Farbenpracht und der Duft einfach überwältigend.

Die Herzogin von Fife war königliche Schirmherrin der Veranstaltung. »Eure Hoheit und Knicks«, murmelte Randall Chess ins Ohr. Die Herzogin, von zwei Damen flankiert, kam näher. »Lord Randall«, sagte sie, »ich bin erstaunt, Sie hier zu sehen. Aber ich beglückwünsche Sie zu Ihrer Erfindungsgabe! Wie ist es Ihnen gelungen, die Steinhöfe von Albert Mansions zum Blühen zu bringen?« Sie war eine kleine, untersetzte Frau in den Zwanzigern, die ihren Mangel an Schönheit durch ihr heiteres Wesen wettmachte.

Standish machte einen eleganten Diener. »Ich sage dem Blumenhändler immer, er soll die Lieferung unten an die Treppe legen, Eure Hoheit, und dann trage ich die Blumen ganz allein nach oben.«

Sie schenkte ihm ein helles Lachen. »Ich wußte, daß Sie mir eine schlagfertige Antwort geben würden. Ich habe es meinen Freundinnen vorhergesagt.« Die beiden Damen in ihrer Begleitung betrachteten ihn aus schmachtenden Augen. Sie waren außergewöhnlich häßlich.

»Eure Hoheit, darf ich Ihnen meine Cousine aus Amerika vorstellen?« sagte Standish.

Chess machte eine gute Figur, als hätte sie jeden Tag ihres Lebens Hoheiten kennengelernt.

Princess Louise war die Tochter des Prince of Wales, erklärte ihr Randall später. Er kannte sie schon, als sie noch in den Windeln gelegen hatte. Alle behaupteten, Fife sei ein guter Mann. Das konnte er ihr nur wünschen; denn Louise war immer ein liebes Mädchen gewesen.

»Gibst du ein bißchen an, Randall?«

»Ein bißchen. Bist du beeindruckt?«

»Ein bißchen.«

Es knisterte heftig zwischen ihnen. »Laß uns ins Hotel zurückgehen. Es ist nicht sehr weit.«

»Nein, wir gehen zu mir. Das Savoy ist voller Leute, die alle mit der Blumenschau zu tun haben.«

Auf dem Weg zu Randalls Wohnung blieben sie im dichten Verkehr stecken. »Verdammt! Ich habe vergessen, daß heute ein ›Salon‹ stattfindet.«

»Laß uns aussteigen und einen Spaziergang machen, Randall. Die Kutsche steht noch hier, wenn wir wiederkommen. Ich möchte mir gern die Juwelen ansehen.«

Bei den »Salons« wurden der Königin Debütantinnen vorgestellt, und bei diesen Nachmittagsempfängen traten alle Damen im Abendkleid und im vollem Schmuck auf: Halsband, Brosche, Armreifen, Ohrgehänge, Tiaras oder Kronen. Die Kutschen, in denen die nervösen jungen Debütantinnen vorfuhren, bildeten stets für Stunden eine lange Schlange vor dem Palast, so daß die unglücklichen Mädchen von den Zuschauern, die sich zu diesen Veranstaltungen immer einfanden, ausführlich begafft werden konnten.

»Ich finde es unsagbar vulgär, Chess. Du doch auch, oder?«

»Ja, aber es ist mir egal. Sieh mal, Randall, ob das wirklich Smaragde sind in dem Halsband dort. Sie sind so groß wie Kükeneier.«

»Du bist unverbesserlich. Was fange ich bloß mit dir an?«

Chess blickte ihm in die Augen und lachte. »Möchtest du die Antwort hier in aller Öffentlichkeit haben?«

Später, als sie sich geliebt hatten, fragte Randall sie, ob sie bei Hofe vorgestellt werden wolle. »Es ist nicht auf Debütantinnen beschränkt. Ich könnte dich zum State Ball begleiten, wenn du auf der Palast-Liste stündest. Ich bin sicher, Hermione ließe sich dafür gewinnen.«

»Ich möchte darüber nachdenken. Anstarren ist viel lustiger, als angestarrt zu werden.«

»Entschließe dich bald. Hermione ist nicht gerade die Allerschnellste.«

»Im Gegensatz zu mir.« Chess rollte sich auf ihn. »Mal sehen, ob du mich einholst.« Sie zupfte mit den Zähnen an seinem Ohrläppchen.

»Unersättliche Triebtäterin.«

Chess lachte.

Sie lachte schon wieder, als Randall im Hotel den Schlüssel nicht ins Schloß ihrer Suite bekam. Plötzlich schwang die Tür auf. »Hallo«, sagte Nate. »Kommt doch herein«.

37. Kapitel

Chess hatte praktisch vergessen, daß Nathan existierte. Sie war vollauf damit beschäftigt, die gesellschaftlichen Ereignisse der Saison und die körperlichen Freuden ihrer Liebe zu genießen, und so lebte sie seit seiner Abreise vor drei Wochen außerhalb von Zeit und Raum. Einen Augenblick lang wußte sie nicht, wer da in der Tür zu ihrer Suite stand.

Mit einem Schlag wurde sie aus ihren Luftschlössern gerissen und in die Wirklichkeit zurückgeholt. Dieser grinsende, sommersprossige Barbar dort war ihr Ehemann. Sie hätte am liebsten geheult. Ihr Traum war zu Ende.

Dann spürte sie, wie verräterische Röte ihr die Wangen hochstieg. Bemerkte er es? Kam ihm ein Verdacht? Mit den Händen faßte sie nach ihrem Haar um zu überprüfen, ob es glattsaß. Oh Gott, sie mußte nach Randalls Sandelholzseife riechen. Sie badete immer darin, bevor sie sich ankleidete. Nathan war zu klug, um sich hinters Licht führen zu lassen. Wie würde er reagieren? Was sollte sie sagen?

Standish rettete die Situation. »Willkommen daheim, Nathan. Sie hätten heute abend dabeisein sollen; wir haben ein hinreißendes Stück gesehen. Wie war die Reise? Erfolgreich? Chess hat mir erzählt, Sie waren geschäftlich unterwegs.« Er nahm Chess' Arm, um sie ins Wohnzimmer zu geleiten. Sein fester Griff hatte etwas Beruhigendes.

»Es hat nicht alles so geklappt, wie ich wollte«, entgegnete Nate, »aber ich möchte die Fahrt um nichts auf der Welt missen. Sie haben da oben einen Schiffskanal gebaut, der einmalig in der Geschichte ist. Wußtet ihr ...« Er platzte fast vor Begeisterung über die Triumphe der Ingenieurskunst, die er gesehen hatte.

Chess hörte ihm zu, betrachtete sein lebhaftes Gesicht und haßte ihn mit einer Inbrunst, die fast weh tat. Warum hatte er ihr Leben ruiniert? Warum hatte er zurückkommen müssen? Warum hatte er nicht in Manchester bei seinem großartigen Kanal bleiben können und sie noch ein bißchen länger in ihrem Himmel gelassen?

Warum hatte er sie so lange warten lassen, daß sie erst jetzt erfuhr, wie herrlich Sex sein konnte?

Sie wünschte, er wäre tot. Das war die Strafe, die er verdiente.

Standish beobachtete Chess aufmerksam. Und vorsichtig: Es sollte nicht so aussehen, daß er ihr mehr Aufmerksamkeit widmete, als die Höflichkeit erforderte.

Er war besorgt. Sie hatte keine Erfahrung im Betrügen. Und er wußte, wie eigenwillig und spontan sie auf Ereignisse reagieren konnte. Das machte einen Großteil ihres Charmes aus, aber unter den jetzigen Umständen konnte es katastrophal sein.

Glücklicherweise sagte Nate nach einer halben Stunde, daß er einen langen, anstrengenden Reisetag hinter sich habe. »In Manchester war von diesem Droschkenstreik nicht viel die Rede, und so war ich ziemlich überrascht, am Bahnhof keine Kutschen vorzufinden. Ich habe mein Gepäck zu Fuß ins Hotel tragen müssen. Die Busse waren alle knüppelvoll.« Wenn niemand was dagegen hätte, wollte er jetzt ein Bad nehmen und ins Bett gehen.

»Dann gute Nacht, Nate«, sagte Standish. Er sah Chess an, damit sie seinem Beispiel folgte.

»Gute Nacht, Nathan«, sagte sie mit tonloser Stimme.

Die Tür hatte sich kaum hinter Nate geschlossen, da flog sie Randall entgegen. »Was machen wir nur?« schluchzte sie und schlang die Arme um ihn.

»Schsch, es ist ja gut«, sagte er mit sanfter Stimme, aber mit entschiedenem Griff nahm er ihre Arme und hielt sie fest. »Es hat sich nichts geändert, Liebling, wir müssen einfach nur vorsichtig sein. Was könnte einsichtiger sein, als daß dein Cousin dafür sorgt, dir deinen Aufenthalt in London so angenehm wie möglich zu machen? Also gehen wir weiter zusammen aus, und wir werden auch Zeit für uns allein finden. Glaub mir, es ist nicht so schwierig.

Du mußt nur darauf achten, daß dir kein dummer Schnitzer unterläuft. Bekenntnisse nützen gar nichts. Du mußt auf dich aufpassen, verstehst du?«

Sie weinte, als würde es ihr das Herz brechen. »Küß mich, Randall. Ich kann nicht leben ohne deine Küsse.«

»Hör auf damit.« Seine Stimme klang kalt. »Du bist eine erwachsene Frau, kein Kind.«

Erschreckt verstummte Chess. Noch nie hatte er so barsch mit ihr geredet. Sie blickte in sein strenges Gesicht, und ihre Augen zeigten ihm, daß sie verletzt war und Angst hatte, ihn zu verärgern.

»So ist's besser«, fuhr er fort. »Ich möchte dich nicht so schnell verlieren, Chess. Wirst du tun, was nötig ist, damit wir weitermachen können?«

Sie nickte.

»Bist du ganz sicher?«

»Ja.«

»Ausgezeichnet. Ich besuche dich morgen. Wir gehen in die Royal Academy, um uns die Jahresausstellung mit neuen Gemälden anzusehen. Lade deinen Mann ein, uns zu begleiten. Wir werden so tun, als seien wir ein glückliches Familientrio. Und wenn wir wissen, was er für Pläne hat, können wir unsere danach einrichten.

Chess, entscheidend ist, daß er in eurer Beziehung keine Veränderung entdeckt. Das ist wirklich entscheidend.«

»Ich verstehe.«

»Braves Mädchen. Ich werde um eins unten sein.« Er lächelte diabolisch. »Mit einer größeren Kutsche.« Er nahm seinen Hut und seine Handschuhe und wandte sich zum Gehen.

»Randall!«

Fragend und warnend zugleich hoben sich seine Augenbrauen.

Chess senkte die Stimme. »Randall, möchtest du mir keinen Gute-Nacht-Kuß geben?«

Er legte Hut und Handschuhe beiseite. »Lieber als alles auf der Welt«, sagte er zärtlich. Er nahm sie in die Arme, sein Mund verschlang ihren, und sie versank in einem Strudel der Leidenschaft.

»Denk dran, mein Liebling«, flüsterte er ihr ins Ohr, als er sich von ihr löste, »wir müssen nichts aufgeben, wenn wir uns nur diskret verhalten.«

Sie war noch immer völlig benommen, als er ging.

Chess schlief schwer. Sie entkam zwar der Realität, aber nicht ihren Träumen. Mühsam erwachte sie und gruselte sich vor dem Augenblick, da sie ihrer veränderten Welt ins Auge sehen mußte. Und Nathan.

Er las die Zeitung und trank Kaffee. »Morgen, Langschläferin. Ich habe schon vor einer Stunde gefrühstückt. Was möchtest du? Ich bestell es dir per Sprechrohr.«

Chess schämte sich vor sich selber. Wenn das ganze Leben einer Lady in Brüche ging, sollte sie eigentlich keinen Appetit haben. Aber sie war hungrig. Letzte Nacht hatten Randall und sie nur Champagner getrunken und Erdbeeren gegessen. Sonst nichts.

»Ich nehme verlorene Eier, etwas Lachs und ein paar Scheiben Toast, aber sag ihnen, daß sie schon in der Küche gebuttert werden sollen.«

Gott sei Dank. Es war gar nicht so schwer, mit Nathan so zu reden, als wenn sich nichts geändert hätte, denn er war ganz der alte. Er hatte immer noch diese unglaublich klare und saubere Ausstrahlung – sie hatte vergessen, wie frisch seine Haut und sein Haar immer aussahen. Und er sprudelte immer noch über vor Energie und Plänen.

Nein, sagte er, er könne sich keine Bilder ansehen. Seine neuen Anzüge müßten jetzt eigentlich fertig sein, und daher wollte er zum Schneider gehen und sich dann die restliche Staffage zulegen, die man in England brauchte. »Am Montag möchte ich total herausgeputzt sein, wenn die Gespräche mit den Tabakfirmen anfangen. Den morgigen Tag brauche ich, um die restlichen Papiere und Zahlen zusammenzubringen. Daß ich mich mit den Baumwollspinnereien herumgeschlagen habe, war nicht umsonst; jetzt weiß ich einigermaßen, wie die Engländer Geschäfte machen. Oder eher nicht machen, wenn du mich fragst. Wie auch immer, ich weiß, worauf ich achten muß bei den Zigarettenjungs.

Wie ich schon sagte, Manchester war eine gute Idee, auch wenn nichts dabei herauskam. Dieser Kanal! Kannst du dir das vorstellen, die haben da, wie einen offenen Kasten, einen zweieinhalb Meter tiefen Kanal gebaut. Er überquert sogar ein paar Eisenbahnschienen und etliche Straßen. *Überquert sie*, Chess. Mit zweieinhalb Metern Wasser. Wenn ich es nicht mit meinen eigenen Augen gesehen hätte, würde ich es nicht glauben.«

Er lachte. »›Da kommt Nate und hat mal wieder ein neues Projekt‹, höre ich dich schon sagen. Keine Bange, ich werde unseren Bach nicht über die S&D-Schienen führen. Aber ein toller Anblick war es schon.

Und was ist mit dir, Chess? Hast du dich gut amüsiert, als ich weg war?«

Ihr stockte das Herz – dann klopfte es mit einem großen Sprung weiter. Sie war überrascht, daß ihre Hände nicht zitterten; der Pulsschlag in ihrem Kopf war betäubend laut.

»Ich hatte viel Spaß. Vor dem Streik ist Miss Ferncliff mit mir in die Westminster Abbey und eine ganze Reihe von Museen gefahren. Eins ist vollgestopft mit Maschinen, das solltest du dir vielleicht ansehen. Da gibt's die ersten Lokomotiven und die Dampfmaschine von James Watt ...« Sie trank etwas Kaffee, damit sie mit dem Geplapper aufhörte.

»Klingt interessant«, sagte Nathan liebenswürdig, aber nicht sonderlich überzeugt. Solche Maschinen waren überholt. »Das ist ein hübscher Rock. Ich mag Lila.«

Chess lächelte. »Man nennt es ›pflaumenfarben‹, Nathan. Ich habe einen neuen Schneider, der ist so exotisch, daß ein Besuch bei ihm fast wie Kabarett ist. Oscar Wilde hat mir von ihm erzählt.«

Nate sah sie mit freundlicher Aufmerksamkeit an.

»Oscar Wilde, Nathan! Er ist ein weltberühmter Schriftsteller. Randall hat mich zum Tee in sein Haus mitgenommen. Ich habe Künstler und noch andere Literaten dort getroffen. Ich habe sogar ein Buch bekommen, das noch gar nicht erschienen ist. Ich kann es lesen, bevor die meisten Leute auf der Welt etwas davon erfahren.«

Jetzt war Nate tatsächlich interessiert und beeindruckt. Seine Lesegewohnheiten beschränkten sich zwar auf Erfindungen und Geschäftliches, aber vor Schriftstellern hatte er tiefen Respekt. Sie waren kreativ, wie Erfinder, nur nicht so praktisch. »Kann ich das Buch sehen?« fragte er. »Das ist ja ganz was Besonderes. Wie ist der Autor denn?«

Chess gab ihm eine Beschreibung von George du Maurier,

schilderte sein Wesen und seine juristischen Streitereien. Je länger sie sprach, desto deutlicher stieg die Erinnerung an diesen phantastischen Nachmittag in ihr empor. Bald mußte sie kichern über die Art und Weise, wie diese Bohème redete, sich anzog, lebte. Nathans Vergnügen an den Geschichten erhöhte auch ihres.

»Ich hoffe, du hast nicht die Absicht, unsere Kaminsimse rot zu streichen«, sagte er grinsend. »Hast du denn irgend etwas von dem gefunden, wonach du gesucht hast. Möbel und so, meine ich.«

Chess verschlug es die Sprache. Sie konnte nur den Kopf schütteln. An Harefields hatte sie die ganze Zeit überhaupt nicht gedacht.

»Es scheint hier keine alten Sachen zu geben«, sagte sie schließlich. »Ich hätte Randall fragen sollen, bin aber nicht auf die Idee gekommen.«

»Netter Bursche. Hat er sich um dich gekümmert?«

»Oh ja.« Sie spürte, wie sie errötete. Nathan würde es bestimmt bemerken.

Nathan bemerkte es. Ihm entging so schnell nichts. Aber er führte die geröteten Wangen auf ihren Verdruß darüber zurück, daß es mit den Möbeln nicht geklappt hatte. Chess war immer so zielstrebig bei ihren Einkäufen. Daß sie eine Affäre haben könnte, kam ihm überhaupt nicht in den Sinn. Sie war eine Lady. Für Nate bedeutete das, daß sie Sex geschmacklos, ja vielleicht sogar abscheulich fand.

Seine Gelassenheit übertrug sich irgendwie auch auf Chess, und mit ihrem Erröten war es vorbei.

Standish fuhr mit einer eleganten, dunkelblauen Victoria vor, mit einem Kutscher und einem Lakaien in dunkelblauen und burgunderroten Uniformen. Das war, wie er Chess erzählte, die Standish-Livree. Die Victoria gehörte seinem Bruder David.

Die Gegenwart der Bediensteten war einschüchternd. Randall mußte sich anstrengen, um Chess' Stimme hören zu können. »Wir müssen nicht in die Ausstellung, wir können direkt in deine Wohnung fahren.«

»Wie gehen erst in die Royal Academy.« Er gab sich keine

Mühe, leise zu sprechen. Diener waren in Diskretion geübt. »Du mußt in der Lage sein, über die Gemälde reden zu können, also mußt du sie auch gesehen haben.«

»Ich habe Reproduktionen in den *Illustrated News* gesehen. Sie sind schrecklich.«

Standish lächelte. »Du hast recht, meine Liebe. Für Kunst hast du ein gutes Auge. Aber alle gehen in die Ausstellung, und alle reden mit großer Kennerschaft darüber, die sie sich aus dem Katalog zusammengelesen haben – und darum muß es sein.« Er drückte ihre Hand. »Hör auf zu schmollen. Wir haben den ganzen Nachmittag für uns.«

Die knapp bemessene Zeit gab ihren Liebesspielen eine Dringlichkeit, die Chess als eine ganz neue, aufregende Erfahrung empfand. Sie fragte Randall, ob es ihm genauso ging.

»Natürlich«, sagte er und fuhr mit den Fingerspitzen über ihre Brüste. »Das ist einer der Gründe, warum Affären so befriedigend sind. Die Gefahr des Entdecktwerdens gibt ihnen noch mehr Würze. Kommst du gut zurecht?«

»Ja. Ich bin sicher, daß Nathan nicht das geringste ahnt.«

»Paß auf, daß es so bleibt.« Er küßte ihre Schulter. »Ich habe bei Floris etwas Seife für dich gekauft. Für hier und fürs Hotel ... Ich fände es übrigens gut, wenn du und Nate mich morgen abend zum Essen einladen würdet. Im Savoy findet eine dramatische Gala statt, die wir nicht versäumen sollten.«

Die großen Primadonnen waren alle gerade in London, erzählte er. Die Patti und die Melba von der Oper und die Bernhardt, die Réjane und die Duse vom Theater. Und sie wohnten alle im Savoy.

»Gegen ihre Auftritte im Speisesaal ist der Covent Garden eine lahme Veranstaltung. Jede hält sich für die Größte und ist fest entschlossen, das auch zu demonstrieren. Und der Anblick des armen César Ritz, der es allen recht machen muß, wird das Spektakel noch vergrößern.«

Chess kicherte. »Wir werden eine Menge Spaß haben.«

»Mit deinem Mann«, ergänzte Standish. »Ich werde euer Gast sein.«

Als Lord Randall Chess in ihre Suite begleitete, fanden sie Nate in einem Durcheinander von Kisten und Schachteln vor. In den meisten befand sich seine »Staffage«. In den vier größten befanden sich Zigaretten.

Standish war verblüfft. »Das muß man euch lassen, schnell seid ihr Amerikaner.« Beim Anblick der Sonderanfertigungen für den Prince of Wales brach er in lautes Gelächter aus.

»Ich muß sofort los und mich um die Überbringung kümmern«, sagte er. »Haltet euch morgen frei. Sonntags langweilt Bertie sich immer. Und das hier ist ein perfektes Gegenmittel; wenn er nicht gerade aus der Stadt ist. Ich gebe euch Nachricht, wie es weitergeht.«

Am folgenden Sonntagnachmittag fuhr die Standish-Victoria Lord Randall, Nate und Chess mitsamt einem Mahagoni-Humidor, in dem die königlichen Geschenk-Zigaretten lagen, zum Marlborough House, dem Londoner Wohnsitz Seiner Königlichen Hoheit Albert Edward, Prince of Wales.

Nate und Standish waren beide tadellos nach der neuen Mode gekleidet: kürzerer Gehrock, gestreifte Hosen und strahlendweiße Leinenhemden. Randall hatte die Namen der exquisiten Schneider auf den Schachteln gesehen, als er in der Suite gewesen war. Trotzdem sah Nate immer noch wie Nate aus. Er hatte sich geweigert, seine Haare mit Pomade einzureiben. Das erinnere ihn zu sehr an Tabakteer, meinte er. Chess trug eins ihrer neuen Kostüme: ein »Kutschenkleid« für den Nachmittag mit keulenförmigen Ärmeln und einer kurzen Schleppe. Der breite Kragen und die engen, langen Manschetten bestanden wie bei den Herren aus weißem Leinen. Doch der eigentliche Stoff war ein granatfarbener Chintz, der aus dem üblichen pastellfarbenen Organza, das man jetzt in den feinen Kreisen trug, deutlich hervorstach. Ihre Handschuhe und ihr kleiner Strohhut waren weiß und ohne jeden Zierat und unterschieden sich damit ebenfalls drastisch von der Mode. Sie sah elegant und sittsam und anders aus.

»Mrs. Richardson, Sie müssen so nett sein und mir verraten, wer dieses entzückende Gewand kreiert hat«, sagte Prinzessin Alexandra. Sie hielt ihr Hörrohr ans Ohr.

»Sein Name ist Luther Wistell, Ma'am. Jeder fragt mich danach, aber Sie sind die erste, der ich ihn verrate.«

Die Prinzessin legte einen Finger auf die Lippen. »Ich werde den Namen keiner Seele weitersagen. Schreiben Sie mir bitte die Adresse auf. Meine Zofe bringt Ihnen Papier und Bleistift.«

Der Nachmittag entwickelte sich sehr entspannt, nachdem die Zigaretten übergeben worden waren. Der Prinz bestand darauf, Nate die Hand zu schütteln und ihm auf den Rücken zu klopfen. »Sie sind also der Bursche, der aus Standish zwei Jahre lang einen Witzbold gemacht hat. Mein Kompliment, Mr. Richardson. Der Junge konnte einen kleinen Dämpfer gut vertragen.«

Seine Königliche Hoheit zwinkerte Standish zu. »Ihr Freund gefällt mir, Mephisto. Bringen Sie ihn Dienstag mit, dann haben wir noch mehr von ihm. Ponsoby wird das Nötige arrangieren.« Er wandte seine Aufmerksamkeit wieder Nate zu. »Gehen Sie auf die Jagd, Richardson?«

»Ich schieße nur auf Wild und Feinde, Sir.«

»Das gefällt mir. Ich wünschte, ich könnte das auch von mir sagen, aber meine Feinde sind das ganze Jahr über geschützt. Sagen Sie, gibt es in Ihrem Teil der Welt viele Fasane?«

»Nicht sehr viele. Wir haben mehr Rebhühner.«

»Schmecken hervorragend. Ich habe eine Schwäche für sie.« Die Augen des Prinzen wanderten zu einer jungen Frau in der Nähe.

»Freut mich, daß Sie gekommen sind, Richardson.«

Nate begriff, daß die Audienz beendet war. Er trat einen Schritt zurück und machte ihm den Weg »für eine kleine Wilderei« frei, wie er sich später Chess und Randall gegenüber ausdrückte.

»Was halten Sie von unserem zukünftigen König?«

»Scheint ein ganz normaler Bursche zu sein. Obwohl ich's lieber nicht überprüfen möchte.«

»Gut beobachtet, Nate.«

Standish wußte, was Nate und Chess nicht ahnen konnten: daß ihre eine Stunde im Marlborough House ihnen einen bemerkenswert intimen Einblick in den engsten Freundes- und Familienkreis des Prinzen gegeben hatte. Es waren gerade zwei Dutzend Menschen dagewesen, außerdem alle drei Töchter des Prinzen, Prinzessin Alexandra mit ihrem Handarbeitskorb im Schoß und zwei Welpen, die um Krumen vom Teetisch gebettelt hatten.

»Ich werde wahrscheinlich für den Rest meines Lebens damit angeben«, sagte Chess, »aber ich bin froh, daß es vorüber ist. Ich habe beschlossen, auf den ›Salon‹ zu verzichten, Randall.«

»Welchen ›Salon‹?« fragte Nate. Chess erklärte es ihm, und er lachte herzlich. »Gott segne Amerika«, sagte er. »Darauf kannst du gut verzichten.

Lord Randall räusperte sich. »Ich fürchte, Sie haben diese Wahl nicht, Nate. Sie werden am Dienstag vorgestellt.«

»Was?« fragte Chess ungläubig. »Nathan in seidenen Kniehosen? Niemals.« Sie wollte sich ausschütten vor Lachen.

Aber sie hatte sich getäuscht. »Warum nicht?« entgegnete Nate. »Ich habe mir auch allen möglichen anderen Affenkram gekauft. Die Tabakfritzen wären vermutlich beeindruckt.« Er sah Standish an. »Sie gehören zur Familie, Randall, und ich bin ein absoluter Grünschnabel in dieser Welt. Das habe ich schon in Manchester begriffen. Ich wäre froh, wenn Sie mir ein paar Ratschläge geben könnten, was man tun sollte und was besser nicht. Verstehen Sie irgend etwas vom Zigarettengeschäft in diesem Lande?«

»Ich will mich gern kundig machen. Aber als erstes muß ich Ihnen sagen, daß Sie die Levée am Dienstag nicht schwänzen können. Seine Königliche Hoheit hat gesagt, er möchte, daß Sie vorgestellt werden. Sein Wunsch ist uns Befehl.«

Nate wurde bockig. »Ich mag es nicht, wenn man mir sagt, was ich zu tun habe.«

»Keiner mag das. Manchmal muß man sich allerdings auch in das Unangenehme schicken.«

Nate grinste. »Ich glaube, ich hab's begriffen. Wo kriege ich diese schicken Hosen her?«

»Ich gehe morgen mit Ihnen. Ich leihe mir Hofkleidung immer aus. So oft braucht man sie ja nicht. Wenn es Ihnen ein Trost ist, ich bin verpflichtet, Sie zu begleiten, und ich hasse diese verdammten Levées.«

Was für ein interessantes Paar! Dennoch hatte Chess das Gefühl, daß etwas nicht stimmte. Ihr Ehemann und ihr Geliebter sollten nicht Freunde sein.

Das versprochene Spektakel beim Abendessen lief genauso ab, wie Standish es vorhergesagt hatte. Alle fünf Diven hatten ihre große Entourage und ihre noch größere Vorstellung von der eigenen Bedeutung.

Sarah Bernhardt trug ein Kleid, das derart von farbigen Edelsteinen starrte, daß es auch ohne Trägerin aufrecht gestanden hätte.

Wo die Bernhardt mit Juwelen protzte, trug Eleanora Duse weiße Kamelien aus dem Gewächshaus. Der Rock ihres weißen Chiffonkleides war bedeckt mit Blumen, und auch ihr diamantenes »Hundehalsband« zierte noch eine Kamelie. Sie trug ihren Erfolg als die »Kameliendame« in Alexandre Dumas' Stück zur Schau.

Nelly Melba, die in der kommenden Woche in *La Traviata* auftreten sollte, hatte die Herausforderung angenommen. Ihre Rolle in der Oper war die gleiche, die in dem Drama die Duse spielte. Auch die Melba trug weißen Seidenflor. Ihr Kleid hatte eine meterlange Schleppe, deren aufgestickte Perlen weiße Blumen darstellten. Zwei Pagen in weißem Samt trugen die Schleppe. Auch ihr übriger Schmuck bestand aus Perlen. Acht Schnüre liefen um ihren Hals und reichten in abgestufter Länge bis zur Taille herab, die wiederum von einem Perlengürtel umspannt wurde. In der Hand hielt sie einen gewaltigen Straußenfächer. Eine seiner Federn löste sich, als sie vom Manager des Savoy an dem Tisch vorbeigeleitet wurde, an dem die Duse bereits Platz genommen hatte. Die Feder glitt durch die Luft und zog alle Augen auf sich, weil sie alsbald über dem Kopf der Duse schwebte, ohne daß die Schauspielerin es bemerkte. Als sie schließlich hinter ihrem Stuhl zu Boden flatterte, schien ein erleichtertes Aufatmen durch den Raum zu gehen.

Adelina Pattis langes Cape aus Pfauenfedern schien fast ein Abstieg zu sein nach dem Straußenauftritt der Melba. Aber die Patti war nicht einfach eine Opernprimadonna. Sie war ein italienischer Opernstar, mit all der Extravaganz und Bravour, die ihre Herkunft verlangte. Als sie ihr Cape in die wartenden Arme eines erstaunlich hübschen jungen Italieners warf, stellte sich heraus, daß auch ihr Kleid darunter aus Pfauenfedern bestand. Es waren allerdings keine echten, sondern sie waren täuschend ähnlich nachgebildet aus winzigen Türkisen, Lapislazulis, Smaragden, Rubinen und Topasen. Der erste Gang des Abendessens war rechtzeitig vorher bestellt worden: ein gerösteter Pfau, der wieder zusammengefügt worden war und mit echten Federn gehalten wurde.

Die französische Schauspielerin Réjane schritt nicht etwa in den Speisesaal – sie rannte vielmehr lachend und unentwegt französisch schnatternd herein, wobei sie von Zeit zu Zeit über die Schulter spähte, als ob sie vor jemandem floh. Ihr Kleid bestand ganz und gar aus blauen Straußenfedern, die in der Mitte mit Saphiren und Diamanten besetzt waren. Armreifen mit den gleichen Steinen reichten von den Handgelenken bis zu den Ellenbogen.

Lord Randall hatte ihren Tisch so geschickt hinter eine Reihe von Palmentöpfen stellen lassen, daß sie alles überblicken konnten, ohne selber gesehen zu werden. Das erwies sich jetzt als guter Schachzug, denn Nate schossen vor Lachen schon die Tränen aus den Augen.

»Du lieber Himmel«, sagte Standish. »Heute erwischt es Ritz aber wirklich. Da drüben am Eingang steht jetzt Lillie Langtry.«

Chess verdrehte den Hals. »Ist sie nicht ...«

»Sie war länger die Geliebte Seiner Königlichen Hoheit als alle anderen«, sagte Randall. »Als ihre Zeit vorbei war, hat er dafür gesorgt, daß sie Schauspielerin wurde.«

Mrs. Langtry war wie die anderen Stars eine außergewöhnlich schöne Frau. Aber im Gegensatz zu ihnen war sie nicht so auffallend gekleidet. Ihr rotgoldenes Haar sorgte allerdings für reichlich Farbe, und ihr schwarzes Spitzenkleid hatte ein Dekolleté, das ihren legendären Busen auf fast gefährliche Weise darbot.

»Glaubt ihr, sie fallen heraus?« fragte Chess flüsternd.

Nathan und Standish sahen sie verblüfft an. Sie hatten sich natürlich die gleiche Frage gestellt, wie alle anderen im Raum auch. Es war genau das, was Mrs. Langtry beabsichtigt hatte.

Buchstäblich niemand, der an diesem Abend im Savoy dinierte, konnte sich hinterher daran erinnern, was es zu essen gegeben hatte. Die Veranstaltung ging in die Chronik des Hotels ein. Und Escoffiers Gerichte, die er eigens für seine erlauchten Gäste kreiert und nach ihnen benannt hatte, wurden noch nach Jahren von Küchenchefs in der ganzen Welt kopiert. Pfirsich Melba tauchte sogar auf den Speisekarten in einer texanischen Grenzstadt namens Lillie Langtry auf.

38. Kapitel

Chess wußte, daß es töricht von ihr war, sich über Nate zu ärgern. Er konnte nichts dafür, daß der Prince of Wales ihn bei dieser Levée sehen wollte. Aber sie war trotzdem wütend. Nathan würde zwei Tage mit Randall verbringen, zwei Tage, an denen Randall bei ihr hätte sein können. Der Montag paßte zu ihrer Stimmung. Es regnete. Aber es war nicht einer dieser leichten, kurzen Schauer, an die sie sich in London gewöhnt hatte, sondern ein beständiger, grauer, schwerer Wolkenguß.

Sie wünschte Nathan Glück, als der Page kam und ihm meldete, daß Lord Randall unten auf ihn wartete, und dann schrieb sie lange Briefe an Gussie und Edith. Danach warf sie die Feder hin. Es gab zwar noch einige Briefe, die sie schreiben sollte, aber die mußten warten. Sie war zu ruhelos, um weiter stillsitzen zu können.

Sie wollte bei Randall sein. Gestern war der erste Tag seit Beginn ihrer Affäre gewesen, an dem sie sich nicht geliebt hatten, und ihre Sehnsucht nach ihm machte sie verrückt.

Und heute? Und morgen? Und all die Tage danach? Wann würden sie wieder zusammensein? Es war unerträglich.

Wie ein eingesperrter Löwe ging sie in der Suite auf und ab, bis die Nachricht abgegeben wurde, die Kutsche, die Mr. Richardson bestellt habe, stünde jetzt bereit. Sie sollte ihr für den Rest ihres Aufenthalts zur Verfügung stehen.

»Sagen Sie dem Kutscher, ich komme gleich nach unten«, befahl Chess dem Boten. Regen oder nicht, sie mußte hier raus.

Sie erkundigte sich bei dem Portier nach alten Möbeln; er gab ihr eine Liste mit Antiquitätengeschäften, wo sie vielleicht fündig werden könnte. Sofort fühlte sie sich besser.

Am frühen Nachmittag kehrte sie mit Kopfweh und einem Gefühl der Verzweiflung zurück. Alle Antiquitäten waren französisch gewesen, die meisten waren vergoldet, und alle Ladenbesitzer hatte ihr das gleiche erzählt: daß es für englische Möbel aus dem vorigen Jahrhundert keine Käufer gab und sie deshalb nicht angeboten wurden. Es war unwahrscheinlich, daß sie irgendwo welche finden würde.

Nathan kam zurück. Er war, fand sie, außerordentlich amüsiert über seine Erlebnisse beim Kleiderverleih.

»Du brauchst etwas zu essen«, sagte er. »Wenn deine Kopfschmerzen vorbei sind, können wir entscheiden, was wir hiermit machen.« Er wies auf einen Korb voller großer, quadratischer, weißer Umschläge.

Die Nachricht von ihrer Einladung in Marlborough House hatte sich wie ein Lauffeuer verbreitet. Es waren achtzehn Einladungen zu Empfängen, zum Tee und zum Abendessen gekommen.

»Gütiger Himmel«, sagte Chess, »ich esse lieber schnell und zieh mich dann um. Ich habe so eine Ahnung, daß mich heute nachmittag eine ganze Menge Damen besuchen werden.«

Es kamen siebenunddreißig. Glücklicherweise waren die Regeln für solche Besuche sehr genau. Fünfzehn Minuten waren das äußerste Limit. Die Damen kamen und gingen, und der Stühlevorrat im Wohnzimmer reichte gerade aus.

Zwischen all die Fragen, wer noch beim Prinzen gewesen sei und was die Prinzessin getragen habe, konnte Chess auch eine eigene Frage anbringen, wo sie alte englische Möbel finden könne. Eine Besucherin sagte, sie habe da etwas von Daisy Pollingers Tante oder war es die Großtante? – gehört. Von der habe Daisy eine Menge alten Krempel geerbt, den sie nur zu gern loswerden wollte. Nein, Daisy war nicht in der Stadt, sie kam grundsätzlich nie nach London. Sie war zwar ein lieber Mensch, aber ziemlich schrullig, verstehen Sie?

Das galt auch für die Stunde, in der man formelle Besuche machte. Eine Stunde, von drei bis vier. Um Viertel vor vier meldeten sich wieder Chess' Kopfschmerzen. Und sie hatte einen gräßlichen Fehler gemacht. Sie hatte erwähnt, daß Nathan am nächsten Tag bei der Levée anwesend sein werde.

Das endlose Geschnatter hatte immerhin zu den Namen von drei Läden geführt, wo sie vielleicht ein paar Chippendale-Stühle ergattern konnte. »Eine ziemlich armselige Ausbeute«, sagte sie zu Nathan, »aber wenigstens etwas. Ich gehe morgen vormittag mal hin. Und während du nachmittags im Palast herumhüpfst, empfange ich ausnahmsweise keine Besuche, sondern mache selber welche. Das dauert zwar länger, ist aber besser für die Nerven.«

Sie wollte Hermione Standish aufsuchen, hatte sie beschlossen. Sie mußte Randalls Namen aussprechen, die Silben auf ihren Lippen spüren; und mit Nathan wollte sie lieber nicht über ihn reden. Sie hatte ihn schon gefragt, ob Randall mit ihnen zu Abend essen wolle. Sie hoffte, daß er ihren Kummer über Standishs Ablehnung nicht bemerkt hatte.

»Warum gehen wir dann nicht heute abend wieder in den Speisesaal?« schlug Chess vor. Vielleicht konnte sie den Stuhl bekommen, in dem Randall gesessen hatte. Irgendwie mußte sie Kontakt mit ihm haben, oder sie wurde verrückt.

»Gute Idee«, fand Nate. »Bestimmt gibt es wieder was zu sehen.«

Chippendale-Stühle waren nirgends aufzutreiben. Ermattet und wieder von Kopfweh geplagt, kehrte Chess ins Savoy zurück.

Randall war da, und sie war kuriert. »Nate ist schon fast umgezogen«, warnte er sie. Dann küßte er sie rasch, während seine Finger über ihre Brüste strichen. Er stand am anderen Ende des Wohnzimmers, und Chess saß auf dem Sofa, als Nate hereinstolzierte. Er sah prächtig aus in der grünen Brokatseide, den weißen Strümpfen und den Samtschuhen mit den glänzenden Straßknöpfen.

»Ich komme mir vor wie ein Esel, der Schleifen um seine Ohren und seinen Schwanz hat«, sagte er. Randall gab ihm einen langen Umhang. Ein anderer bedeckte seine eigene Pracht. Chess hatte gar nicht bemerkt, daß er wie einer der drei Musketiere aussah. Sie hatte genug damit zu tun, nicht quer durchs Zimmer zu laufen und sich in seine Arme zu werfen. Ihm nah zu sein und ihn nicht berühren zu dürfen war noch schlimmer, als von ihm getrennt zu sein.

Um das Unglück dieses Tages vollzumachen, war Hermione nicht zu Hause. Chess sagte dem Kutscher, er möge sie bis nach vier herumfahren und dann ins Hotel bringen. Sie verkroch sich in eine Ecke des Landauers und weinte.

»Was ist mit deinen Augen«, fragte Nate, »sie sind ja ganz rot.« Sie sagte, daß ihr Asche ins Gesicht geweht sei. »Hast du dich amüsiert?«

»Nein, nicht im geringsten. Daß ich wie ein Trottel aussah, war ja schon schlimm genug, aber dann hat Seine Königliche Allmächtige Hoheit noch einigen Ärger obendrauf gepackt. Er wünscht, daß ich heute abend mit ihm im Club Karten spiele.«

Chess hatte das Gefühl, ihre Füße lösten sich vom Boden. Bestimmt kam Randall in dem Augenblick zu ihr, da Nate sie verließ. Gesegnet sei der Prince of Wales.

Sie liebten sich in dem schmalen Bett, das in einem der kleinen Dienerzimmer stand, die zu der Suite gehörten. »Du weißt gar nicht, wie sehr ich dich vermißt habe«, sagte Randall, als sie sich danach ausruhten.

»Ich habe dich zehnmal mehr vermißt«, flüsterte Chess an seinem Mund. Voller Verlangen preßte sie ihren Körper an seinen.

Aber er stand auf. »Wir müssen unsere Chancen nutzen, aber wir dürfen nicht unvorsichtig werden. Komm morgen zu mir. Sag, daß du einkaufen gehst. Ich muß jetzt gehen, und du mußt baden. Du riechst nach Liebe.«

»Ich liebe es, nach Liebe zu riechen ... nach dir«, protestierte Chess, aber sie wußte, daß er recht hatte. Und morgen war bald.

In den folgenden Tagen erkannte Chess, wie recht Randall mit seinen Vorhersagen gehabt hatte: Die Heimlichkeit und die Gefahr der Entdeckung machten ihre Rendezvous nur noch aufregender.

Wie alle in London ging sie mit Nathan zum Derby, dem wichtigsten Pferderennen des Jahres. Auf dem Rennplatz in Epsom Downs drängten sich die Zuschauer. Herzöge standen Ellbogen an Ellbogen mit Straßenkehrern, Gräfinnen neben Barmädchen, und alle amüsierten sich großartig, obwohl es den ganzen Tag über immer wieder mal regnete.

Nate fand für Chess eine Holzkiste, auf die sie sich stellen konnte, und mit seinem massigen Körper bewahrte er sie davor, von den hin und her wogenden, schreienden Menschen um sie herum erdrückt zu werden. Sie jubelte laut, als Lord Roseberys Einjähriger gewonnen hatte, und Tausende jubelten mit ihr. Der gutaussehende neue Premierminister hatte noch nichts getan, um die Leute gegen sich aufzubringen, und es gefiel ihnen, einen Sportsmann an der Spitze der Regierung zu haben.

Am späteren Nachmittag drängte sich Standish durch die Menge, um ihnen hallo zu sagen. Als Chess ihn näherkommen sah, fühlte sie sich wie die glücklichste und attraktivste Frau auf der Welt, weil *sie* es war, der er nahe sein mußte. Seine Verbeugung und der flüchtig angedeutete Handkuß waren zwar alles, was die gesellschaftlichen Regeln zuließen; aber durch den Handschuh spürte sie den kaum merklichen stärkeren Druck seiner Finger. Während er mit Nathan lachte und plauderte, genoß sie es, ihren Gesichtsausdruck so zu zügeln, daß sie nur das zu interessieren schien, was er zu ihrem Mann sagte, und mit keiner Miene auf die Berührung seiner Schulter zu reagieren, als die Umstehenden sie anrempelten.

Standish hatte schlechte Nachrichten für Nate. Seine Königliche Hoheit wäre sehr erfreut, wenn Nathan heute abend wieder in den Marlborough Club käme. Um elf Uhr zum Bakkarat.

Das Spiel am Abend zuvor hatte dem Prinzen außerordentlich gefallen. Eine Woche lang saß Nate nun fast jeden Abend im Club. Immer ging er erst sehr spät weg und kam nicht vor dem Morgengrauen wieder. In dieser Zeit besuchte Randall Chess; am Vormittag kam sie dann zu ihm. Sie entwickelte immer mehr Übung darin, nichtexistierende Läden zu erfinden, die nichts von dem hatten, was sie suchte.

Doch sie wurde auch immer müder, denn nachmittags empfing sie oder machte Besuche, und praktisch jeden Abend waren Nathan und sie irgendwo zum Essen. Nach der Levée hatten die Einladungen sich vervielfacht.

Auch Nate war der Erschöpfung nahe, denn tagsüber führte er Verhandlungen mit den großen Tabakverarbeitern und versuchte sie zu überreden, bei seiner geplanten Gesellschaft mitzumachen. »Ich könnte deinen Cousin dafür umbringen, daß er mich in dieses Marlborough-Club-Leben hineingezogen hat«, sagte er, »wenn nicht zufällig zwei der größten Tabakmänner Englands aufgetaucht wären. Ich habe dafür gesorgt, daß ich gegen sie verliere, zusammen mit Bertie.« Er schmunzelte, aber es klang müde. »Nicht schlecht, wenn ein Junge von einer Tabakfarm in Alamance County den nächsten König von England ›Bertie‹ nennen darf.«

Er tat Chess leid, und sie haßte es, ihn anzulügen. Sie war sicher, daß er sie nie angelogen hatte. Aber das Begehren, das sich ihrer bemächtigt hatte, war stärker als alles, was ihr je begegnet war, und in seinem Mittelpunkt stand Randall, standen seine Hände, sein Mund, sein Körper. Sie war ein Opfer ihrer Leidenschaft.

Am 11. Juni war der Droschkenstreik plötzlich vorbei. Die Straßen kamen Chess jetzt noch voller vor als bislang schon. Die Fahrt zu Randalls Wohnung dauerte doppelt so lange, und bei der Ankunft war sie doppelt so erregt. Am 12. teilte Randall ihr mit, daß er am Wochenende nicht dasein werde.

»Ich möchte auch nicht ohne dich sein, Liebste, aber Seine Königliche Hoheit hat mich für die Königliche Themse-Regatta auf seine Jacht kommandiert. Du weißt, das kann man nicht ablehnen. Aber es sind doch nur zwei Tage, Chess, nimm's bitte nicht so schwer.«

»Warum kann Nathan nicht für dich hingehen? Er ist derjenige, der beim Kartenspielen zuverlässig verliert.«

Standish lachte. »Er hat Seiner Hoheit erzählt, daß er furchtbar seekrank wird.«

»Das wird er nicht.«

»Er ist ein kluger Bursche, dein Mann.«

Chess war der Meinung, daß er die letzten beiden Worte betont hatte. War er ärgerlich? Wurde er ihrer überdrüssig? Sie erinnerte sich an die zuckersüße Boshaftigkeit einer Dame auf einer Gesellschaft. »Sie müssen schrecklich glücklich sein, daß Sie diejenige sind, die in dieser Saison Mephistos Gunst gefunden hat. Er ist ein großartiger Liebhaber, bis er anfängt, sich zu langweilen.« Chess brachte keine Klagen mehr vor und gab sich mit den zwei Tagen zufrieden, die ihr bis zum Wochenende noch blieben.

Der Samstag und der Sonntag verliefen friedlich. Chess war sich gar nicht bewußt gewesen, wie dringend sie etwas Ruhe gebraucht hatte, bis sie merkte, wie gut sie ihr tat. Langsam spazierten sie und Nate durch die Gärten am Fluß, aßen Eis, gingen zu einem Konzert in Freien. Und sie redeten miteinander. Es war Wochen her, daß sie Zeit für eine Unterhaltung gehabt hatten.

Er war kurz davor, einen der Tabakmänner für seine Gesellschaft zu gewinnen, glaubte Nate. Und wenn der Anfang erst gemacht war, würden die anderen folgen.

Hatte er ihr das schon einmal erzählt? Hatte er ihr eigentlich nach den ganzen Treffen mit diese Männern überhaupt etwas erzählt? Sie konnte sich nicht erinnern.

Zum ersten Mal fühlte Chess sich schuldig, daß sie eine Affäre hatte. Nathan hatte sie nie geliebt, in keiner Weise. Aber er hatte sie immer als gleichberechtigten Partner in jenem Teil seines Lebens betrachtet, der für ihn der wichtigste war, bei der Entwicklung seiner Geschäfte. Er hatte dem Unternehmen sogar ihren Namen gegeben, *Standish*.

Aus Gesprächen mit anderen Frauen wußte sie, daß deren Männer nichts mit ihnen teilten, außer dem Namen und – gelegentlich – dem Bett. Sie war so unendlich viel besser dran als jene. Sie hätte ihn niemals, nicht einmal für eine Minute so hinters Licht führen dürfen, wie sie es getan hatte. Egal, wie verrückt sie nach Randall war, sie hätte sich zumindest dafür interessieren müssen, was Nathan machte, ob er Erfolg hatte.

»Hast du das hier gesehen?« Nathan gab ihr die Samstagsausgabe der *Illustrated News*, einer eleganten Wochenzeitung. Er hatte eine Anzeige eingekreist. *Full Dress*-Zigaretten wurden da in großer Schrift angepriesen. In kleineren Buchstaben erfuhr das Publikum, daß sie bei allen Tabakhändlern erhältlich waren, und noch kleinere Buchstaben verrieten den Hersteller: »Kinney Bros. N.Y.«

»Das ist eine von den Firmen, die Buck Duke übernommen hat«, sagte Chess. »Was machen die hier in London? Glaubst du, er weiß, was du vorhast, Nathan?«

»Wahrscheinlich, aber ich bin nicht sicher. Diese Engländer sind so einsilbig, daß sie es nicht einmal mögen, wenn man sie mit Namen anspricht. Als ob es ein Geheimnis wäre, wer sie sind und ob sie gar etwas mit irgendwelchen Geschäften zu tun haben. Ich kann mir vorstellen, wie sie jedem Angestellten, der

Bucks Jungs oder sonst jemandem was erzählt, die Zunge herausreißen.«

»Glaubst du, daß die American Tobacco Company hier einen Preiskrieg anfängt? Das ist doch eine Spezialität von Duke, oder?«

»Jedenfalls führt er ihn jetzt zu Hause. Aber es geht immer noch um Kautabak, nicht um Zigaretten, und er hat es mit richtigen Gegnern zu tun. Dick Reynolds hat zwar nicht viel Geld auf der Bank, aber *Liggett & Myers* können Bucks Preisschnitte eine ganze Weile mitmachen, bevor ihnen die Luft ausgeht.

Unser Zeitplan ist genau richtig. Buck hat zu Hause genug zu tun. Ich bin froh, daß ich diese Kinney-Anzeige gesehen habe. Damit kann ich die Leute erschrecken, mit denen ich gerade verhandle.«

Chess sah ihn anklagend an. »Nathan Richardson, hast du diese Anzeige vielleicht selbst in die Zeitung gesetzt?«

»Würde ich so etwas Schmutziges und Gemeines tun?« Seine Augen blickten fröhlich; Chess fand, daß er auch gar nicht mehr so müde aussah. Im stillen legte sie ein Gelübde ab, daß sie ihm ab sofort wieder eine bessere Partnerin sein wollte.

Aber am Montag kam Randall. Er hatte gute Nachrichten: Die *Standish*-Zigaretten waren der große Schlager auf der königlichen Jacht gewesen. Bertie wollte sie fortan als offizielle Zigaretten im Marlborough Club einführen.

»Da rauchen alle Zigarren«, bemerkte Nate trocken, »das kommt ihn nicht teuer.«

»Aber du bestellst noch welche, oder?« fragte Standish.

»Ist bereits geschehen. Vor Ende des Monats müßten zehn Kisten eintreffen. Das sind nur noch zwölf Tage von heute an.«

Chess atmete heftig ein. Hastig entschuldigte sie sich und murmelte etwas von einer Verdauungsstörung. In Wirklichkeit konnte sie nicht glauben, wie rasch die Zeit verflogen war. Sie konnte es nicht fassen, aber am 2. Juli wollten sie nach New York zurückreisen. Sie konnte Randall nicht verlassen, und sie würde es auch nicht tun.

Mit wilden Augen sah sie ihn an. Sein Blick mahnte sie zur Vorsicht.

»Du kannst ja heute abend damit anfangen, die Herrschaften

im Club zu ermutigen, von der Zigarre zur Zigarette zu wechseln«, sagte Standish mit einem teilnahmsvollen Grinsen. »Seine Hoheit hat mich gebeten, seine Einladung zu übermitteln.«

Chess sah hinunter auf ihre Knie, um die freudige Überraschung, die auf ihrem Gesicht zu lesen war, zu verbergen. Sie konnte die Nacht mit Randall verbringen.

Und bis Juli waren es noch fast zwei Wochen. Was konnte in zwei Wochen nicht alles passieren. Nathans Verhandlungen mußten verlängert werden, der Prinz konnte mit ihm zum Spielen nach Paris fahren, eine Million Dinge waren möglich.

Jetzt wollte sie nur noch für den Augenblick leben. Wenn Randall bei ihr war, wurde alles andere unwichtig.

39. Kapitel

In dieser Woche fanden die Rennen in Ascot statt. London leerte sich, doch nicht so sehr wie für das Derby; denn in Ascot traf sich der Adel, nicht alle Welt. Die Rotten Row lag verlassen da, aber nicht der Strand. Irritiert betrachtete Chess den dichten Verkehr.

Im Moment irritierte sie alles. Nathan hatte erklärt, daß er nicht nach Ascot wolle; in Epsom Downs habe er genug vom Pferderennen in England gesehen. Und was den Rest des Jahres anging, so werde sein Bedarf an Rennen auf dem eigenen Oval daheim vollauf gedeckt.

Randall konnte sie nicht begleiten. Er war zu einer Landgesellschaft in der Nähe von Windsor eingeladen und würde von da aus direkt zu den Rennen fahren.

»Alle fahren aufs Land«, hatte er gesagt. »Ich habe angenommen, du und Nathan wärt auch von irgend jemand eingeladen worden. Du bist doch sonst überall eingeladen.«

»Also, wir sind es nicht. Und jetzt sehe ich dich drei ganze Tage nicht.«

Er berührte ihren Mund. »Stell dir vor, wie es ist, wenn ich wieder zurück bin und du den Hunger von drei Nächten in dir spürst ... Es wird noch viel besser sein als das hier.« Und seine Finger packten in ihre Haare und zogen ihr Gesicht seinen Lippen entgegen.

Aber das war vor zwei Tagen gewesen. Und außerdem hatte sie getan, was sie sich geschworen hatte, nicht zu tun: Sie hatte geschmollt und Forderungen gestellt, anstatt liebevoll und amüsant zu sein. Jetzt quälte sie sich mit sämtlichen Geschichten, die sie über Landgesellschaften gehört hatte. Sie waren offensichtlich nicht mehr und nicht weniger als sorgfältig arrangierte Ehebruchsveranstaltungen, bei denen es sogar Listen der Schlafzimmer und ihrer Benutzer gab, so daß man nicht aus Versehen ins falsche Zimmer stolperte.

Wer war mit Randall da, an seiner Seite, wo sie eigentlich sein sollte?

»Geht es etwas schneller?« rief sie dem Kutscher zu, obwohl sie wußte, daß er sein Bestes tat. Sie wünschte, die elenden Droschken hätten nie mit ihrem Streik aufgehört.

Luther Witsell freute sich wahnsinnig, sie zu sehen. Er sprang auf die Zehen, schleuderte Bahnen von Seide von einem Stuhl und bat sie, Platz zu nehmen. »Sie brauchen Ihr Begehren nur zu flüstern, und es wird erfüllt«, verkündete er. »Einen Rock aus Schmetterlingsflügeln? Einen Schal aus Mondstrahlen?«

Chess lachte zaghaft. Eigentlich wollte sie ihre Griesgrämigkeit nicht aufgeben, aber Luthers gute Laune war unwiderstehlich.

»Der Ball der Herzogin von Devonshire«, sagte sie. Luther warf die Arme in die Höhe und fiel unbekümmert auf die Knie.

»Das Ereignis der Saison«, sagte er. »Ich muß meine Musen übertreffen.« Er zupfte mit seinen langen Fingen an seinen ungebärdigen orangenen Haaren.

Chess konnte das schmale Bett und den kleinen Tisch mit dem Gaskocher sehen, die eigentlich hinter einem Wandschirm in der Ecke unsichtbar sein sollten. Was bin ich doch für ein selbstsüchtiges Ekel, dachte sie. Wenn ich allen, die mich gefragt haben, seinen Namen gegeben hätte, könnte er jetzt schon einen Riesenerfolg haben. Ich vermute, die Prinzessin hat mich nur gefragt, um höflich zu sein. Für jemanden in ihrer Position ist Luther viel zu avantgardistisch. Sie ist darauf festgelegt, die nächste Königin zu werden; sie kann es sich nicht leisten, anders zu sein.

»Ich sehe Ihre Alabasterhaut wie das Licht des Mondes in der Dunkelheit eines verborgenen Gartens«, erklärte Luther.

Chess lauschte ihm voller Aufmerksamkeit. Die Einladung zu dem Ball war die endgültige Anerkennung ihres gesellschaftlichen Erfolges. Sie hatte ein Dutzend Geschichten von Damen – und auch Herren – gehört, die verzweifelt versucht hatten, eine Einladung zu ergattern. Es störte sie nicht, daß sie ihre vermutlich Nathans Freundschaft zu dem Prinzen verdankten. Sie war ja auch eingeladen, und das entschädigte sie für den Affront, daß man sie bei den Landgesellschaften übergangen hatte.

»Es darf nicht zu schwer sein, Mr. Witsell«, warnte Chess. »Mitte Juli kann es sehr heiß sein.« Sie weigerte sich zu glauben, daß sie dann nicht mehr in England war.

»Und tausend Kerzen werden den Ballsaal erleuchten«, seufzte Luther. »Es wird wie in der Hölle sein.«

Als Chess die vielen Stufen von Luthers Studio herabgestiegen war, trat sie hinaus in eine graue Nebelwand. Im ersten Augenblick war es erschreckend. Sie konnte ihre Kutsche nicht sehen, und sie hörte zwar gedämpfte Schritte, konnte aber auch keine Menschen erkennen. Es war der erste dichte Nebel, den sie erlebte.

Sobald sie wußte, worum es sich handelte, war sie begeistert. Das war es also, wovon sie gelesen hatte. Die Schattenfigur dort, die sie kaum ausmachen konnte, war vielleicht eine Figur aus einer Sherlock-Holmes-Story.

»Hallo!« rief sie. »Ist die Richardson-Kutsche hier?« Der Lakai, der auf dem Hintersitz hockte, fand den Weg zu ihr und führte sie langsam zurück zu dem Landauer.

»Fahren Sie mich zur Baker Street«, befahl Chess dem Fahrer.

»Und wohin dort, Madam?«

»Baker Street«, wiederholte Chess, »Nummer 221 B.«

Der Kutscher wählte seine Worte sorgfältig. Mr. Holmes, erklärte er, sei keine wirkliche Person.

Chess lachte. »Ich weiß. Außerdem ist er tot. Aber ich will trotzdem in die Baker Street.«

Sie sah aus dem Fenster, während die Kutsche durch die Straßen kroch. Manchmal tauchten aus dem Nichts plötzlich ein Gesicht oder ein Pferd oder ein Briefkasten oder ein Laternenpfahl auf und verschwanden ebenso schnell wieder. Alle Geräusche klangen verzerrt und gedämpft. Einmal hörte Chess Gesang, dann einige Schluchzer.

Es war alles sehr merkwürdig und auf diese merkwürdige Weise schön.

Sie ging die vier Seiten des Straßenblocks, in dem Holmes seine fiktive Wohnung hatte, zu Fuß entlang. Den Eingang zu Nummer 221 B konnte sie nicht sehen, denn es gab ihn nicht. Aber auch an den anderern Häusern konnte sie keine Schilder entdecken. In einem von ihnen befand sich vielleicht der Raum mit der wissenschaftlichen Ausrüstung des großen Detektivs. In dieser Welt voller Grau war alles vorstellbar.

Sie mußte sich mit den Fingerspitzen an den Hauswänden entlangtasten, oder sie würde sich verlaufen, wie der Kutscher ihr besorgt vorhergesagt hatte. Sie kam langsamer als eine Schnecke voran. Als einmal ein Treppenhaus in die Straße ragte, mußte sie sich an seinen drei Seiten entlang bewegen, ehe sie wieder eine Hauswand erreichte.

Es war ein herrliches Abenteuer.

»Ich befürchtete schon, daß du dich verlaufen hast«, sagte Nathan, als sie wieder im Hotel war.

»Das hatte ich mich auch für ungefähr eine Stunde«, erwiderte Chess, »aber absichtlich.« Sie erzählte ihm von den unsichtbaren Häusern in der Baker Street.

»Ich bin fast in den Fluß marschiert«, sagte Nate lachend. »Ich dachte, ich sei auf dem Strand, aber ich war in einer Straße, die im rechten Winkel dazu verlief. Wenn nicht ein kleiner Rowdy versucht hätte, mir meine Börse zu stehlen, wäre ich jetzt Fischfutter. Als er mich zu Boden geschlagen hatte, konnte ich unter dem Nebel sehen. Er bewegt sich nämlich immer auf und nieder.«

»Wenn ich das gewußt hätte, wäre ich niedergekniet, um zu sehen, wo ich war.«

»Willst du es ausprobieren?«

»Oh ja.«

Hand in Hand stolperten sie durch den Hotelgarten zum Ufer.

»Er löst sich auf«, rief Chess enttäuscht. »Da oben sind schon ein paar Fetzen vom Himmel zu sehen.«

»Dann leg dich schnell hin, bevor er ganz weg ist. Im Sommer gibt es angeblich ganz selten Nebel.«

Sie kniete nieder und legte sich dann auf den Kiesweg. Ihre Nase berührte fast ein paar Nelken. Ihr würziger Duft war stark und süß.

Nach einer Minute fühlte sie Nathans Hand unter ihrem Arm. »Steh lieber auf, bevor dich jemand sieht und einen Krankenwagen ruft. Der Nebel verschwindet schnell.«

Zögernd gehorchte Chess. Sie hatte seit Jahren nicht mehr soviel übermütigen Spaß gehabt, und sie hatte noch nie gesehen, was für ein Kunstwerk so eine kleine rosa Blume war.

An jenem Abend aßen sie in ihrer Suite. Nathan sagte, er habe keine Lust, sich in Schale zu werfen, und Chess stimmte ihm zu. Es war wirklich angenehmer, zur Abwechslung mal etwas Lokkereres zu tragen.

Nach dem Essen lasen sie. Nathan nahm sich ein ganzes Bündel von Berichten aus den Fabriken. Chess holte die Andruckseiten von George du Mauriers Roman hervor, die Randall ihr gegeben hatte. Sie erinnerte sich, wie seine Fingerspitzen ihre berührt hatten, als er ihr die Seiten überreichte, und ein kleines Kribbeln durchlief sie. Er würde bald zurück sein.

Der Roman hatte viel Bohème-Atmosphäre. Bald war Chess völlig in ihn vertieft. Die Heldin war ein junges Künstlermodell in Paris namens Trilby. Sie benahm sich ziemlich schockierend; sie posierte nackt, schlief ohne jedes Schuldgefühl mit mehreren Männern und rauchte Zigaretten.

Chess unterbrach ihre Lektüre, um Nathan von Trilbys Rauchgewohnheiten zu erzählen. »Vielleicht rauchen alle lockeren Frauen. Du solltest jemanden in den Teil der Stadt schicken, wo sie zu finden sind. Wenn es stimmt, könntest du dort eine Menge Zigaretten verkaufen.«

Nathan machte ein neutrales Gesicht und drehte eine Seite um. Er wußte bereits, daß etliche Prostituierte rauchten. Er hatte mehrfach ein einschlägiges Haus besucht, aber er entschied sich immer für Nichtraucherinnen. Er haßte den Tabakgeruch.

Chess blieb noch lange auf, nachdem Nathan zu Bett gegangen war. Sie war jetzt ganz gefangen von einem verrückten Musiklehrer und Weiberhelden, der Svengali hieß und die arme Trilby hypnotisiert und zu seiner Sklavin gemacht hatte.

Außerdem hatte er sie zum größten Gesangsstar in Europa gemacht. In Svengalis Bann hatte sie eine Stimme von solcher Reinheit, daß ihre Zuhörer ihr überall zu den – stets nackten – Füßen lagen.

Chess verschlang die vielen Seiten billigen Papiers und ließ sie dann zu Boden gleiten. Dort lag schon ein großer unaufgeräumter Haufen, als Svengali eine Herzattacke ereilte und er hinter der Bühne eines Londoner Konzertsaals starb. Kaum war er tot, verlor Trilby, die gerade auf der Bühne stand, ihre Stimme. Chess fröstelte wohlig und nahm die nächste Seite in Angriff.

Mit Tränen in den Augen verfolgte sie nun Trilbys Weg ins Verderben und schließlich die Errettung der reuigen Sünderin. Bei der ergreifenden Todesszene, in der Trilby ihre Stimme wiederfand und mit einem Lied auf den Lippen ihr Leben aushauchte, fing sie wahrhaftig zu heulen an.

Was für ein wunderbares, verruchtes Buch, dachte sie und sammelte die Seiten wieder auf. Sie wollte sie mit nach Hause nehmen und James Dike geben. Er hatte bestimmt noch nie ein Buch wie dieses in seinem Laden gehabt. In der Literaturgesellschaft würde sie es allerdings eher nicht herumgehen lassen. Mit einem Kichern über diesen Einfall ging sie zu Bett. Sie kam sich selbst sehr bohèmehaft vor. Sie hatte immerhin den Mann kennengelernt, der *Trilby* geschrieben hatte. Er hatte allerdings kaum wie ein Bohemien ausgesehen.

Die Montagszeitungen trugen große schwarze Schlagzeilen. »Französischer Präsident Opfer eines Attentats« und, genauso groß, »Königlicher Prinz geboren«. Bertie war Großvater geworden, und die Wachen vor dem Buckingham Palace wurden verstärkt.

Chess liebte das farbige Schauspiel der Wachablösung auf dem Schloßplatz. Manchmal richtete sie es so ein, daß sie bei der Rückkehr von Randalls Wohnung ins Hotel zusehen konnte, aber an diesem Montag war sie nicht bei ihm gewesen. Er war noch nicht aus Windsor zurück.

Sie hatte ein paar Zeilen von ihm erhalten, daß er nicht vor dem Nachmittag wieder dasein werde. Die andere Nachricht in dem Brief war allerdings aufregend genug, ihre Enttäuschung wettzumachen.

Unter den Landhausgästen war auch Daisy Pollinger gewesen, jene Dame, die angeblich unbedingt einen Haufen alter Möbel loswerden wollte. Standish hatte den Namen und die Adresse ihres Verwalters hinzugefügt. Mr. Adderly hatte Schlüssel zu dem Haus, in dem das Mobiliar gelagert war, und konnte Chess bei ihren Wünschen behilflich sein.

Sie beobachtete die Wachen, bis die letzten Reihen auf ihrem Marsch in die Kaserne verschwunden waren, und ließ sich dann zu Mr. Adderlys Büro in der Bond Street fahren.

Er war ein gebrechlicher älterer Gentleman mit einer Flüsterstimme und vollendeten Manieren. Er erinnerte sie an ihren Großvater, obwohl Augustus Standish eher gebrüllt als gemurmelt hatte. Sie verstand sich sofort mit dem alten Herrn. »Ich bin sicher, Mrs. Richardson, daß eine wirkliche Dame wie Sie ein Heim für Lady Elizabeths Schätze finden wird. Sie wäre gewiß sehr ungehalten über die geringe Wertschätzung gewesen, die Miss Pollinger dem Erbe ihrer Großtante entgegenbringt.«

Chess hoffte, daß die Sachen nicht allzu scheußlich waren. Doch selbst dann wollte sie zugreifen, schon um nicht wie Miss Pollinger Mr. Adderlys Mißbilligung zu erregen.

Lady Elizabeths Haus lag am Russell Square, eine Gegend, die schon seit Jahrzehnten aus der Mode gekommen war. Das Haus war ein einfacher quadratischer Ziegelbau in georgianischem Stil und stand in einem quadratischen Garten, den längst das Unkraut erobert hatte. Der Ziegelweg, der vom Bürgersteig zum Haus führte, war bereits brüchig worden.

Die mächtige Eingangstür hatte zwei Flügel, die wiederum in vier Quadrate geteilt waren und von einer großen, eleganten Lünette gekrönt wurden.

Chess versuchte, nicht zuviel zu erwarten. Der Eingang erinnerte sie an Harefields.

Sie mußte Mr. Adderly helfen, den riesigen eisernen Schlüssel zu drehen, der die Türen öffnete. Sie quietschten widerstrebend, aber sie gingen auf.

Und dann fühlte sie sich wie zu Hause. Die große Eingangshalle war staubbedeckt, aber an einer Seite ragte eine hübsche Wendeltreppe aus dem Schatten empor. Und hoch über ihrem Kopf leuchteten in einem Oberlicht Regenbögen auf.

Chess begann leise zu weinen. »Mr. Adderly«, schluchzte sie, »in genauso einem Haus wie diesem habe ich einst als kleines Mädchen gewohnt. Würde es Ihnen viel ausmachen, wenn ich mich da auf die untere Stufe setze und meinen Erinnerungen nachhänge?«

Ihre Tränen und ihre Gefühlsaufwallung rührten ihn. Auch er war einst in einem solchen Haus Kind gewesen.

»Sie können den Schlüssel so lange behalten, wie Sie wollen.

Geben Sie ihn mir zurück, wenn Sie fertig sind.« Und er taperte über die zerbrochenen Steine davon.

Chess blieb in dem alten Haus, bis der Sonnenschein einem Zwielicht wich. Sie vergaß Randall, Nate, London. Die Geister in ihrem Kopf und in ihrem Herzen umgaben sie. Sie war wieder zusammen mit ihrer Familie, und sie war wieder Kind.

Das Haus war kleiner als Harefields und steifer. Aber die hohen schattigen Räume vermittelten dasselbe Gefühl von Weite und ausgewogener Zurückhaltung. Chess fragte sich, weshalb alle, sie selbst eingeschlossen, sich so auf den Erwerb von Dingen konzentriert hatten, daß sie darüber Schönheit und Stille vernachlässigt hatten. Sie fragte sich, wie sie, in Harefields aufgewachsen, in eine Situation wie die jetzige hatte geraten können, die ihr ganzes Leben beherrschte und in der verbotene körperliche Freuden ihr mehr bedeuteten als Ehre und Anstand und Eheversprechen.

Waren ihre beiden hübschen älteren Brüder wie Randall gewesen – erfahrene und unwiderstehliche Liebhaber von Frauen, die mit anderen Männern verheiratet waren? Hatte sich gar ihre Mutter einem der Männer hingegeben, die sie verehrt hatten? Warum war es für alle selbstverständlich gewesen, daß ihr Großvater und ihr Vater mit hilflosen Sklavenfrauen Kinder in die Welt setzten?

Herrschte wirklich auf der ganzen Welt nur Fleischeslust? Und wenn es stimmte, war die ausgewogene Gliederung des Raums, die sie hier umgab, nur eine Vorspiegelung von Vernunft, wo es in Wirklichkeit keine gab?

Hier gibt es das, was ich mir wünsche, sagte sie zu dem stillen, staubbedeckten Haus. Heiterkeit und Schönheit ... Und dennoch weiß ich, daß Randall mich nur zu berühren braucht, damit ich zu seinem Geschöpf werde, solange es ihm beliebt, und daß es in seinen Armen keine Heiterkeit für mich gibt, sondern nur wildes Verlangen und noch wildere Erfüllung.

Sie war verwirrter denn je, als sie die großen Türen hinter sich abschloß. Aber sie wußte, daß sie ein Ideal gefunden hatte, nach dem zu streben sich lohnte, selbst wenn sie es nicht erreichen konnte.

»Ich danke Ihnen, daß Sie mir erlaubt haben, in dem Haus zu

bleiben«, sagte sie zu dem Verwalter. »Und ich würde sehr gern alles erwerben, was Miss Pollinger weggeben möchte.«

»Nathan, endlich habe ich die Möbel für Harefields gefunden«, verkündete Chess triumphierend.

»Das freut mich sehr; ich bin gespannt, alles darüber zu erfahren. Aber wir müssen leider zu dieser verflixten Abendeinladung, die du angenommen hast, und es ist schon spät. Dein Mädchen zappelt schon seit einer Stunde herum, weil sie nicht weiß, welches Kleid du anziehen wirst.«

»Das habe ich ja völlig vergessen. Ich beeile mich.«

Nate wartete, bis sie in dem Landauer saßen, um ihr seine Neuigkeiten mitzuteilen. »Upchurch hat heute unterschrieben, Chess. Und die anderen kriege ich vor Ende der Woche auch noch rum.« Er holte tief Atem. »Ich hab's geschafft. Ich habe Buck Duke geschlagen«, sagte er, nachdem er langsam und genußvoll ausgeatmet hatte.

»Nathan, das ist wunderbar. Wie wollen wir das feiern? Mit einem Feuerwerk?«

»Um dir zu zeigen, wie ich mich fühle, brauchte ich schon Vulkane. Aber da sie gerade nicht greifbar sind, stoßen wir nachher mit dem Champagner unserer Gastgeber insgeheim auf uns an. Ich habe eine bemerkenswerte Schwäche für Champagner entwickelt.«

Es war der 24. Juni 1894. Chess beschloß, das Datum auf Manschettenknöpfe, Haarbürsten, eine goldene Uhr und einen silbernen Champagnerkühler gravieren zu lassen – nein, auf vier silberne Champagnerkühler. In Standish würden sie eine riesige Gesellschaft geben, samt Feuerwerk, und sie würde Nathan die Geschenke geben. Vielleicht zu Weihnachten.

Es war eine große Abendgesellschaft; ungefähr vierzig Gäste, schätzte Chess. Sie unterdrückte einen Seufzer. Es dauerte immer sehr viel länger, bis man bei so großen Einladungen bedient wurde.

In einer Gruppe in der Nähe entdeckte sie Oscar Wilde, und plötzlich war sie froh, hier zu sein. Wenn er nachher nur nicht zu weit von ihr entfernt saß, damit sie verstehen konnte, was er sagte, dann konnte es von ihr aus das längste Abendessen der Welt werden, und sie wäre immer noch entzückt.

Jetzt erblickte er sie auch. »Die Konföderierten-Schönheit«, sagte er laut, »lassen Sie mich niederknien, damit ich mich ergeben kann. Oder ist meine Verehrung eine vergebliche Sache, wie in eurem Bürgerkrieg?«

»Wie schön, Sie zu sehen, Oscar. Haben Sie sich mit amerikanischer Militärgeschichte beschäftigt?«

Er küßte ihr die Hand. »Nicht freiwillig, wie Sie sich vorstellen können. Aber vor kurzem bin ich einem Historiker von beträchtlicher Eloquenz über den Weg gelaufen, und seitdem bin ich ein Experte. Wenn der Süden mir nur eine Armee, ein Pferd und eine prächtige Uniform stellt, werde ich alle seine Fehler ausbügeln.«

Er betrachtete sie von oben bis unten. »Der gute Luther hat's fast geschafft, obwohl es noch nicht königlich genug ist. Sie sehen hinreißend aus.«

Oscar freute sich für sie, aber er war auch ein wenig traurig. Mit den Wegen des Herzens kannte er sich ziemlich gut aus, und er erkannte die wahre Quelle für Chess' Schönheit. Sie wurde geliebt. Das gab ihr das Gefühl, schön zu sein, und so war sie schön geworden. Ihre Kleidung war nur eine Verzierung ihres Glücks. Wenn die Liebe nur andauern könnte, dachte er, wie schön könnte die ganze Welt dann sein. So wie Chess heute abend.

Sie sah anders als die anderen Frauen aus, aber nicht sehr. Ihr Kleid hatte die gerade aktuelle enge Stundenglas-Taille und den steifen, aufgebauschten Rock mit kurzer Schleppe. Im Rücken war es tief ausgeschnitten, und die bis zum Ellenbogen reichenden Ärmel waren, wie die Mode es verlangte, riesig.

Doch es bestand nicht etwa aus Seide, Organza oder Spitze, sondern Luthers Einfallsreichtum hatte aus allen dreien ein Gesamtkunstwerk geschaffen. Dunkelgrüne Seide, tiefblauer Organza und dunkellila Spitzenquadrate waren zusammengenäht worden: die verschiedenen Farben und Stoffe zogen nicht nur das Licht des Raums auf sich, sondern auch aller Augen.

Chess gab ihrem Schneider alle Ehre.

»Der liebe Luther hat mich zu einer Frau gemacht, die in der Mode den Ton angibt. Er ist ein Zauberer. Aber jetzt erzählen Sie. Wie ist es Ihnen ergangen, seit wir uns begegnet sind?«

»Meine liebe Chess, Sie müssen sich in Zurückhaltung üben. Fragen Sie nie einen Mann, wie es ihm geht. Vielleicht erzählt er's Ihnen, und dann können Sie nur sich selbst den Vorwurf machen, wenn Sie vor Langeweile umkommen.«

»Niemals. Nicht mit Ihnen. Aber wenn Sie nicht reden wollen, tu ich's. Vor kurzem hatte ich ein höchst aufregendes Erlebnis. Ich habe Sherlock Holmes besucht und ...«

»Sie haben wen besucht?« Oscar lächelte belustigt. »Ich hätte nie gedacht, daß sie mondsüchtig sind. Wie reizend.«

Chess schilderte ihr Nebel-Abenteuer. Oscar versprach, es ihr am nächsten Nebeltag gleichzutun. »Eine ganz verrückte Geschichte«, sagte er. »Ich werde sie natürlich verbessern.«

Chess spürte eine Berührung im Nacken. Sie drehte sich um, entdeckte Randall und merkte, wie ihr die Knie weichwurden.

»Oscar, mein Freund, Sie sind jetzt nicht mehr erwünscht«, sagte Standish.

»Ich habe den ganzen Nachmittag auf dich gewartet«, flüsterte er Chess zu. »Als ich dich mit Oscar lachen hörte, wollte ich erst ihn, dann dich und dann mich umbringen. Warum bist du nicht gekommen?«

»Ich hab's vergessen.«

»Jetzt bringe ich dich wirklich um. Verdammt. Das Essen beginnt. Wir können nicht weiterreden. Komm morgen. Früh. Schwöre es.«

»Ich schwöre es.«

Lord Randall Standish war mißgelaunt. Wieder hatte er eine langweilige Debütantin zu seiner Rechten. Aber er prostete ihr mit dem Weinglas zu, warf ihr über den Rand einen bewundernden Blick zu. Er tat seine Pflicht.

Weit unten am Tisch lachte Chess auf. Das Geräusch drang trotz des Geklappers von Silber und Porzellan und der allgemeinen wohlerzogenen Unterhaltung bis zu ihm. War es dieses außerordentliche Lachen gewesen, das ihn dazu gebracht hatte, sich zum Narren zu machen? Dafür müßte es eigentlich einen besseren Grund geben. Denn er war ein Narr. Er hatte sie gebeten, morgen zu ihm zu kommen. Nicht daß sein Drängen ungewöhnlich gewesen wäre – das gehörte zu dem Spiel, das Liebende miteinander spielten. Das Unerklärliche daran war, daß er meinte, was er sagte.

Alles war vorbereitet, verabredet gewesen. Sie wollte am Nachmittag zu ihm kommen, wenn er vom Land zurück war. Er wollte mit ihr ins Bett gehen und anschließend ihre Affäre beenden. Sie war zu fordernd, zu abhängig von ihm geworden; es war Zeit, Schluß zu machen. Er kannte die Warnsignale; nur zu oft hatte er es in der Vergangenheit für nötig befunden, einen eleganten Abgang zu machen.

Warum also hatte es ihm etwas ausgemacht, als sie nicht erschienen war? Es kam ihm nicht unbedingt darauf an, das Ende immer selbst einleiten zu müssen. Wenn eine Dame so klug war, daß sie die Zeichen verstand und sich als erste verabschiedete, um so besser. Dann war es für sie beide leichter.

Was war an dieser Affäre, an dieser Frau anders? Warum begehrte er sie plötzlich so sehr, daß er die Stunden bis zum Morgen zählte?

Wenn sie denn überhaupt Wort hielt.

Nein, da brauchte er sich keine Sorgen zu machen. Das war eine der einzigartigen Eigenschaften an ihr. Auf so altmodische Dinge wie das Einhalten eines Versprechens legte sie ganz außerordentlichen Wert.

»Einzigartig.« Das mußte die Antwort sein. Vermutlich würde er sich später sogar noch an sie erinnern. Die anderen hatte er alle nur noch sehr vage im Gedächtnis. Er mußte Chess durch einen anderen ungewöhnlichen Typ ersetzen. Die kleine Gräfin aus dem Landhaus bot ganz entschieden Möglichkeiten.

Chess saß an Oscars Ende der Tafel. Jeder in Hörweite amüsierte sich glänzend über seine Kommentare zur Speisekarte. Fast jeder. Einige erkannten, daß er sich über das üppige Essen lustigmachte. Zwei Suppen und zwei Fischgerichte reichten eigentlich als Vorspeisen. Aber mußte es auch noch Wildbret, Hühnchen in Sahne, Lammkoteletts, Kalbsbries, Fettammer, Gänseleberpastete und Rebhuhn geben? Und das alles, bevor der Hauptgang serviert wurde, dem wiederum Eis und Kuchen folgten, bevor es das Dessert gab.

Überfluß war das Gebot der Stunde, immer höher wurde der Standard geschraubt. Chess betrachtete die sechs goldenen Tafelaufsätze auf dem Tisch. Jeder quoll über von einem großzügigen Arrangement kandierter Früchte, die im Kerzenlicht fünf mächtiger Kandelaber schimmerten. Sie mußte den Hals verdrehen, um Nate zu sehen, der auf der anderen Seite fünf Stühle weiter saß. Sie würde ihm mit ihrem Glas zuprosten, wenn der Champagner ausgeschenkt wurde.

Nate lauschte aufmerksam der juwelenbehängten Dame zu seiner Rechten. Wie geduldig er war. Oder wie interessiert – bei Nathan wußte man nie. Vielleicht war die Dame sterbenslangweilig, aber er war von irgendwelchen merkwürdigen Dingen fasziniert. Chess beschloß, ihn später danach zu fragen. Womöglich interessierte es sie auch.

»Was in aller Welt hatte deine Tischnachbarin denn zu erzählen, Nathan? Sie hat dir ja fast die Ohren abgeschwatzt.«

»Es war hochinteressant. Ich habe es mich schon die ganze Zeit gefragt, seit wir hier sind, und so habe ich sie um Aufklärung gebeten: ›Was machen all diese Leute?‹«

»Und?«

»Sie sagte, sie seien alle furchtbar damit beschäftigt, sich nicht zu langweilen.«

»Das war alles?«

»Sie hat es nicht ganz so gesagt. Sie erzählte mir von den Gesellschaften und den Rennen und den Empfängen und den Moorhuhn-, Hasen- und Fasanenjagden und vom Tennis, Golf, Bogenschießen, Billard und Krocket. Sie reiben sich ganz schön auf; gehen irgendwohin, um irgend etwas zu tun, und dann gehen sie wieder nach Hause, um dort dasselbe wieder zu tun.«

»Nathan, du klingst wie ein Sozialist oder so ähnlich. Was ist falsch daran, Spaß zu haben?«

»Nichts. Aber sie haben keinen Spaß. Sie rennen nur wie in einem Anfall herum, voller Panik, daß sie sich langweilen könnten, wenn sie stehenbleiben ... Sie tun mir leid.«

Chess streckte sich wie eine Katze und stöhnte leise vor Behagen, während Randalls Hände ihre Wirbelsäule hinunterglitten und das Verlangen in ihr weckten, er möge auch ihren übrigen Körper berühren. Ihre eigenen Finger und Handflächen brannten von dem Bedürfnis, ihn zu liebkosen, aber sie wartete noch damit, konzentrierte sich ganz auf den Augenblick.

Sie hatte sich genug mit Überlegungen gequält; was sie tun würde, wenn er sie bat hierzubleiben; was sie tun würde, wenn er es nicht tat. Später, später. Jetzt war nur die Gegenwart wichtig.

Und dann – nur allzubald – brachte die Gegenwart das Ende.

»Du hast mir viel Glück geschenkt, meine Liebe«, sagte er. »Ich werde dich nie vergessen.«

»Ich werde mich für den Rest meines Lebens an dich erinnern, Randall. Jetzt küß mich noch ein letztes Mal, denn ich muß gehen.«

Sie weinte nicht. Sie war zu verletzt, um weinen zu können. Sie hatte sich nie entscheiden müssen, ob sie bleiben solle oder nicht. Randall hatte es gar nicht erwähnt.

An dem Tag nach der Trennung ging Chess mit Nathan zur festlichen Eröffnung der Tower Bridge. Ganz London war offensichtlich auf den Beinen. Die Themse war voller wimpelgeschmückter Schiffe, an beiden Ufern drängten sich festlich gestimmte Menschen.

Die Brücke war ein technisches und architektonisches Meisterwerk. Ihr mächtiges Mittelstück konnte gehoben werden, um großen Schiffen die Durchfahrt zu ermöglichen, und der Mechanismus war unter zwei hohen quadratischen Türmen untergebracht, deren Dachschmuck an die uralten Flaggentürmchen des Tower of London erinnerten, ganz in der Nähe am Ufer. Die Brückenkonstruktion war himmelblau gestrichen worden, an den Türmen aus behauenem Granit prangten vergoldete heraldische Platten, Flaggen knatterten in der scharfen feuchten Brise.

Die geladenen Gäste wurden zu einem gestreiften Leinwand-Pavillon am Nordende der Brücke geleitet. Auf erhöhten Plattformen waren blaue Stühle aufgestellt worden. Davor stand ein Podium, das mit Fahnen und den königlichen Insignien geschmückt war.

Chess begrüßte ein paar andere Gäste und setzte sich. Es verschaffte ihr eine boshafte Befriedigung, daß sich viele darüber aufregten, wie ein ungehobelter Amerikaner wie Nate dem Prince of Wales so nahe kommen konnte, daß zwei der begehrten Einladungskarten an Ausländer verschwendet wurden. Und daß Nate gar nicht auf seinem Platz saß, machte die Sache nur noch ärgerlicher. Er hatte sich natürlich mit den Brückeningenieuren angefreundet, und nun war er im Maschinenraum, um sich die ganze Staatsaktion von dort aus anzusehen.

Kurz vor Mittag marschierten Soldaten und Matrosen auf die Brücke und nahmen an beiden Seiten der Straße Aufstellung. Alle hatten ein kleines, glänzend poliertes Messinghorn.

Auf dem Tower Hill erschien eine Prozession offener Wagen. Sie waren umringt von farbenprächtig uniformierten berittenen Garden. Während die Menge jubelte, setzten die Soldaten die Hörner an. Ihr Salut begrüßte den Prinzen und die Prinzessin von Wales, als ihr Vierspänner an der Spitze des Zuges über die Brücke zum Südufer des Flusses rollte.

Dort, in den ärmeren Vierteln, wohnten viele der Arbeiter, die an der Tower Bridge mitgebaut hatten. Jetzt sollte das Prinzenpaar durch die geschmückten Straßen fahren, um den Arbeitern eine Geste des Dankes zu geben.

Als die Kutsche nach einer halben Stunde zurückkehrte, schmetterten die Hörner wieder Salut. Bewundernd betrachtete Chess die glänzenden Instrumente. Wie schafften es die jungen Männer nur, in so perfektem Gleichklang zu spielen? Es sah aus, als würde sich eine Hand mit einem Horn in Hunderten von Spiegeln wiederholen.

Nun waren die königlichen Gäste am Pavillon angekommen. Chess erhob sich und begrüßte sie wie die anderen Damen mit einem Knicks. Als sie sich wieder setzte, konnte sie gegenüber die Entourage des Prinzen erkennen. Unter den Leuten des Hofes und den Offiziellen befand sich auch Lord Randall Standish. Er begleitete die jüngste königliche Tochter.

Chess hörte keiner der vielen Reden zu, auch nicht der Seiner Königlichen Hoheit. Statt dessen ließ sie ihre Augen wandern, speicherte Gesichter in ihrem Gedächtnis. Gussie wollte sicher wissen, wie Prinzessinnen aussahen. Und sie wollte alle Mienen in sich bewahren, die auf Randalls Gesicht erschienen. Als Beifall aufrauschte, applaudierte sie ebenfalls. Und als auf dem Fluß die

Sirenen aller Schiffe ertönten, sah sie, wie sich die Brückenstraße in der Mitte teilte und in die Luft schwebte. Dann wurde ein Kanonschuß abgefeuert, noch einmal Applaus, und die Zeremonie war vorüber.

Für mich ist auch London vorüber, dachte Chess. Sie beobachtete, wie sich die königliche Gesellschaft zu einem besonderen Anleger begab, ein flaggengeschmücktes Dampfschiff bestieg und ablegte.

Langsam fuhr der Dampfer die Themse hinauf, verschwand aus ihrem Leben. Randall hatte nicht einmal zu ihr herübergesehen.

Nathan drängte sich durch die Menge zu ihr. Er wollte, daß sie sich die Maschinerie anschaute. Sie sollte das Privileg haben, den Hebel umlegen zu dürfen, der die offene Zugbrücke wieder schloß.

Chess fühlte sich von allem und jedem getrennt, vor allem von sich selbst. Sie kam sich wie ein distanzierter Beobachter vor, sah zu, wie Nate sich in Hut und Mantel ungezwungen und zugleich respektvoll mit den Ingenieuren unterhielt. Sie sah sich selbst, wie sie bewundernd die riesigen grüngestrichenen Maschinen mit den roten Rändern berührte. Später sah sie zu, wie sie das Einräumen des Gepäcks überwachte, Briefe schrieb, in denen sie bedauerte, bereits angenommene Einladungen wieder absagen zu müssen, und auf Dutzende Visitenkarten, sowohl von ihr als auch von Nathan, die Abschiedsbuchstaben P.P.C. malte.

»Pour prendre congé«, die höfliche französische Ankündigung, daß die Richardsons London verließen. Der Kutscher würde die ganze Adressenliste abfahren, die sie ihm gegeben hatte, der Lakai würde die Karten zur Tür bringen. Die Empfänger würden sie fortwerfen. London würde sie vergessen, als wären sie nie dagewesen.

Sie fand eine von ihren alten, unschicklichen Visitenkarten. »P.P.C.« schrieb sie auf das Foto. Die war für Randalls Wohnung bestimmt.

Die *Campania* kam ihnen vertraut vor, ihre Suite und die Bedienung waren dieselbe. Es war fast, als hätten sie das Schiff nie verlassen, wären nie in Liverpool an Land gegangen, nie nach

London gefahren. Außer daß in ihrem Leben nichts mehr so sein würde wie zuvor.

Als sich am Horizont Sturmwolken zusammenballten, betrachtete Chess sie mit dumpfer Befriedigung. Seekrank zu werden war nichts im Vergleich zu dem, was sie durchmachte.

40. Kapitel

Es gab so viel zu tun, als sie wieder zu Hause waren, daß gar keine Zeit zum Nachdenken blieb, und darüber war Chess sehr froh. Zuerst organisierte sie die Feier und das Feuerwerk für Nathan, und dazu lud sie alle ihre Freunde ein, einschließlich Doctor, und sogar Dick Reynolds – das Fest wurde ein Riesenerfolg. In North Carolina braucht man im Juli keinen Regen zu befürchten, also verlegte Chess die Party in den Park, und die Kapelle spielte, und alle aus Standish kamen.

Anschließend gab es im Haus Champagner. Auch Gussie bekam ein halbes Glas, um mit ihrem Vater anstoßen zu können.

»Er schmeckt mir jetzt besser als beim ersten Mal«, sagte sie. »Damals war ich noch zu klein.« Sie wurde bald zwölf und kam sich schon sehr erwachsen vor. Aber ihre Knie waren immer noch ziemlich spitz und mager. Chess entschied, sie brauche sich noch keine Sorgen darüber zu machen, daß aus ihrem kleinen Mädchen eine Frau wurde. Aber in nicht allzu ferner Zeit mußte sie mit Gussie über Männer und Frauen und die Liebe und das Kinderkriegen reden. Sie hatte keine Ahnung, wie sie Liebe erklären sollte, jedenfalls nicht die Liebe, die einen überwältigte und gefangenhielt.

Zwischendurch konnte sie sehen, wie Nathan zu kämpfen hatte. Lily war schwanger, und er glaubte, das Kind sei von ihm. Lilys Macht über ihn war ungebrochen; es war nur eine Frage der Zeit, bis er wieder in ihrem Bett landete.

Chess konnte ihn jetzt verstehen. Sie hatte die gleiche Hilflosigkeit erfahren, und sie fand es traurig, ihm nicht erzählen zu können, daß sie ihm keine Vorwürfe mehr machte. Aber das ging wirklich nicht, denn wenn sie ihm von Randall erzählte, verletzte es sie beide vielleicht zu sehr.

Im August sollten die Engländer zu entscheidenden Verhandlungen über die neue Gesellschaft kommen, und Chess hatte beschlossen, daß Harefields bis dahin fertig sein mußte, damit man dort das Bündnis festlich besiegeln konnte. Sie öffnete alle Kisten, die mit ihnen in der *Campania* den Atlantik überquert hatten, und probierte tagelang aus, wie das Mobiliar aus dem Haus am Londoner Russell Square am besten zur Geltung kam. Sie wurde staubig, und oft war sie müde und manchmal auch frustriert, aber die Heiterkeit, die sie am Russell Square empfunden hatte, war mit den Möbeln herübergekommen, und Harefields wurde für sie, trotz der Maler und Tischler und Näherinnen, zu einer Oase des Friedens.

Es gab auch manche Überraschungen, und nicht alle waren angenehm.

Edith Horton umarmte sie, bewunderte ihre Kleider und Harefields' Möbel und hörte sich die amüsanten Geschichten über Nathan und den Prinzen von Wales an. Dann fragte sie: »War er es wirklich wert, Chess?«

»Wie meinst du das, Edith?«

»Meine Liebe, du bist nicht mehr die Frau, die hier mit dem Baedeker in der Hand abgefahren ist. Du hattest eine Affäre. Keine Bange, es ist dir nicht anzusehen – außer für eine Frau, die so etwas selber durchgemacht hat.«

»Edith!«

»Allerdings. Gott sei Dank hat Henry nie etwas erfahren. Und ich bin darüber hinweggekommen, obwohl es zehn Jahre gedauert hat. Ich hoffe, du kannst das von dir auch behaupten.«

»Frag mich in ein paar Jahren noch mal.«

Bobby Fred fühlte, daß er sterben werde. »Es wird noch eine Weile dauern, Chess, also machen Sie nicht so ein Gesicht. Ich bin ein alter Mann; es ist nur natürlich, daß ich gehen muß, wenn meine Zeit gekommen ist.«

»Sie haben Chess zu mir gesagt, Soldat. Es hat lange gedauert, aber ich bin froh, daß es Ihnen endlich über die Lippen gekommen ist.«

»Und ich danke Ihnen, daß Sie ›Soldat‹ zu mir gesagt haben. Bobby Fred ist kein Name für einen alten Mann.«

James Dike war völlig fasziniert, daß er *Trilby* zu lesen bekam. Er hatte ein paar Fortsetzungen in *Harper's Monthly* gelesen und war »ganz begierig darauf zu erfahren, was noch alles passiert«.

»Ich kann nicht glauben, daß *Harper's* so eine Geschichte abdruckt.«

»Liebe Chess, *Trilby* hat Amerika im Sturm erobert, und das meine ich wörtlich. Jedermann spricht davon.«

Chess war skeptisch, aber James hatte recht. Am nächsten Sonntag hielt Gideon in der Kirche eine Tod-und-Verdammnis-Predigt gegen die Romanfigur. Und damit war er nur einer von Tausenden Predigern, die dasselbe taten.

Chess sagte nichts dazu, aber sie kam sich angenehm bohèmehaft vor.

Die drei englischen Partner kamen am 3. August. Nathan hatte seinen Sonderzug für sie nach New York geschickt. Als sie in dem kleinen Bahnhof von Standish ausstiegen, konnten sie nicht ihr Erstaunen darüber verbergen, daß in Amerika eine Eleganz herrschte, die sie in England nicht für möglich gehalten hatten.

Nathan lachte später mit Chess darüber.

»Was haben sie von einem Busenfreund Seiner Königlichen Hoheit erwartet?« fragte sie. »Jetzt kannst du mit ihnen anstellen, was du willst.«

»Ich werde es erstmal sachte angehen lassen. Sie haben immer noch Angst, daß hinter jedem Baum ein Apache lauert.« Er grinste spitzbübisch. »Ich werde sie erst dann skalpieren, wenn sie nicht mehr damit rechnen.«

Die Verhandlungen fanden Tag und Nacht statt, zogen sich über Wochen hin. Scharen von Anwälten, Angestellten, Diplomaten, Sachverständigen, Bauherren und Tabakunternehmern füllten das Hotel von Durham und das Büro von Nate.

Am 1. September setzten schließlich drei Notare ihre Siegel unter die unterschriebenen Verträge und Zusatzvereinbarungen. Im folgenden April sollte der Grundstein für den neuen Fabrikkomplex und die dazugehörigen Gebäude gelegt werden.

Danach gab es einen großen, champagnergetränkten Abschied, und die Engländer bestiegen wieder Nates privaten Eisenbahnwagen, um nach New York zurückzufahren.

Kaum war der Zug verschwunden, zog Nate Cut, Zylinder und Handschuhe aus und rollte die Ärmel hoch.

»Was hast du vor?« fragte Chess.

»Ich nehme mir ein Pferd und reite nach Raleigh. Das geht viel schneller als in den Plüschsitzen. Weißt du, was passiert ist, während ich mit meinen Partnern Tee geschlürft habe? Die verdammten Politiker in Washington haben ein Gesetz verabschiedet, das jeden Cent, den ich über 4000 Dollar im Jahr verdiene, mit einer Zwei-Prozent-Steuer belegt. Das laß ich mir nicht gefallen, und das werde ich meinen ›gewählten Volksvertretern‹ so deutlich machen, daß sie es verstehen.«

»Nathan – verprügle niemanden.«

»Ich werde etwas viel Schlimmeres tun. Ich werde aufhören, ein paar Taschen zu füllen.«

Chess lächelte. Sie war den Politikern dankbar. Bei den schwierigen Verhandlungen in den letzten Wochen hatte Nate sich schwer im Zaum halten müssen. Doch er war es nicht gewohnt, Dinge mit Reden zu regeln, er hatte sie immer einfach in Angriff genommen.

Jetzt konnte er bei ein paar Senatoren und Kongreßabgeordneten Dampf ablassen. Es war ihr Beruf zuzuhören.

Sie ging hinaus auf die hintere Veranda von Harefields, über die eine kühle Brise strich, und setzte sich in einen der hochlehnigen Schaukelstühle. Er quietschte leise, wenn sie sich in ihm wiegte. Es klang fast wie ein Schlaflied. Das Haus lag still; Gussie war irgendwo unterwegs. Sonnenlicht schimmerte durch die Flügel von Libellen, und ein grünleuchtender Kolibri steckte kurz seinen Schnabel in die Blüte einer Geranie, die in einem Topf auf einer Stufe stand. Es war Sommer im Süden, eine schläfrige Ruhe breitete sich über das Land. Chess genoß sie. Die Engländer waren höfliche, anspruchslose Gäste gewesen, aber ihr Akzent hatte sie an Dinge erinnert, die sie lieber vergessen wollte. Sie schloß die Augen, legte den Kopf an die Rückenlehne des Stuhls und schaukelte zu dem Klang des Schlaflieds, bis ein tiefer Friede sie erfüllte.

Gussie ließ sie hochschrecken, als sie nach Hause kam. Chess rieb sich benommen die Augen.

»Mama?«

»Ich bin hier hinten, Gussie.«

»Ach, da bist du. Ich habe die Post mitgebracht. Darf ich diese lustigen Briefmarken haben? Julia Bennet klebt sie in ein Buch.«

»Nicht, bevor dein Vater damit durch ist. Die Briefe aus England sind was Geschäftliches.«

»Aber hier sind auch eine ganze Menge auf einem großen Umschlag, der an dich adressiert ist.«

Chess erkannte die Handschrift sofort, obwohl sie ihr nur einmal in ein paar Zeilen unter die Augen gekommen war.

»Mama, bist du krank?«

»Es ist nur die Hitze, Liebling; es geht mir gut. Würdest du bitte bei der Köchin ein bißchen Limonade für uns bestellen?« Sie mußte allein sein. Ihre Hände umspannten die Lehnen des Stuhls so heftig, daß ihre Arme zitterten. Was hatte Randall ihr mitzuteilen? Was wollte er? Sie riß den Umschlag auf.

Drinnen lagen ein Zeitungsausschnitt und ein weiterer Umschlag. Chess konnte sich aus dem Artikel keinen Reim machen. Die Kunstsammlung von irgend jemandem sollte versteigert werden. Sie sah auf das Datum. Am 30. Juni hatte die Auktion stattgefunden.

Vorsichtig öffnete sie den zweiten Brief. Sie konnte nicht weiteratmen, als sie die Zeilen las.

Meine liebe Chess,

das hat mich an Dich erinnert. Ich traf gerade Vorbereitungen für diese Auktion, als wir uns in der National Gallery begegneten. Ich hoffe, Du findest an einer Wand Platz für diesen kleinen Beweis der Zuneigung von Deinem englischen Cousin,

Randall Standish

»Hier ist die Limonade, Mama.«

»Danke, Liebling. Stell sie bitte auf den Tisch.«

Sie legte den Brief beiseite und klappte die beigefügte Mappe auf.

Eine Bleistiftzeichnung, nur ein paar Linien, eine Vorskizze. Aber sie brachte ihr das Gemälde wieder in Erinnerung. Der Mann und die Frau, die Hand in Hand in dem golden leuchtenden Raum standen und mit heiterer Miene alle ansahen, die sie betrachteten. Auf ihren Gesichtern lag jener Friede, nach dem

Chess sich sehnte und den Randalls Geschenk zerstört hatte. Sie fühlte sich, als seien ihre Beine von den Worten auf dem Papier, das in ihrem Schoß lag, versengt worden. Sie wollte die Tinte an ihre Lippen, an ihre Brust pressen. Doch statt dessen zeigte sie Brief und Zeichnung Gussie.

»Hast du saubere Finger, Liebling? Das hier ist sehr alt und sehr kostbar. Die Zeilen sind von unserem englischen Cousin, von dem ich dir erzählt habe.«

Sie mußte irgendwo hingehen, allein sein. »Ich werde mich ein wenig hinlegen, Gussie. Die Abschiede von den Engländern haben mich erschöpft.«

Als sie die Tür zu ihrem Zimmer abgeschlossen und die Jalousien heruntergezogen hatte, konnte Chess endlich weinen. Salzige Tränen rannen über ihren verzerrten Mund, während sie »Randall ... Randall ... Randall ...« flüsterte. Ihre Hände strichen über ihren Körper, und sie stellte sich vor, es seien seine.

Nate war nur für drei Tage fort, aber das genügte, damit sich Chess von dem Schock erholen konnte, in den Randalls Brief sie versetzt hatte. Sie war in der Lage, ihm die Zeilen und die Skizze zu zeigen und darüber zu sprechen, als sei beides nur eine freudige Überraschung.

»Das ist wirklich nett«, stimmte Nate zu. »In dem anderen Paket, von dem unser Fräulein Gierig die Marken schon abgerissen hatte, bevor ich es überhaupt zu Gesicht bekam – also, da war auch ein kleines Andenken für dich drin.« Er legte ihr den offenen Karton in den Schoß.

»Oh Nathan, wie aufmerksam, vielen, vielen Dank.« Chess nahm das Geschenk vorsichtig in die Hand; es war Musik – Wachszylinder für das Edison-Grammophon. Auf dem einen waren Arien, gesungen von Nelly Melba, auf dem anderen sang Adelina Patti.

»Diese Auftritte in dem Speisesaal waren das Komischste, was ich je in meinem Leben gesehen habe«, sagte Nate. Die Erinnerung brachte ihn wieder zum Lachen.

Dann zauberte er noch ein neues Grammophon hervor, mit einem größeren, blankpolierten Schalltrichter. Edison hatte sein Ur-Modell verbessert, erklärte er.

Jetzt mußte Chess lachen. »Oh, Nathan, du wirst dich nie ändern.« Sie war tief gerührt über sein Geschenk, aber seine jungenhafte Begeisterung für »Spielzeuge« rührte sie noch mehr – in ihr Lachen mischten sich Tränen. Wie gut war es doch, jemanden an seiner Seite zu haben, der immer derselbe blieb.

»Sag mal, erinnerst du dich an die mit dem Federfächer? Die eine der Federn auf dem Suppenteller der anderen unterbringen wollte?«

Er lachte wieder.

»Was ist eigentlich mit Pfauenfedern? Sollten wir vielleicht unseren nächsten Truthahn damit dekorieren?«

Sie suchten sich mit Erinnerungen gegenseitig zu übertrumpfen, und ihr gemeinsames Gelächter klang fast wie in alten Zeiten – vor Lily und Randall.

Während der Herbstmonate kehrte in ihr Leben eine Art Ausgewogenheit ein, was Chess sehr entgegenkam. Sie konnte London zwar nicht vergessen, aber allmählich gelang es ihr, die Erfahrung in ihr Leben einzubauen und sogar zu nutzen.

Harefields war dafür das beste Beispiel. Es wurde ihr Haus, nicht bloß eine Wiederholung ihres elterlichen Heims oder eine Neuerschaffung des verlassenen Hauses am Russell Square, sondern eine eigene, sich verändernde Kulisse für das Leben der Richardsons, Nathan und Gussie und Chess.

Die hohen Empfangsräume waren für den damaligen Geschmack kahl. An den Wänden und Fenstern herrschten ebenso blasse Farben vor wie bei den Möbeln und Böden. Die meisten der verblichenen Polster blieben, wie sie waren, und die Vorhänge bestanden aus schmucklosen Kaskaden von Seide. Der einzige Zierat waren Kristall-Kandelaber und Wandleuchter und auf den Tischen Silber- oder Porzellanschalen, in denen frische Blumen oder Früchte lagen. Der Salon, das Eßzimmer und das Frühstückszimmer sahen aus, als seien sie komplett aus einem der früheren Häuser übernommen worden – doch Chess hatte überall ein paar eigene Elemente hinzugefügt. Brenn- und Anmachholz stand in großen, geflochtenen Körben vor den Feuerstellen; in den Bouquets steckten auch Wildblumen und Gräser. Ein Valentinsgruß, den Gussie als Vierjährige mit Kreide gemalt hatte, wurde in Blattgold gerahmt und hing auf demselben schmalen

Wandstück wie die Skizze von van Dyck. Ein Stereoskop samt Platten nahm die Hälfte einer Chippendale-Konsole ein. Der Paisley-Schal von Chess lag über dem Rücken eines Sheraton-Sofas, damit man ihn sich über Schultern oder Knie breiten konnte, falls es einem in jener Ecke des Raums zu sehr zog. In dem Messingtrichter des Grammophons spiegelte sich das Sonnenlicht, das durch ein Fenster fiel, vor dem der Apparat auf einer niedrigen Mahagoni-Truhe im Queen-Anne-Stil stand. Neben jedem Stuhl und Sofa stand ein Canterbury-Zeitungsregal, in dem immer zahlreiche Neuerscheinungen lagen, und auf Beistelltischen oder Ottomanen gab es kleine Bücherstapel.

In den Räumen oben ging es noch ungezwungener zu. Patchwork-Decken lagen auf den Baldachin-Betten, und die Bettvorhänge bestanden aus lebhaft gemusterten Stoffen, die aus ihrer eigenen Baumwollspinnerei stammten. Die übrigen Vorhänge waren aus Musselin.

Alle Räume waren hell und weit und luftig; kein Zweifel, man war in North Carolina. Die Hauptmahlzeit gab es jetzt, wie in London, am Abend und nicht zur Mittagszeit. Und es wurde immer Wein aus den großzügigen Vorräten im Keller ausgeschenkt. Aber es wurden nur vier Gänge serviert und zu jedem nur ein Gericht, und das einfach zubereitete Essen bestand stets aus heimischen Zutaten.

Als Nachmittagsimbiß wurde Tee mit Kuchen und Keksen eingeführt. Chess benutzte dafür das edle Service, das ein berühmter Londoner Silberschmied im vorigen Jahrhundert entworfen hatte. Die Teeblätter wurden allerdings in einer feuergebrannten Tonkanne aus Sanford, North Carolina, aufgebrüht, denn gleichgültig, wie schön eine Silberkanne auch ist, sie verleiht dem Tee einen metallischen Geschmack.

Auf dem Teetablett stand stets ein kleiner Krug, in dem sich Whiskey befand. Der Soldat zog ihn zum »Süßen« dem Zucker entschieden vor. Der alte Mann kam fast jeden Tag zum Tee. Die anregende Wirkung des Tees und die Zuneigung, die ihm alle entgegenbrachten, taten seinem schwachen Herzen gut. Gussie beanspruchte meist seine gesamte Aufmerksamkeit und schenkte ihm dafür ihre ganze kindliche Zuneigung. Beglückt stellte Chess fest, was für ein großzügiges und zugleich feinfühliges

Herz ihre Tochter hatte und welch reine, ungetrübte Liebe der Soldat für sein Patenkind empfand.

Chess wollte nicht, daß Außenstehende in die ganz besondere Intimität ihrer Teestunden eindrangen, und daher richtete sie ein spätes Frühstück ein, zu dem sie die Damen aus Standish empfing. Ihre kurze Begegnung mit Englands Königlicher Familie hatte sie frösteln lassen: Ihre hohe Stellung isolierte sie und zwängte sie zugleich ein. Wieder zu Hause, hatte sie beschlossen, die Rolle der »grande dame«, die sie vorher gespielt hatte, ein für allemal aufzugeben. Beschämt mußte sie sich eingestehen, daß ihr Ego zwar ein wenig die respektvolle Lobhudelei vermißte, aber bei den kleinen Frühstückstreffen stellte sie fest, daß es eine Reihe kluger, interessanter Frauen gab, die durchaus bereit waren, ihre gleichberechtigten Freundinnen zu werden. Hatte sie sich früher manchmal einsam gefühlt, so merkte sie nun, daß ihr Leben immer reicher und erfüllter wurde.

Der Literaturzirkel unter James Dikes nicht allzu avantgardistischer Leitung bereitete ihr weiter großes Vergnügen. Chess überließ ihm die allmählich vergilbenden Seiten von *Trilby*, damit er sie zwischen die Scheiben eines Glastisches in seinem Laden legen konnte, zu dem inzwischen auch Kunden aus Raleigh und Winston kamen. Die Mitgliederzahl des Zirkels nahm ebenfalls zu. Die Treffen mußten in den großen Raum des neuen Freimaurer-Hauses an der Richardson Avenue verlegt werden. Nachdem sie von den anderen überstimmt worden waren, erklärten auch Nate und Chess sich einverstanden, daß ihre Runde fortan *Trilby Club* hieß.

»Ich kann nicht glauben, was das Buch alles auslöst«, sagte Chess fast jede Woche zu Nate, wenn die Zeitungen wieder eine neue Verrücktheit berichteten.

Vor allem junge Frauen ergaben sich der Manie. Chess mußte ihrer Tochter verbieten, weiter schlecht die englische Redeweise zu imitieren, eine Anstrengung, die Gussie mit vielen Amerikanern teilte und die in mißbilligenden Leitartikeln als *Trilbyismus* verhöhnt wurde. Aber Gussie ließ sich kaum davon abbringen. Zu Weihnachten wünschte sie sich eine kleine silberne Anstecknadel mit einem nackten Fuß. Das war der letzte Schrei.

Die Feiertage waren die schönsten, die sie je erlebt hatten. In der Eingangshalle stand eine zwölf Meter hohe, reich geschmückte Kiefer, deren Duft das ganze Haus durchzog, und an mehreren Abenden fand ein Weihnachtsliedersingen statt, das von Gussie ebenso begeistert wie mangelhaft auf dem Klavier begleitet wurde. Eigentlich wäre alles perfekt gewesen, wenn Nate nicht eines Abends beim Nachhausekommen den Duft von Lilys Rosenparfüm mitgebracht hätte.

Und wenn nicht am Heiligen Abend – wie an jedem anderen Tag – die Sehnsucht nach Randall ein unendlicher Schmerz in Chess' Herz gewesen wäre.

Es wird besser, sagte sie sich immer wieder. Allmählich geht es vorbei. Edith hat ihre Affäre auch überwunden.

Aber zehn Jahre kamen ihr wie eine schrecklich lange Zeit vor.

41. Kapitel

Der Soldat starb am 1. Februar im Schlaf. Bei seiner Beerdigung kam ein Schneesturm auf. Mit der dicken, sauberen, weichen Decke, die sich über sein Grab legte, wollten es die Engel ihm warm und behaglich machen, erzählte Chess einer untröstlichen Gussie.

Zum ersten Mal seit Jahren dachte sie wieder an das andere kleine Grab, drüben in Alamance County, wo ihr kleiner Sohn beerdigt lag, und sie betete, daß die weiße Stille auch ihn beschützte.

Die Einwohner von Standish nannten es die »Invasion«. Im März kamen ganze Schwärme von Managern und Angestellten der englischen Tabakpartner in die Stadt. Sie stammten alle aus London und waren ziemlich besorgt darüber, daß man sie in die Wildnis versetzt hatte. Aber als sie die hübsche, aufblühende Stadt gesehen hatten, legten sich ihre Befürchtungen. Als sie dann auch noch feststellten, daß sie sich von ihren Gehältern ein gutes Stück Land und ein stattliches Haus leisten konnten, waren zumindest ihre Ehefrauen richtig glücklich.

»Keiner von uns ist daheim in schicke Läden oder ins Theater oder dergleichen gegangen«, vertraute eine Frau Chess an. »Warum sollte uns das jetzt hier fehlen? Und zu mehr als einer Haushälfte in einer düsteren, rußigen Straße hätten wir es in London nie gebracht. Ich könnte vor Freude singen und tanzen. Die Kinder hatten keine Ahnung, was ein Spielplatz ist, so weit entfernt von einem Park haben wir gewohnt. Jetzt sind sie wie kleine Vögel, die man aus ihrem Käfig gelassen hat.«

Sie waren Engländer und Engländerinnen, wie Chess sie in London nie kennengelernt hatte, Angehörige der aufstrebenden Mittelklasse, die das Gesicht Großbritanniens allmählich veränderte. Sie fühlten sich bald wohl in Amerika, wo der Wandel zum täglichen Leben gehörte.

Chess stellte fest, daß vieles von dem, was sie über die Engländer zu wissen glaubte, nicht stimmte. Von einem weitverbreiteten Verfall der Sitten konnte zum Beispiel keine Rede sein. Ganz im Gegenteil. Die Neuankömmlinge legten auf ordentliches Benehmen oder ordentlichen Gebrauch der Sprache genausoviel Wert wie Nathans gestrenge Mutter. Eine Frau erzählte Chess, daß es auch im Adel viele gab, die ihr Leben nach dem sittsamen Vorbild von Königin Viktoria führten und entsetzt waren über die lockeren Umgangsformen, die ihre vergnügungssüchtigen Kinder und deren Freunde pflegten.

Was ihr eigenes Leben anging, so war Chess froh, daß es mehr dem Bertis glich als dem seiner Mutter. Oder, um genauer zu sein, dem dieser neuen Bewohner von Standish. Dennoch bemühte sie sich redlich darum, daß sie sich hier wohlfühlten. Sie stellte sie ihren Nachbarn vor, gab kleine Gesellschaften, »um das Eis zu brechen«, drängte die Läden, in denen sie einkaufte, englischen Tee und englische Marmeladen und Kekse in ihr Angebot aufzunehmen. Sie erinnerte sich, wie sie sich vor Escoffiers Frühstückskreationen im Savoy nach amerikanischem Speck gesehnt hatte. Und daß James Whistler bei ihren Unterhaltungen am meisten beklagt hatte, wie sehr er im Ausland das Maisbrot seiner Mutter vermisse. Kein Pariser Croissant konnte ihm das ersetzen. Heimweh schien vor allem im Magen zu sitzen.

Bei der feierlichen Grundsteinlegung für die neue Fabrik wehte im April der Union Jack neben dem Sternenbanner, und die Kapelle spielte sowohl »Rule Britannia« als auch »The Star Spangled Banner«.

Nach der offiziellen Feier hatten Nate und Chess noch eine private zu Hause. Sie öffneten eine Flasche Champagner, und während sie diese austranken, lasen sie sich abwechselnd die Berichte ihrer Informanten aus der American Tobacco Company in New York und Durham vor. Buck Duke war verblüfft ... wütend ... zornig ... Er hatte nicht glauben wollen, daß Nate gewinnen könne.

Aber Nate hatte gewonnen.

Doch jetzt fing erst die eigentliche Arbeit an, es galt, die neue amerikanisch-englische Allianz in die Wirklichkeit umzusetzen. Bald war Nate zu Hause immer gereizter.

»Ich bin es, zum Teufel noch mal, leid, acht Sitzungen am Tag zu haben, in denen über jeden kleinen Scheißdreck entschieden wird«, schrie er eines Abends am Eßtisch.

Gussie sah von ihrem Teller auf. »Warum sagst du nicht einfach allen, was sie machen sollen? Bist du nicht der Chef?«

Nate sah das Kind verblüfft an und brach in Lachen aus. »Morgen werde ich von deiner Klugheit profitieren. Einige Köpfe werden rollen. Das ist besser, als kleine Brötchen zu backen. Und auch nützlicher.«

Ein paar Wochen später erinnerte Chess ihren Mann beim Abendessen an diese Episode, aber diesmal war von Lachen keine Rede. Chess schrie vor Zorn.

Dabei war sie anfangs ganz ruhig gewesen. Mit der Nachricht, die Nate ihr mitteilte, hatte sie schon fast gerechnet.

»Chess, ich muß dir etwas sagen, für das ich mir lieber die Zunge abschneiden lassen würde – Lilys Kind ist von mir. Oh Gott, Chess, ich hasse mich dafür.«

»Ich werde dir genau sagen, was ich Lily geantwortet habe, als sie hereinstolziert kam und mir dasselbe erzählt hat. Es gibt auf der Welt noch keine Methode, um sicher festzustellen, von wem das Baby stammt, und für alle wäre es das beste anzunehmen, daß Gideon der Vater ist.«

»Sie ist hierher gekommen? Sie hat mit dir geredet? Oh, lieber Himmel, das tut mir leid.«

Chess' Stimme wurde etwas spitzer. »Hör auf, so was zu sagen, Nate. Das einzige, was dir leid tut, bist du selber. Mir tut es auch für dich leid, aber ich möchte nicht, daß du mich mit Problemen behelligst, die du dir selbst zuzuschreiben hast.

Du kannst Lily nicht aus deinem Leben streichen. Ich weiß das, und sie weiß das, und sie läßt mich das ständig spüren. Glaubst du, diese gottverdammten Sonntagsessen bei deiner Mutter machen mir Spaß? Immer tut sie so albern mit mir, und deiner Mutter gegenüber ist sie so heuchlerisch, daß es mich richtig krank macht.

Aber mehr laß ich mir nicht bieten. Ich werde mir deine Sorgen und deine Entschuldigungen nicht anhören.«

Nate nahm den Kopf zwischen die Hände und stöhnte. »Jetzt ist es noch schlimmer als vorher. Wegen des Babys.«

»Zum Teufel mit dem Kind, und damit basta.« Sie mußte aufstehen und fortgehen, um Nathan nicht zu schlagen.

»Aber Chess, es ist ein Junge.«

Sie wirbelte herum. Ihre Stimme kam leise und bestimmt.

»Was ... soll ... das ... heißen?«

Nate sah aus geröteten Augen zu ihr auf. »Jeder Mann möchte einen Sohn haben, Chess. Der seinen Namen und sein Werk weiterführt.«

Jetzt mußte sie schreien. »Wie kannst du es wagen? Wie kannst du es tatsächlich wagen? Glaubst du etwa, Gussie ist weniger wert als irgendein Junge, der je geboren wurde? Wer hat dir eigentlich gesagt, was du in der neuen Gesellschaft tun solltest, als du so entnervt von deinen ewigen Konferenzen warst, daß du selber nicht drauf gekommen bist? Und wer war dein Partner, als die Dinge nicht so glatt liefen und Tag und Nacht gearbeitet werden mußte? War es etwa ein Mann? Wie? Nein, *ich* war's. Ich habe *Standish Cigarettes* genauso aufgebaut wie du. Ich habe genauso angepackt wie du. Und ich bin kein Mann, Nathan, auch wenn dich das nicht sonderlich interessiert hat. Ich bin eine Frau. Und deine Tochter ist auch bald eine Frau. Und sie hat mehr Mut und mehr Herz als jeder Junge, dem du je begegnen wirst.

Und jetzt wagst du es, hier über ein Baby zu lamentieren – egal, ob du der Vater bist oder nicht –, nur weil es ein Junge ist. Während du die ganze Zeit Vater eines so wunderbaren Kindes wie Gussie bist, die dich von ganzem Herzen liebt. Wenn du auch nur eine Minute Gussie vernachlässigst und deine Fürsorge Lilys Baby schenkst, bringe ich dich um, Nathan. Hast du mich verstanden?«

Chess keuchte vor Empörung, ihr Herz klopfte, und ihr Gesicht war schneeweiß. Ihre Augen blitzten vor Haß.

Erschreckt sah Nate die Fremde an, die da vor ihm stand. Das war nicht Chess. Doch er brauchte sie; nie zuvor hatte er begriffen, wie sehr er sie brauchte.

»Was kann ich tun?« fragte er verzagt. »Ich habe einen Fehler gemacht.«

»Du kannst mir aus den Augen gehen. Du machst mich krank.«

Mit gesenktem Kopf verließ Nate das Zimmer.

Als er gegangen war, sank Chess zu Boden und lehnte sich weinend an einen hübschen Stuhl, dessen Polstermuster zwei Liebende in einem Garten zeigte.

Am Nachmittag kam sie unangemeldet in Nates Büro. »Wir müssen so tun, als sei nichts geschehen, Nathan. Gussie darf nicht das Geringste davon erfahren. Das bist du uns schuldig.«

»Natürlich.«

»Und du wirst nicht mehr den Geruch dieser Frau ins Haus bringen. Solange ich dich kenne, hast du dich mehr als jeder andere Mann gewaschen. Tu das, bevor du heimkommst.«

Sie machte auf dem Absatz kehrt und ging.

Sie weinte nicht wieder.

Chess und Nathan ließen sich tatsächlich nichts anmerken. Gussie spürte zwar, daß etwas nicht stimmte, aber das kümmerte sie nicht weiter. Schließlich war ihre Freundschaft mit Barbara Beaufort schon dreimal zu Ende gewesen, und jedesmal hatten sie sich wieder vertragen.

Und was den Rest der Welt anging, für die waren die Richardsons weiter eine wunderbare Familie – »Sie stehen sich so nahe und sind netter zueinander als jede andere Familie in Standish.«

Lily wußte es besser. Sie wartete ab. Und nie erwähnte sie das Baby, wenn sie sich mit Nathan im Clubhaus traf. Nur die Worte, mit denen sie sich Nathan unterwarf, kamen über ihre Lippen: »Fester, Nathaniel, tiefer, Nathaniel, reiß mich in Stücke. Nathaniel, tu mir weh, Nathaniel, quäl mich, besitze mich.«

Am 20. Mai wurde das Steuergesetz, das der Kongreß im Jahr zuvor verabschiedet hatte, vom Obersten Gerichtshof für verfassungswidrig erklärt. Durch Amerikas Geschäftswelt ging ein Aufatmen.

»Selbst Henry ist erfreut«, sagte Edith Horton, »obwohl ich mir nicht vorstellen kann, warum. Jedesmal, wenn er ein paar tausend Dollar zusammenkratzen kann, kauft er wieder Pferde und baut ihnen einen Luxuspalast. Ich dagegen kaufe immer neue Eimer, die ich unter die Lecks im Dach stellen kann.«

Sie sah Chess prüfend an. »Du siehst nicht gerade besonders fröhlich aus.«

Chess schüttelte den Kopf. »Ich habe eine schrecklich traurige

Nachricht in der Zeitung gelesen. Ein Freund von mir in London ist ins Gefängnis gekommen.«

»Wie furchtbar. Und weshalb?«

»Ich weiß es nicht. Ich konnte mir auf den Artikel keinen Reim machen. Offensichtlich hat er jemanden verklagt und den Prozeß verloren, und nun haben sie ihn ins Gefängnis gesteckt.«

»Vielleicht hat er seinen Anwalt nicht bezahlt.«

»Vielleicht.«

»War er ein *guter* Freund?«

Chess gelang ein Lächeln. »Edith, du bist unverbesserlich. Ich hab dir hundertmal gesagt, keine Einzelheiten und keine Namen. Aber was diesen Fall angeht, nein, ich hatte nichts mit ihm, ich mochte ihn nur sehr gern. Er ist Schriftsteller und heißt Oscar Wilde.«

»Der Dorian-Gray-Mann? Ich kann's nicht glauben. Er ist doch berühmt und sollte eigentlich genug Geld haben, um sich einen guten Anwalt leisten zu können.«

»Ach, es gibt nichts, was ich für ihn tun könnte. Laß uns über etwas Erfreulicheres reden. Haben deine Rosen schon zu blühen angefangen?«

Edith strahlte. »Du mußt nächste Woche zu uns kommen. Meine *Gloire de Dijon* ist über und über mit Blüten bedeckt, und an der *Rose of York* haben sich schon vier phantastische geöffnet ...« Sie redete eine ganze Weile weiter.

Chess hörte ihr geduldig zu, aber Oscar ging ihr nicht aus dem Sinn.

Sie fragte ein paar von den Engländerinnen, ob sie etwas Genaueres über die Angelegenheit wußten, und obwohl das offensichtlich der Fall war, weigerten sie sich, darüber zu sprechen, und erklärten höchstens, daß es zu ekelhaft sei, um davon zu reden.

Nathan wollte und konnte sie nicht fragen. In ihren Unterhaltungen bemühten sie sich sorgfältig, über gar nichts mehr zu reden.

Schließlich klärte James Dike sie auf. »Ist das nicht schrecklich mit Oscar Wilde?« sagte er, als sie eines Tages seinen Laden betrat. Chess beklagte ihre Unwissenheit. James bot ihr einen Platz an und erzählte ihr die ganze schmutzige Geschichte. Oscar war einer Liebe verfallen, und als der Vater der betreffenden Person Oscar öffentlich beleidigte, war dadurch auch der Ruf der anderen Person beschädigt. Also verklagte Oscar den Vater wegen Verleumdung.

Doch der Vater konnte beweisen, daß seine Behauptungen stimmten. Und damit war auch bewiesen, daß Oscar gegen das Gesetz verstoßen hatte. Daher die Verhaftung, die Verurteilung, die Gefängnisstrafe.

»Ich verstehe es trotzdem noch nicht, James. Ich dachte, für Liebesangelegenheiten ist nur biblisches Recht zuständig, außer bei Scheidungen.«

»Chess, Oscar wurde der Unzucht für schuldig befunden. Seine große Liebe war ein anderer *Mann*, der Sohn des Marquess of Queensbury.«

Ihre Neugier war geweckt. Was war Unzucht genau? James erklärte es ihr mit abgewendeten Augen.

»Und dafür haben sie Oscar ins Gefängnis geworfen? Aber dazu haben sie kein Recht. Was er getan hat, war doch seine Privatangelegenheit. Er hat niemandem wehgetan. Oder hat er gegenüber dem jungen Mann Gewalt angewandt?«

»Nicht im geringsten. Es scheint vielmehr, als sei er sogar stolz darauf. Er hat ein Gedicht geschrieben, in dem es heißt ›Ich bin die Liebe, die ihren Namen nicht auszusprechen wagt‹«.

»Armer Oscar. Gibt es irgend etwas, das man für ihn tun kann?«

»Nein. Seine Freunde haben ihn vor der Klage gewarnt. Sie haben ihm angeboten, ihn außer Landes zu schaffen, als er den Prozeß verloren hatten. Er wollte nicht hören. Er hat sich von seiner Liebe zerstören lassen.«

Was wäre wohl aus Nathan und ihr geworden, dachte Chess, wenn Randall sie gebeten hätte, bei ihm zu bleiben. Vielleicht hätte sie ihre Ehe und sogar Gussie aufgegeben, so besessen war sie von ihm gewesen.

»Liebe kann etwas Schreckliches sein«, murmelte sie.

»Wie wahr«, bekräftigte James nachdrücklich.

Zum ersten Mal machte sich Chess Gedanken über James Dikes Liebesleben. Sie hatte immer geglaubt, es existiere nicht, weil sie ihn noch nie mit einer Frau gesehen hatte. Jetzt, mit ihrem neuen Wissen, fragte sie sich, ob er vielleicht einen Liebhaber hatte. Das wäre ganz offensichtlich ziemlich riskant. Armer James, wenn es ihm so erginge wie dem bedauernswerten Oscar. Es war nicht gut, daß es Gesetze gab, die Menschen verletzten, obwohl die nichts getan hatten, was andere verletzte.

»Warum gibt es solche Paragraphen, James?«

»Die Welt bestraft jeden, der anders ist«, sagte er weise.

»Kommen Sie am Sonntag zum Essen zu uns, James? Ich habe beschlossen, der Quälerei bei Nathans Mutter ein Ende zu machen.«

Chess schrieb Oscar einen langen teilnahmsvollen Brief. Sie bekam nie eine Antwort und erfuhr auch nie, ob er ihre Zeilen erhalten hatte.

Die Tage und Wochen vergingen, und allmählich sanken die Verletzungen in die Vergangenheit. Als Chess und Nate im Oktober zur Staatsmesse nach Raleigh fuhren, gastierte eine New Yorker Theatertruppe mit einer Dramatisierung von *Trilby* im Opernhaus von Raleigh. Sie sahen sich mit großem Vergnügen die Aufführung an und redeten später noch lange im Hotel darüber. Chess konnte von ihrem Treffen mit George du Maurier erzählen, ohne dabei über Oscars Tragödie die Fassung zu verlieren. Und zunehmend fühlte sie sich in Nates Gegenwart wieder wohl – fast wie in der Zeit vor Lily.

Auch Randall Standish, so glaubte sie, konnte sie nicht mehr traurig machen. Er war mein Svengali, sagte sie sich, aber er hat aus mir nicht einmal eine große Sängerin gemacht. Als sie das Edith erzählte, brachen beide in Gelächter aus. Es half.

Am 7. November erfreuten die Vanderbilts wieder einmal die Herzen der Welt mit einem Spektakel, über das die Zeitungen tagelang berichteten. Chess schnappte sich jede Ausgabe, sobald sie erschienen war. Das Wetter war scheußlich: kalt, dazu ständiger Regen und Wind. Um so schöner, wenn man sich mit dem Paisleyschal um den Schultern vor dem Kamin niederlassen und Seite um Seite in Geschichten schwelgen konnte.

Die meisten Beschreibungen der Hochzeit von Consuelo Vanderbilt mit dem Herzog von Marlborough waren allerdings ziemlich übertrieben. Sie ergingen sich in der Schönheit der 18jährigen Braut und der noblen Herkunft des Herzogs und der Pracht seines phantastischen Stammsitzes Blenheim Castle.

Andere waren eher geschmacklos. Sie konzentrierten sich auf den Skandal, den die kürzliche Scheidung der Brauteltern verursacht hatte, und das eher durchschnittliche Aussehen des langweiligen Bräutigams.

Einige waren richtig unverschämt. Sie listeten Details aus dem Ehevertrag auf, wonach zweieinhalb Millionen Dollar als Treuhandvermögen angelegt wurden, aus dem der Herzog lebenslang sein Einkommen beziehen sollte, dazu kam noch eine jährliche Rente von 100 000 Dollar für ihn und seine Braut.

Die *New York World* veröffentlichte eine Seite, auf der alle 27 Herzöge Englands zu sehen waren. Die Unverheirateten aller Altersstufen waren mit einem Kreis gekennzeichnet. »Achtung, Amerikas Erbinnen!« verkündete die Schlagzeile. »Wieviel bieten Sie?«

Am besten gefielen Chess die Schilderungen der eigentlichen Hochzeit. Es war wieder ein herrlich typisches Vanderbilt-Ereignis gewesen: Von allem zuviel. Jede Zeitung wußte weitere Einzelheiten zu berichten; sie mußte nur überfliegen, was sie schon wußte, um dann auf die neue Beschreibung eines spektakulären Hochzeitsgeschenks zu stoßen oder zu erfahren, wie die Spitzen in der Aussteuerwäsche der jungen Herzogin aussahen.

Drei Tage nach der Hochzeit wurde die Berichterstattung dünner. Nur vier Blätter hatten jetzt noch Geschichten darüber auf der ersten Seite.

»Braut eine Viertelstunde zu spät bei der eigenen Hochzeit«, vermeldete der *Richmond Dispatch* noch. Chess kuschelte sich tiefer in die Kissen ihres Sessels.

»... 50 Polizisten mußten die 2000köpfige Menge vor der Villa im Zaum halten ... 300 Polizisten wurden zur Kontrolle der Massen vor der Kirche abgestellt ... das Kircheninnere war vom Boden bis zum Kuppelgewölbe mit Blumen übersät ... 80 Floristen ... unter den Hochzeitsgeschenken befinden sich auch Perlen, die einst der russischen Zarin Katharina der Großen gehört hatten ... eine diamantene Tiara ... eine diamantenbesetzte Geldbörse aus reinem Gold ... ein Gürtel aus Edelsteinen ... Dutzende von Diamantbroschen ... Armreifen ... Ohranhänger ... perlenbesticktes Brautkleid ... sechs Brautjungfern ... zwei Blumenmädchen ... ein Teppich aus Rosenblüten ... 50köpfiges Orchester ... 60stimmiger Chor ... Crème der Gesellschaft im Kirchengestühl ... Gouverneur von New York ... englischer Botschafter ... amerikanischer Botschafter am englischen Hof ...«

Ihre Augen hielten inne, wanderten zurück, lasen noch einmal die schmale Druckspalte. Da stand es, sie hatte richtig gesehen. »... Lord Randall Standish ...«

In New York. In Amerika.

Die Zeitung fiel aus ihren Händen und glitt zu Boden. Wie spät war es? Erst zehn nach elf. Sie konnte heute abend in New York sein. Es war nicht so weit, und der Regen hielt die Züge nicht auf. Sie brauchte auch nicht zu packen; das kostete nur unnötig Zeit. Er war hier. In Amerika. So nahe.

Ihr ganzes Ich – Körper und Seele – sehnte sich nach ihm, drängte sie, dieses wahnsinnige Verlangen nach seinem Körper zu befriedigen, wieder dieses wilde, alles verzehrende Begehren zu erleben und zu stillen.

Plötzlich waren die vergangenen sechzehn Monate ohne ihn wie ausgelöscht. Alles stand ihr jetzt wieder so lebhaft vor Augen, als hätte sie sich erst vor Sekunden aus seiner Umarmung gelöst. Ihre Finger spürten die festen Locken seines Haars, ihre Lippen die sanfte Berührung seines Schnurrbartes, ihr Mund schmeckte seinen Körper, ihre Nase roch den Duft seiner Haut, den Geruch ihrer Liebe.

»Randall«, stöhnte Chess laut auf. Sein Name brannte auf ihren Lippen, hallte merkwürdig wider in der beschützenden Heiterkeit des Raumes.

Wie sollte sie diese Pein nur aushalten? Er war so nahe, und er kam nicht zu ihr. Er hatte ihr nicht geschrieben, hatte nicht gewollt, daß sie sich in New York trafen. Und New York war so nahe.

Ich glaubte, ich hätte es überwunden, dachte sie jammervoll. Ich glaubte, ich hätte vergessen. Wie konnte so etwas Grausames geschehen? Warum war er nicht in England geblieben? Warum tat es ihr immer noch so weh?

Chess zog den Schal fester um sich. Aber er spendete keine Wärme gegen ihre eisige Verzweiflung.

Die Tür zum Frühstückszimmer hinter ihr ging auf. »Das Feuer sieht gut aus«, sagte Nate.

»Geh weg«, flüsterte Chess, aber er hörte sie nicht.

»Gott, wie ich friere. Mir klappern die Zähne vor Kälte.« Er hielt die gespreizten Hände über die Flammen. Seine Arme sanken herab, als er sie ansah.

»Bist du krank? Es grassiert gerade eine Grippe. Komm, ich helfe dir nach oben.«

»Nein, Nathan, es geht mir gut. Laß mich nur hier ruhig eine Weile sitzen.«

Ihre kalten Hände lagen in seinen, die vor Hitze glühten.

Vom Feuer, dachte sie, aber als sie sein Gesicht sah, wußte sie, daß es nicht stimmte. Seine Haut war so weiß, daß die Sommersprossen sich deutlich davon abhoben. Sie entzog ihm eine Hand und legte sie an seine Stirn. Er hatte hohes Fieber.

»Du bist derjenige, der eine Grippe hat, Nathan. Du solltest dich sofort ins Bett legen. Ich begleite dich nach oben.«

Vergib mir, lieber Gott. Ich bin froh, daß ich jetzt etwas zu tun habe und an etwas anderes denken kann, sagte sie sich im stillen.

42. Kapitel

Die nächsten Wochen durchlebte Chess in ständiger Panik und geplagt von Aberglauben. Selbst Nates kräftige Konstitution war der heimtückischen Krankheit nicht gewachsen; eine Krise folgte der anderen und brachte ihn fast an den Rand des Todes. Es ist meine Schuld, warf sie sich immer wieder vor. Nathan wird sterben, und ich trage daran die Schuld, weil ich froh darüber war, daß er krank wurde.

Mit den englischen Familien war ein erfahrener, älterer Arzt nach Standish gezogen. John Grahams silbernes Haar, seine freundlichen blauen Augen und seine tiefe, ruhige Stimme flößten Chess Vertrauen ein. Aber selbst er konnte ihre Ängste nicht beschwichtigen.

»Wenn ich ihn verliere, weiß ich nicht, wie es weitergehen soll, Doktor«, weinte sie.

»Es gibt keinen Grund zur Aufregung, Mrs. Richardson. Der allgemeine Gesundheitszustand Ihres Mannes ist ausgezeichnet. Er wird die Krankheit besiegen. Er ist ein Kämpfer.«

»Ja.« Sie wußte, daß er recht hatte. Nathan war ein Kämpfer. Er würde sich niemals schlagen lassen. Nur einmal war er bislang unterlegen. Sein Verlangen nach Lily war stärker gewesen. Er hatte Gewicht verloren, hatte monatelang ausgesehen, als sei der Teufel hinter ihm her. Vielleicht hatte er die Freude am Leben und am Kämpfen verloren.

Und es war einzig und allein ihre Schuld. Vielleicht hätte sie ihn gehen, sich scheiden lassen sollen, ihn freigeben für die Frau, die er liebte. Der Himmel wußte, daß sie die übermächtige Kraft, die rücksichtslose, grausame Macht der Liebe kannte.

Nein.

Es war nicht ihr Kopf, es war ihr Herz, das ihr Einhalt gebot. Nathan durfte nicht gehen. Nicht zu Lily.

Sie liebt ihn nicht, sie will ihn nur besitzen. Und ich liebe ihn. Seit jenem Tag, an dem er in den Fluß fiel und sich über seine einlaufenden Hosen kaputtlachte, habe ich Nathan geliebt.

Nicht immer auf dieselbe Art und Weise. Man verändert sich im Lauf von fünfzehn Jahren. Die Welt verändert sich auch.

Aber ich liebe Nathan. Sie kann ihn nicht haben. Ich werde mit ihr kämpfen und mit ihm auch, wenn es sein muß.

Wenn er nur wieder gesund wird. Bitte, lieber Gott, hilf ihm, wieder gesund zu werden. Es dauerte beinahe drei Wochen, aber Nate kämpfte und gewann. Er war schmal hinterher, und Chess stellte voller Schrecken fest, wie sehr er gealtert war. Er war jetzt 38; eigentlich durfte sie nicht schockiert sein, daß er nicht mehr wie ein Junge aussah. Sie war es dennoch.

Jeden Morgen und jeden Nachmittag schleppte sie einen Kasten mit Papierkram in sein Zimmer, so daß er während seiner Krankheit mit dem Geschäftlichen auf dem laufenden blieb. Die Firmenmanager wollten ihn zwar alle persönlich sprechen, aber das erlaubte Chess nicht. Mit ihren Protesten erreichten sie nichts; sie hatten alle bereits feststellen müssen, daß Mrs. Richardson eine formidable Geschäftsfrau war. Während der letzten Wochen hatte sie auf täglichen Berichten aus allen Bereichen der Unternehmen bestanden und notwendige Maßnahmen ohne Zögern veranlaßt.

Sie wiederum berichtete Nathan. Es linderte seine Ruhelosigkeit, wenn er wußte, daß alles unter Kontrolle war.

Sie kümmerte sich auch um die Familienangelegenheiten und die Korrespondenz. Sie erzählte Nate sogar von Lilys und Gideons erfolgreicher Tombola, von deren Erlös das Mobiliar für die neue Sonntagsschule gekauft werden sollte.

Gussies Schulspiel erfuhr allerdings mehr Aufmerksamkeit. Sie hatte die Rolle des Melchior bekommen, eines der drei Weisen aus dem Morgenland, und sollte eine Strophe des Liedes »We Three Kings of Orient Are« allein singen. Für diesen Anlaß wollte sie gern goldene Ohrringe haben und sich die Ohren durchstechen lassen. Nach angemessener Bedenkzeit war Nate einverstanden. Er gab nicht gerne zu, daß sein kleines Mädchen erwachsen wurde.

»Bei diesen hier habe ich abgesagt«, sagte Chess und gab ihm einen Stapel Einladungen, »und bei diesen hier habe ich zugesagt, allerdings unter der Voraussetzung, daß Dr. Graham es dir erlaubt.«

»Warte eine Minute«, entgegnete Nate, »hier würde ich gerne hingehen. Schreib ihnen noch einmal, daß wir doch kommen.«

Chess nahm ihm die Einladung aus der Hand. George Vanderbilt wollte sie bei einer Nachweihnachtsfeier dabeihaben, um sein neues Haus in der Nähe von Asheville offiziell einzuweihen.

»Im Winter ist das eine zu lange Reise, Nathan, und eine zu lange Feier. Sie dauert bestimmt sechs Tage, und An- und Abreise sind auch nochmal zwei Tage.«

»Ich möchte trotzdem hin. Wenn das Haus eröffnet wird, heißt das, daß alle seine neuen Maschinen nun installiert sind.« Er sah wie ein trotziger Junge aus, der sich gerade von einer Krankheit erholt hat. Jugendliche Begeisterung war in sein blasses Gesicht zurückgekehrt.

Chess blieb gar nichts anderes übrig, als einzuwilligen.

Als die endgültige Einladung eintraf, mußte Chess unvermittelt an Randall denken. War er nicht Gast bei der Vanderbilt-Hochzeit gewesen? Vielleicht war er diesmal auch dabei. Trotz der Sorgen, die sie sich ständig um Nathan machte, hatte ihr Herz plötzlich schneller geschlagen. Aber dann erinnerte sie sich an die Zeitungsberichte. Wegen der Scheidung hatte keiner der Vanderbilts noch irgend etwas mit Consuelos Mutter zu tun. Ihre ganze Familie war in der Woche der Hochzeit aus der Stadt komplimentiert worden. Und George Vanderbilt hatte keine Verbindung zu Lord Randall Standish.

Die oberste auf dem Stapel der ›angenommenen‹ Einladungen war die zur Hochzeit von Miss Eliza Morehead Carr und Henry Corwin Flower, Esq. am 18. Dezember. Diese Einladung war fast noch wichtiger als jene damals zur Eröffnung der Tower Bridge, denn Jule Carr, dem Vater der Braut, gehörte der »Bulle«. Und trotz Nates internationalem Erfolg und Buck Dukes Machenschaften in New York und Dick Reynolds' Reich in Winston war der »Bulle« in North Carolina immer noch unangefochten. Wenn der Wind aus der richtigen Richtung kam, war sein Gebrüll selbst in Standish noch zu hören.

Gemeinsam mit einigen anderen privilegierten Ladies war Chess in der Woche vor der Hochzeit dabei, um die verschwenderische Garderobe der Braut zu begutachten. Sie kam aus Paris, wo Mrs. Carr und Liza den Sommer verbracht hatten.

Auch die Hochzeitgeschenke waren zu besichtigen. Ihr Silberkandelaber von Tiffany sah sehr eindrucksvoll aus, fand Chess, aber sie mußte zugeben, daß der alte Windsor-Stuhl, den Adlai Stevenson, der Vizepräsident der Vereinigten Staaten, geschickt hatte, alles andere übertraf.

Die Hochzeitszeremonie und der anschließende Empfang fanden in Carrs riesiger, von Türmen gekrönter Somerset Villa statt. Sie war inzwischen fünf Jahre alt, aber immer noch Durhams attraktivste Sehenswürdigkeit. Der alte Jule hatte ein Vermögen dafür ausgegeben. Allein die bunten Glasfenster hatten 6000 Dollar gekostet.

Auch bei der Hochzeit scheute er keine Kosten. Aus Philadelphia kam eigens ein Dekorateur, um das elektrische Licht draußen und die Blumen drinnen zu arrangieren. Ebenfalls aus Philadelphia kam der Mann, der für die Bewirtung sorgte. Er brachte seine eigenen Küchenchefs und sein eigenes Personal mit sowie zwei Güterwagen voll importierter Delikatessen für das Hochzeitsmahl.

»Ich dachte schon, sie würden nie gehen«, knurrte Nate Chess zu, als die Jungvermählten endlich um zwei Uhr morgens zu ihrer Reise in die Flitterwochen aufbrachen. Nachdem der Reis- und Rosenblütenregen vorüber war, konnten die Gäste gehen.

»Hör auf zu nörgeln«, sagte Chess. Seit die Einladung gekommen war, hatte sie sich im Geist ständig Notizen gemacht, denn ehe sie sich's versahen, war Gussie eine junge Frau und bald wohl auch eine junge Braut.

Aber der Frühling war für eine Hochzeit eine viel bessere Jahreszeit als der Winter, entschied Chess. Im nächsten Jahr würde sie Dutzende von Azaleen pflanzen, dann waren sie sieben, acht Jahre später genau richtig für so ein Ereignis.

»Ich höre geradezu, wie es in deinem Kopf rumort«, sagte Nate. »Was heckst du denn diesmal aus?«

»Nur ein bißchen Gartenarbeit«, antwortete Chess, »ein bißchen Gartenarbeit.«

Die S&D-Lokomotive brachte Nates Sonderwagen nach Durham und zog ihn dort auf ein Nebengleis. Bald darauf wurde er an die fünf Wagen des Vanderbilt-Zuges angekoppelt, der aus

New York kam und nach Asheville weiterfuhr. Von dort aus rollte er auf einem Privatgleis nach Biltmore, dem Anwesen von George Vanderbilt. In dem winzigen Backstein-Bahnhof stiegen alle aus und wurden von Lakaien zu den wartenden Kutschen geleitet.

»Sehr nett«, sagte Chess und zog die Pelzdecke über ihrer beider Knie. »Sogar Fußwärmer gibt's. Benutz sie, Nathan, du erholst dich immer noch von deiner Grippe, vergiß das nicht.«

»Dummes Zeug. Hör endlich auf, mich wie einen Krüppel zu behandeln.«

»Ah, die Bergluft schmeckt wie Eiswasser. Ist das nicht großartig?« Die letzte Stunde, in der sich der Zug die Berge hochgearbeitet hatte, waren sie von einer weiten, völlig unberührten Schneelandschaft umgeben gewesen, in der hier und da, wie gezackte grüne Ausrufungszeichen, riesige Kiefern mit blendendweißen Flecken auf den Zweigen standen. Es war Nachmittag gewesen, und nun verlieh die sinkende Sonne dem Schnee die Farbe von Teerosen.

»Wirklich eine Meisterleistung der Ingenieure«, stimmte Nate zu. »Aber warte, bis du erstmal das Quaderwerk der Hausmauern siehst. Die Kräne, die sie dafür gebraucht haben, waren so hoch wie Kirchtürme.« Das Licht gab seinem Gesicht eine gesunde Farbe. Aber vielleicht war sie auch schon wieder echt. Erwartungsvoll beugte er sich vor, um das Haus und seine technischen Wunderwerke zu erspähen.

Mit zwei Kutschen vor und dreien hinter ihnen fuhren sie durch den Bogen neben dem Torhaus und kamen auf die fünf Kilometer lange Anfahrt nach Biltmore.

»Stell dir nur mal die Arbeit vor, diese Straße freizuhalten«, sagte Chess. Langsam begriff sie, was sich mit dem Namen ›Vanderbilt‹ wirklich verband.

»Wahrscheinlich gibt es, wenn es schneit, eine Abkürzung«, meinte Nathan.

Wenn es eine gab, konnte Chess sie jedenfalls nicht entdekken. Es herrschte fast purpurne Dunkelheit, als die Kutschen auf einem großen, freigeschaufelten Kiesplatz zum Stehen kamen. Zu ihrer Rechten war gerade noch die gezackte Dachlinie eines französischen Schlosses vor dem Abendhimmel zu erkennen.

Darunter leuchteten ihnen Hunderte von Fenstern einladend entgegen.

»Meine Güte«, flüsterte sie. Noch nie in ihrem Leben hatte sie so etwas Eindrucksvolles gesehen. Es kam ihr unmöglich vor, daß etwas derartig Phantastisches Wirklichkeit sein sollte. Es mußte ein Trugbild sein. Oder schiere Zauberei.

Auf ein Signal des ersten Kutschers fuhren die Wagen die Auffahrt zu dem mächtigen Eingang mit dem Turm hinauf. Je näher sie kamen, um so größer schien er zu werden.

Beim Geräusch der Räder auf dem Kies ging die gewaltige Tür auf, und ein Lichtstrahl schnitt durch die Dunkelheit. Chess betrachte die riesige Öffnung und kam sich sehr klein vor. Ein bißchen fürchtete sie sich auch. Hier mußten Giganten leben. »Sein Kraftwerk ist bestimmt größer als das von ganz Standish«, sagte Nathan, und seine prosaische Bemerkung setzte Chess' Phantasien ein Ende. Plötzlich war sie ungeheuer neugierig, das Innere kennenzulernen. Alice konnte sich im Wunderland nicht fremder vorgekommen sein als sie hier.

43. Kapitel

Alles war gigantisch. Die Eingangshalle war größer als der Ballsaal in Harefields. Jetzt, da sie alle unter dem Dach ihres Gastgebers angekommen waren, machten sich die Insassen der Kutschen bekannt und plauderten miteinander. Drei der anderen Paare kamen aus New York, zwei aus Pennsylvania.

Es waren auch sechs Kinder mitgekommen, alle offensichtlich um die zehn Jahre alt, aber sie wurden nicht vorgestellt. Ein Kammermädchen und ein Diener verschwanden auf der Stelle mit ihnen in einem Aufzug, der zweimal so groß war wie der im Savoy.

Die New Yorker kannten sich bereits, die Gäste aus Philadelphia ebenfalls. Nach wenigen Minuten hatten sich zwei Gruppen gebildet, die Chess und Nathan sich selbst überließen. Bis George Vanderbilt auftauchte. Er war ein dünner und wie ein Ästhet aussehender junger Mann von 33 Jahren. Mit seiner blassen Haut, den dunklen Haaren und dem dichten Schnurrbart erinnerte er Chess anfangs an Randall Standish. Doch bald erkannte sie, daß es nicht so sehr die körperliche Ähnlichkeit war, die in ihr diesen Eindruck erweckte, sondern die Aura von müheloser Eleganz, die beide umgab.

Die Erinnerung an Randall hatte zur Folge, daß Chess sich zunächst in Vanderbilts Gesellschaft unbehaglich fühlte. Aber auch diesmal wurde ihr rasch klar, daß der Eigentümer dieses unglaublich einschüchternden Baus eher ziemlich schüchtern war, und sie fing an, ihn netter zu finden.

Er gefiel ihr noch besser, als er, nachdem er die übrigen Gäste mit bemühter Herzlichkeit begrüßt hatte, fest Nathans Hand drückte und breit lächelte. »Ich freue mich so, daß Sie es doch geschafft haben, Nate«, sagte er und war gar nicht mehr schüchtern. »Es ist alles famos geworden. Die Dampfkessel und das Elektrizitätswerk warten schon auf Sie.«

Chess mußte lächeln. Jungs und ihre Spielzeuge, dachte sie.

Ein Gefolge von uniformierten Dienern geleitete sie zu ihren

Räumen. Ihre Garderobe war bereits ausgepackt und aufgehängt worden. »Ich wußte, daß es eine Abkürzung gibt«, sagte Nate. »Sie müssen die Wagen schon entladen und das Gepäck heraufgetragen haben, als wir auf der anderen Strecke noch unterwegs waren.«

Das Gästezimmer für Chess war oval und überwiegend in Rottönen gehalten. Die strahlendweißen Holzverkleidungen mit ihren klassizistischen Ornamenten umrahmten rote Damasttapeten. Ein Sofa und eine Chaiselongue waren ebenfalls mit rotem Damast überzogen. Das kunstvoll furnierte Bett hatte einen geschwungenen Halb-Baldachin mit roten Troddeln und Vorhängen. Mitten im Raum standen ein runder, goldeingefaßter Tisch mit vier vergoldeten Stühlen. In einem großen Kamin brannte ein lebhaftes Feuer.

Es war hübsch, befand Chess, wenngleich für ihren Geschmack ein wenig zu modisch. Sie legte Mantel und Hut auf der Chaiselongue ab und und sah sich genauer um. Viel Platz in der Kommode. Gutes Licht zum Lesen. Nebenan ein Badezimmer. Chess war erstaunt über seine Einfachheit. Es war zwar sehr geräumig und mit allem Notwendigen ausgestattet, aber es gab keine Marmorfliesen wie in Harefields und nur einen Spiegel über dem Waschbecken. Von einem Frisiertisch keine Spur.

Nate gab ihr eine Erklärung. »George ist Junggeselle und sein Architekt ebenfalls. Wir Männer brauchen einen Spiegel zum Rasieren, aber nicht, um irgendwas mit unseren Haaren anzustellen.«

Das machte Sinn, stimmte Chess zu. Wenn man ein Mann war. Nathans Schlafzimmer lag auf der anderen Seite des Badezimmers hinter einer Verbindungstür. Ihr fiel auf, daß es in seinem Raum überhaupt keinen Spiegel gab, dafür aber reichlich Lederpolster auf Stühlen und Ottomanen. Das Batt sah aus, als habe es eine harte Matratze.

Sie kehrte in ihren roten Damast-Luxus zurück und setzte sich aufs Sofa, um in dem ledergebundenen Büchlein zu lesen, das auf dem Tisch lag.

Es enthielt Informationen für die Gäste. Wie sie erwartet hatte, wurde jeder Lady ein Mädchen gestellt, falls sie ihr eigenes nicht mitgebracht hatte. Es konnte mit einem Klingelzug gerufen werden. Wäsche wurde eingesammelt ... am Abend zurückgebracht ... zum Ausreiten standen Pferde bereit ... Badeanzüge für das geheizte Schwimmbad im Untergeschoß ... Kegelbahn ... Billardtische ...

Es klang alles sehr aufregend. Sie hatte noch nie ein Schwimmbad oder eine Kegelbahn gesehen.

Vorne in dem Büchlein lag ein loses Blatt. Darauf wurde eine Änderurung im Tagesablauf mitgeteilt, denn heute war Silvester. Ab zehn wurde getanzt in der Eingangshalle, und um ein Uhr morgens gab es im Bankettsaal ein Neujahrsessen. Von sieben bis zehn sorgte ein Buffetdienst in der Halle im ersten Stock und in der Gobelin-Galerie im Erdgeschoß für einen Imbiß.

Fein, dachte Chess, vorausgesetzt, wir finden diese Räumlichkeiten. Sie hatte das Gefühl, daß sie ein Wollknäuel brauchte, das sie beim Gang durch das mächtige Gebäude aufwickeln konnte. Andernfalls würde sie ihr Zimmer wohl kaum wiederfinden.

»Wo gehst du hin, Nathan?«

»Ich mache mich auf die Suche nach dem Dampfkesselraum. Ich bin rechtzeitig zurück, um mich umzuziehen.«

»Bitte fall in keinen Kessel, und übernimm dich nicht. Die Maschinen sind auch morgen alle noch da.«

Chess warf einen Blick auf die vergoldete Uhr über dem Kaminsims. Gerade erst fünf. Gott sei Dank hatte sie etwas zum Lesen mitgenommen. Sie wäre zu gern auf Entdeckungstour gegangen, aber das mußte warten, bis wieder Tageslicht herrschte.

Sie läutete nach ihrem Mädchen, um ihre Wünsche mitzuteilen und ein paar Erkundigungen über das Anwesen und seine Bewohner einzuholen.

»George Vanderbilt ist noch nicht einmal verlobt«, informierte sie Nate, als er zurückkam. »Zu schade, daß Gussie nicht schon ein bißchen älter ist; dann könnte ich mich als Kupplerin versuchen.«

Nathan grinste. »Du stündest am Ende einer langen Schlange. Der arme Teufel muß die Mütter, die ihre Töchter unter die Haube bringen wollen, fast mit dem Stock vertreiben. Selbst seine Schwestern haben schon Heiratskandidatinnen eingeladen. Hier wimmelt es von jungen Frauen.«

»Ich muß mich über dich wundern, Nathan. Wie hast du das alles herausbekommen, wenn du im Kesselraum warst?«

»Diener wissen alles; das hast du mir selbst tausendmal gepredigt. Und im Untergeschoß ist viel los. Ich habe im Speisesaal des Personals eine Tasse Kaffee getrunken und etwas Geflügelpastete gegessen. Das mußt du dir ansehen da unten. Vor allem die Küchen und die Wäschekammern. Die sind größer als in einem Hotel. Müssen sie aber auch wohl sein. Es gibt 80 Bedienstete.«

»Achtzig?«

»Allein fürs Haus. Für die Ställe und die Meierei und die Gartenanlagen sind nochmal rund hundert da. George züchtet fast alles selbst, was er ißt. Ich habe da unten Weintrauben aus dem Gewächshaus bekommen.«

»Also, ich wünschte, du hättest mir welche mitgebracht. Ich bin hungrig.«

»In der Halle gibt's genug zu essen. Sie bauen bereits das Buffet auf. Komm mit, ich zeig's dir.«

Die Halle im ersten Stock lag tatsächlich nur wenige Schritte entfernt. Sie befand sich am oberen Ende eines mächtigen runden Marmortreppenhauses, gesäumt von vier hohen Säulen. Diener und Dienerinnen eilten geschäftig umher und arrangierten über Spirituskochern große silberne Platten. Tabletts und Schüsseln mit kalten Speisen wurden herangetragen, zusammen mit Tellerstapeln, Gläsern und Silberbestecken.

Ein großer Teil des Parkettbodens war mit orientalischen Teppichen bedeckt. In normaler Umgebung hätte einer der Teppiche für ein Zimmer gereicht. Hier bildeten sie gleichsam Räume im Raum. Auf jedem standen mehrere Tische, Stühle und Sofas.

So groß. Alles war so groß. Chess ging hinüber zu einem der hohen Fenster und öffnete die geschlossenen Samtvorhänge. Wenn sie den Himmel und die Sterne gesehen hatte, kam ihr dieser Raum vielleicht überschaubarer vor.

Statt des Himmels sah sie Licht. Das Fenster befand sich direkt über dem Glasdach eines Wintergartens. Es war faszinierend. Sie konnte hinabsehen auf Menschen, die umherspazierten, auf Stühlen und Bänken zwischen Palmen saßen, oder in Gruppen beisammenstanden und sich unterhielten. Es war fast wie im Theater. Sie blickte auf eine hellerleuchtete Bühne, aber kein Laut drang zu ihr. Sie konnte weder die Worte auf den sich bewegenden Lippen hören noch Schritte oder das Rascheln der Röcke.

Sie entdeckte George Vanderbilt, der ihr den Rücken zukehrte. Er stand vor einem Halbkreis junger Frauen, die über irgend etwas lachten, das er gesagt hatte.

Armer George, dachte Chess. Nathan hatte recht; der Mann wurde ständig von heiratswütigen Mädchen verfolgt.

Das Essen duftete verführerisch. Chess wollte sich gerade vom Fenster abwenden, als sich ihre Hände unwillkürlich in den Vorhängen festkrallten. Das da unten war nicht George Vanderbilt. Das war Randalls Rücken, waren Randalls dunkle Haare. Sie wußte es. Sie hätte nicht sagen können, weshalb sie so sicher war, sie wußte es einfach, und deshalb mußte sie sich an den Vorhängen festhalten, damit sie nicht das Gleichgewicht verlor. Ihr Herz raste. Ihr war schwindlig.

Wovor? Vor Glück? Angst? Liebe? Verlangen? Von allem und noch mehr.

»Darf ich Ihnen einen Teller bringen, Madam?« Einer der Diener war neben sie getreten.

Chess gelang ein bebender Atemzug. »Ja, bitte«, sagte sie. »Aber erst müssen Sie mir zu einem Sitz verhelfen. Ich bin ein wenig benommen. Es liegt wahrscheinlich an der Höhenluft.«

Sie mußte sich zusammenreißen. Wenn sie wieder atmen konnte, würde sie auch wieder ihre fünf Sinne beisammen haben. Um zu begreifen, was sie gesehen hatte.

Chess beugte sich vor, um ihr Gesicht in dem großen Spiegel über dem Kaminsims zu studieren. Es war nicht gerecht. Männer konnten sich Bärte wachsen lassen, um die häßlichen Linien zu verbergen, die sich irgendwann von den Nasenflügeln zu den Mundwinkeln herunterzogen, um die Falten zu verdecken, die sich irgendwann am Kinn bildeten. Frauen mußten ihr Alter für jeden sichtbar herumtragen. Fünfundvierzig. Sah man mit fünfundvierzig so aus? Sie konnte genausogut sechzig sein. Sie hatte sich nie sonderlich um ihr Aussehen gekümmert. Wenn eine Frau keine Schönheit ist, verschwendet sie nicht viel Zeit damit, in den Spiegel zu schauen.

Aber ihre Hände waren immer noch schön. Die Adern waren zu sehen, aber sie ragten noch nicht aus der Haut heraus, wie sie es bei alten Menschen taten.

Und ihr Haar schimmerte mehr denn je, seit Silber das fahle Gold ablöste. Es war wirklich silbern, und längst nicht mehr nur in einzelnen Strähnen, hier und da.

Ich bin alt, und ich bin häßlich, und ich wünschte, ich hätte nicht so genau in den Spiegel gesehen, dachte Chess.

Die Frauen, die Randall da unten charmierte, waren jung. Die Welt war voll von jungen Frauen und Mädchen.

Es ist jetzt anderthalb Jahre her. Wahrscheinlich erinnert er sich gar nicht mehr an mich. Warum bin ich nicht gleich auf der Stelle hinuntergelaufen, wie ich es gern getan hätte? Warum habe ich mir vorgemacht, ich könnte schön für ihn aussehen, wenn ich mich umgezogen habe?

Ob er weiß, daß ich hier bin?

Eigentlich sollte in jedem Schlafzimmer eine Liste aller Gäste liegen, so wie es auf Schiffen Passagierlisten gab. Dieses Schloß ist wie ein riesiges Schiff, hell erleuchtet in den dunklen Bergen, die es wie ein Meer umgeben.

»Soll ich Ihre Haare bürsten, Madam?« fragte das Mädchen.

»Nein, danke. Ich mach es selber.« Unsanft fuhr Chess mit den Borsten durch die langen schweren Locken, um sie dann geschickt zu einem großen Knoten zu winden, der auf ihrem Hinterkopf bis zum Nacken reichte. Mit langen Nadeln hielt sie die Haarflut wie immer an ihrem Platz.

Sie ließ das bestickte seidene Frisiertuch in die Hände des Mädchens gleiten und stand auf. Ihre Haut war so weiß wie die weiße Seide ihres Korsetts. Unter der weißen Seide bildeten ihre schwarzen Seidenstrümpfe dunkle Schatten. Sie trat in den Kreis aus schwarzer Spitzenseide auf dem Fußboden und ließ still über sich ergehen, daß das Mädchen ihren Unterrock hochzog und an ihrer Taille befestigte.

Ihr Ballkleid lag ausgebreitet auf dem Bett. Sie hatte es noch nie getragen. Es war dasjenige, das sie sich einst für den Ball der Herzogin von Devonshire hatte machen lassen, und das schönste Kleid, das sie je besessen hatte. Ja, je gesehen hatte.

»Nur eine Minute«, sagte Chess zu dem Mädchen. Sie erinnerte sich an einen Trick, den Edith Horton ihr beigebracht hatte. Sie befeuchtete zwei Finger und ging zum Kamin, um sie ein wenig mit Ruß zu bedecken. Dann färbte sie sehr sorgfältig damit ihre Augenlider. Der Spiegel über dem Sims zeigte ihr, wie das bleiche Silber ihrer Augen durch die schwarzen Linien hervorgehoben wurde. Chess biß sich auf die Lippen, bis sie tiefrot glänzten.

»Jetzt«, sagte sie und breitete die Arme aus. Das Kleid floß über ihren Kopf und Körper und saß wie angegossen. Das Mädchen atmete bewundernd ein, ehe es mit raschen Fingern die Haken auf dem Rücken schloß. Dann hielt es Chess die schwarzen Tanzschuhe hin, damit sie hineinschlüpfen konnte.

»Sie sehen schön aus, Madam«, sagte das junge Mädchen.

Beklommen und hoffnungsvoll zugleich ging Chess zur anderen Seite des Raumes, wo sie sich in dem großen Spiegel von Kopf bis Fuß betrachten konnte. Was sie sah, nahm ihr den Atem. Luther Witsell war wirklich ein Künstler. Er hatte einen Mitternachtsgarten kreiert.

Das schwarze Kleid aus steifem Seidenorganza sah aus wie ein Arrangement kunstvoll gebündelter Schatten. Es hatte die großen Ballonärmel, die jetzt gerade modern waren. Sie schienen von den äußersten Enden ihrer Schultern herabzuhängen, und ihre Schwärze ließ ihre weiße Haut wie Mondlicht strahlen.

Der Ausschnitt bildete eine anmutige Kurve wie die Sichel des Mondes. Er enthüllte das Weiß ihrer Haut, aber umschloß züchtig das Rund ihrer kleinen Brüste. Das Mieder des Kleids war wie das Dekolleté mit Muscheln bestickt. Jede Muschel wiederum war mit kleinen polierten Jettperlen besetzt.

Eine vordere Bahn des Rockes war aus Seidenbrokat, der ein Muster goldener Blätter auf einem silbernen Untergrund zeigte, ebenfalls bestickt mit Jettperlen.

Schwarzer Organza umfaßte den Brokat und bildete die Schichten weitfließender Röcke, die im Rücken zu einer üppigen Schleppe gerafft waren.

Da Luther ein Künstler war, hatte er die Gazeröcke bemalt, statt sie mit schwerer Stickerei zu versehen. Mit behutsamen Pinselstrichen hatte er in Goldfarbe Weinreben aufgemalt, an die er gold- und silberfarbene Chiffonblätter geheftet hatte. Die Farbe versteifte die Röcke, ohne sie schwerer zu machen, so daß sie sich jedesmal wie in einer Brise wiegten, wenn Chess sich bewegte.

An den Ballonärmeln schimmerten ebenfalls Chiffonblätter unter dem Organza.

Ihr silbern-goldenes Haar glänzte, ihre schwarz umrandeten Augen leuchteten wie Sterne.

Chess legte ein breites Band aus schwarzen Jett-Blättern um ihren Hals und steckte einen mit Jett-Blättern besetzten Kamm neben ihren Haarknoten.

Mit zitternder Hand tauchte sie dann den Glasstab einer Parfümflasche in den Blumenduft, der zu den Seifen gehörte, die sie einst von Randall bekommen hatte. Sie betupfte mit dem Stab ihre Haare, ihre Ohren, ihren Nacken und ihre bloßen Schultern.

Danach ließ sie ihre Hände in die gepuderten weißen Handschuhe gleiten, die ihr das Mädchen hinhielt, und glättete sie über ihren Fingern die Arme hinauf bis über die Ellbogen. Das Mädchen knöpfte die kleinen Perlen an den Handgelenken zu, dann reichte es Chess den großen schwarzen Spitzenfächer.

Sie konnte hören, wie unten die Musik einsetzte. Sie dankte dem Mädchen, das einen Knicks machte, und trat in den Flur hinaus.

Nate erwartete sie in der Halle im ersten Stock. »Du siehst mächtig elegant aus«, sagte er.

»Du aber auch«, erwiderte sie. Es stimmte. Der Londoner Schneider hatte bei Nates neuen Anzügen vorzügliche Arbeit geleistet.

»Aufzug oder Treppe?« fragte Nate.

»Treppe«, antwortete Chess. Eine Lektion aus ihrer Jugendzeit, die sie bis heute beherrschte, hatte sie gelehrt, furchtlos eine Treppe hinabzusteigen, mit hocherhobenen Kopf, ohne sich am Geländer festzuhalten. Jetzt brauchte sie die stolze Haltung, die damit einherging. Sie fürchtete sich vor der unmittelbar bevorstehenden Begegnung mit Randall.

Ihre üppigen Röcke schleppten ein paar Stufen hinterher, als sie die breite Marmortreppe hinunterschritt. Strahlen des Mondlichts fielen durch die farbigen Fenster des Treppenhauses auf ihr glänzendes Haar und ihre schimmernde Haut.

Die Menschen am Fuße der Treppe sahen bewundernd zu ihr empor. Einer trat auf sie zu.

Randall setzte einen Fuß auf die unterste Stufe und streckte ihr seine weißbehandschuhte Hand entgegen.

»Darf ich um diesen Walzer bitten, Chess?«

44. Kapitel

Sie hatten noch nie zuvor miteinander getanzt. Dennoch war Chess nicht im geringsten überrascht, als sie in vollkommener Harmonie über das Parkett schwebten. Sie bewegten sich mit einer Leichtigkeit, als hätten sie schon ihr ganzes Leben miteinander getanzt. Es mußte so sein, und im übrigen war das alles ohnehin nur ein Traum. Dieses Märchenschloß konnte es in Wirklichkeit ebensowenig geben wie diesen marmornen Ballsaal oder Randalls warme Hand auf ihrer Taille. Nur im Traum wurden Herzenswünsche erfüllt.

»Hallo, meine Liebe«, hatte er gesagt, als sie von der Treppe in seine Arme geglitten war.

»Hallo«, hatte sie erwidert.

Und dann war er mit ihr durch den Raum gekreist, gekreist, gekreist. Keiner von ihnen hatte noch irgend etwas gesagt. Ihre in die Musik gehüllte Umarmung ersetzte alle Worte. Es war richtig so. Mußte so sein. Ideal.

Der Walzer war zu Ende, aber Chess war nicht traurig, denn dies war ein Traum, und darin gab es unendlich viele Walzer.

»Ich muß mit Nathan reden«, sagte Randall jetzt, und auch das war richtig. Sie sah zu, wie er ging.

Ein Mann verbeugte sich, bot ihr die Hand. »Erlauben Sie?« Lächelnd legte Chess ihre Hand in seine und tanzte wieder. Sein Name sei Fred Vanderbilt, sagte er; sie murmelte ihren. Und machte höfliche Bemerkungen zu allem, was er ihr erzählte, obwohl sie kein einziges Wort begriff.

Es war ein kleines Fest, nur 26 Teilnehmer, was die Intimität des Abends nur erhöhte. An den Saal schloß sich der Wintergarten an, den Chess von oben gesehen hatte. Zwischen den Tänzen gingen sie die paar Stufen hinunter in den mit Blumen und Palmen dekorierten Raum, um Champagner zu trinken.

Chess ließ zusammen mit Nate einen Walzer aus. Sie saßen nebeneinander auf einer Bambusbank, und die Normalität dieses Augenblicks brachte sie zurück auf die Erde.

»Ich wünschte so sehr, du würdest tanzen«, sagte sie, wie sie es schon Hunderte von Malen in der Vergangenheit getan hatte.

»Du würdest deine Meinung ändern, wenn ich dir erst einmal auf den Fuß getreten bin«, erwiderte Nate wie immer.

Keiner von ihnen erwähnte, daß gute Methodisten Tanzen als sündig ablehnten. Sie mußten sich nicht Miss Marys Stirnrunzeln in Erinnerung rufen.

Nate fühlte sich nicht zurückgesetzt, weil er nicht tanzte; es gab genügend andere, die es auch nicht taten und mit denen er sich unterhalten konnte. Wie stets interessierte ihn sehr, was sie zu erzählen hatten. Er berichtete Chess, was er von den übrigen Gästen erfahren hatte. Georges Bruder Fred war noch keine vierzig und ein begeisterter Segler. Die Zeit auf dem Land zu verbringen, betrachtete er als Verschwendung. Seine Frau Louise war zwölf Jahre älter als er und ebenfalls eine eifrige Seglerin. Die zwei jungen Mädchen dort drüben waren Schwestern aus Rhode Island. Georges Schwester Florence hatte sie als potentielle Bräute für ihn eingeladen. Ihre Mutter war eine Freundin von ihr aus Newport. Ihr Mann Hamilton Twombly war ein stiller Finanzexperte, der sich in allen Geschäften der Wall Street auskannte. Er mißbilligte Georges Extravaganz, konnte aber wenig dagegen ausrichten. Extravaganz lag den Vanderbilts im Blut.

In der Vorwoche hatte sich die ganze Familie zum Weihnachtsfest in Biltmore versammelt; bei dieser Gelegenheit hatten die meisten Georges Haus zum ersten Mal gesehen, und sie waren tagelang völlig überwältigt. Er hatte sie alle übertroffen. Der größte Teil der Familie reiste nach den Feiertagen wieder ab. Nur Florence und Fred hatten beschlossen, bis zum Neujahrsfest zu bleiben.

George und Randall hatten einander über James Whistler kennengelernt. George war seit langen Jahren ein großer Bewunderer und Freund des amerikanischen Künstleremigranten.

»Ich schätze«, sagte Nate lachend, »daß George ziemlich froh ist, Randall hier zu haben, damit er ihm die Heiratswütigen vom Leibe halten kann. Aber es war eine ganz schöne Überraschung, ihn da plötzlich am Fuß der Treppe stehen zu sehen. Brachte mich richtig ins Grübeln, ob ich tatsächlich in North Carolina bin.«

»Mir ging es genauso. Alles erscheint mir so unwirklich.«

»Es ist real genug, wie du im Untergeschoß feststellen kannst. Der Dynamo macht soviel Lärm, daß dir fast der Kopf wegfliegt.«

George hatte Nates Bemerkung mitgehört. »Ich habe dich gewarnt, Nate«, sagte er, »aber du wolltest dir ja keine Watte in die Ohren stopfen. Darf ich dir deine Frau für den Schottischen Tanz entführen?

Chess folgte ihm gerne. Je besser sie George Vanderbilt kennenlernte, desto mehr gefiel er ihr. »Hätten Sie Lust, mit mir zusammen ein Heimweh-Paket für Jimmy Whistler zu packen?« fragte sie ihn. »Ich möchte ihm gern einen Zehn-Pfund-Sack Maismehl schicken.«

»Großartige Idee«, erwiderte George.

Der Schottische Tanz war laut und anstrengend. Während Chess durch die verschiedenen Figuren wirbelte und marschierte, traf sie mehrere Male auf Randall. Selbst bei einem Bauerntanz in den Bergen von North Carolina wirkte er so elegant wie in den Salons von London.

»Amüsierst du dich?« fragte sie ihn atemlos, als er einmal um sie herumkurvte.

»Jetzt ja«, erwiderte er mit einem Lächeln, an das sie sich nur zu gut erinnerte. Dann brachte der Tanz sie wieder auseinander.

Später verabredeten sie bei einem Walzer ein Rendezvous.

»Ich bin einen Kilometer weit von dir entfernt im Junggesellenflügel untergebracht«, sagte Randall. »Komm morgen vormittag in die Bibliothek. Ich werde dort auf dich warten. Ich muß dich in meinen Armen halten, aber nicht wie hier beim Tanz, sondern wie ein Mann und eine Frau, die weit weg sind vom Rest der Welt.«

»Ich werde vor lauter Aufregung nicht schlafen können.«

»Ich auch nicht.«

»Lügner.«

»Ertappt.«

Chess lachte. Einen Augenblick lang wurde Randalls Griff fester, und er preßte sie an sich, dann war alles wieder im Rahmen des Schicklichen. »Komm früh«, murmelte er, »oder ich werde noch verrückt.«

Um Mitternacht gelang es Randall, noch einmal mit ihr zu

tanzen. Ein Zuschauer hätte seinen Kuß für die Zärtlichkeitsbezeugung eines Cousins gehalten. Aber Chess wurde so lebhaft an jenen flüchtigen ersten Kuß damals beim Picknick in Hampstead Heath erinnert, daß ihre Augen zu brennen begannen.

Beim Essen saß sie zwischen einem der Männer aus New York und einem anderen aus Philadelphia. Sie alle drei verstanden sich auf die Kunst des Plauderns, und die Speisen waren vorzüglich, und so verging die Zeit aufs angenehmste. An dem riesigen Tisch konnten bis zu vierundsechzig Gäste sitzen; jetzt war für die sechsundzwanzig in der Mitte gedeckt worden, und an den beiden leeren Enden standen prachtvolle Blumen- und Obstarrangements. Es herrschte eine behagliche Atmosphäre, und die Gäste fühlten sich wie Freunde.

Später bat Chess Nate, ihr Kleid aufzuhaken. Sie haßte es, morgens um drei nach dem Mädchen zu klingeln. »Ich mache es gerne«, sagte er, »aber sie wartet bestimmt auf die Glocke und kann nicht eher zu Bett gehen, bis du nach ihr geläutet hast. Es ist netter, wenn du sie jetzt rufst und sie dann schlafen schickst.«

Sie schämte sich, daß sie nicht selbst auf diesen Gedanken gekommen war. Aber man vergaß nun einmal zu leicht alle anderen Menschen, wenn einem nur Randall durch den Kopf ging. Nur noch wenige Stunden trennten sie von ihm.

Die Bibliothek beeindruckte Chess noch mehr als alles andere, was sie in diesem großartigen Haus gesehen hatte. Der Raum war sehr groß, ohne jene gigantischen Ausmaße zu haben wie der Bankettsaal oder die Eingangshalle. Dafür strahlte er eine Intimität aus, die den anderen fehlte. Entlang der Wände reihten sich Regale, die voller Bücher standen. Chess nahm eins heraus und blätterte darin.

Randall tauchte aus einer Nische auf. »Das habe ich auch gemacht«, sagte er, »und sie sind tatsächlich gelesen worden, einige vielleicht sogar mehr als einmal. Der junge Vanderbilt steigt mit jeder Stunde in meiner Wertschätzung.«

Er nahm ihr das Buch weg, legte es auf einen Tisch und zog sie in die schattige Nische. »Meine Liebe«, drang es heiser aus seiner Kehle, die vor Erregung wie zugeschnürt war. Und dann fanden seine Lippen ihre. Ihre Körper preßten sich aneinander, drängten sich danach, vereint zu sein. Chess stand in Flammen.

»Ich kann es nicht ertragen«, sagte sie, »ich will dich ganz haben. Wo können wir hin, bevor ich vor Verlangen sterbe?«

Randall nahm ihre Hand und eilte mit ihr durch Türen und Hallen, wobei er immer wieder nach beiden Seiten blickte. Schließlich schob er sie in ein kleines Kabinett mit Sitzbänken, auf denen sich Tücher stapelten. Er schloß die Tür, und Dunkelheit umgab sie.

»Verzeih mir«, sagte er, »ich kann nicht länger warten.« Seine Hände fuhren wild über ihre Brüste, er grub seinen Mund in ihren und bog sie zurück, bis sie an die Kante einer Sitzbank schlug. »Heb deine Röcke, ich muß dich jetzt haben.«

Sie war genauso unbeherrscht, genauso ungestüm wie er. In einem Gewirr von Kleidern vereinigten sie sich stehend und klammerten sich mit unterdrückten Schreien der Lust aneinander. In wenigen Sekunden war es vorbei. Chess begann zu weinen, tiefe Schluchzer der Scham und der Verzweiflung stiegen in ihr empor. Randall hielt sie fest, seine Finger strichen über ihren Rücken. »Vergib mir«, flüsterte er immer wieder.

»Oh Randall«, flüsterte sie unter Tränen, »natürlich vergebe ich dir, natürlich. Aber mir kann ich nicht vergeben. Ich hätte das niemals tun dürfen.«

Er küßte sie, um die Worte, mit denen sie sich selbst verdammte, zu ersticken, und die Leidenschaft erwachte von neuem. »Nein«, stöhnte Chess, »ich möchte nicht, daß es nochmal so ist.«

»Warte hier«, sagte er.

Alleingelassen in der Dunkelheit, fühlte Chess sich grenzenlos elend. Sie verachtete sich. Welche Qualen, welche Erniedrigung erwarteten Nate, wenn ihre Lasterhaftigkeit entdeckt wurde. Man würde sich über ihn lächerlich machen, ihn bemitleiden.

Als sich die Tür wieder öffnete, zuckte sie zurück und verbarg den Kopf hinter gekreuzten Armen.

»Pssst, Liebling, ich bin es«, sagte Randall. »Gib mir deine Hand. Gleich geht es dir besser.« Durch enge Flure und Treppen führte er sie zu einem kleinen Badezimmer mit einer schiefen

Decke. Aus einem winzigen Fenster sah man kilometerweit schneebedeckte Wälder.

In einem Regal lagen Kämme und Bürsten, es gab heißes Wasser und ein Waschbecken, Seife und Handtücher. »Ich warte auf dich nebenan«, sagte Randall. »Hier kommt niemand rein, das garantiere ich dir.«

Als sie sich, so gut es ging, gewaschen und zurechtgemacht hatte, klopfte Chess an die Tür zum Nachbarzimmer. Randall öffnete sie. Er sah verstört aus. »Das werde ich mir nie verzeihen«, sagte er leise.

»Wo sind wir?« wollte Chess wissen. »Ich habe mich mit Nathan um neun zum Frühstück verabredet. Er erwartet mich im Wintergarten.«

»Wir müssen miteinander reden, Chess.«

»Nicht jetzt, Randall. Ich bin zu durcheinander. Und ich darf Nathan nicht versetzen. Wie komme ich dahin?«

Er führte sie zum Treppenhaus. Wenn sie unten angekommen war, sagte er, konnte sie den Raum geradeaus vor sich sehen. Chess eilte die Stufen hinab.

»Frohes neues Jahr«, begrüßte Louise Vanderbilt sie im Wintergarten. »Frohes neues Jahr«, fielen ein paar andere ein. »Frohes neues Jahr«, echote Chess.

Die Palmen und die tropischen Blumen prangten in dem Sonnenlicht, das durch das Glasdach strömte. Es legte sich wie ein warmer Schal um Chess' Kopf und Schultern. Erst jetzt bemerkte sie, wie kalt ihr war.

Nach dem Frühstück hob ein allgemeiner Trubel an. In einer freigeschaufelten Lichtung hinter den Ställen hatte George ein halbes Dutzend bunter Schlitten vorfahren lassen. Alle, die einen Vormittag in den Bergen verbringen wollten, waren zu einem Ausflug zur Buckspring Lodge eingeladen, seiner Jagdhütte auf dem Mount Pisgah, dem höchsten Gipfel der nächsten Bergkette. Die Route wurde die »Einschluß-Schneise« genannt, weil sie sich durch dichten Wald wand. Für die rund 30 Kilometer brauchte man etwas mehr als eine Stunde, denn es ging bergauf, zurück dauerte die rasante Abwärtsfahrt nur eine halbe Stunde.

Nate und Chess fanden die Aussicht unwiderstehlich, genau wie die Rhode-Island-Mädchen, als sie hörten, daß auch George und Randall mit von der Partie waren. Florence Twombly fühlte sich bemüßigt, die Mädchen als Anstandsdame zu begleiten.

Nach einigem Hin und Her setzen sich schließlich zwei Schlitten in Bewegung. »Armer George«, sagte Nate und warf einen Blick auf das erste Gefährt. Seine Schwester hatte George mit sanfter Gewalt gezwungen, sich zu ihr und den beiden Mädchen zu gesellen.

Randall und Nate saßen, mit Chess in der Mitte, gemütlich in dem zweiten Schlitten. Der Kutscher knallte mit der Peitsche, das Pferdepaar schüttelte die Köpfe und zog an. Die Glocken am Geschirr klingelten lustig.

Unter der Decke nahm Chess Randalls Hüfte und Bein neben sich nur allzu deutlich wahr. Sie wäre gern mit der Hand daran entlanggestrichen. Doch sie versuchte, sich auf das Geklimper der Glöckchen zu konzentrieren, auf das Knirschen der Kufen im Schnee, auf die Schönheit des kalten, klaren Wintertages.

Sie war noch nie in einem Schlitten gefahren. Das sanfte Gleiten war so ganz anders als das Geholper einer Kutsche oder das rhythmische Schaukeln eines Zuges. Es erinnerte sie an etwas, aber sie kam nicht darauf, was es sein konnte. Sie wußte nur, daß es etwas aufregend Fremdes war.

Wie der tiefe Schnee. In Standish und Durham schneite es zwar auch, aber meist nur wenige Zentimeter, die nach ein paar Tagen geschmolzen waren. Diese weiße Landschaft hier war unergründlich, es gab keine Gebilde von Menschenhand, an denen man erkennen konnte, wie hoch der Schnee lag: bis zur Treppe oder bis zur Veranda oder bis zum Fenstersims. Er war unermeßlich. Geheimnisvoll.

Vor ihnen waren auf dem weißen Weg die schmale Spur der anderen Kufen zu sehen, die verwischten Abdrücke der Pferdehufen. Spuren der Zivilisation in der Wildnis. Chess wünschte sich, sie wären als erste losgefahren. Es mußte viel schöner sein, vor sich nur das unberührte Weiß zu sehen.

Jetzt fiel ihr ein, woran sie das Gleiten erinnerte. An die Kanufahrten auf dem James River. Das Durchqueren einer Oberfläche über unbekannten Tiefen. Aber auf dem Fluß gäb es keine Spuren von früheren Fahrten. Jedes Kanu konnte das erste sein, jede Fahrt ein Abenteuer.

»Ein Bär«, sagte Nate leise. »Links zwischen den Bäumen.«

Rasch wandte Chess den Kopf, aber sie konnte keinen dunklen Körper und keine Bewegung erkennen. »Er ist mir entkommen«, sagte sie bedauernd.

Randalls Lachen klang angestrengt. »Wenn ich später dieses kleine Abenteuer erzählen werde, ist der Bär bestimmt drei Meter groß und steht direkt vor uns auf dem Weg. Die Leute stellen sich Amerika gern als riesiges, gefährliches Land vor.«

»Ich glaube, mit einem Bär zwischen den Bäumen komme ich besser zurecht als mit dem Verkehr auf dem Strand«, bemerkte Nate vergnügt. »Ich habe immer versucht, einen großen Kerl zu finden und in seinen Fußstapfen die Straße zu überqueren. Habe mir gedacht, die Räder würden erst ihn erwischen, bevor sie mich erreichten.«

George Vanderbilts Jagdhaus war keine Holzhütte, wie Chess erwartet hatte. Es waren vier Holzhütten, wobei eine nur aus einem großen Eßzimmer bestand. Heißer Kaffee, geeiste Melonen und eine lange Reihe von Frühstücksspezialitäten erwarteten sie dort auf Tischen vor einem mächtigen Kamin, in dem Scheite von den Ausmaßen kleiner Bäume brannten. Chess trat mit einer Tasse Kaffee auf die Veranda unter dem tief herunterreichenden Dach und betrachtete die Bergkette am Horizont. Der Ausblick war atemberaubend.

»Das muß die Aussicht sein, die ein Adler im Flug hat«, sagte sie zu Nate, als er zu ihr kam.

Aber es war gar nicht Nate, es war Randall. »Mein Liebling«, sagte er mit leiser Stimme, »es ist unmöglich, hier eine Möglichkeit zum Alleinsein zu finden. Und wir haben nur noch so wenig Zeit, bis ich wieder abreisen muß. Kannst du dich heute nachmittag freimachen und mich auf der Terrasse vor der Bibliothek treffen? Sie ist geschützt, dort können wir zumindest reden.«

»Natürlich«, sagte Chess, ohne sich umzudrehen. Sie wagte es einfach nicht. Er war so nahe. Wenn sie in sein Gesicht sah, verlor sie sich in seinen goldbraunen Augen, dann hatte sie sich nicht länger unter Kontrolle. »Geh wieder rein, Svengali«, sagte sie, mit dem Versuch eines Lachens. »Oder ich schäle mich aus meinen Kleidern und erfriere.«

Sie hörte, wie seine Schritte sich entfernten und die Tür geschlossen wurde. Der Blick auf die Berge hatte seine Kraft verloren, ihren Gefühlsaufruhr zu besänftigen.

Die Rückkehr nach Biltmore war rasch und aufregend. Die Pferde mußten laufen, damit sie nicht von dem abwärts rasenden Schlitten eingeholt wurden. Nathan brüllte dem Kutscher ermutigend zu, Chess schrie vor Aufregung, und in den vielen Kurven des Weges wurde Randalls Körper immer wieder gegen ihren geschleudert. Es war eine wilde und nicht ganz ungefährliche Abfahrt.

45. Kapitel

Die fünf Gänge und die Unterhaltungen beim Essen in der Bankethalle waren Chess zuviel. Sie hatte das Gefühl, daß Elektrizität statt Blut durch ihre Adern floß, daß ihre Haut zu eng war und sie sich überall kratzen mußte, wenn sie nicht bald ein bißchen Zeit für sich alleine hatte und zur Ruhe kam.

»Die frische Bergluft«, sagte sie zu Nathan, »und das Frühstück oben in der Hütte nach dem großen Frühstück hier unten haben mich doch mitgenommen. Wirst du mich entschuldigen? Ich muß mich ein bißchen hinlegen.«

»Ich ziehe die Vorhänge zu. Schlaf gut. Ich werde nach dem Essen die Kegelbahn ausprobieren.«

Sie hoffte, die Frage klang beiläufig. »Und was hast du heute nachmittag vor, Nathan?«

»Ich fahr rüber nach Asheville. Wenn George die Preise nicht zu hoch getrieben hat, würde ich gern ein Stück Land kaufen.«

»Nathan Richardson! Ich möchte hier nicht leben. Du kannst all die Dampfkessel und Dynamos auch in Standish haben.«

Nate reagierte mit einem Kopfschütteln und einem Lächeln auf ihre Bestürzung. »Beruhige dich. Ich bin kein Vanderbilt und werde auch nie einer sein. Nein, mir haben nur die Hütten da oben auf dem Dach der Welt so gut gefallen. Eine davon wäre eine hübsche Zuflucht für uns im Juli und August, wenn Standish in der Hitze brütet. Wie die Wilsons eine haben. Gussie fand es ganz herrlich, als sie dort zu Besuch war.«

Das stimmte. Und der August konnte wirklich unerträglich heiß sein.

Aber am wichtigsten war, daß er den ganzen Nachmittag fort wäre.

»Ich glaube, das wäre wunderbar«, sagte sie.

Sie versuchte tatsächlich, etwas zu schlafen. Doch sie konnte sich einfach nicht entspannen.

Sie war schrecklich durcheinander.

Ich sollte glücklich sein, sagte sie sich. Bald bin ich wieder mit

Randall zusammen. Ich kenne ihn; er wird einen sicheren Ort für uns und unsere Liebe gefunden haben, nicht so ein Loch wie dieses Kabinett. Es wird wieder wie in London sein, wo ich die großartigste Zeit meines Lebens verbracht habe: Die ganze Welt bleibt draußen, und wir liegen uns in den Armen.

Chess wollte sich vor Behagen strecken, während sie sich an jene Zeit erinnerte. Aber die Nerven verknoteten ihre Muskeln, und es gelang ihr nur halb, sich zu entspannen.

Ich muß bei ihm sein, ihn lieben, das ist alles, was mir fehlt. Ich will Randall.

Sie konnte nicht hier liegenbleiben. Sie konnte nicht warten. Sie beschloß, schon jetzt zu dem Rendezvous zu gehen. Selbst wenn Randall noch nicht da war, so war sie doch schon an dem Ort, wohin auch er bald kommen würde, und das würde der Terrasse einen Zauber verleihen, den sie unbedingt erleben mußte. Jetzt.

In der Bibliothek war zum Glück niemand. Und Bücher waren seit jeher ihre Freunde gewesen. Liebevoll glitten ihre Augen über die Regale, während sie behutsam zu der hohen Tür ging, die auf die Terrasse führte.

Die kalte Luft nahm ihr den Atem. Sie zog den dicken Umhang fester um sich. Sie hatte sich besonders warm angezogen, damit nichts die kostbaren Augenblicke mit Randall beeinträchtigten konnte.

Wie alles hier war auch die Terrasse übergroß. Sie war aus Steinen gemauert und hatte einen weinüberwachsenen Laubengang. Im Winter hatten die Weinstöcke kein Laub, und die Sonne hatte den ganzen Tag die Steine beschienen, so daß sie immer noch ein wenig Wärme ausstrahlten. Chess lockerte den Griff um ihr Cape und wandte ihr Gesicht dem hohen blauen Himmel und den Sonnenstrahlen zu.

»Du siehst wie eine Priesterin von Helios aus.«

»Dann mußt du Apollo sein.« Sie drehte sich um, ihre Augen trafen sich.

Chess' Herz jubelte, denn in Randalls Blick lag eine neue, andere Intensität. Mehr als hundertmal hatten sie sich so angesehen, und immer war die Botschaft »Ich will dich« gewesen. Das las sie auch jetzt wieder in seinen Augen, und wie immer erwachte auch jetzt wieder das Verlangen. Doch die andere, tiefere, reichere Botschaft hatte sie bislang vergebens zu finden versucht.

Er sprach sie aus. »Ich liebe dich, Chess.«

Sie zitterte. »Ich liebe dich auch, Randall.«

Sie gingen nicht aufeinander zu, berührten sich nicht. Die Worte und die Botschaft in ihren Augen verbanden sie inniger, als es jeder Liebesakt vermocht hätte.

Es dauerte lange, bis Randall endlich sprach. »Wann kommst du mit mir?«

Chess neigte den Kopf. »Was meinst du? Ist hier irgendwo ein Zimmer?«

Randall lächelte. »Ganz schön gierig. Aber ich auch. Später, Chess. Aber jetzt müssen wir einen Plan machen. Wann kannst du frühestens nach London kommen?«

»Ich kann nicht, Randall. Ich kann nicht einfach meine Sachen packen und, mir nichts, dir nichts, nach London gehen. Was soll ich Nathan sagen?«

»Mein Liebling, du hast überhaupt nicht verstanden, was ich gesagt habe. Ich liebe dich, Chess. Ich habe nie geglaubt, daß mir das passieren würde, aber es ist geschehen. Ich habe mich unsterblich in dich verliebt. Gemerkt habe ich es, als du abgefahren warst. Danach habe ich festgestellt, daß ich in jeder Straße nach dir gesucht habe, in jeder Menge auf dein Lachen gewartet habe. Ich möchte, daß du meine Frau wirst. Wie lange brauchst du, um die Scheidung zu bekommen?«

Sie war wie vor den Kopf geschlagen. Wie oft hatte sie sich gewünscht, von seinen Lippen die Worte »Ich liebe dich« zu hören. Nichts war ihr je wichtiger erschienen; »Ich liebe dich«, das war ihr unerfüllbarer Wunsch gewesen. Hundertmal hatte sie es hören und in ihrem Herzen bewahren wollen. Und jetzt wollte sie nur den Rausch genießen, der mit diesen drei Worten verbunden war, und nicht daran denken, was danach kam.

»Randall«, sagte sie flehend. »Ich kann keinen klaren Gedanken fassen. Es ist zuviel für meinen Kopf.«

»Das verstehe ich. Ich habe seit Monaten darüber nachgegedacht; und du brauchst wenigstens ein paar Augenblicke, um all das zu begreifen. Sag mir nur, daß du mich liebst und mich heiraten willst. Das ist der erste Schritt. Alles weitere sehen wir später.«

»Ich liebe dich. Wirklich. Ich liebe dich, Randall.« Chess schüttelte den Kopf, als ob sie ihre Verwirrung bezwingen wollte. »Aber ich weiß nicht, wie ich dich heiraten soll.«

Randall trat auf sie zu, berührte ihre Augenbraue mit den Fingern. »Laß diese kleine Sorgenfalte verschwinden.« Sein Lächeln war voller Zärtlichkeit. »Wir werden einen guten Anwalt für dich finden. Er wird wissen, was zu tun ist. Du brauchst keine Angst zu haben.« Ermutigend und fürsorglich legte er seine Arme auf ihre Schultern.

Seine Finger hatten ihre Falte nicht fortgewischt. Denn sie machte sich keine Sorgen, sondern sie dachte nach, versuchte, das Wirrwarr in ihrem Kopf zu ordnen.

»Ich weiß nicht, ob ich in England leben könnte« sagte sie und sprach damit einen ihrer Gedanken laut aus, um ihn so zu überprüfen.

Randall lachte. »Aber du hast es doch schon mit großem Erfolg getan, und es hat dir gefallen. Du gehörst dorthin, Chess, nicht hierher. Du bist schließlich eine Standish, keine Wilde. England ist jetzt deine richtige Heimat.« Er zog sie an sich. »Und du wirst bei mir sein.«

Chess hatte den Blick auf die Berge gerichtet, aber Klarheit fand sie dadurch auch nicht. Sie wandte sich von der majestätischen Aussicht ab und sah Randall ins Gesicht. »Ich will nicht denken«, stieß sie leidenschaftlich hervor. »Ich will fühlen. Ich will, daß du mich hältst, mich liebst. Jetzt, Randall, ich will dich jetzt.«

»Ja. Wir reden später weiter. Es ist alles vorbereitet. Nimm den Lift, als ob du in dein Zimmer gingst. Halt im ersten Stock an, als ob du aussteigen wolltest, und dann fahr weiter in den zweiten. Ich werde dort sein. Ich gehe jetzt als erster und nehme den Dienstbotenaufgang. Warte zwei Minuten, und dann kommst du nach.«

»Randall. Küß mich.«

»Oben im Zimmer, Liebste. Es gehen Fenster auf diese Terrasse.«

Kaum glitten seine Hände über ihre Haut, brauchte sie nicht mehr zu denken. Ihre Erinnerung hatte sie nicht getrogen, in Randalls Armen fand sie Ekstase und Erfüllung. Ihre Erregung schleuderte sie bis zur Sonne, sie ließ die Erde und all ihre Kümmernisse weit hinter sich. Chess liebte und wurde geliebt, und nichts anderes war wichtig.

In der anschließenden seligen Selbstvergessenheit legte sie ihren Kopf auf seine breite Brust und strich mit den Fingern über seine muskulösen Arme. Ihr Geist hatte sich beruhigt, stellte keine Bedrohung mehr dar.

»Randall, was machst du eigentlich?« murmelte sie.

»Was ich mache? Was meinst du damit?«

»Ich habe mich nur gefragt, was du machst, wie dein Leben aussieht.«

»Aber das weißt du doch. Ich sammle etwas Kunst. Ich lese. Ich gehe ins Theater, besuche meine Freunde. Ich gehe in meine Clubs, und wenn ich auf dem Land bin, gehe ich mit Freunden auf die Jagd. Und manchmal fahre ich aufs Festland.«

Er nahm ihre Hand und legte sie auf seinen Schenkel. »Mmm, das ist wirklich gut. Benutz deine Fingernägel ... Und wenn wir verheiratet sind, müssen wir natürlich Gesellschaften geben. Ein Junggeselle hat solche Verpflichtungen nicht. Wir können uns einen Landsitz mit einem Jagdrevier kaufen und ein Haus in London mieten, oder umgekehrt, ganz wie es dir gefällt. Eine ganze Menge hängt allerdings von der Abfindung ab, die du von deinem Mann bekommst.«

Sie hörte auf, ihn zu streicheln, und setzte sich auf. »Welche Abfindung von meinem Mann?«

Randall zog sie wieder an sich. »Du verklagst ihn natürlich auf Scheidung, so wie diese Dinge immer geregelt werden, und dann erhältst du eine Abfindung. Ich wage zu behaupten, daß Nate mehr als großzügig sein wird; er liebt dich schließlich. Dann kaufen wir uns ein Haus und ein paar schöne Pferde ...«

Chess entwand sich ihm. Mit einem Ruck hockte sie sich auf die Knie und sah auf ihn herab. »Du mußt verrückt sein, Randall.

Glaubst du, ich bin Consuelo Vanderbilt? Welches Preisschild hast du denn auf unsere Hochzeit geklebt?«

In seinen Augen lag keine liebevolle Fürsorglichkeit mehr.

»Werd nicht dramatisch, Chess. Benimm dich wie eine Erwachsene. Es kostet Geld, gut zu leben. Nur in billigen Schmökern aus der Leihbibliothek kommen die Leute mit Luft und Liebe aus. Menschen in unserer Position müssen gewissen Ansprüchen genügen, oder die Gesellschaft ignoriert sie.«

Chess betrachtete den gutaussehenden Mann, der ihren Kopf und ihr Herz so lange beherrscht hatte. Sie kannte jeden Zentimeter seines starken, geschmeidigen Körpers, jede Locke seines Haars; sein Gesicht war ihr vertrauter als ihr eigenes, weil ihre Augen sich daran ergötzt hatten und sie es sich immer wieder stundenlang in Erinnerung gerufen hatte.

Aber dennoch sah sie jetzt einen Fremden. Sie wußte so gut wie nichts von seinen Gedanken und Gefühlen.

»Randall, ich muß gehen«, sagte sie. »Nathan kann jede Minute zurückkommen.«

Er richtete sich auf, stützte sich auf seinen linken Ellbogen. Seine rechte Hand liebkoste ihr Knie, glitt über die weiche, empfindliche Haut auf der Innenseite ihrer Schenkel. »Bleib noch ein wenig. Dir wird schon etwas einfallen, das du ihm sagen kannst.«

Gegen ihren Willen bog ihr Rücken sich lustvoll zurück, bot ihre Brüste seinen Lippen und Händen dar. Ihr Körper begehrte seinen, verströmte warme Bereitschaft.

»Nein«, keuchte sie, »nein, nicht jetzt.« Sie kämpfte ihr Verlangen nieder, stieg aus dem Bett und stolperte ins Badezimmer. Nachdem sie die Tür geschlossen hatte, lehnte sie sich dagegen. Chess fühlte sich schwach.

Irgend etwas tief in ihrem Innern, das sie nicht benennen konnte, gab ihr die Kraft zu gehen. Und später in ihrem Zimmer, als die körperliche Schwäche verschwunden war, konnte sie auch wieder denken und fühlen.

»Ich liebe dich«, hatte sie zu Randall gesagt. »Ich liebe ihn« hatte sie zu sich selbst ein paar tausendmal gesagt. Weshalb war sie nur so sicher gewesen, einen Mann zu lieben, von dem sie nun wußte, daß er ihr ein Fremder war?

Nein, das war ungerecht. Randall war ihr überhaupt kein Fremder. Er war genau das, was er immer schon gewesen war. Ein englischer Gentleman, der zu den Spitzen der Gesellschaft zählte und in ihren Konventionen gefangen war.

Es war kindisch von ihr, durch sein Gerede von einer Abfindung sich gekränkt zu fühlen. Es bedeutete nicht wirklich, daß er sie wegen ihres Geldes wollte. Wenn Randall aus finanziellen Gründen heiraten wollte, konnte er auch eine von Florence Twomblys Schutzbefohlenen nehmen.

Er liebte sie. Sie. Mit den Falten im Gesicht und dem Grau in den Haaren.

Wenn das kein Grund zum Staunen war.

Aber warum war sie nicht verrückt vor Glück? Davon hatte sie doch immer geträumt, hatte es sich mehr gewünscht als alles andere auf der Welt. Von Randall geliebt zu werden und ihn zu lieben. Mit ihm im Bett zu sein. Das war es, was sie immer gemacht hatten. Sie waren miteinander ins Bett gegangen. Aber sie hatten sich nicht geliebt.

Liebe war etwas anderes. Sie konnte nicht von der Welt ausgeschlossen, hinter einer Schlafzimmertür verborgen werden. Liebe war riskanter, aufregender, bedeutete Leben, Lernen, Teilhaben. Liebe, das waren zwei Menschen, die gemeinsam die ersten Spuren in dem unberührten Schnee von Abenteuer machten, das jeder neue Tag ihnen bot.

Liebe war Nathan. War es immer gewesen, seit jenem ersten Tag, an dem sie das große Spiel mit der Zukunft begonnen hatten. Nathan – und ein Leben mit Nathan – war alles, was sie je gewollt hatte.

Außer im Schlafzimmer.

Und wessen Schuld war das?

Einen Augenblick lang spürte Chess den ganzen Zorn und die ganze Verbitterung, die sich in den fünfzehn Jahren ihrer Ehe angesammelt hatten. Nathan hatte sie nie begehrt; er hatte ihr das Gefühl gegeben, häßlich und nicht begehrenswert zu sein.

Dann begann sie zu lachen. Denn sie wußte inzwischen, daß sie begehrenswert sein konnte. Und sie wußte nun auch, wie einfach es für einen Mann und eine Frau war, einander »glücklich zu machen«. Sie mußte nicht mehr harren und hoffen, es von Nathan zu lernen. Vielleicht war sie sogar in der Lage, ihm noch ein paar Dinge zu zeigen.

Sie konnte es kaum erwarten, seine Reaktion zu sehen und sein »Allmächtiger, Chess!« zu hören.

Wieviel Spaß sie miteinander haben würden!

Der rote Damast-Raum war erfüllt von ihrem entzückten und entzückenden Lachen, wie vom Klang aufschäumenden Champagners.

Als Nathan aus Asheville zurückkehrte, ging er in sein Zimmer, um sich zum Essen umzuziehen. Die Tür zwischen dem Badezimmer und Chess' Schlafzimmer stand offen. Er wollte sie schließen, als er ihre Stimme hörte.

»Komm herein, Nathan.«

Gegen einen Stapel Kissen gelehnt, saß sie auf dem Bett und las. Ihr offenes Haar fiel herab auf ihren seidenen Schlafrock.

»Du hast ja lange geruht«, sagte Nate. »Du hättest mitkommen sollen, Chess. Drüben bei einem Dorf namens Brevard gibt es vier Parzellen Land. Die Straße ist nicht besonders gut, aber der Ort liegt schön am Bergkamm, und man kann kilometerweit sehen ...«

»Nathan.« Chess ließ das Buch zu Boden gleiten. »Nathan, würdest du mir bitte deine Aufmerksamkeit schenken?«

Er sah sie neugierig an. Etwas an ihr war anders, und er wußte nicht, wie er damit umgehen sollte.

Chess lächelte. »Nathan, ist dir eigentlich klar, daß wir über fünfzehn Jahre verheiratet sind und du mich noch nie geküßt hast?«

»Unsinn. Hab ich bestimmt.«

»Nicht ein einziges Mal, Nathan. Ich möchte, daß du zu mir kommst und mich sofort küßt.«

Frauen! Sie waren wirklich seltsame Wesen. Nathan zuckte mit den Schultern und tat, wie ihm geheißen. Sein Kuß war ein lauter, nachdrücklicher Schmatz auf ihre Wange.

Sie packte ihn am Revers, so daß er sich nicht wieder aufrichten konnte.

»So nicht«, sagte sie. Sie zog so abrupt an seinem Anzug, daß er die Balance verlor und schwer auf sie fiel. Sein Gesicht verschwand in den Kissenbergen.

Chess hob seinen Kopf und drehte ihn zu sich. Dann legte sie leicht ihre Lippen auf seine. Ihr Mund umkreiste seinen, ihre Zunge zupfte an seiner Unterlippe, und dann preßte sie ihre geöffneten Lippen so fordernd auf seine, bis seine Zunge in ihren Mund glitt und ihre Zunge fand.

Als sie von ihm abließ, war er fast außer Atem.

»Und jetzt sag, daß du mich liebst«, verlangte sie.

»Allmächtiger, Chess, was ist in dich gefahren? Was hast du vor?«

»Sag, daß du mich liebst, Nathan.«

»Du weißt, daß ich's tue.«

»Ich weiß nichts dergleichen, weil du's mir nie gesagt hast. Jetzt tu's, Nathan.«

»Ich liebe dich. Bist du nun zufrieden?« Nate kam sich wie ein Narr vor. Er begriff nicht, was hier vorging, konnte es nicht glauben.

Chess lachte.

»Worüber lachst du, zum Teufel? Über mich vermutlich. Du benimmst dich höchst merkwürdig, Chess, hör jetzt auf damit.«

»Oh nein. Das hätte ich schon vor fünfzehn Jahren tun sollen.« Rasch knüpfte sie seine Jacke auf, seine Weste, sein Hemd. »Ich kann mich erinnern, wie du damals gekommen bist, um Großvater zu besuchen. Du hast dich unter der Pumpe gewaschen, und beim Anblick deines nackten Oberkörpers wurde mir ganz komisch zumute.« Jetzt war er wieder nackt, und Chess fuhr mit ihren Fingernägeln federleicht darüber hin.

Nathan erwischte ihre Handgelenke. »Hör auf damit. Das ist nicht sehr damenhaft.« Sein Gesicht war rot.

Chess' Augen blitzten vor Übermut. »Du bist auch nur ein Mann, mein Lieber. Oh ja, ich liebe dich ebenfalls, Nathan. Aber du weißt nicht das geringste über Damen, und es ist höchste Zeit, daß du's lernst. Laß meine Hände los. Ich will deine Hose aufknöpfen.«

»Chess!«

Sie lächelte. »Es sei denn, du kannst es schneller. Ich verlange meine ehelichen Rechte, Nathan. Ich möchte, daß du mich liebst. Ich möchte glücklich gemacht werden, immer wieder. Für fünfzehn Jahre.«

Er sah sie verblüfft an. Aber er gab ihre Hände frei.

Es dauerte nicht lange, und Nathan übernahm wieder die Regie. Behutsam liebkoste er sie, steuerte ihr Verlangen, legte frei, was so lange zwischen ihnen begraben gewesen war, bis sie schließlich voller Leidenschaft eins wurden.

Als es vorüber war, nahm er ihr Gesicht zwischen seine Hände und gab ihr einen sanften Kuß. Seine Zärtlichkeit rührte sie so, daß ihr Tränen übers Gesicht liefen. Er küßte sie weg.

Aus der Halle ertönte ein Gong. Es war Zeit, sich zum Abendessen anzuziehen.

Sie lächelten beide. Unnötig, etwas darüber zu sagen, wie gelegen ihnen das Signal gekommen war. Sie hatten beide Hunger auf etwas Profanes wie eine ordentliche Mahlzeit. Der größere Hunger war so erst einmal gestillt.

Chess betrachtete sich im Spiegel. Sie sah eine Frau, die vor Glück strahlte. Sie würde es Randall nicht sagen müssen; mit einem Blick würde er sehen, daß in ihrem Leben kein Platz mehr für ihn war.

Aber ich werde mich bei ihm bedanken, beschloß sie. Ohne ihn hätte ich nie erfahren, was ich von Nathan wollte, und ich hätte nie den Mut gehabt, es zu verlangen, wenn Randall mir nicht das Gefühl gegeben hätte, begehrenswert zu sein.

»Hast du nicht gesagt, daß du die Kegelbahn ausprobieren willst, Nate?« George Vanderbilt war ein aufmerksamer Gastgeber.

Über den Tisch hinweg sah Nathan seine Frau an. Chess hätte schwören können, daß es ein blaues Aufleuchten und ein lautes Knistern gab, als sich ihre Blicke trafen.

»Danke, George, aber ich hab's mir anders überlegt«, sagte Nate. »Ich schätze, ich werde heute früh zu Bett gehen.«

Chess lächelte hinter ihrer Serviette.

»Schach, Lily, und matt!« flüsterte sie. »Du hast verloren.«

Dieses Buch ist ein Werk der Fiktion.
Niemand hat je Buck Duke wirklich geschlagen.

Die großen Romane von Alexandra Ripley

Scarlett

Roman

784 Seiten, gebunden

Morgenrot

Roman

478 Seiten, gebunden

New Orleans

Roman

520 Seiten, gebunden

Virginia

Roman

544 Seiten, gebunden